サミュエル・ベケットと
批評の遠近法

井上善幸／近藤耕人 編著

未知谷
Publisher Michitani

まえがき

『サミュエル・ベケットのヴィジョンと運動』（未知谷）を井上善幸氏の協力を得て編集、刊行したのは二〇〇五年である。翌二〇〇六年にはベケット生誕一〇〇年祭の記念行事が世界各地で催され、日本では早稲田大学二十一世紀COE演劇研究センターと日本サミュエル・ベケット研究会の共催で、「ボーダレス・ベケット」のタイトルの下に国際サミュエル・ベケット・シンポジウムが早稲田大学で開かれ、海外から大勢の著名な学者、研究者が参加して、その年の世界ベケット・シンポジウムでは一番アカデミックな会議であったとの評判を得た。

二〇一〇年頃であったか、井上氏からEメールが来て、研究熱心な氏の近況を読んでいるうちに、ふと、こんどは井上氏を主編者にして、海外の著名な学者・批評家の論文の翻訳も含めた、本格的なベケット論集を作ろうと思い立った。こういうふとした思いつきからいろいろな提案をして改革や企画を実現していくのが私の癖であり、喜びでもあったのだが、井上氏は即座に賛同して下さった。それから海外の一流の学者、研究者の論文を読み合い、選択していく作業が始まった。この壮大な計画の実現に向けて、関係する方々の理解と協力を得ながら、種々の困難を乗り越え、執筆者、翻訳者の寛大な辛抱に支えられて、二人の企画が漸くここに実現を見るに至った。

ジェイムズ・ジョイスと並んで二十世紀文学を代表するサミュエル・ベケットをめぐる研究は、先のジョイス工房をはるかに超えて、文学、美術、歴史学、哲学、言語学、音楽、医学、心理学、生理学、数学、物理学等々、その範囲は広がって、原稿やテクストのデジタル化による新しい文献学の手法も誕生させつつある。同じく言語にこだわりながらも、ジョイスは多言語を肯定的に、再生的に、突き上げるエネルギーの源として駆使したが、ベケットは誕生以前のもの、あるいは死に生まれ落ちたもの、見えないものを表現しようとして言葉を断片化、縮減し、否定したりもしながら限りなく零に近づこうとした。同じく音楽的表現を探求しながらもジョイスはテノールでオペラを歌い、ベケットはピアノでぶつぶつとつぶやいた。

無に向かおうとする文学は底にエネルギーを潜在させているので、いろいろな分野の研究者がベケットの言語活動を出発点として、それぞれの領域で自分の研究テーマの探求に駆り立てられるという現実は、読者を悲観的にするどころか、言葉を発する身体のかすかな生命のうごめきの音から、宇宙の無限の広がりを探求する勇気を与えるものである。ベケットは文学を縮小させるどころか、マラルメの言葉の原点から文学をあらゆる方向に引き伸ばし、その構図は無意志的記憶の感覚から過去を復元し、生と死をつないで永遠に循環する時間を実現しようとしたプルーストに通じるものであり、さらに自然界の水の循環に自分の言語の永遠の回転を託したジョイスを通って、ベケットは誕生以前の、また死後の闇の中の無に降りていったのである。それはダンテの地獄を二重映しにした現代の地獄を吐息の中に反映しているのかもしれない。ベケットはかつて私に、「いたるところじごくだらけだ」と言って嬉しそうににやりとした。

詩、小説、演劇、ラジオ劇、映画、テレビ劇と、最後まで生と死のはざまで文学を追求したベケットについて、かくも多様な論考を執筆、翻訳、提供して下さった方々と、この出版を実現して下さった未知谷に感謝し、この企画と努力は、私たちのサミュエル・ベケットへの崇敬と感謝の念の表現であることを記しておきます。

二〇一五年十一月

近藤耕人

サミュエル・ベケットと批評の遠近法　**目次**

まえがき　1
ベケット主要作品執筆年代順リスト　11
サミュエル・ベケット翻訳作品・草稿類等参照リスト　17

第一部

第1章　人間の終焉

モロイの沈黙　ジョルジュ・バタイユ　古屋健三訳　26
「今どこに？　今だれが？」　モーリス・ブランショ　粟津則雄訳　42
記憶と回想の修辞学　ブリュノ・クレマン　藤原曜訳　56

第2章　不条理な探求

カフカの『城』から『ワット』を読む　ルビー・コーン　島貫葉子・井上善幸訳　82
『ゴドーを待ちながら』にみるベケットの戦争体験　堀真理子　109
気まずい出会い　バロウズ、ベケット、プルースト、（そしてドゥルーズ）　メアリ・ブライデン　近藤耕人訳　128

第3章　イマージュ批判論

表象と現前　ドゥルーズ、ベルクソン、パースと「イメージ」　アンソニー・ウルマン　森尚也訳　148
頭蓋のくぼみ　ベケットにおけるテオリアの解体学　井上善幸　180
物質性と非物質性のあいだ　『言葉と音楽』と『カスカンド』　対馬美千子　201
ベケットと精神分析　アンジェラ・ムアジャーニ　垣口由香訳　218

第二部

第4章　エディプス批判

欲望する機械（『アンチ・オイディプス』より）　ジル・ドゥルーズ／フェリックス・ガタリ　市倉宏祐 訳　258

「疑似カップル」のセクシュアリティ　『メルシエとカミエ』論のために　田尻芳樹　285

ジョイスの水の言語とベケットの泥の言語　近藤耕人　299

第5章　テクストよ、語れ

ベケットにおけるダンテ　ディルク・ファン・ヒュレ　井上善幸 訳　318

ベケットの初期作品におけるカオスの変容　レオパルディからポアンカレへ　西村和泉　336

ベケットの『初恋』あるいは声と存在の識閾の彼方　森尚也　358

生成過程としてのテクスト伝　「キルクール」から『わたしじゃない』へ　S・E・ゴンタースキー　井上善幸 訳　379

第6章　亡霊とテクノロジー

ベケットとクライストの「マリオネット劇場について」　ジェイムズ・ノウルソン　井上善幸 訳　416

憑依するテクスト　ベケット『モノローグ一片』の劇構造を再考する　岡室美奈子　430

幽霊を見る　ウルリカ・モード　木内久美子 訳　454

あとがき　497

索引　524／i

For Mary Bryden

in memory

1953 - 2015

サミュエル・ベケットと批評の遠近法

ベケット主要作品執筆年代順リスト

一九二九年　「ダンテ・・・ブルーノ・ヴィーコ・・ジョイス」 'Dante... Bruno. Vico.. Joyce' (Fr., 1979)
　「被昇天」 'Assumption'

一九三〇年　『ホロスコープ』 *Whoroscope*
　『プルースト』 *Proust* (1931; Fr., 1990)

一九三一年　『蹴り損の棘もうけ』 *More Prick Than Kicks* (1934; *Bande et sarabande*, 1994)
　『こだまの骨およびその他の沈殿物』 *Echo's Bones and Other Precipitates* (*Les Os d'écho et autres précipités*, 2002)

一九三二年　『並には勝る女たちの夢』 *Dream of Fair to Middling Women* (1992)
　「ダンテとロブスター」 'Dante and Lobster'
　「テクスト」 'Text'

一九三三年　『こだまの骨』 *Echo's Bones* (2014)

一九三五年　『マーフィー』 *Murphy* (1938; Fr., 1947)

一九三七年　「ドイツ語書簡」 'German Letter of 1937' (1983)
　「ディエップ」 'Dieppe' (1946; Eng., 1945)
　「人間の願望」 'Human Wishes' (1983)

一九三八年　「ふたつの欲求」 'Les Deux besoins' (1983)
　「(女人来たり)」 'they come' (1946; 'elles viennent', 1946)
　「(彼女に　静かな行為)」 'à elle l'acte calme' (1946)
　「(顎もなく　歯もなく　そこにある口)」 'être là sans mâchoires sans dents' (1946)
　「被昇天」 'Ascension' (1946)

「蝿」'La Mouche' (1946)
「(無関心の音楽よ)」'musique de l'indifférence' (1946)
「(ひとり　飲め)」'bois seul' (1946)
「(所詮は　むだ)」'ainsi a-t-on beau' (1946)
「ヴォージラール通り」'Rue de Vaugirard' (1946)
「リュテシア闘技場」'Arènes de Lutèce' (1946)
「(洞穴のなかまで入り込む)」'jusque dans la caverne' (1946)

一九四一年　『ワット』*Watt* (1953; Fr., 1968)

一九四五年　「ヴァン・ヴェルデ兄弟の絵画——または世界とズボン——」'La Peinture des van Velde ou le monde et le pantalon'
「サン・ロー」'Saint-Lô' (1946)

一九四六年　『メルシエとカミエ』*Mercier et Camier* (1970; *Mercier and Camier*, 1974)
『初恋』*Premier amour* (1970; *First Love*, 1973)
「終わり」'La Fin' (1955; 'The End', 1954)
「鎮静剤」'Le Calmant' (1955; 'The Calmative', 1967)
「追い出された男」'L'Expulsé' ('The Expelled', 1962)
「廃墟の中心地」'The Capital of the Ruins' (1986; 'La Capitale des ruines', 1993)
「(よろしい　では始めよう)」'bon bon il est un pays' (1955)

一九四七年　『エレウテリア（自由）』*Eleutheria* (1995; Eng., 1995)
「A・D・の死」'Mort de A. D.' (1955)
「(わが行く道は)」'je suis ce cours de sable qui glisse' (1948; 'My way is in the sand flowing', 1948)
「(何をしよう)」'que ferais-je sans ce monde' (1948; 'What would I do without this world', 1948)
「(わが恋人の死なんことを)」'je voudrais que mon amour meure' (1948; 'I would like my love to die', 1948)
「障害の画家」'Peintres de l'empêchement' (1948)

一九四八年　『モロイ』 *Molloy* (1951; Eng., 1955)

『マロウンは死ぬ』 *Malone meurt* (1951; *Malone Dies*, 1956)

『ゴドーを待ちながら』 *En attendant Godot* (1952; *Waiting for Godot*, 1954)

一九四九年　『名づけえぬもの』 *L'Innommable* (1953; *The Unnamable*, 1958)

「三つの対話――サミュエル・ベケットとジョルジュ・デュテュイ――」 'Three Dialogues with Georges Duthuit'
(*Trois dialogues*, 1998)

一九五〇年　『勝負の終わり』 *Fin de partie* (1957; *Endgame*, 1958)

『反古草紙』 *Textes pour rien* (1955; *Texts for Nothing*, 1967)

一九五四年　「ジャック・B・イェイツへのオマージュ」 'Hommage à Jack B. Yeats ('Homage to Jack B. Yeats, 1971)

「断章（未刊の作品より）」 *From an Abandoned Work* (1956; *D'un ouvrage abandonné*, 1967)

「（頭はむき出し…）」 'Foirade (il est tête nue)' (1972; 'He is bareheaded', 1976)

一九五六年　『すべて倒れんとする者』 *All That Fall* (1957; *Tous ceux qui tombent*, 1957)

『言葉なき行為 I』 *Acte sans paroles I* (1957; *Act Without Words I*, 1958)

『芝居　下書き I』 *Fragment de théâtre I* (1974; *Rough for Theatre I*, 1976)

一九五七年　『残り火』 *Embers* (1959; *Cendres*, 1959)

一九五八年　『クラップの最後のテープ』 *Krapp's Last Tape* (*La Dernière bande*, 1959)

『芝居　下書き II』 *Fragment de théâtre II* (1976; *Rough for Theatre II*, 1976)

『ラジオドラマ　下書き II』 *Pochade radiophonique* (1975; *Rough for Radio II*, 1976)

『事の次第』 *Comment C'est* (1961; *How It Is*, 1964)

一九五九年　『イマージュ』 *L'Image*

『言葉なき行為 II』 *Act Without Words 2* (*Acte sans paroles 2*, 1963)

一九六〇年　『しあわせな日々』 *Happy Days* (1961; *Oh les beaux jours*, 1963)

一九六一年　『言葉と音楽』 *Words and Music* (1962; *Paroles et musique*, 1966)

一九六二年　『カスカンド』 *Cascando* (1963; Eng., 1963)

『ラジオドラマ　下書きⅠ』 *Esquisse radiophonique* (1973; *Rough for Radio I*, 1976)

『芝居』 *Play* (1964; *Comédie*, 1966)

「J・M・マイム」 'J. M. Mime' (1985)

一九六三年　『フィルム』 *Film* (1967; Fr., 1972)

『わたしじゃない』 *Not I* (1973; *Pas moi*, 1975)

一九六四年　『奇異なるものみな消え去り』 *All Strange Away* (1976)

一九六五年　『行ったり来たり』 *Come and Go* (1967; *Va et vient*, 1966)

「死せる想像力よ想像せよ」 'Imagination morte imaginez' ('Imagination Dead Imagine', 1966)

『ねぇジョウ』 *Eh Joe* (1967; *Dis Joe*, 1966)

「たくさん」 'Assez' (1966; 'Enough', 1967)

『人べらし役』 *Le Dépeupleur* (1970; *The Lost Ones*, 1972)

一九六六年　『息』 'Breath' (1969; 'Souffle', 1971)

「びーん」 'Bing' ('Ping', 1967)

一九六八年　「見ればわかる」 'Se voir' (1976; 'Closed place', 1976)

一九六九年　「なく」 'Sans' ('Lessness', 1970)

一九七三年　「(おれは生まれる前から…)」 'Foirade II (J'ai renoncé avant de naître)' ('I gave up before birth', 1976)

「遠くに鳥が」 'Au loin un oiseau' ('After a bird', 1976)

「みじろぎもせず」 'Still' (1974; 'Immobile', 1976)

「物語が語られた時」 *As the Story Was Told* (1975)

一九七四年　『あのとき』 *That Time* (1976; *Cette fois*, 1978)

「断崖」 'La Falaise' ('The Cliff', 1995)

一九七五年　『あしおと』 *Footfalls* (1976; *Pas*, 1977)

『幽霊トリオ』 *Ghost Trio* (1976; *Trio du fantôme*, 1992)
「光線の長い観察」（未発表） 'Long Observation of the Ray'

一九七六年 『伴侶』 *Company* (1980; *Compagnie*, 1980)
『……雲のように……』 *... but the clouds...* (1977; *... que nuages...*, 1992)

一九七七年 『モノローグ一片』 *A Piece of Monologue* (1979; *Solo*, 1982)

一九七九年 「ある晩」 'Un soir' (1980; 'One Evening', 1980)
『見ちがい言いちがい』 *Mal vu mal dit* (1981; *Ill Seen Ill Said*, 1981)

一九八〇年 『クワッド』 *Quad* (1984; Fr., 1992)
『ロッカバイ』 *Rockaby* (1981; *Berceuse*, 1982)
『オハイオ即興劇』 *Ohio Impromptu* (1981; *Impromptu d'Ohio*, 1982)

一九八一年 『いざ最悪の方へ』 *Worstward Ho* (1983; *Cap au pire*, 1991)

一九八二年 『カタストロフィ』 *Catastrophe*
『夜と夢』 *Nacht und Träume* (1984; Fr., 1992)

一九八三年 『なに　どこ』 *Quoi où* (*What Where*, 1984)
『なおのうごめき』 *Stirrings Still* (1988; *Soubresauts*, 1989)

一九八八年 「なんと言えば」 'Comment dire' (1989; 'What is the Word?', 1989)

参考文献

Bryden, Mary, Julian Garforth and Peter Mills, *Beckett at Reading: Catalogue of the Beckett Manuscript Collection at The University of Reading* (Reading: Whiteknights Press and the Beckett International Foundation, 1998).
Clément, Bruno, et François Noudelmann, *Samuel Beckett* (Paris: ADPF, ministère des Affaires étrangères, 2006).
Cohn, Ruby, *Back to Beckett* (Princeton: Princeton UP, 1973).
——, *A Beckett Canon* (Ann Arbor: The U of Michigan P, 2001).

Knowlson, James, *Damned to Fame: The Life of Samuel Beckett* (London: Bloomsbury, 1996).
Pilling, John, *A Beckett Chronology* (Basingstoke: Palgrave Macmillan, 2006).
Van Hulle, Dirk, ed. *The New Cambridge Companion to Samuel Beckett* (Cambridge: Cambridge UP, 2015).
井上善幸「ベケット作品ジャンル別書誌」『ベケット大全』高橋康也監修（白水社、一九九九年）。

＊執筆開始時期の判明しているものについては、その開始時期に各作品を置くようにした。また発表年が執筆時期と異なる場合は、英語もしくはフランス語のタイトルの後に発表年を示した。英仏とも同じ作品名の場合は Fr., Eng. と略記することでその違いを示した。翻訳に関しては、大抵はベケット自身によるものであるが、作家没後の翻訳はベケット以外の手になるものが多く、それらを区別せず、英仏の翻訳を網羅するようにした。作品名は最初の執筆言語で示すこととし、翻訳のタイトルはその後に示した。

サミュエル・ベケット翻訳作品・草稿類等参照リスト

＊本書でのベケット作品からの引用は、特に断りのない限り、以下の翻訳から引用させていただいた。本文では引用の後、括弧内に作品名、原書頁数、［翻訳頁数］がともに漢数字で示してある。ただし、作品名が明らかな場合は、原書頁数、［翻訳頁数］だけが、また、参照が原書のみの場合は、原書頁数だけが漢数字で示してある。その場合、最初の注で原書の書誌情報を示し、あとは本文中に漢数字で頁数だけを表記した場合もある。その場合、断るまでもなく、翻訳は各執筆者・翻訳者による。参照された原書に関する書誌情報は、各論の注を参照されたい。また、すべてのベケット翻訳作品を網羅したものではないことをお断りしておく。

（例）
（『ゴドーを待ちながら』三五［四五］）〔原書三五頁、訳書四五頁〕
（三五［四五］）〔作品名が明らかな場合。原書三五頁、訳書四五頁〕
（『ゴドーを待ちながら』三五）〔原書三五頁〕
（三五）〔作品名が明らかな場合。原書三五頁〕

戯曲・テレビ劇・映画

『ベスト・オブ・ベケット１』（白水社、一九九〇年）
　『ゴドーを待ちながら』安堂信也・高橋康也訳
『ベスト・オブ・ベケット２』（白水社、一九九〇年）
　『勝負の終わり』安堂信也・高橋康也訳

『クラップの最後のテープ』安堂信也・高橋康也訳
『行ったり来たり』安堂信也・高橋康也訳
『わたしじゃない』安堂信也・高橋康也訳
『あのとき』安堂信也・高橋康也訳
『ベスト・オブ・ベケット3』（白水社、一九九一年）
『しあわせな日々』安堂信也・高橋康也訳
『芝居』安堂信也・高橋康也訳
『言葉と音楽』安堂信也・高橋康也訳
『ロッカバイ』安堂信也・高橋康也訳
『オハイオ即興劇』安堂信也・高橋康也訳
『カタストロフィ』安堂信也・高橋康也訳
『ベケット戯曲全集1』（白水社、一九六七年）
『すべて倒れんとする者』安堂信也・高橋康也共訳
『残り火』安堂信也・高橋康也共訳
『ベケット戯曲全集2』（白水社、一九六七年）
『言葉なき行為』安堂信也・高橋康也共訳
『言葉なき行為Ⅱ』安堂信也・高橋康也共訳
『カスカンド』安堂信也・高橋康也共訳
『ねぇジョウ』安堂信也・高橋康也共訳
『ベケット戯曲全集3』（白水社、一九八六年）
『芝居　下書きⅠ』高橋康也訳
『芝居　下書きⅡ』高橋康也訳
『ラジオ・ドラマ　下書きⅠ』高橋康也訳

『ラジオ・ドラマ　下書きII』高橋康也訳
『フィルム』高橋康也訳
『息』高橋康也訳
『クワッド』高橋康也訳
『あしおと』高橋康也訳
『幽霊トリオ』高橋康也訳
『……雲のように……』高橋康也訳
『モノローグ一片』高橋康也訳
『夜と夢』高橋康也訳
『なに　どこ』高橋康也訳
『エレウテリア（自由）』坂原眞理訳（白水社、一九九七年）

小説・散文

『並には勝る女たちの夢』田尻芳樹訳（白水社、一九九五年）
『蹴り損の棘もうけ』川口喬一訳（白水社、一九七二年）
『マーフィー』川口喬一訳（白水社、一九七一年）
『ワット』高橋康也訳（白水社、一九七一年）
『初恋／メルシエとカミエ』安堂信也訳（白水社、一九七一年）
『モロイ』安堂信也訳（白水社、一九六九年）
『マロウンは死ぬ』高橋康也訳（白水社、一九六九年）
『名づけえぬもの』安藤元雄訳（白水社、一九七〇年）
『事の次第』片山昇訳（白水社、一九七二年）
『サミュエル・ベケット短編小説集』（白水社、二〇一五年）

「追い出された男」片山昇訳
「鎮静剤」片山昇訳
「終わり」片山昇訳
『反古草紙』片山昇訳
「断章（未完の作品より）」片山昇訳
「たくさん」片山昇訳
「死せる想像力よ想像せよ」片山昇訳
「びーん」片山昇訳
「なく」安堂信也訳
『人べらし役』安堂信也訳
『新思潮』第16次第2号（一九六一年）
「没になった作品から」近藤耕人訳
『また終わるために』（書肆山田、一九九七年）
「(頭はむき出し…)」宇野邦一訳
「(おれは生まれる前から…)」高橋康也訳
「遠くに鳥が」高橋康也訳
「見ればわかる」高橋康也訳
「みじろぎもせず」高橋康也訳
『伴侶』宇野邦一訳（書肆山田、一九九〇年）
『見ちがい言いちがい』宇野邦一訳（書肆山田、一九九一年）
『いざ最悪の方へ』長島確訳（書肆山田、一九九九年）。
『なおのうごめき』長島確訳

『ユリイカ』第28巻第3号（一九九六年）
『さいあくじょうどへほい』近藤耕人訳

詩
『ジョイス論／プルースト論』（白水社、一九九六年）
『ホロスコープ』高橋康也訳
『こだまの骨』高橋康也訳
「フランス語詩」片山昇訳

批評
『ジョイス論／プルースト論』（白水社、一九九六年）
「ダンテ・・・ブルーノ・ヴィーコ・・ジョイス」川口喬一訳
『プルースト』楜沢雅子訳
「ヴァン・ヴェルデ兄弟の絵画――または世界とズボン――」岩崎力訳
「三つの対話――サミュエル・ベケットとジョルジュ・デュテュイ――」高橋康也訳
『水声通信 no. 22』（二〇〇八年）
「障害の画家」井上善幸訳

草稿
UoR MS　レディング大学ベケット・アーカイヴ所蔵ベケット作品草稿番号（英国）
TCD MS　トリニティ・カレッジ（ダブリン）所蔵ベケット作品草稿番号（アイルランド）

伝記類

ジェイムズ・ノウルソン『ベケット伝（上巻・下巻）』高橋康也、井上善幸、岡室美奈子、田尻芳樹、堀真理子、森尚也共訳（白水社、二〇〇三年）。James Knowlson, *Damned to Fame: The Life of Samuel Beckett* (London: Bloomsbury, 1996).

ジェイムズ・ノウルソン、エリザベス・ノウルソン『ベケット証言録』田尻芳樹、川島健訳（白水社、二〇一〇年）。

第一部

第1章

人間の終焉

モロイの沈黙

ジョルジュ・バタイユ　古屋健三訳

『モロイ』の作者がわれわれに物語ることは、言わば、この世であきらかにもっとも耐えがたいことである。そこには過激なファンタジーしかなく、すべてが異様《ファンタスティック》で、突飛であり、おそらくすべてが不浄である。しかし、この不浄は驚異的な幻想でもある。より正確には、『モロイ』とは不浄な幻想なのだ。同時に、これ以上にまた必然的で説得力に富む物語もない。『モロイ』があらわにしているものはただ単なる現実ではなく、純粋状態の現実なのだ。それはもっとも貧しい、だが不可欠な現実であり、われわれの前に絶えず姿をあらわしていながら、絶えずある恐怖から遠ざけられ、われわれがそれを見ることを拒み、そこに落ちこまないために絶えず努力を払わなくてはならない、そしてただ胸をしめつけるような不安という捉えがたい形でしかわれわれに知られていない、そのような根元的な現実なのである。

　もし私が寒さとか、飢えとか、そのほか人間を打ちのめすさまざまな不快事が気にならないならば、この身を自然に、雨に、大地に、世界と事物への果てしない埋没に委ねて、私自身モロイの主人公となるだろう。また、この人物には私も、そして、あなたがたも必ず出会ったはずだ。街角でその男に出会って、慄然とした羨望の念に捉えられたはずである。ぼろ着につきものの美しさがおりなす無名の姿、無気力で無関心な眼差し、幾世紀にもわたってしみこんだような不潔さ、それは要するに梶を失った存在であり、われわれすべてがそうである企ての漂流状態なのだ……。

存在の根底であり、残滓であるこの現実にはなにか非常に一般的なものがあり、ときどきわれわれが見かけては、すぐに見失ってしまうあの完成された浮浪者たちにはなにか本質的に見わけがたいものがあるので、われわれにはこれ以上無名な存在は考えられない。いま書いた浮浪者という名前すら彼らを裏切っているほどだ。だがみじめな人《ミゼラブル》という呼び名も、浮浪者にくらべれば、おそらくより大きな不確定性を持つという利点があるとはいえ、やはり彼らを裏切ることには変わりないだろう。そこにあるものはまさしく存在の根底そのものなので（もっとも、「存在の根底」という表現も、それだけでは、それを確定しえないであろうが）、われわれは躊躇なくこう言える。われわれにはそれを名づけることができない、それは不分明で、必然的で、捉えがたいものであり、それは沈黙であって、そしてそれだけなのだ、と。われわれが無能力なばかりに浮浪者とかみじめな人とか名づけているものは、実は名づけられないものであり（もっとも、この名づけられないものという語もまたわれわれを混乱させる言葉ではあるが）、死者に劣らず無言である。かくして、昼日中街に出没するこの亡霊にたとえ語りかけてみても、その試みが無駄であることはあらかじめわかりきっている。その生活（？）や貧苦の正確な状況や状態を知ったとしても、一歩も話が進んだことにはならないだろう。この人間、というよりこの存在は、かつては自身の言葉に担われた一人の人間だったのだろう。しかし彼のうちに残存する、というより涸渇していく言葉はもはや彼を担うことはなく――そして同様に、言葉が彼に到達することももうないのだ。彼と交しうる会話はことごとく会話の亡霊であり、見せかけの会話にすぎないだろう。そうした会話は、かえってわれわれを遠ざけ、なにか見せかけだけの人間性に追いやってしまうはずだ。街をのろのろと行きながら人の心を魅するあの残骸が告示している人間性の不在とは別なものに、われわれは追いやられてしまう。[*1]

*

さて、ここでつぎの本質的な点を明確にしておこう。それは、サミュエル・ベケットが、私がいま言ったあの「存在の根底」なり「人間性の不在」なりを描く意図を持っていたと考える理由はないということだ。それどころか、モリエールがアルパゴンを守銭奴の形象に、またアルセストを人間嫌いの形象にしたようには、[(1)]ベケットがモロイを浮浪者（あるいはこの名が告示している名づけられないもの）の形象にしようと意図したとはとても考えられない。実を言うと、モロイの作者の意図については、われわれはほとんどなにも知るところがない。また彼に関してわれわれが知っていることも概して無に等しい。一九〇六年アイルランドに生まれた彼は、ジョイスの友人であり、いわばその忠実な弟子であった。その交友関係――あるいは人間関係――は、ジョイスがフランスで知った環境と重なるようである。戦前彼は英語で小説を一篇書き、戦後自らそのフランス語版をつくった。しかし両国語使いの彼は、その後、決定的にフランス語を選んだようである。[*2]しかしながら、ジョイスの明らかな影響がベケットを解く鍵だとはいえない。この二人の作家を近づけているのは、せいぜい、言語の自由な働き――といっても、結局、意図的で、集約的ではあるが、しかし過度な――によって与えられる種々雑多な可能性に寄せられた興味くらいである。そして、たしかに、この言語の創造的な暴力に寄せる、おそらくは片眼を開いてではあろうが、いかにも盲者然とした信頼が、まさしくサミュエル・ベケットとモリエールとを分かつ深淵をなしている。しかし、この深淵こそ、要するに、人間嫌いなり守銭奴なりを、モロイの人間性の不在や不定形な性格から分かつ深淵と同じもののはずである。この不在には、ただ言語の自制力のない流出だけが到達しうる（この自制力喪失や、この流出はそれ自身、われわれが守銭奴や人間嫌いの形象を思い描く際に必要な、完成された形式を与えるあの「叙述」の否定、不在に等しい）。そして、逆に、作家がもはや書くことを自己の意図の表現手段に限定せず、言葉の波たつ大海を貫いて流れるあの深い潮流によって、漠然とながらもたらされる可能性に答えることを引き受けて自己放棄を行なう時、おのずと、運命の重圧の下に押しつぶされながら、彼は不在の不定形な象徴に至るのである。

モロイ（あるいは作者）は言う。「あの時代について知っていることといえば、言葉と死んだ事物とが教えてくれることだけだ。それでもかき集めればちょっとした量にはなり、はじめと半ばと終わりとがあって、まるで、しっかりした構成の文章や死骸を連ねた長いソナタみたいだ。したがって、これを言おうが、あれを言おうが、また別のことを言おうが、実のところそれはどうでもいいことだ。言うとはでっちあげることである。もちろんこう言っては嘘っぱちになる。なにひとつでっちあげはない、でっちあげたと信じ、逃れえたと思っても、実は教えられたことをぼそぼそつぶやいているにすぎない。それは一度記憶しながら忘れてしまった罰として課せられた宿題の断片であり、涙が注がれる、涙なしの生活である」[2]。これは流派の宣言ではない。なによりもこれは、流派を超越し、結局、文学が言語を、風雨でぼろぼろになり、穴だらけで、廃墟の権威を持つ建物にすべきだという運動の表現なのである。

かくして、そう欲することなしに、あるいはそう欲したがために、あるいはむしろそう欲することができなかったがためにこそ、文学は、死へと同様、宿命的に——頂上に通ずる道はいろいろであっても、そのそれぞれは固有で、選択の余地を残さない、絶対的必然に曝されている——『モロイ』の測り知れない悲惨へと人を導くのである。この抗いようのない進行はまったく恣意的で気ままな動き方をするが、宿命の重みがその動きを左右している。以前は言語がこの計算された世界を決定した。その意味作用によりわれわれの文化、活動、家は支えられていた。しかし、それは言語がこれら文化、活動、家の一手段にみずからを還元していたからであって、こうした隷属状態からひとたび解き放たれてしまえば、それはもはや無人の、開け放しの戸口や窓から、風雨が自由に吹きこむ館にすぎなくなる。つまり、それはもはや意味を持つ言葉ではなく、死が迂回して乗り移った方向不能の表現なのである。

　だが、あくまで迂回によってである。そうでなければ、死はそれ自体、さまざまの見せかけによって決して和らげられたことのない、あの究極の沈黙となろうから。それに反して、文学はこの沈黙におよそ突飛な言葉をおびただしく組み合わせる。いくらこの沈黙が死の沈黙と同じ意味を持つと言い張っても、それは死の沈黙のパロディにしかすぎない。かといって、それはまた真の言語でもない。すなわち、文学が沈黙と同じ意味をすでに深く体得していようとも、文学は沈黙になる一歩手前で身を引いてしまうのだ。と同じく、モロイも、死の化身ではあっても、正確には死者ではない。なるほど彼は死について深い無感覚、あるいは全くの無関心しか持ち合わせていない。しかし、この無感覚は、死そのものを前にして、その限界につきあたる。死に等しい者が松葉杖にすがって森の中を果てしなく彷徨うさまは、やはり死とはつぎの一点で異なる。それは、習慣からか、あるいは、よりよく死やまたは人生の不定形な否定の中に踏みとどまるためか——文学が意味ある言語の否定の中で最後に沈黙となりながらも、結局、その実体、すなわち文学としてとどまるのと同様——モロイの死は、それがとりついている生のなかに、はなれようとすることさえ許されないこの生のなかにあるからだ。

モロイは語る（身体の不随がますます悪化して、苦悶はないが、不安になっているのである）。「……結局のところ、私の片足が失業していられようと、また働かされようと、苦痛という点からみたら、それほど大きな違いがあったろうか？　あったとは思えない。というのは、なにもしないほうの足の苦痛は間断なく単調だったが、それに対し、労働という苦痛のおまけを背負ったほうの足は、ごく一瞬の間とはいえ、仕事を中断するとき、苦痛が減ずることを知ったからだ。だが、私も人間である、と思う。したがって、私の前進はこうした事態の影響を受け、以前からの遅々として苦しいものから、それについてどう言おうと、いまや、はばかりながら、正真正銘の十字架を背負っての行進、それも留《りゅう》[3]という区切りも磔《はりつけ》の希望もなく、見せかけの謙遜を捨てて言えば、シモンの助け[4]もない行進と変わり、たびたびの休止を余儀なくされたのである。そう、私の前進はいよいよ頻繁に私に停止することを強要した。止まることがただ一つの前進方法だった。そして、大昔からのこうした贖罪の短い瞬間を徹底的に論ずることは、そうするだけの価値があるとはいえ、私の蹌踉《そうろう》とした意図のなかには、はいってこない。しかし、二言三言ぐらいは触れておこう。そうするぐらいの親切は私にもあるし、ほかの個所ではたいへん明解な私の物語が、この暗がり、この広大な樹林、巨大な樹葉の暗がりのなかで終わってしまっては一大事だからだ。ここでは、私はびっこを引き、耳をそばだて、横になり、立ちあがり、耳をそばだて、びっこを引き、ときには、ことさら言う必要もないであろうが、いつかはあの大嫌いな、つまり虫の好かない明るみが、最後の幹の間に弱々しく張られているのを見られるだろうかと、そして、われわれの一件をかたづけるために母に会えるだろうかと、また、その辺の枝に蔓《つる》でもって首でもくくったほうがましではないか、結局、同じことではないかと考えたりした。それというのも、明るみには正直のところ執着がなかったし、母にしても、これほど時間がたったのに、あい変わらず私を待っていると期待できなかったからだ。それに、私の片足、両足ときたら。しかし、自殺という考えはあまり私をとらえなかった。もはや理由はわからない、わかっているつもりだったが、そうではなかったようだ……」[5]。

もちろん、生に対するこのような執拗な執着にはなんらの理由もない。この執拗さの対象が実は死であると言ってみてもなんにもならない。かりに死が――あるいは死のなかにおける実存が――、あるいは実存のなかにおける死が――ある一つの意味を持っている場合でなければ、そういったところで、意味がないからだ。ところで、そこに存在しうるただ一つの意味とは、無意味であるという事実のなかにある。その無意味はそれなりに一つの意味であり、おそらくは意味のパロディであり、要するに、われわれのうちにおける意味作用の世界を曇らすという明瞭な意味を持っているのである。じじつこれが、涸渇することのない詩想で終わりまで運ばれ、手に汗握る波瀾万丈の小説に劣らず胸ときめかせながら一気に読みくだされる、この生気あふれる物語の盲目的意図なのである。

*

Lasciate ogni speranza, voi ch'entrate...（われを過ぎんとする者はすべての希望をすてよ……）[6]

これはこのまったく奇抜な書物の題辞たるにふさわしいだろう。この書の途切れることのない、また段落もない叫びは、決して弱まることのないアイロニーをともなって、無関心と悲惨さの極限の可能性を探索してゆく。ただ一節を取り出したのでは、この度はずれな旅からは、弱々しい力のない印象しか得られないだろう。しかも、逆説的に、この旅物語は、抗しがたい、非人間的な衝動によって突きあげられた、一種の果てしない賑やかな叙事詩に整えられている（じじつ、たまたまモロイが自分は人間的であると言ったからといって、その発言を言葉通りに受け取ることはむずかしい。というのも彼はその悲惨さの最中《さなか》において、非人間的にも、精神的な逸脱、淫猥、無関心にふけるからである。これらは、心にやましさを持ち、不安に胸をしめつけられている人間なら、誰しも退けるものである)。すべての希望をすてよ……実を言うと、この言葉はある意味でしか正確ではない。そしてこの不吉な言葉が発せられるや、強烈なアイロニーが勝ち誇るのである。というのは、モロイは警官にこづかれ、いびられて進みながら、まさしくそうした不吉な言葉の限界を明らかにするからだ。素直にも彼は言う。「いちばん速い足どりで進みながら、私はこの黄金の瞬間に身を委ねていた。まるで他人になったみたいだった。それは朝と午後の労働の間の休息の時間だった。おそらくもっとも賢い人たちであろう、街中の公園に寝そべったり、自宅の戸口の前に坐ったりして、最近の憂さを忘れ、隣人にも無関心になって、この時間の終末的なけだるさを味わっていた。彼らのうちただの一人でも、私の身になって、この瞬間、私が外観とはどんなにかけ離れた人間か、そしてこのかけ離れのなかには、いまにもぷつんと切れそうなほど張りつめたもやい綱ほどの力が籠められていることを、実感してみようという人がいたであろうか。いたのかもしれない。そう、私はこのまやかしの深みに、ものものしく、穏やかな様子を装って向かっていった。それに向かって、なにも特別な危険を冒していないと承知していたので、積年の毒をすっかり傾けて突進した。青空のもと、監視のもとで。母のことも忘れ、行為からも解放され、他者の時間のなかに融けこみながら、私は自分に言った。一休み、一休み、と」[7]。実を言えば、こうした面は暗黙のうちにとどめられた方がよかったかも知れない。そうすることによってこの本に積極的な意味が付与されるわけではない。ただ一、二の大仰な表現が不釣合なのである。読者の明敏さが充分それを補ったはずだ。つまり、この明敏さは、あらゆる文学に結びついたあの衰弱を補えたはずである。ともかく文学は放り出してしまいたいという心の動きを、粗暴で単純な衝動によってのみ、それもかろうじて、乗り越えられるからである。この個所は部分的に失敗しており、場違いである。しかしこの個所のお蔭で、この物語が、われわれを鬱積させてやまないあの緊張を、なぜ持続させることができたか、その鍵が手渡されるのだ。たしかに、ここでは、理性的な希望や計画はすべて無関心の淵に沈んでしまう。しかし、現在という時の限界にあっては、現在与えられている瞬間よりも優るなにものもなく、ありえないということは、おそらく言うまでもなかったことだ。なにものも、執拗な劣等意識も、主人公を己れが犯した罪の贖《あがな》いに結びつける運命でさえも、それに優ることはないのである。そしてその贖罪も、決してそれを貶《おとし》めたり、恥ずかしめたりできなかったはずだ。贖罪はただ動物的に、不安もなく、頑固な沈黙のうちに続けられていく。「……ひょっとすると私がまちがっていて、森にとどまることができたのかもしれない。後悔することもなく、ほとんど罪にも近い過誤を犯したようなつらい気持にもおちいらずに、あるいはとどまることができたかもしれないのだ。なぜなら、これまで私はずいぶんプロンプターの声を聞かずにすごしてきたからだ。そして、それで得意になるのは不謹慎だとしても、それをかこつ理由もまったく見あたらない。しかし、命令となれば、話はすこし違う。なぜかは知らないが、私はそれに服従する傾向を常に持っていた。というのは、命令は私をどこかへ連れていくというわけではなく、他より居心地がよいわけではないが、別に悪くもない場所から私をいつも引っ張り出しては黙りこんでしまい、私を滅亡の淵に立たせてしまうからだ。したがって、私の命令がどんなものかわかっていた。それなのに、私は服従した。一種の習慣になっていたのだ。たしかに、それらの命令はほとんどが同じ問題にかかわっていた。私と母との関係の問題である。この問題に一刻も早くいささかの光明なりともたらす必要性について、またさらには、どんな種類の光明をもたらすのが適当か、そしてそうするのにもっとも有効な手段はなにかということについてだった。そう、それはかなり明瞭で、詳細とさえ言える命令だったが、さて私がやっとのことで腰をあげると、すぐさま辻褄が合わなくなり、最後にはすっかり口を閉ざしてしまい、どこへ行くのか、なんのためにかわからないうつけのように、私はそのままそこに立ちつくしてしまうのだった」(8)。結局、モロイはその贖罪に従い、その命を受けてできるだけ早く森を去る。彼がそのことを考えはじめると決ってわけがわからなくなるのだが、それは異常な説得力をもって彼に迫ってくるので、自失状態にあっても、その命に従ってなんでもやってしまうのである。歩けなくなると、這ってでも彼はこのなめくじの旅を続けていく。「腹這いになって、松葉杖を四爪錨のように使い、目前の下ばえのなかに突っ込み、しっかりひっかかったと感ずると、両の手首に力を入れて、体を前へ引っ張りあげた。手首はおそらく一種の変形性関節炎なのであろう、すっかりはれあがってぶざまな形になっていたが、全身が衰弱しているにもかかわらず、幸いまだ充分力が強かった。これが簡単に言って、どんな風に私がやっつけたかだ。この前進方法は、他の、つまり私が試みた他の方法に比べると、休息したい時にはただとまればよく、そのほかの面倒は一切いらないという利点があった。なぜなら、立っていては休息にならないし、坐っていてもまただめである。ところが、坐ったままで動きまわる人間たちがいる。それどころか、膝をついたままで、鉤《かぎ》の力をかり前後左右に自分を引っぱりまわす奴がいる。それに反して、匍匐《ほふく》運動となると、とまることがすぐに休みはじめになるばかりか、運動自体も、他の、つまりあれほど私を疲労させた運動に比較すると、一種の休息でさえある。そこで、こんな風にして、私は森のなかを、ゆっくりと、しかしある規則正しさで進んでいった。力を使い果たすことなく日に十五歩はいけた。さらには、あおむけになって、茨《いばら》のなかへめくらめっぽう松葉杖を突っこみ、半眼の眼に、梢の織りなす暗い空を映しながら進んだこともあった。私はママの家へ向かっていた。そして、ときどき、ママと言ってみた。それはきっと自分を勇気づけるためだった。私は始終、帽子を見失った。紐はとっくの昔に切れてしまっていた。とうとう、私はかっとなって、すさまじい力で帽子を頭にはめこんだので、もう取ることもできなくなった。そこで、ご婦人たちに知り合いでもあって、たまたま出会っても、礼儀正しい挨拶などとてもできかねる状態だった」(9)。

*

しかし、と、人は言うかもしれない。こんな不浄で突飛な話にはほとんどなんの意味もなく、この途方もない囈言《たわごと》は、人を疲れさせるばかりで、すこしの共感も呼びさまさない、と。

あるいはそうかも知れない。しかし、この関心の欠如が必然的に支持されがたい根本的な理由がある。それは著者の力強さと情熱の激しさとがそれとは逆の確信を有無を言わせずわれわれに押しつけてくるからである。この書物に生気を与えているのは、崩壊に向かうあの狂暴な衝動であり、作者による読者の攻撃であるが、その激しさは一瞬間といえども読者に無関心のなかに退却する暇を与えないほどである。そして、このような衝動が生まれるには、なにか強力な動機がこの魔力的な確信の本源に存在するはずではないか?

すでに述べたごとく、はじめから作者が明確な腹案を抱いていたと仮定する権利はわれわれにはない。おそらく、モロイの誕生についてわれわれが認めなければならないことは、それが理性的に仕組まれた構成から生まれたものではなく、すでに語ったようなつかみがたい現実に適するただ一つの誕生、つまり一つの神話——非人間的な、理性の眠りから生まれ出る神話として誕生したということだろう。死と、生における死のかりの姿であるあの「人間性の不在」という二つのあい似た真実は、神話の形をかりなくてはわれわれのうちに肉化しえない。じじつ、このような現実の不在は叙述の明確な区別によっては与えられないが、死にしろ非人間性にしろ、ともに実存しないとはいえ、実存であるわれわれにとってどうでもよいものとは考えられない。なぜなら、それらは実存の極限であり、背景であり、究極の真実だからである。死だけが不安のかくれた基盤なのではない。もし悲惨がわれわれをすっかり呑みこみ、分解し、あらゆるものを空虚のなかへ沈めるとしたら、その空虚もまた、死と同様、あの戦慄の対象であり、そしてそのポジティヴな一面が完全な人間性なのである。したがって、松葉杖にすがって痛々しく揺れ動くその恐ろしい姿は、われわれが気に病んでいる真実であり、影のように忠実にわれわれについてまわるのである。この姿があればこそ、それに対する恐怖がわれわれに人間的物腰や正しい態度をとらせ、明確な言葉を語らせるのである。そして、裏返せば、この姿は、言わば避けがたい墓穴であって、最後にはあの見せかけの人間性をおびきよせ、葬りさってしまう。つまり、それは、忘却であり、不能なのだ……人が悲惨に屈するのは、不幸に力つき果ててではなく、無関心におちこんで自分の名前まで忘れ、もっとも厭うべき悲惨に対してさえ、なんらの反応も示さなくなるためである。「そう、私は自分がだれかということばかりでなく、自分がいるということも忘れることがあった、存在していることを忘れさったのだ」(10)。こんな風にして、モロイの思考が、というより思考の不在が、雲散霧消する。……しかし、おそらくここには一種の詐術《さじゅつ》がある。モロイ、というより作者が書いているからだ。彼は書いている、そして彼が何を書いているかというと、それは、書く意図が彼のうちにあって姿をかくしてしまうということである……だがそれも、「……私はいつも豚のようにふるまってきた」(11)と彼が言う以上、別にたいしたことではない！　破門された人間は、誰しも無関心のなかに沈まざるをえず、その無関心は決定的であろうとする――が決定的ではありえない。だが、びっこで、不完全な無関心に対して、結局、いかにしたら無関心でいられようか。作者が「豚のようにふるまう」という決心に忠実ではなく、嘘をついていることを自白し、その著作を「そこで私は家に帰って、書いた。真夜中である。雨が窓ガラスを激しく打っている。真夜中ではなかった。雨は降っていなかった」[*3]という言葉で閉じているのも、それはモロイが作者ではないからである。つまり、モロイは、実際のところ、なにも告白しないからである。というのはモロイはなにも書かないだろうからだ。

*

一人の作者が、自分の書いていることに対する無関心に苦しめられながら書くということは、喜劇に見えるかもしれない。しかし、この喜劇を見出す精神はみずから他の喜劇にかかわり合ってはいないだろうか――まったく同じくらい虚妄な、しかし、無自覚の素朴さに支えられた喜劇に。この喜劇をまぬがれた真実には容易に達せられない。というのは、それに達する以前に、われわれはただわれわれの喜劇をあきらめなければならないばかりでなく、すべてを忘れ、もはや全くの無知にならなければならないからである。つまり、モロイにならなければならないのだ。ということは、「してしまったあとにならなければ、なにをしようとしていたのかわからない」[12]というような無能な白痴にならなければならないことだ。われわれには、この著作の第二部のジャック・モランが実行しているように、みずからモロイを探しに行くことしかできない。このモランという人物は、いわば実存しておらず、その融通のきかない性格と利己的なやもめの奇癖とには、なにか絶望的なものがあるが、これが第二部の主人公であって、そこでは消え失せたモロイの探索にモランが遣わされているのである。あたかも第一部の耐えがたい姿がこの世界の沈黙を充分にとらえていないかのように、第二部の無力な探索は、モロイが現在よりもなお完全に発見できない不在へと、境《さかい》のない宇宙を引き渡してしまう必要に応えているかにみえる。しかし、モランも、達しがたいモロイを探索しているうちに、のろのろとすべてを剥ぎとられ、だんだんと不具になり、今度は彼が、徐々に、森のなかのモロイと同じ厭うべき彷徨をなさざるをえなくなるのである。

かくして、文学は必然的に実存あるいは世界を侵蝕し、われわれが、一つの結果から他の結果へ、一つの成功から他の成功へと、雄々しく歩いて行く足どりを無に（ところでこの無は恐怖なのだが）還元するのである。もちろんこれだけで文学に与えられた可能性がすべて汲みつくされたわけではない。そしてたしかに、功利的な目的以外に言葉を使用することは、逆の方向に、恍惚と挑戦と理由のない勇気の分野をひらくことになる。しかし——恐怖と恍惚——というこの二つの分野は、われわれが考えているよりもはるかに相互に近いのである。恐怖から顔をそむける者には詩の幸福は開かれているだろうか。そして真の絶望は、警察の掌中にあるモロイの黄金の一瞬と、いささかでも異なるだろうか。

原注

＊1　私はごく若いころ一人の浮浪者と長い会話を交したことがある。それはある夜、小さな乗換え駅で汽車を待っている時のことだった。話はほとんど一晩中続いた。もちろん男は汽車を待っているわけではなく、ただ待合室を一夜の宿《やど》りに使っていたのである。そして明け方近く、私のもとを去って荒野へコーヒーを沸かしに行った。それは正確には私がいま語っている存在ではなかった。彼は饒舌《じょうぜつ》でさえあった、それもおそらく私以上にお喋りだった。彼は自分の生活に満足げな様子で、年寄りとして、当時、十五か二十の少年だった私に自分の幸福を語り、私がその話に感心しているのを見て楽しんでいた。しかしながら、彼が私に残した記憶は、いまなお私のうちに感嘆の入り混じった恐怖を呼びさまし、獣の沈黙を喚起してやまない（こ

の出会いは私にとってたいそう印象的だったので、まもなく私は、野原で彼に出会った一人の男が、おそらくは犠牲者の動物性を手に入れたいと望んでであろう、彼を殺してしまう小説を書きはじめたくらいだった）――またある時、友人たちと車である森を通った時、道路わきの草原に、一人の男が横たわっているのに出会った。彼はどしゃぶりの雨のなかでいわば水溜りのなかに寝ころんでいた。彼は眠っているわけではなかった、おそらく病気だったのだろう、われわれが問いかけても答えなかった。病院に案内しようと申し出たが、あい変わらず答はなかったように思う、かりに答があったとしても、彼は謝絶の言葉を曖昧に口籠っただけだった。

＊2　処女作『マーフィー』の英語版は一九三八年ラウトレッジ社から、またその仏語版は一九四七年ボルダス社から出版された。忌憚なく言って、この小説にはいささか失望させられる。物語は現実のことさら不完全な様相を脈絡なく並べるという手法によって展開されている。それは挑発的で、辛辣で、たいそう現代的な文学であるが、まだモロイの極端な正当性と権威とが欠けている。さらにサミュエル・ベケットは『マロウンは死ぬ』と『名づけえぬもの』という、『モロイ』と同系統のフランス語による二つの未完の小説の作者であり、これらの小説はまもなく出版されるはずである(13)。

＊3　この言葉は第二部の終わりにある。この部分は、第一部と違ってモロイによってではなく、ジャック・モランという男によって書かれたことになっている。そして、まさしく第二部は、「真夜中である。雨が窓ガラスを激しく打っている(14)」という言葉ではじまっている。

編者注

（1）アルパゴンとアルセストは、モリエール（一六二二～七三）の戯曲中の登場人物で、前者は『守銭奴』の、後者は『人間嫌い』の登場人物を指す。

（2）Samuel Beckett, *Molloy* (Paris: Minuit, 1951), 46; Samuel Beckett, *Molloy* (New York: Grove, 1955), 41.

（3）留《りゅう》　キリストが十字架を背負ってゴルゴタの丘を登った時に休んだ所を指す。

（4）シモンの助け　キレネのシモンを指す。新約の福音書に登場する人物で、エルサレムで十字架を担って歩くイエスの道行きにおいて、第五留でイエスが力尽きたため、偶然そこにいたシモンが無理やり兵士に十字架を担がされる。『マタイ伝』27: 32『マルコ伝』15: 21『ルカ伝』23: 26を参照。

（5）Beckett 1951, 120; Beckett 1955, 106.

（6）*Inf.* III, 9. ダンテ『神曲』「地獄篇」第三歌、第九行。

（7）Beckett 1951, 29; Beckett 1955, 26-27.

（8）Beckett 1951, 132; Beckett 1955, 116-17.

（9）Beckett 1951, 138-39; Beckett 1955, 121. なお、このあたりの「匍匐運動」の記述は、のちの『事の次第』『人べらし役』『伴侶』などを想起させる。

（10）Beckett 1951, 73; Beckett 1955, 65.

（11）Beckett 1951, 35; Beckett 1955, 32.

（12）Beckett 1951, 43; Beckett 1955, 38.

（13）『マロウンは死ぬ』は一九五一年に、『名づけえぬもの』は一九五三年に、ともにミニュイ社より刊行されている。

（14）Beckett 1951, 142; Beckett 1955, 125.

（『ジョルジュ・バタイユ著作集　詩と聖性』古屋健三訳、二見書房、二〇〇二年、八三〜一〇四頁より転載）

「今どこに？　今だれが？」

モーリス・ブランショ　粟津則雄 訳

サミュエル・ベケットの書物においては、誰が語っているのか？　一見いつでも同じことを語っているように見えるあの疲れることを知らぬ「私」は、いったい何者なのか？　彼は、どこへ立戻って来ようと思っているのか？　作者は確かにどこかにいるはずなのだが、いったい彼は何を希望しているのか？　読んでいるこのわれわれは、何を希望しているのか？　それとも彼は、或る環のなかに入りこんでしまい、そこを、方向《サンス》を奪われてはいないが中心を奪われた彷徨する言葉、始まりも終りもしないが渇望と要求にあふれ将来もけっしてとどまることのないような彷徨する言葉に引きずられて、人知れずめぐっているのだろうか？　人々は、この言葉がとどまることに耐ええないのであって、それと言うのも、とどまった場合、この言葉は語っていないときにもなおも語っており、途絶えたときにも執拗に続いている、というおそろしい発見をしなければならぬと思われるからだ。しかもその執拗に続く言葉は、沈黙した言葉ではない。なぜなら、そのなかでは、沈黙が永遠におのれを語っているからだ。

この経験は、書物から書物へと、それが続くことを許す薄弱なる諸手段を捨て去りながらより純粋なかたちで続けられるのだが、そこにはいかなる解決もない。

まず第一に人をおどろかせるのは、この運動である。ここでは、誰かが書いているが、その誰かは、美しい書物を書くというりっぱな楽しみのために書いているのでもなければ、一般に霊感と呼びうると思われるあの美しい拘束によって、つまり、われわれに語るべき重要な事柄を語るためだとか、それが自分のなすべきつとめだからだとか、書くことによって未知なるもののなかに進み入りたいと思っているとか、そういう理由によって書いているのでもない。それでは、おしまいにしようと思って書いているのか？　自分が、自分を引きずる運動を今なお支配しているし、自分が話しているのだから話すのを止めることだって出来るのだという印象を手に入れることによって、その運動からのがれ去ろうと試みているせいなのか？　だが、いったい、彼が話しているのだろうか？　そこで姿を消している人間の開かれた内奥で言葉と化しているこの空虚は、いったい何なのか？　彼はどこへ落ちこんだのか？「今、どこに？　今、いつだ？　今、だれが？」[1]

彷徨の領域で

彼がたたかっていること、これははっきりと見てとれる。だが時には、密やかに、言わば、われわれにも自分自身にもかくしている或る秘密をもととして、たたかっていることもある。彼のたたかいには策略がないわけではなく、自分の手札をばらして見せるというもっとも深遠な策略を使うこともある。第一に使われる手は、彼と言葉とのあいだに、さまざまな仮面や形象を介在させるという手だ。『モロイ』〔ベケットの小説（一九五一）〕は、まだ、そこで表現されているものが物語という確かな形式をとろうと試みているような書物である。もちろん、これは幸福な物語ではない。それが語っている限りなく悲惨な事柄のせいだけではなく、その物語がそれを語ることに成功していないという点から言っても、それはよく出来た物語ではない。すでに彷徨のための手段を持たぬこの彷徨者は（だが彼にはまだ足があり、自転車さえ持っている）、包みかくされ打明けられまた再び包みかくされる或る人知れぬ目標のまわりを永遠にめぐっているのだが、この目標には、すでに死んでしまっているがなおも相変らず死につつある彼の母親と関わりのある何かがあり、また、この書物の冒頭からすでに彼がそれに至りついているために（「ぼくは母の部屋にいる。今そこで暮しているのはたしかにぼくだ」[2]）、彼に、おのれを包みかくしてあらわに示そうとせぬものの異様な性質のなかで絶えずそれをめぐって彷徨させるような何かがあって、――われわれは、この放浪者が、もっと深刻な或る彷徨にとらえられており、このぎくしゃくした運動が非人称的な偏執の領域とでも言うべき領域で行われていることを、はっきりと感ずるのである。だが、われわれの眼に写るモロイの姿がいかにまとまりのないものであっても、彼はつねに、はっきりそれと見極めうる一人の人物であり、われわれを、もっと混沌とした脅威から守る確かなひとつの名前なのである。だがしかし、この物語には、人に不安を覚えさせる或る風化運動がある。つまり、この運動は、放浪者の不安定な境遇だけでは満足しえず、さらに彼に対して、ついには分裂して、別の人間になることを、刑事モランになることを、要求するのである。[3] この刑事は、彼を追いまわすがつかまえることは出来ず、こうして追跡するうちに、刑事自身も、限りない彷徨の道に入り込んでしまうのだ。モロイは、自分でも知らぬうちに、モランとなる。つまり別人になる。つまり、変りはしてもまだ別のひとりの人物に変るだけであって、この変身は、物語の安定的要素を傷つけることはないのである。もっとも、そこに、或る比喩的な意味を持ちこみはするが、おそらくこの意味はがっかりさせる程度のものだ。なぜなら、それが、そこに潜んでいる深みに応じうるほどのものとは感じられないからである。

『マロウンは死ぬ』〔ベケットの小説（一九五一）〕は、明らかにさらに遠くまで歩み入っている。ここでは、放浪者は、瀕死の人間になっている。彼が彷徨しなければならぬ空間は、『モロイ』ではまだわれわれに与えられていたような、無数の通りのある町とか、森と海の自由な地平とかいった手段を、もはや提供してはくれぬ。ここにあるのは、部屋と寝台だけだ。そこには、死にかかっている人間が、物を引っぱったり押しやったりして自分の不動性の環をひろげている棒がある。また特に、自分の空間を語と物語の無限の空間と化することによってこの環をさらにひろげる鉛筆がある。マロウンは、モロイと同様、ひとつの名前であり人物なのだが、それは一連の物語でもある。だが、これらの物語は、もはやそれら自身にもとづいてはいないのだ。読者に信じられるように語られるどころか、それらは直ちに作り話的人工性をあばかれてしまう。「今度はどこへ行くかわかっている。……さあ今度は遊びだ、ぼくは遊びに行く。……それぞれちがったテーマで、四つの話を自分に話してきかせることが出来るだろうと思う」(4)。なぜ、こういう無意味な話を作るのか？　マロウンが落ちこむと感じている空虚のなかに家具のようにそれらを並べるためだ。やがて死の無限の時間となるこの空虚な時間に対する不安からだ。この空虚な時間に勝手に喋らせておかぬためだ。そしてこの空虚な時間に口をつぐませる唯一の方法は、それに否応なしにむりやり何かを語らせ、何か或る話を語らせることなのである。こういうわけで、この書物は、もはや、大っぴらなごまかしの一手段にすぎない。だから、何とかあわせたつじつまもぎしぎし軋んでこの書物の均衡を失わせ、さまざまな仕掛がぶつかりあって実験は混乱してしまうのである。なぜなら、話は結局話であって、その輝かしさとか、皮肉にあふれたたくみさとかいう、話に形式と興味を与えるいっさいのものは、話を、マロウンというこの死にかかった人間から引離してしまうものでもあるからだ。それらは、話を、マロウンの死の時間から引離し、われわれが信じてもいない物語の持つ通常の時間に再び結びつけてしまう。この場合、その物語は、われわれにとって何の意味もない。なぜならわれわれは、もっとはるかに重要なものを期待しているからである。

『名づけえぬもの』

『名づけえぬもの』〔ベケットの小説（一九五三）〕においては、たしかに、さまざまな話がおのれを保持しようと試みている。かつてのあの瀕死の人間は、寝台と部屋とを持っていた。マーフッドは、レストランの入口の飾りに使われている壷に閉じこめた屑のごとき人間だ。ウォームという人物もいるが、これはまだ生れてもいない人物であって、彼の生活は、存在することへの無能力が作り出す胸苦しさだけである。同時にまた、以前のさまざまな人物も姿を見せるが、これらは、実体のない幻とも、名前のない「私」が占める空虚な中心のまわりを機械的にまわっている空虚なイマージュとも言うべきものだ。だが、今や、すべては変っており、経験は、その真の深みへ入りこんでいる。もはや、そのひとりひとりの名前という確かな保護のもとにある人物が問題でもなければ、たとえ内的独白という形も使わずに現在形で運ばれている物語にせよとにかく何かの物語が問題でもない。かつて物語であったものが今やあらそいとなっており、ぼろくずのようなばらばらな人間の姿であるにせよとにかく何らかの姿をしていたものが、今や何の姿もないものになっている。今は、誰が語っているのか？　休みなく語ることを余儀なくされているあの私、「ぼくは語ることを強いられている。けっして口をつぐむことはないだろう、けっして」と語るあの人物は、いったい何者なのか？　いかにも安心出来る習慣に従って、われわれは、それはサミュエル・ベケットだと、われとわが問いに答える。そうすることで、われわれは、仮構的でないがゆえに或る現実の生存の真の苦悩を喚起するような状況に含まれた重苦しいものを受入れているようだ。経験という語は、真に体験されたことを示唆しようとしているようだ。しかしまた、われわれは、このようにして、名前の持つ安定性を再び見出し、書物の「内容」をあの個人的段階に位置づけようともするのである。この段階においては、そこで起るいっさいのものが、何らかの意識に保証され、われわれに私と言う能力を失うという最悪の不幸をまぬかれさせてくれているような世界のなかで、起るのである。しかしながら『名づけえぬもの』は、まさしく、非人称的なものの脅威のもとに生きられた経験であり、ただおのれだけを語る中性的な言葉への接近である。この言葉は、それを聞く者を貫き、何の内奥もなく、いっさいの内奥を排除するものであり、また人はそれに口をつぐませることが出来ない。なぜならそれは、止むことのないもの、途絶えないものであるからだ。

それでは、ここでは誰が語っているのか？「作者」なのか？　だが、書く者が、結局のところもはやベケットではなく、彼を自分自身のそとに引出す要請であるとすれば、彼から所有権を奪って解き放ち、彼を外部に委ね、彼を、名前のない存在に、名付けられぬものに、生きることも死ぬことも止めることも始めることも出来ぬ存在なき存在に化する要請であるとすれば、彼を、空虚な言葉の無為が語り多孔質で瀕死の私がやっとのことで蔽っている空虚な場と化する要請であるとすれば、いったいこの「作者」という名前は何を示しうるのか？

ここで示されているのは、まさしくこのような変身である。語り続ける生き残りが、けっして屈服しようとせぬ人知れぬ残存が、まさしくこの変身の内奥で彷徨するのであり、何かの能力ではなくおのれを止めえぬものの呪詛を意味するような辛抱強さをもって、或る不動の放浪を続けながらあらそうのである。

進んでいっさいの手段を捨て去り、もはや可能的ないかなるつながりもない地点で始めることを承知し、何のペテンもごまかしもなく執拗にその地点にとどまり、三百ページにわたってつねに変ることのないぎくしゃくした運動とけっして進むことのないものの足踏みを聞かせている書物(7)、このような書物には、おそらく感嘆しなければなるまい。だが、これもまだ、よそよそしい読者が立つ観点であって、そういう読者は、自分には或る力業と思われるものを、落ちつきはらって眺めているのだ。のがれることの出来ぬ試練には、何ひとつ感嘆すべきものなどありはしないし、そこに落ちこむにはまさしくすでに生のそとに落ちてしまっていなければならないから死によってさえ脱け出ることの出来ないような空間のなかに閉じこめられ、そこをぐるぐる廻っているという事実には、感嘆を呼び起すものなど何ひとつありはしないのだ。審美的な感情などというものは、もはやここでは通用しない。おそらくわれわれは、一冊の書物に直面しているのではなく、おそらく、一冊の書物をはるかに超えたものが問題なのだ。すべての書物がそれから生ずる運動への純粋な接近が、おそらく作品がそこでは失い去られるようなあの根源的地点が問題なのだ。この地点は、つねに作品を破壊し、作品のなかに限りない無為を回復するのだが、しかしまた、作品は、何ものでもなくなるという危険を冒して、この地点と、つねによりいっそう始源的な関係を結ばなければならないのだ。名付けられぬものは、まさしく、無限を汲み尽すことを余儀なくされているのである。「ぼくには、何ひとつなすべきことがない、つまり、何ひとつ特別なものを持っていない。喋らなければならないが、これはあいまいな仕事だ。何ひとつ話すことはないし、他人の言葉しかないのに、喋らなければならぬ。喋りかたも知らないし、喋りたくもないのに、喋らなければならぬ。誰もぼくに強いているわけではないし、誰ひとりいはしない。これは、偶然の出来事で、ひとつの事実なんだ。けっして何ものも、ぼくにこの仕事を免除することは出来ないだろう。ここには何もない、見出すべきものも、まだ話すべきことを減らしてくれるようなものも、何ひとつない。海を飲むようなものだ。ここには海がひとつあるってわけだ」[8]。

ジュネ

どうして、このようなことが起ったのか？　ジュネ[9]は、或る奥深い「悪」の拘束を受けなければならなかったのだが、文学が、この悪を表現することによって、いかにしてジュネに、徐々に支配権と力とを与え、彼を受身な状態から行動へ、形をなさぬものからひとつの形姿へ、ぼんやりとした詩から豪華ではっきりとした散文へと高まらせたかという点について、サルトルは次のように指摘している。「作者は気付いていないが、『花のノートル・ダム』〔ジュネの小説（一九四四）〕は、或る解毒と回心の日記である。ジュネは、そこで、自分自身の毒から解き放たれ、他者の方へ向かう。この書物は、解毒作用そのものを実現しているのだ。有機的な産物、さまざまな夢想の凝縮物、マスターベーションの叙事詩として、この書物は、或る悪夢から生れ出たのち、死から生へ、夢から覚醒へ、狂気から健康へと、さまざまな堕落が里程標のように立並んだ道を、一行また一行と辿ってゆくのだ。……」「彼は、われわれをその悪に感染させながら、自分はそれから解放される。彼の書物のひとつひとつは、カタルシス的なとり憑かれの発作であり、霊魂の劇である。見かけのうえでは、それぞれ、それに先立つものをくりかえしているにすぎないが、それぞれを通して、このとり憑かれた人間は、おのれにとり憑いている悪霊を少しずつ支配するようになる。……」[10]

これは、古典的と称しうるような経験の一形式であって、ゲーテの「詩は解放である」という言葉に対する伝統的な解釈によって、その定式が確立されている。『マルドロールの歌』[11]もまた、この経験を明らかにしている。なぜなら、そこでは、変身の力とイマージュの情熱とつねによりいっそう執拗なものとなる主題の回帰とによって、少しずつ、夜の奥底から夜という手段を通して或る新しい存在が立現われ、それが、昼の輝きのなかでその姿の現実性を見出そうとしているのが見られるからだ。かくして、ロートレアモンが生れ出るのである。だがしかし、文学がわれわれを昼の方へ導くと思われても、それが、理性的な光のしずかな享受へ人を導くと考えるのは乱暴な話だろう。人々と共通の昼に対する情熱は、ロートレアモンにおいてすでに、卑俗さに対するおそろしいほどの強調にまで高まっており、共通の言語に対する情熱は、常套句や模倣語の皮肉な肯定と化することによっておのれを滅し去るのであり、これらが彼を押しやって昼の無限界性のなかに迷いこませ、彼はそこで姿を消してしまうのである。ジュネの場合も事情は同様であって、サルトルが完璧に見ぬいたように、たとえ文学が、人間に対して或る出口を開きその支配性の成就を容易ならしめているように見えるとしても、文学は、すべてがうまくいったときに、突如として、それに固有な出口の不在をあらわにし、さらにはその成就の絶対的な挫折性をあらわにするのであって、文学自体、アカデミックな境涯の無意味さのなかに解体してしまうのである。「『ノートル・ダム』の時代においては、詩は出口であった。だが、今日目覚め、合理化され、明日への不安も、恐怖もなくなった彼は、いったい何故書くのだろうか？　文士になるために書くのだろうか？　これこそまさしく彼がのぞまぬことだ。……或る作者の作品がきわめて深い欲求から生れたものであり、その文体がきわめて明確な意図のもとにきたえあげられた武器であり、そのイマージュや推理のひとつひとつがきわめて明らかなかたちで生全体を要約しているような場合、その作者が、一挙に他のことを語りはじめえないことは、想像しうるところだ。……得る者、は失う者だ。彼は作家という名を得ることによって、同時に、書くことの必要と欲求と機会と手段とを失うのである」(12)。

それにまた、事実、文学的経験に関しては、すでに古典的なものとなった或る語りかたがある。この語りかたに従えば、人々は、作家が、作品のなかでおのれ自身の暗い部分から幸福なかたちで解き放たれるのを眼にするというわけだ。その部分は、作品のなかでは、まるで奇蹟のように、作品の持つ固有の幸福と明るみとに化するのであり、作家は、作品のなかに、或るかくれがを見出すのである。もっとうまくゆけば、他人との自由な交流のなかでおのれの孤独な自我が溢出するのを見出すのである。これは、フロイトが、昇華作用の効力を強調しながら主張した考えであって、この主張を貫いているのは、彼が意識と表出とが持つさまざまな力に対して抱いていたきわめて感動的なあの信頼の念である。しかしながら、事は必ずしもそれほど単純ではない。経験にはもうひとつ別の段階があると言わねばならないのであって、その段階においては、人々は、ミケランジェロがますます苦悩にあふれた人間になり、ゴヤはますますとり憑かれた人間になり、あの明るく快活なネルヴァルが街灯で生を終り〔ネルヴァルは、街灯に首を吊って死んだ〕、ヘルダーリンが、詩的生成のあまりにも強い運動のなかに入りこんでしまったために、自分自身と自分自身の理性的な所有に対して死別する〔ヘルダーリンは発狂した〕のを眼にするのである。

中性の言葉への接近

どうして、このようなことが起るのか？　このことを思い返してみるにあたって、ここでは、次の二つの点を示唆することしか出来ない。そのひとつは、ものを書き始める人間にとって、作品とは、彼がその平和で充分に守られた自我のなかに閉じこもって人生のさまざまな困難から身を潜めている囲い地ではない、ということである。おそらく彼は、自分が、事実上この世から守られていると思っているだろうが、それは、はるかに重大な或る脅威に身をさらすためなのである。この脅威は、彼が無防備のところを見つけるわけだから、さらに脅威的な脅威であり、外部から、彼が外部にいるという事実から、彼に到来する脅威にほかならぬ。そして、彼は、この脅威に対して身を守るべきではなく、逆にそれに身を委ねなければならないのである。作品は、それを書く人間が、作品のために身を犠牲にして別のものになることを要求する。誰か或る他人となるのではなく、たとえまだ生きていようが、さまざまな義務や満足や興味を持つ作家となるのでもなく、むしろ誰でもない者に、作品の呼び声が響きわたる空虚だが生気にあふれた場になることを要求する。

だが、なぜ、作品は、このような変形を要請するのか？　この問いに対しては、こんなふうに答えることが出来る。作品は、その出発点を見なれたもののなかに見出すことが出来ず、未だかつて考えられたことも聞かれたことも見られたこともないものを求めているからだ、と。だが、この答えは、かんじんな点をまったくいいかげんにしているようだ。あるいはまた、次のように答えることも出来るだろう。作家も、生きた人間であり、それも、共同社会のなかで生きている人間であって、そこでは彼は、有用さに対して力をふるっており、作られたものや作るべきものの持つ堅固さに支えられ、彼がのぞむと否とを問わず何か或る共同の計画の真理性とかかわっているのだが、作品は、作家に、その宿りの地として想像的なものの空間を与えることによって、彼から世界を奪い去っているからだ、と。事実、『名づけえぬもの』がわれわれに対して喚起しているものの一部は、この世の外に落ちこんだ人間の不安である。そうした離隔状態のうちにあって、以後はもはや死ぬことも生れることも出来ず、自分が作り出しはしたがその存在を信じてもおらず、また何ひとつ彼に語ってもくれないようなかずかずの幻につきまとわれながら、存在と虚無とのあいだを永久に浮遊する人間の不安である。だが、しかし、これもまだ真の答えではない。われわれはむしろ、その真の答えを、作品がおのれを成就しようとするにつれて、作品を、それが不可能性の試練にさらされる地点に連れ戻す、あの運動のなかに見出すのである。そこでは、言葉は、語るのではなく、存在するのであり、言葉のなかでは、何ものも始まらず、何ものも語られない。言葉はつねにふたたび存在するのであり、つねにくりかえし始まるのである。

　このような根源への接近こそ、作品の経験を、それを耐えている人間にとっても作品そのものにとっても、ますます脅威的なものと化するものだ。しかしまた、この接近だけが、芸術を本質的な探究と化するのであり、また、もっともけわしいかたちでこの接近を感知しうるものとしたために、『名づけえぬもの』は、文学がわれわれに与えている「成功した」作品の大半とくらべて、文学にとってはるかに重要なものなのである。「自分が嘘っぱちだし、話していることに何の関心もないし、たぶん年をとりすぎてもおりはずかしめられすぎてもいるからそれを限りに黙らせてくれるような言葉をけっして語りえないことを知りながら、喋っているあの声」[13]を聞きとるようにつとめてみよう。ものを書くために、時間の不在のなかに落ちこんだ人間が、以後、語に身を委ねながら没してゆくあの中性的領域、彼が、終りのない死によって死ななければならぬあの領域に、くだってゆくようにつとめてみよう。「……言葉はいたるところに、ぼくのなかにも、ぼくのそとにもある、何てことだ、さきほどぼくには密度というやつがなかった。言葉がきこえる、聞く必要はないし、頭も必要じゃない、言葉をとどまらせることは不可能で、ぼくは言葉のなかにいる、言葉で出来ている、他のものの言葉で、他のものって、場所でもあり、空気でもあり、それに、壁や、床や、天井や、言葉ども、全世界は、ここに、ぼくといっしょにいる、ぼくは空気で、壁で、壁に閉じこめられた者だ、すべては屈服し、開き、流れ出、逆流する、雪片、ぼくは、交叉し、ひとつに結ばれ、また別々になるあのすべての雪片だ、ぼくは、どこへ行っても、自分を見つけ、自分を捨て去る、自分におもむき、自分からやってくる、いつもただ自分だけ、自分の切れっぱしだけ、そいつが取戻され、失われ、取逃される、言葉ども、ぼくはあのすべての言葉だ、あのすべての見知らぬやつら、あの言《ことば》のほこりだ、散りしく地面もなく、飛び散る空もなく、それらは互いに出会い、また互いにのがれあっては語るのだ、ぼくがそれらすべてだ、と、ひとつに結ばれたものたち、相わかれたものたち、互いに知らぬものたちで、それ以外のものではないと、いや、そうじゃない、まったく別のものなんだ、ぼくがまったく別のものだと語るのだ、沈黙せるひとつの物、それがいる場所は、固くて、空虚で、閉じていて、乾いていて、明確で、暗くて、そこでは、何ものも効かない、何ものも話さない、そしてぼくは、耳をすまし、聞きとり、探し求める、まるで檻で生れた動物で、そいつは檻で生れた動物の檻で生れた動物の檻で生れた動物の檻で生れた……」(14)

編者注

(1) Samuel Beckett, *L'Innommable* (Paris: Minuit, 1953), 7.
(2) Samuel Beckett, *Molloy* (Paris: Minuit, 1951), 9-11.
(3)『モロイ』第二部の語り手であるジャック・モランは、刑事というより、しいていえば探偵的存在と解すべきである。
(4) Samuel Beckett, *Malone meurt* (Paris: Minuit, 1951), 7.
(5) Wormは、英語ではミミズやウジ虫のような脚のない虫を意味する。
(6) Beckett, *L'Innommable*, 8-9.
(7) ベケットの『名づけえぬもの』の初版は二六二頁までである。
(8) Beckett, *L'Innommable*, 55.
(9) Jean Genet(一九一〇~八六)フランスの小説家・詩人・劇作家。ベケットは、ロジェ・ブラン演出によるジュネの『黒人たち』(一九五九年初演)を「ひじょうに素晴らしい」と賞讃していた。

(10) Jean-Paul Sartre, *Saint Genet* (Paris: Gallimard, 2006), 499, 602.
(11) *Les Chants de Maldoror* (Paris, 1868-69). ロートレアモン(一八四六〜七〇)の詩的散文小説。全六歌からなる。二〇世紀初頭にシュルレアリストらに大きな影響を与えた。
(12) Sartre, *Saint Genet*, 633-34.
(13) Beckett, *L'Innommable*, 40.
(14) Beckett, *L'Innommable*, 204.

(『来たるべき書物』粟津則雄訳、筑摩書房、一九八九年、三〇〇〜三一〇頁より転載)

記憶と回想の修辞学

ブリュノ・クレマン　藤原曜 訳

自己引用の働きにより、読者は「作品＝文学生産（l'œuvre）に参入する」ことが可能となる。よって我々はこの働きを作品＝文学生産の最後の切り札とみなすこともできるが、サミュエル・ベケットの作品において修辞学《レトリック》のほかの分科がすべて転倒されていたこと、そして我々がそれらを改めて定義する必要があったことを考えるなら、自己引用の働きもやはり「記憶《メモリア》（*memoria*）」の機能の再考へと我々を確実に導く一つの段階にすぎないということになる。これまでと同じく、最終的に考えなくてはならないのは「私（moi）」の問題なのだ。[1]

実際、修辞学の五分科において、ベケットがそのレトリックとしての役割をもっとも積極的に利用している、つまり読者をレトリックの運動に引き込むことで読者にもっとも直接的に「働き」かけているのは「記憶《メモリア》」の機能である。読者はこの機能を退ける手立てをもたず、またそれを受け入れたことを自覚することもない。ベケットの作品＝文学生産に参入するには、読者は作品の外部の知識を、そして自分自身さえをも「忘却」できなくてはならず、この機能において、テクストの、つまり語り手の想像《イマジネール》の世界と読者の想像《イマジネール》の世界が（決して截然としたものではなかったことが明らかとなり）一つになる。というのも、自己引用が体系的に実践されるなら、引用が繰り返されることで作品の中に堆積し、テクストに属していると同時に（記憶に、ではなく）意識に属しているすべての「回想」は、必然的に読者の「回想」となるのだから。自己引用による参照を取り込み、それを語り手と共有することで、読者は作品に積み重ねられてきたイマージュや回想を、そして作品を少しずつ作り上げてきた過去を自分のものとすることができる。ベケットの著作を読むということは、自分自身を忘れ、消し去ることであり、そこでの自己忘却、無化は、フローベールやプルーストを読む際の忘却、無化に比べ、より徹底的なものなのだ。

最終的に作品＝文学生産の「記憶《メモリア》」の機能を請け負うもの、それはここかしこより導入された過去の参照や引用の総和ではない。それはまた、その完全な知識が——その知識をまとめるのは「私」であり、それによって「私」は一貫したものとなるのだが——「私」とは無関係に絶えず要請されることになる過去の作品の総体でもない。作品の「記憶《メモリア》」を起動させるのはまさに記憶なのだが、それは多少なりとも遠い回想を想起し、召還する能動的な心的能力としての記憶ではなく、今日コンピューターの記憶装置《メモリー》について、つまりデータ（回想）の貯え《ストック》について言われる意味においての記憶である。そう考えるなら、外的参照は、「記憶《メモリア》」の機能から排除されることはないという点において内的参照と変わるところがなく、それは然るべき手順によって、巧妙に、かつ緊密な方法でその機能に加えられる。外的参照はテクストで言及されるあらゆる対象と同様に内面化され、自我《エゴ》に属するものとして扱われることで問題とされる。ダンテの『煉獄篇』、『メルシエとカミエ』におけるワットの告解（「人生なんて糞くらえ！」(2)）、あるいは『クラップの最後のテープ』におけるボートの挿話は、もはや内的、外的と区別されることがなく、個人的でありながら他者との融和性をもつ回想（souvenirs intimes）となる。

よってベケットの作品では、あるときは記憶（力）の不在について語られ（「記憶がよければ、これが終わりのしるしだということがわかるのだろうが」『名づけえぬもの』[3]、「突然ここで記憶を失う」『反古草紙』[4]）、またあるときは回想があると断言されるが（「なんとたくさんの回想だろうか」『反古草紙』一六三、「とはいうものの回想もある」『名づけえぬもの』一八二）、そこに矛盾はない。

修辞学について語っている以上、我々は読者を問題にする必要があるのだが、読者もやはり回想するという能動的な能力を欠いていながら、充分な典拠をもっている。読者はふとしたきっかけで、自身のうちにある生の断片、おそらく読者自身のものでも語り手のものでもないが、語り手と分かち合うことになる生の断片を想起する。こうした記憶の回帰は、読者にとって思いがけないものであろうが、いずれにせよ読者はそれを避けることができない。ベケット作品の読者は、その語り手の一人に倣い、戯れに次のように言うこともできるだろう。「私の過去、私のものでなければ過去でもない[5]」。

記憶は要するに「修辞術（*technè rhètorikè*）」の五分科が交差する場に位置づけられる。記憶とは、それぞれの分科が提出する問いに対する答えのようなものなのだ。それは「発想（*inventio*）」に（「私は私の回想をでっちあげた」『名づけえぬもの』一八二）、そして「配置（*dispositio*）」に属する（いくつかのテクストでは、イマージュ＝回想の出現と消失の順序によって、作品の構成が最終的に「決定」されている）。それはある意味で「表現法（*elocutio*）」の問題を解決する（「回想聞こえたとおりに私は語る泥の中でそれをささやく」『事の次第』[6]）。さらに記憶は、表象（主題の空間化）の条件であり、またその対象でもある、時の尺度であることが明らかになる（「口演（*actio*）」）。そして最後に読者が追体験することになる物語についてだが、それは読者が、その物語の演者であると同時に作者でもあると称する人物と即座に分かち合うものとなる（「記憶《メモリア》

（*memoria*）」）。

　こうして「記憶」という語が一見したところ異なる二つの事象を指示すること、つまりある作品の（修辞学における）「記憶《ムネーメ》」の働きを指示すると同時に、語り手の個人的でありながら他者との融和性をもつ記憶（mémoire intime）を意味する語として用いられていることが理解される。

　もちろん最後に記憶について、より正確には回想について語るといっても、それによって作品のすべてを明らかにする鍵が手に入るわけではない。それは言うまでもなく作品＝文学生産の隠された意味について語ることでも、その機能の真相を言い当てることでもない。作品に表れるほかのあらゆる素材と同じく、回想が舞台の前景を一時的に占めることは充分に可能であり、また、たとえ束の間であれ、我々は回想を作品に不可欠なものと考えることもできる。とはいえ回想は、登場人物、イマージュ、言葉、数と同じように、[7]作品から排除されることはないにせよ、確実に疑義の対象になる（「これまでのことはみんな忘れること」「たくさん」[8]、「回想ってやつは、まったく始末におえないものだ」「追い出された男」[9]）。最後に回想について語ること、それはほかの作品を忘却したことのみならず、それらの作品に抱いてきた印象をも忘れてしまったことに気がついた読者、つまり読者自身の記憶、読者自身の過去を、想像の他者による想像の記憶、想像の過去と交換したことに最終的に気づいた読者の視点を示すことでしかない。「非人称の脅威」[10]（モーリス・ブランショ）は、ダモクレスの剣のように宙づりにされているが、それは作品の上にではなく、まさに読者の頭上に位置している。読者はその脅威が身に迫っていることを察知し、自身の人格が彼方へ消え去ること、他者の中へ（他者のために）消え去ることを危惧しさえする。他者との融和性《アンティミテ》は、排除されるどころか（『名づけえぬもの』に〔中略〕内面《アンティミテ》はなく、他者とのいかなる融和性《アンティミテ》とも無縁である」[11]ブランショ）、作品に入念に組み入れられ、読者はそこに追い込まれる。語るべきことは、まさにこの他者との融和性についてである。「中性の言葉への接近」の企てにおける比類なき、貴重な成功として、あるいはその失敗、またその嘆くべき残滓としてではなく、読者に働きかけるものとしてこの他者との融和性について語らなくてはならず、また、その要因をも作品のうちに見出す必要がある。『あのとき』で最初に聞かれる声Aは、幼年時代の声、孤独についての声だが、ほかの二つの声と同じく虚構《フィクション》についての声でもある（「物語の全体を少しずつでっちあげ〔中略〕自分自身をでっちあげ一〇〇万回繰り返し自分をでっちあげ自分がかつていたあらゆる場所を忘却しでは何故フーリエの阿呆宮《フォリー》なのかそしてそのほかは廃墟子供だったお前が見に戻った」）[12]。この声を、回想者をそれぞれある程度まで構成する二つの声、他者についての声（声B）、そして「古くなり汚れで黒ずんだ死者たち」（一六）の声（声C）と切り離すことはできない。だが作品の、というより読書の機能の原理を示すのはこの声Aであり、この声はほかの戯曲、ほかの作品においても異なる形で現れる。

主人公（ベケット作品においては語り手）への同一化という極めて古典的な手段によって、読者はあらゆる過去、あらゆる回想を捨て去ることを要請され（結局はそうすることを強いられ）、ベケットのテクストのいずれかに参入するのだが、読者が記憶を放棄するわけではない。読者の記憶は最初の言葉が読まれるまさにその瞬間に始動し、その読書の間だけ（回想を見出すという）機能を果たす。実際、奇妙なことではあるが、ベケットの語り手は筆を取る以前の、口を開く以前のあらゆる記憶を確実に失っており、それがあったことを決して否定しようとはしないこの過去について、無意味で曖昧な仮説を連ねることしかできない。モロイがその第一人者である。「私は母の寝室にいる。今、ここで生活しているのは私だ。どうやってここまで来たのかはわからない。救急車かもしれない。何か乗り物で来たことはたしかだ」(『モロイ』)[13]、「私にはよくわからない、率直に言って。たとえば母の死だ。私がここに着いたときにはもう死んでいたのか？　それとも死んだのはもっと後か？　埋葬できるように死んでしまったかどうかということだが、私にはわからない」、「綴り方も忘れ、言葉も半ば忘れてしまった」(八)。マロウンはモロイを一語一句引用しているのだが(次の引用の傍点部)、そのことに気づいてはいないようだ。この記憶の「無意志的」な性格、無意識的と言ってもよい性格は、「寝室」以前の記憶が完全に失われていることのまた一つの証左となる。実際、マロウンは前作でのモロイの発言を忘れており、作品の冒頭でこの忘却の奇妙な働きについて改めて語っている。「どうやってここ(寝室)まで来たのか自分でも思い出せない。救急車かもしれない。何か乗り物で来たことはたしかだ。ある日気がついたらここに、このベッドにいた。おそらくどこかで意識を失い、記憶が途切れていた間にここまでやって来たというわけだ。ここでやっと意識を取り戻したのだから。失神をひき起こした事柄、自分がその時意識しなかったはずがない事柄について、はっきりとしたことは何もわからない。しかし、こうした忘却は誰だって経験したことがあるのではないか？　酔っぱらったあとにはよくあることだ。こうした事を私はしばしば楽しんででっちあげたものだ。だが本当に楽しめたことはなかった。手始めにここで意識を取り戻す以前の最後の思い出が何であったかをはっきりさせることもできなかった。〔中略〕だからこの私が何を思い出せるというのか、それも何を手掛かりに？」(『マロウンは死ぬ』[14])。

三部作の冒頭よりただ一つ確実だと思われること、それは、もし回想があるとしても捏造された回想でしかないということだ。テクストは現実、真実、本当の人生から完全に、かつ決定的に切り離されている。「どうやってここに流れ着いたのかそれは問題ではない知る者もなく答える者もなく」、「人生人生時には私も送ったであろう光のなかのもう一つの人生そこに遡ることとんでもない私にそれを求める者はいないそこへいたことは決してなかったのだから」(『事の次第』一〇)。

概して作品の冒頭に置かれるこうした言葉はすべて、まず語り手に向けられ、語り手は身をもって記憶なき作品という命題を裏付けようとする。そしてこの命題を十分に理解するために必要な情報はすべて作品に示され(含まれ)ている(「語るために知っている必要があることはすべて知らされている。語られること以外は何もない。語られることのほかは何もない」「見ればわかる」[15])。とはいえ、こうした言葉は未だ一個人にしか関与せず、その個人は(理論上、二分されるのだが)、執筆が始まる(あるいは、その開始が強いられる)瞬間に初めて存在することになる。作品=文学生産のこの段階では、ある場(部屋、泥、円形劇場《アリーナ》)を見出すこと、その場を占めることによって、過去のあらゆる痕跡が(その過去があったことが忘れられることなく)消える。すでにみたように、場を探求することとは、結局のところ私を探すことにほかならず、この点においても作品=文学生産の始まりと一致する[16]。記憶の喪失という極めて特異で、極めて厄介な問題に関し、読書の働きについて語ることは、もし作品=文学生産がこの段階にとどまるのであれば、テクストにおいて何も立証するところのない一種の抽象論でしかないだろう。読書とは、ある場とある意識との出会い(出会いこそベケットの本質的な主題である)ではない――もちろん、ベケットの後期の作品において、場がある意識の場としてではなく、意識そのものとみなされていることを考慮の埒外においての話ではあるが。読書において実現するのは、(ベケットの作品において、実際には語られることのない)二つの人格の出会いなのだ。「たくさん」では、ベケットの作品におけるおそらく唯一の例外として、この主題とどこか通ずる物語が語られる。「これまでのことはみんな忘れること」(三三)。冒頭で語られるこの指令語《スローガン》は、ほかの多くの点においても驚くべきテクストであるこの作品が、すでに長大な歴史の歯車の一つとなっていること、そして語り手がすでに古くからの「記憶」に依拠しながらも、その「記憶」

が忘却の対象となることで決して頼りにはならないことを示している。いずれにせよ、この命令の言葉と、記憶についてのかつての言及とを分かつのは、それがまさしく命令であり、一種の詩法《ポエティック》であることにある。「たくさん」において、この詩法に即して語られるのは、まさに結びつきの物語、（性的）関係の物語、他者の影響下に置かれた人物についての物語である。「私は彼の望むことだけをした。私もそれを望んだのだ。彼のために。彼があることを望むと私もそれを望んだ。彼のために。彼は何を望んでいるかを言いさえすればよかった。彼が何も望まないときは私も何も望まない。そんなわけで私は片時も欲望なしで生きたことはなかった」（三三）。「自己喪失」、真の隷属を示すこうした言葉は、物語において繰り返され、女性の語り手も率先してこの隷属について語る。「私は自分に問いかけたことがない。私が自分に問いかけるのは彼の問いだけ」（三四）。「こうした観念はみな彼のもの。私はそれらを勝手に組み合わせるだけ」（四三）。「私の知識はみな彼が教えてくれたもの。各々の知識についてそれをいちいち断るまい」（三六）。もちろん読書が「たくさん」で問題にされているわけではない。だが、この作品で語り手が微に入り細を穿って語り、描き出す過程は、ベケットについてのもっとも美しい批評のいくつか、ベケットの、あるいは自らのテクストを引用しながら、もはや何を引用しているのか判断できなくなってしまったいくつかの批評を確実に想起させる。かのモーリス・ブランショの語る憂慮、不安、苦悩、期待が、我々の知るところとなっているのも、おそらくブランショがベケット作品のもっともベケット的な読者、時にベケット本人よりもベケット的な読者であったためにほかならない。ベケット（の作品）について書かれた最後の、極めて感動的な言詞において、ブランショは、自分自身のテクストを回想することが、いかにベケットのテクストを回想することに通ずるかを喜んで強調し、また自分自身のテクストを引用しながら、他者のテクストを、[17] つまりここで語られるブランショの回想を自分のものだとする他者のテクストを引用しているのだと、得心の上で述べている（ベケットを対象とする評論において、ベケットが口にした言葉以外のことが語られることは決してなく、ここでもやはりブランショはベケットの同意を引き合いに出している）[18]。「この単調な言葉、空間の不在にあって間隙を穿たれ、あらゆる肯定に及ぶことなく肯定し、否定するに能わず、黙されるにはあまりに弱く、とどめておくにはあまりに柔順で、何かを語るわけではなく、ただ話し、声なくして、生なくして話し、いかなる声より低い声で話す――死んだ者たちのあいだで生き、生きている者たちのあいだで死ぬ、死ぬことを、死ぬためによみがえることを呼びかけ、呼びかけなく呼びかける。（『期待 忘却』からの抜粋。私が最後にこれを引用するのは、そこに自分自身が見出せることをベケットが認めたからだ）」[*1]。最後にブランショは他者の引用に、他者の生に入り込む。自身の口を通して語っていた他者がすでに沈黙してしまったときに、自分がまだ語っていること、語ることができることに驚きながら、また自分のために他者の死を切望しながら。「こうして我々ではない者我々ではない者が現れ彼もまた倦怠から狂ったように繰り返す他者と手を切るために――そして、このように言うことが許されるなら、私たちもまた彼と手を切るために。しかしまだ待たなくてはならない。ああすべてが終る」[*2]。

ブランショがここで述べていることは、ベケットの作品、そしてその批評が抱える問題を、その極限まで押し進めたものでしかない。というのも、ベケット作品についての最良の批評が、ベケットのテクストが終わるところ、終わったところから始められるものである以上、批評は、他者が先立って想像し、語り、書いたことを、当然、自らに属するものと主張することができるからである。作品と批評は同じ物語を繰り返しているだけなのだ。作品で語られるすべての言葉は今や批評家自身の言葉であり、その言葉こそ、我々がここで「回想」と呼ぶものである。そしてそれは、『事の次第』における、ブランショにとって極めて大切な次の一節によってはっきりと語られるように、「回想」であると同時に「回想」ではない。「彼は何一つ肯定できないそう《ノン》否定できないそう《ノン》だから我々は回想については話せないそう《ノン》しかしそれについて話すこともできるそう《ウィ》」（一五三）。

我々はさらに、テクストにおいて混沌とした「回想」でしかないものを記憶に変換するのは読者であるということもできる。「(頭はむきだし…)」における、名もないただ一人の登場人物の行程は、ここでもやはり一人の「回想者」の行程であり、それは典型的な読者の行程ともいえる。この人物の歴史＝物語は、以前の登場人物の歴史＝物語と同じく、彼がこの話《レシ》の場にいるという意識を抱くことより始まる。「彼にはもうかなりの回想がある。そこにいることに、今も彼があてなく彷徨うこの道にいることに、突然気がついたその日の回想から、最近の回想、壁によりかかり立ち止まったという回想まで。彼はすでに僅かな過去をもっている。ほとんど習慣と言ってよいくらいの。だがこうしたことはすべてまだ脆弱なものだ。そして歩いているときや立ち止まったときに時おり、いや、とりわけ歩いているときに、というのも彼はほとんど立ち止まらないのだから、過去をもっていない自分に気づく。この同じ道の上での最初の日にそうであったように。彼の始まり、記憶に留められた大いなる日々[19]」。『オハイオ即興劇』においても、「読み手」によってテクストが読まれるにつれ、「聞き手」が「聞き手」自身の物語にほかならない物語を聞いていることに観客は気がつき、作品の外部、つまり「語り手」と「聞き手」の物語の外部に、手掛かりが一つでもないか期待しても無駄であろうことを悟る。「今も彼があてなく彷徨うこの道」、それはおそらく、著作から著作へと続いていく一連の歴史＝物語として提示される作品＝文学生産それ自体の道のりであり、それはこの短篇においてそうであるように、いくつかの針路変更があるものの、確固たる方向性をもつ道のりである。「狭窄」、「落下」、「崩壊」、「残響」、「衝突」、「下降」、「忘却」、「沈黙」（二三）。「（頭はむきだし…）」におけるこれらの語彙は、ベケットの著作でタイトルとして取り上げられることはないにせよ、作品＝文学生産のいくつかの段階、その著作のいくつかを容易に特徴づける。繰り返し現れる「至高」、（「同じく忘れがたき」）「最低」、「最初のときに」、また「二回目に」（二四）といった言葉は、人物の行程を言いあてると同時に、物語としての作品について語る際にも用いられる。その物語とは、それぞれの瞬間についての回想によってのみ前進することができ、その瞬間が繋ぎ合わされることで作品は構成される。「いずれにせよ、彼の物語はこのように作られていき、修正されもする。というのも、新たな上昇と新たな下降が、一時的に取り上げられていた上昇と下降を闇のなか、忘却のなかへ追いやることもあれば、〔中略〕その物語が別の要素、別の動機によってより豊かなものになることもあるからだ」（二五）。

回想から歴史＝物語を作ること、それはたとえ手探りのものであれ、作品＝文学生産によって支えられた読書の過程と完全に一致する。また、作品＝文学生産についての言説の多くが「歴史的に＝出来事の経緯に即して」発せられていることも注目に値する。「（頭はむきだし…）」では、おそらくほかの作品に較べ、時の断絶、継ぎ目、まとまりがより多く認められ、「すでに」、「もはや……ない」、「まだ……ない」といった語が次々と現れる。この不確実で統一性を欠く連続は、（我々がやはりトンネルでの行程について考えるなら）想起されることで方向づけられ、一貫性をもつ過去の出来事の連続となる。つまり記憶そのものとなる。ベケットの作品の忠実な読者にとって、その著作の一つ一つはこのように独特な（そして心を打つ――「たとえば最初に挟まれたとき、おそらく彼がそれを予期していなかったため、もっともきつく挟まれたときと同じくらい強い印象をもった」二四）瞬間となり、その瞬間はつねにほかの瞬間と区別される。

　ブランショは、当初よりベケット作品の卓越なる読者であり、『名づけえぬもの』に先立つ小説から成る（当時はまだ短かった）連続を歴史的に位置づけた最初の批評家でもある。『モロイ』と『マロウンは死ぬ』はブランショにとって作品＝文学生産としか言いようのないもの、つまり作品＝作為の不在である『名づけえぬもの』へと至る段階である。この歴史的位置付けには、重要な日付、区分、時代といったものが当然あり、ブランショは（両作ともいわば前史にあたり、未だ文学に妥協している）『モロイ』と『マロウンは死ぬ』を同じ時代に位置づけてはいない。『名づけえぬもの』における「不動の彷徨」[20]以前に、放浪の時期（「モロイ、この放浪者」[21]）があり、それに続き寝室での時期（「『マロウンは死ぬ』には、寝室、ベッドしかない」[22]）がある。ベケットの晩年のテクストの語り手（あるいは主人公）がこの「歴史」を継承していることは明らかだ。「放浪の時と同じ帽子、同じ外套」、「かつての放浪」（『なおのうごめき』[23]）。帽子、外套といった（我々がよく知る、という意味で）神話的ともいえる小道具は、このテクストのほかのあらゆるもの（テーブル、丸椅子、時計）と同様に、作品＝文学生産の回想であるが、それだけでなく、これらの小道具によって作られる時代区分もこの回想に属する。こうした「読書」は作品＝文学生産によって引き継がれる。回想は、（このような事態は稀なことであるにせよ）作品＝文学生産と読書が共有するものであり、それがはっきりと語られるわけではないが、作品＝文学生産は、この読書に由来する記憶を足がかりに続けられる。よって作品＝文学生産は、それ以前のいかなる作品も担《にな》いえなかったであろう神話としての地位（つまりその知の共有が前提とされる神話としての地位）を獲得する。だが、ベケットの作品＝文学生産には、さらに革新的な機能がある。

　実際、この「回想による読書」という極めて独特な過程については、読者はおそらく漠然とではあろうがずっと以前より知っており（それは、その機能についての知識がおそらく欠けているが故に、その物語についての知識だが）、それ故に読者は単なる傍観者のままでいるわけにはいかなくなる。『オハイオ即興劇』において「聞き手」と「読み手」がほぼ同一人物であることによって示唆されるのは、まさにこの二人の人物について「読み手」が語る物語がそもそもそうであるように、語る者（語り手、作者、劇作家）と聞く者（読者、観客）との間に本質的な差異が不在であることなのだ。

我々はここで読者による主人公（それが語り手であろうとなかろうと）への同一化という、結局のところ凡庸な現象についてのみ述べているわけではない。記憶とは、読者と主人公が共に足がかりにする場ではあるが、それは（人がよく口にする意味での）人類の記憶でも、人間愛の記憶でも、友愛の記憶でもなく、テクストの働きによって読者と主人公による記憶の共有が現実のものとなったときにおいてさえ、そこに何らかの主張が込められるわけではない。記憶の共有によって、何かほかの主張を示唆する、あるいはその主張を喚起するメッセージが発せられることもなければ、かつて、他者によって、他所で述べられた教訓や模範的な言葉に照らして（実際にはベケットの作品に照らすべき光はないのだが）初めて理解されるような主義や主張が語られることもない。記憶が普遍へと向かうことはなく、それは格言的な記憶とはなりえない。回想は、ベケットのいくつかの著作においても、その全作品においてもとりとめのないものであるが、それはそもそも決して語られたことのない物語、象徴的でも、道徳的でも、哲学的でも、人間主義的でもない物語についての回想である。それは何者かの物語についての回想、つまり、自分の回想にいかなる場を用意すべきか探し求める一人の他者の物語についての回想である。テクストが提示する言葉の一つ一つ、主題の一つ一つについて（「そこで次の命題が成り立つ。闇のなかで仰向けになっている誰かに、一つの声が一つの過去を告げる」『伴侶』(24)）、眼、耳、記憶は（もう一人の回想者、『あのとき』の回想者がそうであるように）「それがいつのことだったのか」（『あのとき』一〇）知ろうと、思い出そうと努める。あたかもその答えがこれまでに見たことの、これまでに聞いたことの、これまでに記憶されたことの回想の中に見出せるとでも言わんばかりに。

ひとたび回想が見出され、位置づけられるなら、物語は語られたと言われるだけだ。そしてある意味、物語は語られたのだ。というのも、あらゆる声は回想する者の声であり、回想する者は誰しも作品＝文学生産の担い手であるからだ（「回想者」という人物が作品にも現れる、という意味ではなく、『オハイオ即興劇』において「聞き手」が「読み手」に、『なに　どこ』においてバムがボム、ベム、ビムに、『クワッド』においてそれぞれの人物の「体型が可能なかぎり似ている」[25]ことと同じく、回想する者が作品の人物と重なり合うという意味で）。ブランショは最終的にベケットと全く変わるところのない存在となり、よって一方が逝ってしまった後に、他方が生きながらえていることは、まるで理に適わない。それでも物語は語り続けられ（「もう一つの物語闇のなかに残すことといや同じ物語二つの物語ではない」『事の次第』一六九）、この関係、この同一化についての問いが物語の結い目を形成する。それは英語とフランス語の二つの言語の間を行き来してきた語り手たちが、五十年以上前からその周囲を巡る結い目と同じく危険で近づき難い場であり、それは小説と戯曲が交わる結い目がそうであるように、問いや、イマージュや、人物の背後に隠れてしまうものなのだ……「そしてこの限りない行列の端から端まで永遠に結合を繰り返すこれらの同じ二人組故に百万回目であってもこれは考えられることだが考え難い第一回目のようだろう責苦の必要から結合する見知らぬ二人」（『事の次第』一八八）[26]。

「以下同様」（『なに　どこ』）。

クラップはテープを巻き戻す。すると彼の過去は呼び戻され、それが録音されたとおりに復元される。彼は自分が探している箇所がどこに位置するのかを正確に知っている（念のため彼はそれを書き留めている）。そして聞きたい箇所を探し当てると、自在にテープを再生し、忘れてしまった言葉の意味を調べ（「寡婦性」『クラップの最後のテープ』(27)）、そこに自分の物語が語られているにもかかわらず、テープの語り手が自分自身であると考えることができずに困惑する。ここでは『オハイオ即興劇』や『事の次第』の第二部に比べ、読み手と聞き手の分裂がより直接的に語られるが、その分裂はこれら二作のそれと同じものだ。『クラップの最後のテープ』では、ベケットの作品が必要とする（そして作り上げる）「読書」の行程がまた別の形で形象化されている。ブランショは『事の次第』を読み返し、引用することで、読み手であると同時に聞き手でもあるが、テープレコーダーの上にかがみ込み、自分の人生に強い印象を残したいくつかの挿話から成る物語を繰り返し再生するクラップに見紛うほどによく似ている。実のところただ一つの生があり、「二つの物語ではなく同じ物語」（『事の次第』一六九）があるだけなのだ。

サミュエル・ベケットの読者の夢（宿命）とは、『オハイオ即興劇』の「読み手」と「聞き手」を一つにする必然、両者に襲いかかる必然に、自分自身捉われたと感じることにあり、実際、舞台上では（いつの日かこの秘跡の当事者になれようとは、「読み手」にとっては思いもよらないことなのだが）次のように語られる。「一言も言葉を交わすことなく、二人はまるで一つになった(28)」。

読者が自分自身の歴史＝物語、人格、記憶を括弧に入れ、自分が読む虚構《フィクション》に同化すること（モロイを捜索するモランは、モロイを探し出すことはできないが、少しずつモロイのようになり、「モロイその人」となる）。ベケットのテクストが「記憶《メモリア》」にほどこす処置によって、事は決まってこのように運び、また、こうした現象こそベケットの作品、そしてベケットという作家に固有のものだといえる。我々の理解するところでは、ブランショは虚構の中に、つまり、彼自身もはや隔たりを感じることのない人物が消え去る虚構の中に、自分もまた姿を消す必要があると考えているが、事態がつねにこのような最終的な局面にまで進展するわけではなく、ベケットの読者がみなブランショと同じように模範的（同じようにベケット的）というわけでもない。しかしこの必然は虚構のまさに中心に組み込まれており、読者がその支配から完全に自由になることはない。

とはいえ、ここで決定的に道が分かれる。異なる二つの歴史＝物語は回想の中で一つになるが、その回想が共に作品＝文学生産の担い手である作家と読者それぞれにとって同じ意味をもつわけではない。読者は忍耐、辛苦の賜物として回想を囲い込み、それを手に入れる。作家は回想に否応なく苛まれ、支配される。回想は作家に向かい、読者は回想に向かう。いずれにせよ読者は（ある場に手が届くという意味で）何かを手にするであろうが、（その回想が内的なものであれ捏造されたものであれ、信頼できるものであれ人を惑わすものであれ）そこから決して何も享受することのない作家の苦悩を知ることはないだろう。「まだ理性に残っているすべてを頼りに、こうしたことすべてを執拗に追い求め彼は慰みを見出そうとした。自分の内にある回想はおそらく不完全であろうと思いながら。そしていかなる慰みも見出すことはなかった」（『なおのうごめき』一九）。
一方には共感による悲しき誇り、悲しき喜びがあり、他方には永遠に続く不安がある。

＊ベケットとブランショの引用の日本語訳は〈訳者解説〉を含め、すべて訳者による。

原注

＊1　期待と忘却。サミュエル・ベケットは誰よりも、そして何にもまして、この時の二つの在り方に内容と意味を与えた。

＊2　「こうして〜ために」はベケットの言葉（『事の次第』一二三）であり、「そして〜待たなくてはならない」はブランショの言葉である。「ああすべてが終る」はブランショの批評の最後の言葉であるが、同時にベケットの『なおのうごめき』のそれでもある。『事の次第』からの引用が引用として強調されているのに対し、この最後の言葉が強調されていないことは自明である（この最後の言葉は両者に属している）。

訳注

（1）ここで語られる「作品＝文学生産への参入」、「修辞学の分科」、「私の問題」については本稿に先行する頁で議論されている。詳しくは〈訳者解説〉を参照されたい。

（2）Samuel Beckett, *Mercier et Camier* (Paris: Minuit, 1970), 204.『ロッカバイ』においても同様の言葉（「人生なんて糞ったれよ」）が用いられている。Samuel Beckett, *Catastrophe et autres dramaticules* (Paris: Minuit, 1986), 52.

（3）Samuel Beckett, *L'Innommable*, rééd. 1987 (Paris: Minuit, 1953), 179.〔以下、『名づけえぬもの』からの引用はこの版による〕

（4）Samuel Beckett, *Nouvelles et Textes pour rien*, rééd. 1987 (Paris: Minuit, 1958), 168-69.〔以下、『反古草紙』からの引用はこの版による〕

（5）「断章（未完の作品より）」の次の言葉を参照している。「私の声、私のものでなければ声でもない」。Samuel Beckett, *Têtes-mortes* (Paris: Minuit, 1972), 18.

（6）Samuel Beckett, *Comment c'est*, rééd. 1987 (Paris: Minuit, 1961), 9.〔以下、『事の次第』からの引用はこの版による〕

（7）『見ちがい言いちがい』において、老婆を取り囲む人物の数は「十二」とされる。この数は否応なくキリストの十二使徒を連想させるが、クレマンはそれがベケットの先行する作品に現れた登場人物の数を指示しうると『特性のない作品』第五章第二節「反復」で述べている。Samuel Beckett, *Mal vu mal dit* (Paris: Minuit, 1981), 12.

（8）Beckett, *Têtes-mortes*, 33.〔以下、「たくさん」からの引用はこの版による〕

（9）Beckett, *Nouvelles et Textes pour rien*, 12.

（10）Maurice Blanchot, « Où maintenant? Qui maintenant? », *Le Livre à venir* (Paris: Gallimard Folio, 1986), 290.

（11）Blanchot 1986, 290.

（12）Beckett, *Catastrophe et autres dramaticules*, 22-23.〔以下、『あのとき』からの引用はこの版による〕

（13）Samuel Beckett, *Molloy* (Paris: Minuit, 1951), 7.〔以下、『モロイ』からの引用はこの版による〕

（14）Samuel Beckett, *Malone meurt*, rééd. 1995 (Paris: Minuit, 1951), 13-14.

（15）Samuel Beckett, *Pour finir encore et autres foirades* (Paris: Minuit, 1991), 41.

（16）場所と私の関係については『特性のない作品』第四章第二節「場所」で議論されている。

（17）言うまでもなくベケットのテクストが念頭に置かれている。

（18）Maurice Blanchot, « Oh tout finir », *Critique*, nº 519-520 (Paris: Minuit, 1990), 636.

（19）Beckett, *Pour finir encore et autres foirades*, 21-22.〔以下、「(頭はむきだし…)」からの引用はこの版による〕

（20）Blanchot 1986, 290.

（21）Blanchot 1986, 287.

（22）Blanchot 1986, 288.

（23）Samuel Beckett, *Soubresauts* (Paris: Minuit, 1989), 11.〔以下、『なおのうごめき』からの引用はこの版による〕

（24）Samuel Beckett, *Compagnie* (Paris: Minuit, 1985), 8.

(25) Samuel Beckett, *The Complete Dramatic Works* (London: Faber, 1986), 453.
(26) Beckett, *Catastrophe et autres dramaticules*, 96.
(27) Samuel Beckett, *La Dernière bande* (Paris: Minuit, 1959), 19.
(28) Beckett, *Catastrophe et autres dramaticules*, 65.

訳者解説

ここに訳出したのはブリュノ・クレマン著『特性のない作品――サミュエル・ベケットの修辞学』（*L'Œuvre sans qualités: Rhétorique de Samuel Beckett*, Seuil, 1994）の第五章第三節である。四百頁を超える著作の最終章最終節に該当するため、本稿で展開される議論は、言うまでもなく先行する四つの章、並びに第五章の二つの節の理解を前提とする。よって以下では、本稿の読解の一助として、クレマンがその「序論」で提示した論点を概観した上で全体の構成を確認しておきたい。

まず、その副題が示すとおり、本著はベケットの修辞学《レトリック》を対象としている。ベケットの作品を知る読者の多くは、このベケットとレトリックという組み合わせを唐突なものと感じるかもしれない。実際、レトリックをただ「巧言」、「美辞麗句」の技術と理解するなら、その登場人物が「こう言おうが、ああ言おうが、ほかのことを言おうが本当のところ大した問題じゃない」（『モロイ』）と語るベケットの作品は、レトリックとは無縁のものであるように思われる。そもそも小説や戯曲に限らず、ラジオ、映画、テレビと多様な媒体を用いてつねに先鋭的な作品を発表し続けたベケットが、古代ギリシアから十九世紀に至るまで西欧に「君臨」（ロラン・バルト『旧修辞学』）した「伝統」としてのレトリックといかなる関わりをもつというのか。

『特性のない作品』におけるクレマンの関心は、その冒頭より、このような認識がベケットの読者や批評家に広く共有されている点に向けられている。クレマンによれば、ベケット作品についての評論は、一様にベケットの作品で語られる言葉を「反復」、「換言」したものでしかなく、そうした論評の嚆矢とされるのがモーリス・ブランショの批評である。例えば一九五三年の評論「今どこに？　今だれが？」でブランショは、ベケットの「作品（l'œuvre）」の「崩壊」について、そこに広がる「無為（désœuvrement）」について語り、また一九九〇年の「ああすべてが終わる」では「作品＝作為」の不在について言及するが、クレマンは、そうした言説がベケットの語り手の言葉を繰り返したものでしかないことを指摘する。「沈黙」、「無」、「言いちがい」、「終わり」、「純粋な言語への接近」といった主題によってベケットの作品を論ずるなら、それは「ベケット自身によるベケット（*Beckett par lui-même*）」とならざるをえず、そのような読解において、ベケットの作品は「分析」の対象というより、「引用」の典拠となるほかない。

　クレマンがベケットの作品にレトリックの「働き」を認めるのは、第一に、こうした批評のあり方においてである。それは「読み手」への「働きかけ」としてのレトリックであり、その理論的基盤となるのは、古代ギリシアの弁論術《レトリック》、つまり、弁論の「聞き手」を「説得」すること、「聞き手」に「話し手」の言葉を信じさせることを目的としたレトリックである。ベケットの作品は、概して物語《フィクション》とその物《フィク》語《ション》についての言説という二つの言説から成るが、読者は、往々にして物語《フィクション》についての言説を真実のものとして受け取り、それを虚構《フィクション》とみなすことができない。ベケット作品の批評が、ベケットの登場人物の言葉、あるいはベケット自身の言葉の「反復」に終始するのも、「聞き手」（読者）が「語り手」の言葉を真正と考えるためであり、それはレトリックの「働き」によるものなのだ。

もちろん『特性のない作品』で検討されるレトリックが、「説得術」としてのレトリックに限られるわけではない。クレマンは、ベケットの作品の言説が「偽り（feint）」の言葉であり、そのレトリックが「転倒」したものであることを強調する。そもそもベケットの作品において、語り手が自らの言説を「無作為」によるものと主張し、読者・批評家が、そうした認識に疑義を挟むことなく、その言説の「無作為」について繰り返し語るなら、それは、ベケットの語り手の言説が、読者や批評家に、自らの言説を真実の言説であるように思わせ、その反復を促すよう作られているためにほかならない。つまりベケットの作品において「無作為」を主張する語り手の言説は、実のところ「作為」の下にある言葉、巧妙に語られた「偽りの言葉」でしかなく、クレマンがベケットのレトリックの「転倒」を指摘するのもこの意味においてである。

読者が真正のものとみなし、読者にその「反復」を促すべく「作用」するベケットの作品。このレトリックの完全な知識によって支えられたベケットの作品を検討するにあたり、クレマンの分析は、分類学としての修辞学《レトリック》に依拠する（バルトが言うように、修辞学とは分類学であり、その純粋に分類学的な視点、つまり主観を排した視点を得ることによって、クレマンの批評はベケットのレトリックの外部に立つことが可能となる）。実際、ベケットの作品において繰り返し扱われてきた主題、つまり、語るべきことの不在、形式と混沌《カオス》、言いちがい（**un écart de langage**）といった主題は、古代ギリシア以来、修辞学が対処してきた問題であり、ベケットの文学が提示する問題の多くは、詰まるところ、修辞学の問題として扱われうるものなのだ。

『特性のない作品』は五つの章より成り、その各々の章は「修辞術（*technè rhêtorikè*）」の五分科（発想、配列、表現法、口演、記憶）に対応する。

第一章「発見＝捏造する（Inventer）」では、「言うべきことを見出す」操作である「発想（*inventio*）」が論考の対象となる。ベケットの語り手の言説には、真に「言うべきこと」（つまり「私」について語ること）が先送りされ、作品で実際に口にされる言葉は絶えず「格下げ」される運動があるが、クレマンは、その運動を「隔たりの詩学（une poétique de l'éloignement）」とみなし、その機能を解き明かす。

第二章「組み合わせる（Combiner）」では、「配列（*dispositio*）」（「見出したことを順序立てる」）の問題が検討される。批評家は、一般にベケットの作品を「無秩序」なものと考えるが、ここでは逆に、ベケットの作品が、「秩序」が不在であるかのような印象を読者に与えるよう「秩序」付けられていることが指摘される。

第三章「言いちがう（Mal dire）」で議論されるのは、「表現法（*elocutio*）」の問題、つまり「言葉の装飾、文彩を加える」操作である。ここでクレマンは、この操作が「関係」に基づいていることを強調し、「中性の言葉」と解釈されてきたベケットの言説も、その「言いちがい」が規範的な言説、正しい言い回しを前提とする以上、一つの「関係」の上にあり、よって一つの「文彩」であることを論証する。

第四章では、「表象＝上演する（Représenter）」という表題が示すとおり、ベケットの演劇作品が考察の対象となる。この章に対応するのは、弁論術の第四の操作「口演（*actio*）」（「役者のように弁論を演ずる、身振りと話し方」）であるが、ここでは、より広い枠組みで、散文作品で扱われてきた主題が、演劇においていかに形を与えられるかという問題が議論され、内的な空間である頭蓋、内的な時間である記憶、筋を伝えるための手段でしかなかった言葉が、演劇作品において主題として扱われていることが明らかにされる。

「記憶（*memoria*）」を対象とする第五章「回想する（Se souvenir）」で検討されるのは、言うまでもなく題は、著者がここで先行する二つの節を振り返りつつ「記憶」の問題を綜合していることを考え「記憶と回想の修辞学」に改めている〕の三つの節より構成され、第一節「介入」では、先行する著作からの引用、つまり外的参照の問題が考察される。ベケットの小説や戯曲において、他者の言説は、作品に不可欠なもの、作品の一部として組み込まれるが、そうした言説は、結局のところ「死んだ声」（『ゴドーを待ちながら』）とならざるをえない。他者の言説は、「私」のものでないために排除の対象となりながら、その一方、作品の一部であるがゆえに排除することができないという矛盾した状況にあり、ここでのクレマンの論考も、この他者の言説の亡霊的な性格を巡るものとなる。続く第二節「反復」では、ベケットの作品内での自己引用、つまり内的参照の問題が議論される。クレマンはここで、そもそも外部からのものであったはずの引用、外的であったはずの記憶が、繰り返し引用されることでやがて内的な記憶となり、作品そのものが自足した世界を形成することを論証し、また同時に、この自足した世界において、ベケットの作品を読む読者の記憶が、作品の内部の記憶に一致するに至る過程を描き出す。最後に、本書で訳出した第三節についてであるが、ここでは「記憶」、「回想」という二つの語が、異なる語義で用いられていることについてのみ触れておきたい。まず「記憶」についてであるが、「記憶」は第一に「作品」の「機能」として考察される。つまり外的参照の「働き」によって他者の言説が語り手の言説に取り込まれること、そして内的参照の「働き」によって外部からの言説が作品の内部に貯えられることを、クレマンはベケット作品に固有な「記憶」の「機能」と考え、さらにその「記憶」が、作者、作品の語り手のみならず、読み手にまで「働き」かけていることを指摘する。よってここで「記憶」が「個人的でありながら他者との融和性をもつもの」とみなされるのも、クレマンの関心が作品に内在する「力学」としての「記憶」に向けられていることによる。一方、「回想」は、作品の「機能」にではなく、語り手、読み手に属し、その語義の広がりは「記憶」のそれに比べ限定されている。しかしながら、語り手と読み手が共に「忘却」を経て「回想」に至る（換言するなら、語り手と読み手の「回想」はつねに「忘却」に先立たれる）という一連の流れは、ベケットの修辞学《レトリック》を解き明かす上でのもっとも重要な部分であり、クレマンの論考の端緒となった読者、批評家についての考察も、ここでの「回想」を巡る議論に収斂することになる。

第2章 不条理な探求

カフカの『城』から『ワット』を読む

ルビー・コーン　島貫葉子・井上善幸 訳

「カフカはドイツ語で読んだだけです――真剣に読みました――二、三の例外を除いてですね、それらはフランス語や英語で読むこともありましたが――『城』だけはドイツ語で読みました。終わりまで読むのに苦労したと言わねばなりません。カフカの主人公は一貫した目的を持っています。男は道に迷い途方に暮れますが、精神的には危ういことはなく、バラバラに崩れてゆくわけでもありません。わたしの描く人物たちはバラバラに崩れていくように思います。もう一つの〔カフカとの〕違いです。カフカの形式がいかに古典的かお気づきでしょう、それは地ならし用ロードローラーのように進んでゆきます――ほとんど穏やかといってもいいほどです。一見すると、つねに脅威にさらされているように見えます――が、人を仰天させるほどの驚きは形式の中にあります。わたしの作品ではそのような大きな驚きは形式の背後にあるのであって、形式の中にではありません」（ベケットの発言『ニューヨーク・タイムズ』一九五六年五月五日付より引用）。

カフカとの同一性を口先だけでペラペラと決まり文句のように語られることへの苛立ちが、ベケットから以上のような的を射た発言を引き出すことになったのかもしれない。にもかかわらず、クリシェというものは――クリシェにはそのような傾向があるものだが――ある種の永続する妥当性を持っている。というのも、ベケットの小説は実際にカフカのそれとの比較を誘発するようなところがあるからだ。安易に過ぎるのだが、二人の作家はペシミズムにおいて、つまり、人気ある批評家たちが掲げるあの陳腐な教義において結びつけられてきたのだが、むしろ二人の比較可能性は、皮肉なかたちでわれわれの世界の不条理性を映し出す不条理な世界を創造することに存するのである。

　不条理性という思想は、今日では多用されすぎの、多様な状況に対応できるように作られた考えであり、それをカフカとベケットの世界の描写に用いるには、二人の作品の具体的かつ一貫した検討によって正当化される必要がある。そのような正当化は――一九四二年に執筆され、一九五三年に初めて発表された[1]――ベケットの『ワット』が再版されることで容易なものとなってきた。この小説は、おそらくベケットの全作品の中でもきわめて示唆的なかたちで、カフカの『城』――一九二二年頃に書かれ、一九二六年に初版が刊行されたが、カフカは一九二四年に亡くなっている――と並置してみることができるかも知れない。

　『ワット』はベケットが第二次大戦中にドイツ軍から逃れて〔南仏の〕ヴォークリューズ県にいる間に執筆され、ベケットが散文を自在に操れることを余すことなく示した最初の作品であり、意義深いことに、直接英語で書かれた最後の重要な長篇小説でもある。

　ベケットは、英語からフランス語への切り換えは文体上の優雅さを捨てたいという欲望がきっかけとなったとほのめかしている。「フランス語だと文体を持たずに書くのがより容易なのです」という発言が、ニクラウス・ゲスナーによって引用されている。[*1] その後に続くフランス語による散文は、多くの点で〔英語より〕見事でさえあるが、明らかにスタイルを剥ぎ取ってゆくことに特徴づけられている。『ワット』は自身の言語的多才性に対するベケットの白鳥の歌なのであり、おそらく『ワット』の出版と翻訳に対する彼の投げやりな態度が暗示しているように、この歌の後には白鳥の埋葬が続くことになると意図していたのだろう。世界中の読者が、マックス・ブロートが〔死後に〕すべての小説を破棄するようにというカフカの指図を無視したことに計りしれない恩恵をこうむっているのと同じように、読者は『ワット』の出版に取り組んだベケットのアメリカの友人たちに感謝しなければなるまい。この小説は、作者の予想をはるかにこえて、素晴らしい文学上の達成だからである。[2]

『ワット』と『城』ははっきり区別できるものではあるが、『ワット』の最終的な実質と雰囲気が『城』という前例なくして、はたして具体的なかたちをとり得たかどうかは疑わしいのではないか。ごく手短に両者の明白な類似点を列挙すれば、両方の小説の主人公とも、予測不可能で、外見上無関心な、しかし究極的には悪意ある秩序と調和のとれたコスモスの中を移動していくことが分かる。中世の主人公のように、自分たちのもつすべての資源と精神力をその探求に費やす。突進するのではなく、とぼとぼと歩くように、武力でではなくむしろ知性によって道を切り拓きながらも、Kとワットは最終的に目的地に辿りつくことに失敗してしまう——そして決して自分たちの失敗の原因を理解することもできず、強迫観念にとらわれた自分たちの探求の性質さえも理解できない。探求という主題はもちろん文明と同じほど古いものである。これら二つの現代の探求は、文学形式の中では比較的新しい形式である小説として描かれている。

たとえカフカの形式がベケットの目からみれば今や「古典的」と映るにしても、それは作者カフカにとり大変な不安をおこさせるものであり、かつ穏やかなものとは言えず、だからこそ作品を完成させることができなかったのである。ベケットの形式はその内部に脱落、脚注、疑問符、補遺、さらにはあきらかな結論部の欠如を組み込んでいる。それゆえ、一方で〔『城』は〕実際に未完の小説としてわれわれの前にあるが、他方〔『ワット』は〕その表面上は終わりの不在を含む小説ではあるものの、微妙に制御された形式上の仕掛けをそなえている。

　両者の小説はうわべは三人称による物語ではあるが、単一の視角から変化してゆく複数の視点、さらには完全な全知へと変化することがある。『城』は一人称による物語として始まってはいたものの、執筆が進むにつれ、カフカは見直し、すべてを「わたし」から「K」へと変えており、注目すべき、あるいはマイナーな例外はあるにせよ、カフカは単一の視点、すなわちKのそれを保持した。この注目すべき例外において、ビュルゲルの内的独白が引用のかたちで表現されているが、「Kは〔まわりで〕起こっているあらゆることに無感覚なまま眠っていた」。このビュルゲルの章は、『城』の第二版が出るまで発表されておらず、初版と比べるとこの作品をわかりにくくするものであるが、そのトーンはKの思考のそれとは決して衝突せず、そこで示される情報がKの思考以上のことを伝えることはほとんどない。

〔……〕あらゆる手段を尽して一目でもクラムを見ようとしていたKだが、たとえばクラムの目の前で暮らすことが許されているモムスのような人物の地位にほとんど価値をおいていなかった。というのも、Kにとって努力する甲斐があるのは、クラムに仕えることではなく、他ならぬK、彼だけがクラムに近づくということであった。しかしながらそれはクラムに面倒をみてもらうためではなく、クラムの向こうにある、ずっと遠くにある、あの城に到達するためなのだ。（カフカ『城』一四二）*2

カフカの偏在する非人称的な語り手は、Kのように考え、話し、おそらくそれゆえに、Kを皮肉な隔たった地点から見ることは不可能なのだということがじきに明らかとなる。あるいはもしアイロニーが存在するとすれば、再びKに言及する時である。

そのような事実を考えるだけでも、Kはしばしば自分の立場に希望が持てるとみなす危険におちこんだ。にもかかわらず、そのような安易な自信の一時的興奮のあとでは、Kは急いで自分に向かって、まさにそこに自分の危険が潜んでいるのだと言い聞かせるのだった。(七七。強調は引用者)。

もしこの文が強調された箇所で終わっていれば、非人称的なアイロニーが明白なものとなったであろうが、あとに続く節がこのパラドクス(それはドイツ語ではより力の弱いものとなっている)をKの心の中に位置づけている。

対照的に、ベケットの語り手は、さまざまな巧みなスタイル上の外観を通してアイロニーを用いるので、結果として物語全体は無感覚な様相を呈している。カフカの主人公がKであるように、ベケットと同じくサムと名づけられた語り手は『ワット』の途中までは一人称で自分の存在を告知することはないものの、編集上のコメントや工夫は、最初からサムの曖昧な個性を示すことになる。たとえば、ワットが列車から降りるとき、語り手はもう一人の人物について「彼は、ワットに関して、ここには記せないような表現を使った」とコメントを加える。この禁欲的ともいえる自制は、あとあと『ワット』の中で記されることになるいくつかの表現を考える時、とりわけ皮肉なものとなる。さらに確かめるのがきわめて困難なのは、ベケットがサムのアイロニーを意識的なものにしようとしているのか、あるいは著者としてのベケットが自分のアイロニーの才を無邪気なサムを通して発揮しようとしているのか——ちょうどサムもしくはベケットが無邪気なワットを通してアイロニーの才を実際にふるっているように——ということである。

第三部（ここにおいて語り手は自身をサムと名のるにいたる）以前においてさえ、語り手は以下のように告白する。

［……］ノット氏の主題について、またノット氏について触れたすべてのことについて、またワットに触れたすべてのことについて、わたしの知っていることはみなワットから仕入れたもの、ワットだけから仕入れたものであった。（『ワット』一二五）

しかしながら、小説の冒頭と終わりにおいて、サムが聞いたのでも、ワットが聞いたのでもない対話を読者は目撃することになる。さらに重要なのは、ワットの記憶および／あるいは説明における、およびサムの記憶および／あるいは記録における間違いの可能性についてサムが自覚的なことである。サムは「その当時、すべてのことを書き留めることにきわめて注意深かったにもかかわらず」、である。実際、サムは続ける。

［……］別々のまったく異なったものとしてワットが語った二つもしくは三つの出来事さえ、時々本当はそれらは様々に解釈された同じ出来事ではないのかと思いたくなることがあるのである。（『ワ

ット』七八)

このようにして、三人称の語りという「形式の背後に」ベケットは誤りに陥りがちな性質を焦点調節と意思伝達とに帰することによって「肝をつぶすほどの驚き」が潜んでいることを暗示するのである。『ワット』の形式においてもまた、様々で、巧妙で、通常コミックな合図を示すことによって経験の持つ曖昧な性質が強調されている。語りの手法に対して読者が疑惑をいだくようになるずっと前に、ワット自身の混乱が読者に提示される前においてさえ、われわれは突然習慣的な焦点調節に関する疑いの中に投げ出される。冒頭の段落では、「この座席は〔中略〕もちろん彼〔ハケット氏〕のものではなく、彼がそう思ったのである」(七)とある。その少し後で「お巡りさん、と彼は叫んだ、神に誓って彼は手をその上においた。……神は宣誓不可能な証人である」。数頁後にワットが最初に現れる場面においては、彼の性別は不確かであり、さらにはワットは「小包か、たとえばカーペットのようなもの、あるいは巻いた防水布のようなもので、黒っぽい紙に包まれて真ん中あたりを一本の紐で結んだような」格好で登場する。

この目撃者〔立会人〕の不確かさは、言うまでもなく『ワット』と『城』の基本となるテーマであるが、それはそれぞれに違ったふうに表現されている。ベケットの語り手はサムという登場人物となるわけだが、彼は読者が読んでゆくあらゆることにおいて疑いの種を蒔くための第一手段〔手先〕となる。カフカの語り手は、形式という約束事により不可視のままだが、外見上は出来事に対する客観的で信用のおける視点を提供はするものの、これはそれらの出来事がさまざまな登場人物によって再吟味されるにしたがって次第にその価値を低下させてゆく。最初Kは城があることさえ知らないように見える。徐々に人々はどうしてKは土地測量士として城主の恥知らずな息子を前に自分の権利を主張しないのだろうかと意外に思う。そして次第にKが自分の立場と権利に対して自分でも疑惑の念を抱いているのだということに気づき始める。学校の先生であるフランス人にしても、決して城へと辿り着くことのないまがりくねった目抜き通りにしても、Kの肩書きを町の人々がよく知っていることや、Kが目の前にいることに対する彼らの敵意にしても、――これらはすべて、Kにまつわる最初のショッキングな不条理性、すなわち、Kが古くからの自分の助手に気づくことができないこと（もし彼らが本当にKの古くからの助手であるとすれば）、もしそうでないならば、彼らを告発することができないことへとつながってゆく。

Kがはじめて城の役人と会見する頃には、読者であるわれわれは、この会見が城のうかがい知ることのできない性質に与える洞察に対して、すでに心の準備はできていることになる。

「［……］まったくの外部の人間だけがあなたのなさったような質問をするのです。監督の役所があるかですって？　監督の役所しかないのですよ。ざっくばらんにいって、ありふれた意味での誤りを探し出すのが彼らの役目なのではありません、なぜなら、誤りなど起こりえないからです。時おりある誤りが実際に起きたときでも、あなたの場合におけるようにですね、その場合でも、だれが最終的にそれが誤りだなんて言うことができるでしょう」。
「それはまったく初耳です！」とKは叫んだ。
「わたしには実にありふれたことですがね」とその役人は答えた。（『城』八六）

この注目すべき凝縮された箇所において、変化する焦点調節、パラドクス、全くの矛盾、あからさまな問いかけ、さらには形式のうちに皮肉なかたちで埋め込まれた秘教性などによって、Kの苦境に対するわれわれの共感はより深まることとなる。というのも、カフカのほとんど信じられないほどの偉業は、憐れみ・同情の基礎を、われわれの懐疑に置くことにあるからである。有名な「我思う《コギト》」を少しひねっていうなら、「我疑う、ゆえにKあり」と言えよう。立場や人物や関係がKの目に変化をこうむる間にさえ、また読者がもはやKの視点〔しばしば自己矛盾をきたす〕や語り手の全知〔ごくわずかなことしか見通すことができない〕を信ずることができなくなる時でさえ、読者はそれだけいっそうKのジレンマに大いに巻き込まれることになるのである。さまざまな知性の持ち主による継続的な屈折作用を通して、一つ一つの出来事を吟味することにより、読者はもはや何を見、考え、感じればよいのか分からなくなる。読者は不条理な非点収差〔乱視〕に気づいてゆくことになり、それとともに、ベケットの語り手が登場することになるのだ。どちらの場合も、この非点収差が調和のとれたコスモスの性質を反映することになるのである。

しかしたとえKとワット、サムとカフカがみな目撃者の不確実性の犠牲者であるとしても、最初の二人は少なくともいつ自分たちが敗北したのか決して知ることはない。それぞれことなった特異な方法で、まさに自分たちの、別個の、きびしい限界〔あるいは最終的な目標〕に到るまで、自分たちの苦境について思いを巡らし続ける。カフカの主人公および二次的登場人物たちによる黙考ゆえに、カフカは「強迫観念に取り憑かれたような、重箱の隅をほじくるような考えの達人」と呼ばれている。それゆえ、F・D・リュークが指摘するように、カフカは翻訳するのが非常に困難なのである。

［……］なぜなら、例えば小辞——たとえば、そう、けれども、もしかすると、ことによると、しか

も、とりわけ、まあまあ、あるいはもっとよく、たしかに——それなのに、といったようなものや、それ以外のものすべてが論理的な洗練に役立っており、ドイツ語にはそのような小辞が実に豊かに備わっているのであり、これらの語をカフカは実に頻々と用いるのである。[*3]

そして『城』における不可視の語り手も、主人公も、そして二次的登場人物たちもまたそうするのである。

『ワット』のテクストは、精神上の上下動をあからさまに拡張したもの、解答があったりなかったりする修辞疑問、順列組み合わせなどに満ちている。「それに対する理由のひとつは、おそらく以下のようなものだったのだ」「そうではなくて——」「そうではない——というのも」「これに加えて」「以下のようなことだけに触れるにとどめよう」——などといった語句が編み出され、ついには読者はもはやワットやサムや、彼ら二人に対して笑うべきか叫び声をあげるべきか分からなくなるのである。カフカの小辞が重箱の隅をつつくようなものであるとすれば、ベケットの修辞上の綾は岩山を粉砕するようなものである。それぞれの手法はまさしくその主人公にふさわしいものとなっている。が、両者の主人公の間にある決定的な違いは、われわれがまずそれぞれの探求の手法をよく吟味し、さらには両者の主人公がわれわれと関係するその手法をよく吟味することによって、より明白になるであろう。

『城』に対する印象は、果てしない探求に関するものであるとしても、カフカは実際には伝統的な年代順配列に従っている。Kは村において（たとえ一生涯であろうとも）わずか六日間しか過ごしておらず、二十章の各々は時間的に前の章の後に続いて起こり、それは各々のパラグラフが因果関係を示しつつ次のパラグラフに続いてゆくのにとてもよく似ている。[*4]

個々の行動は辻褄が合わないかもしれず、解釈は不合理なものや自己矛盾的なものかもしれないが、しかしすべてはカフカの非人称的な語り手によって首尾一貫したものに結びつけられており、部分的には時間的シークエンスによっても結びつけられている。章の始めにおいてさえ（そこではそれまでの話とは関係のない話が文学上の約束事によって許されているのだが）、カフカは推移を示す言葉を用いている。

> 第二章　〔……〕Kは自分たちが宿の近くにいることに気づいた〔後略〕（二九）
> 第三章　〔……〕農民たちは、Kの宿にいるものたちとは違ってみえた。（五一）
> 第七章　〔……〕部屋はほとんどもとの面影もないほど改善されていた。（一一四）
> 第十一章　〔……〕助手たちに導かれて、彼らはすでに自分たちの進むべき方向が分かっていた（一五六）
> 第十二章　翌朝（一六二）
> 第十四章　ついにとうとう（二〇一）
> 第十六章　彼が通りに到着すると〔後略〕（二八三）
> 第十八a章　それから〔後略〕（二九七）
> 第十八b章　今となってはじめて（三一〇）
> 第二十章　Kが目覚めた時（三五〇）

『ワット』はわずか四部に分かれているだけだが、しかしどんな単純な年代配列にも従っていない。なぜなら、サムはわれわれに以下のように忠告するのだから。

ワットは自分の物語の始まりを語ったとき、最後のパートではなく第二部を語ったのであり、第四部ではなく第三部を語ったのであり、今や最後のパートを語った。第二部、第一部、第四部、第三部、以上がワットが物語を語った順序であった。（『ワット』二一五）

これらのバラバラになった順番をわれわれ自身の理解の中に位置づけるためには、本文の第二部と第三部をワットによる物語の核心部分ととらえ、語り手サムは第一部と第四部を物語の枠組部分として語っていると考え、そうすることで主人公の住む世界でのワットの探求を位置づけ、その世界に対するワットの探求を対置させることが可能となる。

『ワット』にはまた数多くのパラグラフ上の（かつ文章上の）、与えられた前提からは導き出せない結論を導き出す「不合理な推論」が——おそらく以前のどんな小説よりも——含まれている。サムは、彼が『ワット』をなす四部の秩序と無秩序について、あるいはカフカの語り手が『城』において稀に見られる唐突な行為について（「ひとことの説明もなくKは突然酒場を後にした」）説明するようにはこの不合理性について言及はしないが、それらはベケットの物語の枠組みにおいては容易に説明可能なのである。ワットは結局自分の物語を精神病院においてサムに語り、二人はこの施設の中に収容されており、本文における脱漏と突然の飛躍も、因果関係に縛られた連続した世界から疎外された——あるいは開放された——精神のそれを反映しているのかもしれない。

論理にひきずられた読者の最初の反応は笑いであり、ベケットは不合理な推論がもつ喜劇的可能性を容赦なく活用している。しかし彼の喜劇はいわれのないものではない。小説のコンテクスト内部におけるこの会話と出来事の分離はワットの世界の要約であり、ノット氏邸を特徴づけるものであり、この邸はワットが自分のあわれな頭脳をそれに打ちあててみても見抜くことができないままに留まる。ノット邸でのワットの滞在の終わり近くで、ワットの語り（したがってサムのそれということになろうか？）は、われわれの通常の概念では次第に一貫性を欠いたものとなってゆく。ひじょうに生き生きと、短い選言的なパラグラフがワットの知性の最終的な崩壊を伝えてくるので、読者はコスモスの不条理性は、実はたんにワットの知性の分裂――唯我論として知られる状態――の反映に過ぎないのではないかと思えてくるかもしれない。

ワットはノット氏の存在にも不在にも苦しむことはなかった。〔中略〕この精神のアタラクシア〔心の平静〕は、邸全体をも、庭をも、野菜園をも、そしてもちろんアーサーをもおおっていた。

その結果、ワットが立ち去るときが来たとき、ワットは最大限の心の落ち着きを感じつつ門のところまで歩いていった。

しかし公道に入るやいなや、ワットは突然泣き出した。彼はそこに立ち（ワットの記憶によれば）頭を垂れ、両手にはそれぞれ鞄をもち、涙がゆっくりと細かな雫となって地面にこぼれた、そこは近頃修理されたばかりだった。もし自分がそこにいなかったならそんなことが可能だとは信じなかっただろう。とめどなく流れた涙はおさまったが、道路は涙の跡を三分間とはいわないまでも、少なくとも二分間はそこにとどめたに違いない、とワットは思った。からっとした天気は不幸中の幸いだった。

ワットの部屋にはどんな情報も含まれていなかった。それは狭く薄汚い部屋で、ワットは多少なりとも体を小綺麗にするタイプの人間であったものの、悪臭を放つ仕切り部屋だった。ただ一つの窓からはひじょうに素晴らしい競馬場の眺めが見えた。絵画、あるいはカラーの複製画はそれ以上なにも伝えてはくれなかった。その反対に、時が過ぎるにつれ、その重要性は減っていった。

ノット氏の声から学べるものは何もなかった。ノット氏とワットとの間にはどんな会話も交わされなかった。時々、これといった理由もなく、ノット氏は口を開いて歌を唄ったりした。(『ワット』二〇七〜〇八)

しかしながら、「これといった理由もない」のは、ノット氏の歌ばかりでなく、これら少数の唐突なパラグラフにおけるほぼすべての細部もそうである。ごくまれにワットの感情もしくは感情の欠如をのぞき見ることが行われるが、それもワットが突然泣き出すことへの馬鹿げた序曲にしか過ぎない。それに、もしこれがワットの人生の探求の失敗に対するもっともな反応だとすれば、道路の修理状態だとか天候の具合などはきわめていわれのないもので、とりわけ、ワットの天候に関する幸運を絶えず強調する気候についてはなおさらである。ワットが可能だとは思わなかったような「こと」の曖昧性といい、ワットの不屈の計算といい、吐いたり鼻くそをほじったりするのを見てきた男の外見の清潔さに対する言及といい、以前にもその後にも決して描写されることのないワットの部屋へジャンプすること(ワットが前任者のアースキンがいた部屋に取って代わったのであれば話しはべつで、これには実際ある程度の情報が与えられている)といい、ワットがノット邸へと向かう旅の途中で注意を向ける競馬場のことといい、別の箇所で決して言及されることのない絵画もしくはカラーの複製画(もっとも、アースキンの部屋にあった絵画は、ワットの方が突然似たような涙を流すことへの引き金となったもので、ワットは——このことは強調する必要があるが――奇妙にも感情などを表に出さない男である）といい、これらすべては、ワットとノット氏は意思伝達をおこなわず、さらにワットはノット氏について何も学ぶことはないという重要な問題点からみれば、補足的なことに過ぎない。しかし、この時には、約十頁ほど前ですでにごく短くではあるが、われわれはワットの悲劇に対する手ほどきを受けている。「ノット氏自身の性質については、ワットはとりわけ無知そのままに留まり続けた」（『ワット』一九九）。

このきわめて重要な結論を所有しながらわれわれは、サムの語りを通して、ワットの語りを通して、ノット氏の実存にかんする退屈で表面的な言及――時に辻褄があわず、時に矛盾し、決して本質を洞察することはない――まで行って引き返さざるをえない。ワットがサムと交わす最後の会話の中で、片方だけのブーツ、靴、あるいはスリッパを身につけたノット氏の滑稽で苦悩にみちた描写は、完全な唯我論的な円環を描いてふたたびワットへとわれわれを連れ戻すのであり、ワットは最初は片方のブーツを買うためにお金を借りた男として紹介されていたのである。しかし、たとえ語りの進行が円環的であるとしても、ブラウニングの「天には完全な環」といった表現からは甚だしい隔たりを示している。というよりむしろ、この円周は裂け目によって穴だらけとなっており、もしこの環が閉じるようなことがあるとすれば、それはほとんど奇跡に近い。

しかしここには奇跡は欠けている。というのも、奇跡は『ワット』では厳密に排除されているのであり、この奇跡の排除には、『城』との相違ばかりでなく、それ以前の小説における探求ともひじょうに根本的な相違が存在している。かつて奇跡、美徳、超自然の介入――それらをどのように名づけようとも――は、主人公が自分の探求を成就するために必要なものであった。Kとワットというこの二人の現代の主人公はそのような助けを特に必要としており、二人の探求において目的は人間の力を越えている。

『城』も、ノット氏の住居も、ともに神格のオーラを発散している。にもかかわらず、どちらの場合においても奇跡は起きない――が、以下のような差異を伴なう。[*5] ワットはノット氏のもとを離れる、なぜなら「ノット氏自身の本質については、〔彼は〕とりわけ無知のままであったからだ」。他方、『城』においては、秘書のビュルゲルは、「――言葉の綾だが――好都合すぎるがゆえに逸してしまう機会というものがあり、ある種の物事はそれ自身で自滅することがある」という可能性について、長々と執拗に述べる。Kはその成就可能性を眠りによって使いつくすことにより、自分自身の奇跡を粉砕してしまったのかもしれない。

Kの眠りに対する性癖〔傾向〕において、Kとクラムとの間には微妙な類似が存在しており、クラムは『城』の中で神格的人物に一番近い存在である。しかしこの単一の細部は、片方のブーツをはいたワットとノット氏よりも、計り知れないほどより妥当なものと思われ、それゆえ目立つ度合いも低いのだが、この細部は両者を溶け込ませるものとして解釈することはできない。Kのあらゆる努力にもかかわらず、クラムはつねに彼とは距離を保ち続ける。この小説の大部分において、クラムは伝統的な神格と同じほど安定しているが、その時オルガはKに、クラムもまた化身を経験しているのだと示唆する。

オルガ、とKは言った、「きみは冗談を言っているに決まっている、クラムの外観についてどんな疑いがありうると言うんだ、みんな彼がどんなふうに見えるか知っているよ、僕だって彼を見たんだよ」。(『城』二一五)

しかしオルガは冗談を言っているのではなく、続いて彼女は自分のメッセンジャーである弟バルナバスに関するすべての疑いを伝える。多少ともワットに似て、バルナバスは自分自身の感覚に頼ることも(彼は様々なおりにクラムだと気づくことができない)、また他人の報告を信頼することもできない(「細部において、それ[クラムのイメージ]は揺れ動き、それでいながら、おそらくクラムの実際の外見ほどではないのである」)。

クラムの変動ぶりや矛盾をオルガが数え上げることは、法外なまでに逆説的なノット氏を詳述することに対するほとんど最初の近似値と言ってよいかもしれない。これらの神格的人物は各々、皮肉な、そしてみすぼらしい一定不変のものを、変幻的な外観という、その次々と繰り返し起こる出来事の中に保持している。クラムの方は、長い裾の尾がついた黒いモーニングの上着であり、ノット氏のほうは寝巻きである。ノット氏の名前と身体がもつ厄介な側面は、音の類似以外に、そのいくばくかを接近不可能なクラムに負うていることはきわめてありうることである。

クラムの方は、葉巻とアルコール飲料と女を養分として育っているが、彼のもっとも際だった特徴はその「眠るような、夢見るような生き方」である。これもまたノット氏と関連がないことはないのであって、ノット氏のもっとも特徴的な身振りは、

[……]顔にある窪みを同時にふさぐこと、口に親指を突っ込み、耳には人差し指を、鼻孔には小指を、中指は両眼に、薬指は、知力の行使を促進する際の危機にあっては固定されていないのだが、こめかみに沿って置かれていた。(『ワット』二一二)

クラムの絶え間ない眠気にも似て、ノット氏の身振りは「純粋に知的能力」の認識力と活動の両方をあざけるものである。しかしクラムに関する矛盾する報告は人目をひくほどの存在感を主張するのだが、

一方でノット氏の身振りは、通りの腕白小僧に典型的に見られるようなものである。さらにクラムの立場は、威厳あるものであるとは言え、たくさんいる城の役人の一人に過ぎず、城こそが神秘に満ち、実に多面的であり、それこそがKの長期にわたる目標であるのに対し、ノット氏の館は彼の人格と不可分である。これら二つの探求には、明らかな相違がある――ワットは物理的に目的地に到着するが、Kはそうではない――とはいえ、ワットはKと同様に究極的には失敗する。ノット氏の館、庭、そして習慣などに精通しているにもかかわらず、ワットは「ノット氏の本質について」無知のままに留まり続ける。

この意味において、『城』の方がより豊かな小説である。というのも、文体上の名人芸にもかかわらず、『ワット』は驚くべき不毛な小説であり、ワットの探求はKのそれと比べてより制限されており、より厳密なものである。城は宗教的にも哲学的にも、人種的にも、政治的にも、心理学的にも解釈されてきたが、ノット氏の住居はなんといっても合理的な攻撃に対する砦なのだ。『ワット』の実質そのものは、主人公の精神（それがなにを意味しようとも）の徹底した、かつ苦痛にみちた働きを必然的に伴っている。*6

自分の立場に関するKの当然とも思われる、首尾一貫した推論は、Kの冒険に依存しており、彼の感情と交互に描かれる。『城』はKが城を見ることのできない状況から幕を開ける。最初の台詞でKは次のように訊ねる。「ここに城はありますか？」人目を惹くことのない城の建物を見た後、しばらくの間Kは容易にそこに到着できると考える。ところが接近することが困難であることが分かると、様々な計画を編み出す。Kは村人に会い、役人に問い合わせ、敵と味方とを緊密に協力させると、引き続いて起こる各々の体験に夢中になり、様々な感情――情熱、怒り、自尊心、共感など――の餌食となる。そのようにしてKは自分のまわりの生活にとても敏感に反応するので、時には自分の探求のことを忘れているように思えることさえある。Kが再び探求にうち込むと、どの出来事も、どの登場人物の言うことも、新たな反響をもたらす。

ついでながら、これら二つの探求の社会的設定は類似している、つまり、どこかはっきりとは名指されることのない地方の、社会階級のヒエラルキーに支配された村の内部である、ということに注意を向けておきたい。『城』においては、Kが最初に連れもなく出現する様子の後、すぐに宿に到着する場面がつづく。あとの残りのあいだ、Kはほとんど絶えず人々に取り巻かれている。にもかかわらず、意思伝達の不首尾ゆえにKは最終的に小説が始まった時以上に孤独となる。『ワット』は社会の中で開始され、その中で閉じる。しかし主人公は、つねに連れのない、社会とは調和しない人物である。ノット氏への旅ゆえに他の人間とすでに切り離されているワットは、ノット氏の使用人たちとさえ親しく交わることはかなわない。ワットはアルセーヌの要を得た長話からも何も学ぶことはなく、アースキンはおしゃべりを好まず、アーサーは情報を与えてくれることもない。最後の場面では、ミックスにさよならの挨拶を交わすことさえしない。つねに一人で――自分の物語からあきらかに逸脱している（しかしながら、彼だけがサムに語ることができたような）時でさえ――ワットは、自分の探求、すなわちノット氏という謎に挑む論理的精神から離れることができないのである。

二人の主人公は慎重に自分の生をその探求へと焦点を合わせるのだが、しかしワットの進路の方がより直線的である。ノット氏邸へと到る旅において、ワットは方法も分からないままその館に入ってゆく。そこにおいて、判断力、言語、論理といった合理的人間に情報を与えてくれる唯一の分析道具を用いて、ワットはノット氏の世界に直接的な分析的攻撃を加える。しかしながら、その住居の中にあってワットは「意味論的救済」を見出すことに失敗する。彼の感覚は衰えてゆき、出来事は説明されえず、説明がないのであれば、どうやってそこから悪霊を追い払うことができようか？　そこから結果として生じるワットの精神的崩壊はひじょうに完全なものとなるので、サムの容赦ない語りでさえ戦略的に第三部の終わりに位置づけられ、異常で皮肉的ではないパラグラフによって、憐れみの感情を妥当として認めることになる。ワットを最後に見る段になって――そのワットは後ずさりしながら自分の住まいによろめきつつ戻ってゆき、倒れ、傷を受けながらも起き上がり、そして移動し続けるのだが――われわれはまったき探求という象徴を体験することになる、彼が決して自分の家に到着することはない、ということを別にすれば。[*7]

　ロマン派的な恋愛の超越性は、伝統的な探求の主題につきものである以上、各々のヒーローが自分の意中の女性に対してとる関係を見てみることによって、ベケットとカフカの相違をさらに洞察することができるかもしれない。『城』でフリーダが登場するのは、彼女とKがバーの部屋の床で一緒に眠るおよそ五頁ほど先においてであるが、クラムの情婦としての彼女の立場はすぐに明瞭なものとなる。彼女のKに対する行為・振舞は、小説が進行していく間、夢のような、あるいは悪夢のような不条理性を帯び、二人の関係の始まりにおける動機のない自発性は、まったく予期せぬ展開の前兆となっているように思われる。

〔……〕Kを捜してまわりを見回している間に彼女〔フリーダ〕はカウンターの奥にゆき、その結果、彼〔K〕は女の足にふれることができた。その瞬間から、彼は安全だと感じた。フリーダがKのことにふれないので、宿の亭主が言い出さざるを得なくなった。〔中略〕「おそらく奴はどこかに隠れているんだ……あの男から受けた印象からすると、奴は大したことのできる男だよ」「あの人はおよそそんなことができるような神経は持ち合わせてはいないと思うわ」と言いながら、フリーダはKの上に自分の足を押しつけた。彼女には、Kがそれまで気づくことのなかったある種の陽気さと屈託のなさがあった。そして全く思いがけずその態度が優勢となった。というのも、突然笑いながら、フリーダは「たぶんあの人、この下に隠れているんだわ」と言ってKのほうに身を屈めてKに軽くキスすると、再び身を起こし、困った様子で、「駄目だわ、あの人、ここにはいないわ」と言った。(『城』五八)

フリーダの戯れは、あとに続く二人の愛の夜と同じほど予測困難なものだが、しかしながら、生じたことによって出来事は因果律を示す首尾一貫性を獲得し、小説のパターンの一部となってゆく。『ワット』においては、恋愛全体は挿話的なものでしかなく、主人公の探求にとっては外見上無関係なものである。ワットがノット氏について思いをめぐらし、蛙がゲロゲロと様々な規則的間隔をおいて鳴いたことについてあてもなく記憶の中をさまよっていったあと、以下のような唐突な情報が押しつけられる。「魚屋の女はワットをいたく喜ばせた」。一頁にわたって、サムは(多分ワットも)ワットと魚屋の女、つまりゴーマン夫人とが互いを満足させる偶然の一致について思いをめぐらす。細部にまでこだわり、かつ喜劇的なまでに嫌悪を催させるような細部において、求愛活動が三頁近くも描かれ、それからサムは(恐らくワットも)互いがひきつけられた偶然の一致という問題に戻ってゆく。

そして二人は、むしろゴーマン夫人はワットに、ワットはゴーマン夫人におそらくひきつけられていたのではなかったか? 女はスタウトのビールのせいで、ワットは魚の臭いのせいで。これは後になって、ゴーマン夫人がもはや単なる薄れゆく記憶にしか過ぎなくなった時、消えゆく香りにしか過ぎなくなった時、ワットが心を向けることになった見方であった。(『ワット』一四二)

この「消えゆく香り」がゴーマン夫人についてふれた最後の言葉である。もっとも、小説自体は最後までこの魚屋の女に関係があるであろうゴーマンなにがしという人物に言及し続けるわけだが。どちらの色恋沙汰も、ロマンチックな恋愛に対する暗黙のアイロニーを含んでいるが、カフカのそれは物語にとってより中心的なものであり、そのフロイト的で感情複合的な意味合いにおいて、より重要でかつモダンでもある。ベケットの、あまり重要ではない魚屋の女の方は、ワットが自分の「純粋に精神的な能力」を発揮するための新たな機会を提供してくれるに過ぎない。フリーダはドイツ語で「平和」を意味し、これは彼女をクラムと城への足掛かりとして利用することでKが達成しようと望むことである。とはいえ、出来事というのは常にそうであるように、Kには有利には働かないのだが。すでに引用した箇所からも明らかなように、フリーダはまずKの目を通して観察される。しかしKと読者とは、ともにガルデーナが、オルガが、イエーレミアスが、さらにはペピーがフリーダをどのように描写するかに熱心に耳を傾ける。その結果、集合的で累積的なイメージは、クラムのそれよりもっと一層曖昧なものにさえなる。そしてフリーダはおそらくクラムの情婦なのであった。

『ワット』においては、ゴーマン夫人の魚の臭いは嘲弄的に彼女をキリストに結びつけ、間接的にではあるが、ノット氏という神格的人物とも結びつけられる(ノット氏もまた、「ノット、キリスト、ゴモラー、コーク」というようにふざけてキリストに結びつけられている)。ゴーマン夫人はワットにとってほんのしばらく喜びを与えてくれるものではあるものの、彼女は性的武勇よりもむしろ精神的な喜びを呼び覚ます。

彼女は説明によって悪魔払いされるべきあらたな出来事となるのであり、それはワットがノット氏を悪魔払いできなかった意味においてであり、その結果、ワットは最終的に住居を立ち去らざるを得なくなる。まさに「ノット氏の本質について」何も学ぶことのないすべてのことによって、ワットは来たとき以上に無知となるのである。

カフカの小説は未完ではあるが、死の床においてKはある種の社会の片隅で生きる人として、村で生きる許可を受けることになっていたことをわれわれは知っている。しかしながら、出版された小説においては（少なくともこの断片の二つのヴァージョンのうちの一つにおいては）、Kの最後の行為はひとりの村人の腕をとりながら笑うことである。社会的階層においてどんどん低い立場に追いやられ、城に到着するという希望ばかりでなく、村に留まりたいという希望さえ奪われ、最終的にKは小説にとっては本質的ではないアイロニー——すなわち、最後に笑っているKの姿を最後に眺めるということ——に晒されることになる。奇妙にも関連する所見を『ワット』からも引き出すことができそうである。というのも、アルセーヌというノット氏に雇われていたワットの前任者のひとりが三つのタイプの笑いを区別しているのだ。辛辣な笑い、うわべだけの笑い、そして陰気な笑いの三つである。Kの笑いは、これらすべての笑いを含んでいる。

ずけずけと笑ったり上品に笑ったりする力を欠いたワットの最後の言葉というのは、「三と一」という「一と三」と答えるべきものを逆転したもので、列車の切符に支払う値段のことであり、あとに残してきた神格的人物に対する三位一体的な言及への皮肉を最後に交えたものとなっている。この最後の言葉の逆転は、サムがすでに本文中でわれわれに突きつけた、体系的に誤り伝えられたワットの言葉の断片のかすかな反響（あるいは一時的な予測）となっている。

Dis yb dis, nem owt. Yad la, tin fo trap. Skin, skin, skin. Od su did ned taw? On. Taw ot klat tonk? On. Tonk ot klat taw? On. Tonk ta kool taw? Nilb, mun, mud. Tin fo trap, yad la. Nem owt, dis yb dis[*8].

Tav te tonk, toc à toc. Ruoi tuot, skon trap. Nif snas. Nif snas knod smet? Hap! Tonk rop tom tav? Hap! Tav rop tom tonk? Hap! Tonk rop drager tav? Hap! Tav rop drager tonk? Gueva, tapa, nofa. Skon trap, ruoi tuot. Tav te tonk, toc à toc.

以上の言葉をわれわれの通常の言語に変換しても、ワットは「粉々になって」いる。

二人の男、並んで。一日中、夜のひととき。黙ったまま、呆然と、目も見えず。ノットワット見る？　いや。ワットノットに話しかける？　いや。ノットワットに話しかける？　いや。ならばわれわれはなにを？　なにも、なにも。夜のひととき、一日中。
二人の男、並んで[4]。

というのも、ワットとノットの間にはいかなる意思疎通もなく、今やたった「二人の男」にまで縮減されてしまっているからだ。
二つの小説において、探求の挫折は主人公の人間的限界から帰結している。二つの小説において、神秘的な力は弱々しい人間の攻囲には難攻不落なものであることが明らかとなる。いや、それ以上に、この力は、それ自身が攻撃されていることに無自覚であり、人間の攻囲に影響されることなく存在し続ける。『城』において探求はひじょうに多くの倍音を奏で、ひじょうに多くの意味層が潜んでいるので、その挫折は人間の状況全体が根本的に挫折することを暗示している。主人公の絶え間のない推論や、登場人物のだれもが推論に対して無防備であることが、最終的には救済の道具としての理性を貶める役目をはたすことになる。城（Schloss）を意味するドイツ語は錠前という語と語呂合わせになっている。城は鍵がかかったままにとどまり続け、理性はそれを開ける鍵とはなってくれないのだ。

『ワット』においては、その大部分は単純かつ複雑な錠前と鍵からできているのだが、主人公の崩壊はさらに辛辣な程度まで押しやられている。Kとは異なり——Kはおそらく死の床においてさえ理性を働かせるのであるが——ワットの知性は崩壊する。彼の認識力もまた破綻し、彼の言語も同様である。そして言語とともにすべての思考も、もっとも不合理で奇抜なものさえも破綻するのである。ノットに仕えることを引き受けた後、この世のいかなる道具もホモ・サピエンスであるワットを賢い《サピエント》存在にはしてくれないのだ。見通すことのできない目の前にいる存在を前に、彼の古い問いは粉々に壊れ、その認識論的な基盤は崩壊する。どのようにしてワットはノット氏を知りうるのか？——ばかりではない。どのようにしてワットは自分が知っていることを知りうるのか？　そしてそれに対する答えは、もちろん、ワットはノット氏のことを知らず、かつノット氏はワットのことを知らない。彼は知らないのである（*He knows not*）。〔この英文は、「彼は無を知る」とも読める。〕

Kは自分の未来を賭して探求に乗りだすが、結局その探求によって命を失う。ワットは自己の生を論理的思考へと還元し、その思考は探求の途上で崩壊してゆく。彼らの悲劇において、両者の挫折はわれわれの時代の中でもっとも注目に値するものの中でも、とりわけ注目に値する文学的創造であり、それそれぞれの創造主はひとつの世界を作り出し、それぞれがそれ自体の悲喜劇的不条理性の性質を帯びている。ワットとKにおいて、二人の著者は探求する主人公という神話に現代的意義を付与している。ワットとK、両者の挫折は、ベケットが後の作品でも描いているように、人間に典型的なものなのである。彼らの挫折は、それ自体として、人間に対し、その無力さの極限において特別の愛情を寄せるものなのだ。

原注

＊1 Niklaus Gessner, *Die Unzulänglichkeit der Sprache* (Zürich, 1967).〔ニクラウス・ゲスナー『言語の不足性』(チューリッヒ、一九五七年)〕

＊2 引用は『ワット』は米国グローヴ版 Samuel Beckett, *Watt* (New York: Grove, 1959) により、カフカの『城』は、英国のウォーバーグ決定版 Franz Kafka, *The Castle*. Definitive Edition, trs. Willa and Edwin Muir (London: Secker and Warburg, 1953) によるものとする。日本語訳はともに拙訳による。

＊3 F. D. Lucke, 'The Metamorphosis,' in *Franz Kafka Today*, eds. Angel Flores and Homar Swander (Madison, 1958), 36.

＊4 ブロートは『城』の初版において、章立ての多くはカフカの指示に基づいており、わずかがブロート本人によると注記している。カフカの批評家たちがブロートの名誉を貶める傾向が目につくが、様々な章立てにおいて、その差異は筆者には見いだせない。カフカのものであれブロートのものであれ、章立ての各々は一つかあるいはせいぜい二つの出来事にその範囲を限定している。

＊5 筆者の解釈による。「奇跡的」な『城』という観点については Ronald Gray, *Kafka's Castle* (Cambridge, 1956)を参照。

＊6 ワットの精神に関するより詳細な議論については Jacqueline Hoefer, 'Watt,' *Perspective* (Autumn 1959) を参照。

＊7 ベケットのフランス語による小説『メルシエとカミエ』では、ワットがつかのま現われ、メルシエと

カミエを和解させようとする。〔なお、本論英語版では「二人のポスト・デカルト主義的な肉体と精神の分離の後に、精神＝メルシエを肉体＝カミエと再結合しようとする。筆者はこの小説をこのように理解している」という説明があるが、フランス語翻訳版では削除されている。〕

＊8　Beckett, *Watt*, 168.

訳注

（1）『ワット』の初版は、一九五三年にパリのマーリン社からオリジナルの英語で発表され、のちにリュドヴィック・ジャンヴィエとアニエス・ジャンヴィエとベケットによってフランス語に訳され、ベケットの他のフランス語作品と同様、ミニュイ社から一九六八年に刊行された。

（2）「おそらく『ワット』の出版と翻訳に対する彼の投げやりな態度」から「達成だからである」まで、フランス語版ではカットされている。

（3）Samuel Beckett, *Watt* (Paris: Minuit, 1968), 173. この箇所は、原注＊8に対応するフランス語版の箇所であり、断るまでもなく、フランス語翻訳改訂版ではこちらが引用されている。

（4）フランス語の翻訳版ではこの箇所は削除されているが、読者の理解を助けるために、そのまま残すことにした。

『ゴドーを待ちながら』にみるベケットの戦争体験

堀真理子

1　はじめに

二〇一一年三月十一日、東北を襲った大地震と津波、それに続く原子力発電所の損壊によって東日本は空前の被害をこうむった。その翌月、東京の新国立劇場は森新太郎による演出で『ゴドーを待ちながら』（以下『ゴドー』と略記）を上演した。しかし、地震の衝撃から覚めやらぬ観客を慮ってか、この公演は「はかない人間の営みを温かい視線でくるんで見せ」[*1]、作品に本来備わっているはずの救済不可能な暴力性や貶められた人間の悲哀は影を潜めていた。劇評家の菅孝行は、「地震と津波と原発損壊の一か月後の上演だというのに、その事態を受けとめようとする感度が全く見られなかった」[*2]と強い口調でこの公演を批判し、『ゴドー』に描かれた時事的背景の重みを次のように再確認している。

何故ゴドーなどという、訳のわからぬものを待つ、というモチーフがリアリティをもったかと言えば、神の救済も人智の合理性も蹂躙し尽くすホロコーストと世界戦争による大量死という痛恨の歴史的現実が存在したからである。終幕近くのエストラゴンの突然の怯えは、ナチスやソ連の軍隊の進駐や空爆という観客の記憶と重なったに違いない。六〇年代の日本での上演でさえイメージは空襲や原爆投下と直結した。[*3]

ベケットが『ゴドー』を執筆した一九四九年、フランスはまだドイツに占領された戦争時の記憶をひきずっていて、初演された一九五三年はその戦争の傷からどう立ち直るか苦闘していたころである。『ゴドー』を見るということは、まさしく戦争をくぐり抜けた人々の「痛恨の歴史的現実」と向き合うことだった。

このことは、『ゴドー』の初演舞台を分析したデイヴィッド・ブラッドビーの次の説明からも明らかである。

〔『ゴドー』初演〕当時の報道記事によれば、上演中ずっと観客は〔ラッキー役の〕ジャン・マルタンの止まらぬ震えとよだれに強い恐怖と激しい嫌悪を感じていた。観客はおそらくラッキーの姿や振る舞いと同じくらい、ポッツォの態度からも恐怖感を感じていたにちがいない。ナチスの記憶はまだ人々のなかで鮮明だった。しかも、死の収容所の恐怖がじょじょに明かされ始めていた。末期症状の病に苦しみながらも、威張りくさった主人に命じられた仕事をできる限りこなしているラッキーの、疲労困憊した哀れな奴隷のイメージは、観客の記憶に生々しく残る現実の出来事と少しもかけ離れたものではなかった。[*4]

伝記著者のジェイムズ・ノウルソンによれば、『ゴドー』が執筆されるころまでには強制収容所についての「想像を絶した情報や恐るべき映像記録が明らかになり」(『ベケット伝(上)』三八一[四五三])、そのなかには収容所からの帰途に亡くなったベケットの親友アルフレッド・ペロンについての記述がある、マウトハウゼン収容所の生存者が出版した本もあって、「ペロン夫人はこの本をベケットに貸したと思われる」(同三八一[四五四])。したがって『ゴドー』が観客や読者に収容所を思い起こさせる暴力や拷問のイメージにあふれ、登場人物がその犠牲者と重なるのは、作者の頭のなかに収容所の悲惨な状況がかなり具体性を帯びたかたちであったからだろう。

しかし、『ゴドー』に描かれているのは収容所のイメージだけではない。戦争という非日常のなかで生活の基盤を失い、飢えに苦しみ、将来への希望を失っていた作者ベケットの、そして戦中戦後の人々の、不確かな時代に生きる不安と恐怖の実体験が投影されている。

とはいえ、ベケットはそうした不安を抱えて生きる人間を具体的な歴史的文脈のなかで描いているわけではない。『ゴドー』に描かれている「歴史的トラウマ」[*5]は「アイルランドの飢饉、ホロコースト、奴隷制、聖書の出エジプト」[*6]にも通じるものであり、史実は明らかに神話化されている。そこでは「互いに戦い、人間の自由の限界を決める力は複雑かつ無限で、かつて古典劇でオリンピアの神々が保有していた役割が与えられ」[*7]、サルトルが戦後フランスの演劇に期待した「神話の形成」が実現されている。[*8]

ここで重要なのは、「極端な状況や暴力的な情熱を扱っているが、人間の弱さや、しばしば家族の絆の脆弱さを物語っている」[*9]という神話の側面である。ベケットが描いた人間は日常世界では考えられない「極端な状況」に置かれてはいるものの、けっして私たちの身近な現実から遠いものではない。それは、作者が生きた二十世紀ヨーロッパの、いわば神に見棄てられた人間の現実である。つまり、ベケットは神が姿を消した時代の神話を自らの経験をもとに新たに構築したのである。ヒュー・ケナーはそんなベケットのレジスタンス活動やパリからの逃避行という現実の体験と創作された『ゴドー』との関連性を指摘し、M・パーロフやL・ゴードンはベケットの戦時中の体験が戦後の作品に投影されている点を戦争中のフランスの社会状況から明らかにしている。[*10] しかし、いずれの論文も作品を伝記的な側面から綿密に分析してはいない。

そこで本稿では『ゴドー』に光を当て、あえてレジスタンスに参加し、ゲシュタポに追われて南フランスに逃げ、ルシヨン村に身を隠し、戦争直後には空襲で瓦礫と化した町サン・ローの復興に携わっていたアイルランド赤十字病院で働いたベケットの体験、さらには強制収容所で死んだ友人知人をはじめ、戦争の犠牲となって死んでいった者たちへの共感やナチスドイツへの怒りがどのようなかたちで現代の神話にも等しい作品として結実したのかを考察することにする。

2　孤独との闘い

ベケットの作品では、ノスタルジックな描写やロマンチックな描写のなかにトラウマ的悪夢が隠されていることがある。例えば『ゴドー』で、エストラゴンがヴラジーミルに「ピレネー山脈へ行こう」(七六[一四三]) と言うくだり、フランス語版ではもっと明確に「アリエージュへ行こう」(一一四) となっているが、[*11] 戦時中このあたりはエストラゴンが期待しているような田園風景の広がる場所ではなく、ドイツ軍の検問を避けて通るための「自由への道」と呼ばれ、ベケットが戦争の悪夢を暗示したせりふの一例だとパーロフは断言している。[*12] ノウルソンも具体的な例を挙げてはいないものの、エストラゴンとヴラジーミルのおしゃべりが、ゲシュタポに危うく捕まるところだったベケットがパリから南フランスへ逃げていくときにパートナーのシュザンヌと交わした会話から生まれたことは「大いにありうる」(『ベケット伝(上)』三七九[四五三])と述べている。フランス語版に書かれた次のヴラジーミルのせりふは、まさにそんな会話の断片であるにちがいない。

エストラゴン　もう、行こう。
ヴラジーミル　どこへ？(間)もしかすれば、今晩は、あの人のうちで寝られるかもしれない。暖かい、乾いた所で、腹をいっぱいにして、藁の上で。待つだけのことはある、違うか？(仏語版二五[二八])

ゴドーの使いの少年がヴラジーミルの質問に答えて、「物置き」「藁の中」で寝ると言うくだりも、逃亡中のベケット自身の経験の反映とみることができる。ヴラジーミルが腹をすかしたエストラゴンに人参や蕪を分けてやるという行為や、ポッツォの捨てた骨にかぶりつくエストラゴンの空腹には、自らの体験を踏まえての、飢えを耐えてきた人間への洞察がみえ隠れする。不味いが食べるしかない粗末な食事を前に、「食べれば食べるほど、味が落ちる」が「だんだん味に慣れてくる」(二二[三〇])というのも作者の体験が生んだ絶妙なせりふといってよいだろう。[*13] さらに「立ったまま眠っている人間のリズム」(二六[三七])で登場するラッキーの疲弊しきった様子には、睡眠がじゅうぶんにとれなかった逃避行中のベケットの実体験が反映されていると思われる。[*14]

『ゴドー』に頻出するベケットの体験的せりふには、逃避行前のレジスタンス活動での奇妙な体験も生かされている。ベケットのレジスタンスの細胞での任務は「カットアウト・システム」[*15] と呼ばれる情報の伝達だった。これはレジスタンスのメンバーが情報伝達を重ねていくさいに細胞での自分の役割が明確に説明されない、いわば人間関係を絶たれた孤独な作業を物語るものであった。そうした稀有な経験をベケットは戦時中、ルシヨンで執筆した小説『ワット』でみごとに描いたが、『ゴドー』にもその片鱗がみられる。互いに相手の名前も素性も知らずにメッセージを伝え合うさまは、次の少年とヴラジーミルの対話に窺える。

男の子　ゴドーさんに、なんて言いましょうか？
ヴラジーミル　そうだな――（言葉を切って）――わたしに会ったとな――（考える）――わたしに会ったと。（八六［一六八］）

また、ポッツォをゴドーと間違えたことを追求される場面のやりとりからは、まさに見知らぬ人間へ情報を伝達するという、細胞内での人間関係の希薄さが浮かびあがる。

ポッツォ　（鋭く）ゴドーってのは誰かね？
エストラゴン　ゴドー？
ポッツォ　わしをゴドーと間違えただろう。
ヴラジーミル　いいえ、どういたしまして、そんなことはけっして。
ポッツォ　誰だね？
ヴラジーミル　はあ、それが……ちょっとした知り合いで。

エストラゴン　そりゃ違う。そうじゃないか、知ってるってほどじゃない。
ヴラジーミル　そりゃそうだ……知り合いなんてものじゃない……しかし、だからといって……
エストラゴン　おれは、会ったってわからないくらいだ。
ポッツォ　わしと間違えたじゃないか。
エストラゴン　それが実は……薄暗がりで……疲れて……すっかり弱って……待ちかねていて……実のところ……そうかと……一時は……
ヴラジーミル　お聞きになっちゃいけない、こいつの言うことなんか、お聞きにならないで……（二四［三四］）

この引用最後のヴラジーミルのせりふは仏語版（三二）にしかないが、エストラゴンがしどろもどろになって言い訳をしているのをヴラジーミルが止めに入ったかたちになっており、ゲシュタポにスパイ容疑をかけられた者が仲間を裏切りそうになっているのを見かねた人物のとっさの思いつきにも聞こえる。ケナーがポッツォの「威圧的」態度からみて「ゲシュタポかもしれない」と述べているのは[*16]、こうしたやりとりを念頭に置いてのことだろう。

だが、そのポッツォはヴラジーミルとエストラゴンを「見知らぬ人間」（三二［五〇］）と決めつけて用心しているかと思えば、また一方で奇妙な親近感を抱いてもいる。戦時中のフランスの特異な状況では「友人と敵を見分けられず、〔ドイツ軍〕協力者とレジスタンスとが同じに見えた」[*17]というから、不信感と親近感が同居するポッツォの奇妙な心理状態は、当時フランス人が抱いていた人間不信と出会いへの欲求を反映していると思われる。「わしもまた、その人〔ゴドー〕に会えればうれしいと思っとる。いろいろな人に会えるというのは、実に幸福だ。ごくつまらん人間でも、なにか教えられる。それだけ心が豊かになる。自分の幸福をよりよく味わえるわけだ」(二九〜三〇［四四］)と言うときのポッツォは、そんな出会いの欲求を表現しているといってよいだろう。彼はヴラジーミルとエストラゴンにも親しみを示し、一幕最後では「立ち去りがたい」(四六［七八］)と言って出て行く。

ポッツォはこのように一方で人との出会いを喜びながら、他方では不信感を拭い去ることができない。彼はゲシュタポどころかヒトラーその人にも見える、独裁者にありがちな、不信感で打ちのめされた姿を曝け出す。「たったいまあんたがたは、わたしに話をするのに震えあがっていた。ところが今度は、ものまで聞こうとする。いまに、何をされるかわからんね」(三〇［四五］)と吐いたり、「ラッキーは昔は……昔は優しかった……わしを助けて……気をまぎらわせてくれて……わしをよいほうに導いてくれて……今じゃ……人を殺す気だ……」(三四［五三］)と部下で奴隷のラッキーの脅威を明かしたりする。そう言いながら前言を打ち消すポッツォの姿を見て、その芝居がかりを喜劇役者やサーカスの芸人に譬えるヴラジーミルは、フランス語版初版では「スターリン的こっけいだ」(［五四］)と形容する。[*18] ポッツォは敵と味方を見分けるのが困難だったフランスの戦時下での人間心理を吐露する一方で、信頼を寄せていた部下をつぎつぎに消していく独裁者の人間不信に苛まれてもいるのである。

戦時下では言論が統制され、愛国心を強制され、少しでも不信感を買うような言動があればいつ誰に密告されるかもしれず、人はみな疑心暗鬼になっていた。二幕目で盲人となって再登場するポッツォは、「あんたがた、友達かね?」(七九［一五一］)とヴラジーミルとエストラゴンに尋ねる。目が見えないのだから、友達かどうかを判断できないのは当然だとはいえ、出会った人間に「友達か」と尋ねなければならないのは、他人への信頼感が喪失しているせいだといわざるをえない。

パーロフはさらに、戦時中のフランスでは、親子や親友であってもゲシュタポに捕まるのを恐れて他人のふりをしていたと記している。[19]『ゴドー』で二度登場する少年はいずれもひどく怯えながら、一幕目ではエストラゴンとヴラジーミルの、二幕目ではヴラジーミルの尋問に答える。しかも、二幕目の少年は、一幕目に来た少年を知らない、と言う。ヴラジーミルは、それは「兄さん」だと言う少年の言葉を受け入れるが、ほんとうのことはわからない。身の安全のためには他人のふりをすることがまかり通っていた時期には、子どもであっても他人のふりをしていてもおかしくないのだから。確実なことは何もないというこの作品のテーマは、こうした孤立した人間関係からも浮かびあがってくる。

3 自由を待ちわびて

ケナーは、戦争が終わる日を待ちわびるベケットが、レジスタンスのメンバーとして名前も知らぬ、見知らぬメッセンジャーへ情報を届けるためにその人物を待ったり、待ちぼうけを食ったりを繰り返していたことが「ゴドーを待つ」というプロットを生んだのだと述べている。[20]

そして、この「待つ」という状況の裏には、受身のままでいることと行動しようとすることとのあいだの緊張、揺れが見え隠れする。[21]ベケットは『ゴドー』の前に、ギリシア語で「自由」を意味する『エレウテリア』という戯曲を書き、そのなかで、サルトルがフランス国民に求めていた「行動」（action）をことごとく否定することによって、「無行動」（inaction）に身を置こうとする主人公の青年ヴィクトールの苦悩を描いた。[22]執筆時期が近い『ゴドー』においても、サルトル的な「行動」とヴィクトール的な「無行動」とのあいだで揺れ動く心理がヴラジーミルの形而上的なせりふのなかにみられ、自由とは何かを真剣に考えていたベケットの苦悩が垣間みられる。

むだな議論で時間を費やすべきじゃない。（間。激烈に）なんとかすべきだ。機会をのがさず！誰かがわたしたちを必要とするのは毎日ってわけじゃないんだ。〔中略〕今日ただいま、この場では、人類はすなわちわれわれだけだ〔中略〕運悪く人類に生まれついたからには、せめて一度ぐらいはりっぱにこの生物を代表すべきだ。（七四［一三九〜一四〇］）

ゴードンはこの箇所を、戦争のせいで苦しんでいる人たちのために何かできることはないかと考えていたベケットの反映[*23]とみているが、むしろサルトル的な「行動」に対する疑念がこのせりふを生んだといったほうがよいだろう。次の対話で使われている「悔い改め」は、ドイツ人がフランス人を洗脳するために利用した心理としてサルトルが非難の対象とした態度である。

ヴラジーミル　悔い改めることにしたらどうかな？
エストラゴン　何をさ？
ヴラジーミル　そうだな……（捜す）そんな細かいことはどうでもよかろう。
エストラゴン　生まれたことをか？……（一三［一一］）

生まれたことを後悔するのはベケットの登場人物の特徴なので、ここでエストラゴンが「生まれたことをか」と聞くのは図星なのだが、「悔い改める」ことが明確でない点は、「悔い改める」のをやめるようにフランス国民を諭そうとしたサルトルのメッセージ[*24]へのパロディにも聞こえる。

中産階級の家族の束縛から抜けられない『エレウテリア』の主人公に対し、社会的な拘束に縛られない「浮浪者」に焦点を当てたのが『ゴドー』である。この「浮浪者」は社会的な束縛から自由だからと言って、完全に自由かといえば、そうではない。主人公の「浮浪者」二人はゴドーを待つという「約束」に拘束され、社会的な秩序のなかで生きる人間としての権利を剝奪された状態、いわば動物に近いかたちでかろうじて生きている。人間は決して自由になれない、というベケットの人間観がここにある。しかも、この作品にはラッキーという「奴隷」さえも登場する。

ラッキーが人間としての権利を奪われた状態にあることは視覚的に明らかである。そんなラッキーへの主人ポッツォの仕打ちをエストラゴンとヴラジーミルが「恥も情けもありゃしない！」「人権じゅうりん」（二八〔四二〕）と訴える場面があるが、ベケットは戦時中、ナチスの非人間的な政策、戦争で傷ついた人々を目の当たりにするたびにこの言葉を発したかったにちがいない。[*25]

しばらくしてエストラゴンが重い荷物を置かずに立っているラッキーに「なぜ荷物を置かないのか」と聞くと、ポッツォは「権利」という言葉を使って、「なぜ、あれがからだを楽にせんか。ひとつはっきりさせよう。そうする権利がない？　そんなことはない。したがって、そうしないのは、したがらないからだ」（三二〔四七〕）と答える。ポッツォなりに「権利」を与えているのに、ラッキーがその権利を自ら放棄しているというのである。しかし、とっくの昔に権利を奪われている人間にはもはや「権利」という概念すらなくなっているのだから、このポッツォのいう「権利」は意味をなさない。

人間としての権利を剝奪された「奴隷」への暴力に限らず、「殴る」「蹴る」の暴力がこの劇では頻出する。エストラゴンはラッキーに足を蹴られ、夜、溝で眠っているといつも誰だかわからない相手に殴られる。少年が語る「兄さん」もゴドーと思われる人物にぶたれている。とくにエストラゴンは夜「なんにもしやしなかった」（五五［九九］）のに袋叩きにあったという。なのに「自分で自分が守れない」（五五［九八］）エストラゴンは抵抗ひとつしなかった。もしかしたら、生存するためには殴られっぱなしでいるほかなかったのかもしれない。これは戦時を生きのびた人間の実体験の比喩ではないだろうか。つまり、生きるためには抵抗も行動もするわけにはいかなかった。じっさいルシヨン村に身を隠していなければならなかったベケットは、殴られっぱなしでいるしかないに等しい無力感に苛まれていた。そして、そんな何もできないことへの無念と後悔が、劇中で繰り返される「どうしようもない」（"Nothing to be done"）（一一［七］、二二［一二］、一三［一二］、二三［三二］）というせりふにこめられており、また次のやりとりに表わされているのではないだろうか。

エストラゴン　だって、なんにもしなかったって言ってるだろう。
ヴラジーミル　そう、そりゃしなかったかもしれない。だがね、生きつづけたかったら、やり方があるんだよ、やり方が。（五五［九九］、傍線部筆者訳）

4　異邦人とされて

生きつづけるためには自分を殺さなければならない状況の下で、ヴラジーミルもエストラゴンも忍の一字で耐えていた。そんな二人にポッツォはおそらく毎日のように会っていたにもかかわらず、初めて会ったようにふるまっている。「わたしたちのことは誰にもわからないよ」（四七［八二］）と言うヴラジーミルの言葉のとおり、二人は自分たちの存在をポッツォにも他の誰にも認識させることができない。他人のようにふるまわなければ身の危険に晒されるかもしれない状況は戦時下のフランスでは日常茶飯事だったにしても、自分を他人に認識してもらえないというのは屈辱的である。戦時下のフランスに留まった「外国人」ベケットは、そんな屈辱とつねに向き合わなければならなかった。[*26] フランスでは一九三〇年代後半ごろから不況のあおりで失業率が高くなり、フランス国籍を持たない外国人への風当たりが強く、スペイン人やドイツ人、ユダヤ系外国人はフランス国内で強制収容所に入れられるという屈辱を味わった者が多かった。[*27] そんななかでベケットの孤立感と疎外感はどんなにか大きかったであろう。戦争が終わっても外国人への処遇はすぐには良くならず、一時帰国したベケットがフランスへ再入国するのは困難を窮めた。やむなくサン・ローのアイルランド赤十字病院の物資補給部隊員兼通訳を志願したのも、それしかフランスで生きる道が見つからなかったからだ。六ヶ月の任務を終えてようやくパリに戻ってからも生活は困窮していた。ベケットは一九四七年十一月二十四日、親友のトム・マグリーヴィ宛に次のような手紙を書いている。

この家〔パリのアパート〕にはもう六年ずっと暖房がない。なにもかもひどい状態だ。フランス人のアメリカ人気取りや戦争に対し、無駄な論争をしたところでこのひどさはどうなるわけでもない。私のようなマージン・ピープル〔はずれ者〕にとって生活は苦しくなるばかりだ。なんとか生きていられるのは安い家賃のおかげさ。[*28]

ここで、「マージン・ピープル」とベケットが自称しているのは興味深い。パリに住むアイルランド人という、フランス社会における少数派外国人の立場を強く意識しているベケットが窺える。ベケットの疎外感は、同時にフランス社会への期待を裏切られているという気持ちともつながる。一九四八年一月四日には物資の少なさのみならず、フランスが間違った方向に動いている、とマグリーヴィに書き送っている。[*29]

『ゴドー』のなかで、ヴラジーミルとエストラゴンがゴドーに「一つの希望とでもいった〔中略〕漠然とした嘆願のようなもの」を求めたのに対し、「相手」は「家族とも相談し、友達とも、支配人とも、取引先とも、会計とも、銀行預金とも」相談したうえで「返事する」(二〇〔二五〕)と言った、というくだりがある。これは祖国からの送金が制限され、借金するのもむずかしかったベケットが、外国人に対するフランス社会の冷たさを面白おかしく隔行対話《スティコミシア》[*30]にしたものではないだろうか。

こうしたベケットの「マージン・ピープル」意識には、祖国喪失者の宿命を背負ったユダヤ人と共通項があった。[*31]ゴードンはジョイスが自分をユダヤ人に重ね、その迫害の歴史にアイルランド人との共通性を見いだしていたことを挙げ、ベケットのユダヤ人への共感に拍車をかけたであろうと予測している。[*32]『ゴドー』の草稿の段階で、ヴラジーミルに当たる登場人物の名前が当初「レヴィ」というユダヤ系の名前だったこともよく知られた事実である。[*33]ラッキーが持っているスーツケースが、ユダヤ人収容所で「山のように積み上げられた空のスーツケース」[*34]を連想させるという指摘もある。だが、この劇でもっともホロコーストへの連想と切り離せないのは、舞台セットの「木」である。殺し屋か何かに包囲されたと思って怯えるエストラゴンが身を隠そうとして隠れることができない「役立たず」のこの木(六九〔一二九〕)は、観客の笑いを誘うと同時に一瞬の恐怖をも与える。このあと姿を現わすのが殺し屋ではなく、ポッツォとラッキーだとわかり、ほっと胸をなでおろすのはエストラゴンだけではない。なぜなら、これがもし戦争中に遭遇するかもしれないゲシュタポであったなら、エストラゴンは(そしてヴラジーミルも)たちどころに銃で撃たれる宿命にあるのだから。[*35]

セットの木とは別に、第二幕でヴラジーミルが「木のまね」（七一［一三二］）をするさいには、「木」はキリストが磔になった十字架を連想させる。[*36] 木はキリストの死を象徴する十字架を表わしているのだから死ぬにはもってこいのはずの道具なのだが、いざヴラジーミルとエストラゴンが首をつろうとすると、その枝は細すぎて二人の体重は支えられそうにない。[*37] とすれば、貧弱な木は飢えて死んでいった囚人を表わしているようにもみえる。じっさい、ヴラジーミルは裸で葉一枚なかった木を「きのうは真っ黒で骸骨だったじゃないか！」（六一［一一二］）と形容する。一本の木をとおして、収容所の焼却炉で焼かれた死体、あるいは空襲で戦火に飲まれて死んでいった人間の姿が思い浮かぶ。観客を「骸骨」「死体の山」（六〇［一〇九］）と呼んでいることも鑑みれば、木も観客も戦時中に殺されて放置された人々、あるいは灰にされた人々を象徴し、そのなかで死者とともに、言い換えれば亡霊とともに二人はゴドーという得体の知れぬものを待っているということになる。

エストラゴン　為を思ったら、おれを殺すよりしかたがない、そうだろ、ほかのやつと同じだ。
ヴラジーミル　ほかのって、どの？（間）え、どのだ？
エストラゴン　何十億のほかのやつらさ。
ヴラジーミル　（もったいぶって）人おのおの小さき十字架を背負いか。（ため息）つつましく暮らして、だが、行きつく先は。（五八［一〇三〜一〇四］）

十字架への言及はここでも、二人の浮浪者、翻って「人間」は苦しみを受けて生きつづけるしかないという宿命を表わすが、それは「何十億」の人間が「殺され」てきた現実と重ね合わされている。「行きつく先」にあるのは「死」である。死者の遍在、死と隣り合わせた生、それが『ゴドー』の登場人物たちの、そして私たちの生きている世界なのである。

＊

以上で述べてきたように、『ゴドー』は、戦時中そして戦争直後に「マージン・ピープル」である作者自身の体験と記憶に基づく数々の奇怪な出来事から生まれた作品で、一見抽象的で哲学的とみえる言葉も設定も、戦中戦後の非日常的な状況のなかで恐怖と不安に晒され、飢え、渇き、欠乏にあえぎながら紡ぎ出されたベケットの苦悩の表出なのである。戦争という悪夢のなかでベケットは日々、こう自分に問いかけていたにちがいない――「わたしは眠ってたんだろうか、他人が苦しんでるあいだに？　今でも眠ってるんだろうか？　あす、目がさめたとき、きょうのことをどう思うだろう？」（八四［一六四］）と。

注

＊1　萩尾瞳・小田島恒志「演劇時評　2」『悲劇喜劇』二〇一一年七月号、六五頁。
＊2　菅孝行「社会と演劇の視野（2）――ゴドーの替りに来たものは……」『テアトロ』二〇一一年七月号、三二頁。
＊3　同三二頁。
＊4　David Bradby, *Beckett: Waiting for Godot*. Plays in Production Series (Cambridge: Cambridge UP, 2001), 62.
＊5　Anna McMullan, *Performing Embodiment in Samuel Beckett's Drama* (London: Routledge, 2010), 31.
＊6　*Ibid*., 39.

＊7　Lois Gordon, *Reading Godot* (New Haven: Yale UP, 2002), 68.

＊8　Ruby Cohn, *From Desire to Godot: Pocket Theater of Postwar Paris* (Berkeley: U of California P, 1987), 134.

＊9　Frances Babbage, *Re-visioning Myth: Modern and Contemporary Drama by Women* (Manchester: Manchester UP, 2011), 4.

＊10　Hugh Kenner, *A Reader's Guide to Samuel Beckett* (London: Thames and Hudson, 1973); Marjorie Perloff, "In Love with Hiding: Samuel Beckett's War", *Iowa Review* Vol. 35, no.1, Spring, 2005, 76-103; Lois Gordon, *Reading Godot* および *The World of Samuel Beckett 1906-1946* (New Haven: Yale UP, 1996)を参照。

＊11　文中の引用はすべて Samuel Beckett, *Waiting for Godot, The Complete Dramatic Works* (London: Faber and Faber, 1990), 7-88 および、邦訳、安堂信也・高橋康也訳『ゴドーを待ちながら』、『ベスト・オブ・ベケット 1』、白水社、一九九〇年による。文中の引用頁は（英語版［邦訳］）で記したが、仏語版のせりふは *En attendant Godot* (Paris: Les Éditions de Minuit, 1986)から引用した。

＊12　Perloff, 76.

＊13　ノウルソンは、一九四〇年の秋、すでに凶作と配給制限、高騰する闇市場のせいで、「エストラゴンとヴラジーミルによるにんじん、大根、カブをめぐるやり取りを先取りするような会話が、シュザンヌとベケットのあいだであたりまえになった」（『ベケット伝（上）』三〇三［三六七］）と述べており、パリからの逃避行前から空腹との闘いは始まっていた。

＊14　この逃避行中、ベケットは「昼は干し草の山に隠れて眠り、夜歩くの繰り返しで、疲れ、飢えていた」（S. E. Gontarski, *The Intent of Undoing in Samuel Beckett's Dramatic Texts* (Bloomington: Indiana UP, 1985), 35）という。

＊15　Perloff, 80.

＊16　Kenner, 30.

＊17　Perloff, 81.

＊18　『ゴドー』邦訳一八〇頁の注四二によると、このせりふは「あまりに現実的・政治的な言及を避けた

のか」、この後のフランス語版や英語版では削除されている。スターリンの脅威については一九三六年、ソ連を訪問したアンドレ・ジッドが「ロシアには共産主義はもはや存在しない。スターリンがいるだけだ」と述べていることから、ヒトラーより前にすでにその独裁の実態は知られていた（Rod Kedward, *France and the French: A Modern History* (Woodstock, NY: The Overlook Press, 2007), 206）。

＊19　Perloff, 91.

＊20　Kenner, 30.

＊21　Perloff, 86.

＊22　ベケットが南フランスに身を隠していたころ、すでに文壇で力をもっていたサルトルは、人間存在、自由とは何かを考え、一九四三年には『存在と無』を発表している。『エレウテリア』には、サルトルを茶化したような記述や思想的違いを明確にするような考え方が散見される（拙論 Mariko Hori Tanaka, "Freedom of Sartre and Beckett: *The Flies* versus *Eleuthéria*", *Samuel Beckett Today / Aujourd'hui*, Vol 25, 59-73参照）。

＊23　Gordon, *The World of Samuel Beckett 1906-1946*, 139.

＊24　サルトルは「一九四〇年の［ナチスドイツの占領による］敗北以降、フランス人は失望し自責の念にかられるようになった。［中略］私は『蠅』を書くことによって、この悔い改めという病、後悔や恥でいっぱいの状態を根絶しようとした」（Jean-Paul Sartre, "*The Flies*". *Sartre on Theater: Documents assembled, edited, introduced, and annotated by Michel Contat and Michel Rybalka*, tr. Frank Jellinek (London: Quartet Books, 1976), 191-93）と述べている。

＊25　「リチャード・エルマンの記述によれば、戦後四〇年たっても、ユダヤ人の苦しみが話題になるたびに、ベケットは涙した」（Gordon, *Reading Godot*, 35）という。

＊26　ノウルソンによれば、ベケットはドイツ軍のフランス占領が始まっていた一九四〇年、「スペインかポルトガルを通ってアイルランドに戻ることを真剣に考えていた」（『ベケット伝（上）』三〇一［三六五］）が、すでに永住を決めていたパリを離れることができなかったようだ。

＊27　Kedward, 208, 231, and 264.

＊28 Samuel Beckett, *The Letters of Samuel Beckett 1941-1956*, eds. George Craig, Martha Dow Fehsenfeld, Dan Gunn, and Lois More Overbeck (Cambridge: Cambridge UP, 2011), 65.

＊29 *Ibid.*, 72

＊30 二人の登場人物が、一行ずつ詩で交互に対話をしていく形式。古代ギリシア劇で用いられた。

＊31 レジスタンスでは、小作人に共感するなど「少数派イデオロギー」で結束し、ユダヤ人も外国人も同じ人間だと考え、ヴィシー親独政権への抵抗を強めた（Kedward, 293-94）という。ベケットの「マージン・ピープル」意識とユダヤ人への共感はレジスタンス活動をとおして強められたともいえる。

＊32 Gordon, *Reading Godot*, 35.

＊33 Cohn, 139.

＊34 Enoch Brater, *Ten Ways of Thinking About Samuel Beckett: The Falsetto of Reason* (London: Methuen, 2011), 158.

＊35 ゴンタースキーは、一九四二年十一月にヒトラーが被占領下のフランスに隠れている政治犯やユダヤ人の逮捕を命じ、パトロールを強化してから、アメリカ軍によってルシヨンが解放される一九四四年八月までのあいだ、ベケットはつねに危険を感じ、じっと身をひそめていなければならなかったし、出会う人間がゲシュタポなのか村人なのか戸惑いを隠せなかった、と記述している（Gontarski, 35-36）。

＊36 Dougald McMillan, and James Knowlson, eds., *The Theatrical Notebooks of Samuel Beckett: Waiting for Godot* (New York: Grove Press, 1993), 161 および『ゴドーを待ちながら』邦訳一八七頁の注二六を参照。

＊37 ベケットは、木＝十字架という神聖さと寄り添う場所としての頼りがいのある性質を、その「無名性と存在の貧しさ」（別役実「木」高橋康也監修『ベケット大全』白水社、一九九九年、四六頁）によってひきずり降ろし、ゴドーを待つ場所に指定することによって、ゴドーの頼りなさ、やってくるという約束が守られそうにないことを予感させる。それによって、人間の死が崇高さとはかけ離れていることを暗に伝えようとしたのだろう。

（追記）本稿は二〇一二年一月に脱稿した。執筆時の思いを残すため、その後改訂を施していない。

気まずい出会い——バロウズ、ベケット、プルースト、(そしてドゥルーズ)

メアリ・ブライデン　近藤耕人 訳

プルーストとベケットはスペクトルの両端にあるように思われる［……］私はベケットよりずっとプルーストに近い。*1

ウィリアム・バロウズ

ベケットとプルーストについての論考から引かれたこのウィリアム・バロウズの見解は、彼が一九八〇年代の初めにカンザス大学で行った連続講演の一部をなしている。バロウズはその講演をベルリンにベケットを訪ねたときの思い出から始めた。ベケットはシラー劇場で演出している間そこに滞在していたのである。二人の共通の出版社であるジョン・コールダー社から紹介状をもらい、バロウズはほかにアレン・ギンズバーグとスーザン・ソンタグを含む四人を伴ってベケットを訪問した。短い訪問は打ち解けたものではなかったようだ。一行はウイスキーを一本持参し、ベケットも付き合ってちびちび飲んだ。しかし会合は盛り上がるというよりも儀礼的なもので終った。訪問客たちが暇を告げようとするとベケットはみなと握手した。バロウズの回想では「あきらかに彼は一同の誰とも二度と会う気はいささかもなかった。彼が地球外生物たちから冷ややかに顔を背ける様子が想像できよう」(*WBBP*, 31)。

ベケットの自足の根はおそらく、興味のなさというよりもたわいのないおしゃべりのなさにあるのであろう。彼の伝記作者ジェイムズ・ノウルソンが一九七六年中にベケットがベルリンをなんどか訪れたなかの一つについて述べている。「ベケットがベルリンにいると、だれもかれもがそこにいるように思えた。七十歳になっても、彼はまだ初対面の人に会うのが苦手で、会う前はいらいらしていた。初めて彼に会うのは苦痛なほど気づまりであったはずだ」[*2]。わたしたちは以前パリのレストランで会ったことがあるとバロウズはベケットに思い出させたが、それでもやはりこの出会いも打ち解けることはなく、創作の技法についてとりとめのない話をした。「このときはカット・アップ〔新聞の切り抜きを集めて一本筋は通っていないが理論的には読めるテクストにすること〕について話し合ったが、この話をまた持ち出したいとは思わなかった」[*3]（*WBBP*, 28）。

バロウズがその後なぜとりわけベケットとプルーストを対にして講演する気になったかは明らかでない。彼の講演から分かることは、彼がもっぱらプルーストに同調してベケットをないがしろにしたということである。これが、バロウズがベケットと近づきになれなかったことの個人的な失望からくるものなのか興味はあるが、ここではそれには触れない。しかし彼がベケットをプルーストと（そして彼自身と）対比してみる理論的根拠にはひらめくものがある。そのなかでも、ここでは主として時間と記憶と性格が交差する領域を取り上げたいと思う。

バロウズにとって「プルーストは主に時間に関わっている。ベケットはじっさいのところ時間を超越している。〔……〕ベケットには時間がない。『ゴドーを待ちながら』を見ればいい。人物たちは永久に待っていられる。ゴドーが来ることは決してない。〔……〕プルーストは名前と時間にあふれている。ベケットには〈記憶〉がない」（*WBBP*, 29）。ドゥルーズはプルーストの主たる関心は時間と記憶にあると論じた。記号《シーニュ》の解釈に時間が入り込むのを認めながらも、彼は『プルーストとシーニュ』のなかでこう述べている――

『失われた時を求めて』〔以下『失われた時』〕のなかで本質的なものは、記憶と時間ではなく、記号《シーニュ》と真実である。本質的なことは思い出すことではなく習得である。記憶はある記号《シーニュ》を解釈する機能としては役に立たず、時間はこれこれの真実の素材か型としてのみ役立つものだからである。[*4]

ここから、時間と記憶がこの読み方では目的ではなく手段である限りにおいて「『失われた時』は過去ではなく未来に向けられている」(*PS*, 10)。さらにバロウズが「プルーストには名前があふれている」と主張するのに対して、ドゥルーズはプルーストが使うさまざまな名前は秩序ある統一的な同一体ではなく、多重の視点の集合であると反駁する。問題は一定の語りの位置を占める存在というよりも、集合が解き放ったり促進したりする記号《シーニュ》の通過である。

『失われた時』の人物たちは多少とも深みのある時間のリズムに解読すべき記号《シーニュ》を放つものとしてしか意味をもたない。祖母、フランソワーズ、ゲルマント公爵夫人、シャルリュス、アルベルチーヌ——それぞれは語り手がわれわれに教えるだけの価値しかない(*PS*, 111)。

『失われた時』は一連の愛についてではなく、嫉妬と気分の主観的変奏とつながった愛の内部の連続性についてのものであって、「一人のアルベルチーヌからもう一人のアルベルチーヌへ、なぜならアルベルチーヌは多重の魂と多重の顔をもっているから」(*PS*, 87)とドゥルーズは主張する。この点ではドゥルーズの分析は三〇年前にベケットが行った分析と重要な一致を見せている——「こうしてアルベルチーヌの絵画的多重性は確立され、それはしかるべく造形的精神的多重性へと発展していく」[5]。ドゥルーズはベケットよりも一層、苦しむ人をアルベルチーヌ＝イデアへ入力する方に傾き、それでいて一方ではそのイデアを拡げて連続する愛の「主観転換のリアリティ」[6]へと深めていく。ベケットがみれば、「アルベルチーヌ的」多重性とでも呼べるものが、「事実にもとづきかつ内在的な諸矛盾の動揺」（*P*, 47）として統治している。しかしここで「プルースト的名前」の観念に再会するならば、プルーストの分析者ベケットも「名前は野暮な社会の原始主義であり、〈ホメーロス〉や〈海〉と同様紋切り型で不適切である」（47-8）と主張すると、バロウズの意見に反論していると思えるかもしれない。

　バロウズにとってはプルーストに出てくるあまたの名前は与えられた環境の一式の作中人物たちを特定し安定させるものである。「プルーストの作中人物たちは場所と時間にしっかり根づいている。彼らはフランスの上流社会である。公爵も男爵もみな長い堂々とした名前をもっている。彼らはその名前なのである」（*WBBP*, 29）。それではひょっとして、もし一人の作中人物がなんらかの意味で彼らの名前で「ある」としたら、ベケットの「名づけえぬもの」はどう扱ったらいいのか。答えは、バロウズのように、名前を含まない作品には作中人物はいないと主張することである——「ベケットには作中人物はいない。しかるに、そう、プルースト作品では、人は即座に作中人物のことを考える」（*WBBP*, 33）。バロウズにとっては名前がないことは越えがたい障害であり、匿名の釈明がないことと同じである。「『名づけえぬもの』？　だれが名づけなかったのか」（*WBBP*, 31）。一九八三年にニコラス・ズールブラッグと会ったとき、バロウズはさらに突っ込んで、つかのまの、あるいは多重の主体性を持続的に探求することは我慢できないと述べている。『ワット』『マーフィー』『モロイ』は讃えながらも、「『名づけえぬもの』に至ってはどうもついていけなかった、自分の注意をつなぎ止められなかった。彼がなにをいっているのかは分かる、中に深く入ればまた違った有機体、違った興味が同じ身体に見つかることも分かる。だがなんとも結末は動きがなさすぎる《スタティック》」[*7]。

ところがそれとは逆に、ベケットに（とりわけ『名づけえぬもの』の中に）見つかる動きのある同一体の批評は、ドゥルーズとガタリの与える批評とは対照的に「スタティック」な質に集中する。

> 主体自身は機械によって占められている中心ではなく周縁にあり、固定した自己同一性はもたず、つねに中心からはずれ、自分が諸段階を通過することによって決定される。こうして「名づけえぬもの」によって、それぞれの段階をマーフィー、ワット、メルシエなどで描かれた輪[*8]〔……〕〔拙訳〕

プルーストもベケットもともに、この巡回する視点をそれぞれの創作の企図にとって、個々の固定した一定の特徴よりも有効であると認識していたであろう。芸術は世界を理性から独立して見つめるものであるという文脈でショーペンハウアーを喚び起こしつつ、ベケットはさらにプルーストについてこう述べている。「これに関しては、プルーストを自分の作中人物にいきなり説明もなく話しかけるドストエフスキーに結びつけることができる。プルーストは自分の作中人物を説明するばかりで、それ以外はほとんどなにもしていないと反論されるかもしれない。しかし彼の説明は経験にもとづくもので論証的ではない。彼は作中人物をあるがまま——説明しがたいもの——に見えるように説明するのだ」（*P*, 87）。

これは『プルースト』を書いていたときのベケットにとっては重要な考えであった。一九三〇年からダブリンのトリニティ・カレッジでフランス文学の講義を行う準備をしていたとき、ベケットは一種の文学探求に没頭していて、これはその後、彼の教えることと書くことの両方に強い影響を与えることになった。ベケットの学生の一人であったレイチェル・バロウズが一九三一年に取った、ジッドとラシーヌに関する詳しい講義ノート[*9]をもとに、ジッドのドストエフスキー論、とりわけ一九二一年、ドストエフスキー生誕一〇〇年祭に際してのジッドの「ヴィユ＝コロンビエで読まれた講演」についての詳しい論考を辿ることができる。この短いエッセイのなかで、ジッドは登場人物の描写にもとづいてドストエフスキーとバルザックの顕著な対照論を展開している。ジッドにとってドストエフスキーの人物は叙述されず、自らをどこまでも続けて完成することのない自画像として描いている。

> 彼の主要人物たちはつねに形成途上で、いつも蔭から出切ることがない。瞥見するところ、彼はその点でどれほどか深くバルザックとは異なっている。彼の主たる関心はつねに人物の完全な仕上がりであると思われる。[*10]

レイチェル・バロウズの講義ノートにはベケットのこの考えの表明（蔭から出切ることがない、に太い下線）だけでなく要約も見つかるだろう。――「ドストエフスキーには説明なし」（*RB*, 28）。説明のし難さ――説明する動機づけすらないことにこのようにこだわることは、ベケットがドストエフスキーとジッドとプルーストをつなぐ根拠の一部になる。じじつ、性格をはっきり規定するよりも相対的な――バロウズがノートしているように、「人物のかりそめの表情」（*RB*, 25）にとどめおくことは、ベケットにはジッドの野心と見えたのであり、それはじっさいにはプルーストによって成就されたのである。ベケットの力説するところでは、ベルクソンが絶対的な時間を主張するのに対し、プルーストはそれを否定する。「プルーストにとって、それはあまりにも多くのものの機能――ローカルだが絶対的ではないリアリティである」（*RB*, 9）。R・バロウズの講義ノートによると、ベケットはプルーストのテクストの特徴を「観念だけが瞬間の気分——一瞬の価値を説明する。木曜日五時の観念など」となる（*RB*, 25）。この相対主義の考えによって、時間と諸観念と性格の間にある意味での結びつきが生まれるので、それはバロウズがプルーストの語りの特徴であるとする安定した指示対象の建造物とはまったく別のものである。ベケットにとり、それは時間そのものの多重化で、それによってプルーストは安易な連結を避けることができる。ベケットが『プルースト』で書いているように、「プルーストの年代記はついていくのがきわめて困難で、発作的な出来事の連続、作中人物たちと諸々のテーマは狂気じみた内的必然性に従っているように見えるが、それはもっともらしい連鎖の俗悪さに対する見事なドストエフスキー的軽蔑をもって提示され発展させられている」（*P*, 81-2）。

ベケットがプルースト的時間の多重性に同調するとして、先に引用した、「ベケットには時間がない、『ゴドーを待ちながら』を見よ」というW・バロウズの主張はどうなるのか。たしかに『ゴドー』には全体に懸かる時間はない。あらかじめ設定した時計あるいは時間記録計的機械装置はなく、記憶の残余を確保確定する方法はない。ヴラジーミルがポッツォに連れのラッキーは正確にはいつ唖になったのかと訊くと、ポッツォはいきなりこうまくし立てるのだ——

いいかげんにやめてもらおう、じかんのことをなんだかんだ言うのは、ばかげとる、全く、いつだ！　いつだ！　ある日ではいけないのかね。ほかの日と同じようなある日、あいつは唖になった、わたしは盲になった。そのうち、ある日、わたしたちは聾になるかもしれん。ある日、生まれた。ある日、死ぬだろう。同じある日、同じある時、それではいかんのかね？[*11]（『ゴドーを待ちながら』

［一八二］

ポッツォが劇の進行中に懐中時計を失くすらしいこともバロウズの診断を強めているように思えるかもしれない。

しかし『ゴドー』に欠けているのは時間ではなく、独自にプロセスを実証する道筋であることはたしかだ。時間はきちんとしていない。――空間の一連の点を占めていないから、経験を記録保存する根拠がない。にもかかわらず『ゴドー』の登場人物には時間が浸み込んでおり、この芝居は時間とその計り知れない速さと遅さにほかならないと論ずることができるだろう。ドゥルーズ的なパースペクティヴによれば、時間が一連の持続として芝居に行き渡っていることが分かる。ドゥルーズは映画のモンタージュは統一したパースペクティヴから眺めた枠組としてではなく、瞬間と生成の流れとして、ありのままの時間を理解するのを容易にしてくれると指摘している。これとの関連で、クレア・コールブルックはつぎのように述べている。「時間を容れた世界というものはない。時間の流れがあるだけで、それがもろもろの〈世界〉や持続を生み出すのだ。時間とは多岐の持続――われわれが考えたり直感したりできる生の多様なリズムや持続――の仮想《ヴァーチャル》の全体なのである」[*12]。ベケットの芝居『クラップの最後のテープ』の年齢を重ねるクラップはちょうどこういう一群の、同時に起こっているようだがそれぞれ別の時の持続を録音してあって、たとえば公園でのある情景は、「おれはボールを手にもってたまたま、しばらくすわっていた。（間）犬がわめいて、おれを前足でひっかいた。（間）瞬間。おふくろの瞬間、おれの瞬間。（間）犬の瞬間」[*13]（『クラップの最後のテープ』［二七四～五］）。

ひとときは交差しているように思えるかもしれないが、共有する安定した一時性につなぎとめられているわけではない。むしろ、それらは異なる視点、生きている時間の異なる様式《モード》とスピードに参加しているのである。ポッツォは自分が視覚を失ったこと、連れが唖になったことを痛く認識して生きているが、外的な記録の体系との接続を欠いているわけではない。時間は彼にとっては決定的な意味をもっており、『しあわせな日々』のウィニーにとっても同じである。ウィニーは限られた複雑な意味でウィリーと同棲している。塚の中に孤立し、生存を慢性的におびやかされながら、彼女は一日を分割し、結果として通用するようなものに仕立てる術を開発している。彼女が歌を歌うのは一日の進行が終りに近い標しであり、翌日も続くという保証はないのである。ドゥルーズは終りの、といっても最後から二番目の儀式をうまく要約している——

イメージの時がある、イメージが現われ、干渉し、言葉の組み合わせと声の流れを壊すのにふさわしい瞬間、イメージの瞬間がある。ウィニーが「うるわしの時」[*14]を歌いたくなる気分のとき、でもそれはもうじき終るという瞬間、最後の時間なのだ〔ブライデン訳[*15]〕。

以前『消尽したもの』の中でドゥルーズはすでに「イマージュ」の考えとその発展をウィニーの歌に適用している。「イマージュは時間がきたときの目で見るあるいは耳で聞く音響的リトルネロ（リフレイン）〈甘美な時間〉」（*EP*, 72〔『消尽したもの』一八〕）。ドゥルーズにとってイメージは目的ではなくプロセスなのである。リフレインとしてそれは視覚的なものに限られてはいない。さらに、それが起こるのは定まってはおらず融通がきく。『しあわせな日々』でウィニーはふだん見えない夫がちらと見えることが分かると、二人のやりとりが極まった瞬間に歌を歌う。しかしこれはまた芝居の中で不安とサスペンスが極まった瞬間であり、同じほどの不安を孕んだ未来へと推移する。ウィリーは彼女に接吻しにきたのか、殺しにきたのか、それともただ眺めにきたのか。

この点では、［ウイリアム・］バロウズはさらに進んでベケットの作品から離れていき、「ベケットにはサスペンスがない。ベケットはサスペンスを超越している。どの章の終りにもハラハラ《クリッフ・ハンガー》させる出来事がない」（*WBBP*, 30）というとき、その意味するところはベケットのテクストを横断する多くの心はずませるものと相容れないように思える。ウィリーは『しあわせな日々』の終りでハラハラの要素（崖のぶら下がり、少なくとも小山のぶらさがり）を構成している。『勝負の終わり』の幕切れ近く、出発の身支度をしながらぐずぐずして、ハラハラの要素を満たしているのもその例だ。そこからいろいろな展開（雰囲気、演技、場面転換）が進行する間《ま》の点で見れば、ベケットの舞台作品にも小説にもサスペンスは注ぎ込まれている。ベケットに欠けているのは、芝居の展開の視野のゆがみを引き起こすために使う時と場の一押しである。

「ベケットには記憶がない」というバロウズの主張も同様支持し難い。バロウズが「プルーストには名前と時間があふれている」と主張したすぐ後にあえてこう述べたことは、事実の回想にもとづく特有の記憶を指していたのかもしれない。たしかにベケットは多くの作品において言葉、日付、場所その他の細目の記憶が定かでないことが多い。彼の初期作品の旅行者たちは旅の目的や目的地、対話の相手の名前どころか自分たちの名前すらもあいまいであることをよくユーモラスに明らかにしている。[16]ウィニーは以前は知っていた「古典」[17]の数行を思い出せない。クラップは何十年も前のテープ録音に使った「寡婦性《ヴィデュイティ》」[18]という言葉の意味を思い出せない。しかし深いところの往々にして枯れかけた感情、光景、経験の記憶が浮かび上ったりふつふつと沸き起こることが、ベケットの作品ではよくあるものだ。ウィニーは舞踏会の終りでのロマンチックな思い出――「あの日。（間）ピンク色のシャンパン。（間）細長いグラス。（間）最後のお客が帰って。（間）」（*HD*, 78『しあわせな日々』〔五二〕）。同じく小さなミルドレッドが思い起こすであろう記憶、「子宮から始まって、昔は人生はそこから始まったものだけど、ミルドレッドは子宮を覚えている、思い起こすでしょう、死ぬ前に、母親の子宮を」（*HD*,70『しあわせな日々』〔四七〕）。バロウズはさらにこういっている、「『クラップの最後のテープ』にすら、ふつうの連想の回想の意味では記憶はなく、あるのは瓶や振動――ドアの開け閉めによって動かされた機械的なプロセスである（*WBBP*, 29）。しかし『クラップの最後のテープ』の素材と生地そのものが記憶であるといえるだろう。クラップの人生は記憶の録音と再生の間に、それによって張り渡されている。この芝居に深みを与えるのは機械的なずれではなく、意味が相互に作用する時期の連想によって押し寄せる感動である。こうしてテープの声は、窓の日よけが降ろされたので彼の母が今死んだのだと分かってからしばらく後、彼が手に取った古ぼけた、まっ黒な、固い手ごたえのあるゴムボールの手ざわりを、「あの手ざわりは、死ぬ日まで」（*KLT*, 60『クラップの最後のテープ』〔一七四～五〕）忘れないだろうと断言する。さらに芝居はクラップが静かな夏の日、昔の恋人と小舟に横たわり、彼女の腿にはすぐりの実を摘んだときの引っ掻き傷がついている思い出に耽り、テープが沈黙の中を空回りしながら終る。

　これまでの議論はプルーストとベケットの間のいわば広軌の差異を確認する際の諸問題に的を絞ってきたが、W・バロウズはとりわけドゥルーズの文脈で、あるいはベケット自身がプルーストへの、また作家としての自分の企図への対応を展開させる文脈で、その差異を充たそうと試みる。しかしながらバロウズはたとえことによると彼の意図には反するとしても、より生産的な、補足のテーマを導入している。ベケットに対する賛辞かどうか、「おそらくかつてものを書いたもっとも純粋な作家である。そこにあるのは書くことそのものだ」（*WBBP*, 30）とバロウズはいっている。彼はさらに続けて、ひたすら内部に向かう動きを巡って組織された、書くことの動力という考えを持ち出す。「外部よりはもっぱら内部へ、内部の最終的な内奥、なにか究極的な核へ向かって進んでいる。物理学者が原子から原子核へ、内部にいくにつれてますます微小な粒子へと進んでいくように、ベケットの領域はますます小さく精密になっていく」（同）。この点で彼はベケットの方向をプルーストのそれと対照させ、プルーストは「上流社会の人形を作り、彼らが部屋、廊下、テラス、庭園を会釈して出入りする、さながら亡霊のジェスチャー・ゲームだ」（同）と述べている。

ベケットの書くものに内部志向の例を見いだすのは容易だ――からっぽの空間や真っ暗な空間。しかしこれへの動機づけが、バロウズが「ある究極の芯」と呼ぶものの探求であるという証拠はどこにもない。じっさい評論『プルースト』の中で、ベケットは「カリフラワーの軸や玉葱の理想芯《アイデアル》」[19]の「詩的発掘の労苦」のことを語っているのである。じっさいにはたくさんの層の内部にこのような軸や芯がないからといって、剥ぎ取りのプロセスが無効になるということはない。一九六八年のシャルル・ジュリエとの啓示的な会見の中で、ベケットは書くことの運動を盲目で無言の穴掘りに喩えている――「わたしはもぐら塚のもぐらのようなものだ」そして「書くことはわたしを沈黙へと導いてきた」[20]。

ベケットがジュリエとの会見で、「この頃はほとんど読まない、書くことと相容れないからだ」とつけ加えたことは注目に値する。一九三〇年の秋、原稿提出に向けてプルーストに浸り切りになっていたそのベケットが、他方では内部から外部へ、またその逆のテクスト運動に鋭く気を入れていたのだ。ベケット自身の『失われた時』の蔵書はレディング大学ベケット国際財団に保管されており、その書き込みから、彼のプルーストへの反応の質がいかに多層で多方面であったかが分かる。それによると、彼はプルーストのテクストの移り替わる瞬間だけでなく、反響、逆流、間歇にも敏感であったことが分かる。[*21]ベケットは肉体的苦痛、人間の身体の死すべき運命、さらに情緒不安定だけでなく、暫定的な、あるいは時とともに移る理解について語る節にも下線を引いていることが多い。[*22]

バロウズの論評に照らせば、ベケットはプルーストのテクストの水に浸る性質と水面に出てくる性質の両方に注目していたことが明らかである。『スワン家のほうへ』の中で話者は読書しながら「私自身のなかにもっとも深くかくされていた渇望を始め、庭のはずれの視界内にある全然外的な映像にいたるまで」[*23]（井上究一郎訳［一〇七］）移っていく経験を述べるとき、ベケットはその反対のページの「内部から外部へ」という言葉に下線を引いている。しかし彼はこの記述の余白に「水面へ出ようとする動きが水に浸ろうとする必要に置き換えられる最初の好ましい傾向」[*24]と鉛筆で書いている。ベケットが『プルースト』の中で述べているように、内部から外部への運動はプルーストの「精神の誤った運動」を表している。「唯一の実り豊かな探求は発掘すること、水に浸ること、精神の収縮、下降」（*P*. 65）であるから。したがって、「唯一可能な精神的発展は深さの意味においてである」（*P*. 64）。この場合ベケットはプルースト的ディレンマに応じて、バロウズが同定する外部指向のテクストの衝動が、それほど問題なく確立しているわけではないことを明らかにしている。[*25]

W・バロウズが選んだプルーストとベケットの対比図を分析すると、図式化しすぎてうまくいくことはめったにないということが分かる。しかしこのような大まかな対比は当然それが目的であったろうが、議論を刺激し、これらの作家が交叉する込み入った方法での読みの進化を誘うことになる。バロウズは自分とプルーストの近親性を強調しながら、ベケットからは極力距離を取ろうとしている。他の批評家たちがバロウズをベケットの同族にしようとしているのには驚かされる。その中にはドゥルーズとガタりもいて、二人の作家をともに「分裂書《スキゾ・ブック》」の創作者のリストに入れている。「ロレンス、ミラー、ケラワック、バロウズ、アルトーあるいはベケットが精神病医や精神分析学者よりも統合失調症にくわしいとしても、それはわれわれの責任ではない[*26]」。

驚いたことに、バロウズがベケットと「カット・アップ」について鋭いやりとりをした話を彼から聞いて、作曲家のフィリップ・グラスはバロウズとベケットがこのテクニックにおいては同類であると見ていて、何年か後に私とのインタヴューでこう述べている。「あの頃（一九六〇年代）とくに面白いと思ったのは、ベケットとほかの四人の作家、ウィリアム・バロウズとブライオン・ガイシンとアレン・ギンズバーグとポール・ボウルズに共通するものがあるということです。［……］この四人の作家は語りのない文学形式を創ろうとしていて、彼らの〈カット・アップ〉の実験はベケットが『芝居』で試みているものにとても近いのです。そこでは三人の独白者を使い、彼らの話を互いに中断させて一つの物語を作り、筋の通った物語形式を壊すのです[*27]」。

それでもベケットは舞台の抽象化をさらに徹底しようと歩みを進めながらも、『芝居』で三人組を創造し、それぞれの役と台詞が逃れようもなく自分たちのものだという事実に彼らの悲劇があるようにした。彼らは自分たちから逃れたい、あるいは交換したい、あるいは「カット・アップ」に参加して、いつもと違うパースペクティヴのもとで関係のもつれを眺めたいと望むが、人物たちを交換することはありえない。さらに、瓶（あるいは壺）に容れられ、ぺちゃくちゃしゃべる口だけ見えて、彼らはわれわれが先に論じた、「蓋をした瓶の中で」水に浸ること（延々と姦通の語りを大声で物語りながら）と水面に浮かぶこととの間のまさに交叉点に係留されているのである。こういうわけで、ベケットによるプルーストの要約をこれほど見事なイメージで目に見せ、耳で聞かせてくれるものはないであろう。「プルーストの人間たち［……］は犠牲者であり囚人である。昨日から逃れることはできない。なぜなら昨日はわれわれを歪めあるいはわれわれによって歪められている。［……］われわれはたんに昨日に倦んでいるばかりでなく、われわれは人が変わっており、もはや昨日の災厄以前のわれわれではないからだ」（*P*, 13）。

ベケットはプルーストの表立った讃美者ではなかった。それどころか後年、彼は自分のプルースト論が「ペダン」（***RSB***, 19）（ペダンチック）であると考え、フランス語に訳されることに抵抗した。にもかかわらず、ニコラス・ズールブラッグはベケットの研究を「プルースト的ヴィジョンのもっとも陰鬱な絵[*28]」と見ているが、それは読む人を憤慨させながらも、その主題への強固な取り組みを表示しているのである。バロウズがプルーストとベケットの間に打ち込んだ楔《くさび》は、反論を引き起こすことによって問題に光を当てることにもなる。プルーストとベケットのそれぞれの企図を一層大胆に引き合わせる試みは、ズールブラッグが最初に述べているように、「批評のオデュッセウスを引き受け、繰り返しもがき進むことになるだろう」（*BAP*, 1）。こうして繰り返しもがき進むことは望ましいばかりでなく、まさにベケット的「またしくじる。ましにしくじる[*29]」ことを惹き起こすことになるであろう。

引用文献略記号一覧

本文中に略記号を用いて示した文献一覧は以下の通り。本来なら引用頁は漢数字で示す筈であったが、原著のスタイルを尊重して、そのまま残すこととした。

BAP　*Beckett and Proust* (Nicholas Zurbrugg)
FNWB　'A Footnote to William Burroughs's Article "Beckett and Proust"' (Nicholas Zurbrugg)
EP　*L'Epuisé* (Gilles Deleuze)
HD　*Happy Days* (Samuel Beckett)

KLT　*Krapp's Last Tape* (Samuel Beckett)
P　*Proust* (Samuel Beckett)
PS　*Proust et les signes / Proust and Signs* (Gilles Deleuze)
RB　1931 lecture notes on Gide and Racine (Rachel Burrows)
RSB　*Rencontre avec Samuel Beckett* (Charles Juliet)
WBBP　'Beckett and Proust' (William Burroughs)

原注

＊1　William Burroughs, 'Beckett and Proust', *Review of Contemporary Fiction*, Vol.7, No.2 (Summer 1987), 28-31 [29]. 以下 *WBBP* と略記。

＊2　James Kowlson, *Dammed to Fame: The Life of Samuel Beckett* (London: Bloomsbury, 1996), 629.

＊3　ベケットのアメリカの出版者バーニー・ロセットもこの会見に同席して自身の記憶を書き留めているが、そこにはベケットが述べた次のことばも入っている――「それは書くことではない、測深《プラミング》だ」。See Barney Rosset, 'The Art of Publishing No.2', *Paris Review*, No.145 (Winter 1997), 299-331.

＊4　Gilles Deleuze, *Proust et les signes* (Paris: PUF, 2006), 111. 以下 *PS* と略記。

＊5　Samuel Beckett, *Proust, and Three Dialogues with Georges Duthuit* (London: John Calder, 1987), 47. 以下 *P* と略記。

＊6　See *PS*, 88-9.

＊7　Nicholas Zurbrugg, 'A Footnote to William Burroughs's Article "Beckett and Proust"', *Review of Contemporary Fiction*, Vol.7, No.2 (Summer 1987), 32-3. 以下 *FNWB* と略記。

＊8　Gilles Deleuze and Félix Guattari, *L'Anti-Oedipe* (Paris: Editions de Minuit, 1972), 27.

＊9　Trinity College Dublin MS MIC 60. 以下 *RB* と略記。

＊10　André Gide, *Dostoïevski* (Paris: Gallimard, 1923), 73.

＊11　Samuel Beckett, *Waiting for Godot* (London: Faber, 1965), 89.

＊12　Claire Colebrook, *Gilles Deleuze* (London: Routledge, 2002), 42.

＊13　Samuel Beckett, *Krapp's Last Tape*, in *Collected Shorter Plays of Samuel Beckett* (London: Faber, 1984), 53-63 [60]. 以下 *KLT* と略記。

＊14　Gilles Deleuze, *L'Epuisé*, in Samuel Beckett, *Quad, et autres pièces pour la télévision* (Paris: Editions de Minuit, 1992), 77. 以下 *EP* と略記。

＊15　この章の引用はすべてブライデン訳。

＊16　例えば『モロイ』の話者を見よ――「そのとき突然、私は自分の名前を思い出した。モロイ。私はモロイですと叫んだ、無分別に、モロイ、今思い出したんです［……］それはおふくろさんの名かねと、署長が言った。ええと私は言った」〔一二九〕

＊17　ウィニー「あのすてきな名文句、なんていったかしら？［……］忘れるものね、古典って。（間）いいえ、すっかりじゃない。（間）いくらかは。（間）いくらかは残る」〔『しあわせな日々』一八五〕

＊18　クラップ（辞書を読み上げる）やもめ――または男やもめ――である――またはありつづける［……］（顔をあげる。解せぬふう。）」〔『クラップの最後のテープ』二七三〕

＊19　For further discussion of this concept, see preface to John Pilling and Mary Bryden (*eds*), *The Ideal Core of the Onion: Reading Beckett Archives* (Reading: BIF, 1992), v-vii.

＊20　Charles Juliet, *Rencontre avec Samuel Beckett* (Montpellier: Editions Fata Morgana, 1986), 19, 18. 以下 *RSB* と略記。

＊21　ベケットの相互参照の方法が明らかにするように、彼は前方だけでなく後方に向かって創作し、後の出来事を予示する一節を探しに戻ることがあった。例えば彼は啓示の鍵となる瞬間と見たものを同定して（それは余白の丸で囲んだ数字で示される）、第一巻『スワン家のほうへ』の中で、さんざしの生け垣を喚起する箇所のわきに「啓示五を準備」と書き込んでいる。この啓示は第五巻に至って初めて現れる。同様にベケットは第四巻でシャントゥレヌとカントゥルーの森の樹々の中に姿の見えない鳥たちに関する一節が、第

十巻で多少とも語を追って繰り返されることを、こんどはシャントゥピーの森に関しても認めている。

＊22　二番目に多い注は第一巻の場合であり、最大数の注は最終巻につけられている。

＊23　Marcel Proust, *Du côté de chez Swann* (Paris: Gallimard, 1919), 124. マルセル・プルースト『スワンの家のほうへ』井上究一郎訳（筑摩書房、一九八四年）。

＊24　これに関しては、しょっちゅう水面に浮かび上がっては「むかつく喉音」を鳴らさなければ気が済まない深海ダイヴァーもどきのさまをのちの評論の中で、ベケットはライナー・マリア・リルケを批判することになる。Samuel Beckett, 'Poems. By Rainer Maria Rilke', *Disjecta*, ed. Ruby Cohn (London: Calder, 1983), 66-7[66].

＊25　バロウズは「あらゆる経験は客観的であると同時に主観的だ」（*WBBP*, 28）、そして「ある時点で内部は外部に、外部は内部に向かうようになる。それはスペクトルの一部に過ぎない」（*FNWB*, 33）と述べるとき、なんとなく区別をあいまいにする。にもかかわらず、ベケットはスペクトルの内部志向の部分に一層引かれており、プルーストは外部志向に一層引かれている、としている。

＊26　Gilles Deleuze, *Pourparlers* (Paris: Editions de Minuit, 1990), 37.

＊27　Mary Bryden, 'Beckett and Music: An Interview with Philip Glass', in Mary Bryden (ed.), *Samuel Beckett and Music* (Oxford: Oxford UP, 1998), 191-4, [191].

＊28　Nicolas Zurbrugg, *Beckett and Proust* (Gerrards Cross: Colin Smythe, 1988), 120. 以下 *BAP* と略記。

＊29　Samuel Beckett, *Worstward Ho*, in *Nohow on* (London: Calder Publications, 1992), 101-28 [101].

第3章　イマージュ批判論

表象と現前——ドゥルーズ、ベルクソン、パースと「イメージ」

イメージはあくまで事物でしかないだろうが、思考は運動なのである。[*1]

アンソニー・ウルマン　森尚也 訳

「これで終わった、これで心象完了《イメージ》[*2]」

マイケル・ハートは『ドゥルーズの哲学』[*3]で、西洋哲学に長い歴史的伝統をもちながら、「抑圧され、休眠状態」に甘んじ続けた主題をドゥルーズがいかにとりあげたかを論じる。ハートはドゥルーズのいわゆるマイナーな伝統のなかにスピノザ、ニーチェ、ベルクソンを位置づける。

ドゥルーズの仕事を哲学的伝統の「外部の」思考として、すなわちその「彼方に」ある思考として読む事はできないし、その領土からの有効な逃走線として読む事さえできない。むしろ抑圧され不活発な状態にとどまってはいるが、それにもかかわらずその同じ伝統のなかに深く埋め込まれている思考の（断続的ではあるが首尾一貫した）系列の肯定として理解しなくてはならない。[*4]

ハートの見解は、西洋の哲学的伝統において様々な時代に台頭したイメージの理解にもあてはまる。

それはまた西洋の美学的伝統の中では、ある種の芸術的実践により喚起され、また答えられてきたものだ。この思考は時には明確に力強く出現し、また時にはそれが主張するヴィジョンを、人はこぞって嘲笑し馬鹿にした。

この思考は、現実界から現れ「蝋《ろう》に指輪で刻印された印影」のように私たちの感覚に刻まれるイメージの理解こそ、世界とは何か、私たちはいかに世界を知るのかという問いの根源にあるとするものだ。それは明らかに「パンタシアー」（表象＝イメージ）や、それが確実に真である「把握的表象」〔パンタシアー・カタレプティケー〕の概念とともに古代ギリシアのストア派の著作に見出される。イメージは強力なので私たちは一瞬にしてそれが真実である事を悟るとするローマの修辞学者クインティリアヌスにも見られる。またスティーヴン・ガウクローガーが伝えるように、クインティリアヌスから「明晰にして判明」という概念を引き出したデカルトについてもそうだ[*5]（もっともデカルトはその後、認識論に焦点を移すあまり、出発点として用いたイメージを軽んじてしまった）。そして認識の三つの形態（表象知、理性知、直感知）の理論を追求するなかで、デカルト的思考を駆使すると同時に、古代ストア派に由来する思考に回帰するスピノザもその一人だ。さらには十九世紀末のウィリアム・ジェイムズ、チャールズ・サンダース・パースの著作にも、またアンリ・ベルクソンが『物質と記憶』で論じるイメージの思考にも、それは現れる。やがてこの思考は、ジェイムズやベルクソンに影響を受けた多くのモダニストの作家や画家たちに受け継がれ、変容をとげる。[*6]近年ではジル・ドゥルーズの著作に、この思考は回帰する。ドゥルーズはとりわけパースとベルクソンを引用しつつ、芸術におけるイメージ理論を『シネマ＊1、2』で全面的に展開するが、彼のフランシス・ベーコン論やサミュエル・ベケット論も同じくらい重要だ。ここに列挙した思想の多くに通じていたサミュエル・ベケットのイメージ理解にとっても、この思想は重要な鍵になる。

ドゥルーズの『シネマ』を論じた著作がいくつかあるが、そこでベルクソンとドゥルーズの関係が取り上げられている。[*7] 当然ながら重複する点や込みいった問題もあるが、私の論点はそれらの研究とは異なる。すなわちドゥルーズにおけるイメージを「現前」（presentation）と「表象」（representation＝再現前化）の対概念から論じたものはいまだ存在しない。しかしこの概念はイメージの性質の理解に欠かせないものだ。本章の目的は、イメージの役割を認識の観点から、「現前」と「表象＝再現前化」という概念間の相互作用として捉えることにより、イメージが芸術においてどのように機能するかを理解する契機とすることだ。

ポール・レディングは『情動の論理学』のなかで、十八～九世紀のドイツ観念論と今日の認知理論の一致点をたどり、認識の本質をめぐる論争の鍵が、十九世紀でも二十世紀でも、感覚を「現前」と見なすべきか、「表象」と見なすべきかにあったと強調する。ウィリアム・ジェイムズや、最近のJ・J・ギブソンのような「直接的実在論者」は、「世界のものごとは直接的、本来的に精神に現前する」と考える。[*8] こうした現前は独自の存在を有するとされ、その性質の考察には存在論が持ち出される。フィヒテやシェリングを含む他の観念論者たちは、私たちが世界で経験する出来事は「表象」の創作だと主張する。つまり感覚の直接的な過程はいつも失われ私たちの手には届かないので、残るのは感覚の解釈でしかないと主張するのだ。知識を用いるか、創造するのは、この解釈すなわち「表象」（＝再現前化）であり、だからその本質の考察に人は認識論を持ち出すのだ。[*9] 表象と現前の相違（ウィリアム・ジェイムズの理解による）について、レディングは語る。

ジェイムズにとって、心的「表象」という概念は、経験の内部だけに当てはまる。たとえば私がインドの虎を思い浮かべるとすれば、その心的内容は何か他の経験的内容を表象するだけだ。つまり私の思考は直接知覚した虎のような過去の経験へと私をうまく導くのだ。真に表象的な内容とは、このように直接知覚された遭遇の「代替物」であって、その認識論的価値は直接知覚の価値に依存する。この事は、伝統的表象理論においてそうであるように、現実に知覚し遭遇したものは、それ自体知覚された対象物の「表象」（＝再現前化）としてよりも、むしろ直接的な「現前」として受けとめられてきた事を意味する。*10

ここで問われるのは、知覚の過程をどう理解するかである。それは私たちが世界を知覚し把握する仕方と、私たちが知覚し把握したものをどう解釈するかの両方に関わっている。前述のマイナーな伝統において思考する思想家たちは、直接実在論者たちのように、イメージそのものが実在し、私たちに直接的に作用すると考える点で共通している。「イメージ」という言葉は、感覚を通して神経組織に現前するすべての物質に関わり、これらの物質は私たちに現前するにあたり、文字通り私たちに触れる。内耳組織を振動させる音波、身体に触れる物体、嗅覚や味覚が捉えるほかの実在物の分子、眼球に飛び込む光波がそうだ。ベルクソンに従えば、脳はいかなる場合もこれらのイメージを投影／縮減（screen）する。まず物質は感覚を通して脳にイメージを投影する。脳自体（ベルクソンにとって、脳はまた一つのイメージだ）は、その時、二通りに作用する。つまりイメージは映画のスクリーンのように脳に投影され、また脳はイメージを解釈しながらスクリーン（フィルター）にかける。ベルクソンにとって、知覚は意識的であり、私たちは一つのイメージから自分に興味がないすべてを引き算し、自分に作用するかもしれない事、自分がそれについて行動を起こすかもしれない事に焦点を絞りこむのだ。

ベルクソンのイメージとドゥルーズのイメージ

ドゥルーズのイメージ概念は、とりわけ記号としてのイメージは、ベルクソンとの簡単な比較だけでは充分に理解できないが、両者の一致点と相違点を押さえておきたい。一八九六年の重要な著作『物質と記憶』のなかで、ベルクソンは哲学においてすでに長い歴史を持ち、不適切な理解様式に結ばれた用語である「イメージ」という概念を大々的に取り上げる。[*11] しかし、ベルクソンの体系におけるイメージは、感覚の証言から生じ下位の理解様式と結ばれる二次的カテゴリーであるどころか、むしろ傑出した地位を与えられる。

物質とは、私たちにとって、「イメージ」の総体なのである。そして「イメージ」というものを、私たちは、観念論者が「表象」と呼ぶものよりはまさっているが、実在論者が「事物」と呼ぶものよりは劣っている存在――「事物」と「表象」の中間にある存在――と解する。[*12]

ベルクソンは、イメージという言葉を使う事によって、上位の精神的過程としてしばしば持ち出される「イデア」や「思惟」のような由緒正しい用語――そのどちらも「表象」という用語に暗示される――と置き換えようとしたのでもなければ、また人が知覚する外部の「事物」の実在を消そうとしたのでもない。そうではなく、客観的に存在する事物と私たちの思考の架け橋としての「イメージ」理解をベルクソンは提唱する。それ自身の存在の本質と一貫したイメージを有し投影する事物の中に、またスクリーンのように投影されたイメージを受容する私たちの精神にも存在するという意味で、イメージは架け橋である。「という事はつまり、諸イメージにとって、存在する事と意識的に知覚される事のあいだには、単なる程度の差があるだけで、本性の相違があるのではないという事だ」[*13]。おそらくすぐには腑に落ちないだろうが、この帰結は驚くべきものだ。すなわちイメージは存在と認識の両方に関わり、それゆえイメージは私たちに物自体を直接知る可能性を切り開く。ベルクソンの直感概念（それはスピノザの第三の知〔直感知〕に比肩される）とも符合する衝撃的なこの考えは、古代ストア派の言う感覚認識を介したイメージの先取観念にとても近い。

ベルクソンにとって、私の身体もまたイメージである。もっともそれは私が外的に知覚するだけでなく、情動を通して内的にも知覚するという点で、他のすべてのイメージとは異なる[*14]。身体は運動を受容し、運動を返す他の諸イメージと同様に作用するイメージであり、「ただし、おそらく一つだけ、（他の諸イメージとの）違いがある。すなわち、私の身体は、それが受けたものを返すやり方を、ある程度、選択しているように思われる」[*15]。

諸イメージ一般を私に与えてみなさい。私の身体は必然的に、諸イメージの只中に、はっきりした一つの事物として描かれるに至るだろう。というのも、他の諸イメージは絶えず変化するが、私の身体は不変なままだからである。内部と外部の区別はこのように、部分と全体の区別へと帰着するだろう。最初に諸イメージの全体があり、この全体のなかに「行動の諸中心」があり、利害関係のある諸イメージがそれらに対して反射されるように思われる。そのようにして諸知覚が生じ、諸行動が準備される[*16]。

つまり脳は外部からの投影を単に受容するスクリーン以上のものだ。それは順次行為するスクリーンであり、ふたつの仕方で行為する。脳はみずからに投影されたイメージを分析し、同時に脳は身体が行使すべき運動を選択する。「脳は集められた運動にとっては分析の道具であり、実行された運動との関係では選択の道具であるように思われる」[*17]。脳は観念論が理解するような仕方（世界を現出させる）で表象を作り出しはしない。[*18] むしろ脳はイメージを受容し、イメージに働きかける。[*19]

表象はたしかに発生するが、それは知覚したイメージに脳がなにかを足し算した結果ではなく、ベルクソンによれば、意識的知覚が一つのイメージから私たちにとって興味のないものを引き算し（すなわち、イメージが現実におこす行為を含む他のすべてのイメージと結合して）、また私たちが互いに作用しあうかもしれないイメージの諸相（可能的行為）に集中した結果である。[*20] そうした引き算は、私たちが働きかけるかも知れないイメージ、また私たちに働きかけるかも知れないイメージの諸要素に焦点を絞る事によって、知覚し行為する感覚的運動回路と関係する（ドゥルーズが強調するのはまさにこの点だ）。すなわち、まず刺激があり、次に作用もしくは反作用がある。[*21] それは論理に基づいた選択的因果連鎖を含み、それにより人は知覚した結果を第一原因と解する。次に私たちが何に対して働きかけ、また何が私たちに働きかけるかを考える時、私たちはその原因を分離する。この過程は物語の構造（選択的因果連鎖をたどる事で展開される）を提供するだろう。その時、脳は二つの意味でスクリーンだ。第一に脳は映画のスクリーンのように、脳が投影する事物のイメージの容器であるという意味で、第二に脳は感覚的運動回路が理解しないものをスクリーン（フィルター）にかけるという意味で。

私たちの「不確定性の地帯」［すなわち脳］はいわばフィルターの役割を演じるだろう。私たちの

「不確定性の地帯」は、存在するものに何も付け加えはしない。それは単に、現実的作用を通過させ、潜在的作用を引き留めるようにするだけである。[*22]

以上から、私たちはいかにベルクソンの諸理論が表象の認識に影響を与えずにはいないかが見え始める。そこで「イメージ」の本質をより理解するために、ドゥルーズの著作におけるベルクソンの影響をたどってみよう。

作品の創造

作品創造の問題を批判的に読み解くには、段階を踏む必要がある。もし世界が脳のスクリーンに投影されるならば、芸術家はすでに表象された世界を作品というスクリーンに再投影するために現実を選択し選別するのだろうか？　また作品は観客の脳に再投影され、観客はそれをさらに選別するのだろうか？　だとすれば、ベルクソンが言う通り、表象には私たちに興味のないイメージがすでに引き算されているので、その過程でイメージの劣化や消滅はなぜ起きないのか？

ドゥルーズは、芸術はミメーシス、すなわちなにか他のものの表象や模倣ではないと繰り返し述べる。むしろ、芸術は創造の一形式で、私たちに間接的ではなく直接的な影響を及ぼす新しい何かの創造だ。ここで私の議論にとって決定的に重要なのは、「表象=再現前化」という語を、改めて言うが、認識論的な意味で了解しなければならない事だ。ベルクソンにとって、表象の過程に含まれる解釈、すなわち認識論的判断は、なにかを加えるのではなく、提示されたものを吟味し、フィルターにかけ、私たちに興味のある要素を抜きだす事だ。その時、ベルクソンにとって意識的知覚とは選択の一過程であり、選択は解釈の過程にすでに折りこみ済みだ。私に襲いかかる一頭の虎を見るその瞬間、私は感覚にもたらされる重要でない情報の大部分を虎から分離して、虎を知覚し、虎に焦点を絞る。この過程が先の感覚的運動回路に関係する。たとえば危険を知覚する事は、自分が働きかけるか、あるいは自分に働きかけるかもしれないものを瞬時に認識し反応する事である。

もしも「表象＝再現前化」という語がつねにこの意味で理解され、それがこれまで芸術作品を論じるのに用いられてきた他の多くの意味と混同されないならば、この過程は芸術にも当てはまるはずだ。ここで私が理解する芸術における表象は、認識におけるそれと同様に、すでに解釈を伴う。それは興味あるものを選択し、投影／縮減（screen）する過程を含む。認識において、知覚する個人は現前から表象を創造するのだから、この解釈は単純だ。

創造的形式では、それが表象を含む時、二つの過程がありうる。一方では、作品のなかにはすでに明確な解釈（観客が受け入れるか拒絶するしかない）を担うものがあり、そうした作品にはなにか新しいものの提示はなく、既存の表象作品から形式と内容を借りた表象の表象があるだけだ。いずれにせよ、観客による解釈の余地は乏しい。その一方で、芸術にはすでに表象された何かを表象する義務などない。むしろ芸術には創造が可能だ。その時、事前に解釈され再現されたイメージではなく、観客が考える努力をし、解釈しなければならない新たなイメージが提供される。

多くの作品は事前に解釈、咀嚼されたイメージを提供するので、観客は考え解釈する必要なく、認識し反応するだけですむ。しかしながら少なくともある種の作品では、世界は表象ではなく、創造される、とドゥルーズは言う。そのように生み出されたイメージは模倣ではない。そうしたイメージは、真偽の確認のために私たちを世界へ送り返しはしない。私たちが作品というスクリーンに向けて、私たちの脳のスクリーンをかざすやいなや、イメージは即座に私たちの世界の一部となる。

表象＝再現前化と現前

ドゥルーズが『シネマ』のなかで、具体的に「表象」について言及した数少ない例の一つが、問題の解明に役立つだろう。ドゥルーズはイメージに関する概念を支持するために、決して表象という概念を持ち出さないので、それが潜在的体系の具体例になる。しかし、ベルクソンを押さえつつ、ドゥルーズが「表象」という語を用いるまれな一例を検証する時、選択された表象（現実のイメージの劣化した解釈）と十全なるイメージの現前（ドゥルーズの体系では、「結晶イメージ」においてそれが可能だ。たぶん他にもある）、すなわち解釈を要求するイメージであり、その力で私たちを打ちのめすイメージの間には、区別があることが判明する。

『シネマ2』のなかでドゥルーズは、時間イメージが時間の現前を生み出すのに対し、運動イメージは時間の表象（＝再現前化）を生み出すと言う。

現実的なものと想像的なものの識別不可能性にまで高められて、結晶記号は回想と夢に属するあらゆる心理学、またあらゆる行動の物理学を乗り越える。われわれが結晶において見るもの、それはもはや現在の契機としての時間の経験的流れではなく、間隙あるいは全体としての間接的な時間の表象でもない。それは時間の直接的な現前であり、過ぎ去る現在と保存される過去の間に二重化する構成的過程であり、現在と、現在がやがてそれになる過去との厳密な同時性であり、過去と、過去がかつてそれであった現在との厳密な同時性なのである。〔中略〕時間イメージは戦後の新しい要素として、直接的なあるいは超越論的な現前を通じて浮上したのである。[*23]

時間が直接見せられる事はない。時間の経過は、その展開（経験的進行）に必然的に含まれる一連の行為を見せる事によって表象される。この時間理解に立ってはじめて、運動イメージは時間を表象する。ベルクソンによれば、これはイメージの引き算を含むので、表象にほかならない。たとえば、階段の下にいる一人の男を見せられ、次に編集を経て、階段の一番上にいる男を見せられるとき、階段を昇るのに要した時間は、連続編集の約束事《コード》による引き算が表象する。一方、時間イメージは時間の流れ（それは過去から現在へという単方向だけでなく、絶え間ない動的変化を含む）を現前化する。時間イメージの映画は、役者ではなく見る者の側の映画だとドゥルーズは言う。運動イメージとそれに付随する語りは、ベルクソンの言う選択的知覚から生じる感覚的運動回路に関わる。すなわち受け取った諸イメージから素材が編集され、ある表象されたイメージと解釈過程にある別のイメージが明確に結ばれる。この過程には現実の表象形成にともなう引き算があり、それによって私たちの行動は可能になる。けれども時間イメージは、「もはや人が反応しえないような」状況にこそ出現する。[*24]

それは純粋に光学的かつ音声的な状況であり、そこで人物はいかに反応するか知らない。〔中略〕しかし彼は、行動あるいは反応において失ってしまったものを、見る事において取り戻したのである。彼は〈見る〉。したがって観客の問題は「何をイメージの中に見るべきか」というものになる（もはや「次のイメージに何を見るであろうか」ではない）。〔中略〕それはもはや感覚運動的状況ではなく、純粋に光学的、音声的状況であり、そこでは見るものが行動するものにとってかわった。[*25]

私たちは登場人物とともに、見る事を要請するイメージを突きつけられる。それは私たちに見よ、直接的に時間を体験せよと言う。そのとき時間イメージは、観客に見る事と見る事に含まれる時間を直接体験させるよう、観客にイメージに入り込む運動を求める。そこに引き算はない。なぜならそれが「現前」と呼ばれるものだからだ。

クリシェ（紋切型）

凡庸な作品はクリシェになりがちだ。イメージのクリシェとは、ありふれた概念、使い古された隠喩《メタファー》と密に結ばれたイメージを使う事である。ドゥルーズにとって、クリシェに陥ることは運動イメージの危機なのだ。そこから抜け出すには時間イメージに頼るしかない。クリシェに用いられるイメージは、ありふれた解釈済みのものであるばかりか、解釈済みのイメージに自己満足的に言及し、そこに反映される力を期待して、その解釈に依存するものだ。ある意味で、これは表象の歴史の問題である。というのもクリシェは現実の表象や解釈というよりは、むしろ表象の表象なのだから。それは文化史に蓄積された隠喩《メタファー》の貯蔵庫に、安易に手を伸ばす避けがたい引き算だ。伝統の重圧のなかには、いかにクリシェから逃れるか、あまりに何度も見せられたためにもはや影響力も、楽しませる力さえも失ったものを、再び見せてしまう危険をいかに回避するかという問題がある。表象の表象は習慣に関わるが、イメージ（現前）と独創的な隠喩《メタファー》（クリシェでない表象）は見る者に独自に理解するよう迫るので、習慣には陥らない。[*26] まさに問われるのは、イメージと反復の関係だ。それについて次に述べよう。

クリシェが生まれるのは、作品のなかに解釈済みのイメージが反復される時だけでなく、それ自体がクリシェ化した現実の要素を模倣する時だ。それはちょうど凡庸な芸術作品が私たちの生活を侵略し、その結果陳腐なシナリオを私たちが時に演じてしまい、それがまたもや凡庸な作品によって再-表象されるようなものだ。言わばありふれた予想、すなわちクリシェという手垢のついた選択過程を通して、私たちの現実生活の表象を生きる事だ。イメージが硬化して表象となり、私たち自身の知覚（ベルクソンによればそれはすでに表象を含む）が硬化してクリシェ化、習慣化する時、危機は訪れる。文学において人はすでに長いこと、芸術におけるクリシェをいかに克服し、人生における習慣をいかに克服するかが問題だった。とりわけフローベール[*27]、シクロフスキー[*28]、プルースト[*29]、ベケット[*30]にとってそうである。ドゥルーズは問う。

> たとえば、諸イメージが、外においても内においてもクリシェに生成したのであれば、これらすべてのクリシェから、一つの〈イメージ〉を、「まさに一つのイメージ」を、一つの自律的な心的イメージをどのようにして取り出す事ができるだろうか。クリシェの総体から、一つのイメージが出てくるべきである〔中略〕。だとすれば、いかなる政策をもって、いかなる諸帰結を伴ってであろうか。クリシェではないはずのイメージとは何か。クリシェはどこで終わり、イメージはどこから始まるのだろうか。[*31]

ドゥルーズは二種類のイメージを含む答えを示しているようだ。第一に、「（自律的）心的イメージ」は「諸関係の総体を練り上げるだけでなく、さらに或る新たな実体を形成する事が必要であった」[*32]。この種のイメージはドゥルーズのフランシス・ベーコン論のなかに見出せる。そこでドゥルーズは、現実の抽象ではなく、分離抽出作用（extraction）によるイメージの創出について語る。[33] そのようなイメージは、通常、自律的実体、純粋な情動として与えられ現前化される関係の総体から切り離されるのだ。第二に、私たちはドゥルーズが『シネマ2』のなかで、時間イメージを現前化として語るのを見た。すなわち時間イメージは、知覚によるフィルターを経たイメージではなく、私たちに見る事を強要するが、それに対して私たちが行為する事を許さないイメージ、十全さにおけるイメージを突きつける。

現前化は十全さにおけるイメージであり、ウィリアム・ジェイムズの「咲き乱れざわめく混乱」（'blooming buzzing confusion'）の事だ。表象＝再現前化とは現前化の一解釈で、人間的なものが充全かつ適切に機能している時、興味のない要素を取り除き、型どおりの理解や習慣により進行する過程を折り込み済みの解釈である。

『物質と記憶』のベルクソンにとって、習慣とは私たち皆があこがれる状態だ。ベルクソンは、たとえば自発的記憶や無意志的記憶を、意志的記憶と比較して、無意志的記憶は、しつけや教育をきちんと受けていない者（たとえば子供）に荒々しく現れるもので、日常の役割をきちんとこなす成熟した人間は、無意志的記憶を抑制し、意志的記憶を用いるとする。[34] マルセル・プルーストはこの考えを取り入れるが、ただし両極を反転させる。プルーストにとって、無意志的記憶こそ私たちがより深い意味に近づく事を可能にするもので、習慣の世界は死んだ世界なのだ。マドレーヌのひと口があなたを十全さへと、時を越えて十全なる無意志的記憶へと連れ戻す。あなたは圧倒され、それを制御する事などできない。この意味で、プルーストが無意志的記憶として提示するイメージは、十九世紀のロマン主義の伝統においてきわめて重要であった崇高なるものの属性を帯びている。なるほど私たちはまたこの思想——習慣を克服せよという思想が、モダニズム運動の数々の芸術理論に現れるのを目撃する。その一例をエズラ・パウンドの「刷新せよ」[*35]のなかに見る。また私たちが対象を見るのを阻害する習慣と訣別するよう、対象を「異化せよ」と主張するロシア・フォルマリストのなかに見る。[*36]その時、これらの思想は、たとえ否定的イメージのなかにあっても、古代ストア派やスピノザやその他の思想家たちによって育まれた体系と共通点をもつベルクソンの知覚理論と結びつく。

プルーストにとっての芸術の役割は、日常の経験を圧倒する崇高なるものを伝えようとする多くのロマン主義者たちやモダニストたちと同様、物自体に近づくために習慣を克服する事にある。要するに、芸術の役割とは私たちに考えさせる事なのだ。環境や物に対して、これまでの反応を模倣するのではなく、期待され教え込まれた反応を繰り返すのでもない。ここにほとんど根源的形態として了解されている思想は、感じられる直接的な反応のことで、それを以て考えさせる事である。

とはいえ、表象と現前が一作品に共存するのは明白だ。映画的時間（時間イメージ）が「現在」に属さないとはどういう意味かと聞かれ、ドゥルーズは語る。

イメージが現在に属さないというのは私には明白に思える。イメージが表象＝再現前化するものは現在に属すが、イメージそのものは違う。イメージそのものは、公倍数や最小の約数のように、単に流れでる現在から派生する時間の諸関係の総体である。時間の諸関係は通常の知覚では決して見られないが、創造的な知覚に限り、それはイメージのなかに現れる。[*37]

凡庸な作品には表象の表象しかありえないが、現前が表象（＝再現前化）から生まれ出る場合もあるのだ。そこで、ある種の芸術作品では可能態が現実化する事について語る必要がある。つまり一つのイメージは未だ認識されないか、実現されない可能性の総体を常に背負っているのだが、そのイメージを引き出すか、その中に入り込む過程が、見る者によって部分的に引き受けられるのだ。

ここにイメージの一般的定義に向けて絡み合う二本の糸が見つかる。第一は創造過程におけるクリシェの回避、あるいはクリシェからの逃走である。第二は、観客を出来合いの解釈、習慣的な解釈に差し向けるのではなく、観客を必然的に解釈に巻き込む現前である。さらに現前としてのイメージには少なくとも二つの形態がある。それは（a）抽出されたイメージ、自律的心的イメージ（フランシス・ベーコンの方法）と、（b）直接的現前、非表象的イメージ（プルーストの方法）である。

ではこれをストア派のイメージ理解と比較しよう。ドゥルーズはそれに強く惹かれ、『意味の論理学』のなかで繰り返し取り上げる。エミール・ブレイエは、ストア派にとって知の出発点は表象＝イメージ（φαντασία パンタシアー）にあると主張する。[*38] ブレイエによれば、キケロは古代ストア派のゼノン（キティオン出身）は、人が経験する知の段階を次のように説いたと言う。

> ゼノンは指を開いた手を差し出して言うだろう――「イメージはこのようなものだ」。次に彼は指を少し閉じて言う――「同意という行為はこのようなものだ」。次に彼は指を硬く閉じてこぶしを作り言う――「これが把握というものだ」。最後にゼノンは左手で右手のこぶしをかたく包み込んで言うだろう――「知識とはこのようなもので、賢者にのみ許されるのだ」[*39]。

この時、イメージは最初の知覚の瞬間に属していて、ストア派の体系ではイメージは私たちに自らを刻印し、私たちに反応や理解を迫るのだ。

クリシェ、イメージ、反復

これまで素描したイメージやクリシェの概念と反復の過程は、どのように影響を及ぼし合うのだろうか。反復それ自体は、必ずしもイメージをクリシェ化するわけではない。その第一の理由は、スティーヴン・コナーがベケット作品について見事に論じたように、反復はイメージからの引き算というよりは複雑さの足し算である事による。つまり反復されたイメージは、与えられたイメージを強調するのではなく、不確実な新たな層、さらなる解釈を要求する新しい要素を加える。[*40] 第二の理由は筆者が本書で論証したい事だが、イメージを必ずしもクリシェ化する事なく他の出典から借用する事はできる。おそらく芸術家は少なからずクリシェとともに活動するという事も心にとどめておくべきだが、作品が凡庸さから脱するには、クリシェの核にある明確な解釈を覆すか疑問に付す事が必須だろう。

劇作家としてのベケット初期作品を例に、何が問題かを示そう。ベケット初の劇作品は、著者の存命中には出版されず、未だ上演もされないが、『エレウテリア（自由）』である。[*41] この作品でベケットはクリシェを多用する。つまりベケットは、演劇史、とりわけ近年の演劇史においてよく知られたイメージや状況に言及する。マクミランとフェーゼンフェルドはこう語る。

> ギリシア語タイトルが示唆するように、『エレウテリア』とは古典に遡って、演劇の先行作品による束縛からの「自由」を主張する。〔中略〕それは、とりわけ特定の演劇作品や伝統についての、きわめて洗練された滑稽にして戯画的なカタログでもある。その目録は網羅的で明白なものに絞っても、ソポクレス、シェイクスピア、モリエール、コルネイユ、ショー、ゾラ、イプセン、ハウプト

マン、ピランデッロ、イェイツ、象徴主義、シュルレアリスム、アルトー、ジャリ、そして社会主義リアリズムとなる。あたかも舞台主任のような役回りをするガラス屋は、劇の終わりにこう言う。「一つの展望（un tour d'horizon）と言えば、展望だが[*42]」。

ベケットは、実際、ポストモダンの美学的実践のなかで、使い古される事になる技法を用いて、私たちの注意をそれらのイメージへと向ける。観客はクリシェを見せられている事、クリシェは嘲笑されるために舞台に乗せられている事を暴露する。しかしながら、ドゥルーズがアメリカの映画監督ロバート・アルトマンの作品に疑問を抱いた様に、すべてがいかにクリシェ化したかを示すだけで充分なのだろうか？　ドゥルーズは答える――ノン、袋小路を認識するだけではお手上げに等しい、むしろイメージを創造しなくてはならない[*43]。つまりクリシェを包む表面に風穴を開けよとドゥルーズは言う。自己満足的で心地よい同一物の認識からすり抜けていくイメージを創造せよと求める。そうしたイメージは、私たちがアイロニーの不毛な快感と訣別し、自分で考え解釈しなければならない居心地の悪さへと私たちを連れ戻すだろう。もしかするとベケットが『エレウテリア』が出版や上演に値しないと判断したのも、これが理由なのかも知れない。たとえクリシェを葬る事が目的であったとしても、それがクリシェによって機能する限り、それは決してクリシェからは逃れられず、したがって凡庸さを克服できない。『エレウテリア』を、その直後に書かれた『ゴドーを待ちながら』と比べてみよう[*44]。『ゴドー』は、クリシェに頼る事なく、インテリ演劇とは無縁ではないにしてもそれとは異なる領域からイメージを借用する。たとえば、ミュージックホールやサイレント映画のコミカルな伝統だ。それは浮浪者、帽子、おきまりのドタバタのイメージに明白だ。しかし、初演の観客はその新しさに、視覚的表象だけでなく言語の新しさにも衝撃を受けた。とは言え、いずれの要素もそれ自体新しいものではなく、むしろそれらはインテリ演劇というメディアにとって新しかった。特にその言語は新たに紡ぎ出されるというより、日常の話し言葉から借りたものだ。視覚的表象もまた先に述べたメディアからの借りものだ。つまり、『ゴドー』は実際借りてきた形態を用いて、イメージを反復する。けれども『ゴドー』は演劇という媒体においてクリシェ化し、硬直したイメージを反復するのではなく、当時、演劇に未だ持ち込まれた事のなかった他のメディアからイメージを移植した。演劇にとって未知のイメージを前に、『ゴドー』を初めて観る観客はそれを理解・解釈しなければならなかった。この点は『エレウテリア』とは対照的だ。後者に借用されたイメージは演劇の伝統においてよく知られたもので、観客はそれが分かるかどうかを問われるだけであり、結局それがもはや無用のクリシェである事を皆で納得するのだ。この認識の過程で、私たちは高笑いを共有するかも知れないが、その一方で私たちは凡庸な作品を容認してしまう。しかしながら、『ゴドー』で借用されたイメージが、通常そのメディアとは関係のない他のメディアから移植されたイメージであることを認識するには、考えなければならない。先のイメージと元のイメージがどのように関係するのか、私たちは理解しようと努めなければならない。すでに確立された関係を認識するのではなく、自分自身で両者の結びつきを探す事が求められるのだ。

パース、ドゥルーズ、ベルクソン

ドゥルーズによるベルクソンの読解は私たちを一つの方向へ導く。私たちは知覚と現前化と表象＝再現前化の相互作用の重要性に気づき始める。だがその道のりにはまだ先がある。ベルクソンとパースの比較により、さらなる光を当てたい。

『シネマ1』と『シネマ2』で映画のイメージ理論を展開する際、ドゥルーズはベルクソンだけでなく、記号論の創設者チャールズ・サンダーズ・パースにも注目する。ドゥルーズは記号論〔記号の研究〕と「記号学」〔言語に基礎を置く記号体系〕を、慎重に区別する。記号論者〔ソシュールの理論に基礎を置き、二十世紀フランスの知的伝統に多大な影響を与える〕が、あらゆる記号論的体系の特権的モデルとして言語を用いるのは誤りだと、ドゥルーズは考える。なぜなら言語モデルには限界があり、言語と同じくらいたやすくイメージ記号〔あるいは他の種類の記号〕を駆使する思考に対して不当だからだ。ドゥルーズがパースを好むのは、パースが言語を特権化しないからだ。実際、パースは人間のコミュニケーションの諸体系にさえ特権を与えない。むしろパースは、すべてを一種の記号と考え、記号を定義する。「記号〔表意体＝第一項〕自らが対象〔第二項〕を指示するのと同様に、対象を指示するために何か他のもの〔第三項＝解釈項〕を規定する何か。次に解釈項もまた記号となるといった具合に、その三項の関係が無限に続くもの」[*45]。パースはこれを世界全体に当てはめる。すなわち人間の脳は、思考や記号論的体系の存在や解釈にとって必須の前提条件ではない。

思考は必ずしも脳と結びつく必要はない。思考はミツバチや水晶の仕事にも潜み、純粋に物理的な世界にあまねく現れる。対象物の色や形などが実際そこにある事を否定できないように、思考がそこにある事をもはや否定できない。これを不当にも否定し続けるなら、フィヒテの観念論的唯名論にも似た思考に陥らざるを得ないだろう。思考は有機的世界に存在するだけではない。思考はそこで展開されるのだ。一般原理が具体例なしで存在しえないように、記号なき思考はない。私たちはここで「記号」により広義の意味を与えるべきだが、それも私たちの定義に収まるものでなければならない。[*46]

パースが記号の性質（すなわち記号は言語に依存しない）を議論抜きに主張するのを、ドゥルーズは危ぶむ。論証なき主張は危うく、それではパースの体系も言語的体系の重力に抗するだけの力を持ち得ないとドゥルーズは考える。ドゥルーズはその原因を、パースが「知識」すなわち記号の解釈を時に特権化する傾向に見出す。その結果、パースはコミュニケーションの言語的モデルの影響下に陥ってしまうのだ。ドゥルーズは述べる。

記号は「諸関係を有効なものとする」ことを役割としている、といえるだろう。それは関係と法則がイメージとしての原働性を欠いているからではなく、それらを「必要な時に」作用させる有効性をまだそなえていないからである。知識のみがそれらに有効性を与えることができるのだ。しかし、それゆえに、パースが記号学者たちと同じように言語学者であるということもありうる。なぜなら、記号の要素が言語活動のいかなる特権もまだそなえていないとしても、記号に関して、もはや事態は同じではなく、おそらく言語的な記号だけが、純粋な知識を構成するもの、つまり、イメージの内容全体を、意識や出現として吸収し解消するものだからである。言語的な記号は、言表に還元できない素材を存続させず、したがって記号論が言語に従属するという状態を再びもたらすのである。[*47]

続いてドゥルーズは、彼自身のイメージ理論は、三つのタイプのイメージを演繹する事でこの落とし穴を回避していると主張する。[*48]「事実として」は主張しないのだ。[*49]

イメージの性質の理解のためにも、問題を紐解いてみよう。パースは記号のカテゴリーを一次、二次、三次の三つに展開する。

一次性はなにかを指示するでもなく、なにかの背後に潜むでもなく、単純にそれ自身で存在するもの。二次性はそれが他の何かと関係をもつことにより存在するもの。三次性は、それが媒介する事物を相互に関係づけることにより存在するもの。[*50]

パースは一次性、二次性、三次性の概念をそれぞれ記号の種類として関係づけるが、原則的に記号とは三次性の表現である。すなわち、「一つの記号とは、一つの対象（一次性）でありかつそれは別のものを指示する（二次性）。しかしそれは誰かの精神（解釈項＝三次性）にとってそうなのだ」[*51]。そしてこれまで見てきたようにパースにとってすべては記号で、宇宙そのものが記号論的体系なのだ。

では一体どうしてパースのこの思想をベルクソンの思想に適合させられるのか？　これはドゥルーズ自身が提起した疑問ではないが、答えはあらましこれまでの論述からたどれるだろう。くどいようだがベルクソンにとってイメージとは「観念論者が表象と呼ぶものよりはまさっているが、実在論者が事物と呼ぶものよりは劣っている存在――「事物」と「表象」の中間にある存在」である。[*52]この枠組みはパースにも概ね当てはまる。実在論者の「事物」はパースの一次性に当たる。[*53]他方、観念論者の「表象」は、パース（観念論のモデルを明確に打破した）によって三次性、すなわち記号に置き換えられる。一次と三次の中間に二次があり、少なくとも場合によってある程度は、イメージは二次性に一致すると言えるだろう。すなわちイメージは、それを投影する物に対して二次的で、またそれを受けとり投影／縮減

（screen）する脳に対しても二次的なのだ。

つまり、パースとベルクソンの体系を使うにせよ、彼らの体系の外部に出るにせよ、イメージは少なくとも部分的には未解釈のまま作品に現れる事がある。その状態で別のイメージに向き合うのがイメージだ（というのも、ベルクソンにとっては私たちすべてがイメージなのだから）。一精神としての私は、私の脳であるところのイメージに投影されるイメージを理解しようとする。そしてそのイメージが理解できる限りにおいて、私はそれを記号（ゼノンの開いた手＝イメージから握ったこぶし＝知覚へ）として解釈し、あるいはそれを構成すると言えよう。こうした事態は起きやすくもあれば、起きにくくもある。イメージがすでに私が熟知している記号論的体系へと吸収されるならば、そのプロセスは容易で、それは直ちに記号として理解認識される。それは私にとって何かを表すのであるから記号である。[*54] しかしながら、もしもそのイメージが簡単に理解されないならば、次の二通りの道がある。私はそれに反応できず、それが私に対して働きかける事もない何ものかとして、私はそのイメージをやりすごす、つまり私には無関係なものとしてそれを処理する。もう一つは、イメージが私に働きかけるかも知れない、あるいはまた私がイメージに働きかけるかも知れないと思い込まされ、それを理解しようと苦悩する（そしておそらく失敗する）。

その時、イメージの力は、ある部分、私が向き合うものに対して私は積極的に解釈しなければならない事から生まれる。ある種の記号が受動的に理解されるのは、それらはすでに馴染みの体系に属していて、それらに対し人は反射や習慣を通して反応できるからだ。[*55] そのようなイメージ記号は芸術においては、クリシェにもなる。その時、クリシェ化しないイメージとは、解釈項が積極的に解釈し、未知なるものに向き合う事を要求するイメージだ。それらはいまだ記号ではないが、人はそれが意味を持つ事をすでに認めている（ゼノンの開いた手からやや指を閉じた手へ）。イメージに力を与えるのは、まさにこのいまだ把握されていない意味なのだ。それこそ私たちが表象として把握しようと模索する現前である。強引だがパースの用語を借りて、これを二次性と三次性のあいだの運動と呼ぶ事もできよう（さらにイメージが無限であるような場合には、それは全存在の統覚、純粋なる現前である一次性へと回帰する可能性を孕む）。

一次性が〔中略〕、ある表象の二次性とならないためには、直接的に現前しなければならない。〔中略〕アダムが初めて目を開いた日に、彼がいまだいかなる識別も知らず、自分自身の存在さえ意識する以前の世界がいかなるものだったか――すなわちそれは未知なる現前、新たなる一歩、直接的で生々しく、独創的かつ自発的、自由にして鮮烈、意識的かつ瞬時的なものだった。ただ忘れてはならない。そのいかなる叙述も世界にとっては誤りだったにちがいない。[*56]

もちろん、すべてのイメージがこの無垢の状態に私たちを引き戻そうと意気込む事ができるわけではない（もっともプルーストが無意志的記憶を表現しようとした時、少なくともそれを試みたのではなかったか）。実際、ここで理解されているイメージは、主として二次性に関わるもの、すなわちなにか意味あるものの認識とそれを理解せよという要請である。言い換えれば、いまだそのイメージの解釈が途中で、解釈を遂行することがおそらく不可能であるにも拘わらず、解釈しなければならない必要を認識することだ。

そうした解釈は、実際、二次性と三次性の（あるいは一次性、二次性と三次性の）間の、現前と表象＝再現前化の切断を穴埋めする努力を孕む。つまりそれは純粋な思考、時には途方もなく苦しい努力を要請する事になる。まさにここに芸術における現前化の感動と表象＝再現前化の感動の間には、このような違いがあることが分かるだろう。単純な表象は思考を生みもしなければ要求もしない。芸術は、たとえそれがどのようなメディアに属していても、解釈者の思考を刺激する。そして思考を刺激する一つの方法は、記号になろうとする途中の記号、すなわちいまだ記号ではないか、もはや記号にはなりえないイメージを作り出す事だ。イメージは記号に先立ち、かつ記号を越える。

ベルクソンと直感[*57]

『物質と記憶』のなかでベルクソンは言う、「イメージはあくまで事物でしかないだろうが、思考は運動なのである」[*58]。さらにベルクソンは「形而上学入門」で「直感」の説明にあたり、思考という運動を正当に評価するよう私たちを誘う[*59]。そして知性には二種類あるとする。一つ目は、記述する対象が外部にあるもので、人はある所定の位置から対象を見るので、そうした知は相対的だ。別の人は別の視点から対象を見るので、観測結果の真偽は観察する場所によって相対的となる[*60]。しかしながら、第二の知性は絶対的だ。観察者は対象の外部ではなく、内部にいる。その場合、運動の理解はもはや相対的ではない。この絶対知は、ある対象内部の存在者による直感を通して実現される。このように自己とは私がその内部に宿るものだから、私が直感を達成できる限り、少なくとも潜在的に私は自分自身についての絶対知を持つ。

ある観点から得られた表象、もしくはある記号を用いてなされた翻訳は、その表象が取られた対象、もしくはその記号が表現しようと求めている対象に比べると、どこまでも不完全なままだ。しかし対象であってその表象でない、オリジナルであって翻訳でない絶対的なものは、それが完全にあるがままにあるという点において、完全である。[*61]

こう説明したあと、ベルクソンは芸術の中でも小説に向き合う。このような芸術（彼は現前というよりも表象を内包するものとして理解しているようだ）は、つねに絶対的なものを捉え損なうとし、またこの失敗の特性を説明する一方で、彼はある理想的芸術を語る。

小説家は好きなだけ、性格描写を重ね、好きなだけ、主人公に話させ、行動させることができるだろうが、それでも、私がこの人物自身と一瞬の間でも一致することがあれば体験するにちがいない単純で不可分な感情には及ばないだろう。その時、行動や身振りや言葉が、いわば泉から流れ出るように、自然に流れて来るように、私には思えるだろう。〔中略〕その人物は、全体として一挙に、私に与えられるはずであって〔中略〕描写、記述、分析は私を相対的なものの中に打ち捨てる。ただ、その人物自身との一致だけが、私に絶対的なものを与えるだろう。[*62]

ここでいう「絶対的なもの」とは、いかなる芸術形式も完全には実現不可能な、純粋にして完全な現前のことだ。それは一次性であり、「そのいかなる記述も誤りであらざるを得ない」ものだが、[*63]少なくとも解釈を要求するイメージは、二次性へと私たちを連れ戻す際に、できる限りその近くへ私たちを連れて行く。最後にもう一度ベルクソンを引用しよう。

イメージは少なくとも、私たちを具体的なものの内に止めておくという利点を持っている。どのようなイメージも持続の直感にとって代わることはないだろうが、しかし多くの多種多様なイメージを、たいへん異なった秩序に属する事物から借りてくれば、それらの行動が集中することによって、これらのイメージは意識を直感が把握されるべき点に、正確に向けることができるだろう。[*64]

もし私たちがこの思考を受け入れるならば、二種類の知性がいかに異なるものか分かるだろう。私が習慣を通して理解する限り（すなわち私が記号を認識し、表象を認識する限り）私は相対的な理解しか得られない。私は対象（一次性）の外部にいて、対象はなにか他のものの記号（二次性）であるが、それは私の精神（三次性）にとってそうなのだ。しかしながら、もしもイメージが、理解はできないが有意なものと認識され、私に理解する努力を要請するならば、私は理解するためにイメージへと立ち戻らなくてはならない。この運動は少なくとも潜在的には、イメージ対象（つまりそれは決して絶対的なものには到達できないがそこに向かう運動だ）とともに動くものである。もし私がそのようなイメージを把握できるとき、私は直感を通してそうするのだ（しかし文学作品のような対象を論ずる際にやむをえず批評的分析を行う場合、直感による把握を表象する事は不可能である）。

原注

＊1　Henri Bergson, *Matter and Memory*, tr. N. M. Paul and W. S. Palmer (New York: Zone Books, 1991), 125. アンリ・ベルクソン『物質と記憶』合田正人、松本力訳、筑摩書房、二〇一一年、一六八頁。〔注12を除き、『物質と記憶』の引用は本書による。〕

＊2　Samuel Beckett, 'Image,' in *The Complete Short Prose*, ed. Stanley Gontarski (New York: Grove Press, 1995), 168: 'now it's done I've done the image.' ベケット『事の次第』五五頁参照。

＊3　Michael Hardt, *Gilles Deleuze: An Apprenticeship in Philosophy* (London: University College London Press, 1995), xvii-xxi. マイケル・ハート『ドゥルーズの哲学』田代真、井上摂、浅野俊哉、暮沢剛巳訳、法政大学出版局、一九九六年、一八頁。

＊4　*Ibid.*, xviii-xix. 前掲書、一八頁。

＊5　Stephen Gaukroger, *Descartes: An Intellectual Biography* (Oxford: Clarendon Press, 1995), 119-23.

＊6　以下を参照。Paul Douglas, *Bergson, Eliot, and American Literature* (Lexington: U of Kentucky P, 1986); Hilary L. Fink, *Bergson and Russian Modernism 1900-1930* (Evanston: Northwestern UP, 1999); Robert Ferguson, *The Short Sharp Life of T. E. Hulme* (London: Penguin, 2002); Mary Ann Gillies, *Henri Bergson and British Modernism* (Montreal and Kingston: McGill-Queen's UP, 1996); Donald R. Maxwell, *The Abacus and the Rainbow: Bergson, Proust, and the Digital-Analogic Opposition* (New York: Peter Lang, 1999); Joyce N. Megay, *Bergson et Proust: Essai de mise au point de la question de l'influence de Bergson sur Proust* (Paris: J. Vrin, 1976).

＊7　以下を参照。D. N. Rodowick, *Gilles Deleuze's Time Machine* (Durham: Duke UP, 1997); Gregory Flaxman ed., *The Brain is the Screen: Deleuze and the Philosophy of Cinema* (Minneapolis: U of Minnesota P, 2000).

＊8　Paul Redding, *The Logic of Affect* (New York: Cornell UP, 1999), 38.

＊9　*Ibid.*, 90-123.

＊10　*Ibid.*, 56.

＊11　しかし多くの哲学者が哲学的思考におけるイマージュの重要性を論じている。以下を参照。Friedrich Nietzsche, *The Birth of Tragedy: Out of the Spirit of Music* (London: Penguin, 1993)（フリードリヒ・ニーチェ『悲劇の誕生』）; Henri Bergson, 'Philosophical Intuition' in *The Creative Mind* (New York: Philosophical Library, 1946), 126-52（アンリ・ベルクソン「哲学的直感」『思想と動くもの』所収）; Michèle Le Doeuff, *The Philosophical Imaginary*, tr. Colin Gordon (London: The Athlone Press, 1989).

＊12　Bergson, *Matter and Memory*, 9. ベルグソン『物質と記憶』田島節夫訳、「第七版の序」、白水社、一九三年、五頁。

＊13　*Ibid.*, 37. ベルクソン『物質と記憶』合田、松本訳、三九頁。
＊14　*Ibid.*, 17. 前掲書、八〜九頁。
＊15　*Ibid.*, 19. 前掲書、一二頁。
＊16　*Ibid.*, 47. 前掲書、五三頁。
＊17　*Ibid.*, 30. 前掲書、二八頁。
＊18　*Ibid.*, 19-22. 前掲書、一二〜五頁。
＊19　*Ibid.*, 19-22, 74. 前掲書、一二〜五、九四頁。
＊20　*Ibid.*, 35-6. 前掲書、三四〜八頁。
＊21　ドゥルーズはこの複雑な過程を、ベルクソンの理論を折り込みながらスピノザについて論じている。以下を参照。'On the Difference between the Ethics and Morality,' in Gilles Deleuze, *Spinoza: Practical Philosophy*, tr. Robert Hurley (San Francisco: City Lights Books, 1988). ジル・ドゥルーズ『スピノザ 実践の哲学』鈴木雅大訳、平凡社、二〇〇二年。
＊22　Bergson, *Matter and Memory*, 39.『物質と記憶』四〇頁。
＊23　Gilles Deleuze, *Cinema 2: The Time-Image*, tr. Hugh Tomlinson and Robert Galeta (Minneapolis: U of Minnesota P, 1989), 274-75, 傍点筆者。ジル・ドゥルーズ『シネマ２＊時間イメージ』宇野邦一、石原洋一郎、江津健一郎、大原理志、岡村民夫訳、法政大学出版局、二〇〇七年、三七六〜八頁。
＊24　*Ibid.*, 272. 前掲書、三七四頁。
＊25　*Ibid.*, 272. 前掲書、三七四頁。
＊26　Bergson, *Matter and Memory*, 44-5, 84. ベルクソン『物質と記憶』五〇頁、一〇三頁参照。
＊27　Gustave Flaubert, *Dictionnaire des idées reçues: suivi du Catalogue des idées chic* (Paris: Aubier, 1978). フローベール『紋切型辞典』小倉孝誠訳、岩波書店、二〇〇〇年。
＊28　Victor Shklovsky, 'The Resurrection of the Word,' in *Russian Formalism: A Collection of Articles and Texts in Translation*, eds. Stephen Bann and John E. Bowlt (Edinburgh: Scottish Academic Press, 1973), 41-7.

＊29 Marcel Proust, *À la recherche du temps perdu*, vol. I, ed. Jean-Yves Tadié (Paris: Gallimard, 1987). プルースト『失われた時を求めて』吉川一義訳、岩波書店、二〇一〇年〜。

＊30 Samuel Beckett, *Proust and Three Dialogues with Georges Duthuit* (London: John Calder, 1987). ベケット『プルースト』、『ジョイス論／プルースト論』所収。

＊31 Gilles Deleuze, *Cinema 1: The Movement-Image*, tr. Hugh Tomlinson and Barbara Habberjam (Minneapolis: U of Minnesota P, 1986), 215. ドゥルーズ『シネマ1＊運動イメージ』財津理、齋藤範訳、法政大学出版局、二〇〇八年、三七一〜二頁。

＊32 *Ibid.*, 215. 前掲書、三七二頁。

＊33 Gilles Deleuze, *Francis Bacon: Logique de la sensation* (Paris: Editions de la différence, 1996), 9. ドゥルーズ『感覚の論理　画家フランシス・ベーコン論』山縣煕訳、法政大学出版局、二〇〇七年、四頁。

＊34 Bergson, *Matter and Memory*, 153-4.『物質と記憶』二二〇頁。

＊35 Ezra Pound, *Make It New* (London: Faber and Faber, 1934).

＊36 Shklovsky, 'The Resurrection of the Word'.

＊37 Gilles Deleuze, 'The Brain is the Screen: An Interview with Gilles Deleuze', tr. Marie Therese Guirgis, in Gregory Flaxman ed. *The Brain is the Screen: Deleuze and the Philosophy of Cinema* (Minneapolis: U of Minnesota P, 2000), 371.

＊38 これは「表象とかイメージ」と訳せるとブレイエは述べ、紛らわしいことに彼は「表象」を選ぶ。しかしそれは「現実の対象によって魂に刻まれたもので、それはゼノンによる『蝋《ろう》に指輪で刻印された印影』のようだ」というのだから、明らかに本論で定義する「イメージ」を指し、直接的実在論者の「現前」の概念と一致する。以下を参照。Emile Bréhier, *The History of Philosophy Vol. 2: The Hellenistic and Roman Age*, tr. Wade Baskin (Chicago: U of Chicago P, 1965), 38.

＊39 Emile Bréhier, *The History of Philosophy Vol. 1: The Hellenistic Age*, tr. Joseph Thomas (Chicago: U of Chicago P, 1965), 40.

＊40 以下を参照。Steven Connor, *Samuel Beckett: Repetition, Theory and Text* (Oxford: Basil Blackwell, 1988).

＊41 Samuel Beckett, *Eleutheria*, tr. Barbara Wright (London: Faber, 1996). ベケット『エレウテリア（自由）』。

＊42 Dougald McMillan and Martha Fehsenfeld, *Beckett in the Theatre: The Author as Practical Playwright and Director* (London: John Calder, 1988), 30-1. ベケット『エレウテリア（自由）』、一八四頁。

＊43 Deleuze, *Cinema I*, 210-11.

＊44 Samuel Beckett, *The Complete Dramatic Works* (London: Faber and Faber, 1990). ベケット『ゴドーを待ちながら』。

＊45 Charles Sanders Peirce, *Peirce on Signs*, ed. James Hoopes (Chapel Hill: U of North Carolina P, 1991), 239. パース『パース著作集2』内田種臣編訳、勁草書房、一九八六年、四九頁参照。〔ドゥルーズはイメージの定義に、このパースの記号の定義を用いている。ドゥルーズ『シネマ2＊時間イメージ』四二頁を参照。〕

＊46 *Ibid.*, 252.

＊47 Deleuze, *Cinema 2*, 31.『シネマ2＊時間イメージ』四二〜三頁。

＊48 情動イメージ、行動イメージ、関係イメージは、それぞれパースの一次性、二次性、三次性に相当する。*Ibid.*, 31. 前掲書、四三頁。

＊49 *Ibid.*, 31. 前掲書、四三頁。

＊50 Peirce, *Peirce on Signs*, 188-89.『パース著作集2』八九頁などを参照。

＊51 *Ibid.*, 141.

＊52 Bergson, *Matter and Memory*, 8-9.『物質と記憶』田島節夫訳、「第七版の序」、白水社、一九九三年、五頁。

＊53 Peirce, *Peirce on Signs*, 189.『パース著作集2』八九頁を参照。

＊54 この反射認識のプロセスは社会的に決定されるシステムに関わり、経験を通して発達した集合体（言語など）に属すか、あるいは真の反射としての刺激反射を通して直接的に働く。

＊55 Bergson, *Matter and Memory*, 44-5.『物質と記憶』四九〜五〇頁。

＊56 Peirce, *Peirce on Signs*, 189.『パース著作集2』八九頁。

＊57　パースは「直感」概念の批判に時間を割き、「直感」は不可能だとする（*Ibid.*, 34-53）。彼がここでベルクソンを直接批判しているのではないことに注意。むしろパースが批判するのはデカルトの「明晰にして判明」のような直感概念だ。パースはそれが事前の解釈なくして生じるものとして提示されたと見る。筆者が強調したいのは、ベルクソンの直感はより複雑な概念で、それは判明な観念に直接アクセスできるものではなく、むしろ直感はそれを表現しようとする要請を伴い感じられるもので、概念やイメージによって適切に表現されえないのだ。Henri Bergson, 'Philosophical Intuition,' in *The Creative Mind* (New York: Philosophical Library, 1946), 126-52 を参照。つまりパースの批評はベルクソンにみられる直感概念とは異なったものに向けられている。もっとも、このことは両者が完全に一致すると主張しているのでは決してない。

＊58　Bergson, *Matter and Memory*, 125.『物質と記憶』一六八頁。

＊59　Bergson, *An Introduction to Metaphysics*, tr. T. E. Hulme (New York and London: G. Putnam and Sons, 1912), 43-45. ベルクソン『思想と動くもの』矢内原伊作訳、白水社、一九九三年、二〇二頁。

＊60　*Ibid.*, 43-5. 前掲書、二〇二頁。

＊61　*Ibid.*, 5-6. 前掲書、二〇四～五頁。

＊62　*Ibid.*, 3-4. 前掲書、二〇三～四頁。

＊63　Peirce, *Peirce on Signs*, 189.

＊64　Bergson, *An Introduction to Metaphysics*, 16. 前掲書、二一一頁。

＊ここに訳出したのはアンソニー・ウルマン著『サミュエル・ベケットと哲学的イメージ』（Anthony Uhlmann, *Samuel Beckett and the Philosophical Image*, Cambridge UP, 2006）の第一章である。本書の構成は、第二章「ベケットの美学論とイメージ」、第三章「関係性と非関係性」、第四章「哲学的想像界」、第五章「コギト・ネスキオ（我思ウ・我知ラズ）」、第六章「ベケット、バークリー、ベルクソン、『フィルム』――直感的イメージ」、第七章「古代ストア派と存在論的イメージ」、「結論」である。引用は既訳のあるものはそれを参照した。ただし訳語や文体を変更させていただいた場合もある。訳者名のない引用は拙訳による。

頭蓋のくぼみ——ベケットにおけるテオリアの解体学

'and grant me my second / starless inscrutable hour'.
(Samuel Beckett, *Whoroscope*)

井上善幸

ベケット後期の眼は本質的に精神の内部に据えられている。「みじろぎもせず」(一九七四)のように、たとえ窓から眺められた自然の風景に向けられていようとも、眼差されているのは、つねにすでに精神化され内面化された「頭蓋風景」である。[*1] それはブラン・ヴァン・ヴェルデを論じたベケットの絵画論の言葉を借りれば 'champ intérieur'「内的視域」に映し出され、[*2] そこを成立場所としている。そもそも『プルースト』(一九三一)においてベケットは「世界」とは「個人の意識を投射したもの」[*3] と規定しているのであるから、考えてみれば当然である。光学的、あるいは映画的契機をこのフレーズのなかに見出すべきかも知れない。これはショーペンハウアーの「客体化」(objectivation)をベケット自身が言い換えたものであり、このことからしても、外界に投げ出されて存在するとみなされる物(ob-jet)は、このベケット的言い換えによってその実在性が骨抜きにされていると言ってよい。ベケットにおける物とは、それゆえ外部に投げ出されたもの objectivation というより、精神のスクリーンに「投射」'pro-jection' されたものなのだ。[*4] 『フィルム』(一九六五)において対象(O)としての男がカメラに追跡され、このカメラの眼によって存在を付与されているのと同義である。存在と眼差しとはセットで考えられねばならない。ベケットはこれをジョージ・バークリーの言葉を借用して、「存在とは知覚されることである」として、『フィルム』の「総論」冒頭においている。[*5] このエッセイで問題となるのは、それゆえ、この内部の眼、その眼の生理学であり、またそれが探求し解析する対象はなんであるのかを検討することである。

1　デカルトの眼

『勝負の終わり』（一九五七）における眼の探求は、パラドクシカルなものとならざるを得ない。というのも、ハムとクロヴはいわば室内に閉じ込められており、そこから一歩も外に出ることがないからだ。ハムはクロヴに向かって「ここから外は死だ」という。[*6] それゆえ、クロヴはこの室内を永遠に去ることはあるまい。最終場面において、クロヴが旅装を整え、室内から去るような態度を示しつつこの芝居は幕を閉じるが、クロヴが本当にそこを去るかどうかは疑わしく、未決定のまま芝居は終わる。ここでもすでに述べたように、存在は知覚によって与えられるのであり、頭蓋内部の映写幕（あるいはカメラ・オブスクーラといってもよい）に映し出されたような二人の存在は、その幕から離れて存在することは不可能なのだ。

ハムは車椅子にすわったままの盲目の主人であり、その主人の看護人的存在としてハムに仕えるクロヴは、[*7] 主人の視覚の延長となって自身の知覚をハムに伝える。ハムはこのクロヴの言葉による報告を頼りに外界を知覚するという構図になっている。あるいはクロヴは文字通りハムの手足となって、盲目の主人に外界に関する情報を伝達する。

このような二人の関係は、デカルトの視覚論を踏まえて理解することが可能だ。デカルトは『人間論』を始めるにあたり、自身の考える人間（homme）を二つの要素に切りわける。すなわち人体（corps）と精神（âme）の二つである。[*8] そして後者についてはほとんどふれることなく、もっぱら前者について、その仕組みを解剖学的に、かつ機械論的（mécanique）に語ってゆくのである。その中において視覚の働きについても述べている。デカルトが人体について解剖学的に語ってゆく際、彼がもっとも力を込めて説明するのが、当時ウィリアム・ハーヴィーによって提唱された血液循環をめぐる心臓の仕組みであり、もう一つが脳の内部の仕組みである。

　われわれがここで問題にしたいのは、いうまでもなく後者、すなわち脳の解剖学である。なぜなら、この中においてこそデカルトは視覚についても語っているからである。そして、ここできわめて重要な役割を演ずるのが、動物精気の存在である。いわばこの精気の働きによって、精神（あるいは魂）は外界の様子を知覚することになるのである。

　脳の中央に位置している松果腺、この'glande'はデカルトによって泉のごとき存在であるとされ、そこから精気はあふれ出てくるのだが、[*9] この精気は特定の視神経を何度も通過することにより、外界の知覚、すなわちヴィジョンを精神に伝えるという訳である。

　この精気について、デカルトは、それは空気のようなもので、実に微細なcorpsであるという。[*10] そのきわめて小さな物体としてのcorps——デカルト自身の表現によれば'des corps très petits'である——が動物精気を構成し、これは心臓からまっすぐに動脈を通って脳へと運ばれる血液のうち、その中でももっとも活発に活動し、かつもっとも微細な血液の粒子（petites parties）が脳の内部に入り込み、そうすることによってその血液の粒子が動物精気に変わるというのである。それ以外のいかなる特性もないという。[*11]

この動物精気が脳の内部を循環することにより、精気はさまざまな情報を脳の内部に位置する精神に伝え、余分な精気は脳の細孔から出て行き、四肢に運動を伝達することになるのである。

ではデカルトは精神はどこに位置すると考えていたのかといえば、それは松果腺の上に「まるで玉座に座すように」存在するのだという。[*12] そして松果腺は「小さな動脈」（'petites artères'）によって脳の実質とつながっており、心臓からの血液の流れによってバランスをとっている、という。[*13]

ここで思いつくのが、ハムの存在である。ハムは玉座にも似た車椅子の上にすわったまま、そこからクロヴを介してさまざまな外界の情報を得る。それはまるでクロヴがこれまで述べてきた動物精気の役割を担い、ハムはそのクロヴ＝精気の伝達によって外界の状況を知覚する魂（âme）のごとき存在であるとみることができる。しかも âme と Hamm とはフランス語ではほぼ同じ発音となる。[*14] そればかりではない。デカルトの『人間論』に付された図版をみると、幾度となくコナリウム（松果腺）を指す glande がHで記されていることが分かる。[*15] それゆえ、ハムの名前の最初の文字Hはこの glande である松果腺を暗示している可能性がある。この glande の上にこそ、魂はバランスをとってのっかっているのである。したがって、クロヴはここでは動物精気の役割を担い、ハムはその存在によって外界を知覚する魂の役割を担っているとみることができる。

また松果腺がつながれているという 'petites artères' というデカルトにみられる表現は『勝負の終わり』にもみられるものであって、[*16] ベケットはこのフレーズを単数形で用いている。[*17] これらのことから、眼との類似が著しい二つの窓をもったこの芝居の室内空間は、デカルトのいう脳の内部のごとき空間であるとみることができる。

これとほぼ同じことがベケットの『人べらし役』（一九七〇）にも当てはまる。このことはすでに拙論

「『人べらし役』の生理学」においても指摘した通りである。[18] そこでは円筒の内部に「リトル・ピープル」が生存しており、壁の上半分には賽《さい》の目の五点型に穿《うが》たれた窪みが存在し、そこから長短さまざまなトンネルが壁に沿って走っている。リトル・ピープルのなかには梯子を利用してそのトンネルに忍び込むものがいる。あるいはそこまで行かず、立ち止まって壁に顔を向けたまま梯子の途中で動かなくなるものもいる。ここでもデカルトの脳のモデルは有効であり、このリトル・ピープルはオリジナルのフランス語版では 'petit peuple' と呼ばれるばかりでなく、[19] ベケットによって一貫して corps とも呼ばれている。デカルトが精気をひじょうに小さな corps であるととらえていたことと見事なまでに呼応している。そればかりでなく、壁に穿たれた窪みは 'cavités' とも呼ばれ、[20] これはデカルトが脳に存在する細孔に関して用いている単語のひとつでもある。[21] それゆえ、この円筒内部もまた脳の内部であって、そこに生存するリトル・ピープルを精気になぞらえることができるのである。

　クロヴは窓から外には出ず、「梯子」[22] とも呼ばれる脚立に登ってそこから望遠鏡を用いて外部を観察しようとする。一方リトル・ピープルは梯子をよじ登って壁の窪みからトンネルに入り込み、その中を這って進む。そのような違いはあるものの、両者の構図はきめてよく似ている。いわばクロヴもリトル・ピープルも、[23] 眼の延長となって外界に関する知覚の運搬人のごとき役割を演じ、クロヴはそれをハムという魂的存在に言葉で伝えるのであり、リトル・ピープルはその情報を梯子を登り降りすることで、なにものかに伝達しているのかもしれない。円筒の天井中央には穴が開いている可能性が示唆され、[24] もしかするとその外部にはこの小説の語り手の意識が接続されているのかもしれない。そうであるならば、円筒全体は一種の松果腺として機能している可能性もある。

　この『人べらし役』の執筆を一度中断したのち、ベケットは短篇「びーん」（一九六六）の創作に取りくむ。短期間に集中的に執筆され、六六年九月に限定版として刊行された。[25] フランス語版を見る限りでは、室内にはなにものかが存在し、その生き物の身体の細部と不動性、突然の移動、さらには記憶が問題とされるが、草稿段階では、眼の代わりとなって仕事をするのが、ここでもリトル・ピープルのひとりで、円筒形の胴体をもった一メートル程の存在である。それがいわば眼の延長となって室内から抜け出し、壁に穿たれたトンネルを移動し、東西南北をぐるりとめぐることになるのである。[26]

この存在はいわば作家の想像力の眼となって、短い梯子を登って壁の窪みから抜け出てトンネルを這い進み、ついには四角い室内の壁をぐるりとめぐって二本のトンネルをつなぐ役目をはたす。このとき、作家的存在は室内に留まったまま、そこからこのリトル・ピープルをあたかも操り人形のように、あるいは機織りに用いられる飛び杼《ひ》（flying shuttle）のごとき存在として操るのである。『勝負の終わり』においてクロヴが演じ、『人べらし役』ではリトル・ピープルが演ずる役割を、円筒形の胴体をした杼に似た存在がサーチライトのように探求する眼の役割をはたすのである。これは『マーフィー』（一九三八）の中でケリー氏がハイド・パークで操る凧に似ていよう。[27] それはいわば彼の感覚の延長であり、空に舞い上がることにより、大気の様子を肉体的感覚としてケリー氏の手に伝える。ケリー氏もハム同様、車椅子にすわった半身不随の状態にあることは興味深い一致である。凧はケリー氏の手の延長となって主人に大気の様子を伝達する。その意味では、メルロ＝ポンティも述べているように、[28] デカルトの視覚と同様、ケリー氏は凧を介して大気に〈触れ〉、そのことによって大気を〈見る〉のだと言えよう。手が眼の役割をはたすのである。

2　ラピュータの眼

『ガリヴァー旅行記』第三部に描かれるラピュータ人《びと》の目はじつに奇妙な眼である。一方はまっすぐ天頂に、もう一方は自身の内部に向けられているという。作者スウィフトは以下のように描いている。

> かれらの頭はすべて右か左のどちらかに傾いていた。片方の目は内部に向けられ、もう片方はまっすぐ天頂へと向けられている。[*29]

このような二方向に向けられた目、もしくは眼差しは、ベケットの『人べらし役』における作家ベケットの眼と比較するとき、興味深い類似点を示す。

そもそも『人べらし役』にはスウィフトとの類縁性を示唆する細部が散見される。筆者は以前このベケットの小説と十八世紀の自然観との類似性を自然史および生物学の観点から考察したが、[*30]スウィフトとの類似はさらに探求する価値があるように思われる。[*31]

スウィフトの記述によれば、ラピュータ人には「はたき役」（Flapper）という召使いが存在する。散歩などの折にしじゅう主人につき従い、主人が他人と意思疎通をはかる際、相手の話を聞いたり、自分の方がしゃべる番が来たとき、このはたき役の存在が必要となる。主人の口元や耳元を、短い棒の先に動物の膀胱をふくらませた袋に乾燥した隠元豆や小石を入れたはたき棒を使って軽くはたくことで、耳元や口元に主人の注意を向けさせるのだという。それほどまでにこのラピュータ人は自身の「思索」や「思考」に没頭しているのである。[*32]興味深いことに、円筒内のリトル・ピープルにも似たような事態が生じることがある。それは壁に立てかけられた梯子の途中に定められた時間以上いつづける者に対しておこなわれる。そのような違反者にはどのような事態が生じるのかといえば――

このような場合、梯子がふたたび自分のものとなった者が過失者のところまで登ってゆき、一度か数度その背中をたたくことによって現実を呼び覚まさせることになっている。（『人べらし役』二二～二三）

このことは、はたき棒のようなものは用いられないものの、現実を思い起こさせるのに、両者とも身体の一部をはたく、あるいは叩くという動作をともなうことは興味深い一致である。ラピュータ人もリトル・ピープルも、似たような精神構造を示していると見ることができる。ラピュータ人は「思考」に没頭し、リトル・ピープルはベケットにより「探求者」と呼ばれており[*33]、なんらかの探求に従事していると考えられる。

それればかりではない。ラピュータ人の目は一方は内部に、もう一方はまっすぐ天頂（Zenith）に向けられていた。『人べらし役』においても、リトル・ピープルの目は「天頂」に向けられることがある。小説の第五段落は「以上が、神話愛好者の目に、大地と天空への出口が隠されていると映るこの犯すべからざる天頂に関してである」（一九）で終わっており[*34]、作者ベケットの眼とラピュータ人のそれが重なる瞬間である。この第五段落は、草稿段階では'5. Zénith'と赤ボールペンで欄外に記されており[*35]、この段落における天頂が作家にとり重要な要素として存在していたことが推測できるのである。

もう一つのベケットとスウィフトに共通する要素として、数に対する両者の関心を指摘することがでる。ベケットはデカルトとの深い類縁性を示しつつも、十七世紀的な想像力とは少し異なる側面をもっているように思われる。それがベケットにおける数への関心である。このことはベケットによる最初期の批評「ダンテ・・ブルーノ・ヴィーコ・・ジョイス」（一九二九）においてすでに告知されている。ベケットは、ジョイスについてダンテとの共通性を指摘しつつ、ダンテにあっては三に対する数への関心がみられ、ジョイスにあっては四――ヘルメスの数である――への関心がみられる、という。[*36] クルツィウスも指摘するように、ダンテにあっては三こそが『神曲』世界の *ordo*（階層秩序）を形作っている。すなわち、地獄篇＝一＋三三、煉獄篇＝三三、天国篇＝三三、合計一〇〇歌が『神曲』の宇宙を構成するのである。[*37] ジョイスにあっては、同じことが四についていえる、とベケットは主張する。

『人べらし役』においては五こそが基本数であり、円筒内の *ordo* を形作っている、と見ることができる。そのことを典型的に物語っているのが、円筒の壁の上半分に賽の五の目型（quinconce）に穿たれた五つの穴であり、そこからトンネルが延びて、最長のものは五十メートルにも達する。この小説を注意して読めば、壁には合計二十の窪み、すなわち quinconce が四箇所あることが推測できる。[*38] また円筒内の温度は五度から二十五度の間を上下し、一秒間に約五度の割合で規則的に変化すると語られる。[*39] 円筒内の唯一の事物とされる梯子も約十五あることが語られる。[*40] このように、円筒内ではさまざまな事物が五を基本に構成されていることが分かる。円周もまた五十メートルであることが冒頭近くで語られている。したがって、円筒内の面積も概算で五の倍数で構成されることがわかる。この世界は五という数が世界の *ordo* を構成していると言えそうである。この点において、ベケットはラピュータ人と同様、ピュタゴラスの輩であるとみることができる。[*41]

スウィフトは第三部「ラピュータへの航海」第三章において、宙に浮く「飛ぶ島」としてのラピュータを数を多用して以下のように記述している。

飛ぶ島あるいは浮き島は正確な円形で、直径七八三七ヤード、あるいはおよそ四マイル半で、したがって一万エーカーに相当する。島の厚さは三〇〇ヤードである。その底あるいは下部表面――それは下から見れば見えてくるのだが――は磁気性の無砕石からなる均整のとれた平らな一枚板になっており、およそ二〇〇ヤードの高さにまで聳え立っている。その上にはいくつかの鉱物が通常の順番に重なり、その上全体にはたっぷりと十もしくは十二フィートの厚さの土壌が覆っている。上層表面のこの下り勾配は円周から中心へと向かい、それゆえ島に降りそそぐあらゆる露も雨もその中心へ細流となって自然に運ばれる原因となっている。そこで四つの大きな受け皿に空けられ、そのおのおのは約半マイルの円形をしており、中心から二〇〇ヤード離れている。*42

一方、ベケットは『人べらし役』の円筒をどのように描いているのか。

円周五十メートル、調和上、高さ十六メートルの円筒内部。全表面およそ一二〇〇平方メートル、そのうち壁面積八〇〇平方メートル。窪みとトンネルは数に含めない。黄色いほのかな光の遍在を、互いにふれあう両極間における目もくらむような往来が狂わせている。変化のはげしい温度も似たような揺れを示すが、三十倍から四十倍も遅く、それが温度を五度の最低温度に急速に下げ、そこから一秒につき五度の規則的変化が生じることになる。〔中略〕唯一の物といえば、十五からなる単純な作りの梯子だけ、それらのうちのいくつかは伸縮可能で、不規則な間隔をおいて壁に立て掛けられている。円周全体にわたって壁の上半分には調和上、賽の目の五のかたちに二十個の窪みがあり、それらのいくつかは互いにトンネルによってつながっている。(『人べらし役』十四〜十六)

ここで注目すべきは、飛ぶ島の円環状の形態やシリンダーという円筒の形状、さらにはそこに含まれる物質や事物なのではない。そうではなく、これらの場所や空間、そこに含まれる事物に共通する数に対する両者の関心、もしくは算術的な眼差しである。これこそが、スウィフトとベケットに共通してみられる傾向なのである。[*43] 測定によって、数によって事物を記述しようとする傾向である。[*44] これは十八世紀的なコンテクストで考えれば、M・フーコーが『言葉と物』(一九六六)の中で分析しているmathesis(測量や算術にもとづく秩序を扱う普遍の学)の観点から考えることができるかも知れない。[*45]

もっとも重要だと思われるのが、この円筒内に存続しつづけるリトル・ピープルの人口構成である。ベケット自身が草稿段階で、ある段落に関して先ほどと同様、欄外に赤ボールペンで「人口と観念」と記していることに着目する必要がある。[*46] このこと自体、ベケットの眼差しが十七世紀的なものというよりも、十八世紀的な人口統計学に向けられている可能性を物語っている。[*47] そしてこの円筒内のリトル・ピープルを、それによってどのような比率として描くのかが問題となっている。作中におけるベケットの記述を踏まえ、[*48] ルビー・コーンは以下のように分析している。敗北群の数五を基本に、定住群、時々立ち止まる群、絶えず動き回っている群、という四つの群それぞれが以下のように示される。すなわち、五+(五×四)+(五×四×三)+(五×四×三×二)=二〇五というリトル・ピープルの人口が示される。[*49] 言い換えれば、円筒内には合計二〇五のcorpsが存在し、これが概算によって約二〇〇存在するとされるのである。ベケット自身、草稿段階でもこの人口統計の試みを何度かおこなっており、それが自筆稿やタイプ原稿に数式として残されている。[*50] ベケットの眼差しは、それゆえ数による構成、クルツィウスのいう *Zahlenkomposition* によって貫徹され、[*51] それによってこの小説は創作されているとみることができる。

このような側面は、ベケットの眼がラピュータ人の眼にきわめて近いことを物語っていよう。この小説自体も十五段落によって構成されており、これが偶然でないことは、最後の段落が出版間近になってわざわざつけ加えられた事実からも明らかである。[*52] 五という数がこの小説世界全体の *ordo* を構成しているのである。

3　ベケットの心的記憶装置

最後に『人べらし役』の円筒が一種の心的記憶装置である可能性を検討してみたい。円筒内では時々ステップが欠けているがゆえに corps はアクロバットを伴う梯子の上下運動を強いられることになるが、彼らはこの梯子を登り降りすることによって、秘かに計算をおこなっているのではないか。

そのことをまず、ライムンドゥス・ルルスの思考機械との類推から考えてみたい。すわなち、この円筒内ではルルス的な記憶術が実践されているのではあるまいか。それを端的に語っているのがリトル・ピープルによる梯子の登り降りである。フランセス・イェイツの『記憶術』(一九六六)によれば、ルルスの記憶術とは「梯子を登り、かつ降りる技術である」。[*53] それゆえ、この登り降りに際して、梯子の横木に時おり欠けが見られることは、記憶に欠落があることを示唆していよう。一方で、ルルスの術とは異なり、ここでは文字や記号は用いられない。[*54] それらを用いた結合術ではなく、ライプニッツのいう *figura metaphysica*、すなわち一種の数が代わりに用いられ、[*55] その数による演算がさまざまに組み合わされることで秘かに計算が行われている可能性がある。

この計算に関しては、「測地学」（géodésie）という学問が重要な意味を帯びてくる。ベケットはすでに「たくさん」（一九六六）において、この学に言及している。

彼はめったに測地学のことはしゃべらなかった。でもわたしたちは地球の赤道に匹敵する距離の何倍も歩き回ったはずだ。平均して一昼夜につき約五キロの割合で。わたしたちは算術に逃避した。体をふたつに折り曲げ、どれだけいっしょに暗算（calculs mentaux）を行ったことか！〔中略〕三乗の数が積み重なるにつれ、なんとか記憶に刻まれていった。将来の段階で逆の演算をおこなう時のために。*56

またこの主人公たちは「歩数記録計」を用いて自分たちの行程を記録しているばかりでなく、歳月を算出する際にもこれに頼っている。*57 この短篇を仕上げたおよそ一週間後に、ベケットは『人べらし役』に着手するのである。この測地学を念頭におけば、『伴侶』（一九八〇）において、なぜ移動および歩数との関連で数および計算が重要なものとして描かれ、闇の中を這い回りながら「暗算」する「おまえ」が描かれるのかも理解できよう。*58 この「おまえ」は、「頭の中の物差し」で人体の部分を比較・計測するばかりでなく、*59 幼い「おまえ」はロングマン社の地理の教科書から、海をはさんだ対岸までの距離が七十マイルあることも学び知っている。*60

また老いた「おまえ」が歩数をもとに計算を行う測地学を思わせる場面も描かれている。

老人のおまえは細い田舎道をとぼとぼと歩いている。日の出からずっと外に出て今は夕暮れ。沈黙の中、唯一の音といえばおまえの足音だけ。〔中略〕一歩一歩の音に耳を澄ませ、頭の中でその音を増えつつある過去の足音の総計に加えてゆく。溝の縁で前屈みのまま立ち止まってヤードに換算する。今では二歩で一ヤードの計算だ。昨日の分に夜明けからのあんなにも多くの歩数を加える。昨年の分にも。それ以前の年の分にも。〔中略〕マイルに換算すれば巨大な合計になる。リーグに換算しても。すでに何度地球を一周したことか。こうした計算をしている間、すぐそばにともに立ち止まっているのがおまえの父の影。山歩きをする時の古いぼろ服を着て。ついにまた横一列にならんでふたたびゼロから始めて。[*61]

『人べらし役』の中のリトル・ピープルもまた、円筒内の梯子を登り降りすることによってルルス的な記憶術を実践すると同時に、梯子の長さを計測し（最短のものでも六メートルに達するという）[*62]、トンネルの内部を這い回ることで円筒全体の総量を計算しようとしているのかもしれない。言い換えれば、ルルス的な文字による結合術の代わりに、事物を数に置き換え、その数を計算し、数によって円筒世界を数量化し、その「一覧表」を作成することで[*63]、ライプニッツ的な「隠された算術」を実践しているのかもしれない。[*64]この円筒内が心的領域であることは、その床が第一領域《ゾーン》から第三領域という同心円状の三つのゾーンに分割されていることからも分かる。これはまさに「マーフィーの精神」の内部なのだ。[*65]そして闇としての第三領域のアレーナは、若きベケットがウィルフレッド・ビオンとともに聴講したユングによるロンドンのタヴィストック・クリニックでの第三講演の観点に照らせば、集合的無意識という闇の領域であり、そこはピエール・ジャネのいう「心的レヴェルの低下」の見られる場所である。[*66]リトル・ピープルはこの「薄暗さと犇めきゆえに〔互いが〕同定困難」[*67]なアレーナと呼ばれる闇の中心にまで降りてゆき、そこからまたふたたび梯子を登ることにより、無意識から得た情報を汲み上げ、自我に伝達しようとしているのかもしれない。これをフロイト流に考えれば、ヴィルヘルム・フリース宛の以下の書簡がきわめて重要な意味を帯びることとなる。

君も知っての通り、ぼくは今、以下のような仮説に基づいて仕事をしているのだ。つまり、われわれの心的メカニズムは互いに層をなして積み重なる堆積のプロセスによって生まれてきたのであり、記憶痕跡のかたちであらわれるデータは、ときどきあらたな書き直しに対するあたらしい環境に応じて、あらたに配置を変えることに晒されているのだ、と。したがって、ぼくの理論の本質的に新しいところは、記憶というのはただ一度ではなく、数度にわたって繰り返しあらわれるのであり、さまざまな種類の指標によって書き留められるという考えなのだ。……これらの書き留めがどれぐらい行われているのか、ぼくには分からない。少なくとも三度、おそらくもっとだろう。……個々の書き換えはまた（必ずしも局所論的にではなく）それらの担い手であるニューロンに応じて切り離されているのだ……。[*68]

リトル・ピープルもまた、梯子の「担い手」として円筒内を循環し、新しい地点に梯子を立て掛け、それを登り降りすることによって計算を再記載し、あらたに配置を変えることであらたな記憶痕跡を書き記しているのかもしれない。まさにデリダのいう「エクリチュールの舞台」なのだ。それゆえ、フロイト的観点に立てば、かれらは一種のニューロンのごとき存在である。[*69]それらが円筒内部を測地学的な計測にしたがって数に置き換えてゆくのである。そのようにみてくると、円筒内から聞こえる唯一の音としての梯子の操作音と corps 同士が衝突する音は、この円筒がひそかに計算を行っている、その記憶装置の作動音のようにも思えてくる。リトル・ピープルは、事物を数に置き換え、心の *mathesis* を通して、円筒という精神の一覧表作りに励んでいるのである。しかしその遠大ともいえる計画は道半ばに終わらざるを得ない。梯子の段は不規則に欠けており、トンネルも円筒の壁全体を貫通しているものもあれば、途中で放棄されたものもあり、リトル・ピープルによる闇の測地学は完璧なものとは言えない。リトル・ピープルの「内部の砂時計」にも時おり変調が見られるばかりでなく、[*70] 彼らの計算には飛躍が多すぎ、微視的に詰めて計算しようとしても円周率 π がはらむ無理数を含む以上、完璧な総和にいたることはない。一覧表にはところどころ欠落が残り、完全な目録にはなっていない。[*71] ラピュータ島の下に位置するバルニバルビの首都ラガードの書物製作機械との違いはそこにある。この機械には言葉が記され、それを枠の周りに取り付けられたハンドルを回転させることによって様々な言葉の組み合わせを産み出し、それらを書き取ることで文章を製作する。[*72] それはまさにルルスの思考機械の応用に他ならない。ベケットのリトル・ピープルは、円筒内を循環し、さまざまな事物を数に変換することにより、数による目録作りに励む。しかし、測地学にもとづく計算は道半ばであり、タブローは完璧なものとは言えない。梯子に欠けがあるように、あるいは円筒の壁上半分の表面が穴だらけであるように、[*73] 一覧表も穴だらけなのだ。しかし、そのタブローは、作家ベケットの眼が頭蓋内部において算出した、精神の内面像＝計測値（*figura*）にほかならない。

注

＊1 Linda Ben-Zvi, 'Skullscapes,' *Samuel Beckett* (Boston: Twayne Publishers, 1986), 102-37.

＊2 Samuel Beckett, *Le Monde et le pantalon* (Paris: Minuit, 1989), 26.

＊3 Samuel Beckett, *Proust* (New York: Grove Press, 1957), 8.

＊4 Beckett, *Proust*, 8.

＊5 Samuel Beckett, *Film* (London: Faber, 1972), 11.

＊6 Samuel Beckett, *Fin de partie* (Paris: Minuit, 1957), 23.

＊7 See James Knowlson, *Samuel Beckett: An Exhibition* (London: Turret Books, 1971), 73.

＊8 René Descartes, *Traité de l'homme, Œuvres et lettres*. Textes présentés par André Bridoux (Paris: Gallimard-Pléiade, 1996), 807.

＊9 Descartes, *Traité de l'homme*, 814.

＊10 Descartes, *Les Passions de l'âme, Œuvres et lettres*, 700.

＊11 Descartes, *Les Passions de l'âme*, 699-700.

＊12 See the article 'Glande' in *Dictionnaire universel françois et latin, vulgairement appellé Dictionnaire de Trévoux* (Nancy: Pierre Antoine, 1740).

＊13 Descartes, *Traité de l'homme*, 854.

＊14 Yoshiyuki Inoue, 'Cartesian Mechanics in Beckett's *Fin de partie,' Samuel Beckett Today/ Aujourd'hui 24* (Amsterdam: Rodopi, 2012), 149.

＊15 See L. Debricon, 'La Glande pinéale et les esprits animaux,' *Descartes* (Paris: Louis-Michaud, [1909]), 196-98. この書物はベケットの自室の書架に存在していた。

＊16 Inoue, 'Cartesian Mechanics in Beckett's *Fin de partie*,' 146.

＊17 Beckett, *Fin de partie*, 70.

*18 井上善幸「『人べらし役』の生理学――プネウマの循環と変貌」『明治大学人文科学研究所紀要』第六七冊、二〇一〇年、二二五〜二三三頁。

*19 Samuel Beckett, *Le Dépeupleur* (Paris: Minuit, 1970), 14, 55. 以下、引用は同書による。

*20 Beckett, *Le Dépeupleur*, 10.

*21 Descartes, *Les Passions de l'âme*, 699.

*22 Samuel Beckett, *Endgame* (London: Faber, 1958), 11.

*23 Beckett, *Fin de partie*, 44: 'rapetissé'. したがって、クロヴもまたリトル・ピープルの予備軍であるとみることができる。

*24 Beckett, *Le Dépeupleur*, 17, 19.

*25 Samuel Beckett, *Bing* (Paris: Minuit, 1966).

*26 Raymond Federman, and John Fletcher, 'Appendix II. Variants in the Works of Samuel Beckett, with Special Reference to *Bing*,' *Samuel Beckett: His Works and His Critics* (Berkeley: U of California P, 1970), 325-43, esp. 326-29.

*27 Samuel Beckett, *Murphy* (New York: Grove Press, 1957), 276-82.

*28 Maurice Merleau-Ponty, *L'Œil et l'esprit* (Paris: Gallimard, 1964), 37.

*29 Jonathan Swift, *Gulliver's Travels* (New York: W. W. Norton, 2002), 133. 拙訳による。

*30 井上善幸「『人べらし役』における「小さな人々」」岡室美奈子・川島健（共編）『ベケットを見る八つの方法――批評のボーダレス』水声社、二〇一三年、二九七〜三〇八頁。

*31 ベケットとスウィフトを比較したごく初期の研究として、以下のような論文がある。John Fletcher, 'Samuel Beckett et Jonathan Swift: vers une étude comparée,' *Annales de la Faculté des Lettres de Toulouse: Littératures X* (1962), 81-117.

*32 Swift, *Gulliver's Travels*, 134.

*33 Beckett, *Le Dépeupleur*, 10, 25, 55.

*34 See also Beckett, *Le Dépeupleur*, 54.

＊35 Beckett, UoR MS 1536/9, leaf 4.

＊36 Samuel Beckett, 'Dante... Bruno. Vico.. Joyce,' *Our Exagmination Round His Factification of Work in Progress* (London: Faber, 1961), 21.

＊37 エルンスト・ロベルト・クルツィウス「数にもとづく構成」『ヨーロッパ文学とラテン中世』南大路振一、岸本通夫、中村善也訳、みすず書房、一九九三年、七四二頁。

＊38 Beckett, *Le Dépeupleur*, 16.

＊39 Beckett, *Le Dépeupleur*, 15.

＊40 Beckett, *Le Dépeupleur*, 16.

＊41 'All things are numbers' (John Burnet, *Early Greek Philosophy*. London: Adam & Charles Black, 1906, 41).

＊42 Swift, *Gulliver's Travels*, 140-41. 拙訳による。

＊43 スウィフトにおける数の重要性に関しては、西山 徹『ジョナサン・スウィフトと重商主義』(岡山商科大学、二〇〇四年)を参照。

＊44 ベケットは「哲学ノート」の中で、ソクラテス以前の哲学者に関するメモを残しており、その中で、プロタゴラスの「人間は万物の尺度である」'Man is the measure of all things' という言葉を記している。TCD MS 10967/44-10967/45. See Matthew Feldman, *Falsifying Beckett: Essays on Archives, Philosophy, and Methodology in Beckett Studies* (Stuttgart: *ibidem*-Verlag, 2015), 136-37.

＊45 See Michel Foucault, *Les Mots et les choses* (Paris: Gallimard, 1994), 67, 85-91.

＊46 井上善幸「『人べらし役』における「小さな人々」」三〇八頁、註42参照。

＊47 その意味では、ベケットは『人べらし役』においてフーコーの唱える「生政治」の概念に近いものを描いているとみることができるかもしれない。See Michel Foucault, 'Cours du 17 mars 1976', « *Il faut défendre la société* » (Paris: Gallimard-Seuil, 1997), 212-35, esp. 215-16.

＊48 Beckett, *Le Dépeupleur*, 31-32.

＊49 Ruby Cohn, *Back to Beckett* (Princeton: Princeton UP, 1973), 258.

＊50　Samuel Beckett, Series III. Notebooks, 5/84, *Le dépeupleur* (II), Department of Special Collections, Olin Library, Washington University in St. Louis, US; Beckett, UoR MS 1536/10, leaf 4v.

＊51　Ernst Robert Curtius, *Europäische Literatur und Lateinisches Mittelalter* (Bern: A. Francke, 1948), 494.

＊52　James Knowlson, *Damned to Fame: The Life of Samuel Beckett* (London: Bloomsbury, 1996), 536.

＊53　Frances Yates, *The Art of Memory* (London: Routledge and Kegan Paul, 1966), 181.

＊54　Yates, *The Art of Memory*, 182-83.

＊55　G. W. Leibniz, *Die Philosophischen Schriften*. Herausgegeben von C. I. Gerhardt (Berlin: Weidmannsche Buchhandlung, 1890), Bd. VII, 184; Yates, *Art of Memory*, 380, 382.

＊56　Samuel Beckett, *Assez* (Paris: Minuit, 1966), 16-17. 拙訳による。

＊57　Beckett, *Assez*, 26.

＊58　'Tout en rampant le calcul mental' (Samuel Beckett, *Compagnie*. Paris: Minuit, 1980, 67).

＊59　Samuel Beckett, *Company* (London: Calder, 1980), 57.

＊60　Charles Krance, ed. *Samuel Beckett's* Company/Compagnie *and* A Piece of Monologue / Solo: *A Bilingual Variorum Edition* (New York: Garland Publishing, 1993), 16-17.

＊61　Beckett, *Company*, 18-19. 拙訳による。

＊62　Beckett, *Le Dépeupleur*, 9.

＊63　Michel Serres, *Le Système de Leibniz et ses modèles mathématiques* (Paris: P.U.F., 1968), 423; Louis Couturat, *La Logique de Leibniz d'après des documents inédits* (Paris: F. Alcan, 1901), 79. See also James Knowlson, *Universal Language Schemes in England and France 1600-1800* (Toronto: U of Toronto P, 1975), 109.

＊64　Beckett, *Proust*, 70. ベケットはショーペンハウアーの『意志と表象としての世界』を読み、おそらくライプニッツの書簡に現れる以下の言葉を知っていたはずである。'*Musica est exercitium arithmeticae occultum nescientis se numerare anima*'（音楽とは隠された算術の実践で、そこでは精神は自分が数を数えていることを知らないでいる）。See Arthur Schopenhauer, *The World as Will and Representation*, Vol. I, tr. E. F. J. Payne (New

York: Dover Publications, 1969), 256, 264.

＊65　Samuel Beckett, *The Lost Ones* (New York: Grove Press, 1972), 43-44; Beckett, *Le Dépeupleur*, 38-39; Beckett, *Murphy*, 111-13.『人べらし役』の草稿を見ると、ベケットはある段階で円筒の「壁の」という形容詞の代わりに、解剖学の用語である「頭頂部の」という語に書き換えており、この円筒内部が頭蓋内部の可能性を示唆している。See Beckett, UoR MS 1536/8, leaf 5.

＊66　'[T]he dark centre of the unconscious in the middle' (C. G. Jung, *Analytical Psychology*. London: Routledge & Kegan Paul, 1968, 82).

＊67　Beckett, *Le Dépeupleur*, 32.

＊68　Qtd. in Jacques Derrida, 'Freud et la scène de l'écriture,' *L'Écriture et la différence* (Paris: Seuil, 1967), 306-07. 拙訳による。

＊69　See Yoshiyuki Inoue, 'Little Animals in the Brain: Beckett's "porteurs de la mémoire,"' Mary Bryden, ed. *Beckett and Animals* (Cambridge: Cambridge UP, 2013), 99-100.

＊70　Beckett, *Le Dépeupleur*, 23.

＊71　二〇一一年、甲南女子大学にて開催された第38回ベケット研究会例会で、筆者の「後期ベケットにおける想像力について」の口頭発表に対し、有意義なコメントを下さった出席者の方すべてに感謝したい。とりわけ、森尚也には的確な批判をいただいた。記して感謝したい。

＊72　Swift, *Gulliver's Travels*, 154-56.

＊73　Beckett, *Le Dépeupleur*, 48.

物質性と非物質性のあいだ——『言葉と音楽』と『カスカンド』

対馬美千子

初期のベケットが言語に対して抱いていた懐疑は、彼の音楽への強い関心に結びついている。彼の芸術のマニフェストとも言える一九三七年のドイツ語の手紙を見ても、言語や文学に対する批判は、音楽への憧れとともに表明されている。この手紙の中で、彼は「私にとって私の言語はますます、その背後にあるもの(あるいは無)に達するために引き裂かなければならないヴェールのように感じられています」[*1]〔拙訳〕と書き、「公式の英語」、文法、文体への軽視を表している。そして音楽と絵画が「無」あるいは沈黙を表現する方法をすでに見出しているのに対して、文学は未だに「古くて怠惰なやり方」を手放すことができないと述べる。他の芸術に後れを取っている文学は、現状から抜け出すための方法を見つけ出し、「非言語の文学」("literature of the unword")をめざすべきだと主張する。「非言語の文学」とは、言語を通して言語を消去する逆説的試み、言語を使うことにより言語に「次から次へと穴をあけて、その背後に潜むもの——なにかであれ無であれ——が滲み出してくるようにする」〔拙訳〕試みである。さらにベケットは、このような文学のモデルをベートーヴェンの音楽のうちに見出し、次のように語る。「言葉の表面の手に負えない物質性が、例えば、巨大な間《ま》によって引き裂かれたベートーヴェンの交響曲第七番の音の表面のごとく解体され、その結果、すべてのページを通じて知覚できるのは、沈黙の測りえない深淵をつなぐ、目まいがするような高みに宙づりにされた音の軌道のみであるというようになってはならない理由があるのでしょうか」[*2]（拙訳）。これと同様の音楽を文学のモデルとみなす考えは、すでに処女長篇『並には勝る女たちの夢』（一九三二年執筆）の中で主人公ベラックワを通して表されている[*3]（二〇二、二三七〜八［二二三、二六二〜四］）。

このように、初期のベケットにとって、音楽は言語の限界を超える言語の理想的〈他者〉、あるいは彼のめざす文学の理想化されたモデルという側面をもっていた[*4]。ここでは、ベケットにおける言語と音楽の関係について考える一つの試みとして、彼の著作にあらわれる物質性と非物質性の観点から、二つのラジオ劇『言葉と音楽』、『カスカンド』の考察を行いたい。

1　言語の物質性と音楽の非物質性

一九三七年の手紙の中で言語批判を行う際にベケットが批判しているのは、言語のどのような側面なのだろうか。この手紙で「言葉の表面の手に負えない物質性が、例えば、巨大な間によって引き裂かれたベートーヴェンの交響曲第七番の音の表面のごとく解体される」べきだという考えが打ち出されているように、彼が批判しているのは「言葉の表面の手に負えない物質性」である。彼はここで「言葉の」と書いているが、それはベケットにとって、言語がその本質において、言語の背後にある語りえぬ何かの存在を覆い隠す壁のようなものとして存在していたことを示す。実際、ベケットは言語を「その背後にあるもの（あるいは無）に達するために引き裂かなければならないヴェール」、あるいは「仮面」とみなしている。このように考えると、「言葉の表面の手に負えない物質性」が意味するのは、言語が現象の世界に存在する事物や出来事を描写し、再・現前化《リプリゼント》する役割から完全に自由になることがないこと、そしてそれゆえに言語が「その背後にあるもの（あるいは無）」の存在を覆い隠す性質をもつことだと考えられる。[*5] ベケットは言語芸術家としての生涯を通じて、このような意味での言語の「手に負えない」物質性と格闘し続けたと言うことができるだろう。

　ベケットにとって音楽は言語の物質性を超える言語の理想的〈他者〉という側面をもっていた。『プルースト』の末尾において彼は音楽が「あらゆる芸術のうちでもっとも非物質的である芸術」だと述べている[*6]（九二［一九〇］）。このことは、ベケットが音楽を文学にとっての理想的なモデルであるとみなす際に念頭においていたのがその非物質性であったこと、また彼が音楽というモデルを通して非物質的な芸術の可能性を探ろうとしていたことを示している。同じ著作でベケットはショーペンハウアーの音楽観について、ショーペンハウアーにとって「音楽は《イデア》それ自体であって、現象の世界を知らず、宇宙の外にイデアとして存在し、《空間》のうちにではなく、《時間》のうちにおいてとらえられるものである」（九二［一八九］）と説明し、これに類似した体験をプルースト作品のうちに認めている。「ある一節でプルーストは、繰りかえし現われる神秘的な体験を、『純粋に音楽的な印象、非延長的で、まったく斬新《ざんしん》で、他のいかなる種類の印象にもあてはまらない……物質のない《シネ・マテリア》』と叙述している」（九三［一九〇］）。このようなところから、ベケットが非物質性を現象の世界からの独立、空間の不在、デカルト的延長の不在という観点から理解していることがわかる。また、彼が音楽の非物質的な性質が聴き手によって歪曲されることを取り上げて次のように非難する時、音楽の非物質的な性質がベケットにとっていかに重要であったかを私たちは知ることができる。

音楽のこの本質的な特性は、聴き手によってゆがめられてしまう。つまり、聴き手は、不純な主体であるがために、観念的、不可視的であるものに対して、かたちを与えることを主張し、《イデア》を、自分が適切な範例と考えるものに具象化することを主張するのである。こういうわけで、定義のうえからすると、オペラは、あらゆる芸術のうちでもっとも非物質的である音楽芸術が恐るべき堕落をした姿、ということになる。（九三［一八九〜九〇］）

このように「観念的、不可視的であるもの」という音楽の本質的特性を具象化すること、すなわち、音楽の物質化をベケットは厳しく批判するのである。

音楽が「あらゆる芸術のうちでもっとも非物質的である」というベケットの考えは、ショーペンハウアーの音楽論、とりわけ『意志と表象としての世界』における音楽論の影響を色濃く反映している。よく知られているように、ベケットは若い頃、ショーペンハウアーに傾倒しており、ショーペンハウアーの著作のうちに「不幸であることの知的な正当化」を見出していた。[*7]『プルースト』を含むベケットの初期作品は、ショーペンハウアーの著作、とりわけ『意志と表象としての世界』の影響下で書かれている。

『意志と表象としての世界』の中でショーペンハウアーは、音楽は他のあらゆる芸術と異なるものであり、またそれらに優るものである、なぜなら音楽は現象する世界の物質性から独立しており、意志の内的性質それ自体をじかに表現することができるからだと論じる。[*8]「音楽は現象するこの世界からさえ完全に独立し、端的に言って現象する世界を無視しているのであって、たとえこの世界がまったく存在しないとしても、音楽だけはある程度までは存在しうるとも考えられるほどなのである。こんなことはほかの芸術についてはけっして言えないことなのだ」[*9]。音楽が表現するのは、個々の現象ではなく、「意志という概念で考えられている世界の内奥の本質、世界それ自体」である[*10]。

音楽が表明しているものはけっして現象ではなく、ひとえに内面的な本質であり、あらゆる現象の即自態 das An-sich であり、意志そのものである。このことからもわかるように音楽はあれこれの個々の、特定の喜びとか、あれこれの悲哀とか、苦痛とか、驚愕とか、歓喜とか、愉快さとか、心の安らぎとかを表現しているわけではけっしてない。音楽が表現しているのは喜びというもの、悲哀というもの、苦痛というもの、驚愕というもの、歓喜というもの、愉快というもの、心の安らぎというものそれ自体なのである[*11]。

ショーペンハウアーにとって音楽は、素材や物質性への完全なる無関心によって特徴づけられるものである。例えば、ベートーヴェンの交響曲について次のように述べている。「この交響曲から人間のすべての情熱と情感が語りかける。無数のニュアンスをもって、喜び、悲しみ、愛、憎しみ、恐れ、希望等々が語りかける。しかし、これらのすべてはただ抽象的であり、あらゆる特殊性を欠いている。これらは、人間がそれぞれ持つ特殊の情熱や情感の単なる形式であり、幽鬼の世界に物質の裏づけがないように、素材を持っていない」[*12]。ショーペンハウアーは、音楽が世界、そして意志の運動それ自体の最も直接的な認識方式であると考える。だからこそ「音楽は現実の生活や世界の〔中略〕あらゆる情景の意義を、即座に高らかに引き立たせることができる」のである[*13]。このように、ショーペンハウアーは音楽が世界の物質的な事象から独立していると考える。『プルースト』の末尾（九二〜三［一八九〜九〇］）で示されるベケットの音楽観、彼の非物質的な芸術の探求は、このようなショーペンハウアーの音楽観にもとづくものだと考えられる。

2　芸術的媒体としてのラジオ

ベケットは音楽に憧れ、言語を攻撃しながらも、例外はあるにせよ、言語を用いることによって自身の作品を創り続けた。彼の試みは自らの物質性から完全には逃れることのできない言語を非物質的な方に近づける試みであったと言える。このようなベケットの試みから、彼のラジオ媒体の使用について考察することができるだろう。ブライデンは、「作家としての長い経歴を通じて、ベケットが長期にわたって創作上の境界に強い関心を持ち続けたことが確かめられる。その境界とは光と闇、可聴と不可聴、知覚可能と知覚不可能、そしてとりわけ、音と沈黙のあいだの境界である」と指摘する。[*14] これらの言葉に、私たちは、「物質性と非物質性のあいだ」という言葉を付け加えることができるだろう。ベケットは、芸術的媒体としてのラジオの特性を十分に生かすことにより、物質性と非物質性のあいだの境界上で作品を創ろうとしたと言える。

ラジオ媒体の実験的使用は、小説三部作と『反古草紙』を書いた後、停滞状態に陥っていたベケットに停滞から脱出するきっかけを与えた。一九五七年初放送の『すべて倒れんとする者』を皮切りに、ベケットのラジオ劇は英語、フランス語、ドイツ語で放送された。『残り火』が一九五九年、『言葉と音楽』が一九六二年にＢＢＣで初放送され、『カスカンド』は一九六三年にＲＴＦで初放送された。他に二つのラジオ劇、『ラジオ・ドラマ　下書きⅠ』と『ラジオ・ドラマ　下書きⅡ』が六〇年代初めに書かれ、後者は一九七六年に『ラジオ・ドラマ　下書き』としてBBCで放送された。[*15]

これらのラジオ劇においてベケットはラジオ媒体の新たな芸術的可能性を模索した。ラジオという媒体の特徴とは、物理的空間の不在である。R・マクドナルドは、ベケットはラジオにおいて「聴覚的現前と物理的不在のあいだに緊張を生み出すため視覚的次元の不在をうまく活用し、ラジオ媒体がもつこの世のものとは思えない性質を生かすことによって演劇形式の可能性を引き伸ばし、実験した」と書いている。[*16]ラジオでは私たちが実際に見ることのできる実在の世界は不在である。確かにラジオ作品の聴き手は頭の中で視覚的空間を想像するが、作品は実在の空間に存在するわけではない。また聴き手は声を聴くが、演劇の観客のように舞台上に俳優の身体を見ることはない。その意味において、ラジオ媒体はこの世のものとは思えない性質、はかない性質をもっていると言える。ここで『プルースト』の末尾においてベケットが音楽のうちに認めていた非物質性が、物理的空間あるいは空間的延長の不在に関連づけられて理解されていたことが思い起こされる。このようなベケットの非物質性についての理解を通してラジオ媒体について考えてみると、私たちはラジオの本質が非物質性にあると考えることができるだろう。ラジオ媒体における物理的空間の不在について述べてきたが、このことはラジオという媒体が聴き手に直接的に登場人物の自己の内部（あるいは、頭蓋の中）で生じるドラマを伝え、その内的プロセスを示す力をもつことに関係している。ベケットはラジオ作品において、現象の世界から離れた人間の内なる闇の領域に私たちを引き入れるというラジオ媒体の性質を巧みに使ったと言えるだろう。

3　『言葉と音楽』

では、ベケットのラジオ劇の中で、言葉と音楽の関係は物質性と非物質性のあいだの境界でどのように表現されているのだろうか。言語の物質性は音楽との関係においてどのように描かれているだろうか。二つの作品、『言葉と音楽』と『カスカンド』を通して考えてみたい。両作品は類似した構造をもっていて、言葉と音楽はそれぞれ独立した登場人物（『言葉と音楽』ではジョウとボブ、『カスカンド』では《声》と《音楽》）として現われる。また言葉と音楽を喚起する第三者の声（『言葉と音楽』ではクロウク、『カスカンド』では《開く人》）が聞こえてくる。

『言葉と音楽』は《言葉》と《音楽》、すなわちジョウとボブが主人のクロウクが来るのを待ちながら音合わせやリハーサルをしているところから始まる。冒頭から《言葉》は《音楽》に対する嫌悪を顕わにする。《音楽》の音合わせに苛立ち、《言葉》は《音楽》と一緒に暗闇の中に閉じ込められている自らの状況を呪う。そこにクロウクがスリッパを引きずる音とともにやって来る。彼は今晩の主題は「愛」だと告げ、棍棒で地面を激しく叩きながら、まず《言葉》に話すよう命じ、《言葉》は「愛」とは何かについて話し始める。ここで《言葉》が用いる言葉は、哲学的言語を思わせる抽象的で普遍的な言葉であり、ギリシア語のロゴスが表す言語と理性のつながりを具現するが、同時にそれはヒュー・ケナーが「学者ぶったくだらない話」[*17]と呼ぶナンセンスな言葉として提示される。クロウクは激しく棍棒で地面を叩きながら、今度は《音楽》に愛の主題を演奏するように命じる。《音楽》が表情たっぷりの音楽を美しい調子で奏でると《言葉》はうめき、抗議の声を発する。しかし《音楽》は大きくなり、《言葉》の抗議の声はかき消されてしまう。《言葉》は音楽をさえぎることに失敗するのである。《言葉》はこの後、「愛と言うとき、われわれは愛を意味しているでありましょうか？〔中略〕魂と言うとき、魂を意味しているでありましょうか？・」（二二九［一〇五］）と述べ[*18]、自分の行っていること自体に疑問を抱く。

次にクロウクは《言葉》と《音楽》に第二の主題である「老年」を与え、棍棒の激しい音とともに

「いっしょにやるんだ、犬どもめ！」と叫び、一緒に表現するよう命じる。それを受け、《音楽》は自分の後に続く《言葉》のために音楽の節を提示し、「老年」とは何かを描こうとする《言葉》をリードしていく。《言葉》の方も《音楽》のリードに素直に従い、《音楽》に合わせて歌おうと努力する。ここでは言語と音楽のあいだの調和、さらに音楽が言語化し、言語が音楽化するという相互変容の動きが認められる。

長い間《ま》のあとクロウクは、「顔」という言葉を四回つぶやく。《言葉》と《音楽》はこの言葉を第三の主題を表すものであるととらえ、まずは別々にこの主題を表現する。《音楽》は第二の主題の時のように《言葉》のために節を提示するのだが、《言葉》はそれを無視し、冷たい態度で、性交後であると考えられる女の顔を見る男の目について語り、女の顔を詳細に描写する。この描写は老人クロウクの頭に昔の愛人との失われた時を甦らせ、彼を苦しめる。実際、クロウクは苦しそうに「リリー！」とうめく。この時までに彼はすでに《言葉》と《音楽》のパフォーマンスを受動的に聴く存在となっており、もはや命令を下す存在ではない。《音楽》が上下する《乳房》の音楽を演奏し始めると、《言葉》は「黙れ！」とか「だめだ！」と抗議してそれを止めようとするが、またしても《言葉》はそれに失敗する。《音楽》の方は勝ち誇ったような終結部を奏でる。この《音楽》の勝利の後、《言葉》は目覚めていく女の顔の描写を再開し、女の目が開く瞬間について語る。そして詩的な調子で彼女の目の中にある「泉」をめざして下っていく目の動きを描き始める。C・ツィリアカスは、ここに『マーフィー』や『クラップの最後のテープ』にも見られる「目が、目の中に、目以上の何かを知覚しようとするモチーフ」を認めている。[*19] このあたりから《言葉》は再び《音楽》による節の提示に従うようになる。そして二人の努力がうまく調和し、《音楽》の伴奏で《言葉》が「泉」の詩／歌を歌うことになる。

さらに少しくだって
語るまでもない部分をよぎって
めざすはあの
まっ暗な、乞うことも
与えることも言葉も
感覚も必要もなくなるところ
屑の部分をよぎって
さらに少しくだって
ついにちらりと
あの泉がのぞくところへ。（一三三～四［一一五～六］）

物質性、非物質性の観点から考えると、この詩／歌は、物質的な事象を突き抜けて、言葉も感覚も必要もない領域、完全な闇が広がる非物質性の領域に向かう可能性を指し示すと考えられる。棍棒が落ちる音の後、クロウクはスリッパを引きずる足音とともに退出する。クロウクが去った後、《言葉》は《音楽》に再び演奏するよう懇願する。劇の最後で《言葉》が発する深いため息は、《言葉》の敗北、《音楽》の勝利を認めたことを示している。[*20] このラジオ劇では、《音楽》に対する《言葉》の態度は次第に変化していき、最後に《言葉》は《音楽》の優位、そして自らの限界を受け容れることとなる。

このように『言葉と音楽』は言語と音楽の関係を主題化している。この作品では、《言葉》、《音楽》

の両者は、現象の世界において知覚される個々の事物ではなく、「愛」や「老年」のような観念的な主題について表現するよう命じられるが、この務めを果たすことにおいて《言葉》は《音楽》をしのぐことはない。音楽が現象の世界から独立しているのに対し、言語は現象の世界の事物や出来事を再現するという性質を完全に免れることはないからである。そのような意味では、ショーペンハウアーが主張する言語に対する音楽の優位がこのラジオ劇において具現されているとも言えよう。ベケットはこの作品で、言語を音楽の非物質性との関係に置くことにより、言語の限界、すなわち一九三七年の手紙で述べた言語の物質性を浮きぼりにしようとしたと考えられる。

4 『カスカンド』

『カスカンド』では言葉と音楽はそれぞれ《声》、《音楽》と呼ばれる。《開く人》と呼ばれる第三者の声は《声》と《音楽》を別々に、あるいは同時に開いたり閉じたりする。《声》は二つの構成部分、「自己」と「物語」からなる。[*21]「自己」の部分は《声》による自己言及的な言葉から成り、そこで《声》は今度こそウォーバーンについての本物の物語を語り、語る行為を終えたいという欲望、すなわち、〈語りえぬもの〉を捉えたいという切なる欲望について語る。これは『名づけえぬもの』における語り手の欲望に類似している。例えば《声》は次のように言う。

——物語……それを終えられたら……おまえは休めるのに……眠れるのに……だがそれまでは……いやわかっている……わたしが終えたのは……千と一つのそのまた何倍も……やったのはそれだけ……わたしの人生で……わたしの人生とともに……思ったものだ……こいつを終えろ……これこそ

本物だ……そうしたら休める……眠れる……物語にもおさらば……言葉にもおさらば……だが終わってみると……そいつもよくない……休めるどころか……すぐもう一つ……始め……（一三七［二五三］）

もう一方で《声》は旅するウォーバーンの物語を語る。例えば次のように。

――降《くだ》る……ゆるい坂を……田舎の小道を……ポプラの大木……梢を渡る風……遠くに海……ウォーバーンは……いつもの古外套で……進み……止まる……誰も……まだいない……明るすぎる夜だ……ひとがなんと言おうと……進み……土手にしがみついて……いつもの古ステッキで……彼は降《くだ》り……転ぶ……わざとかどうか……わからない……地面にのびて……たいせつなのはそれだ……顔を泥に突っ込み……両腕を広げ……うまいぞ……（一三八［二五六］）

《声》の言葉は、このような「自己」と「物語」という二つの構成部分の交替によって成り立っている。作品が進むにつれて次第に「自己」の部分の割合が増え、「物語」の部分の割合が減ってくる。《声》は「物語」の部分ではウォーバーンの身体的動きの具体的特徴や具体的な場所、事物についての描写を行うが、「自己」の部分では現象する世界から切り離された自己の内面にある欲望について描写する。興味深いことに、「自己」の部分は指示対象となる内容が欠けているのだが、「物語」の部分よりも真実味が感じとれる。

ここで注意したいのは、「自己」の部分においてのみ《音楽》が《声》の語りに加わり、《声》と一緒に演奏するということである。ツィリアカスは「《声》は、《音楽》に結びつくことにおいて、非個別化される（de-particularized）。《声》が個別的な語りから離れれば離れるほど、《声》と《音楽》は調和する」[*22]と書いている。私たちの文脈では、《声》は、《音楽》と結びつくことにおいて、非物質化されると言えるだろう。[*23]『カスカンド』における《音楽》は、『言葉と音楽』に見られたように言語との関係において優位に立ち、言語に勝利するものではなく、《声》に寄り添いながら《声》の発する言葉の非個別化、あるいは非物質化を助けるものとして描かれている。

《開く人》はクロウクと異なり、《声》と《音楽》に話したり演奏するように命じることはない。彼が繰り返し行うのは、絶え間なく流れていると考えられる《声》と《音楽》の連続的流れを開いたり閉じたりすることである。S・コナーは、デリダを援用しながら、ベケットの晩年の散文作品を特徴づけるまばたきする目のイメージが「反省の時」、「言葉のあらゆる意味での réflexion（反射、反映、反省）の諸条件そのものにまで立ち帰っていく機会」、「見ること自体が見えるようになる」時に結びつくこと、さらにそれがベケットの「視覚の中にある瞬間的な反省的視覚を捉える試み」に関わることを示唆している。[*24]『カスカンド』における《開く人》の《声》と《音楽》の連続的流れを繰り返し切断する開閉の動きも、コナーの言う作品創造の諸条件そのものに立ち戻る反省的機会としてとらえることができるだろう。『カスカンド』という作品自体が、「反省の時」、創作過程における頭の内部の闇の中で生じる働きを振り返る機会であるという言うこともできる。実際ベケットはこの作品について、「これは取るに足らない作品ですが、私の捧げることのできる精一杯のものです。それはある意味で私の頭が働く時にはどんなことが起こっているのか、また作品を作り出す時にはどんなことが起こっているのかを確かに示していると思います[*25]」と述べている。

『言葉と音楽』が《言葉》と《音楽》のあいだの緊張関係を前景化する一方で、『カスカンド』は、作品を通じて繰り返される「今度こそ(this time)」という言葉が表すように、今度こそ〈語りえぬもの〉であるウォーバーンをつかまえ、本物の物語を語ることにより終点に到達したいという《声》の切なる願望、また果てしなく続くその試みの失敗を強調している。そして、このことを通して言語の限界を示していると言えるだろう。

＊

『言葉と音楽』、『カスカンド』の両作品とも、物質性と非物質性のあいだの境界で言語の有限性に立ち戻る。『言葉と音楽』は《言葉》を《音楽》と並べ、競わせることにより《言葉》の限界を示す。ここで《言葉》の限界とは、言語の物質性を意味する。このラジオ劇が示唆しているのは、音楽がショーペンハウアーの言う、「それ自体けっして直接的に表象せられ得ないところのある原型」[*26]を表現することができるのに対して、言語はそうすることができないということである。言語は現象の世界を再・現前化する機能から完全に離れることができず、語りえぬ何かを覆い隠してしまうという性質をもつ。このことはとくに《言葉》が最後に自らの敗北を認めるところに見られる。一方『カスカンド』では《声》は《音楽》の助けを借りて、少しずつ非物質化されていき、自己言及的になっていく。まさにこの動きにおいて、言葉は自らの有限性を顕わにする。《声》はウォーバーン、すなわち〈語りえぬもの〉をつかまえ、彼の物語を語ろうと必死の努力をするが、〈語りえぬもの〉に完全に到達することはできず失敗を繰り返すのみである。「今度こそ」は果てしなく反復される。

両方のラジオ劇において、ベケットは、言語を音楽と対照させて、言語の限界を浮き上がらせようとした。しかし、これは彼が単に言語批判を行っているということではない。ベケットが試みたのは、言語の限界を克服し、乗り越えることではなく、言語の限界に繰り返し立ち戻ることである。このような試みから私たちが受け取るのは、言語の有限性に立ち戻り、それを示すことによってのみ、言語は〈語りえぬもの〉に接近することができるという可能性である。

※本稿は二〇一一年八月に大阪大学で開催された International Federation for Theatre Research の年次大会において口頭発表した原稿 "On the Boundaries between Materiality and Immateriality: *Words and Music* and *Cascando*" をもとにしている。この発表原稿にもとづく論文 "Language and Music in Beckett's Two Radio Plays" は、筑波大学人文社会科学研究科現代語・現代文化専攻『論叢現代語・現代文化』Vol.15、八九〜一〇一頁、二〇一五年十月に掲載されている。なお、本論集に掲載するにあたり、引用させていただいた訳文は、部分的に変更した場合があることをお断りしておく。

注

＊1 Samuel Beckett, *Disjecta: Miscellaneous Writings and a Dramatic Fragment*, ed. Ruby Cohn (New York: Grove Press, 1984), 171.

＊2 *Ibid.*, 172.

＊3 Samuel Beckett, *Dream of Fair to Middling Women* (Dublin: The Black Cat Press, 1992).

＊4 Catherine Laws, "Beckett and Unheard Sound," *Beckett and Nothing: Trying to Understand Beckett*, ed. Daniela Caselli (Manchester: Manchester UP, 2010), 179-80参照。

＊5 言語の表面の「物質性」についての別の解釈の可能性も否めない。しかしここでは、初期のベケットがショーペンハウアーの音楽論の影響下にあったこと、その中でショーペンハウアーが「物質性」を現象の世界自体が有する性質ととらえていることから、ショーペンハウアーが言及する現象の世界の「物質性」と

密接に関わるものとして、言語の表面の「物質性」という言葉を理解する。

＊6　Samuel Beckett, *Proust and Three Dialogues with Georges Duthuit* (London: Calder, 1999). 以下、引用は同書によるものとする。

＊7　Samuel Beckett, *The Letters of Samuel Beckett 1929-1940*, eds. Martha Fehsenfeld and Lois Overbeck (Cambridge: Cambridge UP, 2009), 32-33.

＊8　ショーペンハウアーにとって、意志は「全自然の内奥の本質」を意味し、それは「盲目的に作用しているすべての自然力」や「人間の思慮深い行動」のうちに現象する。意志は、人間や動物の領域における諸現象だけでなく、「植物のうちに働き成長していく力」、「結晶を形成する力」、「磁力を北極に向ける力」、「あらゆる物質において強力に求引し石を地面に、地球を太陽に引きつける力」などに認められる。ショーペンハウアーは、すべての表象、すなわち客観は現象であるが、意志は「物自体」であり、「現象のあらゆる形式から完全に自由である」ことを強調する。ショーペンハウアー『意志と表象としての世界Ⅰ』西尾幹二訳、中央公論新社、二〇〇四年、二四二～三、二四八頁。

＊9　『意志と表象としての世界Ⅱ』、二〇八頁。

＊10　同書、二二五頁。

＊11　同書、二一七頁。

＊12　ショーペンハウアー『存在と苦悩』金森誠也編訳、白水社、二〇一〇年、二一三～四頁。この後ショーペンハウアーは私たちがベートーヴェンの交響曲を聴く際に空想の中でそれを具象化する傾向をもつことについて述べ、そのような聴き手の傾向について否定的な見解を示している（同書、二一四頁）。『プルースト』におけるベケットによる音楽の聴き手に対する批判はこのような考えに影響されていると考えられる。

＊13　『意志と表象としての世界Ⅱ』、二二一頁。

＊14　Mary Bryden, "Beckett and the Sound of Silence," *Samuel Beckett and Music*, ed. Mary Bryden (Oxford: Oxford UP, 1998), 39.

＊15　Rónán McDonald, *The Cambridge Introduction to Samuel Beckett* (Cambridge: Cambridge UP, 2006), 51 参照。

＊16　*Ibid.*, 52.

＊17　Hugh Kenner, *A Reader's Guide to Samuel Beckett* (Syracuse: Syracuse UP, 1973), 170.

＊18　Samuel Beckett, *Collected Shorter Plays* (London: Faber and Faber, 1984). 以下、引用は同書による。

＊19　Clas Zilliacus, *Beckett and Broadcasting: A Study of the Works of Samuel Beckett for and in Radio and Television* (Abo: Abo Akademi, 1976), 110.

＊20　ベケット自身、キャサリン・ワース、作曲家ハンフリー・サールらが手がけた『言葉と音楽』の新バージョンを聴いた際、「つねに音楽が勝利するのだ」とワースに語っている。Katharine Worth, "Words for Music Perhaps," Bryden, ed. *Samuel Beckett and Music*, 16.

＊21　Ruby Cohn, *A Beckett Canon* (Ann Arbor: The U of Michigan P, 2001), 272-73; Zilliacus, *Beckett and Broadcasting*, 129 参照。

＊22　Zilliacus, *Beckett and Broadcasting*, 136.

＊23　《音楽》と結びつく《声》の「自己」の部分が示すように、言語にも現象の世界から独立し、意識の内部の欲望や観念などを描きだすという非物質的な側面が認められる。ただ、言語はそのような側面だけをもつのではなく、現象の世界を再・現前化する機能を完全に免れることはない。

＊24　Steven Connor, "Between Theatre and Theory: *Long Observation of the Ray*," *The Ideal Core of the Onion: Reading Beckett Archives*, eds. John Pilling and Mary Bryden (Reading: Beckett International Foundation, 1992), 96-7. 「演劇と理論の間――『光線の長い観察』」田尻芳樹訳、『サミュエル・ベケットのヴィジョンと運動』（近藤耕人編）所収、未知谷、二〇〇五年、六三～四頁。

＊25　Zilliacus, *Beckett and Broadcasting*, 118に引用されている。

＊26　『意志と表象としての世界Ⅱ』、二〇六～七頁。

ベケットと精神分析

アンジェラ・ムアジャーニ　垣口由香 訳

一九六〇年代後半、ベケットに関する学位論文の執筆にのめり込んでいた私は、彼のとらえどころのないテクストを理解するための支えとして、精神分析理論へと傾倒していった。自分にとって最初の論文となったこの進行中の学位論文を、私は「喜劇のエディプス」（一九七〇）と呼んだ。ベケットのテクストが無意識の効果と精神分析への間接的言及を包摂していることは、私には否定できないことであった。そしてちょうど同じ頃、精神分析理論に言語学的、記号論的洞察が導入されたことで、この分野における新しい試みに刺激的な枠組みが提供された。しかし、皆が同じ考えというわけではないことをすぐに知ることとなる。私の経験した精神分析的読解風のあらゆるものに対する思いがけない抵抗は、結局は二つの大きな出来事によって和らいだわけではあるが。その一つは、複数のベケットの伝記が彼のすばらしい精神分析の教養に光を当てたことであり、もう一つは、対象関係論やそれ以外のポスト・クライン派の分析的思考、そしてポスト／構造主義的精神分析といった新しくて大胆な精神への侵入が、興奮を巻き起こしたことであった。[*1]

精神分析批評に対する抵抗は、作家や彼らの作り出した作中人物の示す諸症状を診断したり、主題を精神分析の概念と一致させたりといった、多くの「還元的」あるいは単純化と感じられる実践に基づいていた。還元的なものとしての「応用分析」批判に対抗するために、精神分析的読解の対象は、病跡や作品内容から「テクストの行為遂行性」と広く称されるものへと変化していった。テクストの生産と受容の相互作用に特権を与える点で、そのような読解は、被分析者の言葉に耳を傾けながら、お互いの意識間、無意識間、そしてこれらの位相をつなぐ回路の間に何らかの共鳴を見つけようとする分析家と似ている。[*2] ベケットの精神分析的教養や、たくさんの分析的方法論および解釈を紹介するにしたがって、「応用分析」の半ば禁じられた快感は容易に否定されるものではないということが明らかになるであろう。

ベケットの精神分析の教養と間テクスト性

伝記から周知の通り、ベケットは一九三三年に亡くなった父親の死を悼みつつ、ロンドンのタヴィストック診療所で次第に強まっていく衰弱性諸症状の治療法を探していた。彼は結局ウィルフレッド・R・ビオンとの治療を二年間続けたわけだが、今でこそ精神分析理論に関するビオンの後期著作はその領域で最も優れかつ独創的なものの一つと考えられているものの、当時のビオンはまだ駆け出しの精神療法士に過ぎなかった。[*3] ベケットによって幾度も言及されることとなる子宮内幽閉の記憶は、ビオンとの治療中に表面化したものである。傲慢な優越感や内向的で孤立しがちな性癖から、ベケットが自分のぞっとする諸症状の原因を「生きることの否定」に帰する際、この療法士の見解を多少なりとも反映していないとしたら、それは驚くべきことであろう。[*4] ベケットの伝記作家たちによって詳細に記録されているのは、母親メイとの厄介な関係である。ベケット自身、トマス・マグリーヴィへ宛てた一九三七年の手紙の中で、「彼女の激しい愛し方」が自分をこんな風にしてしまったと書いている。後年ベケットは、ビオンとの分析がパニックを抑え、自分の行動や感情をより良く理解するのにおそらくは役立ったと結論づけるに至った。[*5]

治療期間中にベケットが記した心理学と精神分析理論に関する読書ノートが、作家の死後初めて発見された。他方で、治療に関するメモはどうやら失われてしまったらしい。[*6] ベケットが治療期にオットー・ランクの『出生時外傷』を読んでいたという比較的最近の発見は、何十年もの間読者を悩ませ続けてきた子宮内存在や子宮からの娩出、失敗に終わる死への出産といった事柄の、ベケットによる小説および演劇における再現を解明するのに一役買っている。[*7]『並には勝る女たちの夢』を執筆した二、三年後に『出生時外傷』を読んだベケットは、精神において融合する誕生前および死後の無時間性という自身の着想――「墓胎化して暗くなった精神」、「墓と母胎の影、そこでは彼の死者と彼の未生児の霊が外に出てくることがふさわしいのだ」――が、ランクの認識と一致していることに驚いたことであろう。[*8]ランク（一九五七）にとっては、死への前進が子宮への退行と一致する、あるいは死後の未来が誕生前の過去への回帰とみなされるこの幻想（phantasy）は、出生時の分離という心的外傷を癒す試みである。[*9]

若きベケットとフロイトの弟子（ランクが出生時外傷についての本を書いた当時、彼はまだフロイトの弟子であった）の一致は、アルトゥル・ショーペンハウアーの涅槃《ニルヴァーナ》という概念が二十世紀初頭の作家や芸術家、精神分析思想家に与えた広範な影響によって説明し得る。ヒンドゥー教や仏教に由来するショーペンハウアーの涅槃は幻影的内的自己（意志の一部）を措定しているのだが、その幻影的内的自己とは究極的に不可知で、未生児および死者と同じ無時間性を有するものである。この哲学者は、この失われた非在（*Nichtseins*）の楽園が我々の終わりなきノスタルジアの対象であることを示唆している。[*10] フロイトは、涅槃／快感原則を死の欲動によるゼロへの回帰衝動と関連させるにあたり、ショーペンハウアーに負っていることを自覚している。[*11] ランクはこれらの影響を結合させ、涅槃を「快感的無、子宮状態」と呼んだ。[*12] ベケットは、「楽しいなどという言葉では言いつくせない楽しさであった」とする、精神における「暗く」て「意志のない」無限を芸術の受胎空間とみなすことで、他の作家や芸術家の仲間に加わった。[*13] ベケットの（『マーフィー』後の）テクストが、常に先送りにされる無への回帰を熱狂的に讃美しつつ、死への出産を遂げようと繰り返し試みては失敗するのも、空間（と時間）の外にあるこの精神の場所からである。

一九二〇年まで遡るフロイトの『快感原則の彼岸』が、ベケットのフロイトの間テクストの中で最も重要なものの一つであることは疑いようもない。この本の中でフロイトは、涅槃／快感原則と反復強迫の両方を死の欲動に結びつけ、彼の孫息子が母親と自己からの分離（後者は鏡の中で現れたり消えたりすることによる）を繰り返し再現したいない／いた遊戯について述べてもいる。[*14] ベケットがこのテクストを気に入っていたことは、『マーフィー』と『モロイ』における快感原則への直接的あるいは間接的言及や、作品におけるいない／いた遊戯の反復的テクスト実演から明らかである。[*15] さらに、ランクとベケットは両者ともに石および石への変身を快感と死に結びつけることで、フロイトが有機体に生得のものとみなした「無機的状態への回帰」衝動をそっくり繰り返してもいる。[*16]『モロイ』、『ゴドー』、『オハイオ即興劇』、『見ちがい言いちがい』（これらのみ挙げておく）においてモチーフとしての石が詩的変容を遂げる中、ベケットは『快感原則の彼岸』へのオマージュを維持し続けており、フロイトの他のテクストとは異なり、このテクストに対しては皮肉なあざけりによって距離を置くということはなかった。[*17]

ビオンとの治療期間中にベケットが綴っていた、精神分析に関するタイプ原稿から知られているように、ベケットは、フロイトが『続精神分析入門講義』で提唱した、エス、自我、および超自我に関する考察を要約し、これら三つの相互浸透する精神領域への人格の分裂を描いたフロイトのスケッチを自分のノートに書き写した。[*18] この頁の超自我の機能――自己観察、良心、そして自我理想の維持――に関するベケットの要約はとりわけ鋭く、その後の彼の作品における数多くの超自我への間接的言及を予示するものである。フロイトと同様にベケットも、自我が三人の主人に仕える必要性と、結果として生じる不安の類型――外的世界との関係における現実的不安、超自我との関係における道徳的不安、エスとの関係における神経症的不安――を強調した。[*19] 精神分析についてベケットが記録したメモの大部分は、アーネスト・ジョーンズの『精神分析論集』におけるフロイト理論序説にあてられている。[*20] ベケットの後期作品にとってとりわけ重要なのは、これらのメモの中で彼が示した、フロイトの象徴化理論ならびに、圧縮、置き換え、そして劇化を含む夢と夢のメカニズム理論に対する細心の注意である。[*21] 実際のところ、ベケットが『モロイ』でフロイトの夢のメカニズムを稼動させていることは、〔論者が論文を執筆していた〕当時これらのメモを利用できなくとも、私には明らかなことであった。[*22] 同時にベケットは、無意識についても広範なメモをとっていた。[*23]

ベケットの一九三〇年代以降の作品には、次第に、無意識の内的胎動の母および父のメタファーへの翻訳や、エディプス的比喩表現の取り消し、あるいはそこに含まれる虚偽の暴露が見受けられるようになる。前者は父母への抵抗に等しく、後者は命名不能性や匿名性、不確定性の方向へと向かう（このことについては後に詳述する）。ランク〔の一九五七年論文〕を間テクストとして評価する理由の一つは、ベケットの後期散文および演劇にこだまする、数多くの母のメタファーであり、代理対象であり、遊びの形式である。[*24] ランクの美学に対する考えもまた、ベケットによる、ときに詩的、ときに遊戯的、そしてときには風刺的あるいは反語的な、母のメタファー形成、要するに究極的に思考されないものの代理形成を理解するのに有益である。ランク(一九五七)は、出生時外傷を克服し分離不安を癒すための反復的試みを、子供や芸術家による代理対象の遊戯的生産ならびに分離と再結合の別の形での再現に関連づけるにあたり、例えばドナルド・W・ウィニコット(一九七一)の移行対象や遊びの理論のような、対象関係論におけるその後の発展を見通しているばかりか、『快感原則の彼岸』へと立ち戻ってもいる。

ベケット批評家たちによって随分前から知られ、頻繁に引用されているのは、ベケットがビオンとともに出席した、タヴィストック診療所でのカール・G・ユングの講演でなされた主張に、ベケットが与えた重要性である。自身の早世を知らせる元型夢を見たとされるある少女についての、「彼女は完全には生まれていなかった」というユングの言葉は、『ワット』に付された補遺を始め、たくさんの後期作品にも直接的あるいは間接的にこだまするものである。[*25] その二十五年ほど後のローレンス・ハーヴィーとの対談の中でベケットは、ユングの言葉を自分自身に対して用い、「代理としての存在」について、また「未発達で胎児的な存在、生まれて来たはずなのに決して生まれなかった自己、要は生まれ損ない」であるという直観について語っている。[*26]

ノウルソンによる伝記(一九九六)の出版直前に完成された二冊の本は、ベケットの精神分析の間テクスト性に傾注している。ジェイムズ・D・オハラ(一九九七)は、ベケットは一九五七年以前の多くの作品の拠り所としてユングとフロイトのテクストを用いたと論じる。オハラの引用する具体的論文がベケットの念頭にあった実際の典拠資料なのか、それとも間テクストなのか——間テクストであるならば、この問題は未解決のまま留保される——ははっきりしない。しかしそれでも、彼が収集したユング、フロイト、ベケット、およびそれ以外の互いに交差し合う哲学・文学テクストは、巧みに、そしてしばしば機知に富んだやり方で、分析的洞察を求めて精査されている。さらにオハラは、『モロイ』における二人の自分語りの語り手を治療の必要な患者と診断するにあたり、この行為の「応用的」性質を認識してもいる。[*27] モロイが個体化の達成に失敗する典型的ユング患者として描出される一方で、フロイト的モランは「自己愛的精神神経症」を患う患者である。[*28] 結論でオハラは、精神分析の創始者をその弟子と対立させた論争において、ベケットがユングよりもフロイト側に立っていたことを認めている。[*29] もう一つの間テクスト性研究では、フィル・ベイカー（一九九七）が、ベケットは「引用」という戦略によって、実際には精神分析を「神話」に転換することにより、精神分析の間テクスト性から距離を置いていると主張する。ベイカーの概して主題的なアプローチにおいてすら、この主張を一貫して支持することは難しい。それでもなお、彼が精神分析的物語《ナラティブ》（その大部分はフロイトとランクによる）をベケットのモチーフと広く対応させたことは、それが先行の批評家による仕事の反復であっても、ベケット作品における精神分析的着想についての知的概要を与えるものである。

フロイト、ユング、ラカンに加え、一九三〇年代半ばのベケットの精神分析関連のメモからは、カーリン・スティーブンの『精神分析と医学——病む意志の研究』（一九三三）を通じて、ベケットがメラニー・クラインの諸理論に通じていたことが分かっている。リーナ・キムは、スティーブンが同書で紹介したクラインの概念が、ベケットのメモへと辿り着いたものと指摘している。[*30] ベケットはこの時期に、クラインの有名な『こどもの精神分析』（英語版、一九三二）にも目を通したのかも知れない。この本の第一章から、後に彼は『しあわせな日々』のミリーとねずみの話を作り出した。[*31] 加えて、ベケットの書き留めた、ヴィルヘルム・シュテーケルの『精神分析と暗示療法』（一九二三）に関する短いメモ（三分の一頁分）と、アルフレート・アドラーの『神経症の構造』（一九三〇）および『個人心理学の実践と理論』（一九二三）に関するより長いメモは、ベケットの後期テクストにその痕跡をとどめている。[*32]

ベケットとビオンとポスト・クライン派

ベケットがビオンの精神療法を受けていたことが知られるようになると、たくさんの精神分析家や批評家がベケットの表現形式と精神分析的状況を比較し始めた。謎めいた沈黙の聞き手に向けて言葉を吐き出す『わたしじゃない』の身体なき「口」は、多くの者にとって、精神分析のセッションを想起させるものとなった。ベケットがビオンとの分析の特定の局面を自身の作品に置換している、と考える者もいた。数ある影響力のある著書の中でも、とりわけフロイトの自己分析に関する研究書を著した高名なフランスの精神分析学者、ディディエ・アンジュー（一九八九b、一九九二）の考えでは、『ワット』から『事の次第』に至るまで、ベケットは自己分析小説という形でビオンとの中断された精神療法を追い求めた。[*33] ジャン＝ミシェル・ラバテ（一九八四）はより具体的に、『マーフィー』における数多くの間接的言及の跡を、ビオンとの精神療法と、その当時ベケットが読んでいた心理学および精神分析関連書籍に求めている。友人、敵、家族、自己、さらには文学や神話上の人物を断片的に混ぜ合わせるという、ベケットが多くの作家と共有する虚構的混合物の案出実践、ならびに『マーフィー』がベケットの数年に及ぶ治療期間中にちょうど執筆中のテクストであったという事実は、ビオンの一部分がマーフィーの師であるニアリーの形成に入り込んだとするラバテの見解に信憑性を与えるものである。[*34]

ラバテ（一九八四）による作中人物の同定を支持するもう一つの論拠は、一九三一年に出版されたロバート・S・ウッドワースの『心理学の現代諸学派』からベケットも読み知っていたゲシュタルト派心理学者達によって喧伝された、反転可能な視点へ寄せられたビオンの関心である。[*35] ビオンはこの図《フィギュア》と地《グラウンド》の反転を、自身の臨床経験や理論的研究、さらには創作活動のあらゆる面に組み入れた。[*36] マーフィーに対し「あらゆる生は形相《フィギュア》と土台《グラウンド》だよ」とニアリーに宣言させるとき、ベケットは、ビオンと同じくらい気に入っていたものと思われる視覚表象化の一形態に言及している。[*37] 実際、ベケットの数あるテクスト上の視点反転の中では、とりわけ『モロイ』第一部および第二部における、エディプス的父と母のイマーゴと深く結びついた図と地の揺らぎが、最も壮観なものの一つである。[*38] 驚くべき類似であるが、ビオンは、彼の被分析者の一人が差し出された解釈にぼんやりとした様子で向き合う際に、エディプス神話に関連する激しい苦痛を避けるために視点を反転させていると仮定する。[*39] ここでは誰が誰の説明をしているのであろうか。これもまた図と地の問題なのだろうか。

　ベケットとビオンが数年にわたりどの程度互いに影響を与えあったのかは、論争の種である。一九三五年以降は彼らに個人的ないし仕事上の付き合いはもはやなかったことは知られているが、彼らがその後のお互いの出版物にどの程度通じていたのかは分かっていない。[*40] アンジュー（一九八九b）とハーバード大学の精神分析家ベネット・サイモン（一九八八）はともに、ビオンが一九五〇年の論文の中で述べている「想像上の双子」幻想はベケットとの治療に基づくものであった、との仮説を立てている。[*41]「想像上の双子」論文について一九六七年に書かれた解説の中でビオン自身が述べているように、「患者本人あるいはその患者を知っている誰かが、それ［「想像上の双子」論文］が言っているのは彼のことだと考えないように」、ビオンは問題の患者の過去を歪曲した。[*42] 同定は避けられないと感じつつ、元々の論文には三人の患者（A、B、C）がいるにもかかわらず一人の患者にしか言及しないことで、ビオンはあえて、ベケット的人物のように、あれやこれやの断片を寄せ集めて作られた合成患者の正体を特定してみよ、と読者に挑んでいるのである。サイモン（一九八八）もアンジューもラバテも皆、このかつての分析者と被分析者の間には、無意識の「黙認」あるいは「相応」があることを認めている。[*43] ベケットが精神的破綻に適応するために独自の強迫的形式実験を行ったのと同じように、未熟な精神療法家であった最初の数年間にまで遡る未解決の問題を再考し再構成するために、ビオンがその後の自身の分析経験と理論的洗練を強迫的とすら言える程に繰り返し利用したのも無理からぬことと思われる。その過程において、彼らによる共通経験の変形が家族的雰囲気を醸すことは必至であった。

ロイス・オッペンハイム（二〇〇二）が主張するように、このような仮説は推測の域を出ないものである。とは言え、間接的証拠ならば、ビオンの論文とベケット自身による未生の双子ドラマの強迫的再現との間に見られる著しい類似に求めることができる。ビオンは一九四五年から一九五三年まで一緒に分析を行っていたメラニー・クラインの理論に依拠しつつ、彼の患者がその誕生を妨げ、また逆にその患者の誕生を阻止していた非在の双子とは、要するに、患者が排除するために分析家に投影した患者自身の人格の邪悪な分裂部であったと推断する。[*44] この患者は、子供の遊びにおける芸術の起源論を考慮に入れるならば、首尾よく（あるいは巧みにと言い添えても良いであろう）分裂部を人格化することに成功した。ビオンは、患者の人格化に耳を傾けることを「子供との遊戯療法セッションを観察すること」になぞらえる。[*45] その一方でベケットは、ローレンス・ハーヴィーに用いたのと似た言葉で、生まれていないという感覚や、自分の誕生前に殺された、自分が生き返らせなければならない内的存在との同一化について、シャルル・ジュリエに語っている。[*46] この果たすべき務めは、美学的観点から見ると、ベケットが芸術家にとって唯一可能とみなした肯定命題、すなわち「形なきものに形を与えること」に相応するものである。[*47]

ベケットの一九七〇年代初頭まで遡る『また終わるために』所収の「すかしっぺ 三」（「遠くに鳥が」

を指す」と「すかしっぺ　四」「「（おれは生まれる前から…）」を指す」は、話者である「おれ」が、「おぎゃあと泣いた」者の内なる未生の双子であることを示唆している。[*48] 生まれたのは自分ではなく彼、すなわち自分の双子の片割れであった、とこれらの話者は主張しているのであり、これは要するに、同時期に書かれた『わたしじゃない』の「口」が唱える反復句「だれですって？……ちがうわ！……彼女よ！」と同じである。[*49] この劇に関しては、ベケットが自分自身と同一化するとともに、馴染みの空想（fantasy）へと成長を遂げた、ユングの生まれていない少女が想起される。しかし、それよりもはるかに相応しいのは、「［患者の］内部から回復され、彼の両目による吟味にさらされるべき」対象とビオンが評する「傷ついた少女」である。[*50] 論評されることの多い、『ワット』以降に続く身体の開口部――目、口、膣、肛門――の混同、およびそれら開口部の産道への象徴的圧縮を継承する『わたしじゃない』は、目と耳による吟味に対して、双子の片割れがやり損なった誕生をほのめかしたり、「おぎゃあと泣いた」りする物言う口を差出している。[*51] ビオンに類似を見出すのは難しいことではない。一九七五年に出版されたビオンの小説『夢』では、一人称の語り手が身体内部から見た自分の口の「愉快な」眺めを想像する。消化管を望遠鏡として使用することで、語り手は尻の穴から「歯や扁桃腺や舌で込み入った口」に焦点を合わせることができたのである。[*52] ビオンの思考はベケット演劇の解明に役立ち、逆にベケット演劇はビオンの小説の解釈を助けてくれる。

『わたしじゃない』の十年程前に書かれたラジオ劇がすでに、精神分析的状況を失敗に終わる出産としてパロディー化している。『ラジオ・ドラマ　下書きII』において患者フォックスは、（クライン風の）グロテスクな結合親に偽装した、罰する人としての分析家に対して、「おれの内部の兄弟、おれの古なじみの双生児《ふたご》の弟」について語る。[*53] 面白可笑しく揶揄されるのも、分析家が前回のセッション記録を理解しようとする様である。ポール・ローリーはその見事な『ラジオ・ドラマ　下書き』読解（一九八九）において、この劇の男性による妊娠と妨げられた自己出産をベケットの「不完全な存在、発話、創作過程」への多大な関心と結びつけながら、反転された視点の具体的な諸例を見出している。想像上の双子のこれら具体的劇化の他にも、サムとワット二人組のワットや、モロイとモラン二人組のモロイ、『事の次第』を通して聞こえてくる別の小説の語り声、『あしおと』や『ロッカバイ』だけでなく、『伴侶』および『オハイオ即興劇』、『あのとき』、『モノローグ一片』といった後期演劇作品中の話し声が、次第に幽霊めいてゆく未生の双子、もしくは人格の分裂部を暗示している。この未生の双子ないし人格の分裂部は産声を上げ損なうか、あるいは後期作品においては、誕生した双子の片割れが死へと消えゆくのを覆い隠し損なうかのどちらかである。

　面白いことに、一九八二年の『カタストロフィ』で主人公を可視化／拷問する、演出家とアシスタントの二人組は、それより前に書かれた『ラジオ・ドラマ　下書き』の破滅的出産の筋書きと美学的創造力学の交差を思い起こさせる。暴力の行使があからさまに政治的な状況と連結される演劇作品の精神分析的サブテクストを指摘することで、容易に私は、ベケットのテクストにおける書かれた言葉《テクスト》の積み重ね、あるいは幾重にも折り畳まれた解釈層に焦点を合わせることができる。精神分析的読解の境界は、これら解釈層と必然的に重なり合う。誕生と死、愛と破壊といったベケット的双子化は心的サブテクストであり、このサブテクストはメタフィクションやメタ演劇といった手法における、テクストそれ自体の出産のしくじりと深く結びついている。子宮化され、墓場化された精神の劇場内を動き回る幽霊的存在は、制度上の必要によって儀式的反復が強いられる劇場という場で、自身の双子の幻影によって二重化される。そして次には、幽霊的存在とその双子の幻影は両者ともに、歴史的時間と空間における社会／政治的相互作用からなる外的世界と相互連関する。要は、視点が反転され得るのだ。これらの筋書きが精神分析的状況のアナロジーとなったり、存在論的かつ神秘主義的問題と神秘的解釈風に接続したりするように、交差はそこで終わらない――知っての通り、ベケットにおいては何ものも終わらないのである。そしてこのすべてが言語母体、もしくはパフォーマンスそのものおよびそれが意識的、無意識的、社会的な位置づけに与える広範な影響からなる物質的テクスト性に包摂されている。さらには、この言語母体あるいは物質的テクスト性が虚無と未知なるものに覆われている。要するに、視点が反転され得るのである。ならば、遊戯性とユーモアについてはどうであろう？　このすべてを組み立て構成しているのが遊戯性とユーモアではなかろうか？

双子論文の終わりでビオンは、精神的発達と思考における視覚の役割を、魅惑的な方法で問題の患者へのエディプス状況の出現と接続させる。[*54] この主題は、その患者に起因する、二人の「目の男」――そのうちの一人をビオンは「眼科外科医」と呼んだ――についての「ある連想」に部分的に基づくものであり、傷ついた対象を自分の目と知性の吟味にさらそうとする患者の意図に関連している。[*55] ベケット作品における自己と（主体の内部および外部の）他者の拷問関係においては、構造化し、位置決定する装置としての視覚の役割に加え、マーフィーの「外科的特性」が思い起こされる。[*56] 傷ついた対象を可視化することは、内的混沌に対する目に見える形式を見出し損なおうとする、ベケットの絶えず更新される試みへの興味深いアプローチ法である。すでに見てきたように、反転可能な視点とは、ベケットが視覚の安定性に疑義を唱えるための方法の一つなのだ。図と地、内部と外部、中身と容器、イメージとフレームは、ビオンが示唆するように、おそらくは精神的苦痛への一つの対処法として焦点の内と外を行ったり来たり振動するのである。[*57]

私の考えでは、ビオンの初期論文におけるクライン理論との部分的一致が、この分析家と彼の最初期の患者に見られる類似を説明するもう一つの理由である。ビオンは、例えば彼が「連結への攻撃」と呼んだ構成概念を発展させるにあたり、クラインの投影性同一化だけでなく、結合親の身体とそれが含む部分対象に対する羨望に基づく早期攻撃性幻想に関する彼女の記述を利用してもいる。[*58] ベケットが『マーフィー』執筆時にはすでに、クラインの思想と遊びの技巧を知っていたのはまず間違いなく、作中のマーフィーの精神の第一層には「ばらばらになった玩具のように分解した肉体の世界」が包含されている。[*59] 加えて、『ラジオ・ドラマ 下書き』におけるクラインの結合親幻想の利用も、ベケットの著作における多くの例の一つに過ぎない。[*60]

ビオンの「連結への攻撃」とは、「ある対象を別の対象と連結する機能を有していると感じられるあらゆるもの」に対する激しい攻撃のことである。[*61] そのような破壊性は精神的発達と言語思考、および良い対象の摂取能力を抑制する。アンジューにとってベケットの『ワット』は、関係性の欠如と言葉の意味の破壊をもって、ビオンの連結への攻撃をはっきりと表現した最初の小説である。[*62] 偶発的な関連において、オッペンハイムは、しばしば引用されるベケットのアクセル・カウン宛の一九三七年の手紙が、独自のプログラムに従った「言葉への攻撃」を有しており、ビオンの言語思考への攻撃を思い起こさせると主張している。[*63] けれども、ベケットによる言葉の連射、あるいは言葉をもってする彼の「世界の非言語化」は、連結の破壊の失敗と連結の創出の失敗の間に危なげに配された一過程である。[*64] 換言すると、ローリーが物語と親子関係についての論文で書いているように、「発話は、自ら破壊したものを修復するという不可能な仕事を担っている」のである。[*65]

この限られた紙幅では、ビオンの思想の豊かさと、そのベケットの執筆・演劇実践との共鳴のごく一部を示せたに過ぎない。この二人のつながりの探求（その解明は明らかに双方に利するものである）に興味のある読者には、ビオンや、先に引用した解釈学者らによる著書に加え、深く反応的方法でビオンとともにベケットを読み、ベケットの執筆空間とその虚無との関係をビオンならびにデリダ的観点から再概念化しているキアラン・ロスによる論文を推奨する。[*66]

アンジューは自身のベケットへの執着の原点を、ジャック・ラカンとともに精神分析に携わっていた時期にあたる一九五三年の『ゴドー』公演に見出しているが、ベケットについて書くために、彼はほぼ例外なくフロイト、ビオン、ウィニコット、そして彼自身による理論的詳説に拠っている。[*67] そして次には、他のベケット批評家がアンジューの皮膚自我概念（アンジュー 一九八九a）、要は身体自我と外的世界の間に位置する幻想的中間領域という概念を利用した。皮膚自我にとって、子宮内あるいは共通皮膚による母親との融合を思い出させる保護的包み込み幻想は分離不安から身を守るものである。他方で、傷ついた皮膚幻想は、母の包み込み（皮膚、声、律動、色）からの引き離しを再現する。[*68]

アンジューに加え他の者たちも、ベケットの外国語使用を説明したり、ベケットの劇や散文を考察したりするのに、名高い遊びの理論家D・W・ウィニコットその人、および彼の「可能性空間」や「移行現象」といった概念に依拠している。[*69] ウィニコットは、遊びの可能性と遊びの文化的生産性の拡大は、赤ん坊と世話人、一般的には彼が「わたし」と「わたしでない者」と呼ぶ二者の間の中間的空間によって決まると仮定している。この逆説的遊びの空間は夢のような内的空間でもなければ、社会的に共有される外的空間でもない。そうではなくて、その両方なのである。「わたし」の「わたしでない者」との関係は共生的でも分離的でもなく、その両方であり、この同じ逆説的パターンの後には「わたし」の錯覚としての全能感と脱錯覚が続く（ウィニコット 一九七一）。著名な英国の精神分析家パトリック・ケースメントは、ベケットのフランス語執筆を「可能性空間」に位置づけている。[*70] この「可能性空間」とは、外的母、内的母、そして虚構の母との関係において解消されないままに残された問題を、ベケットが「遊び尽くす」ことを可能にする空間である。ベケットの英語への自己翻訳もまた、彼の遊ぶ能力を回復させる手段である。[*71] アンジューにとっても同様に、ベケットの主要問題は創造性という移行空間と考えられた。[*72] アンジューは、ウィニコットの移行空間を自身の皮膚自我概念と融合させ、ベケットは執筆言語をフランス語に変えることで、共通の皮膚と律動に包み込まれた原初的状態への回帰を喚起させつつも、逆説的に、有毒な被膜のように彼を閉じ込めていた母の痕跡を一掃することができた、と仮定している。[*73] ウィニコットの仕事に依拠する研究が比較的少ないことを考慮すれば、研究者らが、例えばロス（一九九二）やガブリエル・シュワブの「移行テクスト」としての『名づけえぬもの』読解が示唆しているような、才気あふれる可能性に、立脚するよう奨励されることが望まれる。[*74]

ベケットとポスト構造主義的行為遂行性

ポスト構造主義的精神分析を利用する一つの理由はおそらくは知的流行という魅力であろうが、言語学や人類学、記号学、現象学から導入された用語でもって、精神について再考するという刺激的な可能性が一役買っていることは間違いない。ここでは、ベケット批評がジャック・ラカンによって試みられたフロイト精神分析の言語学的・哲学的修正に影響され、紆余曲折してきた過程についていくらか導入的見解を述べるに留めよう。[*75] ラカンによる再理論化の中で最も人気のあるものは、一次的ナルシシズムの、生後六ヶ月から十八ヶ月にあたる「鏡像段階」への転換である。[*76] ベケットのテクスト上の鏡や二重化、未統合な形式は、他者としてのわたし（自己疎外）並びに、一方では身体的全体性、他方では身体的断片化と解体からなる仮想マリオネットの摂取と投影という、鏡像段階の本質的機構を反映している。[*77]
鏡像段階が鏡を見る主体を有しているのに対し、ウィニコットは前鏡像段階という、最初の世話人に見つめられ、抱かれることによって、幼児が自己像と情緒を発達させる段階を提唱している。[*78] 子供の最初の鏡として機能するのは、大抵は母親の顔と手である。ラカンも一九三〇年代半ばに初めて鏡像段階を理論化してから三十年後には、モーリス・メルロ＝ポンティを始めとする現象学に依拠しつつ、見る主体から眼差しの対象としての主体機構へと焦点を移した。[*79] 視覚テクストが眼差しによって見る者を位置づけるそのやり方は、芸術・映画理論において広く探求される問題となった。この問題に対するラカンの切り口は、眼差しを原初的母のイマーゴ、あるいは対象a（以下を参照のこと）と同一化させることであった。実験映画制作者であり理論家でもあるピーター・ジダル（一九八六）は、ラカン（あるいは他のジェンダーおよび権力の同定を鮮やかに、かつ論争的に拒絶しつつ、ベケットの演劇実践は言語、身振り、そして眼差しの有するイデオロギー効果との衝突のただ中に観客を位置づけるものである、と論じている。この位置づけは、意識的であろうと無意識的であろうと、主として既知のものとの安定的同一化を妨げることで達成される。『わたしじゃない』のエディプス危機に基づくジェンダー・アイデンティティーに関するヒステリーがその一例である。女性の口からこの男性ヒステリーを発せさせるという演劇手法は、如何なる固定化したジェンダー同定をも阻むものである。[*80] ビオン、ウィニコット、ラカンによる眼差し論の洗練化にジダルが加わったことで、ベケットのテクストにおける視覚の重要な働きに関するその後の精神分析的探求に、論議を呼ぶ見解を提供することとなった。
ベケット解釈にとって重要なラカン思想の第二の領域は、ラカンが「対象A／a」と名づけたものの概念化である。対象aは、ラカンがフロイトのもの（*das Ding*）と関連づける、欲望され失われた最初の他者（*autre*）を表すようになった。この最初の疎外された他者は、自我という内面性における外的存在として経験されるため、主体によって永遠に失われ、かつ永遠に欲望される。フロイトはものを人格化しておらず、ラカン自身もそれをカントの不可知なる物自体とみなすのが最善ではなかろうかと思い迷うわけだが、やはりラカンはものを原初的母のイマーゴと同一視するに至った。[81] 他方で、対象A（*Autre*）に（死んだ）父の法および文化的環境という内在的言説、換言すれば大文字の他者の言説と同一化された自我理想を象徴させるにあたり、エディプス期における言語と文化による象徴的介入をもっぱら「象徴的父」、「男根的シニフィアン」、あるいは「父の名」に限定することで、ラカンがフロイトをしのいでいることを我々は知っている。[82]

ベケット研究においては、ラカンによる対象Aと対象aの区別がとりわけ重要な影響をもたらしている。その影響の一つが棄却《アブジェクシオン》に関係しているわけだが、アブジェクシオンとは、クリステヴァ（一九八〇b）にとっては、母という「未だ対象にあらざる者」（ラカンの対象a）と「わたしでない者」への前ナルシシズム的喪のことである。これら二者は、出産という名の追放あるいは娩出、そして大文字の他者の言語への二度目の誕生によって形成される。[83] したがって、排泄物という形で身体から流れ出るものはすべて、誕生時の最初の分離を反復するが故に、とりわけおぞましい《アブジェクト》のである。[84] クリステヴァ（一九八〇b）は、メラニー・クラインの原初的母なる対象とジャック・ラカンの父により記号化された象徴界に依拠しつつ、母権を前文化的な「セミオティックな」身体とその汚染排泄物に制限する。この身体と排泄物は、象徴界、法、そして名づけを包含する父の機能の到来に伴い抑圧されるものである。書くこと《ライティング》はテクスト本体《ボディ》におけるおぞましい身体《ボディ》の再現出を伴う行為であり、おぞましきものが非生命と同定される場合には、書くことが身体化《エンボディメント》と復活を可能とする、と彼女は述べている。[85] レスリー・ヒルにとっても、三部作におけるベケットの書く行為は、摂取と排出の間、「母の身体と父の名」の間を絶え間なく行ったり来たりしながら、そのような身体化を生じさせるものであるが、しかし違いもある。[*86] ヒルはその複雑かつ巧妙な三部作読解の中で、ベケットのテクストは身体として機能することで、「復活」ではなく、テクストそれ自体の娩出、あるいは失敗した出産の再現を通じて、痕跡を残すことに成功していると主張している。[*87] エヴリン・グロスマンは、排泄と身体解体のベケット美学について述べる際、クリステヴァに全面的に賛同してはいるものの、ベケットは不完全な誕生という「境界性」の感情に、書くことによる身体化でもって対抗しようと試みていると示唆する。[*88] 他方で、デヴィッド・ヒューストン・ジョーンズ（二〇〇〇）は、ベケットとジャン・ジュネにおけるおぞましきアイデンティティーの研究で、アブジェクシオンには社会的抑圧に対する抵抗を強める可能性があると主張する。

　これまで多くの批評家が、ベケットにおける書くこと／書かれたもの《ライティング》、そしてとりわけ物語を、父性機能と結びつけてきた。より正確に言うならば、彼らは「物語殺し」、あるいは物語の死を父の不在に関連づけてきたのである。[*89] このような書くこと／書かれたものの父性記号化に異議を唱えるのは、ベケットの書くこと／書かれたものをその代わりとしてエクリチュール・フェミニンに、あるいは男性的な書くこと／書かれたものおよび創造性の女性化に結びつける評論家たちである。[*90] 他方で、ローリー（一九九七）は長く複雑な論理に基づく論文において、ベケットが強迫的に想起する、父と母が分娩と分離としての語りを順々に指揮するエピソードの検証を行っている。これらのエピソードにおいて分離を要求する者は母であり、また産む身体と認識されている者は父であることを論証する中で、ローリー（一九九七）は間接的に、ラカンやクリステヴァから導き出された正統的解釈に疑問を呈している。私自身の研究においても、ベケットの書くこと／書かれたものが、原初的母―父のイマーゴおよび、そこから自由になろうと努める、父の法と母の法の両方と密接に結びついていることを強調している。[*91] つまり、反転可能な視点を用いることで、ベケット作品のいたるところに母—父の法と男性—女性出産という二重拘束が見受けられる、と主張するベケット読者は一人ではないのだ。しかしながら、父—母の刻印を違法化、もしくは判読不能化するために、あるいはそれらを遊びの対象へと変えることで、究極的にベケットのテクストが父—母の刻印を消去あるいは不安定化するという点では、これらの刻印がどのように解釈されようとも、最終的にほとんどの解釈者の見解は一致している。

第三に、ラカンがフロイトの無意識を言語語用論的トポスとして書き直したことは、ベケットのテクストにおける「わたし」の状態の考察に影響を与えた。[*92] 批評家らは「わたし」の消散を辿る中で、ラカンとともに、フェルディナン・ド・ソシュールの記号機能、エミール・バンヴェニストによる言表行為と言表の区別、ロマーン・ヤコブソンによって記述された「わたし」の直示的あるいは推移的状態および隠喩的かつ換喩的なメカニズム、さらにはクロード・レヴィ＝ストロースが分析した文化の構造化効果を利用することを学んだ。ここまで見てきたように、声も視覚に劣らず、分離不安や反復、双子出産、失敗した出産、異議を唱えられる父母の刻印、空虚、そして遊びの快感とその効果と密接に結びついている。加えて声は、反響し自己疎外する発話の効果という点で、鏡像段階との類似性を有してもいる。これらを始めとする様々な話題に関するラカン思想への簡潔で知的な入門として、デイヴィッド・ワトソン（一九九一）による洗練された短い研究書を推薦しよう。[*93] そこで彼は、他のベケット批評家たちが考察し続けてきた（フィクションにおける）テクスト実践を、挑発的なほどにラカン的観点から再構想している。ラカン的観点とは、具体的に、いない／いた遊戯、物語反復、「わたし」と大文字の他者の言説、欠乏、欲望、そして虚構の身体、視覚、および幽霊のことである。

ラカン批評家の中には、ラカンの言語的無意識はフロイト的というよりも心理語用論的である、と考えるに至った者もいる。影響力のあるフランス人精神分析家のアンドレ・グリーンは、無意識の言語語用論的構造に関するラカン理論のすべてが、アメリカ人哲学者チャールズ・サンダーズ・パースの研究に見出され得る、と主張している。実際、ラカンが依拠した言語理論家の仕事は、彼の仕事と部分的に重なり合う。[*94] ベケット作品における主体の解体を究明するために、ラカンと同じ語用論的概念に依っている思想家もいる。そのような試みの一つは、言説における主体の分裂とその直示的転位を、自己および母／他者の哀悼と暗号化といった精神分析理論に関連づけている。[*95]

最後に、多くの評論家がベケットの書くこと／書かれたものを、とりわけフロイト、クライン（一九七五b）、アブラハムとトローク（一九八六）における、喪とメランコリーの諸形態に結びつけている。[*96] これら精神分析の思想家にとっては、失われた者たちの亡霊は、精神に埋葬され、自我の中の飛び地に縛りつけられ、分裂した主体内部の流刑地へと追放されながらも、生き続けている。この追悼空間には、絶えず喪が先送りされながら、生者でもあり死者でもある、憎まれつつも愛される失われた者が閉じ込められているのだ。アブラハムとトローク（一九八六）は、この終わらない喪の行われる場所を地下埋葬室《クリプト》と呼ぶ。そしてこの地下埋葬室の匿名《クリプトニム》はフェティッシュな記号であり、これらの記号によって暗号化《エンクリプト》された名前と身体は隠匿され、主体は自己疎外される。自我におけるこの囲い地を、ベケットの書くこと《ライティング》／書かれたものの墓胎空間と同一視する読者は一人ではない。私は墓胎空間でもってこの章を始めたわけだが、今や同じく墓胎空間でもって、このように悲哀に満ちた調子でこの章を終わらせようとしている。あるいは、ベケットが私たちに思い出させてくれるように、ほとんど終わらせようとしている。[*97]

イマーゴ（imago）

「主体が摂取によって自我へと吸収し空想の地位を与える、実物体のイメージ」（Roudinesco 1997, 109）

間テクスト（intertext）

新しいテクスト内に直接あるいは間接的にこだましている先行テクスト。先行テクストは送り手が恭しく、もしくは反語的に相互作用している源泉であり、送り手の側は直接気づいていないが、受け手側ははっきりと認識している、あらゆる言説を満たす広大な発話網の一部である。**テクスト**も参照のこと。

対象関係論（object-relations theory）

主体とその周辺環境、とりわけ子供とその最初の対象もしくは世話人、要するに大抵の場合は母親との相互関係に焦点を合わせた精神分析理論。対象関係論学派は、英国精神分析協会と大きく関係している。

ポスト構造主義（poststructuralism）

一九六〇年代に始まった構造主義の進化を指して言う、議論を呼ぶ用語。構造主義が人間主体は非人称的な諸システムによって構築されており、言語がその雛型であると強調するのに対し、ポスト構造主義はそのようなシステムを内部から切り崩すことに特権を与えている。

語用論（pragmatics）

私たちの理解していることがどの程度非言語的文脈に依存しているのかに関心を寄せる、記号論の分野。アメリカの哲学者チャールズ・サンダーズ・パース（一八三九〜一九一四）がこの領域の創始者とみなされている。**心理語用論**、**記号論**も参照のこと。

投影同一化（projective identification）

メラニー・クラインによって記述された同一化の一形態。人格の分裂と、分裂部分の同一化の外的対象への投影を含む（Bion 1967, 93）。

心理語用論（psychopragmatics）

心理的文脈あるいは「脚本」に焦点を合わせた語用論の分野であり、衝動や情動の表象、および環境から獲得される無意識的言語と文化から成る。**語用論**も参照のこと。

セミオティック、記号論（semiotic, semiotics）

言語学が顧みない非言語的かつ文脈的な次元を含む、あらゆる意味生成作用の研究に関係している。

セミオティック・コーラ／身体（semiotic chora / body）

「セミオティック」という用語のクリステヴァによる使用は、幼児の最も早い時期における他者の身体の感覚的経験から進化した、幻想の原初的容器を意味する。この用語の使用を前記号象徴態の「身体言語」に限定するのは、適切ではない。非言語的な相互交流は最初から文化的な影響を受けており、さらに広義においては「セミオティック」（意味生成作用）である、完全に文化的なコミュニケーション・システムへと拡張される。**セミオティック、記号論**も参照のこと。

テクスト（text）

記号論においては、テクストの意味するところは音声言説および文字言説を超えて大きく広がり、演劇上演や音楽演奏、絵画、映画、録音・録画といった他の構造化された文化的パフォーマンスをも含んでいる。

原注

＊1　紙幅の関係で、ベケット作品の英語版と大半の二次資料に言及する。読者には本概説を補うために、主としてあるいは専らにベケットと精神分析に焦点を合わせた一連の書、Ben-Zvi 1990, Smith 1991b, Rabaté 1992, Houppermans 1996a, Engelberts *et al.* 2000 に目を通すことをお勧めする。右の用語解説では、論文本文であらかじめ明確にされていない専門用語の意味を定義している。

＊2　Anzieu 1992, 91-2; Schwab 1994, 15-6.

＊3　優れたビオン（一八九七～一九七九）入門には Bléandonu 2000 がある。

＊4　ベケットの友人トマス・マグリーヴィ宛の一九三五年三月十日付の手紙からの Knowlson 1996, 173

〔ノウルソン『ベケット伝（上）』二一九～二二〇頁〕における引用。ビオンの後年の論文は、傲慢と優越感を「裸出」や「無性」といった神経症的あるいは精神病的症状に結びつけている（Bion 1962, 97-8）。

＊5　本段落中の情報は Knowlson 1996, 167-73, 624 n. 113〔ノウルソン『ベケット伝（上）』二一四～二二五、五一八（注五六）頁〕による。

＊6　Knowlson 1996, 171-2, 652 n. 51.

＊7　オットー・ランク（一八八四～一九三九）はフロイトの初期の弟子の中で最年少の弟子であった。ランクは『出生時外傷』をめぐってフロイトと訣別した後はほとんど顧みられることがなかったものの、一九八〇年代になると対象関係論の先駆者として新たな関心を集めた。Rudnytsky 1991, 2-69を参照。オットー・ランクの『出生時外傷』に関するベケットのメモについてはTCD MS 10971/8/34-6を参照のこと。

＊8　Beckett 1992, 44-5〔ベケット『並には勝る女たちの夢』五七、五八頁〕

＊9　慣例による'phantasy'という綴りは、無意識的空想（'an unconscious fantasy'）を意味する。〔本文中の'phantasy'には「幻想」、'fantasy'には「空想」という訳語をあてて区別した。〕

＊10　Schopenhauer 1969, 2: §41.

＊11　フロイトの涅槃原則に関するショーペンハウアーの典拠についてはLaplanche and Pontalis 1973, 272-73, 324を参照。ベケットの「墓胎」へのショーペンハウアーの間テクスト性については、Moorjani 1996とRabaté 1996を参照。

＊12　Rank 1957, 119.

＊13　Beckett 1957, 113〔ベケット『マーフィー』一一七頁〕

＊14　Freud 1955, 18: 1-64. この後の本論中のフロイトへの挿話的言及は、すべて一九五三～七四年の標準版による。

＊15　Beckett 1957, 2, 113; 1958, 99〔ベケット『マーフィー』一一七頁、『モロイ』一四八頁〕。物語反復および入れ子構造と密接に関連するフロイトの快感原則、ポスト・クライン派によるいない／いた遊びの変容、テクストの子宮化については、Moorjani 1982, 33-151を参照。スティーブン・コナー（1988, 1-14）は、ベ

ケットの文章《ライティング》における反復に関する研究の中で、反復の二重性についてのデリダおよびドゥルーズの見解をフロイトの『快感原則の彼岸』に接続している。ベケットの「鏡映書法」と二重化に関する素晴らしく明快なデリダ的読解については Began 1996 を参照のこと。

＊16 Rank 1957, 112; Büttner 1984, 163 n. 200 に引用されている Beckett、ならびに Freud 18: 38 を参照のこと。

＊17 多くの批評家がベケットのテクストに反映されていると認めた、その他のフロイトのテクストの中では、一九一八年の 'From the History of an Infantile Neurosis' (The 'Wolf Man') と一九一九年の 'The Uncanny' が傑出している（Freud 17: 1-122, 218-56）。

＊18 Freud 1932, 22: 57-80; Beckett 2006, 160.

＊19 Freud 22: 58-69, 75-80; Beckett 2006, 160.

＊20 TCD MS 10971/8/1-20.

＊21 TCD MS 10971/8/2, 10-12.

＊22 Moorjani 1992, 183-90.

＊23 TCD MS 10971/8/9-10. 取り扱われている他の話題に関しては Feldman, 79-80, 100-02, 108 を参照のこと。

＊24 一九四〇年代のベケット作品におけるランクへの間接的言及に関しては Baker 1997, 64-72 を参照。ランクのメタファーの多くはカール・ユングの一九一二年の論文 'Symbols of the Mother and Rebirth' (Jung 1976, 207-73) と重なるが、ランク（1957, 27）はその非精神分析的焦点のためにユングを批判している。

＊25 Jung 1968, 107.

＊26 Harvey 1970, 247 からの抜粋。

＊27 O'Hara 1997, 101-280, 301. オハラがこの診断を引き出したテクストは特に興味深い。'Neurosis and Psychosis' においてフロイト（19: 147-53）は、「自己愛的精神神経症」の原因を自我と超自我の葛藤に見ている。

＊28 O'Hara 1997, 278.

＊29 O'Hara 1997, 292. オハラによる精神分析への言及はユングとフロイト、そして一人のベケット批評家

に限定されている。その批評家とは、モランを精神分裂病〔統合失調症〕患者と診断したG・C・バーナード（一九七〇）のことである（O'Hara 1997, 228）。学者らは今後、Aldo Tagliaferri 1967における『モロイ』の印象的なユング的分析や、David Hayman 1970における自我、イド、超自我といった観点からの、あるいは（ドゥルーズとガタリのアンチ・オイディプス的立場という方向性に首肯して）Moorjani 1976, 1982における反語的エディプスもしくは抹消されたエディプスという観点からの、同小説のフロイト的読解と独自の関連性を築く必要があるであろう。『モロイ』読解に際しユングやフロイトの間テクスト性を利用した、これら初期の研究のみを挙げておく。

＊30 Kim, 7-8.

＊31 Kim, 124-31.

＊32 Feldman, 99, 106-07, 113-15を参照のこと。ベケット作品に編み込まれた精神分析的物語に関するさらなる研究は、ノウルソンの伝記（治療期のベケットが行った読書については、1996, 171-2, 652 nn. 48, 49を参照）や、二〇〇一年よりダブリン大学トリニティ・カレッジ図書館で利用可能となった一九三〇年代以降のベケットの読書メモのマイクロフィルム（心理学と精神分析についてはTCD MSS 10971/7と10971/8を参照）、現在進行中のベケットの『書簡集』の刊行、そして二〇一五年刊行予定のベケットの一九三六年から一九三七年の「ドイツ日記」の二カ国語併記校訂版によって、目下のところ推し進められている。

＊33 他のベケットの自己分析の拡張版、あるいはアボット（1996, ix）が自己筆記（もしくは自己非筆記か？）と呼ぶところのものについては、アボットに加え、例えばMoorjani 1982; Hill 1990; Begam 1996; Lawley 1997を参照。

＊34 Knowlson 1996, 200-04; Rabaté 1984, 138.

＊35 TCD MS 10971/7/12を参照。

＊36 Bléandonu 1994, 180-2, 250.

＊37 Beckett 1957, 4〔ベケット『マーフィー』八頁〕

＊38 Moorjani 1982, 110を参照。

＊39 Bion 1963, 54-9.

＊40 Simon 1988, 336.

＊41 Bion 1967, 3-22.

＊42 Bion 1967, 120.

＊43 Anzieu 1992, 220; Rabaté 1996, 25.

＊44 Bion 1967, 8-9.

＊45 Bion 1967, 14.

＊46 Juliet 1986, 14からの抜粋。

＊47 Juliet 1986, 28からの抜粋。筆者によるベケットの 'donn[er] forme à l'informe' という言葉の直訳である。

＊48 Beckett 1995, 232〔ベケット『また終わるために』六〇頁〕

＊49 Beckett 1984, 217-22〔ベケット『ベケット戯曲全集 3』一三七～一五一頁〕

＊50 Bion 1967, 14. その他いくつかの口の拠り所については Knowlson 1996, 520-23〔ノウルソン『ベケット伝（下）』二三九～二四二頁〕で議論されている。

＊51 舞台上の振る舞いを自己言及的に描写すると同時に、目やその他の身体開口部に関連した諸機能を示唆するものとして、口の言葉について鋭い分析がなされている Lawley 1983を参照のこと。

＊52 Bion 1991, 3.

＊53 Beckett 1984, 119〔ベケット『ベケット戯曲全集 3』八四頁〕

＊54 Bion 1967, 21.

＊55 Bion 1967, 14.

＊56 Beckett 1957, 62, 80〔ベケット『マーフィー』六九、八七頁〕

＊57 Oppenheim 2001, 770-5におけるベケットの「視覚的思考」と「視覚的創作」に関するビオン関連の議論、および Moorjani 2004も参照のこと。

＊58 Bion 1967, 93, 100-01.

*59 Beckett 1957, 112〔ベケット『マーフィー』一一七頁〕

*60 『マーフィー』におけるその他のクラインへの引喩に関してはRabaté 1996, 26を、ベケットが一九六〇年に行ったクライン精神分析とフロイト精神分析に関する議論に関してはBair 1978, 519-20を参照。クラインの遊びの技巧の歴史と彼女が一九二〇年代に発展させた早期幻想の諸解釈に関してはKlein (1975a)を参照。一九三〇年代初めのクライン理論の評判を考慮するならば、ビオンが当時それらを知らなかったとは考えにくい。クライン的ベケット解釈についてはMoorjani（1982, 68-70, 96-131; 1992, 6-8, 175-95; 2000a; 2008, 45-7）とKim (6-12, 107-84)を参照。

*61 Bion 1967, 93.

*62 Anzieu 1989b, 166.

*63 Oppenheim 2001, 775-6.

*64 Locatelli 1990を参照。

*65 Lawley 1997, 41. ベケットの「連結への攻撃」に関するさらなる分析についてはSimon 1988およびSouter 1999を参照。

*66 例えばRoss 1992, 1996, 1997, 2001を参照。

*67 Anzieu 1992, 8.

*68 ベケットの皮膚自我に関してはAnzieu 1992, 113, 169, 216; Grossman 1998, 38; 50-2; Moorjani 2000a, 93-9および2000bを参照のこと。

*69 二十世紀の最も影響力ある対象関係分析家の一人であるウィニコット（一八九六〜一九七一）は、小児科医でもありポスト・クライン派の子供分析家でもあった。彼の貢献に対する評価についてはRudnytsky 1991, 96-114を、移行テクストについてはSchwab 1994, 1-48を参照のこと。

*70 Casement 1993, 229.

*71 Casement 1993, 243.

*72 Anzieu 1983, 71-4, 82.

＊73　ロス（一九九二）はケースメントやアンジューによるウィニコットの「還元的」利用に批判的であるが、遊びと創作の関係についてのより複合的な評価、とくに『ゴドー』には賛成している。
＊74　Schwab 1994, 132-71.
＊75　この議論を呼ぶパリの分析家兼思想家（一九〇一〜八一）および彼が（ベケットの戦後作品の文脈と重なり合う）自身の諸理論を発展させた知的風土への入門としては、Roudinesco 1997を参照のこと。
＊76　Lacan 1977, 1-7.
＊77　鏡像段階に関してラカンが典拠とした数多くの資料についてはLaplanche and Pontalis 1973, 250-2およびRoudinesco 1997, 110-12を参照。ベケットとの関連における鏡像段階についての広範な議論に関しては、例えばRoof 1987およびHunkeler 1997, 179-92を参照のこと。加えてWatson 1991, 127-45は、眼差しに関する後年のラカンの見解という観点からベケットの『フィルム』を分析している。
＊78　Winnicott 1971, 111-18.
＊79　Lacan 1981, 65-119.
＊80　Gidal 1986, 98-9.
＊81　Lacan 1986, 64-85, 101, 127.
＊82　Lacan 1977, 56-77, 192-99およびRoudinesco 1997, 283-85を参照。
＊83　Kristeva 1980b, ch. 1, 11-22. 英語翻訳版を間に合って見つけられなかったため、フランス語版への引用には章番号を書き添えておく。
＊84　Kristeva 1980b, ch. 4, 127.
＊85　Kristeva 1980b, ch. 1, 33-4, ch. 3, 87-90.
＊86　Hill 1990, 100-20.
＊87　Hill 1990, 120. 書くことと出産に関連した肛門性排娩出に関する読解については、Hill 1990に加えて、Lawley 1993およびBaker 1997, 64-72を参照のこと。
＊88　Grossman 1998, 41-74.

＊89　Abbott 1996, 1-22; Abbott 1996 に加え、とりわけ Kristeva 1980a と Hill 1990 ; Watson 1991; Cousineau 1996, 1999; Bernard 1996を参照のこと。

＊90　Diamond 2004, 45-67 を参照のこと。

＊91　Moorjani 1982; 1992, 181-95.

＊92　Lacan 1977, 30-113.

＊93　大いにラカン的観点からベケットの主題を再概念化している、本一冊分の長さの研究には、他に Bernard 1996がある。

＊94　心理語用論および、グリーンを始めとする思想家らによる無意識に対するラカンの見解に関する批評については Moorjani 2000a, 3-17, 139-40 n. 11を、『反古草紙』の心理語用論的読解については Moorjani 2000a, 29-37を参照のこと。ロイス・オッペンハイム（2001）を始め、複数のベケット批評家が言及しているグリーンの仕事について論じていないのは、ただ紙幅不足のためである。

＊95　Moorjani 1990 および 1992（再版）, 175-81を参照。直示性と一人称の発話については Katz 1999, 19-24を参照。

＊96　Freud 14: 243-58.

＊97　暗号化された母のイマーゴへの私の関心とは異なり（Moorjani 1990, 1992, 1996）、ヒル（1990）は失敗に終わる父の体内化を証明するのにアブラハムとトロークを利用している。ベケットにおけるメランコリーと喪については、Smith 1991a; Baker 1997, 145-70; Houppermans 1996b and 2001; Grossman 1998 and 2008; Mével 2008 そして Kim 2010, 107-84を参照せよ。

ムアジャーニ参照文献一覧

Abbott, H. Porter. *Beckett Writing Beckett: the Author in the Autograph*. Ithaca: Cornell University Press, 1996.

Abraham, Nicolas, and Torok, Maria. *The Wolf Man's Magic Word: a Cryptonymy*. Tr. Nicholas Rand. Minneapolis: University of Minnesota Press, 1986.

Anzieu, Didier. 'Un soi disjoint, une voix liante: l'écriture narrative de Samuel Beckett.' *Nouvelle Revue de Psychanalyse*, 28 (1983): 71-85.

—— *The Skin Ego*. Tr. Chris Turner. New Haven: Yale University Press, 1989a.

—— 'Beckett and Bion.' *International Revue of Psycho-Analysis*, 16 (1989b): 163-9.

—— *Beckett et le psychanalyste*. Paris: Editions Mentha, 1992.

Bair, Deirdre. *Samuel Beckett: a Biography*. New York: Harcourt Brace Jovanovich, 1978.

Baker, Phil. *Beckett and the Mythology of Psychoanalysis*. London: Macmillan – now Palgrave Macmillan; New York: St. Martin's Press – now Palgrave Macmillan, 1997.

Barnard, Guy Christian. *Samuel Beckett: a New Approach*. New York: Dodd, Mead, 1970.

Beckett, Samuel. *Murphy*. New York: Grove Press, 1957. First published 1938.

—— *Three Novels: Molloy, Malone Dies, The Unnamable*. New York: Grove Press, 1958.

—— *Collected Shorter Plays*. New York: Grove Press, 1984.

—— *Dream of Fair to Middling Women*. Ed. Eoin O'Brien and Edith Fournier. New York: Arcade Publishing, 1992.

—— *Samuel Beckett: the Complete Short Prose, 1929-1989*. Ed. S. E. Gontarski. New York: Grove Press, 1995.

—— 'Id, Ego and Superego.' TCD MS 10971/7/6. [Notes on 'The Anatomy of the Mental Personality,' in *New Introductory Lectures on Psycho-Analysis*, by Sigmund Freud, tr. W. J. H. Sprott (1933)]. Reprinted in 'Notes Diverse[s] Holo.' Vol. 16 of *Samuel Beckett Today / Aujourd'hui*, ed. Everett Frost and Jane Maxwell, 160. Amsterdam: Rodopi, 2006.

Begam, Richard. *Samuel Beckett and the End of Modernity*. Stanford: Stanford University Press, 1996.

Ben-Zvi, Linda (ed.). *Women in Beckett: Performance and Critical Perspectives*. Urbana: University of Illinois Press, 1990.

Bernard, Michel. *Samuel Beckett et son sujet: une apparition évanouissante*. Paris: L'Harmattan, 1996.

Bion, Wilfred R. *Learning from Experience*. New York: Basic Books, 1962.

—— *Elements of Psycho-Analysis*. New York: Basic Books, 1963.

—— *Second Thoughts: Selected Papers on Psycho-Analysis*. New York: Jason Aronson, 1967.

—— *A Memoir of the Future (The Dream, The Past Presented, The Dawn of Oblivion)*. London: Karnac Books, 1991.

Bléandonu, Gérard. *Wilfred Bion: His Life and Works 1897-1979*. Tr. Claire Pajaczkowska. New York: Other Press, 2000.

Büttner, Gottfried. *Samuel Beckett's Novel 'Watt.'* Philadelphia: University of Pennsylvania Press, 1984.

Casement, Patrick J. 'Samuel Beckett's Relationship to His Mother-Tongue.' In *Transitional Objects and Potential Spaces: Literary Uses of D. W. Winnicott*, ed. Peter L. Rudnytsky, 229-45. New York: Columbia University Press, 1993. First published in *International Review of Psycho-Analysis*, 9 (1982): 35-44.

Connor, Steven. *Samuel Beckett: Repetition, Theory and Text*. Oxford: Basil Blackwell, 1988.

Cousineau, Thomas J. 'The Lost Father in Beckett's Novels.' In *Beckett & la psychanalyse & Psychoanalysis*. Vol. 5 of *Samuel Beckett Today / Aujourd'hui*, ed. Sjef Houppermans, 73-83. Amsterdam and Atlanta: Rodopi, 1996.

—— *After the Final No: Samuel Beckett's Trilogy*. Cranbury, NJ and London: Associated University Presses, 1999.

Diamond, Elin. 'Feminist Readings of Beckett.' In *Palgrave Advances in Samuel Beckett Studies*, ed. Lois Oppenheim, 45-67. Houndmills: Palgrave Macmillan, 2004.

Engelberts, Matthijs *et al.* (eds). *L'Affect dans l'œuvre beckettienne*. Vol. 10 of Samuel Beckett Today / Aujourd'hui. Amsterdam and Atlanta: Rodopi, 2000.

Feldman, Matthew. *Beckett's Books: A Cultural History of Samuel Beckett's "Interwar Notes."* London: Continuum, 2006.

Freud, Sigmund. *The Standard Edition of the Complete Psychological Works*. Ed. and tr. James Strachey *et al.* 24 vols. London: Hogarth Press, 1953-74.

Gidal, Peter. *Understanding Beckett: A Study of Monologue and Gesture in the Works of Samuel Beckett*. London: Macmillan – now Palgrave Macmillan; New York: St. Martin's Press – now Palgrave Macmillan, 1986.

Grossman, Evelyne. *L'Esthétique de Beckett*. Paris: Editions SEDES, 1998.

—— *L'Angoisse de penser*. Paris: Minuit, 2008.

Harvey, Lawrence E. *Samuel Beckett: Poet and Critic*. Princeton: Princeton University Press, 1970.

Hayman, David. '*Molloy* or the Quest for Meaninglessness: A Global Interpretation.' In *Samuel Beckett Now*, ed. Melvin J. Friedman, 129-56. Chicago: University of Chicago Press, 1970.

Hill, Leslie. *Beckett's Fiction: In Different Words*. Cambridge, UK: Cambridge University Press, 1990.

Houppermans, Sjef (ed.). *Beckett & la psychanalyse & Psychoanalysis*. Vol. 5 of *Samuel Beckett Today / Aujourd'hui*. Amsterdam and Atlanta: Rodopi, 1996a.

—— 'A Cheval.' In *Beckett & la psychanalyse & Psychoanalysis*. Vol. 5 of *Samuel Beckett Today / Aujourd'hui*, 43-55. Amsterdam and Atlanta: Rodopi, 1996b.

—— 'Travail de deuil, travail d'œil dans *Mal vu mal dit*.' In *Samuel Beckett: Endlessness in the Year 2000 / Fin sans fin en l'an 2000*. Vol. 11 of *Samuel Beckett Today / Aujourd'hui*, ed. Angela Moorjani and Carola Veit, 361-71. Amsterdam and New York: Rodopi, 2001.

Hunkeler, Thomas. *Echos de l'Ego dans l'œuvre de Samuel Beckett*. Paris: Editions L'Harmattan, 1997.

Jones, David Houston. *The Body Abject: Self and Text in Jean Genet and Samuel Beckett*. Bern and Oxford: Peter Lang, 2000.

Jones, Ernest. *Papers on Psycho-Analysis*, 3rd edn. London: Baillière, Tindall and Cox, 1923.

Juliet, Charles. *Recontre avec Samuel Beckett*. Montpellier: Editions Fata Morgana, 1986.

Jung, Carl G. *Analytical Psychology: Its Theory and Practice: The Tavistock Lectures*. New York: Pantheon Books, 1968.

—— *Symbols of Transformation*. Tr. R. F. C. Hull. 2nd edn. Princeton: Princeton University Press, 1976.

Katz, Daniel. *Saying I No More: Subjectivity and Consciousness in the Prose of Samuel Beckett*. Evanston, IL: Northwestern University Press, 1999.

Kim, Rina. *Women and Ireland as Beckett's Lost Others: Beyond Mourning and Melancholia*. Houndmills: Palgrave Macmillan, 2010.

Klein, Melanie. *The Psycho-Analysis of Children*. Tr. Alix Strachey. London: Hogarth Press, 1932.

—— 'The Psycho-Analytic Play Technique: Its History and Significance.' In *Envy and Gratitude and Other Works 1946-1963*, 122-40. New York: Delacorte Press, 1975a.

—— 'Mourning and Its Relation to Manic-Depressive States.' In *Love, Guilt and Reparation and Other Works 1921-1945*, 344-69. London: Hogarth Press, 1975b.

Knowlson, James. *Damned to Fame: The Life of Samuel Beckett*. New York: Simon and Schuster, 1996.

Kristeva, Julia. 'The Father, Love, and Banishment.' In *Desire in Language: A Semiotic Approach to Literature and Art*, tr.

Thomas Gora, Alice Jardine, and Leon Roudiez, 148-58. New York: Columbia University Press, 1980a.

—— *Pouvoirs de l'horreur: essai sur l'abjection*. Paris: Editions du Seuil, 1980b. Tr. Leon S Roudiez under the title *Powers of Horror: An Essay on Abjection* (New York: Columbia University Press, 1982).

Lacan, Jacques. *Ecrits: A Selection*, tr. Alan Sheridan. New York: W. W. Norton, 1977.

—— *The Four Fundamental Concepts of Psychoanalysis (Seminar XI)*, tr. Alan Sheridan. New York: W. W. Norton, 1981.

—— *L'Ethique de la psychanalyse (Le Séminaire VII)*. Paris: Editions du Seuil, 1986.

Laplanche, Jean, and Pontails, J.-B. *The Language of Psycho-Analysis*. New York: W. W. Norton, 1973.

Lawley, Paul. 'Counterpoint, Absence and the Medium in Beckett's *Not I*.' *Modern Drama*, 26 (1983): 407-14.

—— 'The Difficult Birth: An Image of Utterance in Beckett.' In *'Make Sense Who May': Essays on Samuel Beckett's Later Works*, ed. Robin J. Davis and Lance St. J. Butler, 1-10. Totowa, NJ: Barnes and Noble, 1989.

—— *'First Love: Passage and Play.' Beckett in the 1990s*. Vol. 2 of *Samuel Beckett Today / Aujourd'hui*, ed. Marius Buning and Lois Oppenheim, 189-95. Amsterdam and Atlanta: Rodopi, 1993.

—— 'Samuel Beckett's Relations.' *Journal of Beckett Studies*, 6.2 (1997): 1-61.

Locatelli, Carla. *Unwording the World: Samuel Beckett's Prose Works after the Nobel Prize*. Philadelphia: University of Pennsylvania Press, 1990.

Mével, Yann. *L'imaginaire mélancolique de Samuel Beckett, de 'Murphy' à 'Comment c'est.'* Amsterdam: Rodopi, 2008.

Moorjani, Angela. 'A Mythic Reading of *Molloy*.' In *Samuel Beckett: The Art of Rhetotic*, ed. Edouard Morot-Sir, Howard Harper, and Dougald McMillan, 225-35. Chapel Hill: University of North Carolina Press, 1976.

—— *Abysmal Games in the Novels of Samuel Beckett*. Chapel Hill: University of North Carolina Press, 1982.

—— 'Beckett's Devious Deictics.' In *Rethinking Beckett: A Collection of Critical Essays*. Ed. Lance St. John Butler and Robin J. Davis, 20-30. London: Macmillan – now Palgrave Macmillan, 1990.

—— *The Aesthetics of Loss and Lessness*. London: Macmillan-now Palgrave Macmillan; New York: St. Martin's Press-now Palgrave Macmillan, 1992.

—— 'Mourning, Schopenhauer, and Beckett's Art of Shadows.' In *Beckett On and On ...*, ed. Lois Oppenheim and Marius Buning, 83-101. Cranbury, NJ and London: Associated University Presses, 1996.

—— *Beyond Fetishism and Other Excursions in Psychopragmatics*. New York: St. Martin's Press – now Palgrave

Macmillan, 2000a.

—— 'Beckett et le Moi-peau: au-delà du fétichisme matriciel.' In *L'Affect dans l'œuvre beckettienne*. Vol. 10 of *Samuel Beckett Today / Aujourd'hui*, ed. Matthijs Engelberts et al., 63-70. Amsterdam and Atlanta: Rodopi, 2000b.

—— 'Peau de chagrin: Beckett and Bion on Looking Not to See.' In *After Beckett*. Vol. 14 of *Samuel Beckett Today / Aujourd'hui*, ed. Anthony Uhlmann, Sjef Houppermans, and Bruno Clément, 25-38. Amsterdam: Rodopi, 2004.

—— 'Deictic Projection of the *I* and the Eye in Beckett's Fiction and Film.' *Journal of Beckett Studies* 17.1-2 (2008): 35-51.

O'Hara, James D. *Samuel Beckett's Hidden Drives: Structural Uses of Depth Psychology*. Gainesville: University of Florida Press, 1997.

Oppenheim, Lois. 'A Preoccupation with Object-Representation: The Beckett-Bion Case Revisited.' *International Journal of Psychoanalysis*, 82 (2001): 767-84.

Rabaté, Jean-Michel. 'Quelques figures de la première (et dernière) anthropomorphie de Beckett.' In *Beckett avant Beckett: essais sur le jeune Beckett (1930-1945)*, ed. Jean-Michel Rabaté, 135-51. Paris : Presses de l'Ecole normale supérieure, 1984.

—— (ed.). *Samuel Beckett: intertextualités et psychanalyse*. Dijon: Université de Bourgogne, 1992.

—— 'Beckett's Ghosts and Fluxions.' In *Beckett & la psychanalyse & Psychoanalysis*. Vol. 5 of *Samuel Beckett Today / Aujourd'hui*, ed. Sjef Houppermans, 23-40. Amsterdam and Atlanta: Rodopi, 1996.

Rank, Otto. *The Trauma of Birth*. New York: Robert Brunner, 1957. First published 1924 (German), 1929 (English).

Roof, Judith A. 'A Blink in the Mirror: From Oedipus to Narcissus and Back in the Drama of Samuel Beckett.' In *Myth and Ritual in the Plays of Samuel Beckett*, ed. Katherine H. Burkman, 151-63. London and Toronto: Associated University Presses, 1987.

Ross, Ciaran. 'Aspects du jeu dans l'œuvre de Beckett.' In *Samuel Beckett: Intertextualités et psychanalyse*, ed. Jean-Michel Rabaté, 79-90. Dijon: Université de Bourgogne, 1992.

—— 'La "pensée de la mère": fonction et structure d'un fantasme.' In *Beckett & la psychanalyse & Psychoanalysis*. Vol. 5 of *Samuel Beckett Today / Aujourd'hui*, ed. Sjef Houppermans, 9-20. Amsterdam and Atlanta: Rodopi, 1996.

—— '"Toute blanche dans la blancheur": la prédominance de la métaphore blanche dans l'écriture beckettienne.' In *Samuel Beckett: Crossroads and Borderlines / L'œuvre Carrefour, l'œuvre limite*. Vol. 6 of *Samuel Beckett Today /*

Aujourd'hui, ed. Marius Buning et al., 267-77. Amsterdam and Atlanta: Rodopi, 1997.

—— 'Beckett's Godot in Berlin: New Coordinates of the Void.' In *Samuel Beckett: Endlessness in the Year 2000 / Fin sans fin en l'an 2000*. Vol. 11 of *Samuel Beckett Today / Aujourd'hui*, ed. Angela Moorjani and Carola Veit, 64-73. Amsterdam and New York: Rodopi, 2001.

Roudinesco, Elisabeth. *Jacques Lacan*, tr. Barbara Bray. New York: Columbia University Press, 1997.

Rudnytsky, Peter L. *The Psychoanalytic Vocation: Rank, Winnicott, and the Legacy of Freud*. New Haven: Yale University Press, 1991.

Schopenhauer, Arthur. *The World as Will and Representation*. Tr. E. F. J. Payne. 2 vols. New York: Dover, 1969. Originally published in 1819-44.

Schwab, Gabriele. *Subjects without Selves: Transitional Texts in Modern Fiction*. Cambridge, MA: Harvard University Press, 1994.

Simon, Bennett. 'The Imaginary Twins: The Case of Beckett and Bion.' *International Review of Psycho-Analysis*, 15 (1988): 331-52.

Smith, Joseph H. 'Notes on *Krapp*, *Endgame*, and "Applied" Psychoanalysis.' In *The World of Samuel Beckett*, 195-203. Baltimore: Johns Hopkins University Press, 1991a.

—— (ed.). *The World of Samuel Beckett*. Baltimore: Johns Hopkins University Press, 1991b.

Souter, Kay Torney. 'Attacks on Links in the Work of Samuel Beckett and Wilfred Bion.' *Psyche Matters*. March 1999. http://www.psychematters.com/papers/souter.htm (23 August 2002).

Stephan, Karin. *Psychoanalysis and Medicine: A Study of the Wish to Fall Ill*. Cambridge: Cambridge University Press, 1933.

Tagliaferri, Aldo. *Beckett et l'iperdeterminazione letteraria*. Milan: Giangiacomo Feltrinelli, 1967. Translated by Nicole Fama under the title *Beckett et la surdétermination littéraire* (Paris: Payot, 1977).

Watson, David. *Paradox and Desire in Samuel Beckett's Fiction*. New York: St. Martin's Press – now Palgrave Macmillan, 1991.

Winnicott, Donald W. *Playing and Reality*. London: Tavistock Publications, 1971.

第二部

第4章　エディプス批判

欲望する機械（『アンチ・オイディプス』より）

ジル・ドゥルーズ／フェリックス・ガタリ　市倉宏祐 訳

1　器官なき身体

反生産。反撥とパラノイア機械

欲望する諸機械と器官なき身体との間に、明らかな戦いが起る。さまざまの機械がそれぞれに接続し、その機械がおのおのに生産を行って、そのすべてが運転音をたてることになると、このことが器官なき身体には耐え難いものとなるのだ。この器官なき身体は、種々の器官となるべきもののその下に胸の悪くなるような蛆虫や寄生虫がうごめくのを感じて、《神》の働きが到来するのを感ずることになる。この《神》の働きは、この器官なき身体に器官を与え有機体化することによって、まさにこの器官なき身体を台無しにし、これを圧殺する働きをなすものなのだ。「この身体は身体だ／この身体ただひとつが存在するのだ／いかなる器官もいりはしない／この身体は決して有機体なのではない／有機体は身体の敵なのだ」[*1]。身体の肉に打ち込まれる釘は、それだけの数の拷問なのだ。種々の〈器官機械〉の到来に抵抗するために、器官なき身体はすべすべした不透明な引締った自分の表面をこれらの器官機械に対抗させる。いくたの流れは結びつけられ接続されて切断し直されるが、これらの流れに抵抗するために、器官なき身体は自分の無定形未分化なる流体をこれらの流れに対抗させる。はっきりと発音されたことばに抵抗するために、器官なき身体はいくつかの息吹きや叫びをこれらのことばに対抗させる。これらの息吹きや叫びは、それだけの数の未分節の音のブロックに外ならない。われわれの立場からみると、根源的といわれる〔無意識的心理的〕抑圧はこれと別の意味をもっているとは思われない。つまり、この根源的抑圧は、器官なき身体が欲望する諸機械を《逆備給》するのではなくて、むしろそれが欲望する諸機械に対して反撥することを意味しているのだ。そしてこのことは、まさに、パラノイア機械が意味していることなのである。パラノイア機械は、〈器官なき身体に対して欲望する諸機械が侵入してゆく作用〉と、〈これらの欲望する諸機械に対して器官なき身体が反撥する反作用〉とを意味しているからである。器官なき身体は、これらの欲望する諸機械を全体として迫害装置と感ずるのである。だから、タウスクが、パラノイア機械の中に「患者自身の身体」や生殖器のたんなる投射〔投影〕をみるとき、われわれはこのタウスクに従うことはできない。[*2] パラノイア機械の発生は、欲望する諸機械の生産の進行と器官なき身体の非生産的停止とが対立するとき即座に起ることなのである。パラノイア機械が無名であるという性格をもっていることと、この機械の表面が未分化の状態にあるということが、このことの証拠である。パラノイア機械を何かの投射とする概念は、二次的に介入してくるにすぎない。つまり、逆備給の場合と同様に、器官なき身体が〈逆内部〉あるいは〈逆外部〉を備給する限りにおいて二次的に介入してくるにすぎない。つまり、〈内部の蛆虫や寄生虫を迫害する内的器官〉、あるいは同じく〈外部からの《神》の働きを迫害する外的執行者〉といった形のもとに、〈逆内部〉あるいは〈逆外部〉を備給する限りにおいて、二次的に介入してくるにすぎない。しかし、パラノイア機械は、それ自体においては、欲望する諸機械の転身した姿なのである。すなわち、パラノイア機械は、欲望する諸機械と器官なき身体との間の関係から生じてくるもので、器官なき身体がもはや欲望する諸機械に耐えられなくなる場合に生起してくるものなのである。

欲望する生産と社会的生産。反生産はいかにして生産諸力を自分のものとするのか

しかし、中断されることなき〈過程〉の中で器官なき身体がその後も力を働かすことについて、その概略をとらえようとすれば、われわれは欲望する生産と社会的生産との間の平行関係をみておかなければならない。このような平行関係はたんに現象学的なるものにすぎない。この平行関係は、これら二つの生産の本質についても、その両者の間の関係についても何らの予断を与えるものではない。またさらに、この二つの生産がじっさいに二つ存在するのかどうかを問う問題についてさえ、何らの予断を与えるものではない。端的にいえば、二つの生産の間に平行関係があるということは、社会的生産の諸形態もまた、欲望する生産のそれと同じく次のようなものを含んでいるということである。すなわち、発生してきたものではない非生産的な停止、進行に連結した反生産の境域、社会体として規定される充実身体、といったものを含んでいるということである。この充実身体は、大地〔土地〕という身体でも、あるいは専制君主という身体でも、あるいはまた資本でもありうるものである。マルクスが、それは労働の生産物であるのではなくて、むしろ労働の自然的なるあるいは神聖なる前提として現われるものなのだといったのは、まさしくこの充実身体についてなのだ。じじつ、充実身体は、たんに生産力そのものに対立することに甘んじているものではない。それは、一切の生産の上に折り重なり〔そこに自分の像を写して〕、生産力と生産の担い手とが分配配置される表面を構成するものなのである。このことによ

って、この身体は一切の剰余生産物を自分のものとなし、生産の進行の全体ならびに各部分を意のままに操作することになる。となると、この全体と各部分とは、いまやこの充実身体から発出してくるかのような様相を呈することになる。まるで、それが、ひとつの原因に準ずる働きをするもの〔ひとつの準原因〕でもあるかのように。生産力と生産の担い手とは、充実身体の力を奇蹟のような形において示すことになる。つまり、この両者は、充実身体によって奇蹟を授けられているようにみえるわけなのだ。要するに、充実身体としての社会体は、一切の生産が登録される表面を形成し、この登録の表面から、すべての生産が発出するような様相を露呈する。社会は、生産の過程を登録することによって、自分自身の錯乱〔妄想〕を構成することになる。しかし、それは意識が錯乱〔妄想〕したことではない。この場合の誤れる意識は、むしろ偽りの運動を真に誤りなく意識したものなのである。外見上の客観的運動を真に誤りなく知覚したもの、登録の表面の上で生産の働きをする運動を真に誤りなく知覚したものなのだといってもいいかもしれない。資本とは、まさしく資本家の【あるいはむしろ、資本家であることの、といってもいい】器官なき身体なのだ。しかし、こうしたものである限りにおいて、資本は、たんに貨幣が流体の形態をとりながら固型化した実体なのではない。資本とは、不毛なる貨幣に対して、〈貨幣が貨幣を生む生産的形態〉を付け加えることになるものなのである。ちょうど、器官なき身体が自分自身を再生産してゆくように、資本は剰余価値を生産し、みずから発芽して、宇宙の端にまで枝をひろげてゆくのだ。資本は、固定資本としてみずからを機械の中に具体化し、この機械に相対的剰余価値をつくりだす役割を負わせる。そして、機械と生産の担い手とは資本の上に引っかかり付着する関係にあるので、それらの働きそのものも資本による奇蹟をうけてその力を授けられているかのような事態が生ずるのだ。（客観的には）、一切は、準原因としての資本によって生産されるようにみえる。マルクスがいうように、初期においては、資本家たちは、必ず、労働と資本との対立を意識し、剰余労働を収奪する手段としての資本の使用を意識している。ところが、登録の表面は、一切の生産の上に折り重なり〔そこに自分の像を写すものであるから〕〔剰余価値を供給あるいは実現すること、これが登録の権利である〕、資本がこの登録の表面の役割を演ずると同時に、すぐさま魔法にかけられ逆立ちした物神的世界が早くもうちたてられることになる。「相対的剰余価値が資本主義に特有な体系の中で発展し、それによって社会的労働の生産性が増大するに従って、労働の生産諸力と社会的諸連関は、生産過程から切り離されて、労働の領域から資本の領域へと移行するようにみえる。こうして、資本はきわめて神秘的な存在になる。というのは、一切の生産諸力は、資本の胎内から生じ、資本に属しているようにみえるからである」[*3]。この場合、資本主義に特有であるものは、貨幣の役割と資本の使用である。この資本は充実身体として、登記あるいは登録の表面を形成するものなのである。まさしく、充実身体はいかなるものであれ【大地の身体であれ、専制君主のそれであれ】、登録の表面、外見上の客観的運動、魔法をかけられて逆立ちした物神的世界といったものは、いずれにしても、社会的再生産の常数として、一切の型の社会に属しているものなのである。

領有あるいは吸引と、奇蹟を行う機械

器官なき身体は欲望する生産に折り重なり、この欲望する生産を引きつけ〔吸引し〕、これを自分のものにする〔領有する〕。器官機械は、器官なき身体に引っかかり付着することになる。まるで、フルーレのフェンシング選手の綿入れジャケットにでも付着するかのように。あるいは、ユニフォームの胸につけたメダルを踊らせながら、敵に向かって突進するレスラーを考えていただければ、器官機械は、

このレスラーの胸につけられたメダルのようなものだといってもいいかもしれない。こうして吸引機械が反撥機械の後に続きこれに代ることになる。あるいは、これに代る可能性が開けてくることになる。つまり、パラノイア機械の後に、奇蹟を行う機械が続くことになるのだ。しかし、ここで「後に」とは何を意味しているのか。むしろこの二つの機械は共存しているのだ。もともと、ブラック・ユーモアが引きうけている仕事は、矛盾を解決することではなくて、むしろその矛盾がないかのごとく、あるいは全くなかったかのごとくに事態を表現することである。非生産的なるものであり、消費されえないものである器官なき身体は、欲望の生産の一切の進行を登録する表面の役割を果しているので、外見上の客観的運動からすると、欲望する諸機械は右の登録表面から発出してくるように思われる。客観的運動の外見からいうと、欲望する諸機械は器官なき身体に関係づけられているからである。シュレーバー控訴院長[1]の身体は《神》の光を自分に吸引しているので、さまざまの器官はこの院長の身体の上で再生させられ、奇蹟を授けられる。これに対して、恐らく古いパラノイア機械は、嘲笑する声の形をとって存続し、この声は院長の諸器官やとりわけ肛門に授けられた「奇蹟を解除し」ようとする。しかし、本質的なことは、登記あるいは登録の魔法の表面が確立されたことである。この表面は、一切の生産力ならびに生産器官を自分に帰属させ、これらの生産力と生産器官とに外見上の運動を伝えることによって、準原因としての〔物神〔呪物〕としての〕働きをするものであるからである。分裂者がポリティカル経済学〔政治経済学〕を学んでおり、また一切の性欲が経済の事柄に関しているということは、きわめて真実なることなのである。

第二の綜合。離接的綜合あるいは登録の生産。〈これであれ……あれであれ〉

ただし、生産が自分を登録するのは、自分を生産するのと同じ仕方においてではない。あるいはむしろ、生産を構成する進行の中で生産が自分を生産していたのと同じ仕方で、生産は外見上の客観的運動の中で自分を再生産するわけではないのだといったほうがいいかもしれない。何故なら、われわれは気づかぬうちに登録の生産の領域に移行していたのであり、登録の生産の法則は、生産の生産の法則とは同じものではないからである。生産の生産の法則は、接続的綜合すなわち連結であった。ところが、生産的接続が、(ちょうど、労働から資本に移行するように)機械から器官なき身体に移行するとき、この生産的接続は別の法則の下に入るのだといってもいい。この別の法則とは、「自然的なるあるいは神聖なる前提」としての非生産的境域との関係において、分配を表現する法則のことである。(これが資本の離接の働きである)。種々の機械は、それだけの数の離接点として器官なき身体の上に引っかかり付着していて、これらの離接点の間には、新しい綜合の網が全面的にはりめぐらされ、これらの離接点が表面を碁盤の目のように仕切っているのだ。分裂症的な「これであれ……あれであれ」《soit ... soit》が、「これの次にあれ」《et puis》を引き継ぐことになる。どのような二つの器官が考察されるにしろ、これらの二器官が器官なき身体に引っかかり付着する仕方は、これら二器官の間の一切の離接的綜合が、つるつる滑る表面においては結局は同じことになるといった仕方でなければならない。「あれか……これか」《ou bien》が、互換不可能なる二項の間の決定的な(二者択一的)選択を表明しようとするものであるのに対して、分裂症的な「これであれ……あれであれ」は、種々に相異したものの間で互換が可能なる体系を指示しているものなのである。この場合には、相異したものは、自分をおきかえ、互に滑り合い、たえず同じものに帰するのである。ベケットの話す口と歩く足との場合がそうである。[2]「かれは、時には何もいわずに立ち止ることがあった。かれが結局はいうことがなかったにしろ。あるいは、何かいいたいことはありはしたが、結局はいうのをやめることにしたにしろ……。他の主要な場合が心に浮かんでくる。〈すぐにまた歩き始めて、話がすぐに続く〉。〈間をおいてまた歩き始めて、話がすぐに続く〉。〈すぐにまた歩き始めて、話が間をおいて続く〉。〈間をおいてまた歩き始めて、話が間をおいて続く〉。〈すぐにまた歩き始めて、話はすぐには続かない〉。〈間をおいてまた歩き始めて、話はすぐには続かない〉。〈すぐにまた歩き始めて、話は間をおいても続かない〉。〈間をおいてまた歩き始めて、話は間をおいても続かない〉」[*4]。もっとも貧しい、もっとも痛ましい資本（たとえば、マロウンの所有物がそうしたものである）の占有者たる分裂症患者は、自分の身体の上に種々の離接の長々とした連禱を書き込み、〈これであれ……あれであれ……〉のパレードの世界を自分のためにつくりだすのだ。このパレードの世界においては、ほんの少しでもおきかえをすれば、そのことが新しい状況に対して、あるいはぶしつけな質問者に対して応答することであるとみなされるのだ。だから、登録の離接的綜合が生産の接続的綜合に重なってくることになるのだ。生産の過程としての〈過程〉が、登記の手順としての〈手順〉にまで及ぶことになる。あるいは、むしろ、ひとが欲望する生産の接続的「労働」をリビドーと呼ぶのであれば、われわれは、このエネルギーの一部が離接的登記のエネルギー（《ヌーメン》）に変換するということを語っておかなければならない。これは、エネルギーの変換である。無意識の問題が惹き起している一切の曖昧さは、この問題がみかけの上でだけ宗教的であるにすぎないことに由来するのであるが、にもかかわらず、エネルギーのこの新しい形態をなぜ神聖なるもの【つまり、《ヌーメン》〔神霊〕】と呼ぶのか。器官なき身体は《神》ではない。まさにその反対である。しかし、器官なき身体が一切の生産を吸引し、これらの生産をすべてそれぞれに離接の中に登記することによって、一切の生産に対して、奇蹟を行う力をもった魔法の表面としての役割を果すことになるとき、この器官なき身体を遍歴するエネルギーは神聖なるものであるわけなのである。ここから、シュレーバーが《神》との間に結んだ奇妙な関係がでてくることになるのである。あなたは《神》を信じているのかと問うひとに対しては誰にでも、われわれは、厳密にカントあるいはシュレーバーのような仕方で、次のように答えなければならない。すなわち、〈もちろん、信じていますとも。ただし、それはただ、ちょうど、離接〔選言〕的三段論法の先天的原理を信じているのと同じように、あるいはこの三段論法を操作する先生〔主人〕を信じているのと同じように、信じているだけのことなのです〉、と。（ここでは、《神》は《実在の総体》*Omnitudo realitatis*と規定されており、この実在を分割することによって、一切の実在が派生してくるのである）。

分裂症の系譜

だから、神聖であるというのは、離接のエネルギーの性格のことをいっているだけのことなのである。シュレーバーの神聖さは、かれが自分自身において自分を分割するのに用いる種々の離接の働きと不可分の関係にある。つまり、自分を初期の帝国と後期の帝国とに分割する離接の働き、また後期の帝国を上位の《神》の帝国と下位の《神》の帝国とに分割する離接の働きと。フロイトは、とくにシュレーバーの錯乱〔妄想〕において、またそれのみならず一般現象としての錯乱において、いかにこうした離接的綜合の働きが重要であるかをとりわけ強調している。「このような分割は、全くパラノイア的精神病に特徴的なものである。ヒステリーが凝縮するのに対して、パラノイアは分割するのである。あるいはむしろ、このパラノイア的精神病は、無意識の想像の中に現われる凝縮化した一体化をあらためてそれぞれの境域に分解するものなのだ」[*5]と。しかし、何故フロイトは次のように付け加えているのか。よく考えてみると、ヒステリー的神経症が根本的なるものであり、種々の離接の働きは、根源の凝縮したものを投射してゆくことによってしかえられないものなのである、と。恐らく、これは、錯乱〔妄想〕の《神》の中に、また〈分裂者―パラノイア〉的なる登録の中に、オイディプスのさまざまの権利を保持するための手だてなのであろう。このため、われわれは、この点に関して次のような全体にわたる最も一般的な疑問を提起しなければならなくなるのだ。欲望の登録は、オイディプスの諸項を経由して行われるものであるのか。この離接の過程は、欲望がたどる系譜の形態を形成するものであるが、しかしこの系譜はオイディプス的なるものであるのか。つまり、オイディプス的三角形化の中に登記されるものであるのか。それとも、オイディプスは、社会的再生産のひとつの要求、あるいはひとつの結果であるのか。つまり、社会的再生産が、いたるところで自分の手におえない系譜をもった質料や形相を飼いならそうとする限りにおいて、それがもつひとつの要求、あるいはそれがもたらすひとつの結果であるのか。じじつ、分裂者がきびしく尋問にさらされ、またたえずさらされ続けているということは、確かであるからである。まさに、分裂者はひとつの特定の極においてのみ自然と結びついているのではないから、分裂者は現行社会のコードのことばによってきびしく尋問されるのである。お前の名前は。お前のお父さんは。お前のお母さんは。といった具合にである。欲望する生産の遂行過程において、モロイは警察官に次のように尋問されている。「〈あなたのお名前はモロイですね〉と警察署長がいった。〈はい、いま、思い出しました〉と私がいった。〈では、あなたのお母さんは〉と署長がいった。私には、何のことか分りませんでした。〈かの女もモロイというお名前ですか〉と署長はいった。〈かの女がモロイという名前ですかって〉と私がいった。〈そうです〉と署長がいった。私は、考えこみました。〈あなたのお名前はモロイですね〉と署長がいった。〈そうです〉と私はいった。〈では、あなたのお母さんも、モロイというお名前ですか〉と署長がいった。私は、考えこみました」[3]。精神分析がしていることも、この程度のことであって、それが極めて革新的であるなどということはできない。精神分析は、一方において、今日では、精神病といわれる諸現象がいかに自分の基準理論の枠を超えているかということに気づいていながら、依然としてみずからは、自分流の問題を提起しては、その基本的見地たるオイディプス三角形の基盤からその解釈を発展させ続けているのだ。精神分析家は、シュレーバーの上位の《神》の下にはパパを見いだささなければならないといっている。となると、下位の《神》の下には兄をということになるが、なぜそうでなくてはいけないのか。分裂症患者は、時には辛抱ができなくなって、ひとが自分を静かにひとりにしておいてくれるように要求する。ところが、時には自分から仲間の中に入って進んで余計の趣向をさえ付け加え、自分に与えられた所定のモデルの中にあらためて自分自身の独自の立場を導入し直して、内部からこのモデルをこわしてしまうことも辞さないのだ（そうです、それが私の母です。ところが、私の母こそ、じつはまさしく《処女マリア》さまなのです）。シュレーバー控訴院長がフロイトに答えている姿は、容易に想像される。そうですとも。そうです、そうです。ことばを語っている鳥たちは、若い娘たちです。上位の《神》は、それは父のことです。そして下位の《神》は私の兄なのです。ところが、こっそりと、シュレーバーは、ことばを話すすべての鳥たちを介して若い娘たちを、上位の《神》を介して自分の父を、下位の《神》を介して自分の兄を再び孕ませるのだ。これらのすべての神聖な形態は、オイディプス三角形の極めて単純な諸項や諸機能を通過してくるに従って、かえって複雑なものとなる。あるいは、むしろ「単純なものでなくなるのだ」といった方がいいかもしれない。

私は父も信じない　母も

わたくちは〈パパーマンマ〉のものぢゃない

欲望する生産は、単系的線型状の二項体系を形成する。充実身体は、系列の中の第三項として導入されるが、しかし、この系列の右のような単系的線型状の二項的性格を破壊することはない。つまり、この系列は、2・1・2・1……といった形態をとるからである。この系列は、次のような転記に対しては全面的に抵抗する。すなわち、オイディプスのそれのような、典型的に三項よりなる三角形形態の中にこの系列を移行させ、こうした三角形形態に鋳造し直すような転記に対しては全面的に抵抗する。器官なき充実身体は《反生産》として生みだされるが、これがこうしたものとして介入してくるのは、三角形化のあらゆる試みを拒否するためでしかないのだ。この三角形の試みは、この器官なき充実身体が両親によって生みだされることを前提としているからである。この身体は、自分が自分自身を自動生産することを【つまり、自分自身でひとりで発生してくることを】みずから示している。あなたがたは、どうしてこの身体が両親によって生みだされるなどということを望むのか。じじつ、およそ投射の働きなどとは関係なく、この身体の上に、この身体が存在するその場所に、《ヌーメン》は分配され、もろもろの離接の働きが確立されるのである。そうだ、私は私の父であったし、また私は私の息子であった。

「私、アントナン・アルトー、この私は私の息子であり、私の父であり、私の母であり、そして私である」(4)。分裂者は、自分自身の独自の位置を決定する種々の様式を意のままに用いる。何故なら、かれは、何よりも、自分自身に特有な登録コードを自由に操作するものであるからである。この特有な登録コードは、社会的コードとは一致しないものであり、あるいはたとえ一致しても、それはその社会的コードをパロディ化するためでしかないといったものなのである。錯乱〔妄想〕するコードあるいは欲望するコードは、並はずれた流動性を示すものである。分裂症患者はひとつのコードから他のコードへと移行し、次々と提起される質問に応じてすばやく滑ってゆきながら、一切のコードをかきまぜてしまうのだ。かれは、何かといえばすぐさま同じ説明を与えることもしないし、同じ系譜を引き合いにだすこともしない。また、同じ出来事を同じ仕方で登録するということもしない。オイディプス的な陳腐なコードを無理に強制されても、いらだっていないときには、このコードを平気で受けいれることさえする。しかも受けいれるときには、もともとこのコードが排除しようとしていた離接をもすべて、再びこのコードの中に詰め直すことまでやってのける。アドルフ・ヴェルフリ(5)のデッサンは、さまざまの大時計を登場させている。タービン、発電機、天空機械、建物機械などを登場させている。それに、これらの機械の生産は、周辺から中央へ、いくつかの層や区域を次々と経由して、接続的な仕方で行われている。かれはこれらのデッサンに「説明」を加え、自分の気分に応じてこの「説明」を変えたりしているが、これらの「説明」が根拠としているのは、デッサンの登録を構成している系譜上の諸系列である。さらにもっと大切なことは、この登録がデッサンそのものに折り重なり〔そこに自分の像を写して〕、「破局」や「没落」を表わす線の姿をとって現われていることである。この場合、「破局」や「没落」を表わす線はそれぞれ、渦巻曲線にかこまれたその中のそれだけの数の離接に対応しているのである*6。分裂者は、たえず不安定な状態にありながら、常にバランスをとって立ち直る。その理由は簡単である。分裂者にとっては、〔一切のコードは流動的であるから、〕いたるところ、いかなる離接の中におかれても、結局は事態は同じことになるからである。ということは、器官機械が器官なき身体に引っかかり付着しても無駄であるということである。器官なき身体は、依然として器官なしにとどまり、ことばの通常の意味で有機体になることはないのである。この器官なき身体は、その流動的なすべすべした性格を護持するのである。生産の諸動因がシュレーバーの身体に着陸し、この身体に吊り下る場合も、事態は同様である。シュレーバーが身に引きつけているあの太陽光線は、数千の小さな精子を含んでいる。ここでは、光線、鳥、声、神経といったものが、系譜の上では《神》や《神》の分割された形態と複雑に結びついて、相互に交換可能なる関係を形成している。しかし、一切のことが生起し登録されるのは、器官なき身体の上においてである。つまり、諸動因の交接や《神》の分割さえもが、また碁盤の目のように縦横に走る系譜やそれらの系譜の入替え交換さえもが、生起し登録されるのは、この身体の上においてである。しらみがライオンのたてがみの中に住みついているように、すべてのことは、創造されないで始めから存在しているこの器官なき身体の上に存在しているのである。

2　主体と享受

独身機械、第三の綜合。連接的綜合あるいは消費の生産。「だから、これは……である」

「過程」ということばの意味を文字通り生かして事態を捉えれば、生産の上に登録が折り重なってくるわけであるが、この登録の生産そのものは、生産の生産によって生みだされてくるものなのである。同様に、この登録に続いて消費が起ってくるが、この消費の生産は登録の生産により、またこの登録の生産の中で生みだされてくるのである。ということは、主体の秩序に属する何ものかが、登記の表面の上に姿をみせてくるということである。ただし、この主体は、固定した一定の自己同一性〔身元〕をもたない奇妙な主体である。この主体は、器官なき身体の上をさまよい、常に欲望する諸機械の傍にあって、生産されたものからいかなる取り分を吸収するかによって自分が誰であるかを明確にしてゆくものなのだ。この主体は、いたるところで、自分が生成し転身することからその報償を享受し、みずから消費を終える時点において主体として生まれてくるのだ。だから、新たに消費を終えるたびごとに、主体はその時点において生まれかわって現われる。「だから、これは私なのである。だから、これは私のものなのだ……」。マルクスがいっているように、苦しむことさえ、自己を享受するひとつの形態である。恐らく、欲望する生産はすべて、既に直接的に消費であり消尽であり、したがって「享楽」なのである。しかしそうはいっても、それはまだひとりの主体にとってそうであるというのではない。主体は、登録の表面の種々の離接を介して、それぞれの地区の残余の中にしか姿を現わさないからである。シュレーバー控訴院長においていえば、かれは常にこうしたことを最も生き生きと意識している。宇宙的には享受の比率は定まっているのであるから、シュレーバーが女性に変容するのと引きかえに、《神》はシュレーバーから享楽をうることを要求する。ところが、この《神》の享楽のうち、シュレーバー控訴院長が体験しうるのは、その残りの一部の分け前のみであり、かれはそれを自分の苦しみの報酬として、あるいは自分が女性になった報償として受けとるだけなのである。「《神》にこの享受を提供するのは、私の義務なのです。そして、このことをすることによって、もしわずかの官能的な快楽が私に与えられることになるならば、私はそれを受けいれるのが正当なことだという感じをもつのです。長い間、私の宿命であった並はずれた苦悩と窮乏とを僅かに埋合せるものとして、そうした感じをもつのです」。生産のエネルギーとしてのリビドーの一部が登録のエネルギー（《ヌーメン》）に変容したのと同様に、この登録のエネルギーの一部は消費のエネルギー（《ヴォルプタス》）に変容するのである。無意識の第三の綜合は、「だから、これは……である」《c'est donc...》の連接的綜合、すなわち消費の生産であるが、この第三の綜合に活力を与えているのは、右の残りのエネルギーなのである。

　われわれは、この第三の綜合がいかにして形成されるのか、あるいは主体というものがいかにして生みだされるのか、といった問題を考察しなければならない。われわれは欲望する諸機械と器官なき身体との間の対立から出発した。根源的な抑圧のパラノイア機械において現われていたような、両者の反撥の関係は、奇蹟を行う機械においては、吸引の関係に代った。しかし、吸引と反撥との間には、依然として対立が存続する。この間に有効な和解が実現されうるのは、「抑圧されたものの回帰〔再来〕」として作動する新しい機械の次元においてでしかないように思われる。このような和解が現実に存在すること、あるいは存在する可能性があることについては、証拠は山ほどある。電動のパラノイア諸機械のすぐれたデザイナーであったロベル・ジー[6]については、別にこれといった正確なコメントもなしに、次のようなことがわれわれに伝えられている。「かれは、かれを苦しめていた種々の流れから自分を解放することができなかったために、かれ自身は、これらの流れが全面的に勝利あるいは凱旋する姿をほめたたえることによって、最後には強力にこれらの流れに加担することになったように思われる」[*7]と。フロイトは、もっと正確に、シュレーバーにおける病気の重要なる転機を強調している。その転機とは、シュレーバーが、女性になることをみずから受けいれ、自動治癒の過程の中に入る時点のことである。この過程は、《自然=生産》という両者の一体化の境地にシュレーバーを導くことになるものである。（この境地は、新しい人間性の生産である）。シュレーバーがじっさいに治癒して一切の自分の能力をとりもどしたとき、じじつ、かれは、自分が女性を演ずる素振りや装置の中に封じ込められているのを見いだしている。「私は、ときどき、自分が上半身は裸で、しかもリボンやイミテーションの首飾りなどをつけ、女性のように飾りたて、鏡の前やら、あらぬ所に立っているのです。ところが、こうしたことは、私がただひとりでいる時でないと起らないのです……」。こうして、パラノイア機械と奇蹟を行う機械に続いてその後に、新しい機械が現われてくるのだ。この機械は、欲望する諸機械と器官なき身体との間に新しい縁組を実現し、新たに人間を、つまり輝かしい有機体を誕生させるのであるが、この新しい機械を示すために、「独身機械」という名前を借りることにしよう。主体は、欲望する諸機械の傍に残余として生みだされるのだと語ることも、あるいは、主体それ自身は、生産するものとしてのこの第三の機械と一体をなしているのだと語ることも、同じことをいっているにすぎない。ここにあるのは、この生産するものとしての第三の機械がもたらす残余としての和解なのだ。すなわち、あの消費の連接的綜合【つまり、「だから、これはあれであったのだ」という驚嘆すべき形態をとるあの消費の連接的綜合】なのである。

〔文学作品にみられる独身機械〕

ミッシェル・カルージュは、かれが文学作品の中に発見したいくつかの幻想機械を「独身機械」という名の下に一括してとらえた。かれが引いている例はたいへんにさまざまなものであり、一見しただけでは、同じ範疇の中に入りうるものとは思われない。デュシャンの『……裸の花嫁』(7)、カフカの『流刑地にて』の機械、レイモン・ルーセルの諸機械、ジャリの『超男性』の諸機械(8)、エドガー・ポーの若干の機械、ヴィリエ・ド・リラダンの『未来のイヴ』等々。[*8] 考察された例によって、重要さの度合はさまざまであるが、これらの機械をひとつにまとめる根拠となる特徴は、次のようなものである。まず第一点。独身機械は、拷問、暗い謎、古い《律法》を具えていることによって、古いパラノイア機械の様相を示している。ところが、この独身機械そのものは、パラノイア機械ではない。歯車装置、牽引台車、交叉線路、転轍機、磁石、作動区域、といった一切のものが、独身機械とパラノイア機械とでは違うのだ。独身機械は拷問や死をもたらすときですら、それは何か新しい違ったものを表わしている。つまり、太陽の力を表わしている。〔では、こうした相異あるいは変貌は何によって起るのか〕。第二点。独身機械は、実際には最も高度の諸登記を内に蔵しており、（《未来のイヴ》のために、エジソンがなした登録を参照せよ）、こうした登記のおかげで〈奇蹟を行う性格〉を獲得しているのであるが、独身機械に認められる右の変貌は、この〈奇蹟を行う性格〉によっては説明されえない。ここに起っていることは、新しい機械によって行われている現実の消費なのである。つまり、自己色情とも、あるいはむしろ自動装置とも名付けられうるような快楽が生起してくるのである。ここでは、まるで、機械の色情性が、他の種々の力を無制限にでも解放したかのように、新しい縁組による婚礼がいくつも結ばれて、新たなる誕生、眼もくらむような恍惚陶酔が起ってくるのである。

質料〔物質〕。卵胞。強度〔内包〕。〈私は感ずる〉

問題はこういうことになる。独身機械は何を生産するのか。独身機械を通じて何が生産されるのか。この答えは、強度〔内包〕量の生産ということになるように思われる。ほとんど耐えられない事態に至るまで、純粋状態において強度〔内包〕量を経験する分裂症的経験といったものが存在するのである。――生と死との間に吊り下げられた阿鼻叫喚、感情の激しい移動、あるいは形象も形態もはぎとられた純粋でむきだしの強度〔内包〕状態、つまり、最高度に体験される独身の悲惨と栄光がそれである。ひとは、しばしば、幻覚と錯乱〔妄想〕について語る。ところが、幻覚の所与（私は見るのだ、私は聞くのだ）と錯乱の所与（私は……だと思うのだ）とは、より一層深い次元にある《私は感ずる》ということを前提としている。[9] この《私は感ずる》は、幻覚にその対象を与え、思考の錯乱にその内容を与えるものであるからである。「私は、自分が女性になることを感ずる」とか「自分が神になることを感ずる」などといったことばは、錯乱でもなければ、幻覚でもない。そうではなくて、幻覚を企て、錯乱を内在化しようとすることである。錯乱や幻覚は、真に一次的なものである感動に比べれば、二次的なものである。この真に一次的な感動がまず体験するものは、強度〔内包〕や生成〔何かになること〕や移行だけなのである。[*9] では、これらの純粋なる強度はどこからくるのか。これらの強度は、反撥と吸引という先にあげた二つの力に由来し、この二つの力が対立するところから生まれてくるのだ。ところが、そうはいっても、種々の強度そのものは相互に対立しながら、中和状態を望んで均衡をめざしているのではない。そうではなくて逆に、それらの諸強度は、器官なき充実身体を示す〈強度＝ゼロ〉の状態を起点として、すべて正の値をもっている。ただし、その値は、強度自身の相互の複雑な関係に応じて、また強度の原因をなす吸引と反撥との力の比率の変化に応じて、相対的に上下する。要するに、吸引と反撥との力の対立は、すべて正なる値をもった、一連の開かれた諸強度の境域を生みだすのである。これらの強度の境域は、決してひとつの体系の最終的な均衡状態を表現しているものではなくて、むしろ無数の準安定的な個々の停止状態を表現しているものなのである。ひとりの主体は、次々とこの個々の状態を体験し通過してゆくのである。カントの理論によれば、強度〔内包〕量は、種々の度合において、空隙なき質料を満たしてその内容をなすものとされているが、この理論は深く分裂気質を捉えたものなのだ。シュレーバー控訴院長の教説に従えば、吸引と反撥はさまざまに強力な強度をもった神経状態を生みだし、これらの神経状態がそれぞれの度合において器官なき身体を満たしてその内容を形成するのだ。〈シュレーバーの主体〉は、これらの神経状態を体験し通過しながら、永劫回帰の円環を辿って、女性になったり、種々に多くの別のものになったりする。シュレーバー院長の裸の上半身にある乳房は、錯乱でもなければ幻覚でもない。この乳房は、何よりも、器官なき身体の上の強度の一群の地帯を示しているのだ。器官なき身体はひとつの卵胞である。そこには、軸線と閾線が、緯度、経度、測地線が縦横に走っている。また生成や移行を印づけるグラジエント[10]が、つまり生成移行して発展するものの行先を印づけるグラジエントが縦横に走っている。ここにあるものは、何ひとつなにかを表象しているものではない。ここでは、一切が生きており、また一切が生きられ体験されている。じっさいに、乳房が生きられ体験される感動は、乳房には似てもいないし、乳房を表象することもない。それは、ちょうど、後になってある器官になると予め定められている卵胞の中のある地帯が、この地帯において最後に生成してくるその器官とは何ら似ていないのと同じである。ここには、強度のさまざまの群状地帯、もろもろの潜在的な力、種々の閾線やグラジエント、といったもの以外の何ものも存在しないのである。分裂者が質料〔物質〕に最も近づく【すなわち、質料の強力な強度の生きている中心に最も近づく】ことになる経験が存在するだけなのである。つまり、悲痛な余りにも感動的な、あの経験が存在するだけなのである。「この感動は、精神が感動を求める特定な地点の外にあるのだ……。この感動は、心を動転させる質料〔物質〕の音響を精神に自覚させるものなのだ。人間の魂は全面的にこの感動の中に埋没して、その白熱の炎の中を通過してゆくことになるのだ[*10]」。

歴史上のさまざまの名前

となれば、分裂者をあの無気力人間として【つまり、実在するものからは隔てられ、生命からは切り離されたあの自閉症的無気力人間として】描くことは、いかにして可能となったのか。もっと悪いことには、精神医学は、いかにして、分裂者をじっさいにあの無気力人間となし、この分裂者を、屍となった器官なき身体のあの状態に還元しえたのか。――分裂者こそ、精神が質料〔物質〕にふれ、その強度〔内包〕を生き、これを消費する耐え難い地点に定住しえた存在ではなかったのか。さらに、こうした疑問は、みかけの上では大変に異なる次のような別の疑問に関係づけられるべきなのではなかろうか。精神分析が、今度は〔分裂者ではなくして〕神経症患者を取りあげ、いかにして、この患者を、永遠に〈パパ－ママ〉のみを消費して他の何ものにも眼をむけないあわれな披造物に還元しようとしているのか、といった別の疑問に。いかにして、あの〈連接的綜合〉が、あの〈オイディプスの永遠に荒涼たる発見〉に還元されえたのか。つまり、〈「だから、これはあれであったのだ」、「だから、これは私である」といったあの連接的綜合〉が、〈「だから、これは私の父だ。だから、これは私の母だ」といったあのオイディプス的発見〉に還元されえたのか。われわれは、ここではまだこれらの問いに答えることはできない。われわれがここで明らかにするのは、次のことだけである。純粋諸強度の消費は、いかなる点で家庭的形態とは無縁なるものであるのか。また「だから、これは……である」という連接的な織物状組織は、どれほどオイディプス的な織物状組織と無縁なるものであるのか、といったことだけである。いったい生きた生命の運動の全体は、どのように要約されるのか。第一の道〔簡単な路線〕に従えば、こうである。器官なき身体の上の種々の離接点は、欲望する諸機械を中心としてその周囲にいくつかの収斂する円環を形成している。この場合、主体は、欲望する機械の傍の残りものとして【すなわち、その機械の付属物、あるいはその機械の隣接部品として】生みだされ、離接点が形成する円環のあらゆる状態を通過して、ひとつの円環から次の円環へと移ってゆく。主体自身は中心にいるのではない。中心は機械によって占められている。主体は周縁に存在し、固定した一定の自己同一性〔身元〕をもたない。それは、常に中心からずらされ、自分が通過する諸状態から引き出されてくるものでしかない。だから、これらの円環は、ベケットの『名づけえぬもの』によって描かれた輪のようなものである。「ワルツを踊るように、時には鋭く簡潔に、また時にはゆったりとした抛物線をえがく[11]」あの輪のようなものである。しかも、この輪は、マーフィーやワットやメルシエなどをその状態としてもっているが、これらの状態に対して家庭が何か関係をもっているということはない。以上の第一の道に対して、もっと複雑ではあるが、しかし結局は第一の道と同じものになるいまひとつの道があり、この道に従うとこうした事態になる。すなわち、パラノイア機械と奇蹟を行う機械とによって、器官なき身体の上に反撥と吸引とがさまざまの割合で生ずると、この割合が独身機械の中にゼロから始まる一連の諸状態を生みだす。主体は、この一連のそれぞれの状態から生まれ、そしてたえずその次の状態において再び生まれ変るのだ。この次の状態は、次の瞬間における主体の姿を決定するものなのである。主体はこうして、自分をたえず誕生させ生まれ変らせてゆくこれらの状態をすべて消費してゆくのである（この意味では、生きられる状態の方が、この状態を生きる主体よりも、いっそう根源的なるものなのである）。

このことは、クロソウスキーが、ニーチェを註釈してみごとにも指摘したことである。質料的感動としての気分、*Stimmung*が、最も高遠な思惟と最も尖鋭な認識とを構成するものとしてたえず現存しているということを指摘したことが、それである。[*11]「遠心力とは、永遠に中心を逃れる力なのではない。そうではなくて、さらに今一度中心から遠ざかるために、たえず新たに中心に近づく力なのである。遠心力はこうした激しい振幅をもっているので、ある個人が自分自身の中心を求めるだけで、自分がその一部をなしている円環全体に気づかない限り、この個人はこの激しい振幅に動転させられることになる。この振幅に個人が動転させられるのは、自分が見いだしえない中心の立場に立って考えてみると、この振幅のひとつひとつが、自分自身だと思われる別個の個人に対応しているからなのである。となると、個人の自己同一性〔身元〕は本質的に偶然的であることになる。だから、偶然的にこの個人、あるいはあの個人であることが、すべて必然的なることであるとされるためには、右の一連の個人がすべて遍歴されなければならないことになる」[12]。吸引と反撥、高揚と衰退の二つの力は、強度がゼロなる段階【これは器官なき身体を指示する】を起点として、さまざまの強度の一連の系列を生みだしてゆく。（「ところが、奇妙なことは、たんにこの強度の不在〔ゼロ〕を明示するためにも、ここでさらに新たな〈合流〉〔流入充溢〕が必要とされるということである」[13]。文献学の教授であるあの〈ニーチェの自我〉といったものは、もともと存在してはいないのだ。つまり、この自我が全く唐突に理性を失うとともに、いくたりかの奇妙な人物に一体化することになるのだ、などということではないのだ。存在するといえるのは、一連の諸状態を通過してゆく〈ニーチェの主体〉だけなのである。この主体が、歴史上のさまざまの名をこれらの諸状態に一体化させてゆくのである。歴史上のすべての名前、それはすべて私なのである……[14]。自我は円環の中心を放棄したが、いまや主体がこの円環の円周上に拡がることになる。中心にあるのは、欲望の機械であり、永劫回帰の独身機械である。この機械の残りものの主体である〈ニーチェの主体〉は、この機械が回転させていた一切のものから、読者がニーチェの断片作品にすぎないと思っていた一切のものから、幸福感に満ちた報償（《ヴォルプタス》）を引きだしてくるのである。「ニーチェがいま追求しようと思っているものは、ひとつの体系の実現ではなくて、ひとつのプログラムの実施なのである……。この実施はニーチェの言説の残滓といった形で現われるが、この残滓はいわばかれの芝居がかった演技の全レパートリーを形成することになるものなのである」[15]。ここでは、さまざまの歴史上の人物にみずから一体化することがではなくて、歴史上の名前を器官なき身体の上の種々の強度地帯に一体化させることが問題になっているのである。だから、そのたびに、主体は「これは私だ、だから、これは私だ」と叫ぶのだ。これまでに分裂者と同じ仕方で分裂者と同じほど深く歴史を学んだものはひとりもいない。分裂者は、いっきょに世界史を消費するのである。われわれは、分裂者を《自然人》*Homo natura*として規定することから出発したが、最後にくるのは《歴史人》*Homo historia*なのである。この《自然人》から《歴史人》への道のりは、ヘルダーリンからニーチェへの長い道程であり、そこではペースが次第に速くなるのだ。(「ニーチェにおいては、幸福感は、ヘルダーリンの冥想的疎外感ほど長くは続きはしない。——ニーチェに与えられた世界観は、〔ヘルダーリンにおけるように〕多かれ少かれ規則正しく継続する一連の風景や静物から始まっているのではない。ヘルダーリンにおいては、この継続は、ほぼ四十年にわたっている。ニーチェの世界観は、むしろひとつの出来事の回想パロディである。ただひとりの俳優が、このパロディを荘厳に一日の間にパントマイムで演ずることなのだ。——なぜなら、一切は、ただ一日の間に語りつくされ再び消えてゆくからである。——もっとも、この一日は、十二月三十一日から一月六日まで続かなければならなかったのであるが——ここで、ただ一日といわれているのは、普通のカレンダーが超越されているからである」[16])。

原注

＊1 Antonin Artaud, in 84, nos 5-6, 1948.

＊2 Victor Tausk, « De la genèse de l'appareil à influencer au cours de la schizophrénie », 1919, tr. fr. in *la Psychanalyse*, n° 4.

＊3 Karl Marx, *Le Capital*, III, 7, ch. 25 (Pléiade II, 1435). 大月書店版『マルクス・エンゲルス全集』廿五巻b、一〇六〇頁。Cf. Louis Althusser, *Lire le Capital*, les commentaires de Bakibar, t. II, pp. 213 sq., et de Macherey, t. I, pp. 201 sq. (Maspero, 1965).

＊4 Samuel Beckett, « Assez », in *Têtes-mortes*, Ed. de Minuit, 1967, pp. 40-41. 白水社版、ベケット『短篇集』一八七頁。

＊5 Sigmund Freud, *Cinq psychanalyses*, tr. fr. P.U.F., p. 297. 日本教文館版『フロイド選集』十七巻、一七二頁。

＊6 W. Morgenthaler, « Adolf Wölfli », tr. fr. *L'Art brut*, n° 2.

＊7 *L'Art brut*, n° 3, p. 63.

＊8 Michel Carrouges, *Les Machines célibataires*, Arcanes, 1954.

＊9 W・R・ビオンは、この〈私は感ずる〉の重要性を最初に主張した人である。しかし、かれは、これをたんに幻想の秩序の中に登記しているにすぎず、これをもって情動の領域で〈私は考える〉に対応するものとしているだけである。Cf. *Elements of Psycho-analysis*, Heinemann, 1963, pp. 94 sq.

＊10 Artaud, *Le Pèse-nerfs*, Gallimard, *Œuvres complètes* I, p. 112.

＊11 Pierre Klossowski, *Nietzsche et le cercle vicieux*, Mercure de France, 1969.

編者注

（1）シュレーバー控訴院長 Daniel Paul Schreber (1842-1911) ライプチヒで生まれ、法学を学んだのち、ドレスデンの控訴院長となるものの、五十歳頃、パラノイア（妄想型統合失調症）に苦しみ、その寛解期に自身の症状を書き留め、『ある神経症者の回想録』（一九〇三）を刊行。フロイトがこれを精神分析の観点から分析して「自伝的に記述されたパラノイアの一症例に関する精神分析的考察」（一九一一）を発表した。

（2）Samuel Beckett, 'Enough', in S. E. Gontarski, ed. *Samuel Beckett: The Complete Short Prose, 1929-1989* (New York: Grove, 1995), 189. ベケット「たくさん」『サミュエル・ベケット短編小説集』（白水社、二〇一五年）、一九二～九三頁。

（3）Samuel Beckett, *Molloy* (Paris: Minuit, 1951), 32.

（4）Antonin Artaud, 'Ci-gît', *Œuvres complètes*, Tome XII (Paris: Gallimard, 1974), 265, 259; 'Here Lies', trans. F. Teri Wehn and Jack Hirschman, in *Artaud Anthology* (San Francisco: City Lights Books, 1965), 247, 238.

（5）アドルフ・ヴェルフリ　Adolf Wölfli (1864-1930) スイスの芸術家で、'art brut' と呼ばれる、子供や精神病者による本能的・野性的芸術の最初期の芸術家のひとり。

（6）ロベル・ジー　Robert Gie (1869-？) スイスのベルン近くのソリュールに生まれる。一九〇八年に施設に収容され、一九二二年に社会的には治癒したとされる。「中心に機械のある磁気の分布」（*c.* 1916）といった素描画などが残されている。

（7）デュシャンの『……裸の花嫁』　Marcel Duchamp (1887-1967) による *La Mariée mise à nu par ses célibataires, même*『彼女の独身者たちによって裸にされた花嫁、さえも』を指す。『大ガラス』とも呼ばれ、一九一五年から一九二三年にかけて制作された。

（8）ジャリの『超男性』　Alfred Jarry (1873-1907) はフランスの小説家・劇作家。『ユビュ王』（一八九六）はシュルレアリストに大きな影響を与えた。『超男性』は一九〇一年の作品で、その中に見られる自転車に対する嗜好は、ベケットの『モロイ』を連想させる。

（9）「わたしは感ずる」の重要性を最初に指摘した精神分析家として原注で触れられている Wilfred R. Bion (1897-1979) は、ベケットが一九三〇年代にロンドンで受けた精神分析を担当した医師であり、ユングの連続講演にベケットを誘った人物でもある。「想像上の双子」（一九五〇）といった論文もあり、ベケットを考える上できわめて重要な精神分析家である。原注にあげられた著作以外に *Experiences in Groups and Other Papers* (1961), *Learning from Experience* (1962), *Second Thoughts* (1967) などがある。詳細に関しては、本書所収のアンジェラ・ムアジャーニ「ベケットと精神分析」を参照。
(10) グラジエント　数学におけるベクトルなどの勾配や勾配曲線を意味する。
(11) Samuel Beckett, *L'Innommable* (Paris: Minuit, 1953), 81.
(12) Pierre Klossowski, *Nietzsche et le cercle vicieux* (Paris: Mercure de France, 1969), 314.
(13) Klossowski, *Nietzsche et le cercle vicieux*, 98.
(14) Friedrich Nietzsche, Letter to Jakob Burckhardt, January 5, 1889, in *Selected Letters of Friedrich Nietzsche*, trans. Christopher Middleton (Chicago: U of Chicago P, 1969), 347.
(15) Klossowski, *Nietzsche et le cercle vicieux*, 335.
(16) Klossowski, *Nietzsche et le cercle vicieux*, 356.

(『アンチ・オイディプス』市倉宏祐訳、河出書房新社、一九八六年、二一〜三六頁より転載)

「疑似カップル」のセクシュアリティ――『メルシエとカミエ』論のために

田尻芳樹

1 序論

サミュエル・ベケットの作品に頻出する二人組には「疑似カップル」（"pseudocouple"）という言葉がしばしば使われる。だが、ベケットがこの言葉を使ったのは一箇所だけである。『名づけえぬもの』の始めの方で、場所も時も自分のアイデンティティも一切が不確かな状況の中で、語り手は自分の前で二つの奇妙なものが衝突して消えるのを見る。「私は当然、偽の二人組メルシエ＝カミエのことを思った」[*1]。『名づけえぬもの』出版時にはまだ出版されていなかった『メルシエとカミエ』（一九四六年フランス語で執筆、一九七〇年出版、一九七四年英訳出版）の二人組がこうして「疑似カップル」として名指される。本稿では、ベケット自身が唯一この言葉を当てはめたメルシエとカミエを、伝統的な道化二人組の系譜の中で捉え直し、特にその性的特質について考察してみたい。

まず、この小説の内容をおさらいしてみよう。二人の老人メルシエとカミエが、いくどかのすれ違いの末、出会い、旅に出る。その過程で、二人は旧知の女ヘレンのアパートに寄ったり、列車の中でマッデン氏に会ったり、旅籠で主人のゴール氏（＝ガスト氏）とやり取りしたり、その旅籠にカミエを探しにやって来たコネール氏に会ったり、気に入らない警官を撲殺したり、最後にはワットに会ったりするが、これらの出来事はいずれも通常の小説のような筋の展開をもたらすものではなく、単に二人の目的のない放浪の気散じになっているに過ぎない。二人はその間、頻繁に対話を繰り広げ、言い争いをしたり、仲良く腕を組んだりするが、一時的に離れることはあるものの、ほとんどずっと一緒にいる（ただし最後には別れる）。カミエがあるとき「もうこれ以上ごたごたせずに、今ここで俺たちは別れた方がいいんじゃないかとよく思うんだ」[*2]と言うように、離れようとすることもあるが、なかなか離れられない。このように書けば、誰しも『ゴドーを待ちながら』を思い出すだろう。実際、二人組が放浪するか、同じ場所にいるかという違いはあるものの、二人が無為に時間を過ごし、出来事が起きても何にも結びつかない、という点で、この二つの作品は酷似している。『メルシエとカミエ』が一般に『ゴドー』の先行テクストと見なされているのも無理はない。

また、すべてが信用できない自意識的な語り手によって語られ、その語り手がしばしば介入して物語内容の真実性を疑わせる。つまり、この二人組の物語は、「終わり」、「鎮静剤」、「追い出された男」、『初恋』など、ベケットが同じ時期に書いていた一人称の短篇において、語り手が時間をつぶすためにでっち上げる自らについての物語と同じ位相にあるのだ。一人称の枠組みが後退し、代わりに三人称による二人組の話が大きく前景化されているものの、二人はしばしば一体として記述されるし、交換可能でもある。実際、二人の目的のない旅は、それらの短篇や『モロイ』（これも一人称）のそれと内容的に重なる部分が多い（偶然遭遇する交通事故、警官との出会い、女性による庇護、所持品の喪失、突然の暴力など）。また、後に『マロウンは死ぬ』で語り手（＝書き手）マロウンは、サポスカットやマックマンの物語を書き、『名づけえぬもの』では、語り手が、自分の代わりにバジル、マフード、ワームなどの代理的存在を考案するが、メルシエとカミエは、それにつながっていく、語り手の代理表象だと言ってもよい。それが、伝統的な道化二人組の系譜を取り込んだところに『メルシエとカミエ』の独自性があるのだ。

2　道化二人組の伝統

洋の東西を問わず、道化的人物がペアをなして現われることはよくある。日本では『東海道中膝栗毛』の弥治郎兵衛、喜多八などその代表であろうし、今日の漫才のコンビに至るまで伝統は生きている。ベケットが若いころよく観たはずの喜劇映画で、チャップリンやキートンらと並んで一世を風靡したのがローレルとハーディの二人組だった。またベケットは、一九二〇、三〇年代のソ連でスターリンが公認した道化師ビムとボムに強い関心を抱いていたことが知られている。[*3] さらに、メルシエがやせたのっぽ、カミエが小柄なデブであるという取り合わせも、ドン・キホーテとサンチョ・パンサ、ローレルとハーディなど多くの道化二人組の特質をそのまま継承している。[*4]

ここで、道化二人組それ自体について考察を加えるなら、ウィリアム・ウィルフォードの『道化と笏杖』が参考になる。ウィルフォードは、道化は、道化と道化ならざる者との関係を内在化しているがゆえに、自己分裂、二元性に貫かれているとする。そしてそれが、道化と彼が持つ笏杖（ないし棒）という形で具現化されたと言う。

　中世の宮廷ジェスターは、彼の頭部の寓意的な模像が先端についた棒《ボーブル》を携えることで、この二元性を表わした。〔中略〕それを手に、ジェスターは自分自身に、棒に、時には聴いている満座の人々に向けてお喋りしたのだ。時には他の人間を叩くのにも、また攻撃的だったり、時には猥褻だったりする意想外のいたずらをいろいろと彼らにするのにも、それを使ったのである。*5

つまり、道化は棒を巧みに操ることによって現実の秩序をかき乱すのだが、その際、棒は、道化と道化ならざる我々の間を媒介し、両者の間の境界線と戯れる。そして我々になじみ深い道化の二人組という形象もここから生じるのである。次の一節は、「疑似カップル」の研究に決定的に重要なので、長くなるが引用する。

（愚行と、それを理解し、それと互いに係わり合うための我々の方法との間の相互作用を反映する）フールと彼自身の間の同様な相互作用が、一番単純なものではドタバタの笑劇といった無数の喜劇的エンターテインメントの形式の中でおなじみの、フールの対《つい》という仕掛けに見られるかもしれない。それは、互いの運命が係わりあう文学作品中の人物たちの多くのペアに、もっといろいろな形をとって現われている。例えばリアと彼のフール、ドン・キホーテとサンチョ・パンサ、ドン・ジョバンニとレポレロ、トム・ソーヤーとハックルベリー・フィンといった具合である。クラウンたちのもっと単純なレヴェルでは、ペアの一人は普通悪党《ネイヴ》か知恵者、他方は間抜けか鴨《かも》役で、アイデンティティの混乱、センスとノンセンスの混乱、ありきたりの現実とその中に潜む予期せざる無尽蔵の力を思わせるものとの混乱といった、息もつがせぬ驚異のさ中、二人は役割をめまぐるしく交換する。人物たちはどちらも他方なしでは存在し得ないし、彼らの交換可能性はしばしば、例えばダリオとバリオ、ブリックとグロック（前者は名クラウンの初期の相手役だった）、ディックとドフ（映画コメディアン、ローレルとハーディにつけられたドイツ名）というような、互いに互いの鏡となったフーリッシュ極まるその名前にも暗示されている。[*6]

ビムとボムが、その「フーリッシュ極まる」名前とともに、この系列に属することは言うまでもない。ウィルフォードは続いて『鏡の国のアリス』のトゥイードルダムとトゥイードルディー、『フィネガンズ・ウェイク』（ジョイス）の双生児シェムとショーン、『間違いの喜劇』（シェイクスピア）の喜劇的な召使ドローミオ兄弟（双子）などを同じようなペアの例として挙げている。おそらくこのような二人組はかなりの程度超歴史的で普遍的な現象と言ってよい。しかし、本稿ではそれら全体を一括して扱うのではなく、歴史的に焦点を絞って、西洋ブルジョア市民社会特有の性質を持った道化二人組を検討してみたい。

3　十九世紀の道化二人組

十九世紀半ばのイギリスでジョン・マディソン・モートン（一八一一〜九一）の『ボックスとコックス』（一八四七）なる笑劇が一世を風靡した。ヴィクトリア女王はこれを二回観たし、アーサー・サリヴァンはこれをもとにオペレッタ『コックスとボックス』（一八六六）を作った。その影響は『真面目が肝心』（オスカー・ワイルド）や『フィネガンズ・ウェイク』にも見られる。[*7]

印刷屋ボックスと帽子屋コックスは同じ部屋を間借りしているが、ボックスは夜、コックスは昼働いているのでその事実を知らない。しかし部屋の中で起きる奇妙な出来事からついに二人は鉢合わせして部屋の占有権をめぐって口論を始める。家主のバウンサー夫人が強欲で一石二鳥とばかりに二重貸しをしていたことが判明する。彼女が新しい部屋を準備する間、ボックスは実は自分はピネロピ・アンという中年未亡人と結婚するのを避けるため三年前に溺死したことになっていると告白する。コックスは直ちにその女が、自分が逃れたくてたまらない婚約者と同一人物だと悟る。二人ともピネロピとの関係を否定し互いに彼女を押し付けようとする。そこへ彼女の死を知らせる手紙が届く。二人は態度をころっと変え、彼女の遺産を相続する権利を得るべく彼女は自分の婚約者だったと言い始める。そこへ第二の手紙が届き、彼女は結局生きていて今にも二人の所に来ると言う。二人は再び態度をころっと変え、彼女から逃れようとする。彼女は実際に来るが、今やノックスという別の男と結婚したという書き置きだけを残して去る。ボックスとコックスは幸せそうに抱き合い、さらに二人は長い間生き別れていた兄弟だったことを悟る。

ボックスとコックスはその名が示すように伝統的な道化二人組だが、性に注目するとブルジョア市民社会特有の性質を帯びている。まず二人は女性嫌悪で結びついている。バウンサー夫人は強欲だし、ピネロピ・アンは凶暴な女として二人から恐れられている。かと言って二人は同性愛カップルでもない。そのような疑惑を持たれるには二人はあまりに平板な喜劇的人物に過ぎないし、また最後に二人が兄弟だと分かることで同性愛への関心は安全に摘み取られる。実は、道化二人組を最初に近代小説の主人公にしたと言ってよいフローベールの『ブヴァールとペキュシェ』(一八八一)にもまったく同じパタンが見られる。二人の中年男はともに女性に愛想を尽かしているが、第七章ではお互いに内緒で女性を追い求める。童貞のペキュシェは下女のメリーから生涯最初の性交で梅毒をうつされる。離婚歴があるブヴァールはボルダン夫人と結婚する直前で土地所有権をめぐる口論をして破談となる。そして二人はもう女はやめにしようと言って抱き合うのだ。[*8]

イヴ・コソフスキー・シジウィックが『男同士の絆』で論じたように、[*9]近代家父長制社会はホモソーシャルな男同士の絆に立脚しており、それが女性嫌悪と同性愛嫌悪の双方を生み出すとすれば、これらの二人組はそのパタンに見事に合致しているように見える。ここで大胆な仮説を提示するなら、十九世紀のブルジョア市民社会では、道化二人組はホモソーシャルな男同士の絆をぎりぎりまで顕在化する機能を持つと言えよう。男同士が露骨な女性嫌悪を通じて絆を強めるが、同時に同性愛の疑惑は喜劇性によって払拭される。彼らは自分が同性愛者ではないかという疑い（ホモセクシュアル・パニック）に悩むような心理的深みのある人物ではない。言い換えるなら、笑いの対象になっているからこそ二人の男は危険なくらい親密になりえたのだ。また、このように考えてくると、なぜ道化二人組は通例男のペアであり、女のペアがまれなのかという問いに対しても答えが見えてくるようだ。[*10]簡単に言えば、少なくともブルジョア市民社会において道化二人組は、社会の基盤である男同士のホモソーシャルな絆を顕在化し、それを限界点において笑うという社会風刺的機能を持っているので、どうしても男同士でなければならない。女同士のペアでは風刺にならず笑いがとれないのである。[*11]

4　『メルシエとカミエ』の性

さて、以上を念頭に置きながら『メルシエとカミエ』を考察してみる。まず、二人は頻繁に腕を組み、寝るときは並んで手をつないだりしている。二人は漫画のように描かれていることを考慮しても、同性愛的なにおいは強い。二人はまた結婚を否定している。二人は若いころ、結婚を嘲笑していたという記述がある（三八六）。カミエは独身だし、メルシエは（ブヴァールと同じように）一度した結婚を激しく呪い、「大量の糞みたいな」女のために、自分の大切な夢を諦めたことを悔やんでいる。その夢というのは「自分抜きでこの人類という種がせいぜいうまくやっていくようにする」というものである(四四七)。また、実際、自分の子供たちに出会ってもすぐに追い払う(四〇三)。女性嫌悪と同性愛的親密さにおいて、二人は十九世紀の道化二人組の延長線上にあるように見える。

しかし、より詳しく見てみよう。最初に二人が出会って抱き合ったとき、すぐ近くで二匹の犬が性交を始める。これは露骨に二人の同性愛を暗示しているように見えるが、「メルシエとカミエは、躊躇して視線を交わした。まだ抱擁を終えていなかったが、再開するのは気まずく感じられた[*12]」(三八四〜五)。つまり、二人は同性愛に関して自意識的なのだ。また別の場面でカミエは「メルシエの方に迫ったがメルシエはすぐに退いた。君を抱こうとしただけだよ、とカミエは言った。また別の機会にするよ、君があまり君らしくないときに」(四〇二〜三)。この後者の一節に関してポール・スチュワートは『サミュエル・ベケットの作品における性と美学』(二〇一一)で、「ここでのメルシエの後退がカミエの接近にあり、彼が異性愛に条件づけられた自己の境界を警備していないとき、つまり性的要素を認知し拒絶しているならば、そのような接近はメルシエがあまり自分らしくないときにのみ歓迎されるのだ」と述べている[*13]。『メルシエとカミエ』は二十世紀半ばに書かれているので当然、十九世紀の作品よりも性的要素に関して自意識的である。『ボックスとコックス』、『ブヴァールとペキュシェ』がこうした点でナイーヴだったのに対し、『メルシエとカミエ』には同性愛嫌悪の自意識がある点が明瞭に異なっている。

さらに異なっているのは、二人が明確に異性愛の性欲を満たそうとすることである。彼らは老人らしからぬ性欲で娼婦らしいヘレンのアパートに何度も行ったり、売春宿を探し求めて警官にとがめられたりする。ただし、その売春による異性愛も通常のものであるかどうか定かではない。あるときヘレンのアパートで、「裸体が交じり合った状態で、生け花をするときの物憂い手のこなしで、指でいじり合った」（四三六）という、三人が互いに手淫に及んでいるかのような部分では、スチュワートが言うように、同性愛と異性愛が混交している。[*14]

また、英語版では省略されている部分でメルシエはカミエに「またヘレンのおかまをほったのかい？」と尋ね、カミエはそれに対し、「やってみたが、ほかの事を考えながらだった」と答えるやり取りがあるのは注目に値する。[*15] これは少なくともカミエは、自分はルース（もしくはイーディス）の直腸に挿入したかもしれないがどうでもいいことだとし、「彼女もまた男だったのかもしれない、あれら男たちの一人」などと言う後のモロイと同じように、[*16] 性交の形態や相手の性別に無関心で、さらには男女という二項対立も、同性愛／異性愛という二項対立も無効になるような性のあり方を暗示しているかのように見える。

このように見てくると、メルシエとカミエの性はきわめてあいまいで、十九世紀のモデルをそのまま適用できないことが分かる。しかし、確実なのは、それが、手淫、同性愛、肛門性交、売春などどれをとってもブルジョア市民社会における通常の生殖、再生産に結びつくような性ではないということだ。これほど徹底した生殖の忌避は、スチュワートが網羅的に論じたように、ベケットの世界に色濃い、存在そのものへの呪詛と深く結びついている。たとえば、先に見たメルシエが自分の子供さえ追い払うような態度は、一切の生き物の再生産を呪う、後の『勝負の終わり』のハムに通じるものだ。[*17] 他方、これは、近代小説においてしばしばプロットを展開する駆動力となってきた異性愛＝結婚＝生殖＝家庭という主題系を拒否するという効果を持つ。二人が男女のカップルだったなら、それだけで読者の関心は二人の恋愛関係、性愛関係（あるいはそれらの失敗）の可能性に引き寄せられてしまうだろう。そういう異性愛がらみ、家庭がらみの物語が生成する芽を始めから摘んでおき、性の非生産性に徹するのである。[*18]

この点では、異性との関係が風刺的笑いの対象以上のものではない十九世紀の男性道化二人組と変わりがない。

エドワード・サイードの『始まりの現象』によれば、実は、十九世紀小説は、結婚と家族の増殖という物語の基本形から逸脱する傾向がある。「物語は生成の過程を表象する。字義通りには、時間軸に沿った男女のミメティックな表象において、隠喩的には、自動的に、人間の生殖の方法に倣って出来事の継起と増殖を生成させるという点で。しかし十九世紀小説の歴史は、虚構の物語の表象と、人間生活の実りある生成原理との間のギャップが増大していったことを記録している」[*19]。たとえば『白鯨』、『大いなる遺産』などは家族から離反した男性独身者=個人を主人公にしている。またフローベールの『ボヴァリー夫人』や『感情教育』は、結婚、家庭、子孫の増殖という物語が成立し得ないところでこそ小説は生産的なものになるということを如実に示している。サイードは言及していないが、『ブヴァールとペキュシェ』が、そのような物語だけでなく、その対立物である(『ボヴァリー夫人』のような)婚外恋愛の可能性すらも意図的に拒絶していることは明らかである。

サイードの論をふまえつつ、ウィンダム・ルイスの小説『チルダマス』に、『ブヴァールとペキュシェ』や『メルシエとカミエ』と同質の「疑似カップル」を見出したフレドリック・ジェイムソンの解釈(『攻撃性の寓話』)では、こうした男性独身者二人組の形象は、ブルジョア個人主義の構築と、後期資本主義におけるその解体の過渡期に、ある種の代償形成として出現したということになる[*20]。つまり、十九世紀小説で活躍した男性独身者(ブルジョア個人主義を体現)が弱体化することで、互いに寄りかからざるを得ないような二人組が登場したのである。となると、『ブヴァールとペキュシェ』は、一人の男性独身者がもはやヒーローになりえないことをも示していることになる。

しかし、『ブヴァールとペキュシェ』の場合、メアリー・オールが論じたように、[*21] 男だけで養子を取って家庭を持とうとする二人組が、同時代の異性愛体制への批判を宿している、と解釈することも可能だが、『メルシエとカミエ』の場合、そのような現実社会との関係を論じてもあまり意味がない。この二人組の物語は、無責任な語り手のでっち上げた話であるということを読者は絶えず意識させられるからである。すでに十九世紀の『ブヴァールとペキュシェ』は結婚と家庭が絡んだ物語の展開という伝統、およびその反定立としての男性独身者の活躍の双方に失効を宣言していた。『メルシエとカミエ』は、その主題的不毛性を継承しつつ、さらに、語りの真実性を疑わせる語り手の介入を通じて、語りそのものの不毛性という次元を加えることにより、二十世紀特有の虚無を浮き彫りにしていると言える。そして、ここに生きながらえている伝統的な道化二人組という形象は、その虚無の中で、笑いを引き起こす本来の機能を弱化させられ、むしろ、不毛な反復を作り出す装置（それが「疑似カップル」の本質だ）として、虚無感を深めることに貢献しているのである。[*22]

注

＊1　"I naturally thought of the pseudocouple Mercier-Camier". Samuel Beckett, *The Unnamable* (New York: Grove P, 1958), 11. 以下、邦訳文献を明示していない引用文の訳は拙訳。

＊2　Samuel Beckett, *Mercier and Camier*, The Grove Centenary Edition Vol. I. (New York: Grove P, 2006), 452. 以下、このテクストから引用する際は本文中に頁数を表記する。

＊3　ビムとボムとベケットの関係について、より詳しくは拙稿 'Wyndham Lewis's Pseudocouple: *The Childermass* as a Precursor of *Waiting for Godot*', *Samuel Beckett: Debts and Legacies — New Critical Essays*, ed. Peter Fifield and David Addyman (London: Bloomsbury, 2013), 215-38 を参照されたい。

＊4　『ワット』ではノット氏の召使いがこの組み合わせから成る。また、後に述べる『ブヴァールとペキュシェ』ではブヴァールは背が高く太っており、ペキュシェは小柄である。

＊5　William Willeford, *The Fool and His Sceptre* (London: Edward Arnold, 1969), 33. 高山宏訳『道化と笏杖』、晶文社、一九八三年、七一〜七四頁。

＊6　*Ibid.*, 38-42. 高山訳、八〇〜八一頁。

＊7　John Maddison Morton, *Box and Cox*, Kessinger Legacy Reprints. この笑劇の、シャーロック・ホームズ物語、『ユリシーズ』、『オデュッセイア』を始めとする様々な文学作品との関連に関しては、トモユキ・タナカの論文が最も網羅的である。タナカは、『ゴドーを待ちながら』との類似も指摘している。たとえば、いずれも男性二人組が、現われない人物（ゴドー、ピネロピ・アン）を待って時間をつぶし、別の人物（ポッツォ、バウンサー夫人）と一時の気晴らしをし、最後に問題の人物は現われないというメッセージを受け取るという構造を持つ。Tomoyuki Tanaka, '*Box and Cox*, the Homeric Sherlock Holmes, and Joyce's *Ulysses*,' *Hypermedia Joyce Studies: An Electronic Journal of James Joyce Scholarship* 9.1 (Feb. 2008): http://hjs.ff.cuni.cz/archives/v9_1/essays/tanaka.htm (Last consulted on 19 December 2014.)

＊8　ギュスターヴ・フローベール『ブヴァールとペキュシェ』、新庄嘉章訳『フローベール全集第五巻』、筑摩書房、一九六六年、一七九頁。この直後、二人は裸になって水桶で水をかけ合い、村人たちの顰蹙を買うが、二人が道化だからこそ、同性愛の疑惑を招きかねないこのような行為も表象可能だったのだ。

＊9　Eve Kosofsky Sedgwick, *Between Men: English Literature and Male Homosocial Desire* (New York: Columbia UP, 1985).

＊10　ジェイムソンは『攻撃性の寓話』で、疑似カップルを文学史の中に位置づけようとして、「疑似カップルは男性である」と端的に述べているが、それ以上掘り下げようとしていない。Fredric Jameson, *Fables of Aggression: Wyndham Lewis, the Modernist as Fascist* (Berkeley: U of California P, 1979), 59.

＊11　たとえば、『ボックスとコックス』のソースの一つであるウジェーヌ・ラビーシュとオーギュスト・ルフランの戯曲『フリゼット』では、ボックスとコックスのように知らず知らず同宿している二人が、男と

女であり、結果的に男女の誤解を通じての和解という通俗的テーマに収束している。また、『ブヴァールとペキュシェ』の霊感源とされるバルテルミ・モーリスの短篇『二人の書記』にしても、二人の男はそれぞれ妻を連れて田舎に引きこもる。これらいずれの場合も、女性が介在することで、純粋に男同士のカップルが持つ風刺のエッジが弱められてしまっている。Eugène Labiche, *Frisette, Théâtre I* (Paris: Garnier- Flammarion, 1979), 341-75; Barthélemy Maurice, *Les Deux greffiers*, in Gustave Flaubert, *Bouvard et Pécuchet*, ed. Claudine Gothot-Mersch (Paris: Gallimard, 1990), 558-65.

＊12　この部分は『ブヴァールとペキュシェ』第十章において、ブヴァールがボルダン夫人への性欲を再び掻き立てられて彼女の手を取ったとき、傍らで二羽の孔雀が交尾を始め、二人が気まずくなる場面と比較できる（新庄訳、二七三頁）。

＊13　Paul Stewart, *Sex and Aesthetics in Samuel Beckett's Work* (Basingstoke: Palgrave Macmillan, 2011), 103.

＊14　Stewart, 102-103. 二人は常習的に手淫しているようだ。「彼らの手は自由になっていつもの事をやり出した」（四六二）。

＊15　Beckett, *Mercier et Camier* (Paris: Minuit, 1970), 171.「またヘレンのおかまをほったのかい？ 'L'as-tu encore enculée?'」は、ベケットによるこの小説の英訳のタイプ原稿（レディング大学ベケット文書資料館所蔵）では 'Have you buggered her yet?' となっている。"enculer" は女性との通常の性交にも用いることがあるのに対し、"bugger" ではその両義性が消える。また英訳では、「もうおかまを掘ったのかい？」という意味になり、肛門性交が習慣的ではないことが暗示されている。なお、この "buggered" という語は横線で抹消され、さらにこの部分のやり取り全体がバツで抹消されている。ベケットは両義性を温存したかったのだろうか。（UoR MS 1396/4/23, 58）

＊16　Samuel Beckett, *Molloy*, tr. Patrick Bowles in collaboration with the author (New York: Grove P, 1955), 76.

＊17　Samuel Beckett, *Endgame, The Complete Dramatic Works* (London: Faber, 1986), 89-134.

＊18　『名づけえぬもの』の終わりの方で、語り手が、夫が戦死して悲しむ女が別の男と結婚したら、元の夫が戻ってきて……という荒唐無稽な愛と感情に関するメロドラマ風物語を徹底的に揶揄する部分（167-

68）を思い起こしてもよい。これは結婚と家庭を軸に展開する小説の伝統への呪詛と受けとめられる。

＊19 Edward W. Said, *Beginnings: Intention & Method* (New York: Columbia UP, 1975), 146.

＊20 ジェイムソンの論および本稿と関連する疑似カップル論については、拙著『ベケットとその仲間たち——クッツェーから埴谷雄高まで』、論創社、二〇〇九年、第三、四章と、拙論 'Transforming the Pseudo-Couple: Beckett in Kenzaburo Oe's *Good-Bye, My Book!*,' *Beckett's Literary Legacies*, eds. Matthew Feldman and Mark Nixon (Newcastle-upon-Tyne: Cambridge Scholars Publishing, 2007), 78-94 および注3で挙げた 'Wyndham Lewis's Pseudocouple: *The Childermass* as a Precursor of *Waiting for Godot*' を参照されたい。

＊21 Mary Orr, *Flaubert: Writing the Masculine* (Oxford: Oxford UP, 2000), 194.

＊22 本稿は、JSPS科研費22520228の助成を受けたものである。また関連する発表をオックスフォード大学、ブリストル大学、東京工業大学（日本サミュエル・ベケット研究会例会）で二〇一三年に行った。それぞれの機会にフィードバックをしてくれた方々に感謝する。

ジョイスの水の言語とベケットの泥の言語

近藤耕人

1　ジョイスの川のことば

かつてベケットはジョイスの「進行中の作品」を賞讃して、「ここでは言葉は二十世紀の印刷屋のインクの上品なねじれではない。それは生きている。それはページを押し分けて進み、輝き、燃え、色あせ、消えていく」といった。[*1] そのとき引き合いに出したのはディケンズの『大いなる遺産』で、その中のテムズ川の描写は「うずうずぴちゃぴちゃ音がする」といった。じっさいディケンズのことばはぬめぬめとテムズ川を流れていく。

泥でつるつるしている杭や石は、泥のなかからぬっとつきでており、赤い陸標や潮標も泥のなかからつきでていた。古い桟橋と古い屋根なしの建物が、泥のなかへぬめりこんでいた。なにもかもがよどんで泥まみれだった。[*2]

この潮の干満に左右されるテムズ河口の流れの交換は、主人公ピップの時計の振り子のように不安と焦燥、後悔と陰鬱の意識を反映増幅する。このねばりはジョイスの言語というよりもベケットの言語環境に近いが、たしかにジョイスの生き物としての言語の素材を表しているともいえる。『ガリヴァー旅行記』の第四篇馬人国《フウイヌム》渡航記の第九章冒頭、フウイヌム族の全国会議で、人間の姿をした獰猛で卑猥な動物ヤフーは「太陽熱のために腐った泥土の中からでも湧いたものか、それとも海の泥あぶくからでもできたものか」と話されたとある。

ジョイス語は世界の言語の泥を集めて、人間が原初泥から造られたように造られた。その言語は歌を歌い、感覚を追い、意識を辿る。意識は流れに喩えられたが、人間の意識は夢のように断片的で錯綜し、迷路を彷徨しながら出口なしに反復する。それは一筋の連続した流れではなくとぎれとぎれの想念の断片で、消えては浮かぶうたた寝の意識にその特徴が現われる。プルーストの主人公のように偶然の一瞬の感覚が発端となる長い物語ではなく、『ユリシーズ』最終挿話のモリーの延々たるエロティックな回想の内的独白の、甦えるエロスの肉体の讃歌とも違う。エロスの果てたあとの、消えなんとする物の名、言葉の断片の漂いである。

『ユリシーズ』第十三挿話で、一日中ダブリンを歩き回ってさまざまな場面に遭遇したブルームはサンディマウントの海岸へきて、ホメーロスの『オデュッセイア』の王女ナウシカア役の少女ガーティ・マクダウエルにエロティックな視姦の挑発を受け、ズボンの中で自慰に及んだあと岩に寄りかかり、つ いうたた寝をして夢想に漂う。*3

「うたたね」(Snooze)の「スヌ」(Sn)に始まることばには遊び心を含んだものが多い。スナップ(かみつく)、スナッピー(しゃれた)、スネア(わなにかける)、スナール(歯をむき出してうなる)、スナッチ

（ひったくる）、スニーク（こそこそ逃げる）、スニア（あざ笑う）、スニーズ（くしゃみする）、ステッカー（くすくす笑う）、スニフ（くんくんかぐ）、スニップ（チョン切る）、スノブ（俗物）、スヌーク（こそこそする）、スヌープ（こそこそうろつく）、スヌート（しかめっつら）。その上「うたたね」にはへどろ（ooze）が入っている。ウーズはディケンズのテムズ川のへどろだけでなく、ジョイスの『フィネガンズ・ウェイク』の中にも、またベケットの最晩年の作『いざ最悪の方へ』の中にもたくさん出てくる。ブルームはそのウーズの上でうたた寝をする。

"O Sweety all"（II - 八二二［II - 三二二］）で始まる七行は『ユリシーズ』中もっとも茶目っ気のある散文詩、うたた寝詩であり、最終挿話のモリーの内的独白にも匹敵するが、ここは女の官能的な回想の流れとは違って、名詞群による断片的な構成は単語の音韻と文字を拾って躍動し、うたた寝とは裏腹に、ブルームの脳裏には『ユリシーズ』全体を通貫する「女」のキーワードが嫉妬と憧憬の波に引き寄せられ、列をなして進んでいることが分かる。ジョイスの創作はへどろよりもこのエロティシズムの言語の海から拾い集めたことばのリズムからなっており、そのひとつひとつのことばの意味のイメージよりも、語の音、語のイメージを音符にして組み合わせ、ナラティヴを省略して物化した単語が連動する音の運動と化した。

この七行にはジョイス＝ブルームの女への憧れが詰まっている。最初の三語には『フィネガンズ・ウェイク』の第一部最終「アナ・リヴィア」の章の冒頭の"O tell me all about Anna Livia"（一九六［一九六］）がはるかに呼応している。ジョイスがこの作品でもっとも愛したリフィ川での二人の洗濯女の対話は、夜の川波のざわめきのうちに物語が閉じるが、コーネル大学図書館で一二行を挿入する喜びのあとを辿ると[*4]、ジョイスの女たちへの踊る心の動きが透かし見える。

可愛い少女の白い下着の奥に汚れた brace-girdle（ガードルコルセット）を見て無垢の girl はバーメイドに変わりそれでブルームは手淫をしてねばついた悪い二人。Brace は Grace（公爵夫人）に変じて八時半にブルームの妻で歌手のモリーをベッドで愛撫するマネージャーで愛人のボイランの声が聞こえる。最初の無味乾燥な単語の流れから小魚が飛び跳ねるように女の気配が増えて波立ち、生気が通い始め、逆にコック（ペニス）の音はなくなり、色っぽく茶目っ気のある室内楽になっていく。ガールにダーティがついてブレイスガードル（コルセット）になってからにわかに濃艶になり、ただの too が「二人のおいたさんグレイス・ダーリング」（II－八二一［II－三一二］）となる。ガーティとブルームはモリーとボイランに、ブルームがよく使う言葉、metempsychosis《メテムプシコーシス》がモリーの発音では met him pike hoses「彼に会った《メットヒム》とがったストッキング《パイクホーシズ》」になる。さらにジブラルタル時代のセニョリータ、モリーと恋人のスペインの黒髪の大佐マルヴィになる。モリーの身体も乳房もいまや豊満で、ユダヤの放浪の民が来年こそはエルサレムに帰らんと祈るように、こんどこそはズロース姿のモリーのなかへリップヴァン・ウィンクルの二〇年の眠りのように、またオデュッセウスの二〇年の戦いと放浪の後のように、一日のダブリン彷徨の疲労後の眠りから覚めて帰りたいと願う。この数分のうたた寝の中にダブリンの一日、エーゲ海の一〇年、そしてモリーの生涯が込められている。妻を寝取られ、ブルームの一つ覚えの世界観、輪廻転生の文句もモリーの口にあっては形無しにされたままだが、そのマゾヒスティックな苦笑いの蔭で、明日こそは回帰の夢を見る。

『フィネガンズ・ウェイク』の主人公H・C・Eの妻、ウィックロウ山中に源のあるリフィ川＝アナ・リヴィア・プルーラベルが長い川の旅、人生の終りで、父なる海＝ダブリン湾の河口に達し、川の言葉、一枚だけ身に残った木の葉＝川波が息も絶え絶えに父の足の上に沈んで、すなおに無言のまま死のうとする。身を洗い、父を崇敬し、岸辺の葦の間を潜り、遠く鴎の声を聞く。ここで終り、「わたしをわたしをしんでもわたしをもっとわすれないで」（mememormee!）という。終わりの一行は最初の原稿では、"A bit beside the bush and then a walk along the"[*5]であったが、決定稿では"A way a lone a last a loved a long the"（六二八）となっている。「ブッシュのわきをすこしそれからそって歩いて」の低木の幹も茂みもなくなって、「はなれひとりおわりあいされはるかに」（Ⅲ・Ⅳ、六二八）とゆるい川波の名残りのことばになり、作品の冒頭の「かわはながれる」へと還流していく。ブルームのメテムプシコーシス（輪廻転生）はここでいったんとぎれて、メメモルミーになる。これには「死すべきことを忘れるな」memento mori の文句が入っていて、アンナの沈黙と孤独と無名の木の葉は水に沈み、その流れはサミュエル・ベケットの文学に受け継がれるのである。

2 ベケットの喉《のど》の声

ベケットの『事の次第』は泥のことばのつぶやきとなって這い進み、『ユリシーズ』のようにダブリンの街や海岸を歌い歩くのではなく、「わたし」は泥の中を手足を使って必死で掻き動き、頭を上げては泥に沈む。「句読点なしの断片の書法はベケットの表徴的な文体だが、この形式はベケットがとくにこの小説のために彫琢したもので、それ以外にはどこにも使わなかった」とエドワード・マジェッサ・オレイリーはいった。[*6] この「わたし」の状況を日本語訳者の片山昇はダンテの『神曲』「地獄篇」第七歌で沼の泥につぶやく亡者を、ウェルギリウスが「……彼らは泥につかってつぶやいているのだ、『太陽に照らされた快い大気の中にいたとき悪徳に満ちた生活をしたため、心の中に憤怒が残り、いま黒い泥の中で悲しんでいるのだ』と。こんな讃歌を喉の中でつぶやくのは完全な言葉を出せないからなのである」（野上素一訳）といったのを引いている。[*7]「太陽に照らされた快い大気」は『事の次第』の中では「光の中の上方」という句で、過去の日常の世界の意味でなんども繰り返される。またベケットの評論『プルースト』の扉に掲げられたレオパルディの銘句《エピグラフ》「そして世界は泥だ」にも関連づけている。[*8]『創世記』第二章七には「エホバ神土《かみつち》の塵《ちり》を以《もつ》て人《ひと》を造《つく》り生気《いのちのき》を其鼻《そのはな》にふき入《い》れたまへり」とある。これらの人間の条件はともかくとして、ディケンズの言葉がテムズ川のへどろとなってねとねと流れているように、「ジョイスの言葉はなにかについて書いたのではなく、そのなにかそのものだ」[*9]と述べたベケットにとっては、人間の身体が泥で造られ泥にまみれているというよりも、身体の内部に入って、言語そのものが泥であり、ダンテの亡者のように泥の中からつぶやく泡であり声である。ダンテは「完全な言葉を出せない」（*Inf.* VII, 126）といい、ベケットが短篇の題名にも使った「舌足らず」ill saidと表現する舌であり喉である。『事の次第』の主人公「わたし」の状況は、「要約するに袋缶詰《かんづめ》泥暗闇沈黙孤独」[*10]（八［一一］）ということになる。心も喉も舌も泥であるだけでなく、さらにことばをいおうとする脳も泥となっている。思い出し語ろうとして、脳＝泥の中で聞こえてくることばを口にしようとすると、さらに肺と喉の泥の中で舌は難渋する。そしてあえぎが止まったとき、外から、あるいは内から聞こえてきたことばを「わたし」のことばとして語るとき、泥＝脳の中にほのかなイメージが映って見えてくる。「舌がねばりつく」（二八［四八］）こともあれば、「口いっぱいに泥をほおばる」（二八［四九］）こともある。泥は栄養になるか、食物の代わりになるかと自問する。

舌 **langue** は言語、文体という意味でもあるので、作者のことばが泥の中でうごめいており、思いついて、口を開いたままではママンとはいえないので、アアンといったりする。それはいまわの際であるのか、それで品位が保てるのならそれでもよいと思う。こうしてうつぶせになって青い目をつむり、薔薇色の舌を泥の中に垂らしながら手と足で進んでいき、口の中に泥が入って口を開けたまま渇きが和らいでいると、とつぜん泥の中に運動と青と白と風のイメージが現われる。

年の頃十六、七幸せこの上ないうっとりする天気卵青色の空可愛い雲が駒の列を進めわたしはわたしに背を向ける女の子もその子の手をわたしはその子はわたしの手を取り合ってお尻の眺め（二九［五〇］）

ことばがイメージを開いて、過去の外界の、「わたし」にとってはそれは光のある上界であるが、幼少のころの思い出の情景の語りが始まると、ベケットの文体はポスターのコピーのように単純明快なことばの連鎖になる。それはベケットが逃れようとする常套の物語の形骸で、「わたし」は泥の闇の中でのことばとの孤独な格闘に戻ろうとする。日の当たる上方の幼少時の回想は「わたし」にとっては懺悔すべき俗世で犯した罪であるかのようだ。微笑ましいこの小場面は暗闇に閉じた青い目とは違って、「わたし」のまなざしが少年少女の後ろ姿をとらえ、空の可愛い雲まで馬に見立てている。これはベケットのいわば言語の忌むべき性行為で、視線は泥まみれの手足とは違ってぬれた性器のように勢いづいている。

しかし「わたし」が関心をもつのは少女ではなく、「わたし」自身のぶざまな髪の毛、にきび面の素っ気ない顔、突きでた腹、前が開いたままのズボン、たわんで膝がぶつかるひょろ長い足である。ベケットの幼少年時代の故郷の風景がもとになっていると思われる、この泥から湧いたイメージはすぐにまた苦渋に満ちた泥の原に還る。四月か五月、犬を連れた少年とガールフレンドは競馬場の観覧席を眺め、丘を登り、頂でサンドイッチを食べる。エメラルドの牧草地を色とりどりの花が装うピクニックの懐かしい風景は一瞬後には言語の泥に沈んで、空の青も白もなくなる。舌はまた泥に垂れ下がり、口の中に引っ込み、今は真一文字になって終りになる。情景は空《くう》になり、「わたしはイメージを見た」〔三二［五五］〕という。この五ページ足らずは独立した小品として出版もされたので、泥とイメージの関係がよく分かる。口を開いて舌が泥で詰まったときにイメージが泥の中に映り、いっとき幸せな気分になる。舌の渇きがとれてもとに戻り、口を閉じるとイメージは終る。泥はベケットのことばであり、その泥の言語の中にイメージが湧く。これはことばとなる息が肺から発し、気管を出て声帯を震わせ、喉を抜けて口蓋の粘膜と柔軟な舌に象られながら、歯並びに縁取られ、唇の間から音節化されて発声されながら、頭にはそのイメージが映し出され、自分もその場面に入ろうとしても参加はできず、イメージの外でその尻を眺め、ほのぼのとした幸福感を覚えながらもふいと終って欲望が満たされることはない。この暗い泥の管を通ってことばが口で語られ、イメージが脳に映り、光が上方に灯るさまが、『事の次第』の「わたし」が暗い泥の中を左から右へ、西から東へ必死に這いながら、白いページに文字跡をつけて進む姿である。これは草原を歩いて地下に潜ったモロイとも、泥の死の床についたマロウンとも、壷ごと墓穴に埋められた「名づけえぬもの」とも見える。

ジョイスはダブリンの石畳の上に言語で町を造り人を住まわせ、リフィ川に言語の水を流したともいえるが、ベケットはフォックスロックの土壌の下に言語の墓穴を掘って住んだといえる。彼は十九世紀の写実小説の世界から脱出＝産み出されて、彼自身の泥の言語の世界を探求しようとした。第二次大戦とその後の世界をダンテの『神曲』の地獄の続きと受け取り、その煉獄の人間喜劇を書いて生きた。

ジャック・デリダは舌が肉（喉、口蓋、唇）と触れ合いながらことば（名前）が発せられる（生まれる）

過程をエロチックに述べたが、それはベケットの舌と泥の触れ合いからイメージ＝ことばが生まれる労働（書くこと、出産）の脳と喉＝子宮の共同作業について考えてみる契機になった。産まれてくるものが生きた肉ではなく空なるイメージを孕んだ文字であるところに、ベケットの生＝創作の難産の相がある。デリダは『絵葉書I』の中で、自分の中の言語＝舌を「君」と呼んで、「あの許しがたい文学に対抗して絵葉書という手を使っ[*11]」て哲学的エッセイを書いた。それは「君」に向かって送られることのない手紙を果てしなく書く形式である。

> 「君」は私に置き換わって私の言語＝舌まで君自身に送る。そのとき私は君が突然前ぶれなしに私に名を呼んだあの瞬間を思い出す、君は夜、私の喉の奥まできて、舌の先で私の名に触れていた。表面の下で、それは言語《ラング》＝舌の表面の下で起こっていた、静かにゆっくりと、これまでにない震え、異質な〔外国の〕言語《ラング》＝舌ともうひとつの言語《ラング》＝舌という、同時に二つの言語《ラング》＝舌における全身の痙攣。〔中略〕言語《ラング》＝舌の動きも自然な、時間をかけた、入念な歓び、そのとき君には言語《ラング》＝舌しか聞こえない、そしてたぶん、私たちだけがその沈黙を受け取る。〔中略〕彼女（言語）を独り占めにして行為に及び、快楽の叫びを上げさせ、バラバラにし、犯し、そして早まって射精する前に、とりわけ彼女自身が快楽を得る前に、できるだけ早く自分の爪あとを残すことができると思い込む、熱に浮かされた童貞[*12]

Langue は女性名詞なので言語＝舌のことをデリダは彼女と呼んでいる。ジェンダーの色濃いフランス語と淡白な英語による思考の違いもあるが、言語の源を舌と唇に遡及した点は共通しても、デリダには愛と性の寓意が強く、ベケットの言語が肉よりも泥に向かうのは、デリダのユダヤ的な肉と言語の濃密な関わりと、ベケットのマラルメ的な言語の精練の違いといえよう。デリダがユダヤ系のレオポルド・ブルームを主人公にしたジョイスの『ユリシーズ』のエクリチュールに深く関心を抱き、思索の源泉としたのには、ジョイスの作品にあふれる肉体の感覚と思考であろう。デリダは『ユリシーズ グラモフォン』の中で「ジョイスのエクリチュールでは出来事が展開して筋が込み入り翼を拡げると、読者はもう逃れようがなく、〈出来事の［彼の］記憶の中にいる〉ほかはない」[*13]という。これは『ユリシーズ』が十九世紀までのヒーローを主体とする年代記的小説ではなく、一時間ごとの感覚と意識の交響楽であるということで、バフチンのいうようにドストエフスキーにも通じるが、『白痴』は会話の意味の交差のポリフォニーである。

ジョイスの『若い芸術家の肖像』の中で、作者をモデルにしたスティーヴン・ディーダラスは学寮の朝の床でインスピレーションを受けて言語を受胎し、詩を出産するが、それは流れる水の歌となった。[*14]ベケットは長い泥の産道を這い進んで誕生し、少年時代は地上の光を浴び、羊や犬を見もしたが、石室に横になって風の音や遠い石切り場で石工が十字の墓石を刻む音も聞いているのが性に合った。[*15]その後彼は泥の言語の煉獄を歩むが、言語の墓を掘り進む道を選んだ。ベケットは喉の粘膜と舌の運動を続けると、ことばとともに遠い記憶のイメージが脳＝泥の中に映り、そこに自分の姿を見る。過去のイメージに他者としての自己を認知する。

ジョイスの文学は yes / yes であり、ベケットの文学は no / yes であるといえる。のちに『事の次第』の中に差し込まれる十ページの小品『イマージュ』では、「とつぜん泥のなかにわたしはわたしを見るわたしはわたしをというわたしがわたしはというようにわたしがかれというだろうようにおもしろいから」[*16]

となっていた。一人称のmeでもjeでも三人称のilでもいい。「わたし」はただ聞いたようにいっている。デリダはことばを舐《ねぶ》って抱きしめるが、ベケットは任意の人称代名詞を選んだのと同じように、だれかが語っていることばのように眺めており、羊や馬や雲のイメージも、「イメージを見た」ということばだけが残る。ベケットは人間や言語の発生の起源まで遡り、物質の単位と宇宙の運行と時間の延長に思念を拡げ、その現われを任意の個人の脳の中に見、それを語ることばが頭に浮かんで聞こえるままに喉から産み出し続ける。

石炭袋は孤独な「わたし」の連れ、「わたし」の身体、肉である。「わたし」のことばがそこから吐き出される肺であり、イメージが湧いて見える脳である。この泥の身体はぴちゃぴちゃquaquaと身体の内外ともに水の音に包まれて、胎児のように這い進む。

> 早く頭を袋のなかに憚りながらそこにはあらゆる時代のわたしの苦悩がことごとくあるそれでも苦にはならぬ細胞という細胞でどっとあがる馬鹿笑い缶詰はカスタネットのようにカタカタ鳴り身もだえするわたしの下で泥がごぼごぼ音を立て一息に屁をひり小便を出す。（六九［三八］）

スウィフトやスターンの身体言語のシニカルな笑いとともに、ラブレーのガルガンチュアのガストロノミックな胃と喉の哄笑が共鳴している。これはディケンズにはないベケットの黒い笑いであり、ジョイスのセクシュアリティも超えている。

鰯の缶詰と缶切りの入った石炭袋を首に下げたり抱きしめたりしていた「わたし」は一人の男に出会い、その二人は相棒となって密着するが、男は「わたし」の身体であった袋に代わる。「わたし」は袋にことばを吹き込み、袋は「わたし」のあえぎが止まったとき、肺の中からのようにことばを吐き出していたが、今や「わたし」はこの男に爪やこぶしで頭蓋やひじのくぼみに刺激を与えて、ことばを喋ることを教え始める。Mで終る一音節の名前BOMをつけ、爪で肛門をOとして前後にBとMと刻みつける。袋は泥であり便であり、栄養でありことばの元である。それは「わたし」であるが、「わたし」の身体に代わる袋として書かれ、さらに連れの他者となって名前を与えられる。その背中に「わたし」は右人差指の爪でローマ字の大文字を左から右へ、上から下へ刻みつける。

> 切れ目なしに段落もなくコンマもなくひと息ついて考える時間は一秒たりともなく切れ目なしに一《いっ》気呵成《きかせい》人さし指の爪で書く爪が落ちるそのときまでそしてすり切れた背中にはあちらこちらに血がにじみそろそろ終わりに近づいていた昨日もそうだった途方もなく長い時間の昔にも（七〇［一三二］）

　これは作家が書くことのプロセスを記述したようなものである。このピムまたはボムは袋という物が「わたし」の身体の代替物であるように、「わたし」を他者化してなお「わたし」に密着している動物で、**him**と**me**はテクストでは隣り合わせに並んでおり、別物でありながら交換でき、同一物の分裂した代名詞である。そして次第に「わたし」**me**にこだわるようになる。袋もピムもじつは「わたし」であり、「わたし」の声、「わたし」のことばである。「わたし」はそのことばの音も意味もたくさん忘れていく。「わたし」は今まで「光のなかの上の世界」でとはいわないが、黄泉の国で亡霊を求めて、ここで「おまえのこの生活」つまり「わたし」の声を生きてきた。「一言でいえばわたしの声」（九五［九四］）なので、そのためにじつにたくさんのことばをつないできた。示された三つの文例を見る。

第一文例

彼〔ボム〕はわたしの左手にいて彼の右腕はわたしを抱え彼の左手は袋のなかのわたしの手のなかに彼の耳はわたしの口に押しつけられわたしの光のなかの生活つぶやきわずかな古臭い文句どこまでもつづく紺碧の空朝のあとには夕がつづきそのほかの時間の区切りひとつふたつのありふれた花いつも明るすぎる夜なんといったって安全な場所どれもこれも地獄のわが家わたしはいつも彼のところにいて思いのままつぶやきわたしらがお陀仏にならなかった昔のペストからは頭のてっぺんから足の先まで孤独なねずみ闇のなかで泥のなかで（九五［一七六〜七］）

第二文例

ピムなしボムなしわたしだけわたしの声ほかになしそれはわたしを離れるわたしはわたしを離れるそれはわたしに戻ってくるわたしはわたしに戻る（九五［一七七］）

第三文例

理想の観察者の下で口とその周辺下部一帯のとつぜんのろうばい薔薇色の舌の短い飛び出しわずかな泡のビーズそれからとつぜん真一文字唇はなくなり弓と弓かたくしめて粘液の歯肉のあともない（同）

最後の文例のすさまじい言語と舌の格闘の形相は、『事の次第』が予想させ、その洗練を極めた後期三部作の第二作『見ちがい言いちがい』の終りで、まなざしの注視の限界に至ってついに瞳孔に呑み込まれたかのように虹彩が欠落し、白目とはいわぬまでも強膜が半分になってしまうのにも匹敵する。この三文例はこの作品の三部に相当し、第一部はピムに出会う前、「わたし」の幼少時代の故郷や両親のイメージ、とりわけガールフレンドとハイキングをした四月か五月の卵青色の空、白い雲、エメラルドの牧草と色とりどりの花、競馬場の白い柵、薔薇色の観覧席に代表される。それらの光と色彩は安定した「古臭い文句」の見本である。第二部はピムとの出会いと共生の時期で、泥の袋とピムの身体ともがきながらピムにことばを教え、わたしは泥の中から聞こえる声をそのままいうが、それはピムへの、じつは自分の身体への拷問の果てしない時間であるが、冒頭で「それなりにわたしにとっても彼にとっても幸せな時」(五一［九二］)といっている。ベケットが「地獄のわが家」と書いたように、それは泥の中でのことばの記号の交換の時であり、ベケットが自分独自の文体と格闘していた時代であろう。第三部はピムもボムもいなくなり、「わたし」は自分ひとりに還り、口を一文字に閉め、ことばが出なくなる。第三部の結語は「人を苦しめたことなしそう苦しんだことなし応答なし苦しんだことなしそう人を捨てたことなしそう捨てられたことなしそうそれではそれがここの人生応答なしそれがここでのわたしの人生絶叫よし」(二四六［二六九〜七〇］)であり、そして「くたばる絶叫わたしはくたばるかもしれない絶叫わたしは間もなくくたばるのだよし」(二四七［二七〇］)という。

ベケット生前最後の文学的発言として、「なんと言えば」('What is the word')という詩文の中で、名詞は「言葉」のほかに「愚劣」だけで、「すべて　これ　これ　ここ――」という句がある。[*17] 近代文学が追求してきた「いまここ」の現実が、ここでは「わたしの生」ではなく、「なんの言葉か」で終っている。それに対峙する言葉は「愚劣」である。それはフローベールの『紋切型辞典』の「愚劣」を継承するものかもしれない。『事の次第』もフローベールの遺作『ブヴァールとペキュシェ』があらゆる科学の学習と実践に失敗し、再び二人で互いに筆耕をやる結末で終る文学の自嘲の系譜にあるともいえよう。

H・ポーター・アボットはこの作品の冒頭近くにある「原初の泥のぬくもり」(一一〔一六〕)という句にこの全テクストがもとづいており、ベケットが聖書にあることばの創造性とものそれを融合させてものの起源についての聖書的な形而上学を再生させたといい、「口の中の泡」と「泥に垂れた」這行者の舌は神がそれからアダムを造った泥と、神がそれによって泥に生命を吹き込んだ「ことば」の再生だという。[*18] しかしベケットのことばは人間や生命を創造する肯定的な契機ではない。「わたしはひとり旅をしたわごとをいい殉教者にしたり殉教者にされたり」(一一七〔一三四〕)といっているが、これは罪を償うためでも救済を求めるためでもなく、「安らぎのため」だという。

私がかつてベケットに、「あなたの文学は死=沈黙が必然的に究極点になるように思えますが、そこに到達したいと思いますか」と訊いたとき、ベケットは「その終りに至る長い旅だ、やっかいな……だが、慰めでもある」と答えた。[*19]

ハイデガーは『存在と時間』の中で現存在の存在として「関心」(Sorge 気遣い)を取り出したが、その歴史的証言としてヒュギヌスの寓話を引用している。

「憂い」(cura)は陶土の一塊を手にとって形どり、それにユピテルから精神を授かった。それを名付けるについて「憂い」と地とが争い、サトゥルヌスを判官に立てた。判官はいみじくも裁いて述べた。

「〔……〕さて憂いよ、
汝ははじめてそれを形どったのだから、
その者が生きてある間は、汝が手もとに
それを取りおくがよい。しかしながら、
その名について汝らに争いがあるならば、
それは明らかに地［humus］から作られたものゆえ、
人［homo］と呼ぶがよかろう」と。[*20]

ここではことば（名前）は「人」であった。サルトルはかつて『文学とは何か』の中で、文学作品は作者と読者の自由を目的とすべきだと論じ、散文について、「言語はわれわれの甲殻や触覚であって、他人に対してわれわれを保護し、他人についてわれわれを教えるわれわれの感覚の延長である。われわれは身体のなかにいるように言語のなかにいる」[*21]と、言語を身体の延長の道具と考えた。ベケットの言語は身体であり人である。その基底には主体の素材である物としての身体の他者性の認識と、その他者化した身体と主体をつなぐ、物＝身体の声のことばがある。その他者性の認識が第二次大戦を共に体験したサルトルと時代的にも共通しながらも、それを超えて他者＝物から発する声のことばの感受は、サルトルにはないベケットの文学の原資である。それは神の言葉でも芸術家のインスピレーションでも、使い古された紋切型用語でもなく、人のことばだが、それが「ことばとはなにか」と自問するベケットの憂い――自分の身体（泥）とそこから聞こえてくる声の文学的実存への関心のつぶやきである。

注

引用箇所は筆者適宜加筆。

＊1 Samuel Beckett, "Dante... Bruno. Vico.. Joyce," *Disjecta: Miscellaneous Writing and a Dramatic Fragment* (London: John Calder, 1983), 28.

＊2 Charles Dickens, *Great Expectations* (London: Penguin Books, 1996), 438-39. 山西英一訳『大いなる遺産 下』、新潮文庫、二〇一一年、三五三頁。

＊3 James Joyce, *Ulysses: A Critical and Synoptical Edition*, Vol. I, II, III (New York: Garland Publishing, 1984), 821.（ジョイス『ユリシーズ』Ⅰ、Ⅱ、Ⅲ、丸谷才一他訳、集英社、一九九六〜一九九七年、Ⅱ、三二二頁。

＊4 James Joyce, AM [Draft of Nausicaa episode of *Ulysses*] Autumn 1919, The Cornell Joyce Collection, Cornell University Library.

＊5 David Hayman, ed. and annot., *A First Draft Version of Finnegans Wake* (London: Faver & Faber, 1963), 285.

＊6 Edouard Magessa O'Reilly, *Samuel Beckett, Comment c'est, How It Is and / et L'image: A Critical-Genetic Edition, Une édition critico-génétique* (New York and London: Routledge, 2001), x.

＊7 片山昇「解説」『事の次第』二八〇頁。

＊8 同書、同頁。

＊9 Beckett, "Dante... Bruno. Vico.. Joyce," 27.

＊10 Samuel Beckett, *How It Is* (New York: Grove Press, 1964). 以下、引用はこの版による。

＊11 Jacques Derrida, *La carte postale de Socrate à Freud et au-delà* (Paris: Flammarion, 1980), 13. デリダ『絵葉書Ⅰ ソクラテスからフロイトへ、そしてその彼方』若森栄樹・大西雅一郎訳、水声社、二〇〇七年、一八頁。

＊12 Derrida, *La carte postale*, 198. デリダ、同書、二六九〜七〇頁。

＊13 Jacques Derrida, *Ulysse Gramophone* (Paris: Éditions Galilée, 1987), 21. 合田正人・中真生訳『ユリシーズ グラモフォン』法政大学出版局、二〇〇一年、一六頁。

＊14　James Joyce, *A Portrait of the Artist as a Young Man* (Harmondsworth: Penguin Books, 1960), 216. ジョイス、大澤正佳訳『若い芸術家の肖像』岩波文庫、二〇〇七年、四〇四～五頁。

＊15　Samuel Beckett, *Company* の中に彼の伝記的と思われる記述がある。

＊16　Samuel Beckett, *L'image* (Paris: Minuit, 1988), 11.

＊17　Samuel Beckett, "What is the Word," *As The Story Was Told* (London: John Calder, 1990), 131-34.

＊18　H. Porter Abbott, *Beckett Writing Beckett: The Author in the Autograph* (Ithaca and London: Cornell UP, 1996), 103.

＊19　近藤耕人「サミュエル・ベケット会見全記録」『水声通信22』第四巻一号、二〇〇八年、四六頁。

＊20　Martin Heidegger, *Sein und Zeit* (Tübingen: Max Niemeyer, 1993), 197-98. 細谷貞雄訳『存在と時間　上』筑摩書房、一九九四年、四一五～一六頁。

＊21　Jean-Paul Sartre, *Qu'est-ce que la littérature* (Paris: Gallimard, 1948), 26. 加藤周一・白井健三郎訳『文学とは何か』人文書院、一九五二年、二〇頁。

その他の参考文献

Joyce, James, *Finnegans Wake* (London: Faber & Faber, 1939). 柳瀬尚紀訳『フィネガンズ・ウェイク（I・II、III・IV）』河出書房新社、一九九一年、一九九三年。

Beckett, Samuel, *Nohow On: Company, Ill Seen Ill Said, Worstward Ho* (London: John Calder, 1989); *Compagnie* (Paris: Minuit, 1980); *Mal vu mal dit* (Paris: Minuit, 1981).

Caputo, John D. *Deconstruction in a Nutshell: A Conversation with Jacques Derrida* (New York: Fordham UP, 1997). 高橋透、黒田晴之、衣笠正晃、胡屋武志訳『デリダとの対話　脱構築入門』法政大学出版局、二〇〇四年。

Scholes, Robert E. ed., *The Cornell Joyce Collection: A Catalogue* (Ithaca: Cornell UP, 1961).

西村和泉「サミュエル・ベケット『事の次第』におけるコクーニングとポリフォニー」『演劇映像学２００８』第2集、演劇博物館グローバルＣＯＥ紀要。

第5章

テクストよ、語れ

ベケットにおけるダンテ

ディルク・ファン・ヒュレ　井上善幸 訳

一人の師として、ジョイスは若きベケットに、とりわけパリでの濃密な協力関係の時期にきわめて大きなインパクトを与えた。最初の時期（一九二八年から一九三〇年代初頭にかけて）、ベケットはジョイスをひじょうに賞讃しており、彼の癖、たとえば白ワインを飲んだり、決まったにぎり方で煙草を指の間にはさんだりすることなど、いくつかの癖を真似たりするほどであった。[*1] ベケットはまた、ジョイスの累積的な「メモ取り」方法を、死後出版となった最初の小説『並には勝る女たちの夢』に応用した。ジョン・ピリング編集になるベケットの『「夢」創作ノート』[*2]（レディング大学ベケット・アーカイヴ所蔵）は、注目すべき短い語句で満ちており、大抵はそれが引き出された引用元への参照なしに行なわれている。この「言葉の戦利品」（ベケット自身がそのように呼んでいるのだが）は、ジョイスの『フィネガンズ・ウェイク』（一九三九）の創作ノートと比較することができる。しかし小説を執筆している間にベケットはこの方法は自分の目的にはあまりうまく当て嵌まらないことに気づいた。一九三一年十一月初旬の手紙で、ベケットはトマス・マグリーヴィに宛てて次のように述べている。すなわち、言葉の素材の塊が自分が

「まさに言おうとしていること」を今にも「絞め殺し」そうだ、とピリングはベケットの言葉を引用している。[*3]

ジョイスとの濃密な協力関係の第二の期間には、『並には勝る女たちの夢』完成後の中間の時期においても同様に、ベケットは自分の師であるジョイスからある程度距離を取ろうと努めた。とりわけ異なるノートの取り方を応用することによって。これはベケットがとつぜん蜘蛛《クモ》となり、ジョイスの蜜蜂のような方法を撃退するようになった、ということではない。ベケットは自分自身の蜘蛛の巣を「自分自身の手で、しかも完全に自分の体から絞り出した素材を使って」[*4]組み立てたいと望んだのかもしれないが、ダンテのような偉大な先行者たちの「手本・模範」に対する自分の負債についても十分自覚していた。それはちょうどダンテもまた自分でもウェルギリウスへの負債を十分認めていたことと同じである。「自分に名誉をもたらしてくれた高貴な文体をわたしが学び取った唯一の人」（ダンテ『地獄篇』第一歌、八六〜七行）。それゆえ、ベケットの言葉の戦利品は、自分がまさに言おうとしていることを窒息させるという感情を抱いていたにもかかわらず、ベケットは自分の「自然に対する遍在的略奪」[*5]を徹底化させ、蜜蜂の戦略に従い、「方法と技術ばかりでなく、継続期間と材料」[*6]をも検討したのである。

とりわけ継続は一九三〇年代の後半におけるベケットの引用を特徴づけるきわめて重要な新しい要素であるように思われる。ベケットの広範囲にわたる注は、執筆する読者の産物であるという印象を与えるのに対し、ジョイスが『フェネガンズ・ウェイク』のノートに短く書き留めたメモは、明らかに読書する作家のそれであり、「あとに続く再結合の興味ある目的のために」[*7]なされ、いつでも取り込む準備が整っているものである。ベケットは哲学と心理学に関するあらゆる種類の書物を読み、ゲーテの『ファウスト』などのような文学の傑作からの長い引用も抜粋している。このように、ベケットは莫大な量の読書メモを集め、しかも見たところ、特にすぐに利用する目的もなくそうしているように思われる。メモの長さと、メモを取る時の入念さをみると、もしこのメモがなんらかのかたちで利用可能なものになるとすれば、それは長期的なものとなるだろう、ということを窺わせる。ベケットは直接的には初期のダンテに関するメモは使わなかった。それらは成熟過程を経ることになる。ベケットが一九三〇年代から四〇年代にかけて『神曲』からの断片を使い始めた時、他のメモ——例えばダブリンのトリニティ・カレッジの草稿番号一〇九六六とか、レディング大学所蔵の草稿番号三〇〇〇といったメモ——に頼ったのかもしれない。

ベケット作品における最初のダンテ的要素の一つは、憐れみという概念である。ベケットの初期の詩「テクスト」(『ヨーロッパの隊商』一九三一年初出)は、「憐れみ給え」という言葉で始まっており、この言葉は『地獄篇』第一歌においてダンテがウェルギリウスに最初に呼びかける語である。「我を憐れみ給え」(第六五行)。脚注においてE・ビアンキはこれを以下のように翻訳している。「我を憐れみ給え!」[*8](Pietà di me!)。第四歌において「憐れみ」という概念は重要なテーマとなり、ベケットは以下のようなメモを残している。「ダンテの憐れみの感情は、さらに恐怖感とも結びついていることに注意せよ」[*9]。

同じメモのなかでベケットは『地獄篇』第二十歌の中の一行と関連づけており、これは最初に雑誌『ジス・クォーター』に一九三二年十二月に発表された「ダンテとロブスター」という短篇の主要なモチーフとなったものである。主人公のベラックワは叔母がロブスターを生きたまま茹でようとしているのを憐れむ。「テクスト」の中の最後の方の一行によれば、「憐れみは死とともにすぐ去る」[*10]。「ダンテとロブスター」においては、ベラックワは生きたまま茹でればすばやく死ぬことになると考えて自らを慰める。この場面に続くのは、ひとつの短い最後の文章(「そうではない」)のみであり、この文章をベケットはかつて「地獄のようにそうなのだ」[11]に変更しようと考えたことがあった。

ベケットのノートには時々『地獄篇』からの引用箇所（例えば七頁裏には 'sospiri / che l'aura eterna faceran tremare'［ここでは、耳を澄ましてわかる限りでは、永遠に空気を振るわせ続けるため息より他のどんな嘆きも聞こえなかった］（『地獄篇』第四歌、二五〜二七行といった）のいくつかの語句に下線部をほどこした箇所がある。[12]「ダンテとロブスター」において、ベラックワは突然この生き物が動くのを見る。その時、ロブスターは「ふたたび身震いした」。そして叔母が主人公に「分別を持た」なければ駄目、といい、ロブスターというのは常に生きたまま茹でるものだと説明する。


「そうするものなの」叔母はロブスターを取り上げ、ひっくり返した。それは震えていた。

「ロブスターはなにも感じないのよ」と叔母は言った。[13]［強調は引用者］

ほぼ同時期に書かれた小説『並には勝る女たちの夢』において、ベラックワは、読者の経験は「語句と語句の間、沈黙の中、主題提示の言葉にではなく、間隔によって伝達される」[14]ものとなるような書物を書くつもりだと宣言する。「ダンテとロブスター」においては、身震いすること（'tremare'）――ロブスターの震えばかりでなく、潜在的には読者たちの似たような経験――が、「そうするものなの」と「ロブスターはなにも感じない」の間で生じる、すなわち叔母による主題提示の言葉と言葉の間で起きている。このあとに引喩を用いた文章が続く。「わが静かな息を大気の中へ解き放て」（「ダンテとロブスター」一九）。「ベラックワを見よ」[15]。『並には勝る女たちの夢』の主人公の名前であり、『蹴り損の棘もうけ』の主人公の名前でもあるベラックワは、怠惰なフィレンツェのリュート楽器製作職人で、彼は煉獄前域にすわって待っている。そこは『神曲』にあっては、死者の魂が呪われているわけでも救済されているわけでもなく、ただ待っているだけの唯一の場所である。ベケットは『煉獄篇』第四歌の要約にさいして以下のように記している。

ダンテとウェルギリウスは煉獄の山を険しく細い道を通って登ってゆく、その道の両側は岩によって閉ざされており、二人はついには岩棚もしくは壁面に突き出た水平部分へと開かれ、それがこの山をぐるりと取り巻いている、そこに腰を落ち着け、そして東の方を向き、ダンテは自分の左手に太陽が見えるかどうかと考える。その原因はウェルギリウスによってダンテに説明される。そして二人が話を続けている間にある声が二人に話しかけ、それに対して二人は振り向き、岩の背後に怠惰なものたちの霊の幾人かを見出す。その霊のなかにベラックワという名のフィレンツェ人で、ダンテも知っている霊の一人がおり、自分は煉獄の門の外側で、地上で過ごした一生と同じ期間の間、ぐずぐずと時を過ごす運命にあることを語るのである、自分が最後まで悔い改めるのを引き延ばしてきたがゆえに。[*16]

ベケットの煉獄前域に対する特別な関心のもっとも有名で際立った表現は『ゴドーを待ちながら』という芝居に見られる。この芝居の二つの幕が終わるほぼ同一の終わり方は、ベラックワの状態を想起させる。『煉獄篇』第四歌において、ウェルギリウスはダンテに煉獄の山は他の山とは似ていないと説明する。すなわち、最初は登攀は困難であるが、登るにつれて容易なものとなってゆく。それはまるで次のように言っているかのように響く。すなわち、何を待っているのだ、行こうではないか、と。しかしウェルギリウスがほとんど話し終えないうちに、誰かが次のように言う、'Forse che di sedere in prima avrai distretta!'［おそらくそうする前にすわりたくなるだろうさ］（『煉獄篇』第四歌、九八〜九九行）。これはこの第四歌におけるベラックワの最初の言葉なのである。この文章は「おそらく」という語で始まっており、これはベケットによれば彼の芝居のキーワードなのであった。[*17] ベラックワの発言は『ゴドーを待ちながら』のなかで起こることの適切な説明となっている。第一幕も第二幕もともに、ヴラジーミルとエストラゴンが交互に次のように尋ね、返事をすることで終わる。「さてと、いこうか？」――「ああ、行こう」。しかしあとに続くものといえば、以下の舞台指示だけである。「二人は動かない」。[*18]

「疑似カップル」（メルシエとカミエ、ヴラジーミルとエストラゴン、ハムとクロヴ）という考えは、ダンテとウェルギリウスの旅によって初期の頃から準備され、それによってもたらされたものであった。「ホロスコープ」創作ノートの最初の数頁において、ベケットは未来のテクストに対する自身の計画を書き記しており、ダニエラ・カセッリも指摘しているように、それは『マーフィー』のとりうる姿を前もって示したものとしばしば考えられてきた。ダンテの煉獄は構造的装置の役割を果たしており、「H」は助言者であり、「X」は「D［ダンテ］とV［ウェルギリウス］のような」存在である。「DとVのように『経路』を通って旅をしてゆく。煉獄の山に水平に突き出た小道を通ってゆき、Vは後戻りするが、Hは出て行くという違い。煉獄の雰囲気を一貫して維持しつつ、アナクシマンドロスに強調をおき、個々の存在物は罪に対する贖いとして存在する」。[*19]「アナクシマンドロスに強調をおき」というのは、ベケットの哲学ノートへの言及であり、これはマシュー・フェルドマンによって研究され、転記されている通り、アナクシマンドロスを含むソクラテス以前の哲学者に関する広範囲なセクションをカバーしている。

「あらゆる事物は、衡平の原則適用においてふたたびその起源をもつところへと衰えてゆかねばならない。というのも、それらは各々の時間順序において、不正に対して満足を与え、償なわねばならないからである」

「明確な個々の存在物はある不正を構成し、消滅することによってそれは償われなければならない」

この考えはゆくゆくは『マロウンは死ぬ』において形を取ることになる。「そして自分の罪がいったいなんであるか分からないまま、彼はじつにはっきりと、生きることは罪に対する十分な償いとはなっていないと感じた、あるいはこの償いもそれ自体ひとつの罪であって、さらなる償いを要求するもので、などなど、まるで生きることにとり、生活以外になにかあるかのように思いながら」[*20]。カフカ的状況とも映るかもしれないもの——どんな罪に対するものかも分からないまま、なにものかに対して償わなければならないという感情——は、実際のところ、ダンテの煉獄にその根を持っている。そして水平面に突き出た岩棚に沿った旅がもつ煉獄の構造（「ホロスコープ」創作ノートに言及されているところの）は、ベケットによって最初にフランス語で書かれた小説『メルシエとカミエ』（一九四六年執筆）に応用されることになるのである。

メルシエとカミエは協定を結ぶ。お互い自分の夢のことはしゃべらないようにしよう、引用を用いないようにしよう、と。ある瞬間、カミエはメルシエにこの協定のことを思い出させ、それからすぐにメルシエは 'Lo bello stilo che m'ha fatto onore' という文は引用かどうか尋ねる。カミエは引用かどうか分からないが、まちがいなくそんな感じがすると返事をする。彼はなぜ知りたいのだとメルシエに訊く。メルシエはその言葉が自分の頭の中でカサカサと音を立て、言いたくてたまらないのだと答える。

でもお前だって、この点についてわれわれが話を止めたのを知ってるだろ、どんな理由があろうと夢の話はしないということをさ。同じような約束事として、引用も止めようということだっただろう。'Lo bello stilo che m'ha fatto onore'〔わたしに名誉をもたらしてくれた高貴な文体〕とメルシエが言った、これは引用かい？

高貴ななんだって、とカミエ。

わたしに名誉をもたらしてくれた高貴な文体、とメルシエが言った。

どうしておれに分かるっていうんだ？　とカエミが言った。そんな気がするがな。どうして？

この言葉が昨日から頭の中でざわめいているんだ、とメルシエ。口に出したくてたまらないんだ。

メルシエ、お前嫌なやつだな、とカミエ。われわれは可能な限り最善を目指し、可能な限り最悪を避けようとあらかじめ手を打ってきたのに、まるで闇雲に突き進もうとしているかのようじゃないか。彼は立ち上がった。*21

メルシエの頭の中にざわめいているイタリア語による引用は『地獄篇』第一歌からの一行であり、そこでダンテはウェルギリウスを自身の「権威者《アウクトーリタース》」だと認めている。（'Tu se' lo mio maestro e 'l mio autore, / tu se' solo colui da cui io tolsi / lo bello stilo che m'ha fatto onore'）［あなたはわが師、わが著者、あなたからのみ、名誉をもたらしてくれた高貴な文体をわたしは受け取ったのです］（『地獄篇』第一歌、八五〜八七）。メルシエが引用した行（'Lo bello stilo che m'ha fatto onore'）は意義深いことに「著者」'autore' と韻を踏んでいる。ダニエラ・カセッリはその博士論文『ダンテとベケット』において、いかに「権威者たちの碑銘」が「一方の版からもう一方の版の間でぐらついて」いるかを示している。[*22] ベケット自身による英語翻訳版(一九七四)では、この箇所全体は直接の引用を含んだ部分は削除されている。「権威者」はまずフランス語のテクストにおいてはっきりと認められ、そのあとに翻訳という行為を通して曖昧なものとされている。

でもお前はわれわれの契約を知ってるだろ。どんな理由があろうと夢に関する意思疎通はなしだ。同じことは引用についてもそうだぞ。どんな犠牲を払っても夢の話も引用もなしだ。彼は立ち上がった。[*23]

英語版のテクストは欠陥ある「派生物」ではなく、「高貴な文体」の箇所を省略していることは積極的な介入なのである。それはまたフランス語のテクストに遡及的な影響を及ぼし、英語版の「翻訳テクスト」が存在することにより、突然「元となるテクスト」へと変化する。この元となるテクストは、その翻訳テクストに依存し、同じことが反対のヴェクトルにも当てはまることとなる。「オリジナル」のテクストにはなんの変化も生じないにもかかわらず、それはある微妙で、外からの作用によって生じる変貌をこうむることとなる。理由はよく分からないものの、なぜかそれは翻訳がなされる前より完全さの度合いが薄れる。というのも、英語版における省略によって引き起こされた不在が、フランス語のテクストの読解をも特色づけるからである。英語翻訳版に対する知識が、フランス語の箇所を読もうとすると、なぜベケットは最終的に自分の偉大な文学上のモデルへの言及を無効なものとしたのかを考えずにすますことを困難にする。ポール・ド・マンが翻訳について主張したこと——「それらはオリジナルを無効なものとし〔中略〕オリジナルを殺すのだ」[*24]——が、この場合文字通り生じるのである。ベケットは一種の父親殺しを犯しているように見え、「高貴な文体」に終焉をもたらすのである。

にもかかわらず、ダンテに対する言及はベケットの後期作品においてもなされ続け、これがこの種の省略理由が父親殺し的性格のものではないのではないかという示唆を与える。おそらくベケット作品においてもっともしばしば繰り返されるダンテからの引用は 'chi per lungo silenzio parea fioco'（『地獄篇』第一歌六三行）であり、これはダンテがウェルギリウスをそれと認め、彼を自分の師であり著者（『地獄篇』第一歌八五〜八七行）と呼ぶすぐ直前に現れるものである。最初ダンテはほんのかすかにある姿を認めはするものの、まだそれがウェルギリウスであることが分からないでいる。

Mentre ch'i' rovinava in basso loco,
dinanzi a li occhi mi si fu offerto
chi per lungo silenzio parea fioco.

わたしがまっさかさまに低いところへ落ちていく間に、
目の前にひとりの者があらわれ、
長い沈黙ゆえにその声はかすれていた。

'Fioco' という言葉の意味は両面価値的なものである。主語は 'chi'［「〜するひと」］という関係代名詞で、指示対象を伴わずに独立して機能しうる。ダンテに対して、目の前に現前するものが、眼には（'a li occhi'）「かすかな」（'faint'）であると同時に、耳には「かすれて」（'hoarse'）聞こえる。両方の局面がこの'fioco'という形容詞一語に潜在的に含まれているのである。大抵の英訳が'fioco'に対する等価な言葉として'hoarse'と'faint'の間でためらいを示している。H・W・ロングフェローは、これを「かすれた」と訳している。[25]「わたしが低地に向かって突進している間に目の前にひとりの男が姿を現し、長く続いた沈黙から男の声はかすれてみえた」。マーク・ムーサは「かすかな」という形容詞を採用している。[26]「わたしが低い場所へと大急ぎで下りている間に、わが眼はわたしの方に近づいてくる人の姿を認め、その姿はかすかなものとなっていた、おそらくあまりにも長い沈黙のゆえに」。同じく'faint'を解決策として選んだのが、ヘンリー・ケアリーで、これはベケットが所蔵していた『神曲』の版の一つである。[27]「言葉を長い間使わなかったせいで、声がかすかとなったらしい人の姿」。ロバート&ジーン・ホランダーもまた'faint'を採用しているが、ジーノ・カサグランデの解釈を反映して、「凄まじい沈黙のうちにあって、判然と現れることのない」人の意味で用いている。それは訳者たちが自注の中で「'fioco'の意味は聴覚的なものというより、むしろ視覚的なものとして理解する必要がある。というのも、沈黙（silenzio）は、死んだ亡霊たちの沈黙というウェルギリウス的な意味から派生していると理解されるからである。〔中略〕一体どうして「沈黙」が長く持続する性質のものだと目で見ることなどできようか？[28]」と説明している通りである。

　ベケットはこの困難に気づいていた。それは彼のとったメモの一つの最初の頁をみれば明らかである。「chi per lungo silenzio parea fioco しかしVはまだ言葉は発してはいなかったのだ。per lungo silenzio を parea と同時に理解しようとしても、また fioco とともに理解しようとしても、のり越えることのできない困難にぶつかる。というのも、ダンテはウェルギリウスを見るやいなや、彼に呼びかけ、即座に返事をうけるからだ」[*29]。この問題は明らかにベケットの関心を惹きつけ、彼の作品全体を通していくどとなく繰り返されることとなった。

「鎮静剤」(一九四六)においては、「それにもかかわらず、わたしは自分の物語を過去形で物語ろう、あたかも一つの神話であるかのように、あるいは古い寓話でもあるかのように」[*30]と宣言した後、語り手は山羊の角を押さえている若者との出会いについて描写する。「彼に話しかけようと心に決めた。だから言葉を繰り出し、自分の口を開いた、言葉が聞き取れるだろうと思いながら。しかし聞こえてくるものと言えば、ガラガラといった音ばかりで、言おうとする内容を知っている自分にとっても意味不明であった。でも、それはなにものでもなく、地獄の出入り口を薄暗く覆っている森の中でのように、たんなる長い沈黙による無言状態に過ぎなかった。覚えておいでだろうか、わたしはただそれだけ」(「鎮静剤」六六。強調は引用者)。ここでは fioco は「無言状態」あるいはオリジナルのフランス語版では「失声症」となっている。語り手はダンテではなくウェルギリウスの立場に立っている。彼が最終的になんとか口に出すことのできた言葉は「君はこれからどこに行こうとしているんだい、若い君、きみの雌山羊といっしょに」であり、必ずしも「わたしに名誉をもたらしてくれた高貴な文体」の一例とは言えないものである。語り手はこれに気づき、自分の顔を恥ずかしさゆえに覆う。「もし顔を赤らめることができれば赤らめていただろうが、わたしの手足にはもはや十分な血は残っていなかった」(六七)。彼はなにか他のことを言おうとするが、適切な言葉を見つけ出すことができない。「わたしは彼にもっとうまい言葉をかけようと言葉を探してみたが、見つけるには遅すぎた、若い男はもういなくなっていたのだ」(六七)。

ベケットはまた時折 'fioco' のフレーズを自分に当て嵌めたりもした。『勝負の終わり』の長くて困難な創作過程ののち、ベケットはナンシー・キュナードに宛て、一九五六年六月六日に次のように書いている。「たった今「長い〔中略〕かすかな沈黙を通して」砂だらけの胃袋からマルセイユのために一幕からなるわめき声を臼で碾いて作り出すことができましたが、結果としてはあまり見てくれのよいものとは言えません」[*31]。

五年後に『事の次第』（一九六一）が発表された。この小説では「ピム」と「わたし」が泥の中に横たわっている。「わたしの頭部その顔は泥の中そして彼の顔その右側の頬は泥の中彼の口はわたしの耳に押し当てられわたしたちの髪は互いにもつれ合っている」[*32]。ジャン＝ピエール・フェッリーニはこの縺れ合った髪は『地獄篇』第三二歌、四一〜四二行への言及である可能性があると指摘している[*33]。そこではダンテは「二人の影はたがいにひじょうに密着していたので、二人の頭部の髪はただひとつにもつれていた」と見ている。この状態で「わたし」はピムが言ったことがなんだったのだろうと思いめぐらす。「彼の言ったことがもしあるとすれば何だったのかという問いあるいはむしろ長い沈黙のゆえに嗄れたあの声についてわたしの聞いたものはなんだったのか」[*34]（強調は引用者）。あるいはフランス語による元となる本文では「ひじょうに長い間押し黙ったままのこの損なわれた声」[*35]とある。この箇所の第一草稿においては「びっことなった言葉」[*36]が「損なわれた声」の代わりにベケットがもともと記していた表現である。言い換えれば、謎に満ちた 'fioco' という言葉は「無言の」「損なわれた」「びっこの」とその表現を変え、しかもこれがこの fioco という語の変貌の終わりとはならなかったのである。

『なおのうごめき』（一九八八）では、一人の男がテーブルにすわって「両手に顔を埋め」「心の奥底から」の数語に耳を澄ましている。「そんなふうに男の耳に心の奥底からああどんなふうにそしてここで男には聞き取ることのできない一語がそれは終わることになるのかそこではその時までは決して」[*37]。老いた男は'how'〔どのように〕のあとの聞き損ねた言葉を聞くことができない、それは「悲しい」あるいは「ひどい」という言葉かもしれない――「ああなんと悲しいことか、もしその時まで決して存在しなかったところで終わるとすれば」――しかしそれはまたもっと積極的なものでもありうる。この形容詞の内容は男が「押し進む」べきかあるいは反対に「もうそれ以上身動きすべきではない」のかを決定するようなものでありうるが、不幸にも男はこの言葉があまりにも「かすか」なゆえに、この決定的とも言える聞き逃した言葉を聞くことができない。「その時ふたたび心の奥底からかすかにああどのようにしてそしてここであの聞き取れなかった言葉がふたたびそれは終わることになるのかそれまで決して存在しなかったところで」(『なおのうごめき』二六四)。

レディング大学のベケット・アーカイブに所蔵されている『なおのうごめき』の草稿の一つは「すぐれた征服者」シリーズとして知られているノートで、書き方の練習帳として使用されるものである[*38]。ベケットは通常右側の頁に書いてゆき、左側の頁はいくつかの語句を試し書きするのに使用する。彼の用いた「すぐれた征服者」ノートの九頁裏に、ベケットはイタリア語のフレーズ「長いかすかな沈黙を通して」を翻訳とともに書き記しており'fioco'に対する二つの等価な訳語の間でためらいを示している。'Hoarse'〔かすれた〕と'faint'〔かすかな〕との間のためらいは、最初の異文の中に具体的に現れている。

長くかすかな沈黙を通して
かすれた
長い沈黙ゆえにかすかな[*39]

左側の頁に見られるこの最初の翻訳（始まりの部分の別形）の後もためらいは続き、ベケットはこの行を右側の頁に書いた自分の本文の中に取り込もうとしている。

> ~~かすかな長い沈黙ゆえにかすれた~~かすかなはるかな心の奥底から生まれああどのようにして&ここでふたたびああ聞き損なった言葉が終わることになるのかその時までは決して存在しなかったところで。[*40]

最初にベケットは翻訳として「かすかな」を選び、それからこれを抹消して「かすれた」を選び、行と行の間に「長い沈黙ゆえにかすれた」というフレーズ全体をつけ加えている。それから再びこのフレーズを抹消している。最終的にベケットは「かすかな」という訳語を選び、「長い沈黙ゆえに」を抹消しており、こうすることにより、潜在的な複数の意味の数を減ずるおそれのあるコンテクストを排除しているのだ。この無効化という行為によって'fioco'という形容詞はふたたび完全に両面価値的なものとなっている。すなわち、この語はベケットの師（ダンテ）の声への言及を含むばかりでなく、かすかな姿としてのダンテの師（ウェルギリウス）、言い換えれば、ある父親的形姿、権威者たちの遠く隔たった姿に対する言及ともなっているのである。

「長い沈黙ゆえに」は最終的に削除され、それゆえダンテに対する直接的な言及は曖昧なものとされてはいるものの、権威者を消し去るというこの行為は、逆説的にその権威を強固なものとすることになる。同時に、この明確な言及を無効化するベケットの行為は、彼自身の権威を強固なものとする役割も果たしている。というのも、彼に名誉をもたらすことを可能とする文体は、まさに無効化、言い換えればしばしば翻訳という手段によって差し引き、取り去ることを通して成立しているからだ。しかしながら、ベケットは以前の権威の言葉を無効化するためには、逆説的にもその権威に自分が依存しつづけていることを決して忘れなかった。最終的な本文ではダンテとのつながりを見い出すことはほとんど不可能である。表面上はなにもおこっていないように見える。「かすかな」は最終的に「かすかな」に留まっているからだ。しかし、草稿の裏面頁でおきたことは、ベケットの作家としての全生涯を要約したものとなっている。ベケットの視点からは、ダンテは決して視界から消えることはなかった。が、彼はダンテを視界から遠ざけ、見えなくしたのである、ちょうど「ホロスコープ」創作ノートにおいて自分が行おうと断固として決意したように。「ダンテとのあらゆる類推を視界から遠ざけること」[*41]。ほぼ半世紀のちになっても、このメモは以前として有効なのだ。作家としての生涯の終わりに、ベケットは再びダンテを頼みの綱とした。より正確にいえば、ダンテがウェルギリウスに頼った箇所を今度は頼みの綱としたのであり、この箇所は一九二六年に『神曲』を早くから発見した頃にベケットの出会ったまさに最初の箇所の一つなのであった。ベケットは生涯を通してこの発見を取り戻そう〔再び覆おう〕とした。そのことが結果として、ベケットにおいて模倣不可能な、文学上の「子宮墓と聴取不可能なものたちの美学」[*42]に結実したのである。

原注

＊1　James Knowlson, *Damned to Fame: The Life of Samuel Beckett* (London: Bloomsbury, 1996), 101.

＊2　UoR MS 5000.

＊3　John Pilling, ed. *Samuel Beckett's 'Dream' Notebook* (Reading: Beckett International Foundation, 1999), xiv.

＊4 Jonathan Swift, *A Tale of a Tub and Other Works*, eds. Angus Ross and David Woolley (Oxford: Oxford UP, 1990), 112.

＊5 Swift, *A Tale of a Tub and Other Works*, 111.

＊6 Swift, *A Tale of a Tub and Other Works*, 112.

＊7 James Joyce, *Finnegans Wake* (New York: The Viking Press, 1939), 614.

＊8 Dante Alighieri, *La divina commedia*, ed. Enrico Bianchi (Firenze: Adriano Salani, 1942), 38.

＊9 TCD MS 10966.

＊10 Samuel Beckett, *Poems 1930-1989* (London: Calder, 2002), 201.

＊11 Enoch Brater, *Why Beckett* (London: Thames and Hudson, 1989), 32.

＊12 TCD MS 10966.

＊13 Samuel Beckett, *More Pricks Than Kicks* (London: Picador, 1974), 19. 以下、引用は同書による。

＊14 Samuel Beckett, *Dream of Fair to Middling Women* (New York: Arcade Publishing, 1993), 138. 以下、引用は同書による。

＊15 Beckett, *Dream of Fair to Middling Women*, 1.

＊16 TCD MS 10963: 91.

＊17 John Fletcher, *Samuel Beckett: Waiting for Godot; Endgame; Krapp's Last Tape* (London: Faber and Faber, 2000), 109.

＊18 Samuel Beckett, *The Complete Dramatic Works* (London: Faber and Faber, 1990), 52, 88.

＊19 UoR MS 3000: 1.

＊20 Samuel Beckett, *The Beckett Trilogy: Molloy; Malone Dies; The Unnamable* (London: Picador, 1976), 220.

＊21 Samuel Beckett, *Mercier et Camier* (Paris: Minuit, 1970), 99-100.

＊22 Daniela Caselli, *Dante and Beckett: Authority Constructing Authority*. PhD dissertation (Reading: University of Reading, Dept. of English, 1999), 185.

＊23 Samuel Beckett, *Mercier and Camier* (New York: Grove, 1974), 61-62.
＊24 Paul de Man, *The Resistance to Theory* (Minneapolis: U of Minnesota P, 1986), 84.
＊25 Dante, *The Divine Comedy*. tr. Henry Wadsworth Longfellow, 1865-7.
http://www.ccel.org/d/dante/inferno/infer01.htm
＊26 Dante, *The Portable Dante*, ed. and tr. Mark Musa (New York: Penguin Books USA, 1995), 5.
＊27 Dante, *The Divine Comedy*, tr. Henry Cary. Introduction by Edmund Gardner (London: Dent; New York: Dutton (Everyman's Library No. 308), 1967), 3.
＊28 Dante, *The Inferno*, trs. Robert and Jean Hollander (New York: Anchor Books / Random House, 2000), 18.
＊29 TCD MS 10966: 1.
＊30 Samuel Beckett, *The Complete Short Prose 1929-1989*, ed. S. E. Gontarski (New York: Grove, 1995), 62. 以下、引用は同書による。
＊31 Knowlson, *Damned to Fame*, 426.
＊32 Samuel Beckett, *Comment c'est / How It Is*, ed. Magessa O'Reilly (New York and London: Routledge, 2001), 119.
＊33 Jean-Pierre Ferrini, *Dante et Beckett* (Paris: Hermann, 2003), 150.
＊34 Beckett, *Comment c'est / How It Is*, 119.
＊35 Beckett, *Comment c'est / How It Is*, 118.
＊36 Beckett, *Comment c'est / How It Is*, 489.
＊37 Beckett, *The Complete Short Prose 1929-1989*, 264. 以下、引用は同書による。
＊38 UoR MS 2934.
＊39 UoR MS 2934: 9v.
＊40 UoR MS 2934: 10.
＊41 UoR MS 3000: 2.
＊42 Beckett, *Dream of Fair to Middling Women*, 141.

ベケットの初期作品におけるカオスの変容――レオパルディからポアンカレへ

西村和泉

ベケットは『プルースト』のエピグラフに、ジャコモ・レオパルディの「そして世界は泥である」という一節を掲げている。レオパルディの思想がベケットに影響を与えたことは、土に埋もれゆく女(『しあわせな日々』)や泥の中を這い回る人物(『事の次第』)の描写を始め、数々の作品に登場する「泥＝世界」のイメージからも明らかである。しかしながら、この一節の直前に「人生は苦く、憂きもの、それよりほかのものにはあらず」[*1]と書くことで、汚泥に憂き世を投影したレオパルディの厭世主義とは対照的に、ベケット作品には苦悩や悲しみを凌駕する動物的な生命力のようなものがうかがえる。不自由な足を引きずりながら移動するモロイ、蝶の羽ばたきのようにせわしなく開閉する『わたしじゃない』の口、そして「生命的跳躍《エラン・ヴィタル》」や「ぴくりと跳ねて《スーブルソー》」[*2]のような表現は、いずれも明確な到達点を想定しない〈純粋な運動性〉を示している。さらに『事の次第』[*3]では、語り手が発する「言葉」と登場人物が言う「泥」と彼らの「排泄物」とが渾然一体となっており、カオティックな流動体が言語の象徴であると同時に、言語化できない意識の余剰とみなされる。これらは余剰でありながらも洗練された形式を備えていることから、ベケットが泥のイメージを通して描いた世界とは「秩序《コスモス》と切り離すことのできない無秩序／混沌《カオス》」として捉えられる。[*4]

カオスとは本来、コスモスが現れる以前の万物の混淆状態を指す。だが、両者の相関性を追求したフェリックス・ガタリによれば、それは「純粋な無差異ではなく、固有の存在論的な濃淡による生地目」[*5]を持った様態である。限りなく接近しつつも出会わない登場人物や、反復と齟齬を基調とする対話を書き続けたベケットは、生の躍動を停滞させる調和よりも、不調和がもたらす〈異化効果〉に注目していたと考えられる。

本稿では、主に初期小説作品『マーフィー』、『ワット』、『モロイ』の分析を通して、ベケットの創作におけるカオスのイメージの変遷をたどると共に、レオパルディとは異なる世界観が如何にして構築されていったのかを明らかにしたい。[*6]

1　秩序《コスモス》と混沌《カオス》との相克　『マーフィー』と『ワット』

ベケット作品の大半は英仏両言語で書かれている。従来から二言語版の比較研究はみられたものの、その対象は出版されたテクストにとどまる傾向にあった。だが、諸作品はみな同じ方法や手順で訳されたわけではなく、出版時期のスパンや共訳者の有無という観点からも異なる。[*7]また、それぞれのテクストは英語で先に書かれたものとフランス語で先に書かれたものとに分けられるのだが、草稿段階で使用言語が切り替えられた例もある。これらの理由から、英仏版の比較には執筆プロセスを視野に入れた研究が求められる。[*8]

生涯にわたり二言語で書き続けたベケットであるが、そもそもどのような意図に基づいて執筆言語が選ばれ、それらが使い分けられていたのかについては解き明かせぬ部分も多い。しかし、晩年の会見で「フランス語はずっと意識して、客観的に言葉を並べ、構成しなくてはなりません。情感《エモーション》や気持《フィーリング》を排除しなくてはなりません。英語の方がずっと自然《ナチュラル》で自発性《スポンタニーティ》をもって書けます。〔中略〕相互に翻訳するとつねに翻訳できないものがあるから、いつも喪うものがあります」[*9]と述べたベケットにとって自己翻訳とは、それぞれの言語とかかわる意識の隔たりを確認し続ける作業であり、訳しえない表現と向き合う苦行でもあったことがうかがえる。彼がドイツ語やイタリア語にも精通していたことや、絵画・映画・音楽といった複数の芸術領域を横断し続けたのは、一言語ないし言語表現そのものに対して何らかの制約を感じていたためであろう。草稿における執拗な推敲の跡が示すように、ひとつの事象をあらゆる角度から表現し尽くそうとする試みが、おのずと自己翻訳という行為に結びついたのだと推測される。

　ベケットの物語に見られる大きな特徴の一つとして、一定の拘束状態に置かれた主人公が自らの存在理由を追及する語りにある。「はて、どこだ？　はて、いつだ？　はて、だれだ？」（『名づけえぬもの』七〔五〕）はその典型であるが[*10]、マーフィーとワットの登場シーンも例外ではない。

　マーフィーは揺り椅子に裸のまま縛りつけられた状態で現れ（『マーフィー』一〜二〔五〕）[*11]、ワットもまた布状のものに包まれた不可解な存在として描かれる。「電車が動き出すと、そのかげにひとの影がぽつんと取り残されていた。〔中略〕それがなにかの包みか、絨毯か、あるいはひと巻きの防水布を黒い渋紙でくるんでまんなかのあたりを紐でしばったものか、なんとも言えなかった」（『ワット』一六〔一九〕）[*12]。この場面に遭遇した二人の男は、ワットを規範的な見方で捉えようとする。「どこに住んでおるんじゃな、やつは？　とハケット氏は言った。きまった住所はないんですよ、確か、とニクソン氏は言った。〔中略〕国籍とか、家族とか、生まれた場所とか、宗教とか、職業とか、暮らしかたとか、特徴とか、そういったことをあんたが全然知らんということはありゃせんじゃろう」（二一〇～二一一〔二四～二六〕）。そもそも、「前へ進むべきか、後へ戻るべきか、（中略）ただちに家へ帰るか、それとももう少し外にいるか」（七～八〔五～六〕）と述べるハケット氏の思考が明確な二分法に基づいているのに対し、ワットには〈歩く＝目的地に向かう〉という概念がそもそも欠如している。「まず上半身をできるだけ北へ向け、同時に右脚をできるだけ南へほうり出す、つぎに上半身をできるだけ南へ向け、同時に左脚をできるだけ北へほうり出す」（三〇〔三七〕）。このように複雑な歩行法を持つワットは、他者との衝突を避けることができない。「ワットはミルク罐を手押し車で運んでいた赤帽にぶつかった。ワットは倒れ、帽子とカバンが飛び散った」（二四〔二九〕）。そして、無口なワットよりは明確な自己表現を行うマーフィーも、やはり規範的思考を持つ者からは「非合理」な対象とみなされる。「マーフィーの心臓は、いかなる医者もその根本《ルート》をきわめることのできない非合理《イラショナル》なものであった」（三〔七〕）。

曖昧な状態で現れる両作品の主人公であるが、とりわけマーフィーは生来の受動性ゆえに、物語の進行と共に二分法的思考に傾いてゆく。エヴリン・グロスマンが「主体と現実との関わりという問題、さらには、〈マーフィー的〉用語によれば、〈小世界〉――彼の精神領域――と〈大世界〉――現実世界――との関係が物語の中心にある」[*13]と述べていることからも分かるように、物語の中盤以降、マーフィーは「外的現実／単純現実」のルールに抗いながらも、「ぼくは大世界には属さない、ぼくは小世界に属す」（一七八〔一八〇～八一〕）という規範的思考を反映する語りに向かってゆく。自らを小世界の住人と考える彼は精神病院で働き始めるのだが、「大世界」を必要としない真の「小宇宙人」である患者たちから排除されることで居場所を失う。「やがて彼の世界となるかもしれない世界からの愛撫の幻影もなかった。まるで小宇宙人《ミクロコスモポリタン》たちから閉め出されたかのようであった」（二四〇〔二四三〕）。ミクロコスモスから排除されたマーフィーは、結果的に自身と秩序《コスモス》との「抗争」にとどめを刺そうとする。そして彼の身体と精神は「ガス／カオス」の爆発によって粉々に散らばるのだ。「便所のなかではガスが流れ続けていた、すばらしいガス、たぐいない混沌《カオス》が」（二五三［二五八］）、「マーフィーの肉体・精神および霊魂は〔中略〕、砂、ビール、吸い殻、ガラス、マッチ、唾、反吐などといっしょに掃き捨てられてしまっていた」（二七五［二八二］）。ワットも同様にノット氏の使用人として働くのだが、独立した小宇宙の中に生きる「不惑不動《アタラクシア》」のノット氏から認識されないことで、結果的に「大世界」の住人たちと似た行動を取るようになり、かろうじて残されていた自我も崩壊に向かってゆく（二〇八～九［二四六～四七］）。

以上の点から、『マーフィー』と『ワット』は、混沌とした主人公によるミクロコスモスへの同化願望とその失敗（破滅としてのカオス）を描いていることが分かる。とはいえ、それぞれの物語のラストシーンは救いなき袋小路ではなく、マーフィーの死やワットの挫折という結末を経て、外的規範がゆるやかに解体されてゆく予兆が見受けられる。その一例として、前半部分で無慈悲な光線を投げかけていた太陽や月とは対照的に、[*14] 終盤では「穏やかに澄み、日の照らない一日」（『マーフィー』二七六［二八二］）、「この場所を浸しているかすかな光がどこから差してくるのかはわからない」（『ワット』二四九［二九八］）といったフレーズが現れる。ベケットは『マーフィー』の中で、「大きく口を開けた虚の空間」というギリシャ語の原義を持つカオスに、ヘシオドスの「カズム」（裂け目）の概念を重ね合わせて、「カオスはあくびのような裂け目」（一七五［一七九］）と書いている。それゆえ、『マーフィー』と『ワット』におけるカオスとは、小世界が大世界との階層的秩序関係を顛倒させるエネルギーであると共に、独自の秩序を生み出す臨界点として機能する。

2 〈見えない言葉〉の抽象化　『マーフィー』と『ワット』のフランス語表現をめぐって

前章で分析したように、『マーフィー』と『ワット』の物語にはマクロコスモスとミクロコスモスの対立構造とカオティックな裂開のプロセスがみられる。もともと曖昧な主体性しか持たないマーフィーとワットであるが、彼らは「世界の外に生きる者」（『マーフィー』一五六［一六〇］）、すなわち普遍的な社会から排除された異端者という立場を特権化していったことで、小世界と大世界、あるいはカオスとコスモスの対立構造をパラドクシカルに補強してゆき、結果的に肥大化した構造そのものを破壊に導かざるを得なかったと考えられる。このことは、書き手の意識を暗黙の内に支配してゆく言語の問題とも密接に結びついている。マーフィーが死に至る結末の場面に対してベケット自身が不満を表明していること[15]、そして「作者は『ワット』の中で存在の困難さを表現しようと試みたが徒労に終わり、そこに立ち戻ろうとはしなかった」というアニエス・ジャンヴィエの分析がその証左である。[16]また、レイモンド・フェダーマンは、初期のフランス語先行作品（「追い出された男」から『モロイ』）と『マーフィー』および『ワット』の結末を比較して次のように述べている。「フランス語作品における死なない主人公たちは、〔中略〕彼らの物語に《古典的《クラシック》》な終わり方を期待していない」[17]。

イノック・ブレイターは『マーフィー』執筆時の作者について、「世界（world）にではなく言葉（word）にうんざりしている」[18]と指摘したが、作家にとって言語、とりわけ母語は意識のみならず無意識をも支配することで自由な語りのスタイルを阻む要因となる。アイルランド人として〈母国語ではない母語〉の意味を問い続けたベケットが「言語に次々と穴を開けて、その背後に潜むもの――何かであれ無であれ――がしみ出してくるようにすること。今日の作家にとってこれ以上高い目標は想像できません」[19]という理想のもとに『モロイ』を外国語で執筆し、「古典的」なラストシーンから解放されようとしたことは自然な流れであったといえよう。

実際、後に出版された『マーフィー』の仏語版には、作者が〈寄る辺なき＝自立した〉カオスを表現するために試行錯誤を繰り返した跡がみられ、戦時下のパリとルシヨンで書かれた『ワット』の英語版執筆ノートの余白にも、フランス語による構想メモや文字と組み合わされた数々の絵が残されていることから、出版テクストには現れないものの、作者が「文体なし」[20]で書くことのできる外国語を用いて「支えなき存在」を生《ブリュット》のままの形で表現する方法を探っていたことがうかがえる。[21]

ディルク・ファン・ヒュレは、草稿のみならず出版後も推敲を繰り返したベケットの場合、どの段階のテクストを最終稿と位置づけるべきか慎重に考えなくてはならないと強調しており、[22]その対象には自己翻訳された英仏版も含まれる。[23]自己翻訳について「別の言語でもう一度執筆すること、つまり新しい本を書くこと」[24]と作者自身が述べている点からも、英仏版を「別の作品」として捉えることは可能であろう。実際、ジョン・フレッチャーが指摘しているように、「『マーフィー』の仏語版は英語版と比べて、はるかに自由な言い回しが目立つ」[25]のだが、書き換えの中でとりわけ重要なのは、フランス語版における抽象性の強化である。たとえば以下の引用では、英語版にみられる「家を求めて」という目的が、「暗中模索」に変更されている。

英　「〔中略〕家を求めての放浪でしょう」とマーフィーが言った。（四〔八〕）

仏　「暗中模索の長い帰路でしょう」とマーフィーが言った。[26]

また、次の箇所では、仏語版のみに「《闇》と《カオス》との孫」という表現がみられる。[*27]「闇（obscurité）」という語には「混沌《カオス》」と同様に「曖昧さ」や「不明瞭さ」の意味が含まれる点から、《暗黒界《エレボス》》と《夜》という原初的イメージに抽象性が付与されていることが分かる。

英　彼は眠りに、《暗黒界《エレボス》》と《夜》との息子である《眠り》〔中略〕に身をゆだねた。（一七五〔一七八〕）

仏　彼は眠りに、《闇》と《カオス》との孫、《暗黒界《エレボス》》と《夜》との息子である《眠り》〔中略〕に身をゆだねた。[*28]

さらに以下の引用においては、英語版における「微片（mote）」や塵のごとき「点（speck）」が、仏語版では「原子（atome）」に書き換えられている。

英　無意志状態のなかに、絶対自由の微片として過ごすことがさらに多くなった。（一一三〔一一七〕）

仏　無意志状態のなかに、絶対自由の原子として過ごすことがさらに多くなった。[*29]

英　マーフィー氏はエンドン氏の見えざるもののなかの一個の点である。（二五〇〔二五五〕）

仏　マーフィー氏はエンドン氏の知られざるもののなかの一つの原子である。[*30]

mote / speck と atome は「微小物」という意味では共通しているが、前者が一般に「埃」「斑点」「染み」

といった可視的な対象を指すのに対し、後者が「原子」の意味を強く持つことからも、作者がgrainやtacheではなくatomeという訳語を用いた点は考察に値する。ここに視覚（「見えざる」）から知覚（「知られざる」）への書き換えを合わせて考えた場合、やはり仏語版の執筆を通して抽象性が高められていったことがうかがえる。ベケットの『フィルム』を分析したドゥルーズによれば、「本質的に隠されているものであること、これは原子自体の性質の結果であって、われわれの感性の不完全さの結果ではない」[*31]、「空虚の中に、非人称的な、だがそれでいて特異な一個の原子、他者と区別されたり混同されたりするための〈自己〉などというものをもはや持たない、そんな一個の原子を解き放つ。知覚し得ぬものになることこそが〈生〉」[*32]であることから、「知覚されざる原子」とは、本質的に隠されているがゆえに精神の運動をうながす対象であると考えられる。ベケットが可視と不可視のはざまにある微小物をさらに見えなくすることによって支えなきカオスに迫ろうとしたプロセスは、ワットの草稿における盲人の絵と「盲目」という語の書き換えからも分かる。

『ワット』の執筆ノート二冊目には、フランス語で「盲人に憐れみを（Pitié pour l'aveugle）」と書かれた札を持った男の絵が描かれている[*33]。しかし、黒眼鏡をかけた彼の両目からは視線を表すと思われる力強い点線が他者に向かって引かれているためこの男が外界を見ていないと言い切るのは困難である。ウィトゲンシュタインは「盲目」に関して次のように書いている。

「君はその木を見ているが、盲人はそれを見ていない」。これが、私が正常な視覚の持ち主に言わねばならないことだろう。そうなると盲人には「君は木を見ていないが、われわれはそれを見ている」と言わなければならないのだろうか？ 盲人が自分は見ていると信じていたり、あるいは私が自分は見ることができないと信じていたら、どうだろうか？〔中略〕視覚的印象を表した「私は一本の木を見ている」という言葉は一つの現象を記述したものだろうか？　それはどのような現象なのか？　私は他の人にこのことをどのように説明できるだろうか？[*34]

他者がこの世界を見ているのか否かを知ることは難しい。なぜなら、もし〈見える者〉が〈見えない者〉のように振舞い、〈見えない者〉が〈見える者〉のように振舞う（あるいはそう信じている）場合、〈見える／見えない〉という位置づけ自体が曖昧になるからである。そもそも、「自分は本当にこの世界を見ているのか？」という問いはあらゆる人間にとっての難問である。出版稿には現れない盲人の絵の代わりに、作者は「盲目（aveugle）」という言葉を通してわれわれにこの問いを突きつける。『ワット』の仏語版タイプ原稿を見ると、作者は **aveugle** を **elgueva** という形に倒置した上で最初の二文字をカットして **Gueva** という語を作り、「麻痺（gourd）」と「唖（muet）」の倒置語 **droug** と **Teum** と並置している。その後、出版されたテクストにおいては **Gueva** と韻を踏むように **Teum** が **tapa**（apathique）に、**droug** が **nofa**（aphone）へと書き換えられている。

Muet, gourd, aveugle Teum, droug, elgueva.[*35] → *Gueva, tapa, nofa.*[*36]

この書き換えは、元々〈見えないこと〉を意味する単語を二重に抽象化することで読者の解釈を意図的に阻み、不可視に対する可視や非言語に対する言語の優位性を問い直すと共に、言葉を純粋なリズムに還元する試みであると考えられる。この点からも、ベケットの書き換えにおいて重要なのは、支えなき語りそのものに可能性を与え続けることにあるのだろう。

3　混沌《カオス》からの再創造　『モロイ』の溝と飛翔のイメージをめぐって

イノック・ブレイターは「フランス語で書かれた作品は、どんどん内向していく想像力の世界を反映している。この外的な動きからの退行は終戦までに英語で書いた作品にも顕著に現れてはいるが、そこで描かれる過程は、たいてい、筋の外側の安全なところにいる権威ある語り手に委ねられていた」[*37]と述べている。実際に『マーフィー』と『ワット』の英仏版の間、あるいは英語で先に書かれたこれらの作品と『モロイ』のようにフランス語で書かれた作品との間には、文体と内容の両面から様々な違いがみられる。これらの相違を端的にまとめるならば、〈語り手や登場人物の内向化〉、〈固有名の曖昧化〉、そして〈混沌《カオス》による秩序《コスモス》の再創造〉となるだろう。

具体的に見てゆくと、英語先行作品においては、内と外の空間が峻別され、太陽や月の光が明確であったのに対し、『モロイ』では主人公のいる場所が混沌としており、光は闇と共に描かれる。「月の静かな運行は〔中略〕、木の葉が、もし木の葉だったらだが、それを震わせ、やがて、その光も消えて、私を闇のなかに置きざりにした」（五一〔五五〕）[*38]。また、「マーフィー」と「ワット」という終始一貫した固有名に対し、「モロイ」という名は不安定でカオティックな様態を表出する。「私を、モロイをぐにゃぐにゃに（à m'amollir, à amollir Molloy）」、「私はいわばもう溶解状態の蝋の塊同様だった」（六二〔六七〕）。また、カオスとは先述の通り「空隙」や「裂け目」であり、そこからガイア（大地）が生み出されたと考えられているが、モロイの居場所も、それらを想起させる「深淵」「奥底」「泡と泥の間」「窪地」そして「溝」と表現される。[*39]明確な名も居場所も持たない彼は不自由な両足をひきずりながら彷徨するのだが、その不自由さは決してネガティブには捉えられていないことが次の台詞からもうかがえる。「松葉杖の間にしっかりとぶら下がって、前へ進みだしたときに、風が助けてくれるのが感じられた」（八〇［八七］）、「松葉杖を使う者の動作、それはなにか心をおどらせるものを持っている〔中略〕。それは、地上をかすめる小さな飛翔《ひしょう》の連続だから」（八五［九三］）。モロイはこのように松葉杖を鳥の翼に例えるのだが、不自由な足と飛翔のイメージは、作品中に頻出する鳥の描写や、溝に転がり込んだモロイが「鳥の声」を想像する場面にも明確に現れている。[*40]「私はそのまま溝の底までころがり落ちた。あれは春、春の朝のことだったはずだ。鳥の声がしたと思う」（一二三［一三六］）。つまり、『モロイ』における「溝」や「松葉杖」とは、揺らぐ中心に断続的に輪郭を与える周縁／辺境であると同時に未知なる世界への出発点とみなされる。[*41] モロイの彷徨が「ゆるぎない混沌」[*42]（五二［五六］）と称されるのは、大世界から切り離された小世界（カオティックな主体）が自身の延長としての周縁から輪郭を与えられることによって、曖昧さを排除しない独自の秩序を再構築してゆくためであろう。

図1

図2

4　ポアンカレのカオス、遊星を描くベケット

『マーフィー』とほぼ同時期にフランス語で書かれた「ふたつの欲求」には、二つの三角形を重ねた星形六角形が描かれているが[*43]（図3）、『ワット』の草稿にも同じような図がみられ[*44]（図4）、辺が交わる部分が黒い点で塗られている。また、同草稿には十二個の小円からなる絵も描かれている[*45]（図5）。そこでは、各々の小円が持つ中心点と、小円に囲まれた中央の点の大きさが同じであるため、中央に

向かうわれわれの視線はたえず周縁に追いやられ、複数の点の間をぶれ続けることになる。

ベケットは草稿以外にも、友人からの手紙や自身が興味を抱いた記事の切り抜き等を丁寧に保管していたのだが、その中に友人であったマルセル・デュシャンの「アネミック・シネマ」が掲載された *La Quinzaine littéraire* 誌の一頁がある[*46]（図6）。デュシャンの「ロトレリーフ」[*47]（図7）は同心状の円環が生み出す混沌の形象であるが、井上善幸が「ふたつの欲求」の十二面体について「アトム、あるいはモナドを暗示し、さらにそれを包み込む同心円の球体を創造しようとしていたのではないか」[*48]と書いていることからも分かるように、無理数からなる十二面体は、中心がずれ続けるベケット作品特有のイメージと深く結びついている。また、岡室美奈子によれば、ここから「ポアンカレ十二面体空間」と呼ばれる三次元多様体が作られるため、トポロジー（位相幾何学）との関連も指摘されうる[*49]。さらには、双曲線からなる「ポアンカレ円盤モデル」も、中央と周縁に複数の中心点を持つ円と十二面体の組み合わせであることから、やはりベケットとの共通性がうかがえる[*50]（図8下）。実際に『ワット』の草稿には **POINCARE?** と太字でメモ書きされており[*51]（図8上）、「ふたつの欲求」の十二面体が描かれた頁にもこの名が登場する点から[*52]、初期作品執筆の際にベケットがアンリ・ポアンカレの著作を読んでいたことは疑う余地がない。

たとえ決定的な規則を作ってもそこから必ず不規則な偶然性が生まれてくると考えたポアンカレと同様に、ベケットも一旦は普遍的秩序に従い、その枠に収まり切らない〈誤差／無秩序〉を浮上させた後に、それらを含む新たな秩序の構築を求めてフランス語の執筆に向かっていったものと考えられる。『マーフィー』の自己翻訳における抽象化、『ワット』の草稿における描画と見えない言葉の追求、そして『モロイ』の溝と飛翔のイメージには、ある種の共通点、すなわち作者が〈揺らぎ〉の感覚に支えら

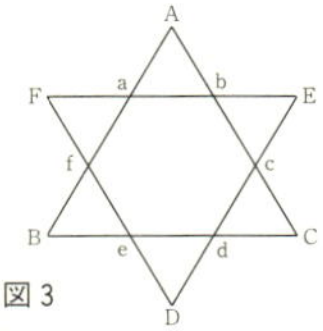

図3

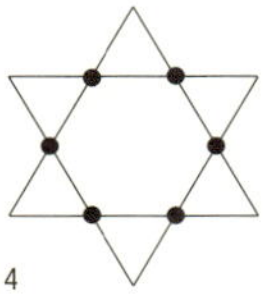
図4

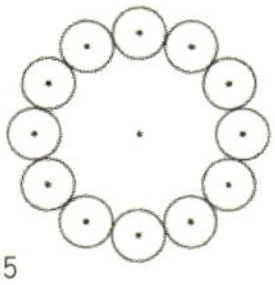
図5

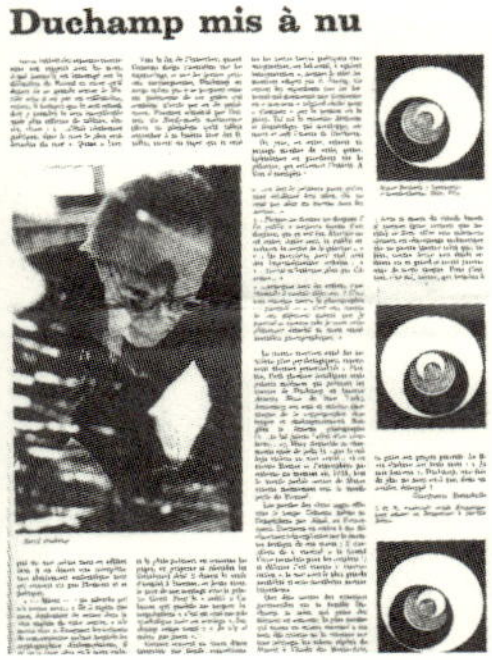
Duchamp mis à nu

図6

図7

図8

れた想像力を駆使して言語表現の限界を乗り越えようとしたプロセスがうかがえる。

レオパルディが地球に住む人間を宇宙にとっての「陰鬱な砂粒」と表現しているのに対し、[53] ポアンカレは人間を微小存在とみなしつつも、個々が生来備える知性によって広大な空間を包み込むことが可能と考える。「宇宙というあの絶大な広がりのなかでは、人間の体はおぼろげな一点にすぎない。しかも、人間の知性はその宇宙全体を包容し、その、音なき調べを味うことができるのである。かくして、われわれはおのれたちの力を自覚するにいたる」[54]。また、ポアンカレは知性と共に感性、とりわけ想像力の重要性を訴える。「宇宙を容れ得る大空間に移ろうと欲すればわたくしは想像によってそれに達するであろう。數歩を以て遊星に達する力をもつ巨人の經驗するところを想像するか、〔中略〕これらの遊星を小さい毬で置き換えて、その小さい毬の一つの上に「わたくし」とよぶべき矮人のうごめいているような縮圖にした世界に當面して、わたくし自身が何を感ずるかを想像してもよい」[*55]。この見解は、さらに「前以てわたくしの個人用のために局部空間及び擴張された空間をつくって置かなかったならば、この想像作用はわたくしにとって不可能である」[*56]と続くのだが、特にこの箇所は「もっと小さな空間のために創作するという必要を感じていました。人物の位置や動きや、とりわけある種の光を、わたしが多少なりとも自由に操作出来る空間ですね」[*57]と語ったベケットの立場と共通している。特に『人べらし役』や『クワッド』のような後期作品においては、世界の縮図としての人工的空間が作られ、その中にいる登場人物には陰鬱さとは無縁な〈うごめき〉が見られることからも、ベケット作品におけるカオスとは、レオパルディの厭世観を端緒とし、ポアンカレの科学的世界観に深く呼応してゆくものと考えられる。ポアンカレの「遊星」は錯綜した運動性を示すのだが、ベケットも、閉鎖空間における登場人物の動きを「惑星」に例えている（『名づけえぬもの』十三［十三］）。ベンヤミンは、古代から読まれてきた「星」や「踊り」のような「書かれなかったもの」に注目することでイメージや音に対する文字の優位性に疑問を投げかけているが[*58]、この問題はベケットの執筆においても重要である。『モロイ』のラストシーンに現れる、「私は鳥たちの言葉をよりよく理解しようと努めていた。私の言葉の助けを借りずに」（二三八［二六八］）という表現は、動物のうごめきや自然のささやきに歩み寄るプロセスなくして、人間の言葉の本質は捉えられないことを示唆している。

一連のテクスト分析から明らかになったように、『マーフィー』において支配的であった外的秩序の象徴（言葉、固有名、二分法、太陽、月）は、『ワット』を経て『モロイ』に至る過程で拡散し、再構成されてゆく。モロイは、自身が「二つの太陽の間」にいると感じ、「かわるがわる雨が降ったり、太陽が照ったりしているように思えた」（二二三～二四［二三六］）と表現していることからも、「溝／間」というカオティックな場にとどまることで複数の光源なき光を動かす想像力を顕現し、身体と精神の境界を超えて旅を続けてゆく。「ここにいなければならない〔中略〕何百万光年のところにもいなければならない。同時に……[*59]」と語るベケットにとって、執筆とは泥の間で遊星の煌きを探る行為であり、〈支えなき混沌《カオス》〉に身をゆだねることで、そこから独自の秩序を導き出そうとする試みであったに違いない。

注

＊1　Giacomo Leopardi, *Canti - Operette morali - Pensieri* (Bologna: Zanichelli, 2009), 150. ジャコモ・レオパルディ『カンティ』脇功・柱本元彦訳、名古屋大学出版会、二〇〇六年、一七五。

＊2　「生命的跳躍《エラン・ヴィタル》」は、『マロウンは死ぬ』［一四八］にみられる表現。Samuel Beckett, *Malone meurt* (Paris: Minut, 1988),15.『ぴくりと跳ねて』（*Soubresauts*）は、『なおのうごめき』（*Stirrings Still*）のフランス語タイトルである。この訳語に関しては、次の論文のタイトルを参考にさせて頂いた。ディルク・ファン・ヒュレ「著者による翻訳――サミュエル・ベケットの『ざわめく静けさ／ぴくりと跳ねて』」ルー・バーナード／キャサリン・オブライエン・オキーフ／ジョン・アンスワース編『人文学と電子編集――デジタル・アーカイヴの理論と実践』所収、明星聖子・神崎正英訳、慶応義塾大学出版会、二〇一一年。

＊3　この点については、近藤耕人「内部の言葉――ベケットの *Comment c'est* をめぐって」（『見える像と見えない像』所収、二〇一一～三二）を参考にさせて頂いた。そこでは、「この作品［『事の次第』］の価値は、文章の意味が全体的に構成する世界であるよりも、言葉一つ一つの音と意味が同列に並んで集団をなしながら、それ自体が音や文字として対象化され、泥という事物を表現し、一方では人間の意識の動きと、それを伝える言葉となりながら、舞踏家が身体で表現するように、作家が身体ごと言葉の中に埋って練り上げた言葉の構築物そのものにある」という重要な分析がなされている（近藤耕人『見える像と見えない像』創樹社、

一九八二年、二二九)。

＊4　岡室美奈子は、ベケットの世界について「整然とした形式は混沌として計測不可能な闇を、合理は非合理をはらむ」と述べている（岡室美奈子「数学・幾何学」、高橋康也監修『ベケット大全』所収、白水社、一九九九年、一〇六)。また、ベケットは『しあわせな日々』の主人公について「秩序あるめちゃめちゃ」（an organized mess）と表現している。Enoch Brater, *Why Beckett* (New York: Thames and Hudson, 1989), 102.（イノック・ブレイター『なぜベケットか』安達まみ訳、白水社、一九九〇年、一二五)。

＊5　Félix Guattari, *Chaosmose* (Paris: Galilée, 1992), 114. フェリックス・ガタリ『カオスモーズ』宮林寛・小沢秋広訳、河出書房新社、二〇〇四年、一三一。

＊6　ベケット作品におけるカオスの問題に関しては、フェダーマン、ディアラヴ、平田の論を参照されたい。ディアラヴは、ベケットがカオスを通して曖昧さや流動性や不確定性に変わる形を見出したと述べている。また平田は「混沌は形式に還元されません。〔中略〕混沌に適応する形式をみつけること、これが、いまや芸術家に課せられた課題なのです」という作者の証言をもとに、『ワット』において形式に収まりきらない無としてのカオスが現出する過程を追求している。フェダーマンの著作にはタイトルに反して「カオス」という用語はほとんど登場しないのだが、それは論者が「フィクションにおける不条理／非合理（Fictional absurdity）」をカオスとみなしていることによる。本稿でもカオスに対して流動性や混沌や非合理といった一般的な意味づけを行うと同時に、実際にこの表現が用いられた場面を考察することで、テクスト分析の観点から変容を探ってゆきたい。Raymond Federman, *Journey to Chaos: Samuel Beckett's Early Fiction* (Berkeley / Los Angeles: U of California P, 1965). J. E. Dearlove, *Accommodating the chaos: Samuel Beckett's nonrelational art* (Durham: Duke UP, 1982). 平田(窪田)裕季子「"Form"と"Chaos"——言語、小説における人工性と無、*Watt* の場合」『Ebok』第二号（神戸大学仏語仏文学研究会）、一九九〇年、一四一～六三。

＊7　たとえば、英語版の出版直後に翻訳を始めたものの、十年後に仏語版が上梓された『マーフィー』と、二言語版がほぼ同時に出版された『伴侶』を同列に論じることはできず、自己翻訳された作品と共訳者がいる作品（『ワット』、『モロイ』、『いざ最悪の方へ』）も区別されるべきだろう。この問題については次の文献

を参照されたい。Dirk Van Hulle, "Authorial Translation: Samuel Beckett's *Stirrings Still / Soubreauts*", in *Electronic Textual Editing*, ed. Lou Burnard, Katherine O'Brien O'keeffe, John Unsworth (New York: The Modern Language Association of America, 2006), 159. ディルク・ファン・ヒュレ「著者による翻訳――サミュエル・ベケットの『ざわめく静けさ／ぴくりと跳ねて』」『人文学と電子編集――デジタル・アーカイヴの理論と実践』所収、一四五～四六。

＊8　現在、ディルク・ファン・ヒュレとマーク・ニクソンを中心に、英仏テクストを生成過程が見えるような形で電子学術版として編集するプロジェクト（Beckett Digital Manuscript Project）が進行中であり、ここに挙げた問題点も想定されている。http://www.beckettarchive.org/

＊9　近藤耕人「サミュエル・ベケット会見全記録」『水声通信 no.22――特集サミュエル・ベケット』、水声社、二〇〇八年、四四。

＊10　Samuel Beckett, *L'Innommable* (Paris: Minuit, 1987).

＊11　Samuel Beckett, *Murphy* (New York: Grove Press, 1957).

＊12　Samuel Beckett, *Watt* (New York: Grove Press, 1959).

＊13　Evelyne Grossman, *L'Esthétique de Beckett* (Paris: SEDES, 1998), 26. 拙訳。

＊14　「太陽は、しかたなしに、あいも変わらぬところを照らしていた」（『マーフィー』一〔五〕）。「月がいまや白みがかった光を、あたかも彼がそこにいないかのごとく〔中略〕注いでいるのを感じた」（『ワット』三三〔四一〕）。

＊15　Cf. *Disjecta: Miscellaneous Writings and a Dramatic Fragment*, ed. Ruby Cohn (London: John Calder, 1983), 102.

＊16　*Revue d'Esthétique*, no. hors-série, sous la direction de Pierre Chabert (Paris: Jean-Michel Place, 1990), 61. 拙訳。

＊17　Federman, *Journey to Chaos*, 202. 拙訳。

＊18　Brater, *Why Beckett*, 39. ブレイター『なぜベケットか』四五。

＊19　*Disjecta*, 52. 田尻芳樹訳に準じさせて頂いた。この引用箇所を含む論考（「言語の消去を夢みて――べ

ケット論」『批評空間』第二期、一九九六年）の中で、田尻はベケットの言語観について「表象しえぬものへ向かって言語の可能性を押し広げた」ジョイスとは異なり、ベケットが「言語に対する攻撃に言語を用いるというパラドクシカルな試み」を十分に意識した上で、その「無力を暴き立てようとした」と分析している（一七七〜七八）。

＊20 Brater, *Why Beckett*, 47. イノック・ブレイター『なぜベケットか』五三。

＊21 六冊にわたる『ワット』の執筆ノート（一九四一〜四五）に描かれた図や絵の多さは、ベケットが残した草稿の中でも突出している。デイヴィッド・ヘイマンは、これらの描画に膨大な時間と労力が費やされている点に注目し、言葉とイメージのダイナミックな相関関係が、物語の創作に大きな影響を与えたと指摘している。Cf. David Hayman, "Nor Do My Doodles More Sagaciously: Beckett Illustrating *Watt*", in *Samuel Beckett and the Arts: Music, Visual Arts, and Non-Print Media*, ed. Lois Oppenheim (New York / London: Garland Publishing, 1999), 201, 214.

＊22 Dirk Van Hulle, "Les becquets de Beckett: Vers une édition génétique des dernières œuvres bilingues", *Samuel Beckett Today / Aujourd'hui*, 2006, no. 17, 417.

＊23 「自己翻訳の結果生まれたあるテキストを、別の作品とみなすべきか、それとも同じ作品の別稿とみなすべきかという問題が生じる」Van Hulle, "Authorial translation: Samuel Beckett's *Stirrings Still / Soubreauts*", 159. ファン・ヒュレ「著者による翻訳――サミュエル・ベケットの『ざわめく静けさ／ぴくりと跳ねて』」『人文学と電子編集――デジタル・アーカイヴの理論と実践』一四六。

＊24 Patrick Bowles, "How to Fail: Notes on Talks with Samuel Beckett", in *P.N. Review*, vol. 20, no. 4, 1994, 27. 訳および傍点による強調は引用者。

＊25 John Fletcher, "Écrivain Bilingue", *Cahier de l'herne: Samuel Beckett* (Paris: Éditions de l'Herne, 1990), 206. 拙訳。

＊26 Samuel Beckett, *Murphy* (Paris: Minuit, 1997), 9.

＊27 この書き換え箇所に関しては、『マーフィー』邦訳の註を参考にさせて頂いた（三〇九）。

＊28　Beckett, *Murphy*, 128.

＊29　*Ibid.*, 85.

＊30　*Ibid.*, 179.

＊31　Gilles Deleuze, *Logique du sens* (Paris: Minuit, 1982), 310. ジル・ドゥルーズ『意味の論理学』岡田弘・宇波彰訳、法政大学出版局、一九八七年、三三一。

＊32　Gilles Deleuze, *Critique et clinique* (Paris: Minuit, 1993), 39.『批評と臨床』守中高明・谷昌親・鈴木雅大訳、河出書房新社、二〇〇二年、五八。傍点による強調は引用者。

＊33　*Watt*, manuscript, Notebook II, 26. Samuel Beckett Collection, Box 6 - Folder 5-7, Box 7 - Folder 1-4, HRHRC (Harry Ransom Humanities Research Center), Texas University. 以下、『ワット』の手稿は *Wm* と略記する。草稿の引用について快く承諾して下さったエドワード・ベケット氏とイレーヌ・ランドン氏に感謝申し上げる。

＊34　Ludwig Wittgenstein, *Bemerkungen über die Farben / Remarks on Colour*, ed. G. E. M. Anscombe, trs. Linda L. McAlister and Margarete Schättle (Oxford: Basil Blackwell, 1977), 60-60e. ルードウィヒ・ウィトゲンシュタイン『色彩について』中村昇・瀬嶋貞徳訳、新書館、一九九七年、一九九〜二〇〇。太字による強調はウィトゲンシュタイン。

＊35　*Watt*, typescript, 55. Carlton Lake Collection of Samuel Beckett, Box 17-13, HRHRC.

＊36　Beckett, *Watt*, 173.

＊37　Brater, *Why Beckett*, 47. ブレイター『なぜベケットか』五四。

＊38　Samuel Beckett, *Molloy* (Paris: Minuit, 1994).

＊39　「この奥底というのが、私のだ、いやどん底までは行かないが、どこか泡と泥の間だ」（一七［一七］）。「ただモロイが溝のなかにいて、完全な沈黙」（三六［三七］）。

＊40　『ワット』の草稿には鳥の羽のように力強い腕を持つ人間の絵が描かれており、ここでのイメージとの関連が指摘されうる（図1）。*Wm*, Notebook II, 72.

＊41　ワットも彷徨の最後に「溝」に落ち着くことから、〈ワットの終点＝モロイの始点〉と考えることも

可能である。実際、『ワット』の草稿には溝に向かって匍匐前進する人物の絵が描かれている（図2） *Wm*, Notebook III, 22. ヘイマンはこの絵を含む草稿の一頁を引用した上で、溝に向かう人物を animal / man と称している。Hayman, "Nor Do My Doodles More Sagaciously: Beckett Illustrating *Watt*", 202-3.

＊42 傍点による強調は引用者。

＊43 *Disjecta*, 56.

＊44 *Wm*, n. pag.

＊45 *Wm*, Notebook II, 94.

＊46 *La Quinzaine littéraire*, 1er au 15 avril 1967, 7. Carlton Lake Collection, HRHRC, Texas University.

＊47 Marcel Duchamp, *Rotoreliefs*, 1935.

＊48 井上善幸「サミュエル・ベケットをめぐる三つの対話――書誌的観点から」『図書の譜』、一九九八年、一三四。

＊49 岡室美奈子「数学・幾何学」、高橋康也監修『ベケット大全』所収、白水社、一九九九年、一〇八。

＊50 Poincaré Hyperbolic Disk. http://mathworld.wolfram.com/PoincareHyperbolicDisk.html

＊51 *Wm*, Notebook III, 78.

＊52 Beckett, *Disjecta*, 56.

＊53 Giacomo Leopardi, *Canti - Operette morali - Pensieri*, 185. レオパルディ『カンティ』二二五。傍点による強調は引用者。

＊54 Henri Poincaré, *La valeur de la science* (Paris: Ernest Flammarion, 1920), 157. アンリ・ポアンカレ『科学の価値』吉田洋一訳、岩波文庫、一九七七年、一六九。

＊55 Henri Poincaré, *Science et méthode* (Paris: Ernest Flammarion, 1920), 113. アンリ・ポアンカレ『科学と方法』吉田洋一訳、岩波文庫、一九五三年、一一六。

＊56 *Ibid*. 同右。

＊57 Brater, *Why Beckett*, 55. ブレイター『なぜベケットか』六四。傍点による強調は引用者。

＊58　Walter Benjamin, "On the Mimetic Faculty", in *Selected Writings*, vol. 2: 1927-1934, trs. Rodney Livingstone and others, eds. Michael W. Jennings, Howard Eiland, Gary Smith (Cambridge MA: The Belknap Press of Harvard UP, 1999), 722.

＊59　Charles Juliet, *Rencontre avec Samuel Beckett* (Montpellier: Fata Morgana, 1986), 48. シャルル・ジュリエ「サミュエル・ベケットとの出会い」『ベケットとヴァン・ヴェルデ』所収、吉田加南子・鈴木理江子訳、みすず書房、一九九六年、四一。

ベケットの『初恋』あるいは声と存在の識閾の彼方

森尚也

ギリシア語の「アロゴス」は、ラテン語では「スルドゥス」である。英語の"surd"は、有限項で表せない代数根（＝無理数）のことで、通約可能性、決定可能性の外部にある。

ジョージ・スタイナー[*1]

「この無理数野郎め！」（Thou surd!）
サミュエル・ベケット[*2]

1　言葉で表現しえぬもの　アロゴス／スルドゥス

第二次大戦後、ベケットはフランス語で「終わり」、「追い出された男」、『初恋』、「鎮静剤」の四つの短篇と小説『メルシエとカミエ』を一九四六年の末までに書いた。一九四七年から一九五〇年頃までに書かれる小説三部作『モロイ』、『マロウンは死ぬ』、『名づけえぬもの』、戯曲『ゴドーを待ちながら』は、二十世紀文学の記念碑的作品として知られているが、これらの小品もベケット作品のなかで占める意義は深い。本論で取りあげる『初恋』[*3]は、世界に放り出された男の一人称の語りからなる小説として、後の小説三部作を先取りしており、生きているのか死んでいるのか分からない奇妙な主人公ながら、他の短篇よりも形式的には「伝統的」でさえあり[*4]、滑稽さと、もっともらしさが不思議な魅力を放つ作品である。『初恋』はより自伝的色彩が濃く、それゆえにベケットは長い間出版を拒んでいたとも言われる。[*5]だからこそ、逆にベケットの精神史を理解するうえで特筆すべきテクストなのである。そのテクストの中心には、近づくことはできても、けっしてたどり着けない声の識閾がある。聞こえそうで聞こえず、消えそうで消えない声がある。それが何を意味するのかを見きわめるのが本論の狙いである。

ベケットが表現しようとするものは、ほとんど例外なく言葉では表現しえない（ineffable）ものに根ざしていて、それはしばしば数学的比喩とともに提示され、存在そのものの居心地の悪さを照射する。『初恋』の中心にも、やはり言語で表現できないものがひそんでいて、その鍵となる言葉が、ロゴス（言葉、理性）の反意語「アロゴス」であり、そのラテン語「スルドゥス」（surdus）である。エピグラフに掲げたスタイナーは、数学的には「無理数」を意味したラテン語の「スルドゥス」から、「耳が聞こえない」や「沈黙の」などの意味を持つ英語の"surd"が生まれたことを述べている。[*6] 言うまでもなく、「不条理な」（ab + surd）も文字通り「スルドゥス」からの派生語である。そして『初恋』にも、無理数／無声音（沈黙）の両義性を孕んだ「スルドゥス」が、テクストの中心に到達不可能性、沈黙の声として潜んでいるのである。この不分明な領域は、ライプニッツが「微小表象」と呼ぶ無意識的知覚でもあり、そしてベケットが『マロウンは死ぬ』や『初恋』などで向きあう領域である。[*7] 声なき声を手がかりに『初恋』を読み進めるとき、そこにはヨーロッパの知覚をめぐる知の集積とともに、ベケットの自伝的、知的漂泊の軌跡が浮かびあがってくる。とりわけこれまであまり論じられなかったニコラウス・クザーヌスの否定神学に光をあてたい。

2 「追放」としての「恋／愛」（amour）

『初恋』は、現在形の語りと過去の回想からなる小説で、主人公の匿名の男は、冒頭で、父親の死と自分の結婚を時間のなかで結びつける。そこには「この文章は長すぎる」（三五［三二］）などレヴェルの異なる語りも折り込まれる。物語の筋らしきものをまとめておく。男は、父親が死ぬとすぐに、父親が所有していた大勢の男や女や子どもが住む大きな家から、わずかな持ち物と父の遺産をポケットに、追い出される（おそらく父親は娼家の主人だったに違いないが、男と血が繋がっているかどうかは不明で、母親への言及はいっさいない）。便所に掛かっていたイエス像を見ながら長い用を足していた隙に、部屋に鍵をかけられ、追い出された。運河の岸にあるベンチに男が寝ころがっていると、夕方、ひとりの女がやってくる。男の戸惑いをよそに、女は同じベンチに座らせてくれという。女は不思議な歌を歌う。そして運河の岸にある夕方のベンチで、出会いと別れが繰り返され、やがて男は女のことが頭から離れなくなる。それに居たたまれず女から逃げようとするが、逆にベンチに戻って、女に歌を要求する。「ルルー」とも「アンヌ」とも男が適当に思い出す女の名前を、「雌牛の糞」に指で書き、その指をなめる男の行為は、『初恋』というタイトルから読者が連想する「恋／愛」（amour）の概念からは大きく逸脱している。「人が恋と呼ぶものそれは追放されて、ときどき、遠国から絵はがきを送ることだ」（二二［二一］）と語る男の人生そのものが「追放」なのだが、さらにそのなかで「恋／愛」は、本来の自分からの「追放」なのである。[*8] 別れを告げるはずが、「わたしは部屋を二つ持っているわ」（三八［三五］）という言葉に誘われ、男は女と一緒に暮らし始める。それを男は「結婚」として回想するのだが、その生活は実に奇妙なものだ。台所で区切られた二つの部屋のひとつに入ると、女はまず服を脱ぎだす。男は家具を運んで積みかさね、自らを囲い込み、部屋を占領してしまう。男が溲瓶「夜の壺」（四四［三九］）を要求すると、代わりに女が持ってきたものは「万能鍋」だった。男は眠ろうと意を決していたが、騒々しい夜があけると、男の服は乱れ、裸のアンヌがとなりに寝ていて、片手には万能鍋が握られたままだった。こうして結婚生活の第一夜がおわり、月日が経過する。女のもうひとつの部屋での出入りの激しさと声のやかましさに耐えられなくなった男は、ある日、「あんたは売春でくらしているのか?」と問いただすと、女は「わたしたちは売春で暮らしているのよ」と答えた(五〇[四四])。さらに居候を続ける男に、ある日、女は男に、わたしたちの子どもができたと告げる。男は「堕ろすんだ」(五二[四六])と繰り返すが、やがて女は出産の日を迎える。そして、産褥のはげしい叫び声にいたたまれず、男は部屋をとびだし、放浪を続ける。しかし、不思議なことに女の叫び声はその後何年もなりやまない。そして長年の放浪の果てに、父の死と結婚を回想する語りが始まる。それが『初恋』という失われた時の物語である。

3 微細な変化 ライプニッツの微小表象とゼノンのパラドクス

女との出会いと別れにおいて、決定的な役割を果たすのは、エロスやフロイトの快感原則とはまったく無縁な男の知的好奇心だった。それは、聞こえはじめる瞬間の女の歌声と、消え入る瞬間の女の叫び声の地点を特定しようとする男の欲求だった。ベケットはこの主題を、たんに風変わりな男の性格として示したのではない。微細な変化を知覚する主題、あるいは、知覚できないけれど漠然と感じる変化という主題は、言葉にできないイメージの提示とともにベケットがこだわり続けたものである。たとえば、『ワット』の「なにかがずり落ちた」(三五[五三])というアルセーヌの言葉や[*9]、『勝負の終わり』の「なにかが軌道を過ぎていく」(一五四、一七〇[二〇、四一])というクロヴの漠然とした変化の知覚は[*10]、「微小表象」だけでなく、「自然は飛躍せず」というライプニッツの連続律の命題とも関係しているのである[*11]。おぼろげでかすかな声であっても、それは主体と世界をつなぐ手がかりである。『初恋』における変化の知覚は、まさに女との出会いと別れにおいて前景化される。一度は女から遠ざかろうとした男が、女に引き戻されるのも、女に惹かれたのではなく、女の声がいったいどの地点から聞こえはじめるのかが問題だった。

もちろん、わたしは不確かさのなかで不確かさによって生きてはいた。しかし、これらの小さな、生理的次元とでもいう不確かさは、どうせならすぐにも厄介払いしたかった。そうしないと、何週間も、まるで蚯のようにわたしを苛《さいな》みかねなかったのだ。そこでわたしは数歩ひきかえして、立ち止まった。最初はなにも聞こえなかった、ついで声が聞こえた、しかし、やっと聞きとれなくなり、弱々しくとどいた。聞こえなくて、ついで聞こえたのだから、ある瞬間に聞こえはじめたはずだった、ところが違う、初めはなかった、それほど声は静かに沈黙のなかから出てきた、それほど沈黙に似ていた。(『初恋』三五〔三二~三三〕)

男の試みは失敗に終わる。女の歌声はまるで発生地点がないかのように、いつのまにか沈黙のなかから立ち現れる。歩幅をどれほど狭くしてみても、歌声が聞こえはじめる地点は特定できない。意識下の知覚である微小表象が、男を引きつけ、確認を促すものの、空間をどれほど細かく分割しても、ゼロには至らない。アキレスが永遠に亀に追いつけないようなゼノンのパラドクスがここにある。

4 セイレーン、キルケ、ベラ

歌声だけではない。そもそも、女は「謎」として描かれている。彼女をはじめて見たとき、「それは形なく、年もなく、ほとんど生命さえもなく、老婆とも少女ともみえた」(『初恋』三三〔三一〕)という。どこから立ち現れたか分からなかったのは、女の歌声だけではなく、女の存在自体も謎だった。「彼女はそこにいなかった。だが、どうしてだか、急にそこにいた、来たところは見えもしなければ、聞こえもしなかった、しかもわたしは待ち伏せていたというのに」（三六［三三］）。

この妖婦のイメージを創作するときに、おそらくベケットはホメロスとジョイスを用いただろう。それは、美しい歌声で人を誘い寄せ、舟を難破させるホメロスの『オデュッセイア』のセイレンと、魔術で男を豚や獣に変える女神キルケである。さらに、ジョイスの『ユリシーズ』におけるキルケである娼家の女主人ベラ・コーエンもつけ加えた。[*12]ホメロスへの言及がけっして唐突ではないことが、ベケットの『初恋』の英訳から確認できる。『初恋』の場所設定は、ふたつの運河などの記述からダブリンと思われるが、そこはフランス語版では「宿無しの天国」《le paradis des sans-logis》（二七［二三］）と呼ばれる。だが後のベケットによる英訳では、「宿無しのエリジウム」"Elysium of the roofless"という表現に変えられ、[*13]ホメロスの『オデュッセイア』第四歌で語られる「エリュシオン」に言及している。[*14]「エリュシオン」とは神々に愛された者たちが死後に住まうやすらぎの地であるが、『初恋』のエリジウムは、神々に愛されなかった者たちが、どこであれ所かまわずのたれ死にできる「宿無しの天国」のようである。つまるところ、男が「ルルー」とか「アンヌ」とか適当に名前を思い出す女は、[*15]聞こえない歌声で男を誘うセイレンであり、男を豚に変え、子を孕むキルケであり、娼婦ベラなのだ。というのは、男は女の部屋から一歩も出ることなく、娼婦に養われる豚のような生活を送っていたからである。また女の部屋で一年ほど暮らし、（男と子どもの血の繋がりは定かではないが）子供が生まれる日に、家を飛び出した男は、キルケと閨をともにし、子供をもうけ、約一年後に旅を再開したオデュッセウスでもあるだろう。[*16]

5　知覚と知性の限界

『初恋』の男はオデュッセウスのような知将とはかけ離れていると思うかも知れない。しかしオデュッセウスも乞食の身なりで故郷イタケに帰ったのであり、また『初恋』の男も実は学識があり、「英語やフランス語やイタリア語やドイツ語で、散文と韻文の小説を」(二七〔二六〕)読んだというし、「わたしは博学だった、そして、彼らのおかげで、言葉がやむところまで到達していた、まるでダンテだ」(四四〔三九〕)と自負するほどである。先に見た「夜の壺」《**un vase de nuit**》という言葉も、「ラシーヌかボードレール」(四四〔三九〕)で好きになったという。また「知的愛」という『マーフィー』第六章のエピグラフにも使ったスピノザを意識したと思われる言葉も『初恋』には折り込まれている[*17](三〇〔二八〕)。つまり男の知的好奇心が、博識を育て、またその知的好奇心が男に声の起点や消失点を見きわめようとさせたのである。

男が女の家を飛び出したきっかけは、出会いのときの女のかすかな歌声とは対照的に、陣痛による女のすさまじい呻き声だった。

女は初産だったのだろう。その声はわたしを通りまで追いかけてきた。わたしは家の扉の前に立ち止まって、耳をかたむけた。相変わらず聞こえていた。家の中で唸っていることを知っていなければ、あるいは聞こえなかったかも知れない。知っていると、よく聞こえた。わたしは自分がどこにいるのかよく知らなかった。かずかずの星と星座のなかで、大熊座を捜したがみつからなかった。はじめてそれを教えてくれたのは父だった。父はほかの星座も教えてくれなければならないはずだったが。

えてくれたが、ひとりで、父なしでは、大熊座以外はけっしてみつけられなかった。(『初恋』五五［四七〜四八］)

戸口では、女の呻き声がかろうじて聞こえた。だが、それは女が呻いていることを知っていたからだという。ここでの微細な知覚は、ライプニッツの微小表象から、ゲシュタルト心理学に重心が移されている。先に引用した「老婆とも少女とも見えた」という記述にも、有名な「老婆と少女」のだまし絵への言及を読み取ることができるが、ベケットがR・ウッドワースから当時の新しい心理学の動向を学んでいたことは、ベケットの「心理学ノート」(一九三四〜三五)に記されている。[*18] ウッドワースのゲシュタルト解説によれば、「わたしたちの感覚には限界があり、欲望のために、事実が見えなくなる」という。[*19]「知っているとよく聞こえた」というのも、わたしたちの行動を支配しているのは外界からの刺激そのものよりは、わたしたちの心理的状況の方なのである。男が父から教わった「大熊座」を夜空に見つけようとする時、男は見つけることができない。点在する夜空の星(地)から形態(図)を見つける記述もウッドワースの著書にイラスト付きで解説されていて、本来なら、この場面では、ゲシュタルト心理学の「閉合原理」が夜空に星座を浮かばせるはずであったのだが、その期待は裏切られる。[*20] そしてそのとき、男は女との出会いの時にそうしたように、「遊び」を始める。

わたしは、叫び声を相手に、ほぼ、歌と同じように遊びはじめた、進んだり、立ち止まったり、また進んだり、これが遊びと呼べるなら。歩いているかぎり、自分の足音のおかげで、叫びは聞こえなかった。しかし、立ち止まるやいなや、また聞こえた、たしかにそのたびに弱くなったが、しかし、叫びが弱いか強いかがどうだというのだ? 必要なのはやむことだ。何年もの間、わたしはそれがいまにやむだろうと信じていた。今ではもうそう思わない。(『初恋』五五[四八])

『初恋』の最後にベケットが仕掛けたひとつの謎がある。ここまでかすかな声、その識閾をめぐる物語を展開してきたベケットだった。『初恋』には、歌声、女の部屋から聞こえる「忍び笑いや呻き声」(四九[四三])など、意味を欠いた音の群れが溢れていて、そのどれもが男の心をかき乱さずにはいなかった。しかし、ここでベケットが提示するのは、時間と場所をこえて何年たってもけっしてやまない「叫び声」である。何年たってもやまない「叫び声」は、もはや音の識閾の問題、知覚の問題ではない。もはやこのときライプニッツも、ゼノンも、ゲシュタルトも、この叫びを捉えるには無力である。ベケットが最終的に問題にするのは、生理的欲求や知覚の彼方にある記憶と倫理の問題であった。

6　ダンテの地獄ジュデッカ

何年も後に、男に啓示が訪れたことが、結末よりすこし前に書かれている。

無知の地獄のなかでは、神の存在とか、原形質の発生とか、自我の存在などよりちらっと見た目の色とか、遠い音源とかのほうが、ジュデッカに近く、より以上にそれらに背を向けることを英知が要求するものだということを理解するのに、わたしは長いこと、いわば一生かかった。(『初恋』五〇[四四])

この認識こそ、すべてがそこに収斂していく『初恋』の中心にある倫理である。『初恋』の設定は、おそらくダブリンであることは何度か示唆されているが、ベケットは、「運河」を通して、ダブリンをダンテの『神曲』の地獄の底「ジュデッカ」(「地獄篇」第三十四歌)に接続する。ダンテのジュデッカでは裏切り者たちが氷の世界に永遠に幽閉されている。神に反逆した堕天使ルチフェロは、三つの醜悪な顔をもち、胸から下を氷に閉じ込められている。その口のなかではキリストを裏切ったユダ、カエサルを裏切ったブルータスとカッシウスの三人が歯で噛まれ続けている。その巨大な翼がおこす風は、「嘆き《コキュー》の川《トス》」の底までも凍てつかせる。[*21] この冷たい沈黙の世界が、実は『初恋』にもある。それは運河の土手のベンチの情景である。男が「アンヌ」に会いに行った場面、というよりも、自分より先にそこにいる女が、一体いつ来るのかを突き止めようと、男が先回りする場面である。言い換えれば、知覚できない存在を知覚しようとした場面である。

翌日はもっと早く、ずっと早く、いわゆる夜というもの、ごく初期にベンチへ着いた。だが、それでも遅すぎた。なぜなら、ベンチの上、カチカチに凍えた木の枝の下、凍りついた流れの前に、彼女はすでにいたからである。もう言っておいたように、彼女は過度にしつっこかった。土の山は霧氷で真っ白だった。わたしはなにも感じていなかった。(『初恋』三二〜三三[二九])

「嘆きの川《コキュートス》」ならぬ「凍りついた流れ」と霧氷のなかでの二人の逢瀬は、エロスとは無縁な地獄である。だがこの運河の土手だけが、『初恋』のジュデッカであるわけではない。女の家での生活もずっとそうだったし、女の家を飛び出してからも、そうだった。「大熊座」を捜して自分の位置を知ろうとしたときに、星を見つけられないのも、そこが地獄だからである。「地獄篇」第三十四歌の最後に、ダンテとウェルギリウスが地獄の底から脱出したときに見あげる星空を、ベケットが踏まえているとすれば、「大熊座」を見つけられないのは、男が地獄からまだ脱出できていないことを示唆するだろう。「叫び声」が虻のように男をさいなみ続ける限り、男は地獄にいる。ベケットはそれを「無知の地獄」(『初恋』五〇[四四])と呼んだのである。

自分の墓を用意し、墓碑銘まで周到に刻んで死を待つ(あるいはすでに死んでいる)語り手は、[*22]そこからの脱出に「一生かかった」という。『初恋』の語りは、男が一生を回顧するこの視点から書かれたことをもう一度思い出しておきたい。「ちらっと見た目の色とか、遠い音源とか」に拘泥する好奇心こそ、奈落の底への入り口であることを彼は悟った。だがそのとき、一生はすでに終わろうとしていた(あるいは終わっていた)。ここにダンテが煉獄前域第二台地の岩陰にたむろする亡者を描いた「遅悔者」(改悛の遅れた者たち)のモチーフがある。[*23]男もまたベラックワなのである。死の間際まで改心しなかったベラックワは、生きた時間だけ煉獄の入り口で待つほかない。無為に待たされる時を享受するベラックワをベケットは愛したが、ベケットはベラックワの無為をそのまま肯定したわけではない。「無知の地獄」という認識に至るためには、ベケットにとってある重要な出会いが必要だった。

7　ジョイス/ブルーノ　「好奇心」からクザーヌス「無知」へ

その手がかりが、ベケット、一九五六年のインタヴューにある。

ジョイスは多くを知れば知るほど、多くのことができました。彼は芸術家として全知全能をめざしたのです。わたしは無知無能によって仕事をしています。一般に、表現とはなにかを達成すること、達成でなければならない、というある種の美学的公理があるように思います。わたしの小さな探求は、これまで芸術家たちが、芸術には使えない、定義からして芸術とは相容れないと、いつも脇に押しやっていた存在のすべての領域についてのものなのです。[*24]

さらにベケットは、一九八九年十月二十七日のインタヴューでも、『ベケット伝』の著者ジェイムズ・ノウルソンにほぼ同じ内容を語っている。

ジョイスは素材を意のままにあやつって、知の豊かさをめざす方向をとことん突き進んだのです。〔中略〕わたしの方法は、足し算というよりも引き算で、貧困化、知の欠如、そぎ落としなのです（『ベケット伝（上）』三五二〔四二〇〕）。

この二つの証言は、一九四〇年代に確立したと思われるベケットの方法論が、死の直前まで変わっていないということを意味する。ノウルソンが語るように、ベケットは一九三〇年代の詩や散文では、「さまざまな概念やイメージを複雑に組み合わせて知的に構築していくために、引用や学識を踏まえた引喩《アリュージョン》を取り込む技法」（三五三〔四二一〕）を、ジョイスのように追求していた。しかし、『ワット』（一九四一～四五）以降、創作方法は一変したという。「〔一九四〇年代〕以後、ベケットの作品は、貧困、流浪、喪失に視線を注ぐようになる。彼〔ベケット〕自身の言葉を借りれば、「無知者」（non-knower）としての人間、「無能者」（non-canner）としての人間に焦点をあてることになる」（『ベケット伝（上）』三五三〔四二一〕）。

確かに『ワット』以降、ベケットは英語からフランス語に主たる創作言語を変更し、文体についても飾りを捨てた。すでに『初恋』におけるホメロスやダンテへの言及を見たように、引用や学識を踏まえた引喩は、その後もベケットの技法のひとつとして（より断片的で分かる人にしか分からない形で）維持されるものの、ジョイスの全知を否定し、ベケットが方向転換をはかったのは確かである。そのきっかけとなったのが「わたしたちが無知のなかにいることを深く認識すればするほど、わたしたちはより真実の近くにいる」というルネサンス期の思想家クザーヌス（一四〇一～一四六四）であったろう。[25]ベケットは一九三三年から三四年にかけて、ヴィルヘルム・ヴィンデルバントの哲学史を読み、膨大なノートを残したが、そのなかにクザーヌスの「学識ある無知《ドクタ・イグノランチア》」という言葉もある。その一節をヴィンデルバントから引用する。

> もし魂が神を知ることができるとすれば、魂は神であらねばならず、自分自身であることをやめねばならない。罪や世界を捨てさるだけでなく、これまで身につけたあらゆる知識も、現在の事象について知ろうとすることも、すべてそぎ落とさねばならない。神は「無」であるがゆえに、「知ることの否定」を知ってはじめて、神は感じられる（クザーヌスは後に、それを「学識ある無知」docta ignorantiaと呼ぶ）のであり、「無」はあらゆる現実の原初の大地であり、「知ることの否定」は最も高く、最も祝福された観想である。[26]

ジョイスにとって近代はジョルダーノ・ブルーノ（一五四八～一六〇〇）から始まった。ブルーノが「好奇心」の是認と追求によって「自己」を主張し、近代への敷居を踏み越えたとされるのに対し、[27]べケットは『初恋』で、ブルーノの先駆であるルネサンス期のクザーヌスに注目し、「知ることの否定」を以て、「好奇心」を否定したと言えよう。ベケットにとって、尊敬してやまないジョイスの軛《くびき》から逃れることと、ジョイスが敬愛するブルーノを遠ざけることは同時だった。近代の知が合理主義、機械論、自己主張を追求した果てに第二次大戦を迎えてしまったという見方はあまりに単純すぎるが、一九四〇年代のベケットの変化を戦争と切り離してしまうこともできない。戦後にベケットが描いた数々の放浪や廃墟のイメージには、戦争の傷跡が刻まれているばかりでなく、近代合理主義の否定が暗示されていて、その思想的根拠としてクザーヌスが浮上するのである。事実、一九三六年から三七年にかけてベケットがナチス政権時代のドイツを放浪したときの「ドイツ日記」には、ベケットの合理主義批判がナチスへの怒りとともに記されている。同時に、「合理主義とはアニミズムの最後の形態だ。一方で、時間と人間と場所が純粋に支離滅裂であることは、少なくとも愉快なものだ」(『ベケット伝 上』二四四〔二九八〕)という。これはベケットの思想的立場、すなわち反合理主義の立場を理解する上できわめて重要な言葉である。日記の同じページに「ぼくに必要なものは、藁であり、がらくただ」と、一切の歴史の擬人化、統一を拒否し、事象から観念を削ぎ落とすベケットがここにいる。そして「ドイツ日記」には、ベケットのドイツ放浪時に二度にわたって何時間も歩きまわった「オルスドルフ」墓地の思い出も記されている。

そこにいけば詩が生まれるのではないかと思ったので来てみたが、なにも感じない。落葉のあいだを歩く自分の足音が記憶のなにかを呼びさまそうとするのだが、それがなんだか分からない。(『ベケット伝 上』二四〇〔二九三〕)

『初恋』が書かれたのは、この日記から八年ほど後であるが、この「なんだか分からない」なにかを、「時間と人間と場所が純粋に支離滅裂」なままに、ベケットは『初恋』で提示した。死者が語る追憶の物語は、時間と場所を越えて混沌に対して開かれたテクストとして生成したのである。

興味深いのは、クザーヌスは十六世紀のブルーノにも、十七世紀から十八世紀を生きたライプニッツにも、大きな影響を与えたことだ。クザーヌスの「学識ある無知」は、神を知るための方法論、否定神学であり、「反対物の一致」は否定神学を支える形而上学的根拠である。ベケットはヴィンデルバントの哲学史を一九三三年頃から熱心に読んだが、クザーヌスとの最初の出会いは、それ以前の一九二八年だったはずである。というのもこの年にベケットが、ジョイスの薦めで読んだマッキンタイアーの『ジョルダーノ・ブルーノ』に、クザーヌスのブルーノへの影響が書かれているからだ。[*28] ベケットが「最大の速度は一種の休止状態となる。最大の崩壊と最小の発生は一致し、原理的に、崩壊はすなわち発生である」と見事にジョイス論にまとめたブルーノの「反対物の一致」の原理は、[*29] マッキンタイアーが「クザーヌス」の章で「反対物の一致」を解説した「無限の円は無限の直線と一致し、独楽の最速回転は静止に見える」("the infinite circle coincides with the infinite straight line, and a top spinning with its fastest movement appears to stand still")に見いだされる。[*30]

クザーヌスは、『初恋』におけるライプニッツの糸をふたたびたぐり寄せる。ニコラス・レッシャーは、ライプニッツの微積分の発見が、クザーヌスの多大な影響下にあり、両者は次の思想を共有しているという。

事実について真に正確な推論をするためには、その前提と最終的に望まれる結論の間に、無数の推論の段階（steps）が必要となるので、人間の知性は、真理の厳密性に近づくことはできても、決して到達することはできない。[*31]

ベケットの描く女の歌声や呻き声をめぐる、男の微分的な接近と離反の運動は、クザーヌスの形而上学をなぞったかのようだ。男がどんなに歩幅を小さくしても、音がはじめて聞こえる／消える点に近づくことはできても、決してそこに到達することはできない。この不可能性は、ベケットがノートに残したクザーヌスの次の言葉、「無限者と有限者の関係を比較することはできない。有限者の無限の系列でさえも真の無限者とはやはり通約不能（incommensurable）なままである」と結びついている。[*32]

8　結び　ベケットの「通約不能性」

『初恋』の中心に潜む「スルドゥス」無理数／聞こえない音を手がかりに、テクストを読み込むとき、そこにはゼノンのパラドクスやライプニッツの微小表象、さらにはゲシュタルト心理学をも含むヨーロッパの知、ロゴスが断片的ながら見えてきた。ホメロスやラシーヌ、ジョイス、なかでもダンテへの深い愛を織り込み、ベケットはそれらの知を提示しながらも、彼らの知を超え、ロゴスを超えた地平、すなわちアロゴスの地平に真理を求めた。そこにはベケットのジョイスとの葛藤という内的ドラマも隠れていた。ジョイスが拠り所にしたブルーノの「好奇心」を、ダンテの地獄ジュデッカに通じる躓きの原因として切り捨て、そしてクザーヌスの「無知」（「学識ある無知《ドクタ・イグノランチア》」）に寄りそった。それは同時に、ベケットのデカルトやライプニッツに代表される近代合理主義批判でもあった。あらゆるものを削ぎおとし、

「無知」と「無能」に目を向けるとき、ベケットは、廃墟にぽつんと遺棄され、たたずむ人間を表現する言葉を見つけただろう。追放者としての人間存在を描く言葉を手に入れただろう。

「真理の厳密性への到達不能性」を前提としたクザーヌスにとって、神とは名づけえぬ存在であった。

> 一そのものはけっして数であることはできない。われわれは数を介して、名づけることのできぬ神にこそ絶対的一がきわめてふさわしいこと、神は、現実に、可能態として存在する全てのものであるという仕方での一者であることを認識するところまで導かれたのである。*33

神は一であり、一でなく、可能態として存在するすべてであり、数で名づけえぬ存在でなければならないクザーヌスの神は、どこかスピノザの神にも通じるところがあるが、言葉にできない（ineffable）存在である。ベケットが好んで使う辺と対角線の「通約不能性」や「無理数」（アロゴス／スルドゥス）がクザーヌスにおいては人間と神との絶対に克服できない距離の隠喩であるとすれば、ベケットは「通約不能性」をさらに拡張して使う。

ピュタゴラス、プラトンからクザーヌス、ライプニッツを経て、西洋の数学や形而上学や神学で用いられてきたこの概念を、ベケットは人と人のあいだの絶対に克服できない距離として用いる。ベケットにおいては、不可能なのは神に近づくことだけではない。人間が人間に近づくことも不可能なのだ。それは『初恋』の男女の関係においても同様で、男にとって女は絶対的な他者であり続けた。このコミュニケーションの不能性はベケット作品全体を貫く主題であり、自己と他者、自己と世界のあいだにも、ベケットは「通約不能性」を展開していくことになる。そのとき「アロゴス／スルドゥス」という「無理数」の比喩は、いつも機能していることだろう。

注

＊1 George Steiner, *Real Presences* (London: Faber, 1989), 146.

＊2 Samuel Beckett, *Murphy* (London: Faber, 2009), 112. ベケット『マーフィー』八四頁。

＊3 『初恋』の執筆年代については、一九四六年十月二十八日から十一月十二日という説（Ruby Cohn, *A Beckett Canon* (Ann Arbor: U of Michigan P, 2001), 128）もあるが、テキサス大学オースティン校所蔵の *Premier Amour* 手書き草稿ノート（Samuel Beckett: Collection of His Papers at the Harry Ransom Humanities Research Center, Box 5, folder 6）には「一九四五〜四六」と記されている。その出版については『メルシエとカミエ』（一九四六年執筆）と同じく、一九七〇年まで待たねばならなかった。ベケットは『初恋』の英訳を一九七一年四月に試みたが、苦労して一九七二年三月にようやく完成、翌一九七三年に出版された。本論では、仏語版 Beckett, *Premier Amour* (Paris: Minuit, 1970) と『初恋／メルシエとカミエ』を出典として引用し、必要な場合は、英語版 *First Love* (S. E. Gontarski, ed, *Samuel Beckett: The Complete Short Prose, 1929-89* (New York: Grove, 1995) も参照。

＊4 Cohn, *op. cit.*, 144.

＊5 Deirdre Bair, *Samuel Beckett* (New York: Harcourt Brace, 1978), 192, 358-59, 611. ベアのこの見解に対して、コーンは、「『メルシエとカミエ』同様、あまりにあからさまで滑稽であるとベケットは感じていたかも知れない」（Cohn, *op. cit.*, 144）と述べている。

＊6 Steiner, *op. cit.*, 146.

＊7 『マロウンは死ぬ』におけるライプニッツの「微小表象」については拙論「砂粒の叫び——ベケット作品における微小表象」『ライプニッツ研究2』、二〇一二年、一〇九〜一二七頁を参照されたい。

＊8 ベケットは兄フランクの結婚に際して、兄の幸せを喜びつつも、「制度化された結婚」には複雑な感

情を抱いていたという（『ベケット伝 上』（二六六［三二五］）。「愛」や「結婚」の意味が大きくずらされたこの短篇『初恋』を、ジュリア・クリステヴァに倣って、マルセル・デュシャンの『大ガラス』（『彼女の独身者たちによって裸にされた花嫁、さえも』、一九二三年）と比較するのも可能だろう。Julia Kristeva, "The Father, Love, and Banishment," *Desire in Language: A Semiotic Approach to Literature and Art*, ed. Leon S. Roudiez; tr. T. Gora, A. Jardine and L. S. Leon (New York: Columbia UP, 1980), 148-58.

＊9　Samuel Beckett, *Watt* (London: Faber, 2009).

＊10　Samuel Beckett, *Fin de partie, Théâtre I* (Paris: Minuit, 1971).

＊11　漠然とした変化を、ベケットがライプニッツの「微小表象」だけでなく「連続律」とも結びつけている例は、オハイオ州立大学の『勝負の終わり』のフランス語草稿（OSU1, 9）にある。そこには、ライプニッツの「自然は飛躍せず」（La nature ne fait pas de sauts）という言葉が記されているが、後に削除された。参照、井上善幸「ベケットとパスカル――ベケットの『勝負の終わり』における狂人施設・牢獄・船の内部」『阪南論集』三〇（三）、一九九五年、九九～一一五頁。

＊12　ジェイムズ・ジョイス『ユリシーズⅢ』、丸谷才一、永川玲二、高松雄一訳、集英社、一九九七年、第十五章「キルケ」。

＊13　Beckett, *First Love*, 34.

＊14　ホメロス『オデュッセイア 上』松平千秋訳、岩波文庫、一一一頁。

＊15　「適当に」と書いたが、ベケットはこれらの名前も周到に用意していたと思われる。「アンヌ」は聖母マリアの母の名前であり、「ルルー」は結合法の先駆であるライムンドゥス・ルルスを想起させる。

＊16　ホメロスの『オデュッセイア』には、キルケがオデュッセウスの子を宿した話は書かれていないが、ヘシオドス『神統記』には、「キルケは不抜の心もつオデュッセウスと愛を交わしてアグリオスと非の打ちどころなく力も強いラティノスを生んだ」（廣川洋一訳、岩波文庫、二〇一五年、一二四頁）とある。

＊17　*"Amor intellectualis quo Murphy se ipsum amat"*（マーフィーガミズカラヲ愛スルトキノ知的愛）: Beckett, *Murphy*, 69.『マーフィー』一一二頁。

＊18　Matthew Feldman, *Beckett's Books: A Cultural History of Samuel Beckett's 'Interwar Notes'* (London: Continuum, 2006), 102-06.

＊19　Robert S. Woodworth, *Contemporary Schools of Psychology* (1931; Bombay: Asia Publishing House, 1961), 139.

＊20　不完全な、あるいは非対称な対象に対し、脳が補正を効かせて図形を読み取る働きは、ゲシュタルト心理学で「閉合の法則」と呼ばれる。ウッドワースは、まさに点在する星から星座を読み取る行為を、その例としてあげている（Woodworth, 129）。

＊21　ダンテ『神曲』、「地獄篇」第三十四歌、平川祐弘訳、河出書房新社、二〇一〇年、二三八頁。

＊22　『初恋』の主人公がすでに死んでいることを示唆する文は、冒頭の一節をはじめいくつもあるが、それを最も強く押し出したのが次の文である。« Il m'a suivi dans la mort, d'ailleurs » (*Premier amour*, 30)「そしてその帽子は私が死んでもついてきた」（二八）。

＊23　ダンテ『神曲』、「煉獄篇」第四歌、二六〇頁。

＊24　イズレエル・シェンカーのベケットへのインタヴュー、『ニューヨーク・タイムズ』、一九五六年五月五日（筆者訳）。Israel Shenker, "An Interview with Beckett," in *Samuel Beckett: The Critical Heritage*, eds. Lawrence Graver and Raymond Federman (London: Routledge, 1979), 148.

＊25　Nicholas of Cusa, "On Learned Ignorance," in *Selected Spiritual Writings*, tr. H. Lawrence Bond (New York: Paulist, 1997), 91.（筆者訳）

＊26　Wilhelm Windelband, *A History of Philosophy*, 2nd ed., tr. James H. Tufts (1901; New York: Macmillan, 1907), 337.（筆者訳）

＊27　岡本源太『ジョルダーノ・ブルーノの哲学　生の多様性へ』、月曜社、二〇一二年、一八頁。

＊28　J. Lewis McIntyre, *Giordano Bruno* (New York: Macmillan and Co.,1903), 141-48.

＊29　Samuel Beckett, "Dante... Bruno. Vico.. Joyce," in *Disjecta: Miscellaneous Writings and a Dramatic Fragment*, ed. Ruby Cohn (New York: Grove, 1984), 21; ベケット「ダンテ…ブルーノ・ヴィーコ・・ジョイス」、『ジョイス論／プルースト論』、九六頁。

*30 McIntyre, *op. cit.*, 143. ベケットの主人公にお馴染みの立ち尽くす姿（stand still）に止むことのない運動を読み取ることができるとすれば、そこにはクザーヌスからブルーノに至る「反対物の一致」の原理が隠れているからだろう。

*31 Nicholas Rescher, *Leibniz: An Introduction to His Philosophy* (1979; Aldershot, UK: Gregg Revivals, 1993), 23.（筆者訳）

*32 Windelband, *op. cit.*, 347. ヴィンデルバントのクザーヌス解説を読んだベケットは、「有限者と無限者（神）の通約不能性」（the incommensurability of the finite and the infinite）についてのメモ（TCD MS 10967/190）を残している。

*33 クザーヌス『学識ある無知について』山田桂三訳、平凡社、一九九四年、三〇頁。

生成過程としてのテクスト伝——「キルクール」から『わたしじゃない』へ

S・E・ゴンタースキー　井上善幸 訳

わたしの口からあふれ出るこの言葉はどこから生まれるのか、また
それはなにを意味しているのだろう……　（『名づけえぬもの』[*1]）

それに、わたし自身のことをしゃべらないように最善を
つくすよう考えること　（『モロイ』[*2]）

『わたしじゃない』の生成過程は数少ない芸術上の問題のひとつであり、それについてベケットは率直に語っているのだが、しかし彼のコメントはそれ自体重要で啓示的ではあるものの、部分的なもので断片的なままに留まっている。それらは決してこの芝居の源泉を完全に説明するものとして提供される意図は持っておらず、草稿類から手に入る付加的な証拠がなくては誤解を招きかねないものである。さらにその草稿から得られる証拠は、職人ベケット、彼の基礎となる美学、および最終的な芸術作品について多くのことを明らかにしてくれる。

その演劇上の革新性にもかかわらず、『わたしじゃない』は、その肉体から離脱した声やジュラバをかぶったまま黙して語らない聞き手とともに、ベケット作品における驚くべき転回点を示しているわけではない。口は『名づけえぬもの』の主人公と著しい類似を示しており、この主人公の代名詞に対する、時間に対する、さらには実存的な関心事とも同様の類似を示している。そして口の繰り返す楽天的なテ

ーマである「優しい〔神の〕思し召し」〔聖書上の語句で、ベケットはかつて『しあわせな日々』のタイトルに考えていた〕は、盲目的で習慣的なウィニーの希望を再び響かせる。ウィニーは自分がおかれた境遇にもかかわらず、それを維持し続けようとはっきりと決心している。モラン〔『モロイ』第二部の主人公ジャック・モランのこと〕は、ウィニーや口とくらべて希望に含まれる二重の性質についてよりはっきりと意識している。「モロイ国」への旅についてモロイは言う、「この旅があれば希望を持ち続けることができるだろう、そうではあるまいか、たとえ地獄の希望だとしても」〔一三二〕。ウィニー自身は〔おそらくこの時までには〕時間という土饅頭によって唇まで埋もれてしまっているかも知れない。ベケットの『わたしじゃない』に関して、もっともよく報告されているコメントは、しかしながら、この芝居の弾みとなったものは、最近の源泉から生まれてきたもので、以前の作品や思い出の中のダブリンやロンドンやパリなどからでなかった〔もっともクローカーズ・エイカーズという地名への言及は、アイルランドの影響を示唆するものではあるが〕。ベケットが述べている源泉の一つは、彼が一九七二年二月下旬にモロッコで見た光景であり、イノック・ブレイターは以下のように報告している。

あるカフェにすわっていると、ベケットはひとりの人物を目撃した。すっぽりとジュラバに覆われて壁にもたれている人物であった。ベケットにはこの人物が一所懸命なにかを聞こうとしている姿勢を示しているように見えた。……後になってやっとこの人物は……アラブの女性で、近くの学校に通う自分の子供を待っているということを知った。『わたしじゃない』の構想は、それゆえ、最初は孤立した聞き手に対するベケットの関心、舞台にいる身元不詳の聞き手に対する関心によって火を付けられたのである。*3

さらにブレイターは「……聞き手の性別不詳は『わたしじゃない』の執筆において決定的に重要な要素であった」[*4]と推測している。

第二の出所は、画家のアヴィグドール・アリカによってジェイムズ・ノウルソンにそれとなく示されたもので、アリカは概して文芸批評家は実にしばしばベケット作品に対する視覚芸術の影響を無視していると不満を表明している。アリカは『わたしじゃない』は、ある絵画にインスピレーションを得ていることを明らかにした。ベケット自身、ノウルソンに書簡で『わたしじゃない』のイメージは部分的にはカラヴァッジョの「洗礼者ヨハネの斬首」から暗示を受けたことが間違いないことをはっきり述べている。この絵画はベケットが一九七一年初秋にマルタ島のラ・ヴァレッタ聖堂（聖ヨハネ大聖堂）で見たものであり、この初期の出所はこの芝居の最初の推進力となったもので、おそらく首を刎《は》ねることであったのであり、強調点は、予言者の（あるいは見せかけ上の予言者の）胴体のない首、荒れ地の中で叫ぶ声にあったのであり、沈黙したままの聞き手にあったのではないことを示唆している（カラヴァッジョの絵画には、しかしながら、実のところ二人の聞き手である仲間の囚人たちが描かれており、かれらは洗礼者ヨハネに多少の甲斐なき憐憫を感じているように見える、と主張するものもいるかもしれない。しかし絵画の焦点——そしてこれは『わたしじゃない』でもそうであるように、光の戯れによって成し遂げられているのだが——は、すでに首を刎ねられたヨハネの上にある。過剰殺戮の初期の一例としての地位を占めるにちがいないようなものの中で、処刑者はおそらく自分がいかにうまく仕事をやり終えたかに無自覚なまま、ヨハネの髪を強くひっぱって頭部を切り離す作業を終え（思わず次のようにつけ加えたくなるのだが）、ついには言葉の流れを止めようとしている）。

ルビー・コーンの記憶によれば、ベケットはもう少し以前からしゃべる口に興味を持っていたとのことであり、それは一九七一年夏のことで、その時ベケットはコーンに「口を舞台にのせられると思うかい？　ただ口だけが動いて、頭の他の部分は闇の中に沈んでいるんだ」と述べたという。他の友人たち、とくにアラン・シュナイダー、ビリー・ホワイトロー、そしてA・J・（コン）・レベンソールに対しては、ベケットはより以前の、もっと個人的な出所を語っており、アイルランドに関することから出てきたものである。「アイルランドにはそういう女性がいたのを知っているんだ。……この女がだれか分かっていたんだ。特定の女性じゃなくてね。一人の女で、でもそういう年老いたしわくちゃ婆さんがたくさんいたんだよ、小道をよろけながら歩いたり、溝の中や生け垣のそばなんかをね。アイルランドにはそんな女がたくさんいるんだ。そんな「女」が『わたしじゃない』でぼくの書いたことを話しているのが聞こえたんだ。実際に聞こえたんだよ」[*5]。ここでのベケットのコメントは、とりわけ隠された部分を明らかにしてくれる。というのも、それらはこの芝居に対する主な典拠を明らかにしてくれるばかりでなく、ベケットの創作技法のようなものをも明らかにしているからだ。少なくとも芸術創造の初期段階では、内なる声に耳を傾け、それを記録することに等しく、それは第八章（ゴンタースキー著『サミュエル・ベケットの演劇テクストにおける抹消的無効化の意図』（インディアナ大学出版局、一九八五年刊）の中の一章を指す）で論じたユング的な多層の無意識のようなものに耳を傾け、それを記録することに等しいと言えるのではあるまいか。

これらのソースの各々は、疑いもなく『わたしじゃない』の懐胎期間の不可欠な一部をなすものである。この芝居の創作問題をさらに考え、ベケットの草稿とタイプ原稿を調べれば、関連する一群の要点が明らかとなる。まず第一に、ベケットは一九六三年八月という早い時点で、のちに『わたしじゃない』となる素材をいじくり廻していたのである。それは放棄されることになった「キルクール」草稿に含まれるもので、切り取られた頭部のイメージを含む芝居で、しかもこれはマルタ島とモロッコでの経験よりずっと以前のことなのである。第二に、ひとたび「キルクール」で取り組んでいた一連のイメージに戻り『わたしじゃない』そのものに一九七二年三月二十日に取りかかり始めるや、ベケットの注意は沈黙した聞き手の肉体的なイメージにでも、切り離された口に対してでもなく、いかなる肉体の現前とは別個の、語漏〔支離滅裂で病的な饒舌〕にもっぱら注がれていたのである。すなわちベケットは言葉の流出に、内的な声を記録し、それに形を与えることに関心を払っていたのである。少なくとも『わたしじゃない』の最初の三つのヴァージョン（自筆草稿と二つのタイプ原稿）においては、ベケットの焦点は物語を作り上げることに、つまり出来事そのものと、それらの出来事の順番を変えることに注がれ続けたのである。舞台装置と話し手の細部は二次的な関心事であるように思われる。もっとも、ジェイムズ・ノウルソンも推測しているように、「たんに本文こそ書かねばならないものとして残っていたので、ベケットはテクストに意識を集中したのではないかと思われるのだが……。最初の二つの要素は、執筆に着手する以前からすでに明確にベケットの頭にあったのだから」[*6]。そして実際のところ、ベケットは芝居の創作において作品全体を視覚化する必要性について語っている。つまり作品を執筆しつつ登場人物全員の動きを頭に入れる必要性であり、そして『わたしじゃない』の執筆において、これらの視覚上の細部はベケットの脳裡に容易に入っていたと思われる。というのも、舞台上の仕草は最小限のものに抑えられているからである。にもかかわらず、その細部はベケットがこの芝居の執筆に十分集中するようになってはじめて記されることになる。「キルクール」と『わたしじゃない』の草稿類を調べてみると、明らかに複雑で多くの局面に及ぶ懐胎期間を経ていることがみてとれるのであり、これらの一つだけを取り出したりその一部だけを説明したりしても、この芝居の創作の複雑さをねじ曲げてしまうことになるのである。

要約すれば、『わたしじゃない』の創作は、ベケットが一九六三年の八月と十二月に執筆した一連の芝居の断片から始まったのである。この芝居は流産と化し、おそらく満足のいくかたちにも、気に入った芸術的な距離づけも、これらのアイルランドに結びついたイメージや記憶に施されることはなかったのだろう。約十年後（一九七二年四月）、ベケットは同じような素材にもう一度立ち返ったが、今度は捨て去った断片に意識的な回想を行うこともなかった。今回は劇的な出来事は「キルクール」とは異なり、内なる声は前回よりうまく記録することができ、統一感も距離づけも前よりうまくいったのである。ベケットは次に、第三の局面において意識的にこの最初の言葉の流れに巧みに形を与え、個人的にも芸術家としても満足のいく芸術作品に仕上げることができた。

多くの点でこの最後の局面はもっとも重要なものである。というのも、ベケットの創作ノートには、「キルクール」のような放棄された様々な試みが含まれているからである。この最後の局面は、しばしば芸術家ベケットが経験を芸術に作り変え、『わたしじゃない』の場合がそうであるように、彼自身の中心となるテーマ、すなわち思い出された出来事の重要性を発見する局面でもあるのだ。なぜなら、『わたしじゃない』の七つのバージョンを詳細に調べることで際だって明らかとなることは、一番初期のバージョンが最終バージョンにきわめて近いということであるからだ。事実、「キルクール」に付された最初期のアウトラインでさえ、『わたしじゃない』にひじょうによく似ているのである。その類似性にもかかわらず、多くのためらいと不明確さが「キルクール」と『わたしじゃない』の両方の創作段階に存在することも明らかで、それらは執筆過程――『わたしじゃない』の場合でも同様に、ほぼ九年間にわたるおそらく意識下での反芻行為の後でさえ――が、単なる記録と、その後の、以前の明確な洞察、例えばあらかじめ決定された外的ヴィジョン、または本質的に固定されたままにとどまる形式を練り上げるパターンにとどまらないことを暗示している。ベケットの芸術は決して内なる声を正確に記録することによって作られるものではなく、その声を無効なものとし、再構築することによって作られるものなのだ。芝居自体は無意識的なものとの弁証法から生まれ、書く行為をそれ自体と対決させることによって生まれてくるのであり、形式と内容でさえ、ベケット自身の言葉を借りれば、弁証法的プロセスにおいて「発見され」たり「覆いが除かれ」たりすることによって産み出されるのである。それゆえ『わたしじゃない』の創作過程にまつわる複雑な細部を注意深く調べてみる必要がある。「キルクール」と『わたしじゃない』の創作段階はそれ自体が複雑な問題を孕んでいるので、それぞれ別個に扱うのが一番よいであろう。

「キルクール」一九六三年

一九六三年八月二十八日、同年夏にパリで『フィルム』を完成した後、あまり時間が経っていない時期、ベケットはもう一本「女性ソロ」、一人の女がしゃべるモノローグを執筆し始めた。「キルクール」草稿は黄色いソフトカバーの表紙で、黒いバインディングで止められた方眼ノートに書かれている。[*7] 表紙には弓を引くヘラクレスが描かれ、その下にHeraklesと印刷されており、他に二つの商標マークが付いている。ノートのうち四十三枚分にはダブリンのトリニティ・カレッジ図書館のスタッフにより一〜二三まで頁打ちされている。二四から四三までは空白で、頁打ちはされていない。ベケットはこの『しあわせな日々』以後（そして小説では『事の次第』以降）の時期に創作上の困難を経験していたことは明らかである。というのも、この一九六三年の時期のノートの一冊には一連の失敗した出だし部分、あるいは少なくともベケットがこの時期うまく扱う用意のできていない一連の出だし部分が含まれているからである。この時期の成功例の一つに『言葉と音楽』があり、これをベケットは一九六二年の二月に翻訳を始めており、また『芝居』はその年の夏と秋に取りかかっており、これらの成功例は、ベケットが抽象化され、フォルマリスト的な、具体性を欠いた作品へ向かおうとしていたことを示唆している。ノートは「J・M・マイム」（第一頁裏から第三頁表まで）と呼ばれる芝居の断片を含み、これはベケットが役者のジャック・マゴウランのために計画を練りながらも放棄した作品で、のちの一九八一年にベケットはこの作品に立ち戻り、「クヴァドラートI&II」（『クワッド』を指す）として作り変えている。これに続くのがもう一つの流産となった試みで、「女」と「男」との対話で、先のマイムに見られる数学的に込み入った問題と同じような問題に関する対話から成り立っている（四頁表から五頁表）。ここで議論の的となっているのは、それらの動きがなんらかの目的を持っているかどうかに焦点が当てられている。「彼　われわれはあちこちをうろつきまわっているような気がする」。しかし「女」は『名づけえぬもの』を思い出させるようなある目的を注意深く説明する。「わたしたちの話題は転々と変わってはいない。わたしたちは（?-?-?）［読み取り不能］していない。元に戻ってもいない。急に話題を変えてもいない。うまくいけば続けている。失敗しても続けている」。他の作品（『わたしじゃない』も含めて）でもそうだったように、ベケットはここで芸術と人生における形式と混沌の関係にも関心を寄せている。「彼　われわれは書物の中では転々と話題を変え、空間の中をぶらぶらと歩き回る」。二人はどうやらしばらく前に後に残してきただれかに会おうとしているらしい。五頁目ではMがその（あるいは彼の）上にすわると壊れてしまう、しゃべることのできる四本脚の脚立SとMとの間の非常に短い断片を含んでいる。六頁目はモノローグで始まっている。「なにもない場所。舞台右手奥に大きな複数の石からなる堆積」（六頁表から八頁表)。「キルクール」自体は十頁裏から始まっており、少なくとも十七頁表まで続いているが、おそらく十九頁まで続いていると思われる。二十頁表から二十三頁表までは、おそらくうまくいかないこれら一連の創作の苦闘からであろう、ベケットは『言葉と音楽』の翻訳に取りかかっている。

七頁からなる「キルクール」断片の中で、ベケットは四つのアウトラインを記録し、一連のエピソードをドラマに仕上げようとしているが、これらのエピソードはひじょうにしばしば、かつ劇的に変化しているので、この試みを単一のタイトルのもとにまとめようとすることは多少誤解を招きかねない。あとに続く一連の創作の試みは、一連の異なる芝居とみなしてよいのではないかと思われる。最初のアウトラインを見ると、ベケットが最終的には『わたしじゃない』と、のちに『あのとき』に結実することになる基本線に沿って仕事をしていることが分かる。「女の顔だけ絶えず光を帯びて。固定され、照らし出された顔と台詞以外にはなにもなし」。最初からベケットはモノローグを三つの組からなる台詞に沿って形作っていた。女は三度涙を流して泣き、毎回なにかトラウマとなった出来事を想い出し、涙は「始まり近くは短く、真ん中あたりはもっと長く、終わりにいたって最も長く」流される。そして「口」のように、女は「自分のことを三人称で語る」。

モノローグの第一ヴァージョンはアウトラインの直後から始まっており、二頁分続き、第十頁の途中から十一頁の途中まで続いている。ひとりの少女がキルクールというダブリン南の海岸に近い町へ引っ越し、「両親ともいなくなってしまった」のち、「寡婦となった子供のいない叔母」とともに暮らすことになる。「パパは亡くなり、……それからママも多分悲しみゆえに、あるいは幾分かは純然たる悲しみゆえに」。記憶によって涙があふれ出し、おそらく短い病気の後に、ずっと以前に母が亡くなった時の記憶を思い出し、あふれ出すのだろう。「暗くなった部屋、眠れない日々」。語り手はある種の至高の、そして明らかに永遠の存在である「時の翁」に向かって祈りを捧げ、その存在がもし光を与えることができるのであれば、と女は考える、その光を奪い去ることもできるだろう、と。光と闇、ここでは生／誕生と死とが早い段階で対立するイメージとして確立されている。語り手は沈黙と闇の中で自分の母に加わることができない、母がおそらく夫に同情していたようには。その代わりに生き続け、光の中にとどまりつづけなければならない、孤児を勇気づけようとつとめる年老いた叔母とともに。「わたしと一緒にいれば幸せになれるのをお忘れでないよ」。このモノローグは、おそらくダブリン（本文には「海のそばのレッドフォード」と出てくる）からキルクールへの列車での移動といった現実主義的な細部に特徴づけられている。また「ゆっくりと気楽に乗れる［ダブリンと南東部の］海岸線沿いの三等列車……美しい眺め、なにもなく、きらきらと輝く、ただヘッド［ブレイ・ヘッド］を通るトンネルがあるだけ」。この最初のモノローグの出来事とテーマは、ベケットの代表作品においてよく知られたものである。すなわち、突然の変化、根無し草状態、孤独、時間と光の世界からの逃避、伝統的な慰めによってもたらされる心地よさの欠如、そして一般的なかたちで生活を続けることにまつわる苦痛などである。ここで展開されている主要な葛藤は、人間の生存の束の間状態、とりわけ突然の喪失に対する二つの異なる反応の間に生じる。語り手によって表明される一方の反応は存在——例えば『フィルム』を参照。ベケットはこれを完成させたばかりであった——という不可避の苦しみから逃れようとする試みであり、もう一方は、叔母によって提供されるもので、快活とは言えないにせよ、少なくとも人生における浮き沈みを禁欲的に受け入れることを必然的に含むもので、例えば、『しあわせな日々』のウィニーや、『すべて倒れんとする者』のマディを参照すればわかる。これらの二者択一可能性を表現するのにベケットが用いている主要なイメージは光と闇である。この最初の試みは、最終的には、文学的な陳腐な決まり文句とは言わないまでも、きわめてそれに近いもので、ベケットはこの作品をたった一言、慈悲あふれる「放棄」という言葉で結んでいる。

そのしばらくのち、彼は再びあらたに第二のアウトラインに取りかかっており、そこでは次第に形をとってゆく中心となる二重性（「『わたしは』『わたしに』など、作り声以外では決して語られない」）（十一頁）ばかりでなく、フォルマリスト的な、芝居の形をさらに発展させたものも見出すことができる。

各々のテーマに対して一定の長さの間《ま》
〃　〃　〃　一定の声の質

ここでもまた最も重要な原理は形式にかかわるもので、三つ組をなすものである。いくつかの場面は涙を催させるだけのもので、他の場面は微笑を、さらにまた別の場面は笑いをひき起こす。このヴァージョンでは、芝居は「時の翁に対して闇を求めて祈る、すると光が薄れてゆく」（第十一頁）（このように祈りの効果が即座に表れることはベケットの代表作品においては稀である）。第十二頁には、第二のアウトラインに続いてもう一つの短いエピソードが始まる。これは語り手が体の位置を変えることの不可能性を語るものである。女は「背中を休めるために、時には片方の脇腹を、時にはもう片方の脇腹を」動かすことができない。このイメージは明らかに石棺の中を思わせるもので、エピソードは劇的な宣言で終わる。「女は今や所定の位置についた」。これらの初期のエピソード群のある時期に、ベケットは第三のアウトラインを十一頁裏に記しており、そこでベケットはこの芝居を八つの「主題」に分解している。

1　光—闇とが祈りを引き起こし、闇と涙となり……
2　声［判読不能］
3　考え
4　愛人
5　年齢
6　決してうまく［語る?］聞こえず
7　女の身体
8　埋葬

モノローグはしたがって明らかにこれらのテーマを敷衍するように設定されている。不動性をめぐるエピソードは、以下に関する格好のエピソードのように思われる。すなわち、1光、8埋葬、7女の身体、あるいはすべて。この第三のアウトラインのもとにベケットはさらに若干の「思考」のカテゴリーの説明を加えている。それらはどこか暗い子宮に似た内部に住まうことからの逃避を扱っている。女は「すわって、いつづける」ことができるような暗闇を強く願い求め、その闇はいかなる世界より以前の闇で、この祈りは即座に笑いによって無効なものとされる。もっとも初期の放棄されたエピソードは、光と闇という根本的な対照に着手しており、闇を求める最初の祈りと、母親を埋葬する初期のイメージを示している。この第二の試みにおいて、ベケットは自分の記憶を無効なものとするプロセス、より抽象的で、石棺のイメージを発展させ、キルクールへの引越しという現実主義的なイメージを抹消するプロセスに着手している。

十頁裏にベケットはさらに二つのエピソードを記しており、最初のものを「わたしの例」（アウトラインの後に書かれている）と明示しており、そしてこれは主題的には不動性をめぐるエピソードと結びついている。「終わりにまで達し、ひとり仰向けのまま光を受け、身じろぎもせず頭は枕にのせたまま」。身体は目以外は動かず、その目が見開いて光を知覚する。『勝負の終わり』と同様、ここでわれわれはひじょうに終わり近くにいるように思われるが、しかし最終的な、落ち着いた自己のアトム化には永遠とも言える程の長い時間がかかるのかも知れない。主人公は感覚を持ち続ける。まだ光があり、瞼もまだ動き、目もまだ光を知覚する。子宮のような墓のような状態（そしてこれらはベケットにはひじょうによく似たものに帰着する）へと引きこもることでもたらされる喪失感から逃れようと試みることは、知覚を避けることにより存在を避けようとする試みと同じほど困難であるのかもしれない。意識と知覚は存在し続ける。ベケットの力に満ちた散文に「みじろぎもせず」があるが、これは一九七二年の六月かあるいは『わたしじゃない』の執筆直後に始められ、同じような方向に沿って発展してゆき、静止による平和もしくは忘却を探求しているばかりでなく、正反対のもの、すなわち持続・継続といった still という語のもう一方の意味に沿って発展してゆく。物語の中でベケットは、一時的呼吸停止の緊張と不可能性、精神による肉体の制御を単一の語 still によってうまく捉えている。呼吸停止といったものはエンドン氏（『マーフィー』のなかに登場する精神病者）のような並はずれた人物たちだけにとっておくべきものなのかも知れない。なにしろ彼の「内部の声は彼に向かって熱弁をふるうこともなく、目立たず、音楽的に美しく、彼の妄想の全合唱隊のなかで優しい通奏低音を奏でていた」[*8]（『マーフィー』）のだから。「キルクール」に対する十分に発展した舞台のイメージはまだ存在しないものの、まばたきしない目をもった不動の身体に焦点を当てることが、この段階でベケットが脳裡に描いていたイメージであった可能性は十分にあると言えよう。確かにこれは『あのとき』(一九七四)における照明のあたった顔を予想させるものであり、この芝居をベケットは「『わたしじゃない』一家」[*9]と呼んでいた。

この紙葉に記された第二のエピソードは「女の声」という語句から始まっており、ベケットが第二のアウトラインで示唆した葛藤を劇化している。ここでベケットはさらに内なる他我を発展させ、それが語り手に絶望にかかわるものを提供している。それはエンドン氏の内なるハーモニーに満ちた声ではなく、『ねぇジョウ』の場合のように、心を責め苛む声である。この他我というこの他者は、以前は叔母の声だったものの内面化であり、それを一部修正したもののように思われる。劇の上での行動は、女の内部における相克する諸力として内面化されている。最初は逃避という「女の考え」であり、第二は「女の声」であり、声は女が人生を受け入れ、生き続けることを望む。語り手はこの後者の考えに声音を使ってなんとか反抗しようとし、『わたしじゃない』の口のように「無呼吸」になる。女は「自分の考えとだけ」(十頁裏)でひとりでいるにもかかわらず、「わたしはただ生きているだけ、これを他にどう呼べばいいの?」。このようにして、葛藤はベケットが『しあわせな日々』において探求していたものと実によく似たものとなり、そこではウィリーとウィニーは、とりわけ空虚、喪失——個人的なもの(二人の変化した関係)であるとともに、宇宙的なもの(天国的な光が地獄的なものへと変わる)——に対して正反対の反応を示している。ウィリーは自分の暗い窖《あなぐら》(子宮/墓)に潜り込んでゆくぐらいのことしか望まないのに反し、ウィニーの方は、光の中に捉えられ、人生における日々の生活を褒め称える歌を唄う。『しあわせな日々』のクライマックスは、したがって、これら二つの力の間の格闘である。「野蛮な野獣」はうつろな楽天主義者に打ち勝って退治しようと奮闘する。しかしベケットの世界では通常のごとく、行動は不確定的で、決定的なものたりえない。『しあわせな日々』は宙吊り状態のうちに終わる。しかしながら、「キルクール」は満足のゆく形で進展していったのではない。『しあわせな日々』にあまりにも近い線に沿って進展していったとも言えようし、あるいはおそらくフランス語による『しあわせな日々』のリハーサルに対する要求ゆえに、執筆に集中することができなかったのだろう。というのも、ベケットはこの芝居を約四ヶ月間、放棄しているからである。

一九六三年のクリスマスの二日前、ベケットはユシーで芝居に三度目に取りかかり、喪失をめぐる新しいエピソードであり、テーマ4の「愛人」を発展させたものを書いている。「女をそのような状態、女のおかれた状態のままにしておくこと」（十二頁）。このエピソードは、語り手の両親の喪失に関する物語と、後に女が親切な叔母の養子となることの物語にとって代わる目論見で書かれていた。このヴァージョンは「純然たるアポリア〔修辞学の用語で、同一の問題に相反する二つの合理的な見解が存在すること〕」（『名づけえぬもの』二九二）によって特徴づけられている。約六行の本文の後、舞台指示は「幕」と記されており、冒頭の台詞が繰り返され、これは「キルクール」の最初のエピソードにとてもよく似たパターンであり、ベケットが『わたしじゃない』において最終的に用いるパターンでもある。二人の組《カップル》は明らかにその関係において袋小路に達している。「女が出て行くことを聞くことは、男がすでに千度も聞いてきたことを単にもう一度聞くことにすぎないであろうし、また説明することは男がすでに千度も言ってきたことを単に再び言うことにすぎないであろう」（十二頁）。この出発は語り手を祈りへと導き、そこにおいては時間と光は結びついており、さらには横たわっている身体が（ほとんど）身動きできない状態にあるという、心にしばしば浮かぶイメージを引き起こすのである。新しいオープニングはこの芝居の発展におけるある重要な変更の合図となっている。語り手は今や意識的で人間的な拒絶の犠牲者となっており、前のエピソードにおけるように、偶然の犠牲者ではない。この変化は『わたしじゃない』における放棄のテーマに対する重要な変わり目となっている。

さらにベケットは語り手の、喪失に対する反応として葛藤を発展させつづけた。主人公の統合失調症的性格はここにはっきりと現れている。葛藤は今や純粋に内面的なものとなっている。というのも、声あるいは他我はもはや語り手の悲嘆を慰めようとする叔母の試みとは結びついていないからだ。このエピソードにおいて、闇を求める語り手の祈りは他我によって解答を与えられる。「起き上がりなさい、……カーテンをさっと開いて、窓を……すべて開け放ちなさい……生きるのよ！（間）いいわね！」（十三頁）。そしてもう一方の声で、あるいは他者の声で、女は応答する、「低くて、早くて、息もつけず……ああ、おまえとおまえの生活」。さらにまた「キルクール」における他の二つの変更点は『わたしじゃない』を予感させる。まず第一は、語り手は二つの感覚を通して知覚することができることである。つまり光を見、内部の声を聞くことができ、これは『わたしじゃない』における光のイメージとブーンという低い音に大変よく似ている。第二は、ベケットが舞台の説明を行っており（十四頁）、しゃべる頭部のイメージを描いていることである。「老いた女の頭部、舞台の床から四フィートの高さ。中心からわずかばかり離れ、たえず強い光に照られている。身体は見えない。舞台は闇。顔以外なにも見えない。灰色の髪が額からわずかに後ろに流れている。甲高い声、不明瞭な発声」。

二つの他の関連するエピソードは、「キルクール」の発展におけるこの第三の段階と結びついており、それらはともにすぐに目立ったものとなる。十二頁裏では、ベケットは無意識の発話のテーマ（拡大して言えば、衝動脅迫的な創造性）を導入している。「一語一語が穏やかな拷問［。］わたしはやめなければならないすべてのものを与えるだろう、でもわたしにはなにもない、なにも残っていない、受けとる人もいない」。それからベケットはいかにも彼らしく、モノローグ全体の真実性を骨抜きにする。「これは情報としては意図されたものではない」と。第二のエピソードは無意識の発話のエピソードに基づいていることが示唆され、同じ頁の下の部分に続いているが、そのエピソードは「キルクール」の創作を通してベケットの関心事のひとつを発展させたものだ。女の苦しみは緩和されることはない。女は通常は「終止符ののちに」多少の沈黙を許されるが、「他のもの［、］コンマや［、］間《ま》は数には入らない」（十三頁）。九頁裏は「キルクール」のまさに最初のエピソードが記された頁の裏に当たるのだが、それは語り手にとって全体として一年につき、ある程度重要な量の慰めを与えてくれる間《ポーズ》の数を数える計算で覆われている。ベケットは、合計すると、十二ヶ月のうちに最初の二十四時間の休息を、次に「年間に十日間の沈黙」（九頁裏）を提供するのに必要な間の長さを計算している。十一頁目と十二頁目の裏にも似たような計算が含まれている。このノートはベケットが自身に問いを発する時、彼にとり執筆のもつ発見学習的性質がどのようなものであるかを明らかにしてくれる。「一年のうちに三千万秒。トータルで二十四時間の沈黙を産み出すには三秒間の沈黙が何度必要か」（十二頁裏）。これらの間《ポーズ》は語り手には明らかに必須のものなのである。それらは女にとっての希望であり、「わけても……わたしに続け［させてくれる］ものなのだ」。

この段階で約六日間の執筆の中断がある。十二月二十九日に執筆を再開したとき、中断していた素材を取り上げ、最初に無意志的発話に関するエピソードを清書し、次に沈黙あるいは発話からの休息をめぐる議論の部分を清書している。しかしベケットは相変わらずこのヴァージョンには満足していなかったことは明らかで、彼はこれにバッテンを付し、十四頁裏に書き直し、前置詞をめぐる不確定要素を含む部分を排除し、再び書き直し、反復部分をカットし、それを十五頁目の下の部分にそっくり書き写している。

芝居は次の紙葉にまで続いており、本質的に新しい素材を用いている。芝居の登場人物はきわめて劇的に変化しているので、本来のタイトルである「キルクール」は今や人を誤らせるものとなっている程である。モノローグにあった写実的な部分はすべて無効なものに解体され、ベケットは今やより抽象的なテーマに焦点を当てている。第十六頁は語り手による女の精神的退化についての議論から始まっている。「記憶はなくなり、これもまた役に立つ」。女が「記憶、かつては一時……自分が幸せだった……瞬間もあった」と考えると涙があふれてくる。しかし女の幸せは伝統的な幸せではない。女は「自分が人に見られていない」時の幸せに言及する。このテーマはベケットが『フィルム』で探求し終えたばかりのもので、『あのとき』において再び取り上げることになるものである。涙のあと、女はベケット作品の中でも統合失調症的で、もっとも忘れ難いイメージの一つでモノローグを再開する。「わたしの内にいる誰かがわたしを外に出して頂戴、と言いながら外に出ようともがいている」。これはもちろん語り手に「襲いかかってくる考え」のひとつであり、このイメージはいくつかのテーマと結びつく。語り手の二元的な性質——ベケットはこれを二つの声によって以前から発展させていた——や、光／闇という表象、そして「見られることのない喜び」(「だれかがそこに、——出たいと望んでいる、光の中へと、可哀相なひと」)。語り手は自己の内部にいる生きものの声音を使い、『勝負の終わり』の初期草稿におけるクロヴや、同じく『しあわせな日々』のそれにおけるウィニーのように、つねに自分で、ある他者の声音を使い、そして強烈な劇的瞬間となったであろうような瞬間に「わたしを出して頂戴」というのである。さらに女は自分みずからだれか他の人に対する一人の他者として、その他人の中にいたことを想い出す。この回想は生の循環的テーマを暗示しているばかりでなく、語り手を再び女の母親と結びつけることになるばかりか、語り手たち、他者たち、あるいは『伴侶』における考案者たちといった無限後退をも暗示するものである。描かれているイメージは石棺から子宮へと変化している一方で、意図は一貫している。ポーズの後に、最終セクションは最後の段落のいくつかのテーマを結びつけている。「失われた記憶、幸福の瞬間、ポーズ、女の中にはだれかが」。

十六頁裏には、ベケットはさらにまた新たな一連のメモをアウトラインで記している。これが「キルクール」として着手された素材か、あるいは新しい試みを示す素材を発展させる意図でなされたのかを判断するのは困難である。そのうちのいくつかは、『わたしじゃない』におけるベケットの関心のいくつかを示唆するものである。「わたしと言えるようなものもなく、他のだれかもいない……わたしのいう『わたし』なんてなにものでもなく、わたしのいう『わたしの』なんかもなにものでもない」。再びベケットは永遠にしゃべり続けるイメージを発展させているが、そのあとはアウトラインはいつしか文法上の事柄に移ってゆき、言葉を発する形式にかかわる作者の関心を反映してはいるものの、芝居上は袋小路に入り込んでいるように見え、「キルクール」の断片は終わっている。十七頁目は別の芝居のためのアウトラインを含むもので、そこでは三人か四人の登場人物がいる。

なぜベケットがこの芝居を脇にのけることになったのか、その理由を正確に見定めることは困難である。確かにここで扱っている断片は、ベケットが出版した多くの作品と同じように力に満ちている。他方で、この芝居の大部分はメロドラマの泥濘にはまり込んでいる。出来事はしばしば実に写実的で、アプローチの仕方も文学的に陳腐な決まり文句であり、通常のベケットのクリシェの使用によくあるような言語学的な遊技感覚も欠いている。おそらく母親の喪失をめぐる深い悲しみはあまりにも自伝的か、もしくはテクストの解体的抹消が不十分であったからであろう、もっともこの悲しみをベケットは『クラップの最後のテープ』では見事に描ききり、『フィルム』でそれとなく表現し、『ロッカバイ』で再びそこに戻ってゆくことになるのだが。このエピソード群はあまりにも書き手の存在を暗示しすぎている。ひじょうに多くのベケットの創作上の格闘は啓示の問題と関わっているように思え、この主題はベケットが『カタストロフィ』において明白な形で発展させることになるテーマである。確かに「キルクール」断片はベケットの創作プロセスにおける事の真相をきわめて明らかにするものとなっている。「キルクール」は『しあわせな日々』と『芝居』(これら三つはすべて三年間のスパンの中で執筆されている)の両方を暗示しており、直接的に『わたしじゃない』と『あのとき』とを、さらには直接性は減るものの、『あしおと』をも予感させるものである。活喩法(不在の人物や故人などを現存する人物のように話させたりする表現法を指す)の雰囲気が、しゃべる死人や不在の人の現前の両方として、「キルクール」ではあまりにもあからさまなのである。自己の相反する局面間の格闘——それは人間的な弁証法であり、主要な芝居におけるディディとゴゴ、ハムとクロヴ、ウィリーとウィニーなどの二人組の対立においてじつに劇的に実現されており、それは『名づけえぬもの』で少なくともメルシエとカミエをそう呼んでいるように、「疑似カップル」(『名づけえぬもの』、二九七)に相当する——は、ここでは語り手の内部における複数の声において発展させられているのである。

この素材に九年後に立ち戻ったとき、ベケットは第二の人物、もしくはその存在、あるいは他者を導入することによってこの格闘に具体的な姿を与え、さらにそこから新たな「疑似カップル」である「声」と「聞き手」とを練り上げた。しかし肉体として現前する聞き手の役割と、芝居の創作におけるその重要性については、大抵の批評家が想定しているよりもその重要性は低いように思える。「聞き手」をめぐる製作上の問題が困難なことが判明したとき、ベケットは根本的な変更を加えることにまったく吝《やぶさ》かではなかった。マドレーヌ・ルノー主演によるパリでの上演(一九七三年四月)でも、ビリー・ホワイトローを用いたBBCでの製作（一九七七年四月十七日）でも、「聞き手」はまったく用いなかった。これらの変更は、確かに一時的なものであるにせよ、自らの登場人物に対する著者の側の鷹揚な態度以上のものを、あるいは演劇にかかわる便宜的変更を相手の意を汲んで快く応じる態度以上のものを暗示している。それらは「口」の葛藤が「聞き手」の肉体上の存在の有無とは無関係に、本質的には同一であり続けていること示唆しており、その葛藤は根本的には「キルクール」において二つの声とともに発展していったものであることを暗示している。他方、「聞き手」の機能は、それが肉体として舞台上にいようがいまいが、演劇のもつ弁証法的な概念にとって基本的なものと見なされうるばかりでなく、芝居の中で展開される自己という概念にとっても基本的なものと見なされうる。それは、それなくしては発話というものが不可能なあの沈黙を暗示している。ジャック・ラカンも述べているように、「応答なくして発話というものはありえない。たとえそれが沈黙によってのみ応答されようと、それが聞き手を持っている限りであるならば」[*10]。「キルクール」におけるベケットの主要な問題は、テクストの不十分な抹消的無効化の問題であり、それは自伝的にも、あの文学的コインの美的側面である芸術的な距離化についても当てはまるように思われる。「キルクール」に関するベケットの問題は、根本では『わたしじゃない』における「口」のそれと異ならないと推測できるかもしれない。どこまで明るみに出すか？　ベケットがこれらのイメージに立ち返ったとき、この葛藤はこの芝居のテーマそのものとなり、そしてベケットは「混沌に形を与える」ことにはるかにうまく成功したのである。しかしその時でさえ、この成功は即座に生まれたわけでも容易に生じたわけでもなかったのである。

『わたしじゃない』一九七二年

『わたしじゃない』の執筆それ自体はタイプ用紙五枚に書かれた自筆草稿から始まっており、ベケットにより一から五まで丁付けされている。一枚目には一九七二年三月二十日（20. 3. 72）と日付が打たれ、五枚目には一九七二年四月一日（1. 4. 72）と記されている。[*11] この五枚にホチキスで止められた六枚目の用紙があり、日付はなく、丁付もなく「分析」と題されている。四枚目と五枚目裏は「追加部分」を含み、九つのセクションに分割されている。五枚目裏は六と丁付けされ、三つのパラグラフがきちんと書かれており、A、B、Cと分類されている。四枚目裏は七と頁打ちされ、DからHまでのパラグラフを含み、さらに「動作」と題したセクションをも含んでいる。これは「聞き手」の身振りを記述したものである。七頁は「追加部分」の終わり部分にあたり、一九七二年四月二十一日（21. 4. 72）と日付があり、この主要な自筆部分の完成と「追加部分」の完成との間にある二十日間のずれは、この二つが、この芝居の発展における別々の段階のものであることを示唆している。

自筆原稿に加え、少なくとも八つのタイプ原稿と二つの要約、修正された校正刷り、台本、そして芝居上の間《ま》をアウトラインで記したものなどの存在が、この芝居の執筆記録を構成するものである。しかしながら、タイプ原稿が研究上の興味をひくのは、最初の六つだけである。[*12] タイプ原稿〔以下TSと略記〕7は自筆による修正箇所をふくむ謄写版によるコピーであるが、TS6で削除された素材を保持している。TS8はレディング大学によって8と記され、最後のタイプ原稿であるが、これもまた複写版で、6で削除された素材を保持したままになっている。さらに一頁には「第一幕」という実に興味深い指定がタイプされており、全体を通して頁打ちがなされていることは、二幕物のうちの第一幕、すなわち1.1-1.8であることを示唆するものである。このコピーは実際にはロイヤル・コート劇場の台本の複写の一部をなすもので、『わたしじゃない』を第一幕とし（1.1-1.8頁）、『クラップの最後のテープ』を第二幕（2.1-2.11頁）として含んでいる。このロイヤル・コート劇場の台本の修正版（オースティンのテキサス大学人文科学センター所蔵）はベケットの最終修正版をなすもので、フェイバー社の初版はこの修正台本を正確に反映したものである。さらにこの最後のタイプ原稿は「聞き手」の「甲斐なき憐憫の身振り」に関する注釈の最も初期段階のものである。しかしながら、レディング大学にあるこの台本を複写したものはどんな修正箇所も含んでおらず、レディングにあるＴＳ７もＴＳ８も、見たところベケットがタイプしたものではなく、実質的な修正に欠け、信頼性にも欠ける。

さて、最初のタイプ原稿は頁打ちされておらず、日付もなく、二枚にタイプされた断片で、一枚目にはローマ数字でⅠと記されている。第二のタイプ原稿はⅡと番号が付いており、四枚にわたり二から四までで（一枚目は頁打ちされていない）、この芝居の最初の完全な姿を示している。五枚目がこれに加えられており、自筆による追加部分Ａの修正版である。ＴＳ３（五枚）、ＴＳ４（五枚）、ＴＳ５（五枚）およびＴＳ６（六枚）がそれに続き、すべてに日付はない。ある程度の確からしさで決定できる唯一の日付はＴＳ４にかかわる。ＴＳ３は本文の中に最初の三つの追加部分を含んでおり、残る五つ（ＤからＨまで）は欄外に自筆で挿入され、さらに「聞き手」の所作に関する要約された「メモ」が添付されている。ＴＳ４では追加部分のすべての項目が本文中に組み込まれている。自筆による追加部分は一九七二年四月二十一日と日付が打たれているので、ＴＳ４は明らかにそのほぼ直後にタイプされたものであると知れる。

『わたしじゃない』の執筆順序にまつわる主要な問題点は、自筆稿の中の様々な部分と最初の三つのタイプ原稿にかかわるものである。三十四行にわたる不満足な形での始まり部分ののち（この部分は二度にわたって抹消されている)、最初の草案にタイトルはなく、五枚にわたってごくわずかな修正がほどこされて続いている。この最初のヴァージョンは舞台セットの説明を含んではいるものの、この初期の三つの草案すべてにおけるベケットの関心は、モノローグの舞台化にあったのではないことは明らかである。舞台セットの説明はのちの関心事のように思われる。その部分は二部からなり、一枚目は上半分がぎっしり書き込まれ、半分は左側の余白に斜めに記されている。最初のタイプ原稿は五百語からなる断片で、自筆による加筆で、自筆稿の始まりとなる舞台セットの説明は最初の二語のみで「劇場が明るくなる」とあり、これが削除されている。第二のタイプ原稿の本文は実質的にはこの自筆の清書原稿で、舞台セットはまだタイプされておらず、自筆による修正が加えられ、自筆におけるそれと似たパターンに従っており、舞台セットの後半部分は頁の上方に記され、前半が下方に記されている。舞台の細部に対するのちの注意は、なんらかの形式にかかわる不確定性を示しているのかもしれず、少なくともベケットの注意がこの芝居の初期段階を通して、しゃべる唇のイメージにも沈黙した謎めいた聞き手にもなく、モノローグに、出来事の配列、発展、そしてバランスに注がれていたことを示唆するものである。

最初の言葉の流れは紙に書き留められ、ところどころ書き直され、タイプされたのち(最初は一頁半の断片[TS1]として、それから完全版[TS2]の形で)、ベケットは「キルクール」の時にしたように、この流れを形式面から構造化することに取りかかる必要性を感じた。事実、「キルクール」と『わたしじゃない』との間の創作方法の類似性は注目に値する。創作のこの初期段階におけるある時点でベケットは「分析」というアウトラインを書いており、そこで彼はこの芝居を分解し、今度は十四のカテゴリー、すなわち、誕生、野原、無感覚、その時まで、ブーンという音、脳、記憶、推測、散歩、罪と苦しみ、中断、光線、無言状態、声に分類している。芝居のプロットの出来事を適切なカテゴリーにグループ化していることに加え、ベケットはこのアウトラインにおいて、さらにまた発展を必要とする自分のプロット部分に注意を向けている。いくつかのセクションは「増幅せよ」とか、「〜に加えよ」といったメモで終わっている。例えば、「無言状態」のカテゴリーの下には「ものの言えない幼児——生涯ずっと——母音の音はごくまれな場合のみ——例えばスーパーなどで——もう一つの例——どんなふうに女は生きていったか」とメモされている。

　追加部分の項目はそれゆえ「分析」においてベケットの要求していた練り上げの部分である。追加部分Ｂはごくまれな折にのみ口がしゃべる例を提供している。すなわち、口が一年に一度か二度、自分の言葉（あるいは音声）を、公衆便所で吐き出すために駈け込む部分であり、過去と舞台上で目にするイメージとの間になんらかの関連があることを示唆する重要な場面であり、したがってこのパターンによってほのめかされるものは循環的なものである。追加部分Ｃは支配的な正反対の行動の二つの例、つまり「無言状態」で、おし黙ったままの法廷での場面で、これはスーパーでの無言状態の場面とパラレルをなしている。「分析」における「光線」のセクションでは、ベケットは同じ箇所における光線の存在は「明白なものになっていない」と注記している。追加部分Ｄではある部分で「でも、つねに同じ箇所に」と記されている。

　「分析」と少なくとも追加部分の最初の部分は明らかにＴＳ２の完成ののちに書かれており、これはタイプされた最初の三つの追加部分の項目を含んでいる。したがって、ベケットは第二のタイプ原稿（元となる自筆原稿の第一の清書原稿）から自分の「分析」を作った可能性がきわめて高く、最初の三つの追加項目を書き出し、それをＴＳ２に加え、この追加項目を含めてタイプし直し、追加部分の二枚目を書き出し、この新しい要素を新たに第三のタイプ原稿に打ち込み、見直し、それからまたもう一度清書原稿のＴＳ４を作ったのである。ベケットがいくつかの場面を発展させ、それと似たような場面とのバランスを取る必要性を見出すにつれ、この発展は徐々に進展していった。

「分析」と追加部分とは、さらにベケットの物語構造に対する関心、その建築術に対する関心を明らかにする。ここでの第一義的な糸は、テーマと類似した出来事である。さらに、これらの初期の下書きは、この芝居の主題上の発展における重要な変化のいくつかを見ることを可能にしてくれる。『わたしじゃない』における核となる出来事の多くは、最初期の下書きにすでに限定されている。初期の『わたしじゃない』の草稿で中心となるイメージであるブーンという音と光――これはベケットが「キルクール」において光と内部の声について発展させはじめたイメージであり、後期の小説で関心を持っていたイメージである――は、口の絶えざる感覚性を明らかにする。言葉を矯正しようとする聞き手のパターンは最初から存在しているものの、ひとつの重要な違いがある。自筆稿の断片において、ある人物もしくは影響力をもったもの（明らかに聞き手だが）が、口を中断させ、特定の物語を語るよう強く求め、事実における誤りを訂正し、それとなく口にもう少し自分の物語に自己を同一化するよう促すが、口による物語を一人称で語るように促すことはない。というのも、この芝居のタイトルともなる、根本的ともいえる人称にかかわる葛藤はまだ設定されていないからである。「キルクール」の他我はここでは外在化され、舞台にその内面的葛藤の演劇的イメージを提供してはいるものの、ベケットはいぜんとしてこの芝居の中心点の明確化に確信を見出せていないように見える。この最初の自筆草稿の断片で明らかなのは、中心的な葛藤に関するためらいと確信の欠如であり、そのことはベケットが三人称の代名詞を一人称に変えていることからも明らかである。「彼女は自分を見出した」が「わたしは自分を見出した」に変化しており、「彼女の耳にはブーンという音」が「わたしの耳にはブーンという音」（強調は引用者）と変えられているのだ。なるほど、この確信の欠如は一時的なものではあるが、しかしこのことは執筆中、ベケットがいぜんとして自分の芝居の核となるものを探しつづけていたことを示している。実際、舞台に関する指示は明らかに後になって草稿に加えられたものであったからには、この初期の断片においてベケットが自分のジャンルに確信があったという証拠はほとんどない。「キルクール」と『わたしじゃない』は容易に散文による物語へと発展することもできたのである。「キルクール」が執筆された期間について、デアドラ・ベアは以下のように述べている。「散文を産み出そうとする繰り返し行われた試みは、失敗となって放棄されたり、そうでない場合はなんらかのかたちで芝居へと姿を変えていったのである」[*13]。

したがって一番初期の断片において、ベケットは少なくとも一時的にせよ、口に最終版の場合よりもっと告白調の声を使用させる可能性をあたためていた。ベケットの側の一人称と三人称の代名詞間の、たとえば告白調の声と小説的な声の間のこのためらいは、最初の自筆の完成版において外在化され、この芝居の主要な葛藤へと変換されていった。この芝居は、喪失の経験、あるいは語漏を促進する経験についてではなく、あるいはひじょうにたくさんの感情を長時間にわたって抑制することについてでもなく、どのように口の語る物語が語られうるのか、どのようにこの二つの反対の衝動——明るみに出したいという衝動と隠したいという衝動——を同時に満足させうるのかについてである、と言えるであろう。

さらに、拒絶、孤立、愛の不在といったテーマは最初から明らかだが、芝居の比較的初期の段階では、これらのテーマはのちのヴァージョンより、その普遍性のレヴェルは発展の度合いが低い。それぞれの段階で、芝居は未熟児で生まれたことと愛をうけなかった幼児期の描写から始まる。「したがってどんな愛も……口のきけない幼児に……通常そそがれるような……家庭で……いや……実際その事柄についてはどんな類のどんな……のちのどんな……段階でも」。この時点で、芝居のメロドラマ的な、感傷的な調子は創作を通してずっと残り続け、創作後に書かれた筋の梗概において強調されており、そこでベケットは口の過去の体験を「生活場面」のカテゴリーのもとに以下のようにグループ分けしている。

生活場面1――キバナノクリンザクラを摘むこと
生活場面2――ショッピング・センター
生活場面3――クローカーズ・エイカーズ、手には涙、沈黙［追加部分A］
生活場面4――法廷での出来事、沈黙［追加部分C］
生活場面5――トイレでの出来事、言葉の流れ［追加部分C］

そしてベケットは「生活場面1」を次のように発展させている。

未熟児で生まれたこと
両親は分かっていない
いつ何時もどんな愛情もなし
七十歳の時、野原でキバナノクリンザクラを摘んでいると、女は突然自分が闇のなかにいることに気づく。

ここに示されている可能性は確かにお涙頂戴的なものではある。ベケットが過去にパトスの支配に対して振るってきた武器のひとつは喜劇であるが、『わたしじゃない』は最初から『クラップの最後のテープ』や『しあわせな日々』において目立つ、感傷を無効にするために用いてきた相殺する身体の喜劇を決してはっきりと示したことがない。事実、『わたしじゃない』では、どんな種類の喜劇的な出来事もほとんど起こらない。代わりに、パトスのいくつかはより宇宙的で普遍的な遺棄の細分化へと発展することによって、また口による特定の物語からその存在論的分枝へと焦点を移すことによって、分散させられているのである。同時にベケットはこの芝居の自伝的レヴェルの度合を下げ、存在論的で、その「どんな愛情も……いかなる種類の……」というフレーズにおける神学的な含みを聖書的な引喩を用いて発展させてもいる。最初のものはもっとも初期の版に現れており、そこでベケットは「神への愛」を「神は愛なり」という『ヨハネ第一使徒書簡』四章八節に対する直接的引喩へと変更している。二番目のものは『しあわせな日々』全体にもあらわれるリフレインで――これはこの二つの芝居の間に平行関係があることを示唆するものである――「優しい慈悲心……あらたな毎朝」は『エレミア書哀歌』三章二十二～二十三節からとられており、TS2に対する自筆による修正箇所として表れている（ベケットは『わたしじゃない』の草稿にもタイプ原稿にもこれらの引喩に関するメモは残していないが、それらは注意深くフランス語翻訳版の『わたしじゃない』の草稿にメモされている）。『しあわせな日々』の場合と同様、「優しい慈悲心」というフレーズは一時的な神による見捨てを示唆している。なぜなら、主人公は慈悲心（実際は愛）が毎朝あらたに更新され、そして罰はたんに一時的なもので、ダ・カーポによる芝居の終わり方によって誤りであることが示される気まぐれに過ぎないことを望むのだから。さらに、芝居の最初の言葉は元来は「誕生……この世への」であった。見直しに際してベケットはより明瞭度の低い、しかしより感情を喚起する「出て」という言葉で芝居を始めることに決めたのであり、その結果、最終的には孤立と拒絶の、宇宙的で家族的な両方のレヴェルが芝居の最初の言葉から観客に提示されることになったのである。ちょうど「出て」が、誕生ばかりでなく、それ自体人間を罰することの一部である聖書的な追放をも示唆しているように。

したがって、これらの引喩[*14]は芝居をより普遍的なレヴェルへと移す基本戦略なのであり、芝居の焦点を親に捨てられた子という感傷的な細部から部分的に移すことに役立っているのである。さらにこの引喩は芝居の数少ないコミックな瞬間の一つに対する基礎を提供している。つまり、未熟児である若い口を親が遺棄することと、「男は姿をくらましてしまった」ことで神が我が子である自分の創造物を遺棄してしまうこととがパラレルになることにより、この物語が内在的にもつペーソスに対抗するのに役立つ、ちょっとした言葉遊びにもなっているのである。このユーモアはさらに研ぎ澄まされ、TS3において「自らの悪魔的所業を終えるやいなや」が「自分のズボンのボタンを留めるやいなや」に変更されている。「悪魔的」という言葉はより大きな宇宙的響きをもってはいるものの、神を人間のかたちをした似姿として、あわてですばやく創造行為を果たしたあと、ズボンのボタンを留め、そこから急いでたち去ってゆく姿として描くことにより、確かにより人生の偶発性を示唆するものとなっており、オリジナルに比べて滑稽で皮肉に満ち、より辛辣なものともなっている。そのようなペーソスに対するコミックな攻撃はしかしながらまれであり、初期の芝居の、最終的には悲喜劇的なトーンなどとは異なり、『わたしじゃない』のペーソスは支配的なものとして残り続け、本質的には物語の断片化と上演のスピードによって減殺されている。

TS5とともに、この芝居は本質的に仕上がったといってよい。タイトルさえ、まず最初にタイプされている。この時点でベケットは自分の注意を芝居の演劇的インパクトの強さを評価することに向けており、さらにきわめて明確に劇場に真剣にかかわるようになってのちに書かれた草稿において、彼が劇作家・演出家として執筆していることが見て取れる。したがって五番目のタイプ原稿はベケットの演出ノートのいくつかに似ている。聞き手によって生じる二十二箇所の中断（最終的には二十一箇所）は、八つのカテゴリーに応じてアウトライン化され、中断の数は第二のタイプ原稿では十六から増えている。ブーンという音への言及はアウトラインが示され、それが光線に対するコメントがあとに続くか、あるいは口の物語の再開、すなわち口が「急いで続ける」かどうかによってグループ分けされている。ここでの強調点は構造にかかわるもので、形式上のパターン、技巧、ペーソスを弱めようとする構造に関する試みに置かれている。第二のメモは一時的にTS5の終わりのところに収められており、そこでベケットは口に演劇的アクセントを置こうとしているようだ。「いかなる」は "anny" として、「赤ん坊」は "babby" に、「どちらでも」は "eether" と発音するように、と。しかしこの一時的な欲求は長くは続かず、アクセントについてはすぐにカットされた。ベケットはどうやらこの芝居において口の語る物語それ自体よりも、その建築術の方により関心を払っていたようである。女優のジェシカ・タンディが、ベケットに、あなたに勧められたようにしゃべったら芝居はわからなくなってしまうわ、と不満を述べると、ベケットは「あまり分かりやすさにこだわっている訳ではない。この作品は知性にではなく、できれば観客の神経に作用して欲しい」[*15]と答えたという。

この『わたしじゃない』の熟成期間の完全な記録にもかかわらず、「キルクール」の断片におけるその始まりから、ベケットの創作過程について加えることのできる論評の数は僅かである。というのも、ベケットの思考のひじょうに多くは決して紙に記されてはいないからだ。しかしながら、そうはいっても、『わたしじゃない』の草稿はベケットの創作過程のごく近くにわれわれを導いてくれると矛盾なくいうことができる。ある程度の確からしさでもって「聞き手の性別の決定不可能性」はおそらく『わたしじゃない』の執筆における決定的なファクター」ではなかったのだと結論づけることができる。なぜなら、芝居に聞き手を登場させることは芝居の発展過程の後半のTS5で出てきており、それから自筆による修正の形で生まれているからだ。しかしこの第二の人物の創造である、他者の具体的な姿をしたイメージこそ、「キルクール」の語り手の内部にある心の葛藤を視覚的に表現したものとして、ベケットが提供したものに他ならない。神秘的な聞き手は、語り手の（および著者の）告白的な声を具体的に表したものだ。しかし聞き手は、明らかに対話の中で発展せられた内的力をただ肉体として再現したものにとどまり、根本的な他者との言葉による思想伝達は、この付加的イコンがなくても十分それ自体で存在するのである。『わたしじゃない』の創作はまた、ベケットの創作過程の複雑な細部に注意を払うのを怠ると重大な過度の単純化に陥ることがありうることを示唆している。われわれははっきりと、執筆過程は多くの場合、たんに洞察のひらめきを記録することではないということを見て取ることができる。もっともベケット自身は、たとえば『ゴドー』の創作をコリン・ダックワースに語った時のように、自然と生まれてきたといった印象を助長しようとするのだが。[*16] 学問的研究に利用できるようになる草稿の数がどんどん増えてきていることから、ベケットは細部に気を配り、細心の注意を払う職人であることが分かってきている。しかしより重要なことは、『勝負の終わり』『しあわせな日々』『クラップの最後のテープ』そして今や『わたしじゃない』などの作品において、本質的な造形的変化はベケットによって前置きなくいきなり核心においてなされ、執筆において彼の出会う様々な問題は、しばしばベケットのエクリチュールの主題となることが理解できる。

モロッコとマルタ島での経験はおそらく造形的な性格のものではあっただろうが、ベケットはこれらの経験よりほぼ十年前に『わたしじゃない』となったものとまさに同じような素材と取り組んでいたのである。つけ加えるに、このドラマの根本的な葛藤はこれらの源泉からではなく、相反する傾向、すなわち芸術家のなかにある露わにすることと隠すこと、作ることと無効にすることという弁証法から生まれているようにみえる。そしてベケットは『わたしじゃない』の仕事に実質的に取りかかるまで、この葛藤を明確に定義することはなかった。少なくともこの芝居の中心となる葛藤の起源は、いくつかの回想（潜在的には自伝的なもの）に具体的な形を与えようとする芸術家の格闘から生まれてきたのであり、最初はキルクールに、それからレパーズタウン競馬場（クローカーズ・エイカーズ）というベケットが生まれたフォックスロック近くに設定されていたのである。ベケットの最初の試みは、アイルランドにまつわる記憶を記録し発展させることであったが、ついにはこの素材とそれが生まれてきた自己とを無効にする――実際のところ、これはタイトルが単純かつ正直に宣言している通り、『わたしじゃない』の主題である――のだが、それ以前はベケットの創作上の努力は不首尾に終わっていたのである。ひとたび自分の主題を明確に定義し、物語の断片を「キルクール」でそうしたように、時間軸に沿ってではなく、音楽的に、因果律に則ってではなく、自身の十四の主題上のカテゴリーの反復と変奏によって編成するやいなや、創作過程は実り豊かなものとなったのである。「キルクール」と『わたしじゃない』の両方に対するベケットの創作上の格闘は、この芝居がベケットをしてシュルレアリスム的な創作方法と手を組んでいるとする批評上の主張に対して深刻な挑戦を突きつけるものであることは明らかであり、「この芝居は『アンダルシアの犬』という映画と組織化の原理を共有している」[*17]とする主張や、この芝居の筋は首尾一貫しておらず、人生というカオスを模倣するものであったり、シュルレアリスム的な創作をパロディ化しているといった批評上の主張に対しても、深刻な挑戦をつきつけるのである。

原注

＊1　Samuel Beckett, *Three Novels: Molloy, Malone Dies, The Unnamable* (New York: Grove Press, 1965), 370. 以下、『名づけえぬもの』からの引用は同書による。

＊2　Beckett, *Three Novels*, 13. 以下、『モロイ』からの引用は同書による。

＊3　Enoch Brater, 'Dada, Surrealism, and the Genesis of *Not I*,' *Modern Drama* XVIII (March 1975): 50. 強調は引用者。この出来事の正確な日時に関しては、デアドラ・ベアの『評伝サミュエル・ベケット』をも参照。Deirdre Bair, *Samuel Beckett: A Biography* (New York: Harcourt Brace Jovanovich, 1978), 621.

＊4　Enoch Brater, 'The "I" in Beckett's *Not I*,' *Twentieth Century Literature* XX (July 1974): 196.

＊5　Bair, *Samuel Beckett*, 622. 読者はベアが『わたしじゃない』の源泉について、かなり混乱している事実に注意されたい。

＊6　'Figures in Space: Samuel Beckett's Recent Writing for the Stage and Television,' paper presented at the 'Time and Space in Samuel Beckett' Special Session, MLA Convention 1977.

＊7　TCD MS 4664.

＊8　Samuel Beckett, *Murphy* (New York: Grove Press, 1957), 186.

＊9　Bair, *Samuel Beckett*, 636. さらにまた、ベアによる、芝居を創造することに関するジーンおよびジョージ・リーヴィへのベケットのコメントの要約も参照（550-51）。

＊10　Jacques Lacan, 'Function and Field of Speech and Language,' in *Écrits* (New York: W. W. Norton & Co., 1977), 40.

＊11　UoR MS 1227/7/12/1.

＊12　UoR MS 1227/7/12/2-1227/7/12/9.

＊13　Bair, *Samuel Beckett*, 562.

＊14　See also Enoch Brater, 'Noah, *Not I*, and Beckett's "Incomprehensibly Sublime,"' *Comparative Drama* VIII (Fall

1974): 254-63.

＊15　Jessica Tandy cited by Brater, 'Dada, Surrealism, and the Genesis of *Not I*,' 53.

＊16　Letter to C. D. dated 7 October 1964 on deposit University of Reading. See also *En attendant Godot*, ed. Colin Duckworth (London: George G. Harrap and Co., 1966).

＊17　Brater, 'Dada, Surrealism, and the Genesis of *Not I*,' 54. しかしながら、『アンダルシアの犬』の最終場面における大地に埋もれた女性のイメージは、『しあわせな日々』のウィニーを思わせる。

第6章

亡霊とテクノロジー

ベケットとクライストの「マリオネット劇場について」

ジェイムズ・ノウルソン　井上善幸　訳

ハインリヒ・フォン・クライストの「マリオネット劇場について」〔一八一〇年〕に対するベケットの賞讃が明らかとなったのは、一九七六年十月における最新のテレビ劇『幽霊トリオ』のBBCでの最初の制作リハーサルの間のことであった。このときの番組は三つの芝居からなるもので、『わたしじゃない』『幽霊トリオ』および『……雲のように……』で、ベケットはこれを三つまとめて「亡霊」〔'Shades'〕と呼んだ。『幽霊トリオ』における部屋の中の男が自分のスツールからドア、窓、鏡、そして簡易ベッドへと移動し、再びスツールへと戻る様々な方法と、男が腕を上げ、ドアや窓を開けたり頭を下げる時のいろいろな方法を議論している間に、ベケットは俳優のロナルド・ピカップに、つづいてわたし自身に、クライストのマリオネット劇場に関するエッセイが持ついくつかの局面に注意を向けた。とりわけ人間における自意識の到来と調和の欠如、それにもかかわらず無駄のない動きがもつ価値と動きの優美さに注意を促した。みたところ、ベケットはクライストの手本が持っている生き生きとした性質と驚くべき力に強い印象を受けているようだった。しかしベケットは単に自分が『幽霊トリオ』でなし遂げようとしていることを例証するためにこれらの例を用いていたのではなかった。そこに居合わせていた人には、誰の目にも以下のことは間違いないことだと思われた、すなわち、クライストのエッセイはベケット自身のきわめて深い美的願望のいくつかを記憶すべきかたちで表現しているということである。わたしはのちほどこの共感に対する理由のいくつかを述べようと思う。さらにある程度はアプローチの持っているその独自性さえも。ベケットはそれ以外のクライスト作品にはほとんど熱心な関心を示すことはないが、それでもマリオネット劇場に関するエッセイは彼の心を強く惹きつけているのである。たとえ手に入る証拠がほとんどなく、実際の影響のことを語ることに対する正当性がまったくないとしても、クライストのエッセイとベケットの自己の芸術に関する、演劇と人生に関する彼自身の思考方法との間には探究すべき多くの共通基盤がある。この短い章は、最初の、控え目ではあるものの、疑いもなく今後さらに大いなる注意を引くことになる関係に対する単なる一瞥以上の意図はないのである。

　マリオネット劇場に関するクライストのエッセイは、長い間ドイツ語圏の読者にはよく知られたものであった。最近になって、アイドリス・パリーによって指摘されているように[*1]、このエッセイに対する賞讃者は、トーマス・マン（彼の『ファウストゥス博士』〔一九四七年〕では、このエッセイはレーヴァーキューンが読むべき読み物として与えられたとみなされていた。彼は創造的衝動と交換に悪魔と契約を交わしていたのである）からリルケ（彼は一九一三年に「この巨匠の作品」について語っている）、さらにはフーゴー・フォン・ホフマンスタールにまで至る。ホフマンスタールは一九二二年に以下のように記している、すなわち、クライストのエッセイは「プラトン以来の中でももっとも洞察力に富んだ哲学作品」[*2]である、と。しかしながら、英語圏の読者にとっては、パリー教授への応答者も指摘しているように、ゴードン・クレイグの『マリオネット』が一九一八年に印刷したものから、パリーによってごく最近『タイムズ文芸付録』

の中で発表されたものまで、いくつかの英訳が存在していることはあまり知られてはいない。ベケットの友人であったユージン・ジョラスもこれを『垂直線』（一九四一年刊）の中で翻訳しているが、ベケットは知らなかったようだ。しかしいずれにせよ、ベケットはわたしにこのエッセイをオリジナルのドイツ語で読んだと断言した。

このエッセイの中で、クライストは人間の踊り手の動きをマリオネットのそれに比較しており、話者の一人が主張するところによれば、人間の動きよりも優れているという。その理由は——

それらは物質の不活発さによって妨げられることがなく、これはダンスにとっては、最も妨げとなる性質なのです、なぜなら身体を引き上げる力は、それを押し留めようとする力よりも大きいからです。〔中略〕人形は床にふれ、手足の動きを瞬間的に遅らせることで、手足の振動を活性化させる必要があるのです。床が必要なのは、ダンスの緊張から解き放たれて活力を回復するためであり、この瞬間は実際にはダンスをしていない瞬間であり、またこの瞬間を利用することで、できるだけ少なくダンスを示すことしか出来ないのです。[*3]

クライストの話者によれば、人形は、それゆえ、あらゆる人間の踊り手が持てる以上の可動性、シンメトリー、調和、および優雅さを所有しているのである。というのも、人形は必然的に完全に自己意識、それゆえ気取りを欠いているのであり、この気取りは人間の持っている優雅さと魅力とを破壊するのである。エッセイの中でもとりわけベケットの印象に深く刻まれた部分の一つは、自己意識の到来と、それが人間が生まれながらに持っている魅力に影響を与えることに関わっている。クライストの話者は以下のような物語を語る。

わたしはおよそ三年前、ある若い男と泳ぎました。彼は当時は並はずれた魅力の持ち主でした。およそ十六歳だった思います。ごくわずかにですが、女性たちの好意によって引き起こされる自惚れの最初の萌芽を感じ取ることができました。わたしたちは最近パリで「足の棘を抜く若者」を見ました。この彫像の複製はよく知られており、大抵のドイツの収蔵品の中にもあります。大きな鏡に投げかけた彼の一瞥は、スツールの上に足を乾かすためにおいている間に、この彫像のことを彼に思い出させました。彼は微笑み、わたしに自分の発見について語りました。わたしも同じ考えを思いつきましたが、彼の魅力を試すために、あるいは彼の自惚れを少し弱めるために、わたしは笑って、君は幽霊を見たんだよ、と答えました。彼は顔を赤らめ、再び片足を上げて、それを調べようとしましたが、その実験は失敗しました。予想されたように、混乱して、彼は足を三度、四度と上げました。おそらく十度さえも。でも二度とこの同じ動作を産み出すことはできず無駄に終わりました。むしろ正反対で、彼の動きは今や滑稽な要素を含み、わたしはほとんど笑いを禁じ得ないほどでした。その日以来、いわばその瞬間からと言うものは、驚くべき変化がこの若者のうちに生じたのです。若者は何日も鏡の前に立つようになり、次々に魅力を失っていったのです。ある目に見えない、信じられないような力が鉄でできた網のように若者の身振りの自由な動きの周りに生じ、一年後には以前仲間たちの目を楽しませていた若者の魅力の痕跡さえ残らなくなっていたのです。[*4]

この自己の発見は、もちろん一つの堕落を表現している。自意識は人間を世界から切り離し、さらには自分自身の自我からさえも切り離すのである。なぜなら、まさに自己に対する意識そのものが自分が自分自身を他者として知覚していることを意味するからである。それゆえ、分裂、不調和、さらには断片化が、かつては自然な調和、シンメトリー、および優美さの存在したところに入り込んでくる。パリーはクライスト的な原則を以下のように表現している。「我思う、ゆえに我自己を意識せり。そしても し我に自分の自己を意識せば、我がひとつの切り離されし実体であることを知らざるを得ず、我の取り巻く環境を意識し、それゆえその環境とは切り離されし状態なり。しかるに真の知識は完全であり、結びつき、分割不可能なり、それゆえ、主体と客体、自己と環境への分離は知識との距離を意味せり、その結果、不確定性と疑念とを意味せり。思惟する動物たる人間は、『ドゥイノの悲歌』〔一九二三年〕のリルケの表現によらば『正反対のもので、それ以外のなにものでもなく、つねに正反対のもの』なり」[*5]、というのも、罪人——聖書に見られるアダムとイヴの堕落のように——とは知識であり、これは人間においては必然的に不完全なるものであり、欠陥あるものであるからだ。それゆえ、人間とは永遠にバランスを欠いた生き物である。統一性、シンメトリー、そして人形を特徴づける優美さを欠いているのだ。なぜならロバート・ヘルビングの言葉を借りれば、「象徴的な意味において、マリオネットは無垢で、本来の純粋さを保った性質を具えた存在を表現している。それらは神の指図に『本来的に』かつ『優美に』反応するただ一つの世界の一員、構成員なのだ。このことは人形の明らかな重さの欠如によって強調されている。人形は優美さの状態、人間にとって『失われた楽園』を表現しており、人間の意識的な、かつ強情で『自由な』自己主張のせいで、人間は自己意識的な存在になってしまうのである」[*6]。

クライストはまた、フェンシングをする熊についての注目すべき物語も語っている。これをベケットはとりわけ『幽霊トリオ』における動きの性質について語る時に引用した。この話は熟練したフェンシングの選手にかかわるもので、ある若者（彼もまた才能ある選手なのだが）を打ち破り、熊と一戦を交える羽目になる。その一戦は以下のような、一風変わった方向に沿って展開される。

「突き刺せ、突き刺すんだ」とＧ男爵は言いました、「そして相手に一撃を加えるようにしろ」と。自分の驚きから回復したのち、わたしはレピアーの剣で相手を突き刺しました。すると熊はこの突きをかわしたのです。わたしはフェイントをかけて相手を欺こうとしましたが熊は動きませんでした。わたしは新たに瞬間的にインスピレーションを受けた技で相手に襲いかかりました。熊は自分の手足でほんの短い動きを示しこの突きをかわしました。わたしは今や若き男爵（彼の以前の敵対者）とほとんど同じ立場に立つことになりました。熊の真剣さが割り込んできて、わたしの落ち着きをかき乱しました。わたしは突きとフェイントを代わるがわる繰り出しました。汗が滴り落ちてきました。無駄でした、熊はわたしのすべての突きを世界で第一の闘士のようにかわしたばかりではありません、相手はわたしのフェイントを撥ねつけました。いったいどんな闘士がそんなことをすることができたでしょう。目と目を見交わし、あたかもわたしの心が読めるかのように、相手は戦いに備えるために前足を挙げて立ちあがり、こちらの突きが本気でない時は身動きひとつしませんでした。[*7]

熊はここでも象徴として、知識を持たない生き物として表現されており、この熊はそれゆえ自然にかつ無自覚的にフェンシングの闘士の突きに反応するのであり、相手の偽りの突きによって欺かれることがない。さらに、実際の突きを避けるに際し、熊は厳密な無駄のない動き、最大限の優美さでもって一撃を加えられるのを避けるのにしなければならないことをするのである。

エッセイの最後のところで、クライストは避けることのできない人間の堕落状態という以前の説明から驚くべき結論を導き出す。「ここで気づくことは」と、クライストは書いている。「有機的世界における内省的意識が暗くかつ弱いものであればあるだけその分、優美さは輝き、優勢なものとなり、より明らかなものとなるのです。しかし、二つの点の交差が、ある一点のひとつの側から、無限を横切り、突然もう一方の側へと戻るように、あるいは凹面鏡に映った像が無限空間へと入り込んでいったのち、再び突然近くに、そしてわれわれの前に現れるように、知識が消えてなくなってしまうと、いわば無限空間を通り抜けたのち、優美さが再び戻ってきて、同時にどんな知識もない、あるいは無限の知識をもった構造の中で、きわめて純粋に知性に対して現れるのです、マリオネットにおいて、あるいは神において現れるように。

『それゆえ、私たちは再び知恵の木の実を食べ、無垢の状態に戻らなければならないのでしょうか?』と私は尋ねた、少しばかり取り乱しながら。

『その通りです』と彼は答えた、『それが世界の歴史の最終章です』と」[*8]。

この反知性的、ほとんど空想的とも言える結論は、したがって知識が完全なもので、不可分なものとなるような時代の到来を待ち望んでいる。「この円環的な世界の二つの端は、神の恩寵と人形の優美さとして天国において結ばれ、一つになるのである、人形は自然の法則にもっぱら従うのである。精神上および肉体上の優美は一つのものなのだ。これらのマリオネットの踊りは影響をこうむることなく敏感に反応する身振りを表しており、その踊りはなんの苦労もなく生命の流動、見えざる音楽から引き出された形式なのである」[*9]。

もちろんベケットの最近の芝居をあたかもそれがクライストのエッセイに対するある種の注釈のようなものであるとみなし、そのように読解しようとすることはまったくの見当違いを犯すことになるだろう。明らかにそれはそういった類のものではまったくない。にもかかわらず、このエッセイは、一見すると人を困惑させるように映るかもしれないベケットの芝居のいくつかの局面に多少の光を投げかけてくれるように思われる。例えば『幽霊トリオ』においては、男の登場人物（F）はあたかも自分が実質的には人形であるかのように行動し振る舞い、自分が「女の声を聞いている」と思う時は首を鋭く振り、部屋を歩き回り、あたかも女の声にコントロールされているかのようであり、この声は曖昧ではあるが、命令だったり、あるいはより可能性の高いものとして、行動に対する先取り、予測のようなものを発する。彼の手の動きは、鏡の前で顔をおろす時、すべてはゆっくりとなされ、落ち着いた動作で、ひじょうに無駄がなく、きわめて優美になされる。この南ドイツ放送のためにベケット自身によって演出された『幽霊トリオ』のヴァージョンでは、これらの動きはさらにもっとゆっくりとなされ、見たところでは、ドナルド・マクウィニー演出によるBBCのものに較べて、この世のものとも思えないほどであった。このBBCによる制作のリハーサル時に、ベケットは男が簡易ベッドから鏡へと視線を上げる時、その動きはスムーズで途切れがなく、優美な動きでなされねばならないと強調した。そしてクライストの物語の中の熊のように、事実、男は自分が望むこと、あるいはしたいと思うように突き動かされることを演じるために、必要最小限の動きのみを行うのである。

それゆえ、『幽霊トリオ』には完全に異なる二つのタイプの動きがあり、持続した、かつ緩やかな動きと、それとは対照的に、突然のぎくしゃくとした動きが存在する。なぜかといえば、部屋にいるベケットの描く男は、じっとしたまま、あらゆることにもかかわらず、物質世界に縛りつけられた生き物であり、最初はそうであるように見えはするものの、必ずしも静物画のような人物ではない。男はまた鏡を覗き込んだりする所作が示しているように、気取った態度からも完全に自由の身ではなく、さらにはまた男の外界、もしくは男の内面からの刺激に対する反応が示唆するように、非自己の世界に対しても完全に無関心でもない。しかしながら、ベケットの描く男が次第に静止状態により近づいてゆくにつれ――そして芝居の中の（F）が大抵の時間をまったく身じろぎもせずベートーヴェンの『幽霊トリオ』〔一八〇九年〕の録音に耳を澄ませつつ、見たところ自分ではその音の出現と消滅をコントロールすることのできない状態で――男の動きは少なくともクライストが描いていた、マリオネットには可能だが人間の踊り手には不可能な自己意識の欠如に近づいているように見えるのである。少し前の『あしおと』におけるメイは、ほとんどこの世のものとも思えない人物で、その苦痛と苦しみとだけを共有している。彼女は亡霊であると同時に、虚構上の人物でもある。自分の動きの中で完全に自己完結しており、ベケットはメイのことをすでに見たように「自分自身のための存在」と呼んでいる。この彼女自身の内部に包み込まれている状態は、彼女が本当の気取りを所有するのに十分なだけ外側の世界を意識できていないことを意味している。しかし、この世に彼女が不在であるにもかかわらず、あの踊り手のように、『あしおと』が四つの段階を経て進むにつれ、段々と目立たなくなってゆくとはいえ、それでも依然として床に触れる。メイの足によって産み出される足音は、したがって物質という異質な世界におけるある種の現前を主張しようとする試みとして理解できるかもしれない。メイの歩行が、その音によって外在化される心の苦しみに具体的で、聴取可能な表現を与えているのである。このようにして、「たとえどんなにかすかにせよ、足音を聞き」たいというメイの要求は――というのも、運動だけではメイには不十分であり、彼女はどうしても足音を聞かねばならないと思っている――クライストのエッセイの観点から見る時、興味深い意義を帯びてくるのである。

　ベケットはつねに思想・観念ばかりでなく、芸術作品における形にも関心を示してきた。しかし近年では、彼はまた自分の著作においても芝居の演出においても、ともに動きと身振りの厳密な抑制と無駄のなさをますます強調するようにもなってきた。わたしはこの点において、ベケットはクライストのマリオネットに関するエッセイにきわめて近いということを示唆したいと思う。

　二〇年代以来のベケットの友人の一人であるビル・カニンガムは、ダブリンでアベイ劇場に時々ベケットと一緒に芝居に出かけたことがあるが、最近のアイルランド国営ラジオ放送の番組で、以下のような思い出を語っている。有名な俳優マイケル・ドランが一九二四年九月にT・C・マレーの『秋の火』の中で現代のヨブを演じた時、ベケットは「彼が不具となり、心打ちひしがれた男となって、その時に自分に降りかかる悲劇的な出来事に遭遇することになった時、いかにドランの両手が自分の感情を表現したか」について語っている。マーサ・フェーゼンフェルドも、次のように報告している。『しあわせな日々』の中のウィニーをマドレーヌ・ルノーが演じた時、彼女の老いた両腕のおこなう身振りにいかにベケットが感動したかが伝えられている、ということを。『クラップの最後のテープ』この方、ベケットのほとんどの芝居において、そして彼自身の演出したすべての芝居において、ちょっとした身振りや動きのもつ力に対して、細部にまでも気を配った細心の注意が払われていることに気づくのである。具体例を挙げるならば、マーチン・ヘルドの両腕は、一九六九年にベルリンでのシラー劇場におけるベケット自身の演出による『クラップの最後のテープ』においては、体の前で組んだそれぞれの上腕部を握りしめているし、一九七六年においては、『あしおと』でビリー・ホワイトローが同じ仕草を演じている。あるいはまた、クラップがゆっくりと時間をかけて視線を背後に向け、死が自分を取り巻く闇の中に忍び寄ってくる様を探す目つきになったり、小型ボートにのった女性と一緒に過ごした時の話をする際、同時によく聞こえるように自分の手を耳に当てがったりするようなことなどである。『しあわせな日々』において、注意はウィニーの両手、顔、口、あるいは目のもっとも細かな動きに集中している。なぜならベケットの注意を引くのは大袈裟な身振りではなく――ベケット演劇全体において、この形容詞に値するような身振りはほとんどないのであるが――抑制、無駄のなさ、優美さ、そして身振りと動きのもつ音楽性こそが彼をひきつけてきたのである。これらの言葉は『幽霊トリオ』における部屋の中の男の動きに関してベケットが用いた言葉であり、それらは数多くの折りに、自分の芝居を演出する際にベケット自身が引き合いに出した言葉なのである。

最近のベケットの芝居とテレビ作品においては、最小限の動きと、ゆっくりとした優美な身振りが現れるのは、しばしば考えられているように、より広い仕草のレパートリーの残余物としてでもなければ、単なるむきだしの劇的効果を達成する方法としてでもない。それらはむしろ必然的に不完全なものではあるものの、クライストの話者によってマリオネットの動きの中に発見され、ベケットにより音楽それ自体の中におそらくきわめて明瞭に垣間見られたものに近い優美さ、調和、無駄のなさ、そして美の状態をほのめかすものとして現れるのだ。もしベケットの劇作家および芝居の演出家としての最近の作品についてひとつだけ明らかなことがあるとすれば、それは彼が動きを「可視的な音楽」としてとらえていることであり、演出作品全体を、音と沈黙、動きと静止とがうまく調合され、ひとつの正確で隙のない音楽的構造へと変換できるように振り付けていることである。

役者たちは長い間、いかにベケットのテクストが音楽的であり、ひとたび彼の劇的言語のもつリズム（言葉の面だけでなく、視覚的な面も含めて）をうまくつかまえることができれば、彼の作品を演ずることがいかに以前より少しばかり容易になることか、ということを語り続けてきた。ベケット自身のシラー劇場での一九七五年における『ゴドーを待ちながら』の演出は、いかに相当長めの、一気にしゃべる台詞がそれ自身の内的なリズム、抑揚、ピッチの変化、音色と主調音を所有しており、またいかにそれらがテクスト内で相互に関連づけられており、優れた演出においては、その台詞の前後にくる一節とたがいに関連づけが可能かを例証している。ベケットは一九六二年という早い段階でチャールズ・マロウィッツに語っている。「演出家たちは、動きにおける形式に対するセンスがないように思われます。たとえば、音楽に見出される類の形式ですが、そこには主旋律が繰り返し現れますね。テクスト内で、動作が繰り返される時、その動作は最初は際だった形でなされるべきです、そうすればそれが再び——まったく同じやり方で——繰り返されると、観客はそれを以前の状態から見分けるものです」[*10]。ベルリンでのベケットの『ゴドーを待ちながら』の演出では、見事にこの「動きの中にある形式」を例証してみせ、会話、身振り、動きを正確に有機的にまとめ上げ、音楽的にもバランスの取れた、美的にも観客を満足させる作品へと作り上げてみせた。ベケットの演出ノート——『クラップの最後のテープ』『勝負の終わり』そして『しあわせな日々』など、すべては『ゴドーを待ちながら』と同様、ベルリンでのシラー劇場のために準備されたものだが——、これらのノートは、音楽的発想と音楽的なアナロジーが演出家としてのベケットにいかに重要であるかを示している。例えば、ベケットに関心があるのは、『クラップの最後のテープ』の演出ノートをみると、テープに録音された若い時のクラップの声と最後に生《なま》の録音準備をしている老いたクラップの声とが音楽的な音のピッチによって互いに注意深く区別できるようにすることであった。一九七〇年にレカミエ座で同じ芝居をジャン・マルタンで演出する際も、ベケットの目的は、クラップの歩き方にリズミカルな性質を付与することであった。[*11]『あしおと』においては、メイの歩き方と彼女のきわめて簡素な身振りとは厳密であるばかりでなく、きわめて無駄を省いたもので、それらはまた音、視覚上の効果、およびリズムに対して細心の注意を払いつつリハーサルが行われたのであった。一九七六年五月のロイヤル・コート劇場でのベケット自身による演出では、ベケットは目標とすべきは写実的な、あるいは心理学的な様式によってこの芝居を演ずることではなく、音楽的に演ずることであった。最後にまた、『幽霊トリオ』においては、自分の行っていることを明確にクライストの「フェンシングを行う態」と結びつけるとともに、ベケットは結果として、奇妙だが容易には忘れがたい演技となる、無駄のない動きと優美さに音楽的な正確さを付加しようとした。

　もちろんベケットがこれほど強くクライストのエッセイに惹かれたことは少しも驚くにはあたらない。なぜなら、実際に自己意識に囚われているのであるから、ベケットの登場人物は自分の死すべき状態の制約から逃れたいと恋い焦がれる。『クラップの最後のテープ』は決して達成されることのない調和を求める強い願望をめぐる芝居である。なぜなら、クラップは自分がとらえられ、抜け出すことのできない分裂の上に昇っていこうと憧れながらも、失敗するのであるから。人間は、事実、ベケットの芝居のすべてにおいて、永遠にバランスを欠き、感覚と精神世界の間で分裂した状態で登場する。クライストの踊り手について読んでゆくと、われわれは必然的に『しあわせな日々』のウィニーのことを考えざるを得ない。ベケットは彼女を「重さを欠いた存在」として描いていたことが思い出されるのであり、彼女は「残酷にも大地に貪り食われてしまう」[*12]のである。ウィニーはまた、精神と物質の間で分裂し、自分を存在に絡めとられた状態から自由の身となるように求めつつ、再び失敗するのである。そしてこれが次第に埋没のかたちを帯びてくるのだ。ベケット自身の二元論的思考は、その起源をデカルト的な精神と物体の区別にもっているのかも知れず、時には物質とその軛《くびき》から逃れたいという欲望に関するグノーシス主義的な思考方法にきわめて近づくこともあるが、しかしベケットの人間における自己意識の悲惨に対する（さらにはなんらかの救済に到達するための人間知性の欠陥に対する）認識は、クライストの並はずれたエッセイにおいてひじょうに忠実な反響を見出しているのである。

原注

＊1　*Times Literary Supplement*, 20 October 1978, 1211-1212.

＊2　*Times Literary Supplement*, 27 October 1978, 1260; letter from George Speaight.

＊3　Heinrich von Kleist, 'About the Marionette Theatre,' tr. Cherry Murray, *Life and Letters Today*, vol. 16, no. 8, Summer 1937, 103.

＊4　Kleist, 'About the Marionette Theatre,' 104.

＊5　I. Parry, 'Kleist and the Puppets,' *Times Literary Supplement*, 20 October 1978, 1212.

＊6　R. E. Helbing, *The Major Works of Heinrich von Kleist* (New York: New Directions, 1975), 36.

＊7　Kleist, 'About the Marionette Theatre,' 104-5.

＊8　Kleist, 'About the Marionette Theatre,' 105.

＊9　I. Parry, *op. cit.*, 1212.

＊10　*Encore*, March-April 1962, 44.

＊11　Interview with Jean Martin, 3 December 1978.

＊12　Quoted in Ruby Cohn, *Back to Beckett* (Princeton: Princeton UP, 1973), 190.

憑依するテクスト——ベケット『モノローグ一片』の劇構造を再考する

岡室美奈子

1 散文と戯曲の狭間

「誕生は彼の死だった」といういかにもベケット的フレーズで始まる『モノローグ一片』[*1]は、一九七九年に完成されたごく短い戯曲である。発表からほどなくしてイギリスの俳優デイヴィッド・ウォリロウによる初演の日を迎えていること、ベケットがメディアやジャンルを厳密に区別する作家であったことなどを考えれば、本作が上演を前提として書かれたことは間違いない。

だが、そういった事実からひとたび離れてテクストそのものに向かい合うとき、『モノローグ一片』を無条件に上演用戯曲として容認することに、われわれはためらいを覚えないわけにはいかない。冒頭に付された照明や装置、衣装等に関するわずかなト書を除けば断片的な言葉が連綿と書き連ねられているだけのこのテクストは、一見、散文を思わせるからである。ここには対話もなければアクションの指示もない。舞台上に「スピーカー（話し手）」（Speaker）とト書きで名づけられた俳優が一人立ち、死臭に満ちた物語を語り続ける——それだけが、作者がこの戯曲に与えた行為のすべてなのである。しかもその物語は三人称「彼」を主人公としており、「スピーカー」は一度も自らを一人称「私」という言葉で表わすことなく、ただひたすらに他者の物語を語り続けるに過ぎない。その意味で、「スピーカー」は文字通り拡声器でしかないように見える。

けれども、他者の物語が一方的に語られるだけならば、一篇の作品を演劇として上演する、即ち舞台空間を介在させることに、われわれは一体如何なる意味を見出し得るだろうか。観客の聴覚のみならず視覚に対して訴えかける要素があればこそ、演劇は演劇として成立し得るはずではなかったか。このような疑問は、ベケット論者にこの作品を、視覚性の伴わぬ「ラジオドラマや散文作品によりふさわしいテクスト」[*2]と評させることになる。

しかしながら『モノローグ一片』においては、視覚性が全く無視されているわけではない。ト書で「スピーカー」は白いナイトガウンと白い靴下に身を包むよう指示されているのだが、この亡霊のような扮装は物語の中に登場する「彼」とほぼ一致する。また舞台上に置かれるフロアスタンドや粗末なベッドも、やはり物語の中で言及される。つまり、「スピーカー」と語られる物語の主人公「彼」は三人称によって別個の存在として隔てられると同時に、扮装等の視覚情報によって逆に同一性を示唆されるというわけである。二者の関係は最後まで決定的に明らかにされることはなく、それゆえに、その矛盾を解消すべく批評家や研究者たちは様々な解釈を生み出す。そして彼らの多くは、クリスティン・モリソンやシドニー・ホーマンの論に代表されるように、「スピーカー」が意図的に自分自身の物語を「彼」という三人称を用いて語っているものと解釈し、その理由を「スピーカー」の精神的葛藤として説明しようとするのである。[*3]

このような解釈は、おそらく作者によって故意に曖昧さを与えられているテクストに対するひとつの意味づけに過ぎず、曖昧さや多義性に支えられた作品の本質をむしろ見失わせてしまう危険性を孕んでいる。だが逆に言えばこうした解釈が成立するということは、扮装やランプといったごくわずかな視覚情報の存在が、受け手に、舞台上に現前する生身の「スピーカー」に言葉の産物でしかない物語の主人公を投影させるべく機能することを示している。そして解釈という作業に引き込まれる一歩手前に踏み留まってこの作品の最も基本的な構造に目を向け、作者から与えられた「スピーカー」の行為が「彼」の物語を語ることのみであるという事実を再び思い起こすとき、『モノローグ一片』が演劇作品であるがゆえの特異性が朧気ながら見えてくるのである。

扮装した俳優が一人舞台上に立ち、物語を語る——ただそれだけで、ほかに如何なる行為も演じられなくともそこに劇的な緊張感が生まれドラマが成立し得るとすれば[*4]、それこそが驚異であり、それを可能にする劇構造は演劇のひとつの可能性を示すものとして評価されるべきであろう。

本稿は、何故物語が三人称で語られるのか、あるいはまた、何故「スピーカー」は行動しないのかといった疑問に対して何らかの解釈を与えようとするものではなく、『モノローグ一片』を、上演の場においてテクストと俳優と観客という三者の間に独自の関係の場を創出し得る作品として捉え、それが構築されていくメカニズムを、劇構造の面から明らかにしようとする試みである[*5]。

こうした作業によって、われわれは登場人物の動作の極端な限定や裸舞台同然の舞台装置の簡素化等、演劇における視覚情報の物量的な貧困化を執拗に追究し続けるベケットの方法を、単なる異端として特殊化するに終わることなく、演劇という枠組の内部に、あるいは枠組そのものを問い直すものとして、正しく位置付け得るのではないだろうか。

なければならない。

2　物語の語り手

物語が舞台上で語られることの意味を明らかにするために、この一見とりとめのないテクストにひとつの輪郭を与えてみようと思うのだが、その前にまず語られる物語そのものの特質を明らかにしておかなければならない。

この物語は、主人公「彼」の現在と過去、行動と記憶、あるいは現実とイメージが複雑な綾を成す織物である。ベケットの、とりわけ一九七〇年代以降に発表された戯曲が押し並べてそうであるように、内容は極めて曖昧でわかりにくい。失敗だらけの「彼」の生い立ちの話題はいつの間にか、「今夜」の「彼」がフロアスタンドに点火するほとんど儀式的な手順の克明な描写へと移行する。やがて壁に残された画鋲からかつてそこにあった家族の写真が回想されたかと思うと、また「今夜」の部屋の客観的な描写に戻る――といった具合に、筋らしい筋の不在や時間の混乱といったベケットの常套手段によって、物語はイメージの脈絡のない大胆な飛躍を許しつつ、まさに散文作品の如く展開される。全体の色調を決定づけているのは、物語の中に時折唐突に顔を出す「葬式」や「墓」といった言葉から喚起される死のイメージである。冒頭の「誕生は彼の死だった。それ以来ずっと亡霊のようにうすら笑いを浮かべて。下りてくる蓋に向かって」[*6]という表現や、「夜が来れば起き上がり」[*7]、「肉親が彼の墓に向かって」[*8]といった表現は、「彼」が亡霊であること、あるいは死に瀕していることを仄めかす。文体も特異で、整った文の形をとらない断片的な言葉が延々と続く。人称主語はほとんど省略され、行動を描写する動詞の語尾に付された〝s〟が、省略された主語、即ち行動の主体が三人称単数であることを示す記号となる。ランプの点火手順をはじめとして「彼」の行動描写は現在時制で語られるのであり、したがって語りの視点は「今夜」という時と「ここ」＝「彼」の部屋という場所に位置していることになる。

この物語を一旦舞台上の「スピーカー」と切り離してテクストのレベルだけで考えてみた場合、主人公を「彼」という三人称として規定し俯瞰するのは、通常は全知の語り手であり、物語の中で自己主張することはない。しかしこの「彼」の物語を紡ぎ出しているテクストの語り手は、物語の随所に裂け目を作るかの如く顔を出し、時にその存在を主張する。例えば前述の第一声、「誕生は彼の死だった」は二度繰り返されるのだが、その間に「もう一度言おう。言葉はなけなしだ。しかも死にかけている」[*9]という言表が挿入される。この過去時制に挟まれた現在時制の言表は、物語の受け手を語られている物語世界から語り手の現在へと引き戻すことになる。この「もう一度言おう。」(Again.)という語はその後も数回登場する。さらに「……彼はうっかり言いそうになった、愛しい者(たち)の、と」[*10]という言表は文脈に応じてわずかに変化しつつ七回繰り返されるが、これは、「彼」が言いそうになって言わなかったことを語り手が代わって口にしていることを示す。したがって、この語り手は「彼」の内面までをも知り尽くす全知の存在でありながら自己主張を繰り返す特異な語り手であると言える。「傘を照らすために前述のように一本めのマッチ」[*11]、「前述のようにランプに点火する」[*12]といった箇所に見られる「前述のように」(as described)という省略もそれを示している。これらは語り手によるメタナレーション[*13]として機能し、受け手の注意を物語の内容から語り手の言表行為自体に向かわせるという一種の異化効果をもたらす。

ここで問題となるのは、このようにテクストのレベルのみで考えるのではなく、テクストが舞台上で語られる〈上演〉の場を想定すると、物語を紡ぎ出すこの語り手は、舞台上に現前してテクストを音声化する「スピーカー」にごく自然に重ね合わされるであろうということである。〈上演〉の場においては、舞台上で登場人物が口にする言葉は、それが実際は劇作家から与えられた言葉であっても、その登場人物自身が紡ぎ出したものとして受容される。それは演劇を成立させる暗黙の了解事項である。その約束事に従えば、物語の随所に挿入されるメタナレーションは「スピーカー」自身の言葉として、物語る「スピーカー」の存在に、ひいては「スピーカー」の内面に、観客の注意を向けさせることになろう。しかも語られる物語の登場人物「彼」と「スピーカー」の同一性が扮装等によって示唆されることによってこの三者は如何にも都合よく結びつき、前述のモリソンやホーマンのように、観客もまた「スピーカー」が自らの物語を三人称で語っているという解釈に否応なく引きずり込まれることになる。そこに、「スピーカー」は自分自身の現実や〈死〉と直接対峙することを避けるために、まるで他者の物語であるかのように三人称を用いるのだという意味づけが生み出される。[14]

ところが、物語の中で「彼」の行動が現在時制で描写され、語りの視点が「今夜」「ここ」に置かれていることを考え合わせると、奇妙な事態に直面せざるを得ない。語られる「彼」の部屋にはランプやベッドのほかに窓や壁があるのに対して、「スピーカー」が立っている舞台空間にはランプとベッド(これは脚が見えるのみ)以外は何もない。また、語られる「彼」はランプに点火するなど部屋の中を移動するのに、「スピーカー」は物語るだけで行動しない。つまり、語られる「今夜」「ここ」という語が指し示す「彼」の部屋の状況と、「スピーカー」にとっての「いま・ここ」である現前する舞台空間は一致せず、「スピーカー」はそこにないものを描写し、実行しない行動を現在時制で語るということになる。ゆえに「今夜」「ここ」が指し示す時空間は、舞台上の現実との確固とした結びつきを失って虚構の物語内部のものとして相対化される。

S・E・ゴンタースキーは、物語を、現在形で語られるものの「スピーカー」自身の「歪められ、再構成され、創作された記憶」[15]であると説明することで、この奇妙な物語と舞台空間のずれを乗り越えようとする。なるほど、ベケットの登場人物の言表は往々にして一見現実と結びついた事実のようでありながら実は自分自身についての創作でしかないといった指摘は、これまでレイモンド・フェダーマンやルビー・コーン[*16]をはじめとする多くの批評家によってなされており、一定の説得力を持つ。けれども、ゴンタースキーの論も、『モノローグ一片』という作品が示す矛盾やずれを最終的にはすべて「スピーカー」の内面性の問題へと還元してしまうものであり、「スピーカー」の物語る行為に対するひとつの意味づけに過ぎないという点では、モリソンらの説と大同小異である。筆者が異議を唱えようとしているのは、その点にほかならない。

現前する舞台空間と語られる「彼」の部屋、「スピーカー」と語られる「彼」のこのようなずれがすべて「スピーカー」の精神的葛藤に由来するという解釈は一見至極妥当であるように思われるが、実は両者の一致と離反の運動の中で舞台空間そのものの位置付けが変質し、「スピーカー」の存在のレベルが変化していくプロセスを見落としているのではないだろうか。

物語の後半、語られるテクストが示す世界は新たな相貌を帯び始め、そのとき、「彼」は舞台上の「スピーカー」の精神や意識とは次元を異にする別の語り手の支配下に置かれることになる。つまり、そこで「スピーカー」とは別の、独立したテクストの語り手＝主体がテクストの背後に措定され得るのである。その語り手によって選び取られた形式がひとつの輪郭としてテクストを囲い込み、劇構造を決定しているとすれば、「彼」を「スピーカー」の内面性から解放し、「スピーカー」とテクストの関係に新たな光を照射し得るはずである。

3　語られる〈ト書〉

本作では、「彼」の行動が現在時制で描写され語りの視点が「今夜」「ここ」に位置していることが、〈上演〉の場において舞台上の〈いま・ここ〉に現前する「スピーカー」とのずれをもたらすのであるが、再び〈上演〉を離れテクストのみについて考えてみるならば、現在時制を用いているからといって、語る時間（語り手が物語を創造する現在）と語られる時間（物語内部で進行する現在）が一致するとは限らない。例えば、現在時制の行動描写は臨場感を与えるなどの効果をもたらすために、小説においてしばしば用いられる手法であることは言うまでもない。だが、演劇では、そうした時間のずれ、即ちテクストの先行性を前提とした上でつねに現在時制を用いる表現形式がある。戯曲におけるト書がそれである。この『モノローグ一片』の冒頭に付されたト書自体そうであるように、ト書においては、通常、登場人物の行動は三人称・現在時制で書かれるが、今そこにあるものが描写されるのではなく、劇作家によって未だないものが想像され、予定されるのである。

ならば、三人称・現在時制で語られる「彼」の行動描写の箇所を、〈ト書〉（冒頭の実際のト書と区別してこのように表記する）として捉えることも可能なのではないか。そのような視点でテクストを見渡すと、明確に分化しているわけではないが〈ト書〉的な部分と〈台詞〉的な部分を見出だすことができる。〈台詞〉に当たるのは、引用符の代わりに、先に語り手のメタナレーションとして取り上げた「……彼はうっかり（前に続けて）言いそうになった、愛しい者（たち）と」という言表によってくくられる箇所である。引用符とは異なり台詞の始まりを示す目印はないが、「……」で表わされる一瞬の沈黙のあとのメタナレーションによってその直前の部分は〈台詞〉として位置付けられる。ただし、これは「彼」が言わなかった言葉であることには留意する必要がある。〈ト書〉に当たるのは、前半においてはランプの点火手順等の「彼」の行動描写の部分であるが、後半になると舞台照明等の指示が散見され始め、テクストの〈戯曲〉的性格は一挙に表面化することになる。このテクストを再び〈上演〉の場に戻し、現前する舞台空間と語られる物語世界の関係の変容を中心に、そのプロセスを追ってみよう。

まず前半は、物語る「スピーカー」と語られる「彼」の同一性が「ナイトガウン」と「靴下」という服装の一致等によって徐々に示唆され、二者の間に何らかの結び付きを見出だそうとする観客の想像力を喚起すべく機能する。「彼はうっかり言いそうになった、愛しい者たちの、と」というメタナレーションによって異化されながらも、そのためらいが逆に物語る「スピーカー」自身の「愛しい者」と率直に表現し得ない葛藤を思わせ、詳細に語られる家族の写真の記憶はあたかも「スピーカー」自身のものであるかの如き印象を与え得る。ゆえに、愛しい者たちが死に、自らも死に瀕しているらしい「彼」の孤独感は白髪の「スピーカー」の姿にそのまま投影されることになると考えられる。刺激された観客の想像力が二者の有機的な繋がりを求め同一視しようとする限りにおいて、実際は何も起こらない裸舞台同然の舞台空間が「彼」の部屋であるかのようなイリュージョンが生み出されて行くのである。

ところが後半にはいると、そうした観客の想像力を裏切るかのように語られるテクストの虚構性が次々と示され、「彼」の部屋もまた、ひとつの演劇空間に過ぎないことが露見し始める。まず、「彼」の服装や部屋が再び描写されるのだが、それは「ガウンと靴下、微かな光を浴びて白い。かつて白かった。髪、微かな光を浴びて白い。額縁の端ぎりぎりに見える粗末なベッドの脚。かつて白かった、微かな光を浴びて」[*17]というように訂正を含んで些かぎくしゃくしつつも、いかにも〈ト書〉のように変化しており、「額縁」というプロセニアムアーチを示すような言葉さえ登場している。また、繰り返されるランプの点火手順の表現も、光の中に見え隠れする両手の動きの一層客観的な描写となり、「青白い傘のみ薄暗がりの中。真鍮のベッドの枠の微光。消える（Fade）。[18]」という舞台照明の指示らしき部分へと続く。その後の「再び全くの暗闇に。窓、消える。手、消える。光、消える。[19]」という箇所にも舞台照明の操作を読み取ることができる。さらに、「三十秒」、「前述のようにランプに点火」等、舞台指示に相当する語句が随所に挿入される。こうしてテクストの中で度々言及されて来た「光」は舞台に当てられるべき照明であり、現在時制の行動描写は舞台上で演じられるべき〈ト書〉であることが次第に明らかにされ、「彼」の部屋は現実のものではなく今や劇作家と呼び得る語り手の想像上の、やがて舞台上に仮構されるべき虚構の演劇空間であることが示唆される。この語り手は、舞台上でテクストを語る「スピーカー」とも現実の作者ベケットとも異なった次元に位置する、言わばテクストの背後に措定される幻の語り手として実体を持たぬまま、虚構の演劇空間の創造主あるいは操作の主体たる自己を主張するのである。以後、この舞台を想定しつつ語る語り手を、現実の作者ベケットと区別して〈劇作家〉と呼ぶことにしよう。

そしてこの〈劇作家〉による「彼は今どこだ？」というメタナレーションに顕著に顕われているように、物語の主人公である「彼」は〈劇作家〉によって創造され操作される虚構の登場人物として人格を失う。メタナレーションによる自己主張を膨張させ続ける〈劇作家〉は、ついに自らそのことを暴露するに至る。

〔彼は〕かなたを見つめて立っている。自分の言うことを半ば聞きながら。自分の？　自分の口からこぼれ落ちる言葉を。自分の口で間に合わせて。[20]

「自分の言うこと」は、物語の登場人物である「彼」の言葉ではなく、「彼」の口は言わば「間に合わせ」の借り物に過ぎない。言葉を紡ぎ出しているのは「彼」の造物主たる〈劇作家〉にほかならない。ゆえに次のように墓地と壁の間でイメージの往還運動に身を任せているのは〈劇作家〉自身であると言える。

雨が激しく降って。雫を垂らす傘。どぶ。飛びはねる黒い泥。棺桶は視野の外。誰の？　消える。消えてしまう。他の話題に進む。進もうとする。他の話題。壁からの距離は？　頭が触れそうなくらい。[*21]

〈劇作家〉はこうして、涌き上がる〈死〉のイメージを「彼」の台詞に転化しつつ、あるいはまた「他の話題」に進むべく「彼」の描写に立ち戻りつつ、語り続けるのである。既に明らかなように、自分自身の物語を「彼」を主人公とする〈戯曲〉に仕立て上げようとしているのは、舞台上でテクストを音声化する「スピーカー」ではなく、テクストの背後に別に措定されるこの〈劇作家〉であり、したがって、物語る「スピーカー」と語られるテクストはそれぞれに独立した存在なのである。

テクストが「スピーカー」の意識の支配下から解放された今、両者の関係は新たに捉え直されるはずである。上演の場を考えてみよう。このテクストが舞台上で語られるとき、実際に視覚化された舞台空間では物語るという行為以外何も行なわれないのに対して、語られるテクストの内部で演劇空間が言葉によって構築されていくという、奇妙な転倒が起こることになる。通常、戯曲が演劇として上演される場においては、ト書は音声化されず俳優やその他の舞台表象によって具現化され、視覚化されるのであるが、ここでは視覚化される代わりに言葉のまま音声化されるのである。現前する舞台空間と物語とのずれは、この逆転現象にこそ起因するものであろう。ここでは「スピーカー」は独立した〈戯曲〉を——いや、〈戯曲〉というよりは〈劇作家〉のメタナレーションをも含んだ、整理される以前の未だ〈劇作家〉の頭の中で現在進行形で生成されつつある未分化な戯曲の原形、あるいはイメージの総体を——演ずる代わりに音声化しているのであり、それによってずれが生じるのである。つまり、「スピーカー」は「彼」の扮装をして実際に舞台上に立ちながら、「彼」を演じることなく〈戯曲〉の全貌を語ってしまうことによって、登場人物になる以前のレベルで存在していることになる。同様に、不十分な装置のままの舞台空間もまた、演劇空間に転化される以前の生の舞台として捉えられよう。

以上のことから、『モノローグ一片』は、舞台空間や俳優とテクストという、本来統一されてひとつの演劇空間を構築すべき要素の間に亀裂を入れ、一旦剥《は》ぎ分けてみせた上で、改めて統合し新たな関係を築いていく現場そのものが仕組まれた作品であると言える。未分化なままであれ〈戯曲〉が、とりわけ演技や舞台表象として具現されるはずの〈ト書〉の言葉がそのまま語られるということは、取りも直さず、舞台裏をさらけ出してその虚構性を暴露することにほかならない。おそらく、語られる〈ト書〉は、観客が俳優を登場人物として、舞台空間を演劇空間として見立てることを暗黙の了解事項として成立する演劇の最も基本的な仕組みそのものに対する、ベケットのしたたかな挑戦なのであろう。それはまた、台詞やト書きに整理する段階で零れ落ちてしまうイメージをいかに演劇の場に持ち込むかというベケットの試みでもあったのではないだろうか。

この未分化な戯曲とも呼べぬテクストは、〈劇作家〉にとって一種のフォノグラフであると言える。フリードリッヒ・キットラーは、グラモフォンの前身である録音・再生用蓄音機フォノグラフについて、

「耳というものはふつうは、ノイズのなかから声、単語、意味のある音をただちに濾過するよう訓練されているのだが、フォノグラフはそうした耳のようには聞かない。フォノグラフは音響上の出来事をそれじたいとして記録する」と述べる。[*22]〈劇作家〉は、自分の頭の中に沸き上がるイメージをあえて台詞とト書き、すなわち発話と行為に剥ぎ分けぬまま書きつける。それにより、〈劇作家〉はいまだ混沌とした意識／無意識の流れを理性のフィルターにかけることなく、そのまま提示しようとしているのではないか。そしてそれを「スピーカー」は文字通りスピーカーとしてそのまま拡声する。「スピーカー」はその意味で、一種の発話機械、あるいはフォノグラフの再生装置である。[*23]ジェイムズ・ジョイスらモダニズムの作家たちとともに創作活動を始めた劇作家ベケットにとって、理性によって分節化されない無意識の言語をいかに記述し声にのせるかは、終生の課題であった。ここで措定される〈劇作家〉は、その意味でベケット自身と重なる。

では、何も起こらない舞台空間と語られる演劇空間の狭間で、果たして観客は如何なる体験を強いられることになるのだろうか。

4　反復の機能

整理され完成される段階で削ぎ落とされるであろう未分化な要素を含みつつ〈戯曲〉が語られるとき、言葉のイメージは、それが演劇として上演される以上に自由な拡がりを許容される。何故なら、上演するとは舞台空間にテクストが示す世界を現前させることであり、現前とは視覚化によってイメージをひとつの具象に決定していくことにほかならないからである。それゆえ、言葉のまま直接伝達されることによって、〈戯曲〉が示す演劇空間のイメージは固定化を回避し得る。

ところがそれが、扮装した「スピーカー」によって、わずかながらも装置が置かれた舞台上で語られる場合はどうだろうか。観客は語られるテクストに耳を傾けつつ目の前の舞台に向かい合わざるを得ないのであるから、当然、そこに現前する舞台空間によって想像力は規定されざるを得ない。例えば「ランプ」や「ベッドの脚」という言葉が語られれば、舞台上に置かれたフロアスタンドや粗末なベッド以外のものを果たして想像しうるだろうか。

『モノローグ一片』は前半から一貫して、観客の視線を現前する舞台空間につなぎとめ、その想像力をつねにそこへ回帰させる構造を有している。これまで述べてきたように、「彼」が窓に歩み寄って外を見つめ、ランプの位置に移動して儀式的な手順を踏んで点火し、東向きの壁に向かって立つという描写は執拗に反復される。この往復運動はテクスト全体を貫き、繰り返される回数は全部で十四回にのぼる。言うまでもなく、観客の目の前にはテクストを物語りつつ「スピーカー」が立っているのであるから、それが繰り返される度に観客の視線は「スピーカー」の姿を改めて確認し、想像力は物語の内容から現前する舞台空間へと引き戻されることになろう。だが、語られる「彼」があるときは東向きの壁に向かって立ち、またあるときは西向きの窓に向かって立ち、そこから記憶やイメージが喚起されて「彼」の内面のドラマが展開されるのに対して、これらの〈ト書〉によって想像力を舞台上に引き戻された観客が見るのは、「彼」と同一の扮装をしてはいるものの、東向きの壁に向かってでも西向きの窓に向かってでもなく、ただ観客席に向かって物語を語っているに過ぎない「スピーカー」の姿なのである。

当然、ここに拮抗が生まれよう。語られる物語に同化しつつ示唆される同一性を手懸りに「彼」と「スピーカー」を同一視しようとする観客の想像力と、現前する舞台空間をありのままに認識しようとする知覚がせめぎ合うのだ。つまり、想像力によって様々な解釈を補いつつも「スピーカー」を「彼」

に、ひいては舞台空間を「彼」の部屋に見立てることでそこにドラマを成立させようとする観客の想像力を、「スピーカー」が動かないことによって裏切るのである。

そして先に触れたテクストの往復運動がこの拮抗を持続させる。「彼」が「立っている」という〈ト書〉の執拗な繰り返しによって一旦「彼」と「スピーカー」の姿を一致させた上で、物語はその一方で物理的空間の制約を受けることなく、立っている→壁→画鋲の穴→写真の回想→家族の記憶→愛しい者たちの葬式の記憶→「彼」自身の〈死〉のイメージへと、どんどん舞台空間から遠ざかりつつ独自の展開をみせるのである。この物語世界と現前する舞台空間の一致と分離の往復運動は観客を巻き込んで増幅していく。無論、両者の一致と分離の振幅が大きければ大きいほど、拮抗は強化される。したがってランプの点火手順が一々克明に描写されてリアリティを持てば持つほど、立つ地点から動かない「スピーカー」の存在は逆説的に強調されることになろう。

こうして単なる物語る場に過ぎない舞台空間は、テクストと強力に引きつけ合い、あるいは斥け合うひとつの磁場に転化されていくのであり、その磁場においてのみ、「スピーカー」は単なる「拡声器」以上の資格で舞台上に存在しうる。想像力によって「スピーカー」にその資格を付与する役割を担うのは、観客自身であることは言うまでもない。

この観客の想像力と知覚の拮抗を喚起する、舞台空間と語られる世界の一致と分離の往復運動こそ、『モノローグ一片』が示す基本的な劇構造であると考えられる。後半において語られる世界もまた創られた演劇空間に過ぎないものとしてその虚構性を露わにするとき、この一致と分離の振幅は次に述べるように最大となる。

5　テクストによる憑依

後半において、語られてきた「彼」の部屋は舞台上に仮構されるべき虚構の演劇空間であり、「彼」は現実の人格を持った人間ではなく創られた虚構の登場人物でしかないことがテクストそのものによって明らかにされる。それに伴って、「スピーカー」は「彼」の扮装で舞台に立ちながら「彼」を演じる以前の俳優（あるいは発話機械、再生装置）へと、舞台空間は演劇空間に転化される以前の生の舞台へと引き戻される。そして舞台空間を既に演劇空間として、「スピーカー」を既に登場人物として見立てた上で「彼」の部屋や「彼」との有機的な繋りを求めようとする観客の想像力は、それがイリュージョンであったことを知らされる。ゆえに、覚醒した知覚は視覚的現実をありのままに受け容れようとするのに対して、それと拮抗すべき観客の想像力は、もはやそこにドラマを見出し得ず、強力な磁場は単なる物語の場に引き戻されていくかに思われる。

ところが、テクストと舞台空間のその最大の離反に対応すべく、ここに新たなレベルでの一致が用意される。それは語られる〈ト書〉によって〈台詞〉を発する「彼」の口の動きそのものが描写されるときに起こる。

前述のようにランプに点火。光の端まで後ずさりして壁に向かう。暗闇のかなたを見つめる。いつもと同じ最初の言葉を待つ。その言葉は彼の口の中に涌き上がる。唇を開いて舌を前に突き出す。誕生。[*24]

ここでは「誕生」（Birth）という言葉がまさに誕生する瞬間が〈ト書〉によって克明に描写されている。これは極めてよく似た形でもう一度繰り返される。

> かなたを見つめて立っている、最初の言葉を待ちながら。それは彼の口の中に涌き上がる。誕生。唇を開いてその間から舌を突き出す。舌先。両唇に舌の柔らかな感触を感じる。舌に唇の。[*25]

先の引用と同様にここでも「誕生」という言葉が音声化される瞬間が描写されているのだが、「両唇に舌の柔らかな感触を感じる。舌に唇の」というきわめて触覚的な表現が唐突に挿入され、観客を不意打ちする。しかもこの主観的な感覚動詞「感じる」（Feel）には、三人称を表わす〝s〟が付されていないのである。人称主語は他の部分同様に省略されているのだが、この〝s〟の脱落には重要な意味があると思われる。

テクストのレヴェルで言えば、唇の柔らかさを感じるのは「彼」である。ところが、この感覚動詞が〈上演〉の場で語られるとき、奇妙な融合が起こる。演ずる代わりにこの〈戯曲〉を音声化することによって登場人物「彼」との同化を拒む「スピーカー」は、「彼」に同化することによって与えられる疑似一人称を生きることなく、〈劇作家〉が紡ぐ「彼」の物語を音声化している。けれども、テクストを音声化する現場そのものの描写という一点においては、「スピーカー」はテクストから離反し得ない。語られる〈ト書〉によって「彼」が「誕生」という言葉を発する口の動きが正確に描写されるとき、結果的には、実際にその言葉を音声化する「スピーカー」の口の動きそのものが描写されることになる。即ち、語られるテクストによって語りつつある「スピーカー」が語られてしまうというパラドキシカルな状況が出現するのである。したがってその口の動きによって「誕生」という言葉を発するとき、「スピーカー」はテクストの背後の〈劇作家〉から与えられた行為を遂行してしまうことによって「彼」とぴったりと重なり合い、疑似一人称を生きてしまうことになる。〈上演〉の場において唇の柔らかさを実感するのは実際に言葉を音声化する「スピーカー」にほかならない。この瞬間、現前する舞台空間は虚構の演劇空間に取り込まれるような形で、実体と言葉、現実と虚構というレベルの差を超越して融合し、「感じる」という一言において、疑似であれ真であれ、「彼」と「スピーカー」はひとつの一人称のもとに一致する。つまり、観客の想像力とは異なった地点で、言わばテクストの側から一方的に憑依されるような形で、「スピーカー」は何ら演技や行動を行なわぬままに、演劇空間の登場人物となるのである。「スピーカー」が自ら物語りを操作しつつ語っているとする解釈とは逆に、ここにおいてテクストが「スピーカー」を結果的に客体化してしまうのだと言えよう。さらに言えば、ここにおいて「スピーカー」は亡霊のような〈劇作家〉とそのテクストに憑依される霊媒としての性質を露わにするのであると言える。霊媒とは自らの意思とは無関係に他者の言語を語る者であり、その意味で文字通りスピーカーである。舞台上の生身の「スピーカー」は、観客の目の前に現前しながら、テクストに憑依されて亡霊の身体を纏《まと》うことにより、限りなく亡霊に近づくことになる。[*26]

このように、「スピーカー」は終始一貫、テクストを語り続けるという単一の行為を遂行するにもかかわらず、テクストの側からの一方的な憑依によって、現前する舞台空間と語られるテクストの関係は転変を余儀なくされ、つねに濃密な緊張感を創出することになる。そして両者を分け隔てるはずの距離が曖昧さによって蔽い隠されているがゆえに、その関係は単なる物語の場を、強烈に引きつけ合い、あるいは斥け合うひとつの磁場に転化しつつ、ついに融合させるに至るのである。

しかし考えてみれば、演劇とは、劇作家が創造した登場人物の言葉を俳優が自身の口と声を使ってしゃべる《スピーク》ものであり、その意味で俳優は本来的に主体が二重化された霊媒のような存在であるとも言える。[27] 本作では、俳優が演じないことによって、その性質が可視化されているのである。

この後、テクストは再び一致と分離の往復運動を繰り返し、最終的に「光を浴びる白髪。白いガウン。白い靴下。舞台上手の額縁ぎりぎりに白い粗末なベッドの脚。かつて白かった」[28]という〈ト書〉によって限りなく現前する舞台空間に接近しつつ、「亡霊の光。亡霊の夜。亡霊の部屋。亡霊の墓。亡霊の……」[29]という表現によって、語られたことすべては実体のない言葉の産物に過ぎなかったことを自ら暗示しつつ、まさに憑き物が落ちるように撤退して行く。

> ほかのことについて語りながら、ほかのことについて語ろうとしながら。ほかのことなど何もないという声が半ば聞こえるまで。ほかのことなど決してなかった。二つのことなど決してなかった。たった一つのこと以外決してなかった。死んで消え去ったもの。死にかかり消え去りつつあるもの。消え去るという言葉から。言葉よ消え去ってしまえ。いまや消え去りつつある光のように。[30]

「二つのこと」はなかったのであり、あるのはただ、最初から最後まで物語る場として現前する舞台空間のみだったのである。言葉の産物に過ぎないもうひとつの演劇空間は、亡霊のように俳優に憑依し、そして物語の終結とともに亡霊のように消え去ることになる。演劇の言葉とは、過去に劇作家によって紡がれた言葉である。しかし舞台上の俳優と舞台空間はそれを現在化することで息を吹き込む。そして劇が終われば、演劇も言葉も亡霊のように消え、後には俳優と舞台が残るだけである。

その言葉への〈ト書〉どおり言葉が撤退したあと、冒頭の本物のト書によって指定された十秒間、舞台上に残されるのは演じない「スピーカー」がそこに立っているという「たった一つの」現実にほかならない。[*31]

6　結び

『モノローグ一片』は、難解ではあるが散文作品として読まれても充分に〈死〉と〈誕生〉という二極の間を移ろう「一篇の詩」[*32]たり得る。しかしそれが上演される場においてこそ、テクストを憑依させることで何も起こらない舞台を演劇空間に、何ら行動しない俳優を登場人物に変えてしまうベケットの降霊術に、観客は出会い、参加することができるのである。その意味で、『モノローグ一片』には演劇というよりむしろ、演劇が創造される現場そのものが仕組まれていると言えよう。言うまでもなく、この劇構造を支えることになるのは観客の想像力である。観客は自らの想像力が喚起され、裏切られ、やがて「スピーカー」が舞台上に立っているという単一の事実に帰着するプロセスを経ることによってその現場に立会うことを強制される。それは観客に過度の集中力を要求する時間であるに違いない。だが、演劇がテクストの具象化によって予め舞台表象として固定化されたイメージを与えることを宿命としてきたのに対し、本作はそのことを回避し、観客の想像力を刺激して新たな演劇体験を提供しうる。ここではまるごと音声化されることによって直接観客に与えられたテクストが、観客の想像力を経て改めて舞台空間に投げ返される。ゆえにテクストと舞台空間の間に観客が介在しなければ舞台は単なる語りの場となり、そこに演劇は成立しないのである。

裸舞台同然の舞台空間やほとんど行動しない俳優と、対話ではなく物語られるテクストを観客の想像力によって結び付けさせるという『モノローグ一片』の方法は、『ロッカバイ』や『オハイオ即興劇』というその後の作品に、より洗練された形式で継承される。

そして俳優を霊媒化しテクストを憑依させるという奇妙な方法もまた、その後の作品で追求されていくことになる。そしてこの霊媒性は俳優のみならず、作家ベケットにとっても切実な問題であった。理性にコントロールされた言葉ではなく、自らのあずかり知らぬ何処か——それは無意識の深淵かもしれないし、まったき外部かもしれない——から到来する言葉を記述すること。それこそがベケットにとって終生の課題であったし、その意味で言葉は自らに憑りつく亡霊のようなものであったに違いない。ベケットは演劇の場において、俳優の身体と声にテクストを憑依させることに自らと言語の関係を仮託し、物語を語るという行為の神秘を可視化しようとしたのではないだろうか。だとすれば、『モノローグ一片』において、ベケットはテクストの背後に措定される〈劇作家〉よりも、むしろ憑依される霊媒たる「スピーカー」に自己を重ねていたのかもしれない。

※本稿は、拙論「語られる演劇空間——ベケット『モノローグ一片』の劇構造について」(早稲田大学文学研究科紀要別冊第十二集、一九八五年、一二一〜三五頁)を改稿したものである。『モノローグ一片』はその特異性のゆえに、世界的に見ても研究論文は驚くほど少ない。しかし近年、木内久美子氏と山崎健太氏がともに優れた『モノローグ一片』論を発表した。両氏の論で引用され論じられている三十年前の拙論が現在では入手しにくいため、大筋では原形をとどめつつ、両氏の論とその後の執筆者自身の研究成果を踏まえて加筆修正した。

注

＊1 Samuel Beckett, 'A Piece of Monologue,' in *The Kenyon Review*, New Series, I, iii, 1979, and in *Three*

Occasional Pieces (London: Faber and Faber, 1982). 本稿では Samuel Beckett, *Krapp's Last Tape and Other Shorter Plays* (London: Faber and Faber, 2009) 所収の版を使用した。以下、*Monologue* と略記する。訳文はすべて筆者訳。

＊2　John Fletcher and John Spurling, *Beckett: The Playwright* (London: Methuen London Ltd., 1985), 161.

＊3　Kristin Morrison, *Canters and Chronicles: The Use of Narrative in the Plays of Samuel Beckett and Harold Pinter* (Chicago: The U of Chicago P, 1983), 105-10. Sidney Homan, *Beckett's Theaters: Interpretations for Performance* (Lewisburg: Bucknell UP, 1984), 213-17.

＊4　「スピーカー」の動作については戯曲中には全く指示が見られないが、冒頭のト書において 'Speaker stands well off centre downstage audience left'（117）と立つ位置が定められていることや、*Not I, That Time, Rockaby* など一九七〇年以降に発表されたベケットのほとんどの戯曲において登場人物は一箇所に固定されており、また *Footfalls* のように固定されていない場合でも動作は厳密に限定されていること等から、「スピーカー」は終始一貫してこの定位置に立ったまま語り続けるものと解するのが妥当であり、実際の上演でもほとんどの場合歩き回ることはない。先行文献においても、「スピーカー」が不動であることを前提として論じられている場合が多い。

＊5　あくまでも上演への可能性態としてのテクストを考察の対象とするので、本稿で「上演」という言葉を使用する際は、戯曲に書かれている文字から読み取れる範囲での、可能性としてのそれを指す。

＊6　Beckett, *Monologue*, 117.

＊7　*Ibid.*

＊8　*Ibid.*, 121.

＊9　*Ibid.*, 117.

＊10　*Ibid.*

＊11　*Ibid.*, 119.

＊12　*Ibid.*, 120.

＊13　「メタナレーション」（'metanarration'）については、Angela B. Moorjani, *Abysmal Games in the Novels of Samuel Beckett* (Chapel Hill: U of North Carolina P, 1982)を参考にした。

＊14　Morrison, 110参照。

＊15　S. E. Gontarski, *The Intent of Undoing in Samuel Beckett's Dramatic Texts* (Bloomington: Indiana UP, 1985), 174.

＊16　Raymond Federman, 'Beckettian Paradox: Who is Telling the Truth?', *Samuel Beckett Now* (Chicago: The U of Chicago P, 1970), and Ruby Cohn, *Just Play: Beckett's Theatre* (Princeton: Princeton UP, 1980) 参照。

＊17　Beckett, *Monologue*, 119.

＊18　*Ibid.*, 120.

＊19　*Ibid.*

＊20　*Ibid.*

＊21　*Ibid.*

＊22　Friedrich A. Kittler, *Gramophone, Film, Typewriter*, tr. Geoffrey Winthrop-Young and Michael Wutz (Stanford: Stanford UP, 1999), 23. フリードリッヒ・キットラー『グラモフォン・フィルム・タイプライター』石光泰夫、石光輝子訳、筑摩書房、二〇〇一年。

＊23　このフォノグラフのイメージは、『オハイオ即興劇』においてより洗練した形で展開される。詳細は拙論「霊媒ベケット——蓄音機としての『オハイオ即興劇』と『ユリシーズ』」（岡室美奈子他編『サミュエル・ベケット！——これからの批評』水声社、二〇一二年、二九一～三二〇頁）を参照。

＊24　Beckett, *Monologue*, 120.

＊25　*Ibid.*, 121. ここで取り上げた二つの引用はいずれも「誕生」（Birth）という言葉の発音行為を描写するものであるが、ベケット自身の翻訳による仏訳版 *Solo*, dans *Catastrophe et autres dramaticules* (Paris: Les Éditions de Minuit, 1982) にはこの箇所は訳されていない。これは英語の 'Birth' の発音における口の動きが人間の出産の瞬間を模して描写されているために、翻訳不可能であったのだと思われるが、場面の重要性に鑑

みても、二か国語作家としてのベケットを考える上で重要な問題を提起するものである。

＊26　木内久美子は、「〈今〉と〈過去〉との境界が曖昧化した空間では、〈彼〉は断片化した身体として、これまでに反復された〈手〉を含む一連の動作の幻影のごとく亡霊的なものとして現れ」ると述べ、物語の主人公「彼」の身体の亡霊性を指摘している。そして「〈物語〉が〈舞台空間〉のコメントとして」機能することを指摘した拙論を踏まえ、そのことでかえって、〈舞台空間〉に定位した演劇（その経験・理解）の確実性が逆説的にも脅かされ〈亡霊的なもの〉として呈示されるという構造が見出される」とする。木内久美子「演劇の「今（maintenant）」を転倒させること――サミュエル・ベケット『モノローグ一片』における「捉まえる手（la main tenante）」、岡室美奈子他編著『サミュエル・ベケット！――これからの批評』二八二頁、二八七頁。

＊27　ベケットの『わたしじゃない』（*Not I*）では、俳優の「口」だけが登場して、まさに口寄せのように「わたしじゃない」誰かの物語を語る。

＊28　Beckett, *Monologue*, 121.

＊29　*Ibid.*

＊30　*Ibid.*, 122.「消え去るという言葉から。言葉よ消え去ってしまえ。」と訳した部分は原文が 'From the word go. The word begone' なので「消え去るという言葉から。消え去れという言葉」というような訳も可能である。これも作者から故意に曖昧さを与えられている表現であろう。

＊31　山崎健太は、本作における生と死の両義性、とりわけ死から生へと反転する運動に着目し、拙稿を踏まえて、「スピーカー」が去った後、「虚構」は死に観客の現実が息を吹き返すが、それは「虚構の痕跡を孕んだ、新たな現実の誕生の瞬間でもある」と指摘している。（山崎健太「分かつことの両義性――サミュエル・ベケット『モノローグ一片』論」、早稲田大学文学研究科紀要第三分冊、二〇一五年、一一三頁。）

＊32　Mel Gussow, 'Stage: Beckett's "Piece of Monologue"; A Distillation,' in *New York Times*, 19 Dec. 1979.

幽霊を見る

ウルリカ・モード　木内久美子 訳

ベケットの作品ではテクノロジーの形象が顕著にみられる。彼がラジオや映画、テレビに魅せられていたのは自明なことだが、それとは別に、モダニズムの著作のもつテクスト上の戦略そのものをテクノロジーに類比して考えることができるだろう。ベケットの著作では、こうした類比関係がテクストでのエンドレスな反復や順列によって際限なく続けられる。ヒュー・ケナーが論じたように、それは情報コードを先取りし、「初期のコンピューター言語」のように機能しているのである。[*1] テクノロジーはまた、ベケットの著作で実際に用いられてもいる。よく知られているように、舞台作品やメディア作品には、テープ・レコーダー（『クラップの最後のテープ』）や拡声器（『なに　どこ』）、またスピーカー（『あのとき』）だけでなく、望遠鏡（『勝負の終わり』）や双眼鏡（『しあわせな日々』）、レンズ（『フィルム』）といった補助器具も取り入れられている。このような器具は散文作品にもみられる。顕著な例としては、モロイの自転車や松葉杖やマロウンの杖、また「鎮静剤」の「薬瓶」があり、[*2] 薬瓶はベケットの著作では医学技術の指標のひとつとして機能している。本稿では特に知覚技術に重点をおいて、ベケットのテレビ劇におけるテクノロジーの曖昧な役割に焦点を当てたい。

メルロ＝ポンティが強調しているように、五感は自我と世界とのインターフェイスとして機能しており、ゆえに主体とその環境との関係を媒介し、両者のあいだに関係を打ち立てている。ベケットの作品にはメルロ＝ポンティの著作と相容れない点が含まれているが、知覚にたいする関心は共有されており、ベケットが作品で見る・聞く・触れるといった経験に細心の注意を払っていることは、この関心を裏付けている。なかには諸感覚の性質や機能への現象学的還元として記述できそうな作品もある。

一八六七年に第一部が刊行された『資本論』のなかでマルクスが述べたように、人間の感覚には歴史があり、この歴史に最も根本的なパラダイム・シフトのひとつが生じたのは、いわゆる第二次産業革命のときだった。この時期に電話や蓄音機、また写真や映画といった主要な知覚技術を大衆が消費するようになる。さらに、一八九五年にヴィルヘルム・レントゲンによって発明されたエックス線のような革新的な可視化技術が医療現場に革命的な変化をもたらし、このことは大衆の想像力に根本的な影響を及ぼした。エズラ・パウンドはこう主張している。「モダンな精神から機械を取り除くことは不可能だ。『イーリアス』からアキレスの盾を取り去ることができないのと同じことである」[*3]。

新しい技術を理解するために繰り返し用いられてきた方法のひとつは、そのような技術を人間の身体との関係において精密に概念化するというものである。テクノロジーは、身体器官や感覚を拡張する機能をそなえた積極的な意味での補助器具の諸形態として概念化されることもあれば、個別の欠陥や不足を補完するような身体器官の代替の一形態として概念化されることもある[*4]。前者の例は電話だろう。電話には振動板がついており、人間の耳の感度を上げるが、この器具は耳の解剖学的構造に基づいて設計された。他方で、当初、不足の補完のために設計された器具の例としては、タイプライターがあげられるだろう。というのも、この器具はもともとは視覚障害者が筆記できるようにと考案されたものだったからだ。テクノロジーを論じた初期の論者のうち最も著名な人物の一人であるフロイトは、事実、次のように論じている。「道具とは、人間の様々な器官、運動器官や感覚器官などの機能を補足するか、その機能の制約を解消するものであるかのどちらかである」[*5]。一九三〇年に書かれ今日では重要な著作とされている「文明への不満」で、フロイトは次のように記している。

こうして人間はある種の人造の神となったわけである。補助的な器官のすべてをまとえば、人間は素晴らしい存在となるが、こうした補助的な器官は人間の身体の一部となっているわけではなく、いまだに煩わしいものとなりかねない。[*6]

フロイトの論証によれば、機械は身体を拡張も制約もする。すなわちテクノロジーは、単に生きた身体を拡張するのみならず縮減もするのだと理解できるだろう。[*7]

ベケットの著作では、知覚やテクノロジーの様々な形態にたいして細心の注意が払われている。補助的な器官は、私たちのなかにそれを使用する以前の知覚様態とは異なる二重の知覚を生みだしながら、私たちの世界を見聞きする方法、より一般的にいえば知覚の方法をどのように変化させているのだろうか。ベケットはこの点をとりわけ成熟期の作品で検証している。知覚が世界にたいする私たちの関係を打ち立てているならば、知覚技術は必然的にその関係に影響を与えているはずだ。それ以前からこの問いはベケットになじみあるものだったが、成熟期の作品でこの影響についての検証が始まるのである。

よく知られていることだが、ベケットの後期の劇作品と同じように、テレビ作品でも登場人物が声から分離している。このような作品の例として『ねぇジョウ』『幽霊トリオ』『……雲のように……』、また劇作品では『あのとき』『あしおと』『ロッカバイ』などがあげられるだろう。批評家はベケット劇のこのような分離や二重化にアプローチするための様々な方法を提起してきた。例えば、分離した複数の声が、自省的な精神の内的独白を舞台上で上演しているのだと示唆するむきもある。だがこの種の解釈は、『幽霊トリオ』のように独白がテクノロジーにはっきりと表立って媒介されている場合にとりわけ多くの問題を呈してしまう。ならば、むしろ次のことが論証されるべきなのだ。知覚技術は私たちのうちに知覚の諸様態の二叉化や二重解釈を生み出す――これらの劇は、その仕方を分析的に上演しているのだ、と。

視覚と知識との連関には西洋思想の長い伝統があり、その伝統は少なくともプラトンにまで遡る。この連関がここ数百年のあいだに変化したとまではいえないものの、新しい技術――とりわけ知覚技術、フロイトやメディア批評家のマーシャル・マクルーハンなどの思想家たちが人間の感度を上げるものとして特徴づけたような補助器具――の到来によって、それに変更が加えられたとはいえるだろう。

十九世紀後半、より厳密には世紀末にかけて、それ以前には知覚不可能だった知覚現象を記録・調査・図表化するために設計された新しい技術があらわれた。[*8] 飛翔する鳥や疾走する馬をとらえたエティエンヌ＝ジュール・マレーの動体写真によって、肉眼には見えない生理的な動作が目に見える記録とデータへと変換された。[*9] 初期の写真の処理方法では「動く対象を記録するには感光が十分で」なく、「どんなものでも動くと銀板上でぼけてしまった」。[*10] マレーは鳥の飛翔を研究するために写真銃というカメラを発明したが、それは「携帯型ライフルに似ており、七二〇分の一秒間隔で〔中略〕十二枚の写真を撮ることができた」。[*11] そしてこれらの画像が組み合わせられて運動が再現されたのである。一八八二年のこの発明に続いて、マレーはクロノフォトグラフィを発明した。これは円盤の周囲にスリットを入れた回転式のシャッターを用いて一枚のガラス製の乾板に複数回感光させるというものだった。一八八八年にジョージ・イーストマンの印画紙がフランスに持ち込まれると、マレーは自らの発明品をさらに改良することができた。クロノフォトグラフィは、科学――例えば筋肉の機能の研究――にも、芸術――例えばマレーが二十世紀の写真を生みだしたと考えることができるだろうし、本当の映画の発明者がマレーだとする人は多い――にも重要な影響を及ぼしたのである。一八九四年にマレーは動画のカメラを顕微鏡用に改良し、その結果、顕微鏡映画の創始者となった。これによって、いまや誤差を免れえない人間の目と、機械に媒介された視覚とのあいだの不一致がさらに大きくなった。

一八九五年に、ヴィルヘルム・レントゲンがエックス線を開発し、ついに身体の内部にある人間の骨格とその他の身体器官が露わになった。この装置によって外科手術を介さずに身体内部が初めて外化され、それ以前には入手不可能だった生物についての詳細な解剖学的情報や生理学的なプロセスが明らかになったのである。これによって人間は、自らを肉体の備わった存在として意識するようになった。さらにエックス線は身体の内と外の区別だけでなく、「パブリックとプライヴェートの区別、また専門知識と一般大衆の空想との区別、さらには科学的言説、高踏芸術、大衆文化という三者の区別」をも崩壊させた。[*12] だが、エックス線やその黎明期のあとに登場した画像技術は、問題含みにも、身体をグラフや情報コードに還元するような画像を再生産し、身体が書き換え可能であることを示した。このように画像技術は、身体性をめぐる問いにたいする二十世紀の芸術家や知識人、そして大衆の想像力の発想法に、根本的かつ二重の影響を与えたのである。

二十世紀初頭にエックス線技術が引き起こした畏怖は、トーマス・マンの小説『魔の山』（一九二四）

に記録されている。その冒頭の時代設定は一九〇七年、場所はスイスアルプスの療養所である。主人公のハンス・カストルプは従兄のヨーアヒムのエックス線検査に初めて立ち会うのだが、そこで次のような光景に魅せられ、当惑すら覚える。「中央の太い柱の後方、あるいは観者からみてその右側に黒ずんで見える袋のようなもの、不格好な、動物状の物体。それは浮游するクラゲをいくぶんか連想させ、規則正しく伸びたり縮んだりしていた」[*13]。ハンス・カストルプが見たもの、それは言うまでもなく従兄ヨーアヒムの心臓である。その経験はあまりに奇妙でありながら親密なものでもあったために、彼は連れの身体の内部を覗いてしまったことを申し訳なく思うと同時に、少し気まずい気持ちにもなった。語り手はこう続ける。「ハンス・カストルプは、ヨーアヒムの塚穴の姿と骸骨とを飽きることなく見続けた。それは紡ぎ針のように細い死の姿、死を免れない肉がへばりついているむき出しの骨組みだった」[*14]。魅了されたカストルプは、自らの手のエックス線写真を撮ってくれるように頼みこむ。そしてこの画像に彼は大きな衝撃を受ける。

ハンス・カストルプはまさにそれを見たのだった。それは見ることを覚悟していなければならなかったもの、しかし、ほんとうは人間が見ることをゆるされていないもの、彼自身もそれを見ることがあろうとは夢にも考えていなかったもの——彼自身の塚穴の姿を見たのである。死後の分解作用を、光線の力によって生前に見てしまったのであった。現在へばりついている肉が分解され、消滅し、もうろうと霧散し、その霧の中に右手が——精緻な骨骼が、薬指の根もとの関節に祖父の形見の紋章入りの指輪を黒々とゆるやかに浮かせていた。〔中略〕ハンス・カストルプは、話に聞いたティーナッペル家の遠い昔に死んだ婦人の透視し予見する目で彼自身の体の見なれた部分を見たのであって、生まれて初めて彼は自分がいつか死ぬ日のあることを理解した。[*15]

この引用箇所から明らかなのは、画像技術が生みだしうる身体性への鋭い意識と、身体をただのテクストやコードに還元することに抵抗し、むしろ身体の肉的、臓物的な性質を強調するモダニズム文学の作法だ。この経験を描くマンの作法にもはっきりとした驚異の念が感じられる。現代社会において驚異は、超自然的で来世的な現象の探究にではなく、むしろ見る・聞くといった物質的で日常的な経験にあるものなのかもしれない——このことをマンは私たちに暗示しているのである。

マレーの方法もレントゲンの方法も、人間の目の精度を高め、機械的な知識の捉え方を与えたが、それは同時に人間の肉眼による視覚の限界と欠如を強調することにもなった。こうしたラディカルで新しい視覚技術は、主観的かつ人間的な、つまりは不完全な視覚と、いわゆる客観的な機械を介した視覚と視覚的な記録方法とのあいだに間隙を生じさせた。網膜の残像といった諸問題の研究によって、十九世紀前半、あるいは十八世紀の後半にはすでに人間の視覚の限界が意識され始めていた——こうジョナサン・クレーリーは論じているが、ゲーテのような人々が先行する研究者よりもさらに徹底的にこの問題を扱うようになったのは十九世紀の前半になってからである。残像の重要性は、残像が「刺激のないところに感覚を現前させること」、つまりそこにないものを目が知覚することにあった。[*16] そうして多数の研究がおこなわれた。例えば残像の継続時間を測定する実験では、その長さが状況に左右されるとはいえ、平均で三分の一秒であることが解明された。またこの解明がいくつかの装置の開発のきっかけにもなり、当初は「科学的観察を目的としたものが〔中略〕、すぐに大衆的娯楽の諸形態へと変換され」たのである。「一八二五年にジョン・パリス博士がロンドンで広め、人気を博したソーマトロープ〔文字どおりの意味は「驚異の回転板」）」はその一例である。[17] また人間の視覚機能を模倣することで三次元の画像をつくりだすステレオスコープもそのような装置のひとつだった。

ベケットは、すでに一九三〇年代に、テクノロジーが知覚に与える影響に関心を抱いており、またそのことに意識的でもあった。現在ダブリンのトリニティ・カレッジに所蔵されている「心理学ノート」はこのことを裏付けている。ベケットのノートには、例えばゲシュタルト心理学の理論家たちによる「動画の心理学」の研究についての記述が含まれている。[18] このような記述自体は非常に専門的な内容だが、そこでベケットは次のように書いている。

ヴェルトハイマーは、運動の発現の有無がどのような状況で生ずるのかを研究した。二本の直線を一秒あるいは五分の一秒の間隔をおいて提示すると、そのままの一本ずつの線として見えた。この間隔をさらに縮めると、運動が生じているように見え始める。十五分の一秒間隔でははっきりとした運動が生じ、一本の線がもう一本の線に向かって重なり合うように見える。三十分の一秒間隔でははっきりとした運動はなく、二本の線は同時に並置される。[19]

この引用に続いてベケットは、ヴェルトハイマーの研究において、主体が印象の連続ではなくむしろ知覚的な変化のプロセスをどのようにして認識するのかについて註釈を加えている。そしてこう結論づけている。すなわち運動とは「類推されるものではなく感覚されるものだ。〔中略〕視覚的なイメージ（これは網膜についての生理学では説明できない）はより高度な中心によって連想的に類推されているのではなく、感覚的な諸要素の複合から生じている。網膜刺激はそうした諸要素のひとつにすぎない」。これは認識にたいする知覚の優位性を前景化した註釈だといえる。[*20]

とはいえ「鎮静剤」や「終わり」のなかで、ベケットは西洋形而上学の脱身体化された目よりも脆弱な人間の肉眼を強調することによって、視覚にたいする私たちの既成観念を問いに付している。三部作ではモロイが、見た目が当てにならず見覚えもない風景のなかを歩きまわっているが、それは見渡すだけで把握できるような風景ではない。そこでモロイは例えばこう結論せざるをえなくなる。地平線にみえるいくつかの物体は近くにありそうに見えるが、実際には目に見えるよりもおそらくもっと遠い場所にあるだろう、と。『反古草紙』ではこの経験が反転する。語り手はこう報告している。「わたしは書いている手を目の隅から監視している――遠さとは逆のものによってすっかり焦点がぼやけている」。[*21] 人間の目がもたらす知識は不正確で誤解を招く。というよりそれは実際には知識などではない。なぜなら人間の目とそれがもたらす情報は遠近画法的であり、知覚と記憶と想像力は互いに諸機能を交換し合いながら、ひとつのものへと融合する傾向があるからだ。

ベケットの一九七六年のテレビ劇『幽霊トリオ』は、男性の主人公Fを中心に据えている。彼は室内でただ一人、強い待望を抱いた様子でいる。劇中で二度、Fは誰かの気配が聴こえたと感じ、立ちあがって窓や扉の後ろを確認したあと、冒頭の「カセットの上にかがみこんだ」姿勢に戻る。[*22] Fがカセット・プレイヤーで聴いているのは、ベートーヴェンのピアノ三重奏曲第五番Dマイナー、その「通称」は『幽霊トリオ』だ。[*23] さらに私たちには、舞台設定とFの行動を記述する精彩に欠けた機械のような女性の声（V）も聴こえてくる。

多くの人々は『幽霊トリオ』をベケットのテレビ作品の最高傑作だと考えており、例えばマイケル・ビリントンはこの作品を「テレビのために描かれた魔術のような絵画作品」だと特徴づけている。この作品は、見ることが二叉化されるという新たな経験についての徹底的な分析のひとつを提供してくれる。[*24]批評家のジョナサン・クレーリーやローラ・ダニアスが述べているように、テクノロジーは人間の目の限界を強調する一方で、人間の目を知識との連関から解き放ち、より感覚的で美的な視覚経験を可能にもする。これは、近代性《モダニティ》が経験した複数の視覚芸術の運動――印象主義・ポスト印象主義・表現主義など――に反映されている。こうした運動は輪郭線にたいして色彩、事実にたいして美を特権化したのであり、ベケットが視覚芸術について論じた様々な著作には、彼がこうした新たな視覚様式を意識し、またそれに関心を持っていたことが反映されている。それにこうした発見は彼一人に限られたものではない。多くのモダニズム作家が、それぞれに特有の方法で、新たに発見された目の解放について論評している。例えばヴァージニア・ウルフは「街路に憑くもの――ロンドンの冒険」(一九三〇)で次のように述べて、視覚を、理性的なものや経験的なものとの既存の連関から引き離している。

目には奇妙な特性がある。それは美しさにのみ安らうということだ。蝶のように色彩を求め、陽だまりに浴する。こうした寒い冬の夜には、自然は労苦して自らを磨きあげ、身繕いをしている。そんなときでも目は最も美しい戦勝品を持ち帰る。地球全体が宝石でできているかのように、エメラルドやサンゴの小さな塊をもぎ取るのである。[*25]

このエッセイでウルフは近代的自我をも美的で絵画的な用語を用いて記述している。「私たちは縞模様、まだら模様、みな混合物だ。その色彩はもうにじんでいる」。[*26]

このように、モダニズムの芸術作品は知覚的経験の主観的な性質を探究しようとしていた。少なくともモダニズムは「次第に感覚的な世界を二つとない特殊なものだと見なすようになっていく」[*27]。たしかに『幽霊トリオ』の冒頭のショットは、ダニエル・オルブライトが「重ね合わされた長方形を使ったゲーム」だと形容している通り、現代劇よりもモンドリアンに似ている[*28]。また『フィルム』やベケットの最初のテレビ作品『ねぇジョウ』(一九六六)では、装飾のない部屋の中に一人の男がいるという、無駄の削ぎ落された舞台設定が中心に据えられているのだが、『幽霊トリオ』ではこの設定がさらに切りつめられている。『フィルム』や『ねぇジョウ』では、照明の当たる場所に識別可能な自然主義的なディテイルが含まれている。家具や窓や扉など、その形がどんなに奇妙な形をしていても、それは個別の舞台道具を表している。それにたいして『幽霊トリオ』は、「長方形の部屋を映しだす。それは不自然なまでに均一でなめらかな灰色の長方形で統一されている。床や壁、また扉や窓、鏡・寝台・枕——すべてが長方形」だ[*29]。一九七七年にベケット自身が監督した南ドイツ放送局制作のドイツ語版『幽霊トリオ』の冒頭では、男性人物と他の部屋の被写体との見分けがつかず、人物までもがもうひとつの長方形のように見える[*30]。実際、第一幕の最後でカメラがズームで寄って人間の目の見まちがいに注意を促すまで、男性人物は人物として識別されていない。ベケットのト書きが明示しているように、カセット・プレイヤーといった他の被写体も、当初は「この距離からは識別されない」[*31]。事実こうした舞台道具があまりにも図式的であるために、「それらが何なのかを、画面外の声に確認させることが必要になる」[*32]。『幽霊トリオ』には「「見ること」と「知ること」との不均衡に依拠した意図的な遊戯」があり、この遊戯によって、観客は目の当たりにしているものの奇妙さや曖昧さを意識させられる[*33]。劇中の女性の声は観客に「見る」だけでなく、「より近づいて見た」り、また「もう一度見る」ように促す[*34]。ジョナサン・カルブが述べているように、「第一部で言われる「もう一度見てください」という命令形は、長方形だけでなく劇の他の箇所にも当てはまるし、さらに拡大解釈すれば、他のテレビ作品を見るようにとも言っているのだ。〔中略〕「もう一度見てください」によって、ベケットは、目の前の画像のみならず、あなたが初見ではそれをどのように見ていたのか、またその見方がいかに不適切だったのかも確認するようにと言っているのだろう」[*35]。つまり『幽霊トリオ』は、「観客が見るプロセスを作品の中に」組み込むというベケットの作法を示したもう一つの事例なのである[*36]。

多くの批評家が『幽霊トリオ』のメロドラマ的なサブテクストに注意を向けており、シドニー・ホーマンやジェイムズ・ノウルソンといった批評家は、この劇の仮題が「逢引き」だったことを指摘している。この仮題は、劇の感傷的な主題――けっして現れない女性を男性が待っていること――を私たちにいっそう強く感じさせる。一九七七年にベケットがシュトゥットガルトにある南ドイツ放送でこの劇を演出した際、同局のディレクターだったラインハルト・ミュラー＝フライエンフェルスは、この劇のドイツ語版の制作のために、ベケットの意向に沿って、「憐憫を感じさせるような顔立ち」の少年をベケットと協力して探した、と回想している[*37]。

この劇は三幕に分かれており、ベケットはそれぞれを「プレ・アクション」「アクション」「リ・アクション」と名づけている。最初の二幕では、「脱身体化された女性の声が〔中略〕直接的に外物語的アクセスを行使する。それは画面上の表現を指示し、観客に下した命令をカメラに代行させることによって、カメラ・アイと観客の視覚とを同一化させる」[*38]。第三幕のタイトルが「リ・アクション」なのは、第二幕で観客の見た場面が第三幕で繰り返されているからだと考えれば部分的には説明がつく。だがこの幕は「反応〔reaction〕」でもあるだろう。というのも、この幕では観客に見えるものが根本的に変化し、カメラは部屋全体の遠景を見せる視野と、Ｆの一人称的な視点から見られた――まるで彼の目を通して見ているかのような——視野とを、交互に見せ始めるからだ。[*39]

換言すれば、『幽霊トリオ』では、長方形が埋め込まれた装飾のない幾何学的な舞台装置と、その感傷的な主題——男性がけっして現れない女性を待っていること——とのあいだに齟齬があるということだ。この齟齬は、私たちが劇で出くわす二つの異なる視点——カメラの視点とFの視点、外的視点と内的視点、あるいは映画理論で知られた語彙を使えば外物語的視点と内物語的視点——に反映されている。似たことは『幽霊トリオ』の音響についても問題となる。劇中の声は、機械に媒介されているという自らの性質を強調している。それは一方ではジェイムズ・ノウルソンが述べているように、「平板で、この世のものとは思われない」その口調によって示されるが、他方では劇の冒頭の台詞によっても明確に述べられる。

こんばんは。わたしは声が小さいのです。恐れいりますが、音量を調整してください。(間。) この声は、何があってもこれ以上大きくも小さくもなりません(間)。[*40]

いわばベケットは劇の冒頭で、声がテクノロジーに媒介されていることを明示している。カメラの例と同じように、声は、最初の二幕でF——男性人物——に聴こえている音が何なのかを語っているのみならず、物に媒介され抑揚がまったくない深みに欠けた声であると自己表明をしている。その声は人間の声とは異なり、「何が起ころうとも」感情を見せることはない。[*41] ダニエル・オルブライトが述べているように、「ベケットの後期の演劇作品の声の多くが決然と自らの声を無声化しようとしているようにみえ」るのだ。この「無声化」のルーツは、テクノロジーにたいするベケットの関心にある。[*42] Fが自分に聴こえたと思った声を、私たちが聴くことは一度もない。つまり彼の動作の引き金となって彼にドアや窓の向こうを見つめさせるのは、不在の女性の音なのである。だがエリック・プリートが論じているように、第三幕では次のような事態が起こる。

カメラ位置Aから私たちに音楽が聞こえるようになり、聞こえる時間も長くなる。それだけではない。ドアや窓が開閉される際のきしむ音や、窓の外で降る雨音までもが聞こえてくるのだ。ここでカメラがFの一人称の視角《アングル》を見せ始めると、窓の外の光景や扉に現れる少年が私たちに見えるようになる。[*43]

このような光景が第二幕でFには見えているのかもしれない。けれどもこの視角はカメラに属しているので、Fに見えているものが私たちにも見えるというわけではないのだ。換言すれば、ベケットが強調しているのは、感情や記憶や想像力に色づけられた人間の目や耳と、臨床的かつ客観的な「真実」を私たちに与えてくれる客観的なカメラ・アイや録音された声とのあいだに生ずる齟齬なのである。ベケットは、作家として駆け出しの時期にすでに機械に媒介された知覚のもつ冷酷な精確さを見抜いていた。『プルースト』のなかで、マルセルが祖母と電話で話しながら彼があらためて彼女の声を聞く箇所について、ベケットは次のように註釈している。

彼には祖母の声、というよりは祖母の声と思われるものが聴こえてくる。彼はいま初めて彼女の声を聴く。このように混じりけなしのなまなましさをもった声、それは祖母の顔にあらわにしるされた刻み目の上にたどりなれてきたあの声とはあまりに違うので、彼にはそれが祖母のものであると認めることができない。それは悲しげな声であって、その弱々しさをやわらげ、変装させるはずの、丹念に配置された彼女の造作の仮面がないのである。この奇妙に生々しい声は、声の持ち主の苦悩をはかる物差しである。[*44]

これに似た類の表出は、ベケットの最初のテレビ作品『ねぇジョウ』(一九六六)にもみられる。ジャック・マガウランの顔面に徐々に近づいていく九つの接写のショットでは、最後には毛穴までもがはっきりと見え、当惑させられるほどだ。このようなショットは、観客の見る経験をしばしば不穏な仕方で客体化し、強く印象づけている。

『幽霊トリオ』でのカメラの精確さと視角の重要性は、国際ベケット財団のアーカイヴが所蔵する、この劇の諸々の草稿のなかで明確に示されている。特に目をひくのは、第一稿である自筆の手書き原稿だ。それは、この劇の構想の早い段階からカメラの視点が重要だったことを明かしてくれる。ベケットはカメラの動きを、それが「クローズアップ」であれ「接写」であれ「フェードアウト」であれ、ひとつひとつ詳細に構想しており、「III　梗概」は特に詳細に書かれている。またこの草稿には各ショットの長さも秒単位で書き込まれている。カメラの動きはのちに変更されるものの、各草稿でその動きに注意が払われることによって、劇の完成版にいたる道筋が見出されている。

『幽霊トリオ』のカーボンコピーは「逢引きについてのノート」と題されている。このノートで、ベケットはカメラについてこう指示している。「一度ショットを固定したら探索しない。凝視するだけでよい。静止して凝視するが、大概は無駄に終わる」[*45]。これに反して、人間の目は動かずに凝視することよりもむしろ触覚と多くを共有しているのではないだろうか。メルロ＝ポンティは次のように記している。

> なるほど私の身体の視点からすれば、立方体の六つの面は、たとえそれがガラス製であろうとも、けっして等しくは見えないが、それにもかかわらず〈立方体〉という語はひとつの意味をもっているし、立方体それ自身、つまり真の立方体は、その感知できる様々な現れの向こうに、その六つの等しい面をもっている。私がそのまわりをまわるにつれて、正方形だった前方の面が変形し、ついで消え去るのが見え、その間に、ほかの面があらわれては、つぎつぎに正方形になっていく。*46

メルロ＝ポンティの視覚論では、単数形の目が立方体の各面を時間的に探索し、まるで愛撫するように連続的にその表面を動き回っている。ベケットが様々な作品で人間の目を扱っている作法も、これに似た類の時間的で探索的に見るという様式を裏付けているようにみえる。『幽霊トリオ』の第二部（「アクション」）と第三部（「リ・アクション」）ではFもこのような様式に関与しているのである。

　こうしてベケットが上演しているのは、人間の目や耳よりも客観的かつ明瞭で「信頼に足る」知覚技術が、たんに人間の知覚と異なるだけでなく、その知覚を理性や客観性との結びつきから解き放ち、それに主観的で美的な知覚経験の自由を与える、その作法なのだ。テクノロジーが私たちに代わって量化可能な視覚や聴覚となるならば、人間の知覚は解放され、質的な感覚経験を手に入れるだろう。

『……雲のように……』は『幽霊トリオ』の連作だが、脆弱な人間の視覚を強調する点は両者に共通している。というのも『幽霊トリオ』のFと同じように、一九七七年のBBC制作版の『……雲のように……』のMも最初のショットで人間の姿として認知するのは事実上不可能だからだ。このショットで彼は「見えないテーブルに上体を屈めて見えない椅子に座っている」[*47]。南ドイツ放送制作のドイツ語版『……雲のように……』は、一九七七年にシュトゥットガルトでベケットによって演出された。この演出ではBBC版で人間の姿として認知するのがすでに困難だった「テーブルに身を屈めるMの基本ショット」が、さらにクローズアップで撮られているために、輪郭のぼやけた形にしか見えない。最初はこの形が抽象的なコンポジションのように見えるが、カメラがその姿を十五回映し出すうちに、次第に男性の身体の一部として判別されるようになる[*48]。Vに現れるようにと懇願されている女性W——を捉えるV自身の視覚の主観的で脆弱な性質は、Vの台詞において強調されている——「もし彼女が一度も、あれほど長いあいだずっと、一度も現れなかったとしたら、私は、あれほど長いあいだ、祈りつづけただろうか、いや、祈りつづけることができただろうか」[*49]。

ベケットが「塔」(一九二八)に感化されて『……雲のように……』を書いたことはよく知られているが、この詩でイェイツは次のように書いている。

> これほどまでに興奮を覚えて
> 熱情と幻想に充ちた想像力を持ったことも、
> これほどまでに不可能を望んだ
> 目と耳とを持ったこともなかった[*50]。

不可能を望んだ目や耳こそ、『幽霊トリオ』や『……雲のように……』が上演しようとしているものだ。

というのも、どちらも主観的で憧憬にみちた人間の目や耳についての劇だからだ。ジェイムズ・ノウルソンは、ベケットが『幽霊トリオ』の音楽として選んだベートーヴェンのピアノ三重奏曲第五番のラルゴについて論ずるなかで次のように述べている。

> 〔これらの小節は〕強い期待感を捉えている。この期待感を、ベートーヴェンの暗い響きをもった動機《モチーフ》と、作品の完成ぎりぎりまでベケットが「逢引き」と題していたこの劇との主要な結節点の一つだと見なしてよいだろう。楽章末では音調がかすかに軽やかになり、希望さえ仄めかされている。〔中略〕こうしたことが待ち人を勇気づけ徹宵の祈りを捧げさせているのかもしれないし、また不十分な説明かもしれないが、〔このドイツ語版の〕最後で、俳優のクラウス・ヘルムの顔に憑依したような不気味な半微笑を浮かべさせたのかもしれない。[*51]

Fがあれほどまでに熱心に耳を傾けているカセット・プレイヤーとベートーヴェンのラルゴは、人間の知覚の質的な性質をさらに例証しているだけでなく、他のベケット劇にもみられるような感覚の自律化を示してもいる。こうした自律化はまさに電話・蓄音機・録音テープといったものによって引き起こされているために、感覚器官全体の直接的な関与を必要としてはいない。

　私たちに代わって見聞きしてくれるカメラや録音機器、またその他様々な画像技術といった知覚技術は、どのようにして以前の知覚様態とは異なる二重の知覚を私たちのうちに生みだしているのだろうか――『幽霊トリオ』や『……雲のように……』を、この作法についての考察として読解することが可能だろう。ベケットの後期テレビ作品の知覚の歴史化において示唆されているのは、テクノロジーに媒介された見たり聴いたりする方法は人間の目や耳を差異化しながら、諸感覚を理性との連関から解放し、その過程で私たちの世界観を変容させるということなのである。

＊

ベケットの作品には病気の症状や医学用語が顕著にみられる。「薄膜」「喉頭」「疲労感」「アヘンチンキ」「便秘薬」「ロイコトリエン」「識閾」「悪露」「運動失調症」「腰痛」――これらの言葉はどれもベケットの著作で用いられている数百の医学用語のいくつかの例だ。[*52] 実際、ベケットの作品で病気を患っていない登場人物の例を見つけ出すのは困難だろう。ジェイムズ・ノウルソンの伝記やベケットの書簡――特にトマス・マグリーヴィ宛ての書簡――によって、ベケットが多くの病気や手術を実際に経験していたことが知られている。例えば彼の首には繰り返し嚢胞ができた。また足にも患いがあり、不安によるパニック症も経験している。さらに一九六八年には、肺にできた膿瘍の検査のために、一連のエックス線検査と、体力を消耗するような気管支検査を受けている。また『蹴り損の棘もうけ』（一九三四）所収の短篇「黄色」は、一九三二年十二月にベケットがメリオン私立病院で受けた首の感染性嚢胞の切開手術に基づいて書かれたといわれている。この機会に彼は「痛んでいた槌状足指の関節も切除してもらった」[*53]。ジェイムズ・ノウルソンによると、ベケットは「病院で起こる出来事を注意深く観察し、手術のための準備にも細心の注意を払った。そして手術から数日後、自分の経験と感覚とで覚えていることをノートに記していた」[*54]。

また著作のなかで、ベケットは数々のユーモアを交えて様々な病気に言及している。その病気の大半は実在するが、『初恋』にある足の症例のリストにあるように、架空の病気もいくつかある。[*55] ベケット作品のなかで最もよく知られた架空の病気はおそらく『マーフィー』に出てくるミス・デューの「家鴨病」だろう。『ワット』では血友病が言及されている。それは「前立腺肥大症と同じく、男性固有の病気である。しかしこの作品においてはそうではない」[*56]。またベケットの医学にたいする関心は、彼の作家としての形成期にすでにみられる。一九三〇年代にベケットがつけていた記録用のノート「ホロスコープ・ノート」には以下のような事実が記されている——人体は「長さにすると二十万個の細胞組織あるいは二百万個の正常な細菌に相当し、血液は三十兆個の赤血球と五百億個の白血球から成る」[*57]。このノートには「レントゲンの手」と一行だけ書かれた記録も含まれている。ベケットの念頭にあったのはヴィルヘルム・レントゲン夫人だったベルタの手の写真にちがいない。この写真は初めて人体を写したエックス線写真である。それは一八九六年に撮影され、少なくとも千百もの出版社に流布され、エックス線がたしかに存在することを証明したのだった[*58]。ベケット自身、その黎明期にエックス線を体験しており、一九三五年一月付けのトマス・マグリーヴィ宛ての書簡で、肺のエックス線撮影をしたと述べている[*59]。また一九三〇年に書かれた『プルースト』では、「嫉妬を写したレントゲン写真」と称して、機械によって拡張された視覚の異常なまでの精確さを比喩的に強調している[*60]。

ベケットが医学史や医学的な概念に魅了されていたことは作品にも表れている。個人出版社〔ナンシー・キュナードのアワーズ・プレス〕から一九三〇年に出版された彼の最初の詩作品『ホロスコープ』では、ロンドンで勤務していたオランダ人医師ボート兄弟や、さらにはウィリアム・ハーヴィー——「愛しの血液旋回ハーヴィー〔dear bloodswirling Harvey〕」への言及があり、彼の関心を裏付けている。ハーヴィーは実験と比較解剖学、さらに計算に基づいて一六二八年に血液循環説を発表した。この発表が当時激しい論争を巻き起こしたことは、ベケットのノートに記されたデカルトの反応からも明らかだ。ヒュー・カリックが論じているように、ベケットの芸術には「世界を知るための様々な方法」が組み込まれている。医学はそうした様々な方法のひとつなのだ。[*61] カリックはベケットの小説『マーフィー』に焦点を当て、「マーフィー、ウィリー、ケリー、クーパー、デュー」といった小説の登場人物はすべて「比較的著名な医師の名前である。これらの名前は手術法、器具、処置法、略号、方法、検査などの名前の名祖である」と述べている。[*62] ベケットの後期作品でも医学への言及がみられるが、その言及は明示的ではなくむしろ暗示的だ。『伴侶』では、暗闇のなかで仰向けになった登場人物が、「床が踵骨から後頭部の突起にかけて彼の骨格に突きあがってくるのを」感じているが、その四頁後にこの感覚は「後頭部の瘤」だとされている。[*63] こうした身体の断片化がベケットの著作では非常に顕著にみられ、さらにその医学的な想像力を裏付けている。それはシュルレアリスムの芸術にも顕著にみられる特徴だ。ブルトンのようにこの芸術運動を牽引していた主唱者の多くが、医学生であったか、そうでなくとも第一次世界大戦で臨床経験を積んでいた。ブルトン、テオドール・フランケル、ルイ・アラゴン、マックス・ベックマンは、いずれも医療機関で医師か看護兵として働いていたことがあった。周知の通り、ベケットは翻訳作業を通してシュルレアリスムを熟知していた。さらに付記すると、アダム・ピエットが注意を喚起しているとおり、クラパレードとジャネによる神経心理学の臨床研究もベケットの著作に影響を与えていた。ピエットの議論によれば、クラパレードが研究していたコルサコフ症候群に似た症状はベケットの作品全般——特に『マーフィー』『ワット』『クラップの最後のテープ』——を思い起こさせる。またヒステリー患者のイレーヌについてのジャネの有名な研究は、『あしおと』のもとになっている。[*64]

ベケットの後期作品では、しばしば様々な医療技術が暗示されているが、とりわけ知覚技術の重要な下位範疇に属する画像機器が暗示されている。エックス線やスキャナー、また様々な種類のプローブといった視覚化装置は身体の内部と外部との区別を崩壊させるだけではない。それはまた問題含みにも、大概は二次元の画像として身体を複製する。このような画像は生きた有機体組織をピクセルやグラフ、また情報コードに変換あるいは還元し、いわば身体が再‐記号化《コード》されうることを示している。身体をマッピングするために用いられる技術は、「アナログなものというよりはむしろデジタルなものだ。〔中略〕MRI画像がその一例である。このことはまた、身体の文化的な諸概念がデジタル的なものの概念を反映し始めたことを意味している」[*65]。様々な医学的画像処理法によって知覚されるようになった身体は、さらに鋭く知覚されるようになっただけでなく、書き直され仮想化され——結果的には同じことに行きつくのだが——奇妙にも脱身体化されるようになった。

多くのベケット作品では、声と人物と場所との関係を特定するのが困難だ。この関係は、問題含みにも媒介をめぐる一連の問いに解明の光を投げかける。そうした問いは、早くも『名づけえぬもの』で導入されていた。よく知られているように、この作品は「さて、どこだ？　さて、だれだ？　さて、いつだ？」という問いかけから始まる[*66]。また後期の作品も、あたかもテレビやコンピューターのスクリーンで展開されているかのように、奇妙に「枠取られた」ような特質をもつものが多い。「体と言う。一つもない。意識はない。一つもない。少なくともそれ。場所。一つもない。体が。中にいるための。中で動く」[*67]。ベケットが書いた最後の劇『なに　どこ』(一九八三)という作品名もこの特質に関係がありそうだ。ベケットは『すべて倒れんとする者』——この作品にも医学的な参照が多数みられる——を書いた一九五六年以降、「仮想身体」を創造するテクノロジーの可能性に関心を寄せていたのだと論じることもできるだろう。この種の仮想身体という観念は、二十世紀後半には複数のスクリーンや多数のモニターに転送された身体として現われていたが、その起源は医学にあるといってよい。というのも、解剖や解剖学講堂、また観相学の重要性に裏付けられているように、西洋医学の歴史において常に、身体を視覚化しようとする企てはその大望の中心であり続けてきたからだ[*68]。ボヤナ・クンストが記しているように、「エックス線の発見によって、人体の記述や解読に根本的な変化が生じてきた。〔中略〕人体は、もはや身体に直に触れる親密さ（あるいは不健全さ）によって接近されるものではなくなった[*69]」。病床で内科医が集めるデータよりも、数値・グラフ・図といった証拠のほうが信頼性が高く客観的で伝達もしやすいと考えられるようになり、触診やその他の臨床検査よりも普及するようになったのだった[*70]。また医療用の画像の発展は「エックス線技術のデジタル化とコンピューター化から生じた[*71]」。例えば、一九六七年にゴッドフリー・ハウンズフィールドが開発したCATスキャンは、「患者に硬エックス線を透過させ、詳細な横断面図を作成し、それをコンピューター処理して三次元の画像を生みだすもので、画像の陰影は細胞組織の密度に左右される[*72]」。他方、MRIスキャンは一九八〇年代前半に開発された。「地球の磁界強度の三万倍」の磁場を用いることで、軟部組織の細部を驚くほど精密に映しだすことできるようになり、そのイメージが美的感覚に訴えることもよく知られている[*73]。私たちがよく知っている、遅くともルネサンス以来の医学と美学との緊密な関係は、ポストモダン時代にも存続している。従来の解剖学の授業での触察は「クリーンな機械のフィルター」に道を譲り、「人体の画像はコンピューターとテクノロジーを介して生みだされる。つまり、非物質的なグラフ・配列・影や、色彩と縞との組み合せ、つまりハイパーテクストに変換されるのである[*74]」。さらにスタンリー・ライザーによれば、コンピューターには「プログラムによりデータの重要性を配列・比較・描写する力に加えて、いまや解釈の機能も備わっている[*75]」。コンピューターが患者の仮想身体を分析し、診断を下すこともしばしばだ。こうして診断のプロセスすべてが仮想領域でおこなわれることが可能になったのである。

このような新しいデジタル技術は、身体をグラフに還元するようにみえる心電図のような視覚装置や、初期のエックス線にみられる平面的な二次元の断片画像よりも、むしろ三次元の全体像をコンピューター画像として投影することを保証している点で、アナログ技術とは異なっている。これに代わって発達したデジタル画像技術は、仮想的な環境での仮想身体にたいする様々な空想に火をつけ、そのような空想は一九八〇年代に最盛期を迎えた。そして多くの批評家が述べてきた通り、つねに予知的なベケットの作品はすでにこのような諸環境の可能性と重要性とを探究し始めていたのである。「また体。一つもない。また場所。一つもない」[*76]。

『夜と夢』は、南ドイツ放送の当時のディレクターだったラインハルト・ミュラー＝フライエンフェルスの依頼を受けて、一九八二年に南ドイツ放送のために書かれた。この劇が私たちに見せているのは、夢を見る人物Aと夢のなかで見られている自分であるところのB――テレビスクリーンの右上に現れる――である[*77]。換言すれば、この劇は、夢を見る人物の身体を複製・二重化しており、結果的には同じ結論に行きつくのだが、夢を見る人物を仮想的なものに変換している。この劇では対話がないが、その代わりにシューベルトの歌曲「夜と夢」が用いられている。とはいえ、興味深いことに、この歌曲やこの劇の主題にみられる感傷的な効果が弱められているだけでなく、仮想性の奇妙な入れ子構造――縁取られたテレビスクリーンの画の右上にさらに埋め込まれた画が提示される――によって、感傷的な効果が皮肉られてもいる。夢を見る人物と夢のなかで見られる姿を違う役者に演じさせてよいか、と尋ねたミュラー＝フライエンフェルスへの返答として、一九八二年八月五日付のパリからの手紙でベケットは次のように書いている。「夢を見る人物の顔は、実際には見えません。頭部さえ似ていれば十分です。いずれにせよ、夢を見る人物と夢のなかで見られている姿は、二人の別々の役者に演じさせます。自分自身ではない別の誰かを夢に見ることになっているかもしれませんから、そうしておくほうがよいでしょう」[*78]。

夢のなかで見られる仮想的な自己は、脱身体化された一組の手に慰められ助けられる。ベケットはその手のジェンダーをわざと曖昧にしておきたがった[*79]。左手は一時的にBの頭上に置かれる。右手はBの唇に杯を運んだあとに彼の眉を拭き、それから彼の手のひらの上に置かれる。フェイドアウトのあとにこの夢が繰り返されるが、その反復はまるで夢のなかで見られている仮想的な自己を強調しているかのように、今度は「クローズアップかつさらにゆっくりとした動きで」おこなわれる。それはまた諸装置を表すテレビの枠や、特殊な場面を強調する手法としてのクローズアップとスローモーションを用いることで、ベケットが使っているメディアを前景化させているかのようでもある[*80]。このような際立ったクローズアップの使い方によって観者は舞台設定やコンテクストを奪われる。またこの場面で用いられているソフトフォーカスは、目前にされている場面の仮想的な性質をさらに強調するかのように、ディテイルをぼかして画との距離を生みだす[*81]。この劇で前景化されている仮想性には、身体的な不快感や苦痛からの解放が含意されているようにみえる。こうした発想はベケットの他の作品にも多くみられるのだが、それは皮肉の感を伴わざるをえない。イノック・ブレイターが述べているように、『夜と夢』では、「イメージの意味」よりも「イメージの可視化がこの劇作家の真の主題である」かのようだ[*82]。

とはいえ、仮想性の研究に最も深く関わっている劇作品は『なに　どこ』であり、とりわけ深く関連しているのが一九八五年にベケットが南ドイツ放送で監督した『なに　どこ』のドイツ語版と、スタン・ゴンタースキーとジョン・ライリーが監督し、ベケットがアドヴァイザーを務めた一九八七年のグローバル・ヴィレッジ制作版である[*83]。この作品はもともと劇作品として書かれたが、ベケットは、彼自身の言葉を引用するならば「劇作品というよりはむしろテレビ作品だ」と結論するにいたった。[*84]彼が舞台版を気に入っていなかったのはよく知られている。この劇の衣装・メイク・照明などの問題について、ノウルソンやコーンなどの研究者は詳細に記録している。シュトゥットガルトに出発するまえに、ベケットは大胆にテクストを書き換えた。彼は「ドイツ語版『なに　どこ』の約四分の一を削除した。〔中略〕視覚的には、灰色の人物の全身像をマスクのような顔に置き換えた。バム、ベム、ビム、ボムの入退場はフェイドアウトとフェイドアップに変更された」。[*85]ベケット自身がドイツ語版『なに　どこ』の制作ノートに記しているように、「身体と運動が削除」されたのである。[*86]南ドイツ放送に向かう旅準備の最中に、ベケットは一九八四年三月十三日付のパリからの書簡でラインハルト・ミュラー＝フライエンフェルスに次のように書いている。

おそらくこの出来事全体について心得ておくべきことは幽霊性でしょう。幽霊的な衣装と幽霊的な台詞ゆえに四人を識別することはできません。台詞は目に見えない一人の話者に担当させるべきです。台詞は「動作」と連動させてその場で言わせますか、それとも部分的に同期させますか。彼方からのバムの声は、マイクを使ったディストーションのような形で他の声とは区別されねばなりません。登場人物には台詞を言わせますが、声には出させないようにしましょう。[*87]

また一九八四年三月五日付のパリからミュラー＝フライエンフェルスに宛てたドイツ語書簡では、バムの声が「まだ生じていない彼方の世界（noch nicht gewordenen Jenseits）」に属するものだと、ベケットは書いている。[*88]

このテレビ劇は、互いを「識別しあ」えないことになっている四つの頭部から構成されている。[89] ベケットはミュラー゠フライエンフェルスに次のように書いている。「衣装やメイクはどれだけ極端でも構いませんから、四人をなるべく似せてください」[90]。彼のドイツ語版『なに どこ』の制作ノートにはこう付記されている。「薄暗い光。顔はぼやけて」おり「顔の卵型だけが見える」[91]。テレビ版のうち特にグローバル・ヴィレッジ制作版では、バム、ベム、ビム、ボムの画が異形化されているかのように表現され、四人の人物の類似の効果がさらに強められた。モーフィング〔特殊撮影技術のひとつ〕は「人物同士を識別することを困難にし、かつては不可侵だと考えられていた複数の身体の境界を崩壊させてしまっている」[92]。デジタル画像の使用を増やすことの特徴の一つとは、「身体に可変性や可塑性があるかのように、つまりそれを組み合わせたり組み直したりするのが容易であるかのように見せることだ」[93]。さらにモーフィングは主体から個人的かつ社会的な歴史——まさに仮想存在にないもの——を剥ぎ取る。

バム、ベム、ビム、ボムは、コンピューター言語に似た順列の組み合せを介して作動しているようにみえる。イノック・ブレイターが論じているように、「様々な要素——語彙素に関わるものもあれば、季節や振付に関わるものもある——が、継続される反復と認識のパターンの形成に寄与している。この舞台装置では、すべての指示が数学的なシンメトリーに帰着する」[94]。この劇の機械のような性質について付言するならば、バムのデスマスクに表されているVは、システムに欠陥が現れるとスイッチを切ったり入れたりを繰り返し、「言葉やアクションが不正確な〔中略〕場合には、その再現を強制終了させる」[95]。またこの順列はコンピューターのループを想起させる。バム、ベム、ビム、ボムはループする指示に囚われているかのように、同じ一続きの動作を演じるという刑罰に処せられているようにみえる。ミュラー゠フライエンフェルス宛ての書簡で、ベケットは次のように明記している。「〔四人の〕姿勢と動作は厳密に同一でなければならない。台詞は機械的に、精彩を排すること」[96]。「きみは自由か」と、バムはビムに、それからベムにも尋ねる[97]。だがこうした仕組みは「どんな目的にも適っておらず、いかなる欲望も満たすことはない。それは単に強制にたいする従順にすぎない」[98]。役者たちはまるで人間であることを失っているかのようだ。

パスカルやフォートランといったプログラム言語は、反復のためのループ構造を描くが、命令という一つの叙法しかもっていない[99]。これは『なに　どこ』の叙法でもあり、Vの命令に従って各登場人物が交互に尋問者と被害者を演じる。ドイツ語版『なに　どこ』の演出の際、ベケットはビム、ベム、ボムからバムを明確に切り離したがり、繰り返しになるが、バムの声を「マイクによるディストーションなどを用いて他の登場人物の声から区別す」るべきだと考えていた[100]。バムの声は「抑揚のない口調」で「遠くからきこえる」声にしたい[101]。そのためにこの「声を別録音し、再生」したのである[102]。スタン・ゴンタースキーが述べているように、「カメラマンのジム・ルイスと考案したドイツ語版『なに　どこ』の完成版では、「バムのデス・マスクに表されている」「V」はビデオ画面のほぼ三分の一を占めている」[103]。

今日では広く認知されているように、近代の監視文化と医学の文化とのあいだには制度的に密接な関係がある。

> 犯罪探知や犯罪防止のための画像技術の発達は、歴史的にも制度的にも、病気の検知や予防のための画像技術の発達と関係している。いずれの制度《インスティテューション》でも、テクノロジーは監視と制御の全展望監視《パノプティック》原理に従って発達し、今や写真製版やコンピューターによる画像処理が組み込まれている[104]。

最も明示的で頻繁に引用されるのは、まさにジェレミー・ベンサムのパノプティコンの例である。サラ・ケンバーの立論によれば、それは「学校や監獄、そして病院を含む様々な機関ですでにおこなわれていた監視の実践の縮図」そのものだ[105]。フーコーは『監視と処罰』のなかで、パノプティコンの機能を次のように記述している。「〔中略〕中央の塔の中に監視人を一名配置して、各独房内には狂人なり病者なり受刑者なり労働者なり生徒なりを一人ずつ閉じ込めるだけで十分である。周囲の建物の独房内に捕えられている人間の小さい影が、はっきり光のなかに浮かびあがる姿を、逆光の効果で塔から把握できるからである[106]」。

『なに　どこ』だけでなく多くのベケットの散文作品も、近代医学の監視文化に依拠しているようにみえる。これらの作品では様々な室内に身体が配され、その様々な姿勢が計測・観察される。『奇異なるものみな消え去り』や「死せる想像力よ想像せよ」、また「びーん」のほか『伴侶』までもが、計測や経験主義的な観察を擁する実証主義的視点と、記憶と想像力をかすかに備えた登場人物を一個人として読解する視点という、二つの異なる視点を私たちに提示しているようだ。また多くのベケットの作品が、奇妙な光や様々な光を上演してもいる。『芝居』では、三人の登場人物は「登場人物たちの語りのスイッチを切ったり入れたりする照明の刺激に反応しなければならない[107]」。また彼らに媒介《エージェンシー》が介在していないことを強調するかのように、「照明にたいする人物の反応はすばやい[108]」。未刊の「光線の長い観察」には、一九七五年十月から一九七六年十一月にかけて書かれた諸々の草稿があり、そこでも臨床的な筋書きが示唆されているように思われる。「シャッターが再び開閉して再び光線を発すると、この唯一の音、かすかな音」は、スキャナーやそれに似た画像機器を思い起こさせる[109]。

後期散文やテレビ版『なに　どこ』の身体は媒介を欠いており、コンピューターのループ運動のごとく、その順列組み合わせを演じているようにみえる。チャールズ・ライオンズが論じているように、「ほぼ相互に交換可能なこれらの人物たちには「それ性（itness）」「なに性（whatness）」「どこ性（whereness）」が存在しない」[*110]。彼らは仮想性の事例のようでもあり、「バイナリ化された哀れな幽霊」、また哲学者の夢のようでもある。[*111] また『なに　どこ』は、ベケットが早くはマーフィーのロッキング・チェアから一貫して探究してきた主題の到達点だと考えられなくもない。サラ・ケンバーが論じているように、「医学が身体を表象するとき、医学は自らの「他者」を表象している。いわば合理的な主体が物質的な対象を捉えようとしているということなのである」[*112]。興味深いことに、新しい医療機器は全体性と三次元性とを保証するかわりに、あらゆる仮想性の空想《ファンタジー》と同じく、身体を消去することを前提としている。仮想上の「身体は薄っぺらく、肉体の厚みに到達することはまずない。私たちはテクノロジー化する媒体の権力と能力とを、その曖昧な限界にとらわれることなく同時に手に入れられる——このような空想は、徹底的に私たち自身のなかに組み込まれているがために、生きた身体となるのだ。これは欲望の空想なのである」[*113]。

身体を仮想的だとする空想は、身体という観念がコードや情報であることを前提としており、少なくともルネサンスにまで遡る長い歴史をもっている。その現代の例がヒトゲノム計画だ。それは「身体をアクセス可能な電子地図、容易に解読可能で理解可能、さらには包括可能なものに変える。このような身体は、一見したところ、人口に膾炙《かいしゃ》し個々に経験されている身体ほどには神秘的なものに感じられないかもしれない」[*114]。ヒトゲノム計画は、「何千頁にもわたるコード——一行ごとに様々な順序で記される文字——に転写される」身体という観念によって成り立っている。[*115] だが『なに　どこ』は、このような身体、またそれが生み出す思考や行為がもはや人間的なものでないことを裏付けているのだ。ジャン＝

フランソワ・リオタールは次のように書いている。「物質の集合体としての人体は、この知能の分離可能性、その亡命、そしてそれゆえその生き残りを妨げる。しかし身体は、現象学的で、死を免れず、知覚するものであると同時に、ある程度の思考の複雑さを考えるために唯一利用可能なアナロゴンなのだ[*116]」。

様々な病気や障害をもった身体とは、ベケット作品の偶然性遺伝子座のようなものだ。それは自らの状況を問題化すると同時に、自らを交渉不可能なものにもする。ベケットの作品は、身体の全体性よりもむしろ切り離された手や口、また浮遊する頭部などの断片を見せることによって、脱身体化という空想を探究しながら、同時にそれに抵抗してもいる。ベケットが最後に創作した二本のテレビ作品は、仮想性の事例研究として読解できる。『夜と夢』が脱身体化に内包された安楽の約束と苦しみからの解放におそらく焦点を当てている一方で、ドイツ語版とグローバル・ヴィレッジ版の『なに　どこ』は、脱身体化の恐怖を私たちに瞥見させてくれるのである。

＊訳文づくりにあたって、既訳がある著作は、入手可能なかぎり参照した。本論で引用されている日本語訳は原則として既訳に準ずるが、必要に応じて訳者が多少の修正を加えた。

原注

＊1 Hugh Kenner, *The Mechanic Muse* (New York: Oxford UP, 1987), 96.〔ヒュー・ケナー『機械という名の詩神――メカニック・ミューズ』松本朗訳、上智大学出版、二〇〇九年、一二六頁〕

＊2 Samuel Beckett, *Complete Short Prose, 1929-1989* (New York: Grove Press, 1995), 74.〔ベケット「鎮静剤」五一頁〕

＊3 Ezra Pound, *Machine Art and Other Writings: The Lost Thought of the Italian Years*, ed. Maria Luisa Ardizzone

(Durham, NC: Duke UP, 1966), 77.

＊4　例えばティム・アームストロングの優れた次の論考を参照。Tim Armstrong, *Modernism, Technology and the Body: A Cultural Study* (Cambridge: Cambridge UP, 1998).

＊5　Sigmund Freud, 'Civilization and Its Discontents', *Civilization, Society and Religion*, Penguin Freud Library, vol. XII, ed. Albert Dickson (Harmondsworth: Penguin, 1991), 243-340 (279).〔原文中では参照された論文全体の収録箇所が記されていることがある。この場合、それに続く丸括弧内の数字は、引用を含む頁を示している。ジグムント・フロイト「文明への不満」『フロイト文明論集1』中山元訳、光文社古典新訳文庫、二〇〇七年、一七九頁。全集版訳の該当箇所は次の通り。『文化の中の居心地悪さ』（フロイト全集20、高田珠樹・嶺秀樹訳、岩波書店、二〇一一年、九八頁〕

＊6　*Ibid.*, 280.〔フロイト「文明への不満」一八一頁、『文化の中の居心地悪さ』一〇〇頁〕

＊7　「補助器具の二重の論理」とハル・フォスターが呼んだものをめぐる議論については以下を参照。Hal Foster, *Prosthetic Gods* (Cambridge, MA and London: MIT Press, 2004), 113.

＊8　Laura Danius, *The Senses of Modernism, Technology, Perception and Aesthetics* (Ithaca and London: Cornell UP, 2002), 19.

＊9　*Ibid.*

＊10　Marta Braun, *Picturing Time: The Work of Etienne-Jules Marey (1830-1904)* (Chicago: U of Chicago P, 1992), 43.

＊11　*Ibid.*

＊12　Lisa Cartwright, *Screening the Body: Tracing Medicine's Visual Culture* (Minneapolis: U of Minnesota P, 1995), 107.

＊13　Thomas Mann, *The Magic Mountain*, tr. H. T. Lowe-Porter (London: Vintage, 1999), 217.〔トーマス・マン「ああ、見える！」『魔の山』上巻、関泰祐・望月市恵訳、岩波文庫、一九八八年、三七七頁〕

＊14　*Ibid.*, 218.〔同前、三七八頁〕

＊15　この引用箇所ではロー＝ポーターによる英訳よりも原文の雰囲気をより印象的に伝えているジョン・E・ウッズの翻訳を用いた。Thomas Mann, *The Magic Mountain*, tr. John E. Woods (New York: Alfred A. Knopf, 1995), 215-16.〔同前、三七八〜九頁〕

＊16　Jonathan Crary, *Techniques of the Observer: On Vision and Modernity in the Nineteenth Century* (Cambridge, MA: MIT Press, 1996), 98.〔ジョナサン・クレーリー『観察者の技法』『観察者の系譜——視覚空間の変容とモダニティ』遠藤知巳訳、以文社、二〇〇五年、一五〇頁〕。ベケットは『マーフィー』と『ワット』で残像に言及している。

＊17　*Ibid.*, 104-5.〔同前、一五八〜九頁〕

＊18　Samuel Beckett, 1930s, 'Psychology Notes,' TCD MS 10971/7/11, Manuscripts Department, Trinity College Library Dublin.〔ここで言及されている「心理学ノート」については次の文献を参照。*Samuel Beckett Today/Aujourd'hui 16: Notes diverse holo* (Amsterdam: Rodopi, 2006), 157-62. 本書によると、MS 10971/7/11は一九三三年十二月から一九三五年十二月にかけて記された研究ノートである。この草稿番号の箇所には、三著作（Karin Stephen, *Psychoanalysis and Medicine: the Wish to Fall Ill* (Fols 1-5), Sigmund Freud, 'The Anatomy of the Mental Personality' (Fol 6), Robert S Woodworth, *Contemporary Schools of Psychology* (Fols 7-18)）の読書記録が記されている。〕

＊19　*Ibid.*〔モードが引用している箇所でベケットは、注18にあげたロバート・ウッドワースの著作の一節（'Gestalt Studies of Sense Perception,' *Contemporary Schools of Psychology*. London, 1931, 107-14）のなかの、特にマックス・ヴェルトハイマー（1880-1943）の運動視の実験について記述した箇所（109-10）を要約している。〕

＊20　*Ibid.*, TCD MS 10971/7/12. ベケットの「ドイツ日記」に書き込まれた一九三七年一月三日付の記述のなかで、彼は視覚的経験の複雑さについて、自らの思索を述べている。「眼鏡を外し、鼻の高さがゆるすかぎり顔を鏡に近づけてみる。すると右目に映りこんだ自分の顔全体か、そうでなければ自分の左目つまり左の横顔の半分の鏡像か、そのどちらかが見える。左目についても同様のことがいえる。また〔右目を使って〕

左方向を横目で見ると、左目の中に自分の顔全体が見える。逆のことが左目を使って右方向を見た場合についても言える。だが鏡と自分の目の中とで、同時に顔全体をみることは視覚的に不可能であるようだ。いずれにせよ眼鏡を外す必要はない。眼鏡をかけていれば、鏡、眼鏡、自分の目の中、それぞれに三つの自画像を同時に見ることができる」。Samuel Beckett, 'German Diaries', 3/1/1937. このメモの引用元は次の通り。Mark Nixon, 'Beckett's "Film Vidéo-Cassette projet"'.〔*Journal of Beckett Studies* 18.1&2 (2009), 32-43〕

＊21　Beckett, *Complete Short Prose*, 118.〔ベケット『反古草紙』「5」一一八頁〕

＊22　Beckett, *Complete Dramatic Works* (London: Faber and Faber, 1990), 411.〔ベケット『幽霊トリオ』一九九頁〕

＊23　Ruby Cohn, *A Beckett Canon* (Ann Arbor: U of Michigan P, 2005), 338.

＊24　Michael Billington, 'First Night', *The Guardian* (18 April 1977), 8.

＊25　Virginia Wolf, 'Street Haunting: A London Adventure', *The Death of the Moth and Other Essays* (London: Hogarth Press, 1943), 19-29 (21).

＊26　*Ibid.*, 24.

＊27　Tim Armstrong, *Modernism: A Cultural History, Themes in Twentieth-Century Literature and Culture* (Cambridge: Polity, 2005), 113.

＊28　Daniel Albright, *Beckett and Aesthetics* (Cambridge: Cambridge UP, 2003), 136.

＊29　Eckhart Voigts-Virchow, 'Exhausted Cameras - Beckett in the TV-Zoo', in Jennifer Jeffers (ed.), *Samuel Beckett: A Casebook* (New York and London: Garland, 1998), 225-49 (229-30).

＊30　南ドイツ放送局（Süddeutscher Rundfunk）は今日ではシュトゥットガルト南西ドイツ放送（Südwestrundfunk Stuttgart）という名称である〔一九九八年に南ドイツ放送局と南西ドイツ放送の統合に伴って局名が変更された〕。

＊31　Beckett, *Complete Dramatic Works*, 409.〔ベケット『幽霊トリオ』一九五頁〕

＊32　Eric Prieto, 'Caves: Technology and the Total Artwork in Reich's *The Cave* and Beckett's *Ghost Trio*', *Mosaic*: *A*

Journal for the Interdisciplinary Study of Literature 35 (2002), 197-231 (207).

＊33 James Knowlson, '*Ghost Trio/Geister Trio*', in Enoch Brater, ed. *Beckett at 80/Beckett in Context* (New York and Oxford: Oxford UP, 1986), 193-207 (198).

＊34 Beckett, *Complete Dramatic Works*, 408, 409.〔ベケット『幽霊トリオ』一九三頁、一九五頁〕

＊35 Jonathan Kalb, 'The Mediated Quixote: The Radio and Television Plays', in John Pilling, ed. *The Cambridge Companion to Samuel Beckett* (Cambridge: Cambridge UP, 1994), 140.

＊36 *Ibid*.

＊37 この情報はラインハルト・ミュラー＝フライエンフェルス（Reinhart Müller-Freienfels）の未刊行の草稿「サミュエル・ベケット――「一緒に楽しくやろう（シュトゥットガルトでのベケットとの想い出）」」による。本草稿はシュトゥットガルトにある南西ドイツ放送の歴史資料室に所蔵されている。イェルク・フックレンブロイヒ博士は、私がこの資料を閲覧できるよう取り計らってくれた。またシュテファン・シュペリンクはアーカイヴでの協力を惜しまなかった。この場を借りて謝意を表したい。

＊38 Eckhart Voigts-Virchow, 'Face Values: Beckett Inc., The Camera Plays and Cultural Liminity', *Journal of Beckett Studies* 10 (2002), 119-35 (125). だが、この指摘が完全に当てはまるわけではない。ジェイムズ・ノウルソンは、Vがときどき「誤って命令を取り違えているのか、さもなくばVがFに及ぼす統御が不確実なことがある」と述べている。次の箇所を参照のこと。Knowlson, '*Ghost Trio/Geister Trio*', 198. ノウルソンのこの論文は、この劇のBBC制作版と南ドイツ放送制作版について詳細に記述している。

＊39 Prieto, 'Caves', 207.

＊40 James Knowlson, *Damned to Fame: The Life of Samuel Beckett* (London: Bloomsbury, 1996), 621.〔ノウルソン『ベケット伝（下巻）』二七八頁〕。Beckett, *Complete Dramatic Works*, 408.〔ベケット『幽霊トリオ』一九二頁〕

＊41 Beckett, *Complete Dramatic Works*, 408.

＊42 Albright, *Beckett and Aesthetics*, 134.

＊43　Prieto, 'Caves', 209.

＊44　Samuel Beckett, *Proust and Three Dialogues with Georges Duthuit* (London: John Calder, 1999), 26-7.〔ベケット『プルースト』一三五〜六頁〕

＊45　Samuel Beckett, 1970s, 'Notes on Tryst', UoR MS 1519/3, Beckett International Foundation, University of Reading.

＊46　Maurice Merleau-Ponty, *Phenomenology of Perception*, tr. Colin Smith (London: Routledge, 1992), 203.〔モーリス・メルロ＝ポンティ「第二部　知覚された世界」『知覚の現象学　2』竹内芳郎、木田元、宮本忠雄訳、みすず書房、一九七四年、三〜四頁〕

＊47　Beckett, *Complete Dramatic Works*, 417.〔ベケット『……雲のように……』二〇九頁〕。ベケットは南ドイツ放送局制作版の『……雲のように……』でクラウス・ヘルムの起用を望んでいた。というのも、ヘルムは『幽霊トリオ』でF役を演じていたからだ。一九七六年十二月十三日付の書簡でベケットはミュラー＝フライエンフェルスに宛てて次のように書いている。「『……雲のように……』の男は『幽霊トリオ』の男と同一人物であり、以後に起こった別の状況におかれているのです。ですから同じ役者をこの二役に起用できないのは大変残念なことです」。Beckett, 'Letter to Reinhart Müller-Freienfels, 13 December 1976', SWR MS 20/11351, Südwestrundfunk Historical Archive, Stuttgart (1976).

＊48　Jonathan Kalb, *Beckett in Performance* (Cambridge: Cambridge UP, 1989), 114-15.

＊49　Beckett, *Complete Dramatic Works*, 420.〔ベケット『……雲のように……』二一三頁〕

＊50　William Butler Yeats, *The Major Works*, ed. Edward Larrissy, Oxford World's Classics (Oxford: Oxford UP, 2001), 95-6.〔イェイツ「塔」『塔：イェイツ詩集』小堀隆司訳、思潮社、二〇〇三年、九頁〕

＊51　Knowlson, '*Ghost Trio/Geister Trio*', 201.

＊52　Chris Ackerley and Marcel Fernandes, '"By Christ! He Did Die": Medical Misadventures in the Works of Samuel Beckett' (2006). 現時点では未出版のこの語彙集を私に提供してくれた著者の二人に深謝したい。

＊53　Knowlson, *Damned to Fame*, 166.〔ノウルソン『ベケット伝（上巻）』二〇四頁〕

＊54 *Ibid.*, 167.〔同前、二〇五頁〕

＊55 Beckett, *Complete Short Prose*, 33.

＊56 Samuel Beckett, *Watt* (London: John Calder, 1981), 100.〔ベケット『ワット』一二二頁〕

＊57 Samuel Beckett, 1930s, 'Whoroscope Notebook', UoR MS 3000, Beckett International Foundation, University of Reading.

＊58 ベルタ・レントゲンの手のX線写真に、流行に敏感なニューヨークの女性たちは熱狂した。以後、彼女たちは宝石をまとった手のX線写真を撮影させ、美が皮相的であるのみならず骨格にもみられるのだと誇示した。次の著作を参照。Stanley Joel Reiser, *Medicine and the Reign of Technology* (New York: Cambridge UP, 1978), 61〔スタンリー・J・ライザー『診断術の歴史 医療とテクノロジー支配』春日倫子訳、平凡社、一九九五年、八二頁〕。若い女性はこうした写真を婚約者に贈った。一方、既婚の女性は自分の手のX線写真を身内に配った。この点については Cartwright, *Tracing Medicine's Visual Culture*, 115を参照。こうして文化的な地位を獲得したエックス線は今日の妊婦の超音波スキャンに似ている。妊婦たちはその写真を身内に贈ったり、しばしば家の中に飾ったりする。

＊59 Samuel Beckett, 1935, 'To Thomas MacGreevy, 9/1/1935', TCD MS 10402, Manuscripts Department, Trinity College Library Dublin.

＊60 Beckett, *Proust*, 57.〔ベケット『プルースト』一六一頁〕

＊61 Hugh Culik, 'Mindful of the Body: Medical Allusions in Beckett's *Murphy*', *Eire Ireland* 14 (1977), 84-101 (85).

＊62 カリックによれば、例えばジョン・ベンジャミン・マーフィー（一八五七～一九一六）は「あの「マーフィー腸ボタン」を発明した。それは切断された腸の端を縫合するのに用いられる。「マーフィー・メソッド」とは動脈縫合のこと。「マーフィー兆候」とは胆嚢の感染症の兆候のひとつである。肺結核のための「マーフィー療法」とは、肋膜腔に窒素を注入することで気胸状態をつくりだす療法――本質的には嫌気性処理――である」。またW・ジル・ワイリーとハワード・アーウッド・ケリーは、著名な婦人科医であり、たいするアストリー・パストン・クーパー卿の名前は、今日ではヘルニアや慢性的な乳腺嚢胞、また筋膜片

の病名にもつけられている。最後にロージー・デューの名前は、ハロルド・ロバート・デューを想起させる。「横隔膜の包虫嚢腫の診断兆候」はその名にちなんでつけられた。Culik, 'Mindful of the Body', 91-3.

＊63　Samuel Beckett, *Nohow On: Company, Ill Seen Ill Said, Worstward Ho* (London: Calder, 1992), 42, 46.〔ベケット『伴侶』八七頁、九八頁〕

＊64　次の文献を参照。Adam Piette, 'Beckett, Early Neuropsychology and Memory Loss: Beckett's Reading of Clarapède, Janet and Korsakoff', *Samuel Beckett Today/Aujourd'hui* 2 (1993), 41-8.

＊65　Marita Sturken and Lisa Cartwright, *Practices of Looking: An Introduction to Visual Culture* (Oxford: Oxford UP, 2001), 301.

＊66　Samuel Beckett, *The Beckett Trilogy: Molloy, Malone Dies and The Unnamable* (London: Picador, 1979), 267.〔ベケット『名づけえぬもの』五頁〕

＊67　Beckett, *Nohow On*, 101.〔ベケット『いざ最悪の方へ』一一頁〕

＊68　Sturken and Cartwright, *Practices of Looking*, 300.

＊69　Bojana Kunst, 'The Digital Body: History of Body Visibility', in Nina Czegledy, ed. *Digitized Bodies: Virtual Spectacles* (Budapest: Ludwig Museum, 2001), 13-27 (22).

＊70　Stanley Joel Reiser, 'Technology and the Use of the Senses in Twentieth-Century Medicine', in W. F. Bynum and Roy Porter, eds. *Medicine and the Five Senses* (Cambridge: Cambridge UP, 1993), 262-73 (270).

＊71　Sarah Kember, 'Medicine's New Vision?', in Martin Lister, ed. *The Photographic Image in Digital Culture* (New York and London: Routledge, 1995), 95-114 (100).

＊72　Roy Porter, *The Greatest Benefit to Mankind: A Medical History of Humanity from Antiquity to the Present* (London: Fontana, 1999), 610.

＊73　Kember, 'Medicine's New Vision?', 100.

＊74　Kunst, 'The Digital Body', 22.

＊75　Reiser, 'Technology and the Use of the Senses', 271.

*76　Beckett, *Nohow On*, 101-2.〔ベケット『いざ最悪の方へ』一三頁〕

*77　『夜と夢』はドイツのテレビで一九八三年五月十九日に初放映された。次を参照のこと。John Pilling, *A Samuel Beckett Chronology* (Basingstoke: Palgrave Macmillan, 2006), 221.

*78　Beckett, 1982, 'Reinhart Müller-Freienfels, 5/8/82, Paris', Südwestrundfunk Historical Archive, Stuttgart.

*79　そもそも仮想身体にはジェンダーがない。だが今日では、ベケットの書簡によって、手が大柄な女性のものであることが知られている。「救済の手なのだから女性の手だとせざるをえない。大きな手だが女性の手だ。男性というよりは女性の手だろう」。Beckett, 'To Reinhart Müller-Freienfels, 5/8/82, Paris', Südwestrundfunk Historical Archive, Stuttgart.

*80　Beckett, *Complete Dramatic Works*, 466.〔ベケット『夜と夢』三〇〇頁〕

*81　次の文献を参照。James Monaco, *How to Read a Film* (New York: Oxford UP, 2000), 198.〔ジェイムズ・モナコ『映画の教科書：どのように映画を読むか』岩本憲児他訳、フィルム・アート社、一九八三年、一六六頁〕

*82　Enoch Brater, 'Towards a Poetics of Television Technology: Beckett's *Nacht und Träume* and *Quad*', *Modern Drama* 28 (1985), 48-54 (50-1).

*83　グローバル・ヴィレッジ制作版は八カ月にわたって制作され、一九八八年に発表された。この制作版は一九八六年九月にサンフランシスコのマジック・シアターでおこなわれたスタン・ゴンタースキー演出による改訂版『なに　どこ』の英語での初演をもとにしている。この作品の上演は「ベケットの視覚──『芝居のための下書きI』『懐かしい調べ』『オハイオ即興劇』『なに　どこ』」と題された四本立てに組み込まれていた。ゴンタースキーが監督した『なに　どこ』は、のちにジョン・ライリーによって撮影された。

*84　ジョン・ライリーとメリッサ・ショー＝スミスが制作・監督した『ベケットを待ちながら（Waiting for Beckett）』（一九九四）というドキュメンタリー映画でベケットが述べた見解。

*85　Cohn, *The Beckett Canon*, 378-79.

*86　Beckett, *Theatrical Notebooks*, vol. IV, *The Shorter Plays*, ed. S. E. Gontarski (London: Faber and Faber, 1999),

425.『なに　どこ』の改稿のプロセスそのものが、「削除のプロセス」のようなものだった。(Beckett, *The Theatrical Notebooks* IV, 429).

＊87　Samuel Beckett, 1984, 'To Reinhart Müller-Freienfels, 13/3/84, Paris'. SWR MS 20/27587, Südwestrundfunk Historical Archive, Stuttgart.

＊88　Samuel Beckett, 1984, 'To Reinhart Müller-Freienfels, 5/3/84, Paris'. SWR MS 29/720, Südwestrundfunk Historical Archive, Stuttgart. この英訳を提案してくれたアンジェラ・ムアジャーニに感謝したい。

＊89　ベケットは、一九八三年にこの劇のト書きでも、このことを明示している。「役者はできるだけ似せること。同じ長い灰色のガウンを着せる。同じ白髪交じりの長髪。」Beckett, *Complete Dramatic Works*, 469.〔ベケット『なに　どこ』三〇三頁〕

＊90　Samuel Beckett, 1984, 'To Reinhart Müller-Freienfels, 1/1/84, Paris'. SWR MS 20/27587, Südwestrundfunk Historical Archive, Stuttgart.

＊91　Beckett, *Theatrical Notebooks* IV, 428, 429. シュトゥットガルトの制作班はベケットにこの劇を一人の役者だけで制作できないかどうか尋ねた。ベケットはこう答えた。「一人の役者では混乱を招くでしょう。一人を四人にできるのならば話は別ですが。必要なのは類似であって同一性ではないのです」。引用元は次の通り。Enoch Brater, *Beyond Minimalism: Beckett's Late Style in the Theatre* (New York: Oxford UP, 1987), 62. Cohn, *The Beckett Canon*, 377.

＊92　Sturken and Cartwright, *Practices of Looking*, 304. 実際に用いられた手法はシンプルなものだった。南ドイツ放送でベケットのカメラマンだったジム・ルイスは、その手順について次のように説明している。「一枚の段ボールに小さな穴――開口部――をあけ、その段ボールをそれぞれのカメラに取りつけました。同時に四台のカメラを使い、開口部を個々の顔に合わせて〔画面上で〕一列に並べました。よく似ている顔がなかったので、それぞれの顔の輪郭に合うように開口部を切りぬく必要がありました。〔中略〕。それからメイクを施し、頭部に丸みをつけ、髪と耳を隠し、輪郭を暗くして、黒いフードをかぶった顔にむけてフォーカスをぼかしました。サイエンス・フィクションのように見えました」。引用元は次の通り。Brater, *Beyond*

Minimalism, 161.

＊93　Sturken and Cartwright, *Practices of Looking*, 304. 英語版の初上演にあたって、ベケットに「バムの歪んだ顔のホログラムを使うように〔中略〕提案された」とゴンタースキーは述べている。（Beckett, *Theatrical Notebooks* IV, 451.）

＊94　Brater, *Beyond Minimalism*, 153.

＊95　Charles Lyons, 'Beckett's Fundamental Theatre: The Plays from *Not I* to *What Where*', in James Acheson and Kateryna Arthur, eds. *Beckett's Later Fiction and Drama: Texts for Company* (Basingstoke: Macmillan, 1987), 80-97 (95).

＊96　Samuel Beckett, 1984, 'To Reinhart Müller-Freienfels, 1/1/84, Paris'. SWR MS 20/27587, Südwestrundfunk Historical Archive, Stuttgart.

＊97　Beckett, *Complete Dramatic Works*, 473, 475.〔ベケット『なに　どこ』三二一頁、三二五頁〕

＊98　Albright, *Beckett and Aesthetics*, 69.

＊99　Kenner, *The Mechanic Muse*, 100.〔ケナー『機械という名の詩神』一三一頁〕

＊100　Samuel Beckett, 1984, 'To Reinhart Müller-Freienfels, 13/3/84, Paris'. SWR MS 20/27587, Südwestrundfunk Historical Archive, Stuttgart.

＊101　Beckett, *Theatrical Notebooks* IV, 433.

＊102　*Ibid*, 443.

＊103　Gontarski in Beckett, *Theatrical Notebooks* IV, 453.

＊104　Sarah Kember, 'Surveillance, Technology and Crime', in Martin Lister, ed. *The Photographic Image in Digital Culture* (London and New York: Routledge, 1995), 115-26 (117).

＊105　Kember, 'Medicine's New Vision?', 96.

＊106　Michel Foucault, *Discipline and Punish: The Birth of the Prison*, tr. Alan Sheridan (Harmondsworth: Penguin, 1977), 200.〔ミシェル・フーコー『監獄の誕生——監視と処罰』田村俶訳、新潮社、一九七七年、二〇二頁〕。

ベケットの『モロイ』における監視のありかたについては次の著作を参照。Anthony Uhlmann, *Beckett and Poststructuralism* (Cambridge: Cambridge UP, 1999), 40-57.

*107 Kenner, *The Mechanic Muse*, 103.〔ケナー『機械という名の詩神』一三五頁〕

*108 Beckett, *Complete Dramatic Works*, 307.〔ベケット『芝居』五九頁　日本語版では「あまりすばやくない」と訳されている。この事情については同書の一八〇頁註4を参照。最新の英語版テクストでは、「すばやい」に改訳されている。〕

*109 Samuel Beckett 1975-6, 'Long Observation of the Ray', UoR MS 2909/3, Beckett International Foundation, University of Reading.

*110 Lyons, 'Beckett's Fundamental Theatre', 96.

*111 Jean-François Lyotard, 'Can Thought Go On without a Body', in *The Inhuman: Reflections on Time*, tr. Geoffrey Bennington and Rachel Bowlby (Stanford: Stanford UP, 1991), 8-23 (17).〔ジャン＝フランソワ・リオタール「1　身体なしで思考することは可能か」『非人間的なもの：時間についての講話』篠原資明、上村博、平芳幸浩訳、法政大学出版局、二〇〇二年、二三頁。日本語訳は「みじめな二進法的骸骨」となっている。〕

*112 Kember, 'Medicine's New Vision?', 109.

*113 Don Ihde, *Bodies in Technology*, Electronic Mediations, vol. V (Minneapolis: U of Minnesota P, 2002), 15.

*114 Sturken and Cartwright, *Practices of Looking*, 301.

*115 *Ibid.*, 302.

*116 Lyotard, 'Can Thought Go On without a Body', 22.〔リオタール「1　身体なしで思考することは可能か」三〇頁〕

あとがき

ついに「あとがき」を書く段階まで漕ぎつけられた。３・11の大震災の数日後、後ろ髪を強く引かれつつ、セントルイスのワシントン大学オゥリン図書館の草稿部門へ、ベケットの『人べらし役』を中心とした草稿研究に出かけたことを昨日のように思い出す。二週間たらず後、帰国し、そのあとあまり時間をおかず、未知谷の飯島徹社長のところへ近藤耕人氏とともに出版のお願いにあがったことを覚えている。あれからすでに五年が経過した。

その間に論文執筆および翻訳作成をご快諾下さった研究者の方々には、文字通り大変なご迷惑をお掛けすることになってしまった。もっともっと早期に刊行予定であったのに、これほどの歳月が流れてしまったことを本当に申し訳なく思う。論考を翻訳の形で本書に掲載することをご許可下さった海外の著名な研究者の方々にも、この場をお借りして心より深謝の気持ちを表明したい。また誠に残念なことに、昨年末、本書にも論文の収録をご快諾いただいたDr. Mary Brydenが数年の闘病生活ののち、惜しくも本書の刊行を待たずして他界された。慚愧の念に堪えない。思えば、自分のベケット研究が多少なりともまともな形で展開することができたとすれば、それはレディング大学での草稿研究に負うていることは間違いなく、森尚也氏に紹介状を書いていただいたこともあり、ノウルソン先生にも、メアリにも随分お世話になった。彼らの研究をあわせて本書に収録できたことは、編者のひとりとして大きな喜びである。この論集を、謹んでメアリの霊前に捧げたい。

本書に収録できたものは、断るまでもなく、膨大なベケット研究のなかの大河の一滴にすぎない。読者のなかには、なぜこれがあって、あれがないのか、どうしてこの論文もしくは批評なのか、と訝しく思われるむきもあるであろう。[*1] それはわれわれ編者が独断と偏見で選んだからである。ベケット研究には、それが可能となるだけの膨大な研究の蓄積がすでに存在するのである。そうはいっても、結果的には長年ベケット研究に携わってこられた著名な研究者や批評家たちの批評や論考、若い世代を代表する研究者の論文の主だったものの一端は紹介することができたのではないかと自負している。読者諸賢は、これらを出発点として、さらにみずからの知的関心を深化されるとともに、新しくベケットに興味をもたれ、ベケット研究の道に参入されることを願う次第である。ベケットはその研究に必ず報いてくれる作家である。だがしかし、そうはいっても、その道は決して生やさしいものではなく、険しい断崖絶壁に行く手を阻まれることも多い。その困難な道のりに耐えてこそ、初めて開けてくる景色というものもあるであろう。それを信じて、研究に携わる読者が生まれることを切に願うものである。

本書に収録できなかった研究は文字通り厖大である。その中でも、いくつかのものを、さらなる読書案内の意味も込めて、以下に紹介しておきたい。読者はそれら（の一部）を入手してご自分でお読み下さるなり、今後の研究に役立てて頂ければ幸いである。

＊

日本のベケット研究を語る上で、高橋康也の名を外すわけにはいかない。高橋といえば、多くの読者が「ベケットと能」を思い起こすであろうが、[*2]『エクスタシーの系譜』の一章において、高橋はいち早くベケットにおける無理数の重要性に着目している。[*3] 今読んでも教えられることの多い論考である。また、ジェイムズ・ノウルソンと並んで、英国のレディング大学で世界のベケット研究をリードしてきた研究者にジョン・ピリングがいる。彼の 'Beckett's "Proust"' の論文は、[*4] ベケットがプルースト論を執筆するにさいして読み込んだ、ガリマールより刊行された十六巻からなるＮＲＦ版の『失われた時を求めて』[*5]を調べ、どのような箇所にベケットが関心を示し、どのような書き込みを残しているかを詳細に論じたものだ。この十六巻本はベケットの『プルースト』の底本として使用されたもので、[*6] 参照頁はこの版によっており、その意味でも重要な版である。ベケット研究に関する限り、この版はプレイアッド叢書四巻本より大切である、といっても過言ではあるまい。このピリング論文も本書に収録できなかったことは誠に残念である。また若きレディングの研究者で、ノウルソンの『ベケット伝』でその存在が明らかとなった「ドイツ日記」の解読と刊行に従事し、その研究成果をもとにしたモノグラフが、マーク・ニクソンの *German Diaries* という研究書である。[*7] これも紹介できなかったのは残念である。ニクソンは、本書でも紹介しているディルク・ファン・ヒュレとの共著で *Beckett's Library* という研究書も出しており、ベケットの書斎に残された蔵書の目録一覧とともに、ベケットがそれぞれの書物のどのような箇所に下線や書き込みを施しているかを実に綿密に調べたもので、[*8] ノウルソンの『ベケット伝』や、ルビー・コーンの *Beckett's Canon* などと並んで、[*9] ベケット研究における座右の書であるといってよい。

ベケットとダンテについても、ひと言述べておきたい。本書にはファン・ヒュレの「ベケットにおけるダンテ」を収録することができたのは大きな喜びであるが、ダンテとの関連で一番詳細な英語によるモノグラフと言えば、やはりダニエラ・カセッリの *Beckett's Dantes* をおいて他にない。[*10] 彼女の研究は本書には収録できなかったものの、その一端は『水声通信』の中で紹介しておいたので、そちらを参照して頂ければ幸いである。[*11] ベケットとダンテとの関連を扱ったウォルター・ストロースの論考を、[*12] ごく初期のものではあるにせよ、頁の制限もあって紹介できなかったことも反省材料の一つである。

スティーブン・コナーの *Samuel Beckett* も、せめて一章なりとも紹介したかったのだが、[*13] 彼の論文は抜粋ではあるが、すでに未知谷から刊行されている『サミュエル・ベケットのヴィジョンと運動』の中で「光線の長い観察」論を収録したので、今回は割愛することになった。[*14] このコナー論文は、まことに充実した論文であり、ポスト構造主義の理論が先にあるのではなく、まずベケットの残した英語による未発表の散文草稿と格闘した論考で、これを読んでいると、ベケットの後期演劇において、観客はいわば原子にも似た「塵」（mote）の運動を、[*15] 人間的形象のもとに眺めているのではないかと思えてくるのである。[*16]

当初掲載を予定していたにもかかわらず、さまざまな事情により実現が叶わなかったもののひとつに、マシュー・フェルドマンの *Beckett's Books* がある。[*17] これは若きベケットがおもに一九三〇年代に記した研究ノートやメモ類を調査したもので、大変重要な研究書のひとつである。とりわけ、ソクラテス以前の哲学をはじめとする西洋哲学や、[*18] フリッツ・マウトナー、[*19] 心理学などに関するノートやメモで、ベケットがどのような書物を読み、それらをもとにどこから研究ノートやメモを引き写したかを、レディング大学のベケット・アーカイヴばかりでなく、ベケットの母校であるトリニティ・カレッジ（ダブリン）に所蔵されている草稿資料なども精査したもので、多くの研究者がこの書物に言及しているのをみても、この研究の重要性が推測できるのである。

またベケットと十八世紀英語圏文学との関連では、フレデリック・スミスの *Beckett's Eighteenth Century* が重要である。[*20] スウィフト、ポープ、ジョンソン、スターン、ゴールドスミスなどについて、ひじょうに綿密に調べてあり、これらの作家や詩人とベケットとの関連について研究する際には必須の文献である。

ベケットと視覚芸術についても、ひと言述べておきたい。とりわけ、ノウルソンのベケットと十七世紀のオランダ絵画との関連を扱った論文は、大変教えられることが多く、示唆に富む。[*21] 今からふり返ってみれば、本当はこちらの方をこそ訳出すべきではなかったかと思うほどである。ノウルソンには *Images of Beckett* という、写真や図版を多用した魅力的な研究書もあるが、[*22] このベケットと十七世紀との関連を論じた研究は、十七世紀の巨匠たち、すなわちレンブラントやフェルメール、ブラウエル、エルスハイマーなどを扱っており、しかもベケットが参照したウィレンスキーの『オランダ絵画入門』[*24] をも取り上げており、[*23] デカルトやスピノザ、さらにはゲーリンクスなどに興味のあるものにとっては、十七世紀オランダ・フランドル絵画とベケットとの関連を論じた本論文は、デカルトに代表される視覚論をも踏まえてベケットと芸術を考察するうえで、興味の尽きない論文となっている。[*25]

その他の重要な研究として、『なぜベケットか』の邦訳のあるイノック・ブレイターの後期作品を扱った著書、とりわけベケットの後期演劇を論じた著作や、[*26] ベケットがベケットになる以前のベケットを扱った *Beckett avant Beckett* というジャン＝ミシェル・ラバテの編んだ論集、[*27] 比較的入手困難な論文を多く収録した *Critical Thought Series* の一冊や、[*28] ローレンス・E・ハーヴィーの詩人・批評家としてのベケットを綿密に論じた *Samuel Beckett* など、[*29] 枚挙に暇がない。草稿研究の分野では、リチャード・アドマッセンの *The Samuel Beckett Manuscripts* も、ベケットの草稿研究に携わるうえで必須文献の一つである。[*30] 論集などに収めるには不向きではあっても、研究上きわめて重要な書物や論文も数多く存在するのであり、これらは各自が自身のベケット研究の方向を見定めつつ取り組むべき書物であると言えよう。またトム・ドライヴァーのベケットへのインタビューである 'Beckett by the Madeleine' も訳出することがかなわず、残念に思っている。[*31] 六〇年代のベケットの世界認識、ひいてはベケットの現実に対する認識様式を知るうえで貴重な資料であり、時代に対する証言でもある。ポール・オースターの『ガラスの街』に登場する老人スティルマン・シニアのニューヨークの街に対する現実把握には、ベケットの熱心な読者であったオースターがこのベケットの発言をひそかに引用する形で展開しているのではないか、と思えるほどである。[*32] しかもこのベケットへのインタビューが掲載されたのは、オースターの母校であるコロンビア大学の紀要においてである。いつか訳出できればと思っている。またキャサリン・ワースの *The Irish Drama of Europe from Yeats to Beckett* も、十九世紀から二十世紀のモダニズムにいたる演劇の系譜を扱い、それらがどのようにベケットによって批判的に継承されていったのかを、分かりやすく説得力に富む形で論じている。とりわけ、メーテルリンクとイェイツの芝居を扱った章は興味深い。[*33] これもあわせて読まれるべき大切な研究書であると思う。

思えば、マーチン・エスリンが『不条理演劇』という研究書を刊行して以来、ベケットは〈不条理〉というレッテルを貼られ、その観点から解読されることも多かった。確かに今読んでも、バルザックの芝居『投機家メルカデ』と『ゴドーを待ちながら』との類似性や、ニコライ・エヴレイノフの『魂の演劇』との共通性の指摘などは興味深い。[*34] その意味でも重要な研究であった。それをさらに irrational な数学的相のもとで捉え、〈無理数〉の世界と読みかえることにより、新たな批評的次元を産み出すことにもなった。

それ以降、冒頭でもふれたように、おびただしい数のベケット研究が生まれた。哲学的アプローチ、心理学的・精神分析的アプローチ、演劇論的アプローチ、フェミニズム批評、草稿研究、伝記的アプローチ、翻訳論や文体論を含む言語学的研究、美学的研究、文化史的アプローチなど、枚挙に暇がない。それだけの批評と研究を誘発し、それに十分耐えうる作品をベケットが産み出し続けてきた証左に他なるまい。

どのような批評上のスタンスを取るにせよ、ベケット作品を真摯に読解する作業と、批評精神の二つが伴わなければ優れた研究は生まれない。草稿をも含めたベケット作品の精読なくしては机上の空論と化すであろうが、批評精神を欠いた文献学的研究は、刺激を欠いた訓詁の学に堕すであろう。そのような意味において、『モロイ』の書評というかたちを取りつつ、いち早くベケットにおける動物性の側面に光を当てたバタイユ論文は、今でも燦然と輝き続け、*35 ミシェル・フーコーの切り拓いた『狂気の歴史』の地平や、*36 ジャック・ラカンの『エクリ』、*37 ジャック・デリダのアルトー論「息を吹き入れられた言葉」など、*38 これらなくしては『アンチ・オイディプス』のドゥルーズ／ガタリも誕生しえなかったであろう。

本書がベケットをめぐる批評研究の書でありながら、ベケットの名や作品があまり顔を出さない論考をも収録した理由の一端はそこにある。批評精神こそが、あらたな研究を産み出す母胎なのではあるまいか。その意味において、わたしたち編者は、ベケット研究に生涯の大半を捧げてこられたジェイムズ・ノウルソン（先生はまた普遍言語の研究家でもあった）*39 はもちろんのこと、つねに批評精神を鼓舞し続けてくれたデリダを筆頭とする〈外の思考〉に大いなる敬意を捧げるものである。

＊

本書に掲載した論考の書誌情報を以下に示しておく。翻訳をご快諾くださった著者および既訳転載をご許可下さった訳者ならびに出版社に厚くお礼申し上げます。また、ベケットの作品名に関して、論集としての統一を図るため、一部変更させていただいた場合のあることをお断りしておきます。

Bataille, Georges, « Le Silence de Molloy », *Critique: revue générale des publications françaises et étrangères*, VII, 49 (mai 1951): 387-96. ［ジョルジュ・バタイユ「モロイの沈黙」古屋健三訳『ジョルジュ・バタイユ著作集　詩と聖性』（二見書房、二〇〇二年）、八三～一〇四頁］

Blanchot, Maurice, « Où maintenant? Qui maintenant? », *Le Livre à venir* (Paris: Gallimard, 1959), 256-64. ［モーリス・ブランショ「今どこに？　今だれが？」『来たるべき書物』粟津則雄訳（筑摩書房、一九八九年）、三〇〇～三一〇頁］

Bryden, Mary, 'The Embarrassment of Meeting: Burroughs, Beckett, Proust (and Deleuze)', *Beckett's Proust / Deleuze's Proust* (Houndmills: Palgrave Macmillan, 2009), 13-25. ［メアリ・ブライデン「気まずい出会い――バロウズ、ベケット、プルースト、（そしてドゥルーズ）」近藤耕人訳］

Clément, Bruno, « Souvenirs », *L'Œuvre sans qualités* (Paris: Seuil, 1994), 401-12. ［ブリュノ・クレマン「記憶と回想の修辞学」藤原曜訳］

Cohn, Ruby, « *Watt* à la lumière du *Château* », *L'Herne* (Paris: L'Herne, 1976), 306-17. ［ルビー・コーン「カフカの『城』から『ワット』を読む」島貫葉子・井上訳］

Deleuze, Gilles, & Félix Guattari, « Les Machines désirantes », *L'Anti-Œdipe* (Paris: Minuit, 1972), 15-29. ［ドゥルーズ／ガタリ「欲望する機械」『アンチ・オイディプス』市倉宏祐訳（河出書房新社、一九八六年）、二一～三六頁］

Gontarski, S. E., 'From "Kilcool" to *Not I*', *The Intent of 'Undoing' in Samuel Beckett's Dramatic Texts*

(Bloomington: Indiana UP, 1985), 131-42. ［S・E・ゴンタースキー「生成過程としてのテクスト伝――「キルクール」から『わたしじゃない』へ」井上訳］

Knowlson, James, 'Beckett and Kleist's Essay "On the Marionette Theatre"', Knowlson and John Pilling, *Frescoes of the Skull* (New York: Grove, 1980), 257-74. ［ジェイムズ・ノウルソン「ベケットとクライストの「マリオネット劇場について」」井上訳］

Maude, Ulrika, 'Seeing Ghosts', *Beckett, Technology and the Body* (Cambridge: Cambridge UP, 2009), 113-34. ［ウルリカ・モード「幽霊を見る」木内久美子訳］

Moorjani, Angela, 'Beckett and Psychoanalysis', Lois Oppenheim, ed. *Palgrave Advances in Samuel Beckett Studies* (Houndmills: Palgrave Macmillan, 2004), 172-93. ［アンジェラ・ムアジャーニ「ベケットと精神分析」垣口由香訳］

Uhlmann, Anthony, 'Representation and Presentation: Deleuze, Bergson, Peirce and "the Image"', *Samuel Beckett and the Philosophical Image* (Cambridge: Cambridge UP, 2006), 5-23. ［アンソニー・ウルマン「表象と現前――ドゥルーズ、ベルクソン、パースと「イメージ」」森尚也訳］

Van Hulle, Dirk, 'Dante in Beckett's Writings', *Joyce & Beckett Discovering Dante* (Dublin: The National Library of Ireland, 2004), 15-27. ［ディルク・ファン・ヒュレ「ベケットにおけるダンテ」井上訳］

最後になったが、このようなかたちでベケット論集を編纂することを提案して下さった近藤氏に篤くお礼を申し上げる。カヴァーのジャック・B・イェイツは氏の決断で決まった。ベケットとアイルランド関連を扱った論考が比較的手薄な中で、これほど強烈な présence を放つものは他にあるまい。ベケットはこの画家へのオマージュの中で、「自己の存在を賭したこの芸術家は、どこから来たのでもない。同胞も持たない」と頌えたが、[*40] 近藤氏の鋭敏な直覚の奥には、このベケットの言葉が鳴り響いていたに違いないのである。

刊行までの長くて困難な道のりに辛抱強くお付き合い下さった未知谷の飯島社長と、編集部の伊藤伸恵氏に心より感謝申し上げます。どうも有難うございました。

二〇一六年八月

井上善幸

注

＊1　例えば、ドゥルーズの批評に関していえば、ベケットの『フィルム』論や、後期演劇のフランス語版に付された「消尽したもの」などが容易に思い浮かぶであろう。Gilles Deleuze, 'Le plus grand film irlandais (« Film » de Beckett)', *Critique et clinique* (Paris: Minuit, 1993), 36-39; Deleuze, 'L'Épuisé', Samuel Beckett, *Quad et autres pièces pour la télévision, suivi de 'L'Épuisé', par Gilles Deleuze* (Paris: Minuit, 1992), 55-106. 邦訳は、それぞれジル・ドゥルーズ「最も偉大なるアイルランド映画――ベケットの『フィルム』」守中高明訳『批評と臨床』（河出書房新社、二〇一〇年）、五七～六三頁、ドゥルーズ「消尽したもの」宇野邦一訳『消尽したもの』（白水社、一九九四年）、五～五〇頁。

＊2　高橋康也「ベケットと能」『世界』第四三八号（岩波書店、一九八二年五月）、二二六～三八頁。See also Yasunari Takahashi, 'Qu'est-ce qui arrive? Some Structural Comparisons of Beckett's Plays and Noh', Morris Beja, S. E. Gontarski, and Pierre Astier, eds. *Samuel Beckett: Humanistic Perspectives* (Columbus: Ohio State UP, 1983), 99-106.

＊3　高橋康也「言葉と沈黙――ベケットの世界」『エクスタシーの系譜』（京都　あぽろん社、一九六六年）、二七六～八三頁。

＊4　John Pilling, 'Beckett's "Proust"', *Journal of Beckett Studies*, No. 1 (Winter 1976): 8-29.

＊5　Marcel Proust, *A la recherche du temps perdu* (Paris: Gallimard, 1919-1927), 16 vols.

＊6　Samuel Beckett, *Proust* (London: Chatto and Windus, 1931).

＊7　Mark Nixon, *Samuel Beckett's German Diaries 1936-1937* (London: Continuum, 2011).

＊8　Dirk Van Hulle, and Mark Nixon, *Samuel Beckett's Library* (Cambridge: Cambridge UP, 2013).

＊9　James Knowlson, *Damned to Fame: A Life of Samuel Beckett* (London: Bloomsbury, 1996); Ruby Cohn, *Beckett's Canon* (Ann Arbor: U of Michigan P, 2001).　以下の研究書もきわめて重要である。 John Pilling, ed. *Beckett's 'Dream' Notebook* (Reading: Beckett International Foundation, 1999); C. J. Ackerley, and S. E. Gontarski, eds. *Grove Companion to Samuel Beckett* (New York: Grove, 2004); C. J. Ackerley, *Demented Particulars: The Annotated 'Murphy'* (Edinburgh: Edinburgh UP, 2010); C. J. Ackerley, *Obscure Locks, Simple Keys: The Annotated 'Watt'* (Edinburgh: Edinburgh UP, 2010).

＊10　Daniela Caselli, *Beckett's Dantes: Intertextuality in the Fiction and Criticism* (Manchester: Manchester UP, 2005). See also Jean-Pierre Ferrini, *Dante et Beckett* (Paris: Hermann, 2003).

＊11　井上善幸「白の探求――サムとブラム」『水声通信』no. 22（二〇〇八年）、五六～六七頁。

＊12　Walter A. Strauss, 'Dante's Belacqua and Beckett's Tramps', *Comparative Literature* 11 (Summer 1959): 250-61.

＊13　Steven Connor, *Samuel Beckett: Repetition, Theory and Text* (Oxford: Blackwell, 1988).

＊14　Steven Connor, 'Between Theatre and Theory: *Long Observation of the Ray*', *The Ideal Core of the Onion: Reading Beckett Archives*, eds. John Pilling, and Mary Bryden (Reading: Beckett International Foundation, 1992), 79-98.〔スティーブン・コナー「演劇と理論の間――『光線の長い観察』」田尻芳樹訳『サミュエル・ベケットのヴィジョンと運動』近藤耕人編（未知谷、二〇〇五年）、五三～六八頁〕

＊15　Beckett UoR MS 2909/2, leaf 1. See also John Burnet, *Greek Philosophy: Thales to Plato* (London: Macmillan,

1968), 78.

＊16　擬人化に関しては Nixon, *Samuel Beckett's German Diaries 1936-1937*, 154-61を参照。ほぼ同じことが『人べらし役』についても当てはまる。

＊17　Matthew Feldman, *Beckett's Books: A Cultural History of Samuel Beckett's 'Interwar Notes'* (London: Continuum, 2006).

＊18　See also John Fletcher, 'Beckett and the Philosophers', *Samuel Beckett's Art* (London: Chatto and Windus, 1967), 121-37; Michael Mooney, 'Presocratic Skepticism: Samuel Beckett's *Murphy* Reconsidered', *ELH*, 49 (1982): 214-34; Peter Fifield, '"Of being--or remaining": Beckett and Early Greek Philosophy', Matthew Feldman, and Karim Mamdani, eds. *Beckett / Philosophy* (Stuttgart: *ibidem*, 2015), 127-49.

＊19　See Linda Ben-Zvi, 'Samuel Beckett, Fritz Mauthner, and the Limits of Language', *PMLA*, 95 (March 1980): 183-200.

＊20　Frederik N. Smith, *Beckett's Eighteenth Century* (Houndmills: Palgrave Macmillan, 2002).

＊21　James Knowlson, 'Beckett and Seventeenth-Century Dutch and Flemish Art', *Samuel Beckett Today / Aujourd'hui* 21. *Where Never Before: Beckett's Poetics of Elsewhere / La Poétique de l'ailleurs* (Amsterdam: Rodopi, 2009), 27-44.

＊22　John Haynes, and James Knowlson, *Images of Beckett* (Cambridge: Cambridge UP, 2005).

＊23　R. H. Wilenski, *An Introduction to Dutch Art* (London: Faber & Gwyer, 1929).

＊24　See Ruby Cohn 'A Note on Beckett, Dante, and Geulincx', *Comparative Literature*, Vol. 12, No. 1 (Winter 1960): 93-94; Hugh Kenner, 'The Cartesian Centaur', *Perspective*, Vol. 11, No. 3 (Autumun 1959): 132-41.〔ヒュー・ケナー「デカルト的ケンタウロス」川口喬一訳『筑摩世界文學体系85　ベケット　ブランショ』（筑摩書房、一九八二年）、三七一～七九頁〕; Samuel I. Mintz, 'Beckett's *Murphy*: A "Cartesian" Novel', *Perspective*, Vol. 11, No. 3 (Autumun 1959): 156-65.

＊25　See also Fionnuala Croke, ed. *Samuel Beckett: A Passion for Paintings* (Dublin: National Gallery of Ireland, 2006).

＊26 Enoch Brater, *Beyond Minimalism: Beckett's Late Style in the Theater* (New York: Oxford UP, 1987).

＊27 Jean-Michel Rabaté, éd. *Beckett avant Beckett: Essais sur le jeune Beckett, 1930-1945* (Paris: PENS, 1984).

＊28 Lance St John Butler, ed. *Critical Thought Series, 4: Critical Essays on Samuel Beckett* (Aldershot: Scolar Press, 1993). See also Lawrence Graver, and Raymond Federman, eds. *Samuel Beckett: The Critical Heritage* (London: Routledge & Kegan Paul, 1979).

＊29 Lawrence E. Harvey, *Samuel Beckett: Poet & Critic* (Princeton: Princeton UP, 1970).

＊30 Richard L. Admussen, *The Samuel Beckett's Manuscripts: a Study* (Boston: G. K. Hall, 1979). See also Samuel Beckett, *En attendant Godot*. Ed. Colin Duckworth (London: George G. Harrap, 1966); Ruby Cohn, 'The Play That Was Rewritten: *Fin de partie*', *Just Play: Beckett's Theater* (Princeton: Princeton UP, 1980), 173-86.

＊31 Tom F. Driver, 'Beckett by the Madeleine', *Columbia University Forum*, Vol. IV, No. 3 (Summer 1961): 21-25.

＊32 Paul Auster, *City of Glass* (Los Anglels: Sun & Moon, 1985), 121.

＊33 Katharine Worth, *The Irish Drama of Europe from Yeats to Beckett* (London: Athlone, 1978).

＊34 Martin Esslin, *The Theatre of the Absurd. Third Edition* (1961; Harmondsworth: Penguin Books, 1982), 49, 65-66.

＊35 Cf. Mary Bryden, ed. *Beckett and Animals* (Cambridge: Cambridge UP, 2013).

＊36 Michel Foucault, *Folie et déraison: Histoire de la folie à l'âge classique* (Paris: Plon, 1961).

＊37 Jacques Lacan, *Écrits* (Paris: Seuil, 1966).

＊38 Jacques Derrida, 'La Parole soufflée', *L'Écriture et la différence* (Paris: Seuil, 1967), 253-92.

＊39 James Knowlson, *Universal Language Schemes in England and France 1600-1800* (Toronto: U of Toronto P, 1975).

＊40 Samuel Beckett, 'Hommage à Jack B. Yeats', *Les Lettres nouvelles*, 14 (avril 1954): 619.

堀真理子（ほり　まりこ）

青山学院大学（経済学部）教授。英米文学・演劇。『ベケット巡礼』（三省堂、2007年）、*Samuel Beckett and Pain* (Amsterdam: Rodopi, 2012)（共編著）、*The Edinburgh Companion to Samuel Beckett and the Arts* (Edinburgh: Edinburgh UP, 2014)（共著）。

アンジェラ・ムアジャーニ　Angela Moorjani

メリーランド大学名誉教授。主な著書・共編著に *Beckett at 100: Revolving It All* (Oxford UP, 2008); *The Aesthetics of Loss and Lessness* (Palgrave Macmillan, 1992); *Abysmal Games in the Novels of Samuel Beckett* (Univ. of North Carolina Studies, 1982) などがある。

ウルリカ・モード　Ulrika Maude

ブリストル大学准教授。主な著書・共編著に *The Cambridge Companion to the Body in Literature* (Cambridge UP, 2015); *Beckett, Technology and the Body* (Cambridge UP, 2009); *Beckett and Phenomenology* (Continuum, 2009) などがある。

森尚也（もり　なおや）

神戸女子大学文学部教授。アイルランド文学、西洋近代思想。「砂粒の叫び――ベケット作品における微小表象」『ライプニッツ研究２』（2012年）、"No Body is at Rest: The Legacy of Leibniz's Force in Beckett's Œuvre", in *Beckett at 100: Revolving It All*, eds. Linda Ben-Zvi and Angela Moorjani (New York: Oxford UP, 2008)、"'An animal inside': Beckett / Leibniz's stone, animal, human, and the unborn", in *Beckett and Animals*, ed. Mary Bryden (Cambridge: Cambridge UP, 2013).

西村和泉（にしむら いづみ）

名古屋芸術大学准教授。20世紀フランス文学。共著に『サミュエル・ベケット！――これからの批評』（水声社、2012年）、『ベケットを見る八つの方法――批評のボーダレス』（水声社、2013年）。訳書にアラン・バディウ『ベケット――果てしなき欲望』（水声社、2008年）などがある。

ジェイムズ・ノウルソン　James Knowlson

レディング大学名誉教授。主な著書・共著に *Images of Beckett* (Cambridge UP, 2003), 『ベケット伝（上・下）』（白水社、〔1996年〕）、*The Theatrical Notebooks of Samuel Beckett: Waiting for Godot* (Faber and Faber, 1993)などがある。

ジョルジュ・バタイユ　Georges Bataille (1897-1962)

フランスの作家・思想家。主な著書に『眼球譚』（二見書房、〔1928年〕）、『内的体験』（現代思潮社、〔1943年〕）、『文学と悪』（ちくま学芸文庫、〔1957年〕）などがある。

ディルク・ファン・ヒュレ　Dirk Van Hulle

アントワープ大学教授。主な著書・編著に *The New Cambridge Companion to Samuel Beckett* (Cambridge UP, 2015); *Modern Manuscripts* (Bloomsbury Academic, 2014); *Samuel Beckett's Library* (Cambridge UP, 2013)などがある。

藤原曜（ふじわら よう）

関西学院大学非常勤講師。20世紀フランス文学。« Narrateurs et entendeurs dans les œuvres romanesques et théâtrales de Samuel Beckett », in *Samuel Beckett Today / Aujourd'hui 19, Borderless Beckett / Beckett sans frontières* (Amsterdam: Rodopi, 2008)、『サミュエル・ベケット！――これからの批評』（共著、水声社、2012年）、« Le visible et l'audible dans *Solo* de Samuel Beckett », in *Études de Langue et littérature françaises*, n° 84 (Tokyo: Société japonaise de langue et littérature françaises, 2014).

メアリ・ブライデン　Mary Bryden

レディング大学名誉教授。2015年没。主な著書・（共）編著に *Gilles Deleuze: Travels in Literature* (Palgrave Macmillan, 2007); *Beckett's Proust / Deleuze's Proust* (Palgrave Macmillan, 2009); *Beckett and Animals* (Cambridge UP, 2013)などがある。

モーリス・ブランショ　Maurice Blanchot (1907-2003)

フランスの作家・批評家。主な著書に『謎の男トマ』(書肆心水、〔1941年〕）、『死の宣告』（書肆心水、〔1948年〕）、『文学空間』（現代思潮社、〔1955年〕）などがある。

Office 903、2015年)、『サミュエル・ベケット!』(共著、水声社、2012年) など。翻訳書にポール・ド・マン『盲目と洞察』(共訳、月曜社、2012年) などがある。

ブリュノ・クレマン　Bruno Clément

パリ第8大学教授。主な著書に『垂直の声——プロソポペイア試論』(水声社、〔2012年〕)、*Le récit de la méthode* (Seuil, 2005)、*L'invention du commentaire: Augustin, Jacques Derrida* (P.U.F., 2000) などがある。

ルビー・コーン　Ruby Cohn (1922-2011)

元カリフォルニア大学デーヴィス校教授。主な著書に*Samuel Beckett: The Comic Gamut* (Rutgers UP, 1962); *Just Play: Beckett's Theater* (Princeton UP, 1980); *A Beckett Canon* (The U of Michigan P, 2001) などがある。

スタンリー・E・ゴンタースキー　Stanley E. Gontarski

フロリダ州立大学教授。主な著書・編著に *Creative Involution: Bergson, Beckett, Deleuze* (Edinburgh UP, 2015); *The Edinburgh Companion to Samuel Beckett and the Arts* (Edinburgh UP, 2014); *Grove Companion to Samuel Beckett* (Grove, 2004) などがある。

島貫葉子(しまぬき ようこ)

フランス文学。主要業績として、博士学位論文 "Un « lyrisme critique »: les formes, métamorphoses et mises à l'épreuve du lyrisme dans la première trilogie de Samuel Beckett" (2009) などがある。

田尻芳樹(たじり よしき)

東京大学教授。イギリス文学(20世紀小説)。*Samuel Beckett and the Prosthetic Body: The Organs and Senses in Modernism* (New York: Palgrave Macmillan, 2007)、『ベケットとその仲間たち——クッツェーから埴谷雄高まで』(論創社、2009年)、*Samuel Beckett and Pain* (Amsterdam: Rodopi, 2012) (共編著)。

対馬美千子(つしま みちこ)

筑波大学人文社会学系准教授。表象文化論、文学への思想的アプローチ、言語思想。*The Space of Vacillation: The Experience of Language in Beckett, Blanchot, and Heidegger* (Bern: Peter Lang, 2003)、*Samuel Beckett and Pain* (Amsterdam: Rodopi, 2012) (共編著)、『ハンナ・アーレント——世界との和解のこころみ』(法政大学出版局、2016年)。

ジル・ドゥルーズ　Gilles Deleuze (1925-1995)

フランスの哲学者。主な著書に『プルーストとシーニュ』(法政大学出版局、〔1964年〕)、『差異と反復』(河出書房新社、〔1968年〕)、『襞——ライプニッツとバロック』(河出書房新社、〔1988年〕) などがある。

執筆者・訳者紹介

（主要業績３点。翻訳書における〔　〕を付した刊行年は、原書のそれを指す）

井上善幸（いのうえ よしゆき）

明治大学教授。ヨーロッパ文学。共著に *Beckett and Animals* (Cambridge: Cambridge UP, 2013)、『ベケットを見る八つの方法――批評のボーダレス』（水声社、2013年）、単著に "Cartesian Mechanics in Beckett's *Fin de partie*", in *Samuel Beckett Today/Aujourd'hui* 24 (Amsterdam: Rodopi, 2012) など。

近藤耕人（こんどう こうじん）

明治大学名誉教授。アングロ・アイリッシュ文学、映像学。主な著書に『映像と言語』（紀伊國屋書店、1965年）、『見ることと語ること』（青土社、1988年）、『ミメーシスを越えて――ヨーロッパ文学における身体と言語』（水声社、2008年）などがある。

アンソニー・ウルマン　Anthony Uhlmann

ウェスタン・シドニー大学教授 。主な著書に *Beckett and Poststructuralism* (Cambridge UP, 1999); *Samuel Beckett and the Philosophical Image* (Cambridge UP, 2006); *Thinking in Literature: Joyce, Woolf, Nabokov* (Bloomsbury Academic, 2011) などがある。

岡室美奈子（おかむろ みなこ）

早稲田大学演劇博物館館長、早稲田大学教授。現代演劇論、テレビ文化論。共編著に『サミュエル・ベケット！――これからの批評』（水声社、2012年）、『ベケットを見る八つの方法――批評のボーダレス』（水声社、2013年）、*Samuel Beckett Today / Aujourd'hui 19: Borderless Beckett / Beckett sans frontières* (Amsterdam: Rodopi, 2008) などがある。

垣口由香（かきぐち ゆか）

龍谷大学農学部准教授。英文学。『サミュエル・ベケット！――これからの批評』（共著、水声社、2012年）、『英米文学の可能性――玉井暲教授退職記念論集』（共著、英宝社、2010年）、『病いと身体の英米文学』（共著、英宝社、2004年）。

フェリックス・ガタリ　Félix Guattari (1930-1992)

フランスの精神分析家・哲学者。主な著書・共著に『カフカ――マイナー文学のために』（法政大学出版局、〔1975年〕）、『機械状無意識――スキゾ分析』（法政大学出版局、〔1979年〕）、『千のプラトー――資本主義と分裂症』（河出書房新社、〔1980年〕）などがある。

木内久美子（きうち くみこ）

東京工業大学（リベラルアーツ研究教育院）准教授。比較文学・表象文化論。主な著書に『時間のランドスケープス――パトリック・キーラー「ロビンソン三部作」』（共著編、

490-91
ライプニッツ, ゴットフリート Leibniz, Gottfried Wilhelm 191, 193, 199, 359, 361, 365-66, 372-76
ライリー, ジョン Reilly, John 478, 492
ラカン, ジャック Lacan, Jacques 224, 232-38, 246-47, 399, 412, 503
『エクリ』 412, 503
ラシーヌ, ジャン Racine, Jean 364, 373
ラバテ, ジャン＝ミシェル Rabaté, Jean-Michel 225, 501
ラブレー, フランソワ Rabelais, François 309
『ガルガンチュア物語』 309
ランク, オットー Rank, Otto 220-23, 241-42
『出生時外傷』 220, 241
リーヴィ, ジョージ Reavy, George 412
リオタール, ジャン＝フランソワ Lyotard, Jean-François 483, 495
『非人間的なもの』 495
リルケ, ライナー・マリア Rilke, Rainer Maria 145, 417, 420
『ドゥイノの悲歌』 420
ルイス, ウィンダム Lewis, Wyndham 294
『チルダマス』 294
ルイス, ジム Lewis, Jim 481, 493
ルーセル, レーモン Roussel, Raymond 274
ルノー, マドレーヌ Renaud, Madeleine 398, 425
ルルス, ライムンドゥス Lullus, Raimundus 191, 193, 195, 376
レヴィ＝ストロース, クロード Lévi-Strauss, Claude 237
レオパルディ, ジャコモ Leopardi, Giacomo 304, 336-37, 349-51, 356
『カンティ』 351, 356
レッシャー, ニコラス Rescher, Nicholas 372, 378
レディング, ポール Redding, Paul 150, 175
レベンソール, A・J Leventhal, A. J. 382
レントゲン, ヴィルヘルム Röntgen, Wilhelm 455, 458, 460, 473
レントゲン, ベルタ Röntgen, Bertha 490
レンブラント, ファン・レイン Rembrandt, van Rijn 501
ロートレアモン Lautréamont 50, 55
『マルドロールの歌』 49, 55
ロー＝ポーター, ヘレン Lowe-Porter, Helen Tracy 485, 491
ローレルとハーディ Laurel and Hardy (Laurel, Stan & Hardy, Oliver) 287
ロセット, バーニー Rosset, Barney 143
ロレンス, D・H Lawrence, David Herbert 141
ロングフェロー, ヘンリー・ワッズワース Longfellow, Henry Wadsworth 328

ワ

ワース, キャサリン Worth, Katharine 502
ワイリー, W・ジル Wylie, W. Gill 490
ワイルド, オスカー Wilde, Oscar 289
『真面目が肝心』 289

ホメロス Homer 131, 300, 363, 370, 373, 376
『イーリアス』 455
『オデュッセイア』 296, 300, 363, 376
ホワイトロー, ビリー Whitelaw, Billie 382, 398, 425

マ

マーフィー, ジョン・ベンヤミン Murphy, John Benjamin 490
マウトナー, フリッツ Mauthner, Fritz 500
マクウィニー, ドナルド MacWhinnie, Donald 423
マグリーヴィ, トマス MacGreevy, Thomas 121, 220, 241, 318, 472, 473
マクルーハン, マーシャル McLuhan, Marshall 457
マゴウラン, ジャック MacGowran, Jack 386, 468
マッキンタイアー, J・ルイス McIntyre, J. Lewis 372, 378
『ジョルダーノ・ブルーノ』 372
マラルメ, ステファヌ Mallarmé, Stéphane 2, 308
マルクス, カール Marx, Karl 260-61, 272, 282, 455
『資本論』 282, 455
『マルクス・エンゲルス全集』 282
マルタン, ジャン Martin, Jean 110, 427, 429
マレー, T・C Murray, T. C. 425
『秋の火』 425
マレー, エティエンヌ=ジュール Marey, Etienne-Jules 457-58, 460
マロウィッツ, チャールズ Marowitz, Charles 427
マン, トマス Mann, Thomas 417, 458, 460, 485
『ファウストゥス博士』 417
『魔の山』 458-59, 485
マン, ポール・ド Man, Paul de 327, 335
『理論への抵抗』 335
ミケランジェロ・ブオナローティ Michelangelo Buonarroti 51
ミュラー=フライエンフェルス, ラインハルト Müller-Freienfels, Reinhart 465, 477, 479-80, 488-89, 492-94
ミラー, ヘンリー Miller, Henry 141
ムアジャーニ, アンジェラ Moorjani, Angela 218, 284, 493
ムーサ, マーク Musa, Mark 328
メーテルリンク, モーリス Maeterlinck, Maurice 502
メルヴィル, ハーマン Melville, Herman
『白鯨』 294
メルロ=ポンティ, モーリス Merleau-Ponty, Maurice 185, 197, 234, 455, 469, 489
『知覚の現象学』 489
『眼と精神』 197
モード, ウルリカ Maude, Ulrika 454
モートン, ジョン・マディソン Morton, John Maddison 289
『ボックスとコックス』 289
モナコ, ジェイムズ Monaco, James 492
『映画の教科書』 492
モリエール Molière 28, 29, 40, 164
『守銭奴』 40
『人間嫌い』 40
森新太郎 Mori, Shintaro 109
森尚也 Mori, Naoya 200, 497
モンドリアン, ピエト Mondrian, Piet 464

ヤ

ヤコブソン, ローマン Jakobson, Roman Osipovich 237
ユング, カール・グスタフ Jung, Carl Gustav 193, 200, 223-24, 228, 242-43, 283, 382
『分析心理学』 200
『ヨーロッパの隊商』 320

ラ

ライオンズ, チャールズ Lyons, Charles 483, 494
ライザー, スタンリー・J Reiser, Stanley Joel

「今どこに？今だれが？」 73, 75
『期待 忘却』 64
フリース, ウィルヘルム Fliess, Wilhelm 194
プリート, エリック Prieto, Eric 467, 487-88
プルースト, マルセル Proust, Marcel 128-34, 137-42, 145, 160-63, 171, 176, 203, 300, 467, 499
『失われた時を求めて』 177, 499
『スワン家のほうへ』 144-45
ブルーノ, ジョルダーノ Bruno, Giordano 370-72, 378
ブルトン, アンドレ Breton, André 474
ブレイエ, エミール Bréhier, Emile 163, 177
ブレイター, イノック Brater, Enoch 127, 334, 341, 346, 352, 354-56, 380-81, 412-13, 478, 480, 492-93, 501
『なぜベケットか』 334, 354-56, 501
フレッチャー, ジョン Fletcher, John 197, 342
フロイト, ジークムント Freud, Sigmund 51, 103, 194, 221-25, 232-33, 235, 237-38, 241-43, 245, 266, 273, 282, 361, 456-57, 485-86
『快感原則の彼岸』 221, 223, 242
『続精神分析入門講義』 222
『フロイド選集』 282
『文化の中の居心地悪さ』 485
「文明への不満」 456
ブロート, マックス Brod, Max 84, 107
フローベール, ギュスターヴ Flaubert, Gustave 57, 160, 176, 290, 294, 313
『感情教育』 294
『ブヴァールとペキュシェ』 290, 292-97, 303
『ボヴァリー夫人』 294
『紋切型辞典』 176, 313
プロタゴラス Protagoras 198
ベア, デアドラ Bair, Deirdre 405, 412
『評伝サミュエル・ベケット』 412
ヘイマン, ディヴィッド Hayman, David 315, 354
ベーコン, フランシス Bacon, Francis 149, 160, 163
ベートーヴェン, ルートヴィッヒ・ヴァン Beethoven, Ludwig van 201-02, 205, 216, 424, 462, 471
「ピアノ三重奏曲第五番Dマイナー」 462, 471
ベケット, エドワード Beckett, Edward 355
『ベケット大全』 127, 356
ヘシオドス Hesiod 340, 376
『神統記』 376
ベックマン, マックス Beckmann, Max 474
別役実 Betsuyaku, Minoru 127
ベルクソン, アンリ Bergson, Henri 133, 148-55, 157-58, 161-62, 166, 169-70, 172-76, 178-79
「形而上学入門」 172
『思想と動くもの』 175, 179
『物質と記憶』 149, 152, 161, 172, 174-79
ヘルダーリン, フリードリヒ Hölderlin, Friedrich 51, 281
ヘルド, マーチン Held, Martin 425
ヘルム, クラウス Herm, Klaus 471
ペロン, アルフレッド Péron, Alfred 111
ベンサム, ジェレミー Bentham, Jeremy 482
ベンヤミン, ヴァルター Benjamin, Walter 350, 357
『ベンヤミン著作集』 357
ポアンカレ, アンリ Poincaré, Jules-Henri 347-50, 356
『科学の価値』 356
『科学と方法』 356
ボウルズ, ポール Bowles, Paul 141
ポー, エドガー Poe, Edgar Allan 274
ボードレール, シャルル Baudelaire, Charles 364
ボート兄弟 Boot brothers (Arnoldus & Gerardus Boot) 473
ホフマンスタール, フーゴ・フォン Hofmannsthal, Hugo von 417
ポープ, アレグザンダー Pope, Alexander 500
ホーマン, シドニー Homan, Sydney 465

『パース著作集２』 178
ハート, マイケル Hart, Michael 148, 175
バーネット, ジョン Burnet, John 198
パーロフ, マージョリー Perloff, Marjorie 112, 116
ハイデガー, マルティン Heidegger, Martin 313, 316
『存在と時間』 313, 316
ハウプトマン, ゲアハルト Hauptmann, Gerhart 164
ハウンズフィールド, ゴッドフリー Hounsfield, Godfrey Newbold 476
パウンド, エズラ Pound, Ezra 161, 177, 455, 484
バタイユ, ジョルジュ Bataille, Georges 26, 503
バフチン, ミハイル Bakhtin, Mikhail 308
パリス, ジョン Paris, John 460
バルザック, オノレ・ド Balzac, Honoré de 133, 502
『投機家メルカデ』 502
バルト, ロラン Barthes, Roland 74, 76
『旧修辞学』 74
バロウズ, ウィリアム Burroughs, William 128-31, 134-35, 137-42, 145
バロウズ, レイチェル Burrows, Rachel 133
バンヴェニスト, エミール Benveniste, Emile 237
ピエット, アダム Piette, Adam 474, 491
ビオン, ウィルフレッド・R Bion, Wilfred R. 193, 219-20, 222-23, 225-28, 230-32, 234, 241, 244-45, 282-83
『集団精神療法の基礎』 283
『夢』 228
『経験から学ぶこと』 283
ピカップ, ロナルド Pickup, Ronald 416
『悲劇喜劇』 124
ヒトラー, アドルフ Hitler, Adolf 116, 126-27
ビムとボム Bim and Bom 287, 289, 295
ピュタゴラス Pythagoras 188, 374
ピランデッロ, ルイジ Pirandello, Luigi 164
ピリング, ジョン Pilling, John 319, 333, 499
ビリントン, マイケル Billington, Michael 462, 487
ファン・ヒュレ, ディルク Van Hulle, Dirk 342, 351, 353, 499
フィヒテ, ヨハン・ゴットリープ Fichte, Johann Gottlieb 150, 167
フーコー, ミシェル Foucault, Michel 190, 198, 482, 494, 503
『言葉と物』 190, 198
『監獄の誕生――監視と処罰』 482, 494
『狂気の歴史』 198, 503
フェーゼンフェルド, マーサ Fehsenfeld, Martha 425
フェダーマン, レイモンド Federman, Raymond 352, 436
フェッリーニ, ジャン＝ピエール Ferrini, Jean-Pierre 330, 335
フェルドマン, マシュー Feldman, Matthew 377, 500
フェルナンデス, マルセル Marcel Fernandes 489
フェルメール, ヨハネス Vermeer, Johannes 501
フォスター, ハル Foster, Hal 485
ブニュエル, ルイス Buñuel, Luis
『アンダルシアの犬』 411, 413
ブライデン, メアリ Bryden, Mary 497, 508
ブラウエル, アドリアーン Brouwer, Adriaen 501
ブラウニング, ロバート Browning, Robert 96
ブラウン, マルタ Braun, Marta 485
ブラッドビー, デイヴィッド Bradby, David 110
プラトン Plato 374, 417, 457
フランケル, テオドール Frankel, Theodore 474
ブランショ, モーリス Blanchot, Maurice 42, 59, 63-64, 67, 70-73, 75, 508
「ああすべてが終わる」 73, 75

22, 325, 327-28, 330, 333-35, 367, 377
『神曲』「煉獄篇」 57, 188, 322-23, 335
タンディ, ジェシカ Tandy, Jessica 409, 413
チャップリン, チャールズ Chaplin, Charles 287
『テアトロ』 124
ディケンズ, チャールズ Dickens, Charles 299, 301, 304, 309, 315
『大いなる遺産』 293, 299, 315
デカルト, ルネ Descartes, René 107, 149, 179, 181-85, 187, 196, 203, 373, 428, 473, 501, 508
『情念論』 196
『人間論』 181, 183, 196
デシュヴォー＝デュムニール、シュザンヌ Deschevaux-Dumesnil, Suzanne 113
デュー, ハルロド・ロバート Dew, Harold Robert 490
デュシャン, マルセル Duchamp, Marcel 274, 283, 348, 356, 376
「アネミック・シネマ」 348
『大ガラス』→『彼女の独身者たちによって裸にされた花嫁、さえも』参照
『彼女の独身者たちによって裸にされた花嫁、さえも』 274, 283, 376
「ロトレリーフ」 348, 356
デリダ, ジャック Derrida, Jacques 194, 200, 213, 232, 242, 306-09, 315, 503
「息を吹き入れられた言葉」 503
『絵葉書Ⅰ』 307, 315
『エクリチュールと差異』 200
『ユリシーズ　グラモフォン』 308, 315
ドゥルーズ, ジル Deleuze, Gilles 128-30, 132, 135-36, 138, 141, 148-50, 152, 154-63, 165-69, 176-78, 242-43, 344, 355, 503, 506
『アンチ・オイディプス』(F・ガタリとの共著) 503
『意味の論理学』 163, 355
『感覚の論理』 177
『シネマ＊１、２』 149-50, 158, 161, 166, 176-78
『消尽したもの』 136, 506
『スピノザ　実践の哲学』 176
『批評と臨床』 355, 506
ドストエフスキー, フョードル Dostoyevsky, Fyodor 132-33, 308
『白痴』 308
ドライヴァー, トム Driver, Tom 502
ドラン, マイケル Doran, Michael 425
トローク, マリア Torok, Maria 238, 247

ナ

『懐かしい調べ』 492
ニーチェ, フリードリヒ Nietzsche, Friedrich 148, 175, 279-81, 284
『悲劇の誕生』 175
ニクソン, マーク Nixon, Mark 353, 499
ニコラウス・クザーヌス Nicholas of Cusa (Nicolaus Cusanus) 359, 370-74, 377-78
『学識ある無知について』 378
西村和泉 Nishimura, Izumi 316
『ニューヨーク・タイムズ』 82
ネルヴァル, ジェラール・ド Nerval, Gérard de 51
ノウルソン, ジェイムズ Knowlson, James 110, 112, 125-26 128, 196, 199, 223, 241, 243-44, 333, 335, 369, 381, 383, 465-66, 471-72, 479, 487-89, 497, 499, 501, 503
『英仏普遍言語計画』 509
『ベケット伝』 199, 333, 335, 369, 371, 376, 488, 499
野上素一 Nogami, Soichi 304

ハ

ハーヴィー, ウィリアム Harvey, William 182, 473
ハーヴィー, ローレンス Harvey, Lawrence E. 223, 227, 501
バークリー, ジョージ Berkeley, George 181
パース, チャールズ・サンダース Peirce, Charles Sanders 148-49, 166-71, 178-79, 238-39

263, 266, 271-73, 277
ジョイス, ジェイムズ Joyce, James 2, 28, 188, 289, 299-300-01, 304, 306, 308-09, 315-16, 318-19, 334, 354, 363, 368-71, 373, 376, 441
『フィネガンズ・ウェイク』 289, 301-02, 316, 318-19, 334
『ユリシーズ』 296, 300-01, 303, 308, 315, 363, 376, 452
『若い芸術家の肖像』 308, 316
ショー, ジョージ・バーナード Shaw, George Bernard 164
ショー＝スミス, メリッサ Shaw-Smith, Melissa 492
ショーペンハウアー, アルトゥル Schopenhauer, Arthur 132, 180, 199, 203-06, 211, 214-15, 221, 241
『意志と表象としての世界』 199, 204, 216-17, 220
『存在と苦悩』 216
ジョーンズ, アーネスト Jones, Ernest 222
『精神分析論集』 222
ジョラス, ユージン Jolas, Eugene 418
『垂直線』 418
ジョンソン, サミュエル Johnson, Samuel 500
スウィフト, ジョナサン Swift, Jonathan 186-88, 190, 197-98, 300, 309, 334, 500
『ガリヴァー旅行記』 186, 197-98, 200, 300
『桶物語』 334
ズールブラッグ, ニコラス Zurbrugg, Nicholas 131, 142
スコールズ, ロバート・E Scholes, Robert E. 316
スターケン、マリタ Sturken, Marita 491, 493, 495
スターリン, ヨシフ Stalin, Joseph 116, 125, 287
スターン, ローレンス Sterne, Lawrence 309, 500
スタイナー, ジョージ Steiner, George 358-59, 375
スチュワート, ポール Stewart, Paul 292-93
スティーブン, カーリン Stephen, Karin 224
『精神分析と医学』 224
ストロース, ウォルター Strauss, Walter A. 500
スピノザ, バルーフ Spinoza, Baruch 148, 153, 162, 176, 364, 374, 501
スミス, フレデリック Smith, Frederik N. 500
聖書
『エレミア書哀歌』 407
『創世記』 304
『マタイ伝』 41
『マルコ伝』 41
『ヨハネ第一使徒書簡』 407
『ルカ伝』 41
セール, ミシェル Serres, Michel 199
ゼノン（エレア派） Zeno of Elea 362, 366, 373
ゼノン（キティオンの） Zeno of Citium 163, 170, 177
ソクラテス以前の哲学者 Pre-Socratics 198, 323, 500
ソシュール, フェルデナン・ド Saussure, Ferdinand de 167, 237
ソポクレス Sophocles 164
ゾラ, エミール Zola, Emile 164
ソンタグ, スーザン Sontag, Susan 128

タ

『タイムズ文芸付録』 417, 429
タウスク, ヴィクトール Tausk, Victor 259, 282
高橋康也 Takahasi, Yasunari 356, 498, 506
『エクスタシーの系譜』 498, 507
田尻芳樹 Tajiri, Yoshiki 507
ダニアス, ローラ Danius, Laura 463, 485
ダンテ・アリギエリ Dante Alighieri 41, 57, 188, 303-04, 306, 320, 322-23, 325-27, 329, 332-35, 364, 366-68, 340, 373, 377, 499
『神曲』「地獄篇」 41, 188, 303, 306, 319-

ゲーテ, ヨハン・ヴォルフガング　Goethe, Johann Wolfgang von　49, 319, 460
『ファウスト』　319
ゲーリンクス, アルノルド　Geulincx, Arnold　501
ゲスナー, ニクラウス　Gessner, Niklaus　83, 107
『言語の不足性』　107
ケナー, ヒュー　Kenner, Hugh　111, 115, 117, 125-26, 208, 217, 454, 484, 494-95, 508
『機械という名の詩神』　494-95
ケリー, ハワード・アトウッド　Kelly, Howard Atwood　490
ケンバー, サラ　Kember, Sarah　482-83, 491, 494-95
ゴードン, ロイス　Gordon, Lois　112, 122
コールダー、ジョン　Calder, John　128
ゴールドスミス, オリヴァー　Goldsmith, Oliver　500
コールブック, クレア　Colebrook, Claire　135
コーン, ルビー　Cohn, Ruby　82, 124, 127, 190, 198, 217, 375, 381, 429, 436, 479, 487, 499
古代ストア派　Ancient Stoics　149, 153, 162-63
コナー, スティーヴン　Connor, Steven　164, 213, 217, 242, 500, 507
ゴヤ, フランシスコ・デ　Goya, Francis de　51
コルサコフ, セルゲイ　Korsakoff, Sergei　491
コルネイユ, ピエール　Corneille, Pierre　164
近藤耕人　Kondo, Kojin　316, 497
ゴンタースキー, S・E　Gontarski, S. E.　125, 127, 435, 478, 481, 492, 494

サ

サイード, エドワード　Said, Edward W.　293
サイモン, ベネット　Simon, Bennett　226-27
サリヴァン, アーサー　Sullivan, Arthur　289
『コックスとボックス』　289, 292, 296
サルトル, ジャン＝ポール　Sartre, Jean-Paul　49-50, 54-55, 111, 117-18, 126, 134, 316
『聖ジュネ』　54-55
『存在と無』　126
『文学とは何か』　316
ジー, ロベール　Gie, Robert　273, 283
「中心に機械のある磁気の分布」　283
シェイクスピア, ウィリアム　Shakespeare, William　164, 289
『間違いの喜劇』　289
ジェイムズ, ウィリアム　James, William　149-50, 161
ジェイムソン, フレドリック　Jameson, Fredric　293, 296, 298
シェリング, フリードリヒ　Schelling, Friedrich　150
シェンカー, イズレエル　Shenker, Israel　377
シクロフスキー, ヴィクトル　Shklovsky, Viktor　160, 176-77
シジウィック, イヴ・コゾフスキー　Sedgwick, Eve Kosofsky　291
ジッド, アンドレ　Gide, André　125, 133
十返舎一九　Jippensha Ikku
『東海道中膝栗毛』　287
シモン（キレネの）　Simon of Cyrene　31, 40,
ジャネ, ピエール　Janet, Pierre　193, 474, 491
ジャリ, アルフレッド　Jarry, Alfred　164, 274, 283
『超男性』　274, 283
ジャンヴィエ, アニエス　Janvier, Agnès　108
ジャンヴィエ, リュドヴィック　Janvier, Ludovic　108
シューベルト　Schubert, Franz　477
「夜と夢」　477
シュテーケル, ウィルヘルム　Stekel, Wilhelm　224
『精神分析と暗示療法』　224
シュナイダー, アラン　Schneider, Alan　382
ジュネ, ジャン　Genet, Jean　49-50, 54, 236
『花のノートル・ダム』　49-50
ジュリエ, シャルル　Juliet, Charles　139, 227, 357
『ベケットとヴァン・ヴェルデ』　357
シュレーバー, ダニエル　Shreber, Daniel Paul

ガイシン、ブライオン Gysin, Brion 141
ガウクローガー, スティーヴン Gaukroger, Stephen 149, 175
カウン, アクセル Kaun, Axel 231
カサグランデ, ジーノ Casagrande, Gino 328
カセッリ, ダニエラ Caselli, Daniela 326, 334, 499
片山昇 Katayama, Noboru 303, 315
ガタリ, フェリックス Guattari, Félix 132, 141, 243, 337, 352, 503
カフカ, フランツ Kafka, Franz 82-86, 90-93, 101, 103-04, 107, 274, 324
『城』 82-85, 88-89, 91, 93, 96-97, 99-102, 106-07
『流刑地にて』 274
カプト, ジョン・D Caputo, John D. 316
『デリダとの対話 脱構築入門』 316
カラヴァッジョ Caravaggio, Michelangelo Merisi da 381
「洗礼者ヨハネの斬首」 381
カリック, ヒュー Culik, Hugh 473-74, 490
カルージュ, ミシェル Carrouges, Michel 274, 282
『独身者の機械』 282
カルブ, ジョナサン Kalb, Jonathan 464, 488-89
菅孝行 Kan, Takayuki 109, 124
カント, イマニュエル Kant, Immanuel 235, 266, 276
キートン, バスター Keaton, Buster 287
キケロ Cicero, Marcus Tullius 163
キットラー, フリードリヒ Kittler, Friedrich A. 441, 452
『グラモフォン・フィルム・タイプライター』 452
ギブソン, ジェイムズ・J Gibson, James J. 150
キム, リーナ Kim, Rina 224
キャロル, ルイス Carroll, Lewis
『鏡の国のアリス』 289
キュナード, ナンシー Cunard, Nancy 330, 473
ギンズバーグ, アレン Ginsberg, Allen 128, 141
クインティリアヌス Quintilian (Marcus Fabius Quintilianus) 149
クーパー, アストリー・パストン Cooper, Astley Paston 490
クライスト, ハインリヒ・フォン Kleist, Heinrich von 416-17, 418, 420, 422-26, 428-29
「マリオネット劇場について」 416, 429
クライン, メラニー Klein, Melanie 224, 227-28, 231, 238-39, 245
『こどもの精神分析』 224
グラス, フィリップ Glass, Philip 141
クラパレード, ルネ＝エドゥアール Claparède, Antoine René-Edouard 474
グリーン, アンドレ Green, André 238, 247
クリステヴァ, ジュリア Kristeva, Julia 235-36, 240, 376
クルツィウス, エルンスト・ロベルト Curtius, Ernst Robert 188, 190, 198-99
『ヨーロッパ文学とラテン中世』 198-99
クレイグ, ゴードン Craig, Gordon 417
『マリオネット』 417
クレーリー, ジョナサン Crary, Jonathan 460, 463, 486
『観察者の系譜』 486
クレマン, ブリュノ Clément, Bruno 56, 74-79
グロスマン, エヴリン Grossman, Evelyne 236, 339
クロソウスキー, ピエール Klossowski, Pierre 279, 282, 284
『ニーチェと悪循環』 282, 284
クンスト, ボヤナ Kunst, Bojana 476, 491
ケアリー, ヘンリー・F Cary, Henry Francis 328
ケースメント, パトリック Casement, Patrick 232

247
アボット, H・ポーター Abbott, H. Porter 313, 316
アラゴン, ルイ Aragon, Louis 474
アリカ, アヴィグドール Arikha, Avigdor 381
アルチュセール, ルイ Althusser, Louis 282
『資本論を読む』 282
アルトー, アントナン Artaud, Antonin 141, 164, 270, 282-83, 503
『神経の秤』 282
アルトマン, ロバート Altmann, Robert 165
アンジュー, ディディエ Anzieu, Didier 225-27, 231-33, 246
イーストマン, ジョージ Eastman, George 458
イェイツ, ウイリアム・バトラー Yeats, William Butler 164, 470, 489, 502
「塔」 470
イェイツ, ジャック・B Yeats, Jack B. 505
イェイツ, フランセス Yates, Frances A. 191, 199
『記憶術』 191, 199
イド, ドン Ihde, Don 495
井上善幸 Inoue, Yoshiyuki 348, 376, 507
イプセン, ヘンリック Ibsen, Henrik Johan 164
ヴァン・ヴェルデ, ブラン Van Velde, Bram 180
ウィトゲンシュタイン, ルートヴィヒ Wittgenstein, Ludwig 344, 355
『色彩について』 355
ウィニコット, ドナルド・W Winnicott, Donald W. 223, 232-34, 245-46
ヴィリエ・ド・リラダン Villiers de l'Isle-Adam 274
『未来のイヴ』 274-75
ウィルフォード, ウィリアム Willeford, William 287, 289
ウィレンスキー, R・H Wilenski, R. H. 501
『オランダ絵画入門』 501
ヴィンデルバント, ヴィルヘルム Windelband, Wilhelm 370, 372, 377-78
『哲学概論』 377
ウェルギリウス Virgil (Publius Vergilius Maro) 303, 319-20, 322-23, 325, 327-29, 332-33
ヴェルトハイマー, マックス Wertheimer, Max 461, 486
ヴェルフリ, アドルフ Wölfli, Adolf 270
ウォリロウ, デイヴィッド Warrilow, David 430
ウッズ, ジョン・E Woods, John E. 485
ウッドワース, ロバート・S Woodworth, Robert S. 225, 365, 377, 486
『心理学の現代諸学派』 225, 377
ウルフ, ヴァージニア Woolf, Virginia 463, 487
「街路に憑くもの」 463
ウルマン, アンソニー Uhlmann, Anthony 148, 179
『サミュエル・ベケットと哲学的イメージ』 179
エヴレイノフ, ニコライ Evreinov, Nikolai 502
エジソン, トマス Edison, Thomas 275
エスリン, マーチン Esslin, Martin 502
『不条理演劇』 502
エルスハイマー, アダム Elsheimer, Adam 501
エルマン, リチャード Ellmann, Richard 126
オースター, ポール Auster, Paul 502
『ガラスの街』 502
オール, メアリー Orr, Mary 295
岡本源太 Okamoto, Genta 377
『ジョルダーノ・ブルーノの哲学』 377
オッペンハイム, ロイス Oppenheim, Lois 227, 231, 247
オルブライト, ダニエル Albright, Daniel 464, 466, 487-88, 494
オレイリー, エドワード・マジェッサ O'Reilly, Edward Magessa 303, 315, 335

カ

カートライト, リサ Cartwright, Lisa 485, 491, 493, 495

475, 491
『なに　どこ』 69, 454, 475, 478-84, 492-94
『並には勝る女たちの夢』 202, 215, 220, 241, 318-19, 321, 334-35
「なんと言えば」 312, 316
『ねぇジョウ』 392, 457, 464, 468
『残り火』 206
『初恋』 286, 316, 358-63, 366-68, 371-74, 377, 472
『伴侶』 41, 68, 73, 192, 199, 229, 316, 352, 396, 474, 482, 491
「びーん」 184, 197, 482
『人べらし役』 41, 183-90, 192-93, 196-200, 350, 497, 508
『フィルム』 180-81, 196, 246, 344, 385, 388, 396-97, 454, 464, 506
「ふたつの欲求」 347-48
『プルースト』 132, 134, 139-40, 180, 196, 203-04, 206-07, 215-16, 304, 336, 467, 473, 488-89, 499
『ベケット戯曲短篇集』 217
『ベケット詩集 1930～1989』 334
『ベケット書簡集』 216
『反古草紙』 58, 72, 206, 247, 462, 487
『ホロスコープ』 180, 473
「『ホロスコープ』創作ノート」 323-24, 333
『マーフィー』 40, 131-32, 185, 193, 197, 209, 221, 225, 231, 241, 243-45, 279, 323, 337-38, 340-42, 346-48, 350, 352-54, 364, 375, 377, 391, 412, 473-74, 483, 486
『また終わるために』 228, 244
　「(頭はむきだし…)」 65-66, 73
　「(おれは生まれる前から…)」 228
　「すかしっぺ」 228
　「遠くに鳥が」 228
　「みじろぎもせず」 180
　「見ればわかる」 62
『マロウンは死ぬ』 40-41, 45, 54, 61, 67, 73, 265, 286, 324, 334, 358-59, 375
『見ちがい言いちがい』 72, 221, 312
「三つの対話」 216
『メルシエとカミエ』 57, 72, 107, 132, 279, 285-87, 291-93, 295, 323-25, 334-35, 358, 375, 398
『モノローグ一片』 199, 229, 430-32, 436-37, 441, 443-44, 449-50, 452
『モロイ』 26, 28-30, 32-33, 35-40, 43-45, 54, 60, 67, 73-74, 131, 144, 221-22, 224, 226, 241, 243, 283, 286, 334, 337, 341-42, 346-48, 350, 352, 358, 379-80, 412, 494, 503
『幽霊トリオ』 416, 420, 423-24, 426, 428, 457, 462, 464-66, 468-71, 487-89
「『夢』創作ノート」 318
『夜と夢』 477-78, 483, 491-92
『ラジオ・ドラマ　下書き』→『ラジオ・ドラマ　下書き II』を参照
『ラジオ・ドラマ　下書き I』 206
『ラジオ・ドラマ　下書き II』 206, 228
『ロッカバイ』 72, 229, 397, 449, 451, 457
『わたしじゃない』 225, 228, 234, 336, 379-87, 391-94, 397-402, 404, 407-13, 416, 451-52
『ワット』 82-88, 90-91, 93-96, 98-100, 102-08, 114, 131-32, 223, 225, 228, 231, 279, 296, 337-38, 340-42, 344-48, 350, 352-55, 369-40, 376, 473-74, 486, 489

その他の人名・著作など

ア

アームストロング, ティム Armstrong, Tim 485, 487
アキレス Achilles 455
アッカリー, クリス Ackerley, Chris 489
アドマッセン, リチャード Admussen, Richard 501
アドラー, アルフレート Adler, Alfred 224
　『個人心理学の実践と理論』 225
　『神経症の構造』 224
アナクシマンドロス Anaximander 323
アブラハム, ニコラ Abraham, Nicolas 238,

索引

ベケット作品・草稿類

「逢引きについてのノート」 468, 471, 489
『あしおと』 229, 424, 425, 427, 451, 457, 474
『あのとき』 60, 68, 73, 229, 387, 392, 396, 398, 451, 454, 457
『いざ最悪の方へ』 352, 491
『イマージュ』 308, 316
『エレウテリア（自由）』 117-18, 126, 164-66, 178
『演出ノートIV』 493-94
「追い出された男」 59, 286, 341, 358
『オハイオ即興劇』 65, 68-70, 221, 229, 449, 452, 492
「終わり」 286, 358, 462
『カスカンド』 202, 206, 208, 211, 213-14
『カタストロフィ』 229, 398
『奇異なるものみな消え去り』 482
「キルクール」 382-85, 387, 393-95, 397-99, 402, 404-05, 409-11
『……雲のように……』 416, 457, 469-71, 489
『クラップの最後のテープ』 57, 70, 74, 135, 138, 144, 209, 334, 397, 401, 407, 410, 425, 427-28, 454, 474,
『クワッド』 69, 350, 386
『蹴り損の棘もうけ』 321, 334, 472
「黄色」 472
「ダンテとロブスター」 320-21
「光線の長い観察」 217, 482, 495, 500, 507
『ゴドーを待ちながら』 78, 109-14, 117, 119, 121, 123-25, 127, 134-35, 165-66, 178, 221, 232, 246, 286, 296, 322-23, 334, 358, 410, 427, 502
『事の次第』 41, 58 ,61, 64, 69-70, 72, 174, 225, 229, 303-04, 308, 312-13, 315-16, 336, 356, 385
『言葉と音楽』 202, 206, 208, 211, 213-14, 217, 386-87, 407
『しあわせな日々』 136-38, 144, 224, 336, 352, 380, 385, 388, 392, 396, 398, 407, 410, 413, 425-28, 454
「死せる想像力よ想像せよ」 482
『芝居』 141, 386, 398, 482, 495
『芝居のための下書きＩ』 492
「Ｊ・Ｍ・マイム」 386
『勝負の終わり』 137, 181, 183, 185, 196-97, 293, 330, 334, 376, 391, 396, 410, 427, 454
「心理学ノート」 461, 486
『すべて倒れんとする者』 206, 388, 475
『ヴァン・ヴェルデ兄弟の絵画——または世界とズボン——』 196
「たくさん」 59, 62-63, 73, 192, 199, 282-83
「断章（未完の作品より）」 72
「ダンテ・・・ブルーノ・ヴィーコ・・ジョイス」 188, 198, 315, 377
「鎮静剤」 286, 329, 358, 454, 462
「テクスト」 320
「ドイツ語書簡（1937年執筆）」 201-02, 211, 215
「ドイツ日記」 243, 371, 486, 499
『なおのうごめき』 67, 71-73, 330-31, 336, 351
『名づけえぬもの』 40-41, 46-47, 52-55, 58-59, 67, 131-32, 211, 279, 284-85, 287, 297, 306, 334, 338, 350, 358, 379, 386, 393, 398,

サミュエル・ベケットと批評《ひひょう》の遠近法《えんきんほう》

2016年11月15日初版印刷
2016年11月30日初版発行

編著者　井上善幸／近藤耕人
発行者　飯島徹
発行所　未知谷
東京都千代田区猿楽町2丁目5-9　〒101-0064
Tel. 03-5281-3751 / Fax. 03-5281-3752
［振替］ 00130-4-653627
組版　柏木薫
印刷所　ディグ
製本所　難波製本

Publisher Michitani Co. Ltd., Tokyo
Printed in Japan
ISBN978-4-89642-513-0　C0098

サミュエル・ベケットのヴィジョンと運動

近藤耕人編著

文学的営為の原点とも言われるベケットと彼の多彩な作品をどう理解すべきか。最尖端の研究者13人が、それぞれに繰り広げるコラボレーション。ベケット研究最前線。2006年ベケット生誕100年へ向け、その魁となった本邦初の評論集。

320頁2500円

未知谷